Schwerpunkte

Haase/Hofacker · Klausurenkurs im Internationalen und Europäischen Steuerrecht

Klausurenkurs im Internationalen und Europäischen Steuerrecht

von

Dr. jur. Florian Haase, M.I.Tax
Professor für Steuerrecht an der Hamburg School of Business Administration
Rechtsanwalt und Fachanwalt für Steuerrecht in Hamburg

und

Dipl.-Finanzwirt (FH) Matthias Hofacker, M.I.Tax
Rechtsanwalt und Steuerberater in Bremen

2., neu bearbeitete Auflage

CFM C.F. Müller

Bibliografische Information der Deutschen Nationalbibliothek
Die Deutsche Nationalbibliothek verzeichnet diese Publikation in der Deutschen Nationalbibliografie; detaillierte bibliografische Daten sind im Internet über <http://dnb.d-nb.de> abrufbar.

ISBN 978-3-8114-9152-6

E-Mail: kundenservice@cfmueller.de
Telefon: +49 89 2183 7923
Telefax: +49 89 2183 7620

www.cfmueller.de
www.cfmueller-campus.de

Satz: Gottemeyer, Rot
Druck: Kessler Druck + Medien, Bobingen

Vorwort

Diese Klausuren- und Fallsammlung ergänzt das in der Schwerpunkte-Reihe bereits in 4. Auflage erscheinende Lehrbuch „Internationales und Europäisches Steuerrecht“ von *Florian Haase*. Sie geht auf Anregungen von Studierenden an Hochschulen v.a. in Hamburg und Bremen zurück, die über die in diesem Lehrbuch enthaltenen kleinen Fälle hinaus ihr Wissen „am großen Fall“ testen möchten und zudem nach einer ausführlicheren, methodisch fundierten Lösung verlangten. Wir hoffen, diesem Anspruch gerecht geworden zu sein.

Die Klausuren- und Fallsammlung kann aber auch separat von dem genannten Lehrbuch mit Gewinn durchgearbeitet werden. Es handelt sich um eine Einführung in die Fallbearbeitung im Internationalen und Europäischen Steuerrecht, die neben der materiell-rechtlichen Lösung auch methodische Hinweise enthält.

Für Anregungen und Kritik sind wir dankbar. Bitte richten Sie diese an florian_haase@t-online.de.

Wir danken der Geschäftsführung und den Mitarbeitern des C.F. Müller-Verlags, allen voran Frau *Alexandra Burrer*, Frau *Stefanie Kleinschroth* und Herrn *Michael Schmidt*, für die reibungslose Betreuung des Projekts.

Die Fallsammlung ist auf dem Rechtsstand von September 2015.

Hamburg/Bremen, im Juli 2015

Florian Haase
Matthias Hofacker

Vorwort

Inhaltsverzeichnis

Abkürzungsverzeichnis

aA	anderer Ansicht, am Anfang
aaO	am angegebenen Ort
Abl. EG	Amtsblatt der Europäischen Gemeinschaften (Jahr, Nummer und Seite)
Abs.	Absatz
aE	am Ende
aF	alte Fassung
AG	Die Aktiengesellschaft (Jahr und Seite), Aktiengesellschaft
allg.	allgemein(e)
amtl.	amtlich(e)
Anh.	Anhang
Anm.	Anmerkung
AO	Abgabenordnung
Art.	Artikel
AStG	Außensteuergesetz
Aufl.	Auflage
Az.	Aktenzeichen
BB	Der Betriebsberater (Jahr und Seite)
Bd.	Band
bearb.	bearbeitet
Begr.	Begründung
BFH	Bundesfinanzhof
BFH/NV	Sammlung nicht veröffentlichter Entscheidungen des BFH
BGB	Bürgerliches Gesetzbuch
BGBl.	Bundesgesetzblatt (Jahr und Seite)
BGH	Bundesgerichtshof
Bl.	Blatt
BMF	Bundesministerium für Finanzen
BR	Bundesrat
BStBl.	Bundessteuerblatt
bspw.	beispielsweise
BT	Besonderer Teil, Bundestag
BVerfG	Bundesverfassungsgericht
BVerfGE	Entscheidungen des Bundesverfassungsgerichts (Band und Seite)
bzgl.	bezüglich
bzw.	beziehungsweise
DB	Der Betrieb (Jahr und Seite)
DBA	Doppelbesteuerungsabkommen
ders.	derselbe
dh	das heißt
dies.	dieselbe, dieselben
Diss.	Dissertation
DStR	Deutsches Steuerrecht (Jahr und Seite)
DStZ	Deutsche Steuerzeitung (Jahr und Seite)
DZWiR	Deutsche Zeitschrift für Wirtschaftsrecht (Jahr und Seite)

e.c.	e contrario
EFG	Entscheidungen der Finanzgerichte
EFTA	European Free Trade Association
EG	(Vertrag zur Gründung der) Europäische(n) Gemeinschaft(en)
Einl.	Einleitung
ErbStG	Erbschaftsteuer- und Schenkungsteuergesetz
ErbSt-MA	Musterabkommen der OECD für die Erbschaft- und Schenkungsteuer
ErbStR	Erbschaftsteuerrichtlinien
EStDV	Einkommensteuer-Durchführungsverordnung
EStG	Einkommensteuergesetz
EStR	Einkommensteuerrichtlinien
etc.	et cetera
EU	Europäische Union
EuGH	Europäischer Gerichtshof
EuGHE	Amtliche Sammlung der Entscheidungen des EuGH
EWG	Europäische Wirtschaftsgemeinschaft
FA	Finanzamt
f./ff.	folgende/fortfolgende
FG	Finanzgericht
Fn	Fußnote
FS	Festschrift
gem.	gemäß
GewStDV	Gewerbesteuer-Durchführungsverordnung
GewStG	Gewerbesteuergesetz
GewStR	Gewerbesteuerrichtlinien
GG	Grundgesetz
ggf.	gegebenenfalls
ggü.	gegenüber
GmbH	Gesellschaft mit beschränkter Haftung
GmbHG	Gesetz betreffend die Gesellschaften mit beschränkter Haftung
GmbHR	GmbH-Rundschau (Jahr und Seite)
grds.	grundsätzlich
GrErwStG	Grunderwerbsteuergesetz
GrS	Großer Senat
GrStG	Grundsteuergesetz
HGB	Handelsgesetzbuch
hL	herrschende Lehre
hM	herrschende Meinung
Hrsg.	Herausgeber
idF	in der Fassung
idR	in der Regel
iE	im Ergebnis
INF	Die Information (Jahr und Seite)
InvG	Investmentgesetz
InvStG	Investmentsteuergesetz
iSd	im Sinne des, im Sinne der
iSv	im Sinne von

IStR	Internationales Steuerrecht (Jahr und Seite)
iVm	in Verbindung mit
IWB	Internationale Wirtschaftsbriefe
IZA	Informationszentrale für Auslandsbeziehungen
KG	Kommanditgesellschaft
KStG	Körperschaftsteuergesetz
KStR	Körperschaftsteuerrichtlinien
LStDV	Lohnsteuer-Durchführungsverordnung
Ltd.	Limited
m.a.W.	mit anderen Worten
mE	meines Erachtens
Mio.	Millionen
mwN	mit weiteren Nachweisen
nF	neue Fassung
NJW	Neue Juristische Wochenschrift (Jahr und Seite)
Nr.	Nummer
NWB	Neue Wirtschaftsbriefe
OECD	Organization for Economic Cooperation and Development
OECD-MA	OECD-Musterabkommen
OECD-MK	OECD-Musterkommentar
OFD	Oberfinanzdirektion
oHG	offene Handelsgesellschaft
RegE	Regierungsentwurf
RFH	Reichsfinanzhof
RFHE	Entscheidungen des Reichsfinanzhofs
RIW	Recht der internationalen Wirtschaft (Jahr und Seite)
RL	Richtlinie
Rn	Randnummer
Rspr	Rechtsprechung
S.	Seite
s.a.	siehe auch
SE	Societas Europaea
s.o.	siehe oben
sog.	sogenannt(e/er)
Stbg	Die Steuerberatung (Jahr und Seite)
str.	strittig
stRspr	ständige Rechtsprechung
s.u.	siehe unten
Tz.	Textziffer
ua	unter anderem
UmwG	Umwandlungsgesetz
UmwStG	Umwandlungssteuergesetz

UR	Umsatzsteuerrundschau (Jahr und Seite)
UStG	Umsatzsteuergesetz
UStR	Umsatzsteuerrichtlinien
uU	unter Umständen
v.a.	vor allem
Verf.	Verfasser
vGA	verdeckte Gewinnausschüttung
vgl.	vergleiche
Vorbem.	Vorbemerkung
zB	zum Beispiel
ZIV	Zinsinformationsverordnung
ZK	Zollkodex
ZollVG	Zollverwaltungsgesetz
zT	zum Teil

Verzeichnis der häufig zitierten Literatur

Beermann, Albert/ Gosch, Ditmar	Abgabenordnung/Finanzgerichtsordnung, Kommentar, 1. Auflage, Bonn 1995, Loseblatt, Stand: 115. EL., September 2015
Birk, Dieter/Desens, Marc/ Tappe, Henning	Klausurenkurs im Steuerrecht, 4. Auflage, Heidelberg 2015
Blümich, Walter	EStG/KStG/GewStG, Kommentar, München, Loseblatt, 126. EL., November 2014
Debatin, Helmut/ Wassermeyer, Franz	Doppelbesteuerung, Kommentar, Loseblatt, München, Stand: 129. EL., Januar 2015
Flick, Hans/Wassermeyer, Franz/Baumhoff, Hubertus	Außensteuerrecht, Kommentar, 1. Auflage, Köln 1973, Loseblatt, 74. EL., Dezember 2014
Haase, Florian	Internationales und Europäisches Steuerrecht, 4. Auflage, Heidelberg 2014
Herrmann, Carl/ Heuer, Gerhard/ Raupach, Arndt	Einkommen- und Körperschaftsteuergesetz, 21. Auflage, Köln 2006, Loseblatt, Stand: 269. EL., Mai 2015
Hübschmann, Walter/Hepp, Ernst/Spitaler, Armin	Kommentar zur Abgabenordnung und Finanzgerichtsordnung, 9. Auflage, Köln 1993, Loseblatt, Stand 232. EL., Mai 2015
Kirchhof, Paul	Kompaktkommentar zum EStG, 11. Auflage, Köln 2012
Lenski, Edgar/Steinberg, Wilhelm	Kommentar zum Gewerbesteuergesetz, 9. Auflage, Köln 1995, Loseblatt, Stand: 101. EL., August 2011
Schaumburg, Harald	Internationales Steuerrecht, 3. Auflage, Köln 2011
Schmidt, Ludwig	Einkommensteuergesetz, 34. Auflage, München 2015

Nützliche Links zum Internationalen und Europäischen Steuerrecht im Internet

www.internationales-steuerrecht.de
www.konzern-steuerrecht.de
www.wu.ac.at/taxlaw
www.competence-site.de
www.curia.europa.eu
www.pinkernell.de/us_steuer.htm
www.oecd.org
www.dz-portal.de/
www.bundesfinanzhof.de
www.bundesfinanzministerium.de
www.bzst.bund.de/
www.taxlinks.de/links/index.php
www.forum-steuern.de/index1.htm
www.taxanalysts.com/
www.taxation.de
www.steuerlinks.de
www.steuercampus.de
www.steuermonitor.de
www.steuerzahler.de
www.lemaitre.de
www.taxtopics.net
www.taxsites.com
www.ibfd.org
www.iww.de/index.cfm
www.taxcut.com/taxtips/tax_terms/glosstoc.html
www.taxresources.com/html/taxsites/articles.html
www.sis-verlag.de
www.steuerrat24.de
www.steuerrecht.jku.at/gwk/Dokumentation/Grundfreiheiten/Rechtsprechung.html
www.swiss-tax.ch/
www.forum-steuern.de/steuern.htm
www.finanztip.de
www.taxation.ch
http://curia.europa.eu/jurisp/cgi-bin/form.pl?lang=de
http://eur-lex.europa.eu/de/index.htm

Teil 1

Die internationale Dimension des Steuerrechts

A. Einführung und Anleitung zum Arbeiten mit diesem Buch

I. Aufbau und Methodik des Klausurenkurses

Dieser Klausurenkurs ist ein Arbeitsmittel, um das Verständnis des Lesers auf dem Gebiet des deutschen Internationalen Steuerrechts zu schulen und Kenntnisse, die anhand von Lehrdarstellungen erworben worden sind, am konkreten Fall anzuwenden und zu vertiefen. Der Band nimmt inhaltlich und hinsichtlich der Technik der Darstellung insbesondere die Schwerpunkte-Bände *Birk/Desens/Tappe*, Steuerrecht, *Streinz*, Europarecht, *Haase*, Internationales und Europäisches Steuerrecht sowie den Klausurenkurs im Steuerrecht von *Birk/Desens/Tappe* in Bezug. Er richtet sich vornehmlich an **Studierende der Rechtswissenschaften**, die den **Schwerpunkt- bzw. Wahlpflichtbereich Steuerrecht** gewählt haben. Darüber hinaus dient dieser Klausurenkurs auch Studierenden anderer Fakultäten, wie etwa der **Betriebswirtschaftslehre**, als Hilfsmittel beim verständigen Lernen des Internationalen Steuerrechts. Die ausformulierten Falllösungen können schließlich auch von **Praktikern** bei der täglichen Arbeit als Formulierungshilfen oder -beispiele mit Gewinn herangezogen werden. 1

Die meisten am Internationalen und Europäischen Steuerrecht Interessierten dürften von rechtswissenschaftlichen bzw. betriebswirtschaftlichen Fakultäten kommen. Unabhängig von der unterschiedlichen Ausrichtung des Studiums werden die Prüfungsleistungen in beiden Fakultäten häufig durch das schriftliche Lösen eines feststehenden Sachverhalts im Rahmen einer Klausur abgenommen. Daneben kommen auch Hausarbeiten, Seminararbeiten, Referate und mündliche Prüfungen in Betracht. Ob bei steuerlichen Klausuraufgaben die schriftliche Lösung mehr die Darstellung des materiellen Steuerrechts erfordert oder lediglich bzw. auch eine rechnerische Lösung verlangt, ist von Hochschule und Aufgabensteller abhängig und kann nicht schematisch beantwortet werden. Wir haben in diesem Klausurenkurs den Schwerpunkt der Falllösungen auf die **Darstellung des materiellen Steuerrechts** gelegt, um den Studierenden Aufbau- und Formulierungshilfen geben zu können. Gerade im Bereich des Internationalen Steuerrechts mangelt es ihnen sowohl im Grundstudium als auch kurz vor den Abschlussprüfungen nach unserer Erfahrung an solchen ausformulierten Lösungen. 2

Ein „scheues Reh“[1] ist Sinnbild des Kapitals, welches – gleichsam von dem Steuerwettbewerb zwischen einzelnen (Industrie-)Nationen angelockt – nach paradiesischen Verhältnissen sucht, die sich durch eine möglichst geringe Steuerbelastung auszeichnen. Ausgehend von dieser Motivation – nämlich der Steuerplanung im Internationalen 3

1 Siehe auch *Haase*, Internationales und Europäisches Steuerrecht, Rn 1, 4 und 5.

Steuerrecht – werden in diesem Buch anhand von Fallbeispielen die Konsequenzen grenzüberschreitender Sachverhalte in steuerrechtlicher Hinsicht in ihren Grundlagen aufgezeigt. Sie enthalten die Grundprinzipien und Strukturen des deutschen Internationalen Steuerrechts bzw. (im letzten Fall *„Der weitblickende Richter"*) des Europäischen Steuerrechts.

4 Der **Aufbau und die Gliederung dieses Klausurenkurses** sowie die thematische Schwerpunktsetzung der Fälle orientieren sich an dem Lehrbuch *Internationales und Europäisches Steuerrecht* von *Florian Haase*[2]. Vor jedem Klausurfall finden sich Angaben zu dem im Schwerpunkt behandelten Gebiet des Steuerrechts. Hierdurch wird die Verzahnung zwischen Klausurenkurs und Lehrbuch unterstützt und dem Leser das Auffinden der jeweiligen Kapitel in dem Grundlagenwerk erleichtert.

Es finden sich *drei Kategorien* von Klausurfällen:

1. Im **Teil 1 A II und III** (3a, 3b) wird anhand von drei isoliert stehenden grenzüberschreitenden Fällen der **juristische Gutachtenstil ausführlich behandelt** und im Rahmen zweier Musterlösungen auch stringent durchgehalten (grenzüberschreitende „Outbound"-Vermietung bzw. grenzüberschreitende gewerbliche Tätigkeiten mit Anknüpfungspunkten in mehreren Staaten). So werden dem Leser zunächst die Grundlagen des Internationalen Steuerrechts vermittelt. Dafür werden die **Prinzipien** nicht an einem bunten Strauß von verschiedenen Aufgaben erläutert, sondern an *einem* **„einfachen" Fall**. Die gutachterliche Darstellung gibt insbesondere den Lesern ohne juristischen Hintergrund vollständige und mustergültige Beispiele zur Ausarbeitung derartiger Lösungen an die Hand. Dies kann in den nachfolgenden Klausurfällen nicht uneingeschränkt durchgehalten werden, weil das den Rahmen des Bandes sprengen würde. Eine vollständige juristische Prüfungsleistung beinhaltet bei Verwendung des Gutachtenstils die Untersuchung aller Vorschriften, die auf den feststehenden Sachverhalt Anwendung finden können und subsumiert die Tatbestandsvoraussetzungen der Norm unter den Sachverhalt, um dann ggf. die Rechtsfolge eintreten zu lassen. Derartig komplexe Lösungen entwerfen die Studierenden der Rechtswissenschaften vornehmlich in Haus- und Seminararbeiten. In der steuerrechtlichen Praxis werden hingegen nicht alle denkbaren Möglichkeiten untersucht, sondern nur die (für den Mandanten) zielführenden.

2. Wie in vielen Rechtsgebieten können auch im Internationalen Steuerrecht die **Grundlagen Fragestellungen** aufwerfen (vergleichbar etwa mit solchen aus dem Allgemeinen Teil des BGB oder des StGB), die es rechtfertigen, quasi „vor die Klammer gezogen" in eigenen Fällen abgehandelt zu werden. Das bildet aus unserer Sicht die **zweite Kategorie: die Grundlagenfälle in Teil 1 B**, deren wesentliches Merkmal es ist, dass sich die Darstellung etwas von der stringenten Gutachtenform löst, wobei die Lösungen weiterhin vollständig ausformuliert sind und einen gesetzessystematischen Aufbau nach Prüfung des Tatbestandes der Rechtsnorm und ggf. der Rechtsfolge aufweisen.

3. In den §§ 2 bis 6 des Klausurenkurses finden sich als dritte Kategorie die **eigentlichen Klausurfälle** zu einzelnen Gebieten aus dem Internationalen und Europäischen Steuerrecht. Hier sind die Falllösungen nur noch an den Gutachtenstil **angelehnt**, um ua

2 Derzeit erschienen in 4. Auflage 2014.

auch weiterhin gesetzessystematische Falllösungen und Formulierungsbeispiele geben zu können. Es handelt sich zum Teil um **Originalklausuren**, die an Hochschulen gestellt wurden. Andere Fälle hingegen sind speziell für diesen Klausurenband entworfen worden (zB Fall 8 *„Funktionen sind wertvoll"*) und dienen mehr dem „praktischen Verständnis" als dem Abfragen des erlernten Wissens. Die Lösungen können sich bisweilen überschneiden, Themen sich wiederholen. Hier wird durch modifizierte Formulierungen in den Musterlösungen der Lerneffekt verstärkt.

II. Gutachtenstil

Alle Aufgaben verfügen über vollständig ausgearbeitete und formulierte Musterlösungen. **5** Diese sind an die Form eines juristischen Gutachtens (zumindest) angelehnt. Deswegen sollten gerade Studierende der betriebswirtschaftlichen Steuerlehre und Praktiker, die keinen rechtswissenschaftlichen Hintergrund haben, diesen Klausurenkurs vermehrt zur Hand nehmen. Es ist im (Internationalen) Steuerrecht allerdings in besonderem Maße erforderlich, Grundsätze und Systematiken **auch** aus einem **ausbildungsfremden Blickwinkel** zu betrachten. So können den ausgearbeiteten Lösungen Arbeitshilfen für die (spätere) Praxistätigkeit entnommen werden – ein Nutzen für den Praktiker bei der Bearbeitung komplexer Rechtsfragen im Rahmen der Gestaltungs- und Abwehrberatung, insbesondere beim Abfassen von Einsprüchen und Klageschriften[3]. Die Anlehnung an den juristischen Gutachtenstil ruft darüber hinaus den Studierenden der Rechtswissenschaft die „allgemeine Prüfungstechnik" beim Abfassen schriftlicher Klausurlösungen in Erinnerung und unterstützt deren Weiterentwicklung bis hin zur erfolgreichen Bewältigung von Examensklausuren im Steuerrecht.

Ein juristisches Gutachten ist strukturell durch einen breiten gedanklichen Ansatz gekennzeichnet. **6** Berücksichtigt wird zunächst jede rechtliche Möglichkeit, die zur Lösung des feststehenden Sachverhalts beitragen kann. Bei der Untersuchung der Tatbestandsmerkmale und der Rechtsfolge der Norm wird mit Pro- und Contra-Argumenten gewürdigt, ob der Tatbestand der Norm erfüllt ist und die Rechtsfolge der Norm eintritt. Erst am Ende wird das Votum für eine oder mehrere Lösungsvarianten abgegeben[4] und eventuell auf bestehende Konkurrenzen zwischen den anwendbaren Rechtsvorschriften eingegangen.

Die Lösung eines Rechtsproblems im (juristischen) Gutachtenstil folgt stets diesen vier „Programmpunkten":

1. **Obersatz:** Er bestimmt und formuliert den zu prüfenden Gegenstand und steht immer im Konjunktiv.
2. **Auffinden der gesetzlichen Regelung:** Die Norm, die das im Obersatz formulierte, hypothetische Ergebnis tragen könnte, ist zu benennen.

---

3 Zu Letzteren ist wissenswert, dass auch Steuerberater zur Vertretung in der Finanzgerichtsbarkeit gem. § 62 Abs. 2 FGO befugt sind.

4 Instruktiv zur Gutachtentechnik: *Birk/Desens/Tappe*, Klausurenkurs im Steuerrecht, Rn 47 ff.

3. **Subsumtion:** Sie ist das Herzstück des Gutachtens; der konkrete Fallsachverhalt wird unter die Vorschrift und deren Voraussetzungen subsumiert.
4. **Ergebnis:** Den Abschluss bildet das (im Indikativ stehende) Ergebnis, das die Antwort auf die Frage im Obersatz gibt.

Dieser Aufbau wird an folgendem Beispiel illustriert.

7 Der dänische Erfinder und Unternehmer Mads Jorgensen ist im Bereich der „renewable energy" durch Windkraft tätig und gehört auf diesem Gebiet zu den Protagonisten. Er betreibt seine Windkraftanlagen westlich der nordfriesischen Insel Pellworm in der Nordsee kurz hinter der Zwölfseemeilengrenze zum Küstenmeer. In dieser Zone beträgt die Wassertiefe zwischen zehn und zwanzig Meter.

Fallfrage: Stehen die Windkraftanlagen im steuerrechtlichen Inland?

Das Gebiet westlich von Pellworm, in dem die Windkrafträder betrieben werden, könnte zum steuerrechtlichen Inland gehören (Obersatz 1). Zum Inland im Sinne des EStG gehört gem. § 1 Abs. 1 S. 2 EStG auch der der Bundesrepublik Deutschland zustehende Anteil am Festlandsockel, soweit dort Naturschätze des Meeresgrundes und des Meeresuntergrundes erforscht oder ausgebeutet werden oder dieser der Energieerzeugung unter Nutzung erneuerbarer Energien dient (Normbenennung 1). Die Windkraftanlagen müssten auf dem Festlandsockel stehen (Obersatz 2). Gem. Art. 1 der Genfer Konvention über den Festlandsockel vom 29.4.1958 (dort „continental shelf") umfasst dieser einerseits den Meeresgrund und den Meeresuntergrund der an der Küste grenzenden Unterwasserzonen außerhalb des Küstenmeeres bis zu zweihundert Meter Tiefe oder darüber hinaus, soweit die Wassertiefe die Ausbeutung der Naturschätze dieser Zonen gestattet, andererseits den entsprechenden Meeresgrund und -untergrund der an die Küste von Inseln grenzenden Unterwasserzonen (Normbenennung 2).[5] Die Windkrafträder stehen auf dem Meeresgrund in einer Tiefe zwischen zehn und zwanzig Meter (Subsumtion 2). Somit stehen die Windkrafträder auf dem Festlandsockel (Ergebnis 2). Der Festlandsockel müsste des Weiteren der Energieerzeugung unter Nutzung erneuerbarer Energien dienen (Obersatz 3) Gem. § 3 EEG sind im Sinne dieses Gesetzes „Erneuerbare Energien" Wasserkraft einschließlich der Wellen-, Gezeiten-, Salzgradienten- und Strömungsenergie, Windenergie, solare Strahlungsenergie, Geothermie, Energie aus Biomasse einschließlich Biogas, Deponiegas und Klärgas sowie aus dem biologisch abbaubaren Anteil von Abfällen aus Haushalten und Industrie (Normbenennung 3). Windkrafträder erzeugen Strom unter Nutzung von Windenergie (Subsumtion 3). Mithin dient der Festlandsockel auch der Stromgewinnung unter Nutzung erneuerbarer Energien (Ergebnis 3). Die Windkrafträder von Mads Jorgensen stehen also im steuerrechtlichen Inland (Ergebnis 1).[6]

---

5 Die Bundesrepublik Deutschland hat die Genfer Seerechtskonvention zwar nicht ratifiziert, aber in der Proklamation v. 20.1.1964 (BGBl. II 1964, 104) anerkannt. Mit Dänemark ist der der Bundesrepublik Deutschland zustehende Anteil am Festlandsockel durch Vertrag v. 28.1.1971 (BGBl. II 1972, 881) abgegrenzt.

6 Die Bedeutung des Inlandsbegriffs ist – bezogen auf den Festlandsockel – für die Begründung der unbeschränkten Steuerpflicht von untergeordneter Bedeutung; hingegen für die beschränkte Steuerpflicht natürlicher Personen nach § 1 Abs. 4 iVm § 49 EStG und juristischer Personen nach §§ 2 Nr. 1, 8 Abs. 1 KStG und § 49 EStG von erheblicher Bedeutung, da jeder mit seinen Einkünften aus den genannten Tätigkeiten auf dem der Bundesrepublik Deutschland zustehenden Festlandsockel inländische Einkünfte iSd § 49 EStG erzielt.

III. Besonderheiten bei grenzüberschreitenden Sachverhalten

1. Überblick über die Einordnung

Die Lösung grenzüberschreitender Sachverhalte verfügt über die Raffinesse, dass mindestens zwei Rechtsordnungen bzw. Rechtskreise der beteiligten Staaten berührt werden. Ausgehend von der Anwendung des deutschen Steuerrechts wird zwischen einer Outbound-Investition und einer Inbound-Investition unterschieden. Während bei ersterer ein steuerrechtlicher Inländer[7] Einkünfte aus einer Investition im Ausland erzielt, hat bei letzterer ein steuerrechtlicher Ausländer[8] inländische Einkünfte gem. § 49 EStG, was zur beschränkten Steuerpflicht führt. Spiegelbildlich stellt sich die Situation in dem anderen (ausländischen) Staat dar. Somit wird deutlich, dass und wie sich die Rechtsordnungen im Grundsatz gegenüberstehen. Erfüllt der Investor mit seinen Einkünften nun in beiden Staaten den Tatbestand einer Steuerrechtsnorm, werden im Grundsatz auch beide Fiski die Besteuerung der Einkünfte anstreben. Daraus resultiert eine Doppelbesteuerung.[9] Zur Vermeidung einer solchen bzw. zur Milderung der steuerrechtlichen Konsequenzen in Bezug auf die Höhe der tatsächlichen Steuerzahllast sind teilweise im nationalen Recht Normen verankert (zB § 34c EStG, § 26 Abs. 1 KStG). Den Staaten steht es aber auch frei, sog. DBA zu vereinbaren, denen dann die Aufgabe zukommt, durch die Aufteilung oder Zuweisung des Besteuerungsrechts (nur) an einen der beteiligten Staaten, eine Doppelbesteuerung zu vermeiden bzw. die Konsequenzen zu mildern.[10] Eine mögliche Doppelbesteuerung setzt natürlich nicht voraus, dass in einem Staat die unbeschränkte Steuerpflicht besteht und in dem anderen Staat nur eine beschränkte Steuerpflicht. Denkbar ist zB auch, dass eine steuerpflichtige Person in zwei Staaten unbeschränkt steuerpflichtig ist, so dass auch beide Staaten – wenn in den Rechtsordnungen wie in Deutschland das Universalitätsprinzip gilt – das Welteinkommen der Person besteuern möchten.[11] **8**

Für die Lösung grenzüberschreitender Sachverhalte folgt daraus, dass neben den Normen des nationalen Steuerrechts der beteiligten Staaten auch noch die Regelungen des DBA anzuwenden sind. Nach deutschem Verständnis sind zwar alle vereinbarten DBA durch Transformation in das nationale Steuerrecht auch Teil dieses nationalen Rechts. Gleichwohl soll nach hM (deklaratorisch über § 2 AO) die Anwendung der Regelungen des DBA der Anwendung der Normen des nationalen Steuerrechts vorgehen.

7 Als solcher wird stets eine unbeschränkt steuerpflichtige natürliche oder juristische Person bezeichnet, die mit ihrem Welteinkommen der Besteuerung in Deutschland unterliegt. Grundlegend zur unbeschränkten Steuerpflicht: *Haase*, Internationales und Europäisches Steuerrecht, Rn 107 ff. Einen fundierten Überblick über die Outbound-Investitionen gibt *Karten*, in: *Strahl* (Hrsg.), Problemfelder Ertragsteuern, Outbound-Investitionen.

8 Grundlegend zur beschränkten Steuerpflicht: *Haase*, Internationales und Europäisches Steuerrecht, Rn 339 ff.; *Karten*, in: *Strahl* (Hrsg.), Problemfelder Ertragsteuern, Inbound-Investitionen gibt auch hier einen instruktiven Überblick.

9 Zu den Erscheinungsformen der Doppelbesteuerung vgl. *Haase*, Internationales und Europäisches Steuerrecht, Rn 30 ff.

10 Zum Ganzen: *Haase*, Internationales und Europäisches Steuerrecht, Rn 24 ff.

11 Weiterführend: *Haase*, Internationales und Europäisches Steuerrecht, Rn 25.

2. Prüfungsschema zur Lösung internationaler Sachverhalte

9 Die Prüfungsreihenfolge ergibt sich ausgehend vom deutschen Recht wie folgt:[12]

I. Nationales deutsches Steuerrecht
1. Persönliche Steuerpflicht
   a) Unbeschränkte Steuerpflicht (und Modifikationen)
   b) Beschränkte Steuerpflicht (und Modifikationen)
2. Sachliche Steuerpflicht
   Umfang der Besteuerung (Welteinkommen/inländische Einkünfte)
3. Steuersatz
4. Ergebnis der nationalen Prüfung
   a) Keine deutsche Steuerpflicht: keine weitere Prüfung notwendig
   b) Wenn kein DBA: Unilaterale Methoden zur Vermeidung der Doppelbesteuerung

II. Europarecht
1. Ggf. unmittelbare Anwendung von Sekundärrechtsakten
2. Gemeinschaftswidrigkeit nationaler steuerlicher Normen

III. Abkommensrecht
1. Sachlicher/räumlicher/zeitlicher/persönlicher Anwendungsbereich des Abkommens
2. Anwendbarer Einkunftsartikel
3. Methode zur Vermeidung der Doppelbesteuerung
4. Ggf. sonstiges Völkerrecht (insbesondere Abkommen)

Das Prüfungsschema soll anhand der folgenden Sachverhalte verdeutlicht werden:

3. Ausführlich gelöste Beispielsachverhalte

a) Sachverhalt zu grenzüberschreitender (outbound) Vermietung

10 *Sachverhalt*

Karl Müller mit einzigem Wohnsitz und gewöhnlichem Aufenthalt in Aachen hat vor langer Zeit ein in Metz belegenes Einfamilienhaus auf eigenem Grund und Boden geerbt. Nach französischem Zivil- und Steuerrecht stellen bebaute Grundstücke unbewegliches Vermögen dar. Da Karl Müller seiner westfälischen Heimat sehr verbunden ist, kam für ihn eine Nutzung zu eigenen Wohnzwecken zu keiner Zeit in Betracht. Daher vermietet er seinen französischen Grundbesitz seit Jahr und Tag an die Familie Rozier. Der Überschuss der Einnahmen über die Werbungskosten beträgt nach deutschem und französischem Steuerrecht monatlich € 1400,00. Mit den Einkünften aus dem franzö-

12 So schon: *Haase*, Internationales und Europäisches Steuerrecht, Rn 98 ff. mit weiterführenden Erläuterungen und Hinweisen; *ders.*, in: *Haase* (Hrsg.), AStG/DBA, Einleitung II Rn 81 ff.

sischen Grundbesitz unterliegt Karl Müller als sog. Non-résident in der Französischen Republik der beschränkten Einkommensteuerpflicht.[13]

Aufgabe

Prüfen Sie die Steuerpflicht Karl Müllers in Deutschland und die Zuweisung des Besteuerungsrechts nach dem DBA-Frankreich.

Lösung

I. Nationales deutsches Steuerrecht

Karl Müller könnte in Deutschland mit seinem Welteinkommen unbeschränkt einkommensteuerpflichtig sein.

1. Persönliche Steuerpflicht

a) Unbeschränkte Steuerpflicht

Natürliche Personen, die im Inland einen Wohnsitz oder ihren gewöhnlichen Aufenthalt haben, sind unbeschränkt einkommensteuerpflichtig, § 1 Abs. 1 S. 1 EStG. Karl Müller **11**
ist eine natürliche Person gem. § 1 BGB.[14] Das Gebiet des steuerrechtlichen Inlands ergibt sich aus § 1 Abs. 1 S. 2 EStG. Danach gehört zum Inland (iSd EStG) auch der der Bundesrepublik Deutschland zustehende Anteil am Festlandsockel, soweit dort Naturschätze des Meeresgrundes und des Meeresuntergrundes erforscht oder ausgebeutet werden oder dieser der Energieerzeugung unter Nutzung erneuerbarer Energien dient. Daraus ergibt sich eine Erweiterung des Inlands über seine völkerrechtliche Festlegung hinaus auch auf den Festlandsockel, wenn er den genannten Tätigkeiten dient.[15] Aachen liegt ohne Zweifel innerhalb der hoheitlichen Grenzen der Bundesrepublik Deutschland und wird somit vom (steuerrechtlichen) Inland erfasst. Der Begriff des steuerlichen Wohnsitzes ist in § 8 AO definiert: Einen Wohnsitz hat jemand dort, wo er eine Wohnung unter Umständen innehat, die darauf schließen lassen, dass er die Wohnung beibehalten und benutzen wird. Karl Müller verfügt nur in Aachen über einen Wohnsitz, der zugleich weltweit sein einziger Wohnsitz ist. Somit ist Karl Müller in der Bundesrepublik Deutschland unbeschränkt einkommensteuerpflichtig. Alternativ zum Wohnsitz führt auch der gewöhnliche Aufenthalt im Inland zur unbeschränkten Steuerpflicht. Nach der Grundregel in § 9 S. 1 AO hat den gewöhnlichen Aufenthalt jemand dort, wo er sich unter Umständen aufhält, die erkennen lassen, dass er an diesem Ort oder in diesem Gebiet nicht nur vorübergehend verweilt. Der Sachverhalt gibt vor, dass Karl Müller auch

---

13 Weiterführendes Beispiel zu den Ausführungen in *Haase*, Internationales und Europäisches Steuerrecht, Rn 26. Zu der beschränkten Einkommensteuerpflicht in Frankreich vgl. *Duthilleul*, in: *Debatin/Wassermeyer* (Hrsg.), Doppelbesteuerung, DBA-Frankreich, Anhang Rn 28 ff.

14 Instruktiv zum Begriff der Personen: *Ellenberger*, in: *Palandt* (Hrsg.), Bürgerliches Gesetzbuch, Überblick vor § 1 Rn 1 ff.

15 *Heinicke*, in: *Schmidt* (Hrsg.), EStG, § 1 Rn 30; *Haase*, Internationales und Europäisches Steuerrecht, Rn 119 ff.

seinen gewöhnlichen Aufenthalt im Inland hat. Diese Tatsache führt ebenfalls zu der in § 1 Abs. 1 S. 1 EStG angeordneten Rechtsfolge „unbeschränkte Steuerpflicht".[16]

b) Beschränkte Steuerpflicht

12 Karl Müller kann in der Bundesrepublik Deutschland nicht beschränkt steuerpflichtig sein, da ein zeitgleiches Nebeneinander von unbeschränkter und beschränkter Steuerpflicht ausgeschlossen ist.

Die beschränkte Steuerpflicht Karl Müllers in Frankreich folgt aus dem Sachverhalt und führte zu einer drohenden juristischen Doppelbesteuerung, weil dasselbe Steuersubjekt (Karl Müller) mit demselben Steuerobjekt (Mietertrag) in Frankreich und Deutschland besteuert zu werden droht. Eine weitere Prüfung der beschränkten Steuerpflicht Karl Müllers in Frankreich ist nach der Aufgabenstellung nicht angezeigt.

2. Sachliche Steuerpflicht

13 Die Mieterträge müssten der deutschen Einkommensteuer unterliegen. Der Einkommensteuer unterliegen die Einkünfte, die weltweit im Rahmen der sieben Einkunftsarten erzielt werden („Welteinkommen"), wenn der Steuerpflichtige unbeschränkt einkommensteuerpflichtig ist (§ 1 Abs. 1 bis 3 EStG).[17] Das Welteinkommensprinzip hat zwar keine ausdrückliche Regelung in den §§ 1 oder 2 EStG erfahren, es ergibt sich aber als Rückschluss aus den §§ 1 Abs. 4, 2a, 34c, 34d und 49 EStG.[18] Das Prinzip der weltweiten Besteuerung, konkretisiert durch das Welteinkommensprinzip[19] und das Weltvermögensprinzip, wird auf den Umstand formeller Territorialität in der Weise gestützt, dass der Steuerpflichtige im Staatsgebiet residiert, dh dort Wohnsitz (§ 8 AO), gewöhnlichen Aufenthalt (§ 9 AO), Geschäftsleitung (§ 10 AO) oder Sitz (§ 11 AO) hat. Dieser nutzentheoretisch orientierten Begründung, die im Kern von der Vermutung ausgeht, dass die in einem Land Ansässigen auch die staatlichen Leistungen dieses Landes (Wohnsitzstaat) in Anspruch nehmen, aber gerade deshalb nicht die Erfassung des Welteinkommens zu rechtfertigen vermag, steht ideengeschichtlich die opfertheoretische Fundierung des Welteinkommensprinzips gegenüber, wonach allein der Wohnsitzstaat die Besteuerung des weltweiten Einkommens zu beanspruchen habe.[20] Zugleich entspreche die Besteuerung des Welteinkommens dem Prinzip der Gleichmäßigkeit der Besteue-

---

16 Zur Erinnerung sei noch einmal darauf hingewiesen, dass § 8 AO und § 9 AO vom Gesetzgeber als eigenständige und gleichberechtigte Varianten ausgestaltet wurden. Des Weiteren sollte der geneigte Leser den Wortlaut der zitierten Normen genau lesen: Aus der Verwendung des unbestimmten Artikels „einen" in § 1 Abs. 1 S. 1 EStG und § 8 AO folgt, dass der Steuerpflichtige mehrere Wohnsitze (in verschiedenen Staaten) haben kann. Anderes gilt für den gewöhnlichen Aufenthalt: Hier verwendet § 1 Abs. 1 S. 1 EStG und § 9 AO einen bestimmten Artikel im Singular „den". Daraus folgt, dass eine natürliche Person nur einen einzigen gewöhnlichen Aufenthalt haben kann. Insoweit folgt das Gesetz logisch dem normierten Lebenssachverhalt. Karl Müller könnte unproblematisch eine Wohnung in der Bundesrepublik Deutschland und eine Wohnung in Frankreich haben. Tatsächlich „dauerhaft" Aufhalten kann sich Karl Müller aber nur in einem der beiden Staaten, denn er kann sich nicht teilen.

17 *Heinicke*, in: *Schmidt* (Hrsg.), EStG, § 2 Rn 4.

18 *Schaumburg*, Internationales Steuerrecht, Rn 5.53 mit weitergehenden Ausführungen.

19 Synonyme: Totalitätsprinzip, Universalitätsprinzip oder Globalprinzip.

20 *Schaumburg*, Internationales Steuerrecht, Rn 5.56.

rung.[21] Die steuerliche Leistungsfähigkeit eines Steuerpflichtigen, die allein über seinen Steuerbeitrag zu entscheiden habe, schließe es aus, inländisches und ausländisches Einkommen ungleich zu behandeln.[22]

Die erhaltenen Mietzinsen gehören bei Karl Müller zu den Einkünften aus Vermietung und Verpachtung gem. §§ 2 Abs. 1 S. 1 Nr. 6, 21 Abs. 1 S. 1 Nr. 1 EStG, denn sie resultieren aus der Vermietung des bebauten Grundstücks (unbewegliches Vermögen) in Frankreich an die Familie Rozier. Einkünfte aus Vermietung und Verpachtung gehören zudem zu den sieben Einkunftsarten. Somit unterliegen die französischen Mieteinkünfte der deutschen Einkommensteuer.

3. Steuersatz

Aus den weltweit bezogenen Einkünften wird gem. § 2 Abs. 3 bis 5 S. 1 HS. 2 EStG das zu versteuernde Einkommen ermittelt. Das zu versteuernde Einkommen bildet die Bemessungsgrundlage (§ 2 Abs. 5 S. 1 HS. 2 EStG) für den in § 32a Abs. 1 EStG geregelten progressiven Einkommensteuertarif. Ausgehend vom Grundfreibetrag in Höhe von € 8354,00 gem. § 32a Abs. 1 S. 2 Nr. 1 EStG, der nicht mit Einkommensteuer belastet wird, steigt der individuelle Steuersatz auf bis zu 45% ab einem zu versteuernden Einkommen in Höhe von € 250 731,00 (§ 32a Abs. 1 S. 2 Nr. 5 EStG). Bei der Ermittlung des Steuersatzes einer unbeschränkt steuerpflichtigen natürlichen Person ist der Progressionsvorbehalt in § 32b EStG zu beachten. Dieser bewirkt eine Einbeziehung steuerfreier Einkünfte bei der Ermittlung des Steuersatzes. Diese Einbeziehung wirkt in positive wie auch in negative Richtung. Gerade für grenzüberschreitende Sachverhalte ist die Wirkung des Progressionsvorbehalts gem. § 32b Abs. 1 Nr. 3 EStG virulent.[23] **14**

4. Ergebnis der nationalen Prüfung

Karl Müller ist in Deutschland unbeschränkt steuerpflichtig. In sachlicher Hinsicht erfasst die unbeschränkte Steuerpflicht das Welteinkommen Karl Müllers. Aus dem Welteinkommen wird das zu versteuernde Einkommen ermittelt und individuellen Einkommensteuersatz Karl Müllers belastet. **15**

II. Europarecht

1. Ggf. unmittelbare Anwendung von Sekundärrechtsakten

Der Sachverhalt gibt keinen Anhaltspunkt für die Anwendung von europäischen Sekundärrechtsakten.[24] **16**

21 *Schaumburg*, Internationales Steuerrecht, Rn 5.56.
22 *Schaumburg*, Internationales Steuerrecht, Rn 5.56.
23 Instruktiv zum Progressionsvorbehalt: *Haase*, Internationales und Europäisches Steuerrecht, Rn 189 ff.; weiterführend: *Schaumburg*, Internationales Steuerrecht, Rn 16.534 ff.
24 Im Steuerrecht sind in diesem Zusammenhang vor allem die EU-Richtlinien zu nennen.

2. Gemeinschaftswidrigkeit nationaler steuerlicher Normen

17 Es ist auch nicht ersichtlich, dass die steuerrechtlichen Konsequenzen im vorliegenden Sachverhalt auf Normen fußen, die nicht mit den Europäischen Grundfreiheiten vereinbar sind.[25]

III. Abkommensrecht

1. Sachlicher/räumlicher/zeitlicher/persönlicher Anwendungsbereich des DBA-Frankreich

a) Sachlicher Anwendungsbereich

18 Das DBA-Frankreich müsste in sachlicher Hinsicht anwendbar sein. Der Punkt nach dem sachlichen Anwendungsbereich des DBA betrifft die Frage nach den von dem Abkommen erfassten Steuern. Der sachliche Anwendungsbereich wird insoweit in Art. 1 Abs. 2 bis 4 DBA-Frankreich abgesteckt. Nach Art. 1 Abs. 2 Nr. 2 lit. a DBA-Frankreich sind Steuern im Sinne des DBA in der Bundesrepublik Deutschland (ua) die Einkommensteuer. Die französischen Einkünfte aus der Vermietung des Einfamilienhauses an die Roziers unterliegen in Deutschland bei der Besteuerung Karl Müllers der Einkommensteuer. Somit ist der sachliche Anwendungsbereich des DBA-Frankreich für die Einkommensteuer eröffnet.

Nicht davon erfasst ist der Solidaritätszuschlag als Ergänzungsabgabe zur Einkommensteuer gem. § 1 Abs. 2 SolzG.[26] Die Ausdehnung des DBA-Frankreich auf den (deutschen) Solidaritätszuschlag könnte von Art. 1 Abs. 3 DBA-Frankreich erfasst sein. Danach ist das Abkommen auch auf alle anderen ihrem Wesen nach gleichen oder ähnlichen Steuern anzuwenden, die nach seiner (des DBA) Unterzeichnung in einem der Vertragsstaaten oder in einem Gebiet eingeführt werden, auf das dieses Abkommen nach Art. 27 ausgedehnt worden ist. Der Solidaritätszuschlag müsste eine gleiche (Einkommen)Steuer oder eine ähnliche Steuer sein. Der Solidaritätszuschlag ist eine Steuer iSd § 3 AO. Um den Anwendungsbereich des Abkommens sachgerecht zu verstehen, sollen auch Steuern und Abgaben, die von einer Steuer im Sinne des Abkommens in jedweder Art und Weise abhängen, unter den sachlichen Anwendungsbereich des Abkommens fallen.[27] Der Solidaritätszuschlag wird als Ergänzung zur Einkommensteuer erhoben; Bemessungsgrundlage ist die festgesetzte Steuer. Somit ist der Solidaritätszuschlag für Zwecke der Anwendung des DBA-Frankreich – wenn nicht schon eine gleiche Steuer in diesem Sinne – eine der Einkommensteuer ähnliche Steuer. Der Solidaritätszuschlag wurde 1991 eingeführt; das DBA-Frankreich datiert vom 21.7.1959. Der Solidaritätszuschlag wurde mithin auch nach Unterzeichnung des DBA-Frankreich in Deutschland

---

25 In diesem Zusammenhang sei noch einmal auf das Urteil des EuGH v. 21.2.2006 (C-152/03) in der Rs. *Ritter-Coulais*, EuGHE I 2006, 1711 ff. hingewiesen, welches die Geltendmachung französischer Verluste aus Vermietung und Verpachtung in Deutschland zum Gegenstand hatte und zur Änderung des § 2a EStG führte.

26 Der Solidaritätszuschlag wirkt zwar wie eine Erhöhung der Einkommensteuer (Körperschaftsteuer), stellt jedoch keine erweiterte oder modifizierte Erhebungsform dieser Ertragsteuern dar. Vielmehr handelt es sich bei dem Solidaritätszuschlag um eine selbstständige Steuer iSd § 3 AO.

27 *Mai*, in: *Haase* (Hrsg.), AStG/DBA, Art. 2 MA Rn 20.

eingeführt. Also erstreckt sich der sachliche Anwendungsbereich des DBA-Frankreich auch auf den Solidaritätszuschlag.

b) Räumlicher Anwendungsbereich

Der räumliche Anwendungsbereich des DBA-Frankreich müsste die Stadt Aachen umfassen. Die Begriffsbestimmungen in Art. 2 DBA-Frankreich stecken das Gebiet der Bundesrepublik Deutschland (im geografischen Sinne) nach dem Geltungsbereich des Grundgesetzes ab, Art. 2 Abs. 1 Nr. 2 DBA-Frankreich. In Aachen gilt zweifellos das deutsche Grundgesetz. Somit ist auch der räumliche Anwendungsbereich des DBA-Frankreich eröffnet. **19**

c) Zeitlicher Anwendungsbereich

Voraussetzung für einen bestehenden Abkommensschutz Karl Müllers ist natürlich auch, dass das Abkommen schon und immer noch anwendbar ist, mithin der zeitliche Anwendungsbereich eröffnet ist. Die zeitliche Anwendung ist in Art. 29 DBA-Frankreich geregelt. Gem. Art. 29 Abs. 1 DBA-Frankreich bedarf das Abkommen der Ratifizierung; die Ratifikationsurkunden sollen so bald wie möglich in Bonn ausgetaucht werden. In Art. 29 Abs. 2 DBA-Frankreich ist sodann die (erstmalige) Wirksamkeit in zeitlicher Hinsicht konkretisiert: Das Abkommen tritt einen Monat nach Austausch der Ratifikationsurkunden in Kraft. Der Austausch der Ratifikationsurkunden erfolgte am 4.10.1961 in Bonn.[28] Für die zeitliche Anwendung des Abkommens gibt Art. 30 Abs. 1 DBA-Frankreich weiter vor, dass es auf unbestimmte Zeit gilt. Eine Kündigung gem. Art. 30 Abs. 2 DBA-Frankreich ist bisher durch keinen der Vertragsstaaten erfolgt. Somit ist zu konstatieren, dass das Abkommen auch in zeitlicher Hinsicht anwendbar ist. **20**

d) Persönlicher Anwendungsbereich

Karl Müller müsste von dem persönlichen Anwendungsbereich des DBA-Frankreich erfasst sein. Der persönliche Anwendungsbereich ist in Art. 2 Abs. 1 Nr. 4 DBA-Frankreich normiert. Danach gilt für die Anwendung des DBA-Frankreich folgendes: Im Sinne des Abkommens bedeutet der Begriff „eine in einem Vertragsstaat ansässige Person" eine Person, die nach dem Rechte dieses Staates dort aufgrund ihres Wohnsitzes, ihres Aufenthaltes des Ortes ihrer Geschäftsleitung oder eines anderen ähnlichen Merkmals steuerpflichtig ist (Art. 2 Abs. 1 Nr. 4 lit. a DBA-Frankreich). Als erstes ist zu prüfen, ob Karl Müller eine Person iSd DBA-Frankreich ist. Gem. Art. 2 Abs. 1 Nr. 3 lit. a DBA-Frankreich bedeutet der Begriff „Person" natürliche Personen. Was unter einer natürlichen Person iSd DBA-Frankreich zu verstehen ist, ergibt sich mangels Definition nicht aus dem Abkommen. Daher ist Art. 2 Abs. 2 DBA-Frankreich heranzuziehen. Nach dieser Regelung wird für die Anwendung des Abkommens durch einen der Vertragsstaaten (hier: Deutschland) jeder Begriff, der nicht in diesem Abkommen bestimmt worden ist, die Auslegung erfahren, die sich aus den Gesetzen ergibt, die in diesem Staat in Kraft sind und sich auf Steuern im Sinne dieses Abkommens beziehen, falls der Zusammenhang keine andere Auslegung erfordert. Auf erster Stufe ist mithin stets zu prüfen, ob **21**

28 *Kramer*, in: *Debatin/Wassermeyer* (Hrsg.), Doppelbesteuerung, Art. 29 DBA-Frankreich Rn 3.

dem Begriff aus dem Abkommenszusammenhang eine bestimmte Bedeutung beizumessen ist.[29] Erfordert der Abkommenszusammenhang dieses nicht, ist auf zweiter Stufe die Auffassung des nationalen Rechts heranzuziehen. Für die Auslegung des Begriffs „natürliche Person" ist nicht erkennbar, dass der Abkommenszusammenhang einen besonderen Sinngehalt erfordert. Damit ist das deutsche innerstaatliche Recht für die Auslegung heranzuziehen. Danach ergibt sich – wie bereits unter I. 1. a) dargelegt –, dass Karl Müller eine natürliche Person ist. Mithin ist Karl Müller Person iSv Art. 2 Abs. 1 Nr. 3 lit. a und Art. 2 Abs. 1 Nr. 4 DBA-Frankreich.

22 Weiter müsste Karl Müller in Deutschland aufgrund seines Wohnsitzes oder gewöhnlichen Aufenthalts steuerpflichtig sein. Anknüpfungspunkt für die unbeschränkte Steuerpflicht einer natürlichen Person in Deutschland ist ua das Innehaben einer Wohnung iSv § 8 AO und/oder das gewöhnliche Aufhalten in Deutschland iSv § 9 AO. Unter der voranstehenden Gliederungsebene I.1.a), in der die unbeschränkte Steuerpflicht Karl Müllers erörtert wurde, konnten sowohl ein Wohnsitz als auch der gewöhnliche Aufenthalt Karl Müllers in Deutschland festgestellt werden. Mithin ist Karl Müller für Zwecke der Anwendung des DBA-Frankreich als in Deutschland ansässig zu betrachten. Somit ist das DBA-Frankreich auch in persönlicher Hinsicht anwendbar.

Der Anwendungsbereich des DBA-Frankreich ist damit eröffnet. Also kann sich Karl Müller auf das DBA-Frankreich berufen, um unter Anwendung der Verteilungsnormen in dem DBA einer möglichen Doppelbesteuerung zu entgehen oder diese jedenfalls abzumildern.[30]

2. Anwendbarer Einkunftsartikel

23 Die Einkünfte aus der Vermietung der französischen Liegenschaft könnten von Art. 3 DBA-Frankreich erfasst sein. Gem. Art. 3 Abs. 1 DBA-Frankreich können Einkünfte aus unbeweglichen Vermögen (einschließlich des Zubehörs und des lebenden oder toten Inventars der land- und forstwirtschaftlichen Betriebe) nur in dem Vertragsstaat besteuert werden, in dem dieses Vermögen belegen ist. Zunächst müsste das Grundstück in Frankreich belegen sein. Was unter „Frankreich" zu verstehen ist, ist in Art. 2 Abs. 1 Nr. 1 DBA-Frankreich definiert. Danach gilt für die Anwendung des Abkommens folgendes: Der Begriff „Frankreich", im geografischen Sinne verwendet, umfasst nur das französische Mutterland (France métropolitaine) und die überseeischen Departments (Guadeloupe, Guayana, Martinique, Réunion). Indem die Französische Republik geografisch abgesteckt wird, sind alle kontinentaleuropäischen Départements – mit Ausnahme des Fürstentums Monaco – erfasst.[31] Die Stadt Metz liegt in geografischer Hinsicht im kontinentaleuropäischen Bereich der Französischen Republik und damit im französischen Mutterland. Somit ist das bebaute Grundstück in Frankreich belegen.

---

29 Vgl. *Kramer*, in: *Debatin/Wassermeyer* (Hrsg.), Doppelbesteuerung, Art. 29 DBA-Frankreich Rn 2 mit dem weiteren Hinweis, dass das Revisionsprotokoll durch Austausch der Revisionsurkunden in Paris am 8.9.70 ratifiziert worden ist.

30 Vgl. zu der Funktion eines Doppelbesteuerungsabkommens *Haase*, Internationales und Europäisches Steuerrecht, Rn 566; *ders.*, in: *Haase* (Hrsg.), AStG/DBA, Einleitung II Rn 11 ff.

31 So auch: *Kramer*, in: *Debatin/Wassermeyer* (Hrsg.), Doppelbesteuerung, Art. 3 DBA-Frankreich Rn 5.

Des Weiteren müsste Karl Müller Einkünfte erzielen. Die Vorschrift in Art. 3 DBA-Frankreich verwendet den Einkünftebegriff, ohne diesen weiter zu definieren. Man wird das Schweigen des DBA als ein solches Abkommen verstehen, das eine stillschweigende Verweisung auf das innerstaatliche Recht des Anwendestaates ausdrückt.[32] Das DBA nimmt jedoch mit der Verwendung des Einkünftebegriffs auf den Betrag Bezug, der nach dem Recht des jeweiligen Anwendestaates der Höhe nach die Einkünfte bildet.[33] Insoweit ist über Art. 2 Abs. 2 DBA-Frankreich das innerstaatliche Recht Deutschlands heranzuziehen. Danach sind Einkünfte gem. § 2 Abs. 2 S. 1 Nr. 1 EStG bei Land- und Forstwirtschaft, Gewerbebetrieb und selbstständiger Arbeit der Gewinn (§§ 4–7k EStG) Einkünfte und gem. § 2 Abs. 2 S. 1 Nr. 2 EStG bei den anderen Einkunftsarten der Überschuss der Einnahmen über die Werbungskosten (§§ 8–9a EStG). **24**

Karl Müller vermietet ein in Frankreich belegenes und bebautes Grundstück. Innerhalb der sieben Einkunftsarten in Deutschland (vgl. § 2 Abs. 1 EStG) kommen dafür ausschließlich Einkünfte aus Vermietung und Verpachtung iSv §§ 2 Abs. 1 Nr. 6 iVm 21 EStG in Betracht. Diese Einkunftsart gehört zu den „anderen Einkunftsarten", bei denen kein Gewinn sondern ein Überschuss zu ermitteln ist. Für die Anwendung von Art. 3 Abs. 1 DBA-Frankreich ist also der Überschuss des Mietzinses als Einnahmen über die Werbungskosten als abkommensrechtliche Einkünfte zu qualifizieren.[34]

Weiter müsste das in Frankreich belegene Grundstück als unbewegliches Vermögen iSd Abkommens zu qualifizieren sein. Im Grundsatz ordnet Art. 3 Abs. 2 DBA-Frankreich dafür an, dass sich der Begriff „unbewegliches Vermögen" nach den Gesetzen des Staates bestimmt, in dem das Vermögen belegen ist. Erweiternd zu dieser Anordnung qualifiziert Art. 3 Abs. 3 DBA-Frankreich Rechte, auf die die bürgerlich-rechtlichen Vorschriften über Grundstücke Anwendung finden, Nutzungsrechte an unbeweglichen Vermögen und Rechte auf veränderliche oder feste Lizenzgebühren für die Ausbeutung an Mineralvorkommen, Quellen und anderen Bodenschätzen (kraft Fiktion „gilt") für die Anwendung dieses Artikels als unbewegliches Vermögen; Schiffe gelten nicht als unbewegliches Vermögen.[35] Der Sachverhalt gibt vor, dass bebaute Grundstücke im französischem Zivil- und Steuerrecht in die Kategorie „unbewegliches Vermögen" eingeordnet werden.[36] Somit stellt die Einkunftsquelle unbewegliches Vermögen dar. **25**

Schlussendlich müsste ein kausaler Zusammenhang zwischen der Einkunftsquelle und den Einkünften bestehen. Dafür erstreckt Art. 3 Abs. 4 DBA-Frankreich die Geltung der Abs. 1 bis des 3 des Art. 3 DBA-Frankreich auch auf die Einkünfte aus der unmittelbaren Nutzung, der Vermietung oder Verpachtung sowie jeder anderen Art der Nutzung des unbeweglichen Vermögens einschließlich der aus Land- und Forstwirtschaft. Karl Müller vermietet das unbewegliche Vermögen in Frankreich an die Familie Rozier zum **26**

32 *Wassermeyer*, in: *Debatin/Wassermeyer* (Hrsg.), Doppelbesteuerung, Art. 6 OECD-MA Rn 12.
33 Wassermeyer, in: *Debatin/Wassermeyer* (Hrsg.), Doppelbesteuerung, Art. 6 OECD-MA Rn 12.
34 So auch *Kramer*, in: *Debatin/Wassermeyer* (Hrsg.), Doppelbesteuerung, Art. 3 DBA-Frankreich Rn 5 mit weiterführenden Hinweisen zu der Auslegung des Begriffs „Einkünfte" durch die Französische Republik.
35 Instruktiv in diesem Zusammenhang sollte ein Blick in die Regelung des § 21 Abs. 1 S. 1 Nr. 1 EStG sein.
36 Einen kurzen Überblick dazu kann *Kramer*, in: *Debatin/Wassermeyer* (Hrsg.), Doppelbesteuerung, Art. 3 DBA-Frankreich Rn 10 f entnommen werden.

Bewohnen und erhält dafür den Mietzins. Somit findet Art. 3 Abs. 1 DBA-Frankreich auf die Nutzungseinkünfte Karl Müllers Anwendung.

Für die Zuweisung des Besteuerungsrechts an den Einkünften aus Vermietung und Verpachtung ist also Art. 3 DBA-Frankreich die zutreffende Regelung.

3. Methode zur Vermeidung der Doppelbesteuerung

27 Eine drohende Doppelbesteuerung Karl Müllers mit seinen Mieteinkünften in der Französischen Republik und in Deutschland könnte durch eine Regelung zur Verteilung der Besteuerungshoheiten vermeiden werden. In Betracht kommt hier der Einkünfteartikel selbst (sog. Zuordnungsmethode). Gem. Art. 3 Abs. 1 DBA-Frankreich können Einkünfte aus unbeweglichen Vermögen nur in dem Vertragsstaate besteuert werden, in dem dieses Vermögen belegen ist. Aus der Verwendung des Wortes „nur" folgt, dass die Rechtsfolge der Vorschrift in der Zuweisung des ausschließlichen Besteuerungsrechts für die Vermietungseinkünfte an die Republik Frankreich als Belegenheitsstaat des Grundstücks besteht. Durch die Anwendung von Art. 3 Abs. 1 DBA-Frankreich wird mithin die Doppelbesteuerung vermieden, ohne dass die Regelungen in Art. 20 DBA-Frankreich, dem sog. Methodenartikel, heranzuziehen sind.

28 Das Vorliegen von Einkünften wurde bereits zuvor unter dem Punkt III. 2. mit positivem Ergebnis erörtert. Ebenso handelt es sich in casu um unbewegliches Vermögen, welches in Frankreich belegen ist. Auf der Rechtsfolgenseite weist Art. 3 Abs. 1 DBA-Frankreich somit der Französischen Republik das alleinige Besteuerungsrecht an den Einkünften aus Vermietung und Verpachtung zu. Obwohl Karl Müller in Deutschland mit seinem Welteinkommen steuerpflichtig ist, können die französischen Einkünfte mithin nicht in die steuerrechtliche Bemessungsgrundlage, nämlich das zu versteuernde Einkommen iSv § 2 Abs. 5 S. 1 EStG, einbezogen werden. Gleichwohl ist zu überlegen, ob sich die französischen Vermietungseinkünfte auf die Besteuerung Karl Müllers in Deutschland auswirken. In Betracht kommt die Anwendung des Progressionsvorbehalts in § 32b EStG.[37] Die Norm bestimmt in Abs. 1 Nr. 3, dass ua bei unbeschränkter Steuerpflicht auf das nach § 32a Abs. 1 EStG zu versteuernde Einkommen bei Bezug von Einkünften, die nach einem Abkommen zur Vermeidung der Doppelbesteuerung steuerfrei sind, ein besonderer Steuersatz (definiert in § 32b Abs. 2 EStG) anzuwenden ist. Karl Müller ist unbeschränkt steuerpflichtig (unter I.1.a) und die Einkünfte sind nach Art. 3 Abs. 1 DBA-Frankreich in Deutschland steuerfrei, weil der Französischen Republik das alleinige Besteuerungsrecht zusteht. Bevor nun voreilig die Rechtsfolge der Regelung geprüft wird, ist die Einschränkung in § 32b Abs. 1 S. 2 EStG zu beachten. Danach gilt § 32b Abs. 1 Nr. 3 EStG ua nicht für Einkünfte aus der Vermietung und Verpachtung von unbeweglichen Vermögen oder von Sachinbegriffen, wenn diese in einem anderen Staat als einem Drittstaat belegen sind (§ 32b Abs. 1 S. 2 Nr. 3 EStG). Welche Staaten „Drittstaaten" in diesem Sinne sind, ergibt sich aus § 2a Abs. 2a EStG, der über den ausdrücklichen Verweis in § 32b Abs. 1 S. 3 EStG zur Anwendung gelangt. Als Drittstaaten sind danach die Staaten anzusehen, die nicht Mitgliedstaaten der Europäischen Union

37 Allgemein zur Anwendung des Progressionsvorbehalts: *Haase*, Internationales und Europäisches Steuerrecht, Rn 189 ff.; *Schaumburg*, Internationales Steuerrecht, Rn 16.534 ff.

sind. Die Französische Republik ist zweifellos ein Mitgliedstaat der Europäischen Union. Ein Einbezug der französischen Vermietungseinkünfte in das deutsche Steuersatzeinkommen Karl Müllers ist mithin obsolet. Somit entfalten die französischen Vermietungseinkünfte bei der Besteuerung Karl Müllers in Deutschland keine Auswirkungen.

4. Ggf. sonstiges Völkerrecht (insbesondere Abkommen)

Für die Anwendung weiteren Völkerrechts gibt der Sachverhalt einerseits keinen Anlass **29**
und es ist auch nicht ersichtlich, welche Normen des sonstigen Völkerrechts (zB das Wiener Übereinkommen vom 18. April 1961 über die diplomatischen Beziehungen im BGBl. II 1964, S. 957) im vorliegenden Fall Wirkung entfalten könnten.

b) Sachverhalt zur grenzüberschreitenden gewerblichen Tätigkeit mit Anknüpfungspunkten in mehreren Staaten

Sachverhalt **30**

Der Tankwart Horst Meier mit einzigem Wohnsitz und gewöhnlichem Aufenthalt in Konstanz beitreibt ebenda eine freie Tankstelle mit angegliederter Reparaturwerkstatt. Den Betrieb hatte Horst Meier von seinem Vater geerbt. Ganz der Familientradition folgend, ist auch Horst Meier auf die Pflege und Reparatur von Oldtimern spezialisiert, womit er sich weit über die regionalen Grenzen hinaus einen Namen gemacht hat. Da viele seine Kunden aus der Schweiz stammen, kann er sich irgendwann dem Wunsch der Eidgenossen nicht mehr verschließen, in ihrem Land eine Zweigstelle (Betriebsstätte) zu eröffnen. Zunächst skeptisch erlebt Horst Meier dadurch einen wahren „Boom" an Auftragseingängen. Den Zuwachs an Aufträgen verdankt Horst Meier im Wesentlichen seinem italienischem Arbeitnehmer Luigi Tozzi. Dieser „stirbt" für den Umgang mit Oldtimern aus seiner Heimat. Von italienischen Oldtimern hatte sich Horst Meier Zeit seiner Tätigkeit fern gehalten, weil diese sehr empfindlich sind und Spezialkenntnisse verlangen. Luigi Tozzi erwarb seine Kenntnisse und Fähigkeiten in der vecchia auto s.r.l. Diese Kapitalgesellschaft ist im gesamten Spektrum italienischer Oldtimer tätig und verfügt dazu auch über einen großen Ausbildungsbetrieb. Horst Meier beschafft sich weitere Informationen über die vecchia auto s.r.l. und Optimierungsmöglichkeiten seiner Tätigkeiten auf dem Schweizer Markt. Dann fasst er folgende Entschlüsse: Die Arbeiten an italienischen Oldtimern sollen ausschließlich in der Schweizer Zweigstelle erfolgen; zur Erweiterung des Geschäftsbetriebs wirbt Horst Meier weitere Arbeitnehmer von der vecchia auto s.r.l. ab; um seinen italienischen Mitarbeitern weiterhin Zugang zu Fortbildungsergebnissen und neuen Verfahren und Kenntnissen im Umgang mit italienischen Oldtimern zu ermöglichen, beteiligt sich Horst Meier in Höhe von 30% am Kapital der vecchia auto s.r.l. und ordnet für steuerrechtliche Zwecke die Beteiligung an der vecchia auto s.r.l. der Schweizer Zweigstelle zu. Eine (organschaftliche) Geschäftsführerstellung wie auch sonstige schuldrechtliche Beziehungen zu der vecchia auto s.r.l. werden von Horst Meier nicht angestrebt. Von Interesse sind für ihn allein die Informationsmöglichkeiten über die Tätigkeiten und das Know-How der italienischen Gesellschaft. Im April 2014 beschließt die Gesellschafterversammlung der vecchia auto s.r.l. eine Gewinnausschüttung an ihre Gesellschafter.

Aufgabe

Welches bzw. welche Doppelbesteuerungsabkommen sind anwendbar und welcher Staat ist und ggf. auf welche Weise zur Vermeidung einer möglichen Doppelbesteuerung verpflichtet?

Hinweise

1. Die vecchia auto s.r.l. ist eine in der italienischen Republik ansässige Kapitalgesellschaft und folglich mit ihrem Gesamteinkommen bestehend aus allen inländischen und ausländischen Einkünften in Italien steuerpflichtig.[38]
2. Die Gewinnausschüttungen der vecchia auto s.r.l. unterliegen in Italien nach dem nationalen Recht als Einkünfte aus Kapitalvermögen der Abzugs- bzw. Quellenbesteuerung in Höhe von 20% (auf den Bruttoertrag).[39] Dieses ist die Konsequenz der Besteuerung Nichtansässiger im Rahmen der beschränkten Steuerpflicht nach dem Recht der italienischen Republik.[40] Die Gewinnausschüttungen aus der vecchia auto s.r.l. sind nach italienischem Steuerrecht den Einnahmen aus Aktien gleichgestellt.
3. Horst Meier begründet mit dem Unterhalten und der Erwerbs- bzw. Wirtschaftstätigkeit in der Schweizer Betriebsstätte nach dem dort geltenden Steuerrecht die beschränkte Einkommensteuerpflicht. Die beschränkte Steuerpflicht erschöpft sich in den Erträgen aus den wirtschaftlichen Verflechtungen zur Schweizerischen Eidgenossenschaft.[41]
4. Gem. Art. 11 Schweizer Zivilgesetzbuch ist jedermann rechtsfähig und für alle Menschen besteht demgemäß in den Schranken der Rechtsordnung die gleiche Fähigkeit, Rechte und Pflichten zu haben. Daraus soll folgen, dass natürliche Personen (rechtsfähige) Personen bei der Anwendung der Doppelbesteuerungsabkommen der Schweiz sind, denn in der Schweiz gilt für Art. 3 DBG und Art. 3 StHG die Regelung in § 11 ZGB.
5. Die Mutter-Tochter-Richtlinie (Richtlinie 90/435/EWG des Rates vom 23. Juli 1990 über das gemeinsame Steuersystem der Mutter- und Tochtergesellschaften verschiedener Mitgliedstaaten Abl. EG 1990 Nr. L 225, S. 6 ff.) ist aus Vereinfachungsgründen nicht anzuwenden, wäre aber im Hinblick auf die Schweiz an den sog. Bilateralen II zu messen.
6. Die Regelung über den sog. Progressionsvorbehalt in § 32b EStG ist anwendbar.

Lösung

31 Vor Beginn der Erarbeitung der eigentlichen Lösung empfiehlt es sich bei Aufgaben im Internationalen Steuerrecht stets, den Sachverhalt in Form einer bildlichen Struktur darzustellen und die wichtigsten Elemente wiederzugeben. Einerseits wird dadurch das

38 Weiterführend *Lobis*, in: *Debatin/Wassermeyer* (Hrsg.), Doppelbesteuerung, DBA-Italien, Anhang Rn 88.
39 Weiterführend *Lobis*, in: *Debatin/Wassermeyer* (Hrsg.), Doppelbesteuerung, DBA-Italien, Anhang Rn 55 und 81.
40 *Lobis*, in: *Debatin/Wassermeyer* (Hrsg.), Doppelbesteuerung, DBA-Italien, Anhang Rn 78.
41 Zum Ganzen *Weigell*, in: *Debatin/Wassermeyer* (Hrsg.), Doppelbesteuerung, DBA-Schweiz, Anhang Rn 42 ff.

Verständnis des Sachverhaltes erhöht; andererseits kann der Bearbeiter auf dieses Weise sicherstellen, jede lösungsrelevante Angabe im Sachverhalt zu erkennen und zu verarbeiten.

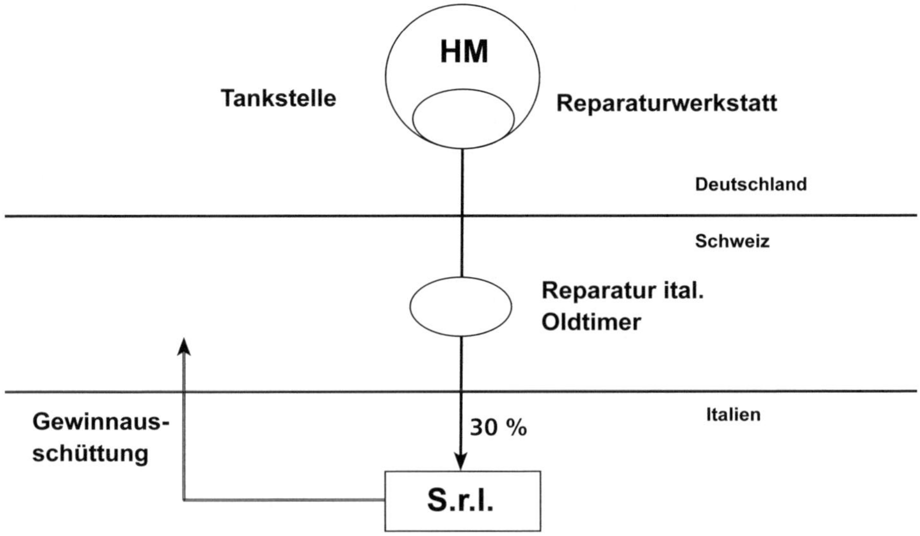

Die Verwendung der Zeichen in dem Schaubild folgen den Gepflogenheiten im Internationalen Steuerrecht im deutschen Rechtskreis: Der Kreis steht für natürliche Personen; die Ellipse lässt eine Betriebsstätte erkennen und das Rechteck wird für die Darstellung einer juristischen (intransparenten) Person (zB in Form Kapitalgesellschaft) verwendet. Gibt der Sachverhalt den Einsatz einer (transparenten) Personengesellschaft vor, wird diese in Form eines Dreiecks bei der bildlichen Veranschaulichung wiedergegeben. In den angelsächsischen Ländern ist es zudem mancherorts üblich, die Betriebsstätte mit einem Dreieck und die Personengesellschaft durch eine Ellipse darzustellen. Weitere Unterschiede bei der Besteuerung sind damit aber nicht verbunden.

Zur Vermeidung von Missverständnissen sei an dieser Stelle noch einmal darauf hinge- **32**
wiesen, dass im Rahmen dieses Klausurenkurses das Internationale Steuerrecht immer aus der deutschen „Brille" betrachtet und geprüft wird. Werden mithin zB ausländische Rechtsgebilde – wie die oben eingesetzte vecchia auto s.r.l. – in dem Schaubild mit einem Rechteck wiedergegeben, qualifiziert nach deutschem Verständnis als Folge des sog. Rechtstypenvergleich[42] die juristische Person (hier in Form einer Kapitalgesellschaft) in Italien als solche. Als Pars pro toto für die Rechtsfolgen und die Notwendigkeit einer dahingehend genauen Arbeitsweise wird auf das Schreiben des BMF v. 19.3.2004[43] verwiesen, dies v.a. für die Frage, ob die Limited Liability Company (LLC) US-amerikanischen Rechts für Zwecke der deutschen Besteuerung als Körperschaft

42 Allgemein zum Rechtstypenvergleich: *Haase*, Internationales und Europäisches Steuerrecht, Rn 114 f. ua mit dem Hinweis auf die beispielhafte Aufzählung in den Tabellen 1 und 2 im Anhang zum Betriebsstättenerlass des BMF v. 24.12.1999, Az.: IV B – S 1300 – 111/99, BStBl. I 1999, 1076.

43 Az.: IV B – S 1301 USA – 22/04, BStBl. I 2004, 411.

oder als Personengesellschaft einzuordnen ist. Unter IV. des genannten Schreibens wird die rechtliche Qualifikation der LLC aus deutscher Perspektive [sic!] angeordnet. Zudem werden dort auch die Unterschiede der rechtlichen Einordnung für die Besteuerung in Deutschland und für Zwecke der Anwendung des DBA-USA hervorgehoben.

33 Die Abwandlung in dem „Horst Meier Fall" zum „Karl Müller Fall" schlägt sich zu Beginn der Lösung bereits in dem Auffinden des richtigen Obersatzes nieder. Maßgebend dafür ist die Fallfrage. Diese muss vollumfänglich verstanden sein, denn nur diese ist zu beantworten. Ein Bearbeiter, der sogleich den geschilderten Sachverhalt nach dem Prüfungsschema löst, verkennt, dass dieses auf die konkrete Fallfrage hin anzupassen ist. Ansonsten werden ggf. überflüssige Ausführungen gemacht.[44] Das mag man bei vordergründiger Betrachtung für eine alleinige Notwendigkeit bei der Lösungserarbeitung theoretischer Fälle halten. Mit einer solchen Einstellung springt man jedoch zu kurz. In der täglichen Beratungspraxis stellt die Fallfrage regelmäßig der Mandant. Wird seine Frage von dem Berater falsch verstanden oder mit Ausführungen „geschmückt", die keinen Bezug zu der eigentlichen Frage haben, wird die Reaktion des Mandanten stets in einer ungehaltenen Reaktion münden.

Gefragt ist hier nach zweierlei: Erstens ist zu untersuchen, welches oder welche Doppelbesteuerungsabkommen anwendbar ist/sind. Zweitens ist herauszuarbeiten, welcher Staat auf welche Weise (zB durch Anrechnung ausländischer Steuern) verpflichtet ist, eine mögliche Doppelbesteuerung Horst Meiers zu vermeiden.

I. Anwendbarkeit der bestehenden DBA

1. Anwendung des DBA zwischen der Schweiz und Italien

34 Das DBA zwischen der Schweiz und Italien könnte greifen, wenn sein Anwendungsbereich eröffnet ist. Der Anwendungsbereich eines DBA unterteilt sich in die sachlichen, zeitlichen, räumlichen und persönlichen Voraussetzungen, die alle von dem Sachverhalt erfüllt sein müssen.

a) Persönlicher Anwendungsbereich

Der persönliche Anwendungsbereich in Form der Ansässigkeit ergibt sich aus Art. 4 DBA-Schweiz-Italien. Danach bedeutet für Zwecke des Abkommens gem. Art. 4 Abs. 1 DBA-Schweiz-Italien der Ausdruck „Ansässigkeit in einem Vertragsstaat" eine Person, die nach dem Recht dieses Staates dort aufgrund ihres Wohnsitzes [oder] ihres ständigen Aufenthaltes steuerpflichtig ist. Der Ausdruck umfasst jedoch nicht eine Person, die in diesem Staat nur mit Einkünften aus Quellen in diesem Staat steuerpflichtig ist. Zunächst ist zu untersuchen, ob Horst Meier eine Person iSd DBA-Schweiz-Italien ist. Gem. Art. 3 Abs. 1 lit. b DBA-Schweiz-Italien umfasst der Begriff „Person" natürliche Personen. Was unter einer natürlichen Person iSd DBA-Schweiz-Italien zu verstehen ist, ergibt sich mangels Definition nicht aus dem Abkommen. Folglich muss die Vorschrift

44 Instruktiv dazu: *Birk/Desens/Tappe*, Klausurenkurs im Steuerrecht, Rn 38 ff. Wie auch bei *Birk/Desens/Tappe*, werden zum besseren Verständnis teilweise Ausführungen gemacht und als solche ausgewiesen, die nicht Teil der Musterlösung sind.

in Art. 3 Abs. 2 DBA-Schweiz-Italien bemüht werden. Danach wird für die Anwendung des Abkommens durch einen der Vertragsstaaten (hier: Schweiz) jeder Begriff, der nicht in diesem Abkommen bestimmt worden ist, die Auslegung erfahren, die sich aus den Gesetzen ergibt, die in diesem Staat in Kraft sind und sich auf Steuern im Sinne dieses Abkommens beziehen, falls der Zusammenhang keine andere Auslegung erfordert. Für die Auslegung des Begriffs „natürliche Person" ist nicht erkennbar, dass der Abkommenszusammenhang einen besonderen Sinngehalt erfordert. Damit ist das Schweizer innerstaatliche Recht für die Auslegung heranzuziehen. Nach den Angaben in den Hinweisen ist jedermann nach dem nationalen Recht der Schweiz rechtsfähig; mithin auch natürliche Personen.

Horst Meier ist ohne Zweifel ein „Jedermann" und nach Schweizer Zivilrecht rechtsfähig. Somit ist Horst Meier Person iSv Art. 3 Abs. 1 lit. b DBA-Schweiz-Italien.

Des Weiteren müsste Horst Meier in der Schweiz aufgrund seines Wohnsitzes und/oder seines ständiges Aufenthaltes (dort) steuerpflichtig sein. Horst Meier ist in der Schweiz jedoch nicht wegen des Innehabens eines Wohnsitzes oder seines ständigen Aufenthaltes dort steuerpflichtig. Unabhängig von den Voraussetzungen dieser beiden Merkmale gibt der Sachverhalt vor, dass Horst Meier seinen einzigen Wohnsitz und gewöhnlichen (ständigen) Aufenthalt in Deutschland begründet. Horst Meier kann mithin nicht für Zwecke des Abkommens zwischen der Schweiz und Italien ansässig sein. Somit ist der persönliche Anwendungsbereich des DBA-Schweiz-Italien nicht eröffnet. **35**

b) Ergebnis

Damit kann das DBA-Schweiz-Italien den Sachverhalt nicht erfassen und durch die Zuweisung etwaiger Besteuerungsrechte zu Milderung möglicher Doppelbesteuerungen führen. **36**

2. Anwendung des DBA-Schweiz

Anwendbar könnte das bestehende DBA zwischen der Schweiz und Deutschland sein. Dafür müsste es in sachlicher, räumlicher, zeitlicher und persönlicher Hinsicht anwendbar sein. **37**

a) Sachlicher Anwendungsbereich

Das DBA-Schweiz könnte in sachlicher Hinsicht anwendbar sein. Der sachliche Anwendungsbereich eines DBA erfasst die von dem Abkommen erfassten Steuern. Der sachliche Anwendungsbereich wird insoweit in Art. 2 DBA-Schweiz geregelt. Nach Art. 2 Abs. 1 DBA-Schweiz gilt das Abkommen, ohne Rücksicht auf die Art der Erhebung, für Steuern vom Einkommen und vom Vermögen, die für Rechnung eines der beiden Vertragsstaaten, der Länder, Kantone, Bezirke, Kreise, Gemeinden oder Gemeindeverbände (auch in Form von Zuschlägen) erhoben werden. Als Steuern vom Einkommen und Vermögen gelten gem. Art. 2 Abs. 2 DBA-Schweiz alle (ordentlichen und außerordentlichen) Steuern, die vom Gesamteinkommen, vom Gesamtvermögen oder von Teilen des Einkommens oder des Vermögens erhoben werden, einschließlich der Steuern vom Gewinn aus der Veräußerung beweglichen oder unbeweglichen Vermögens, der Lohnsummensteuer sowie der Steuern vom Vermögenszuwachs. Das Abkommen gilt nicht für an der Quelle erhobene Steuern von Lotteriegewinnen. Gem. Art. 2 Abs. 3 Nr. 1 lit. a DBA-Schweiz gehören zu den zur Zeit bestehenden Steuern, für die das Abkommen gilt, insbesondere die Einkommensteuer einschließlich der Ergänzungsabgabe[45] dazu; in der Schweiz gem. Nr. 2 der Vorschrift die von Bund, Kantonen, Bezirken, Kreisen, Gemeinden und Gemeindeverbänden erhobenen Steuern. Die Einkünfte Horst Meiers aus der Schweizer Betriebsstätte unterliegen in Deutschland der Einkommensteuer. Somit ist der sachliche Anwendungsbereich des DBA-Schweiz für die Einkommensteuer eröffnet.

b) Räumlicher Anwendungsbereich

38 Der räumliche Anwendungsbereich des DBA-Schweiz müsste die Stadt Konstanz umfassen. Im Sinne dieses Abkommens, wenn der Zusammenhang nichts anderes erfordert, bedeutet der Ausdruck „Bundesrepublik Deutschland“, im geographischen Sinne verwendet, das Gebiet des Geltungsbereichs des Grundgesetzes für die Bundesrepublik Deutschland sowie das an die Hoheitsgewässer der Bundesrepublik Deutschland angrenzende und steuerrechtlich als Inland bezeichnete Gebiet, in dem die Bundesrepublik Deutschland in Übereinstimmung mit dem Völkerrecht ihre Rechte hinsichtlich des Meeresgrundes und des Meeresuntergrundes sowie ihrer Naturschätze ausüben darf. Konstanz gehört ohne Zweifel zu einem Gebiet, in dem das Grundgesetz gilt. Der räumliche Anwendungsbereich des Abkommens umfasst somit die Stadt Konstanz.[46]

c) Zeitlicher Anwendungsbereich

39 Voraussetzung für einen bestehenden Abkommensschutz für Horst Meier ist auch, dass der zeitliche Anwendungsbereich eröffnet ist. Die zeitliche Anwendung ist in Art. 32 DBA-Schweiz geregelt. Gem. Art. 32 Abs. 1 DBA-Schweiz bedarf das Abkommen der Ratifizierung; die Ratifikationsurkunden sollen so bald wie möglich in Bern ausgetauscht werden. In Art. 32 Abs. 2 DBA-Schweiz ist sodann die (erstmalige) Wirksamkeit in zeitlicher Hinsicht konkretisiert: Das Abkommen tritt mit dem Austausch der Ratifikationsurkunden in Kraft und ist anzuwenden (lit. a) auf die im Abzugswege erhobenen Steuern von den nach dem 31. Dezember 1971 zugeflossenen Einkünften; (lit b) auf die sonstigen für das Jahr 1972 und die folgenden Jahre erhobenen Steuern. Somit ist das Abkommen auch in zeitlicher Hinsicht anwendbar.

d) Persönlicher Anwendungsbereich

40 Horst Meier müsste von dem persönlichen Anwendungsbereich des DBA-Schweiz erfasst sein. Der persönliche Anwendungsbereich ist in Art. 4 Abs. 1 DBA-Schweiz normiert. Danach gilt für die Anwendung des DBA-Schweiz folgendes: Im Sinne des Abkommens bedeutet der Begriff „eine in einem Vertragsstaat ansässige Person“ eine Person, die nach dem in diesem Staat geltenden Recht dort unbeschränkt steuerpflichtig

45 Dazu gehört der Solidaritätszuschlag: *Brandis*, in: *Debatin/Wassermeyer* (Hrsg.), Doppelbesteuerung, DBA-Schweiz, Art. 2 Rn 36 mit Verweis auf *Debatin/Wassermeyer* (Hrsg.), Doppelbesteuerung, Art. 2 OECD-MA Rn 57.

46 *Hardt*, in: *Debatin/Wassermeyer* (Hrsg.), Doppelbesteuerung, DBA-Schweiz, Art. 3 Rn 11.

ist. Als erstes ist zu untersuchen, ob Horst Meier eine Person iSd DBA-Schweiz ist. Gem. Art. 3 Abs. 1 lit. d DBA-Schweiz umfasst der Begriff „Person" (auch) natürliche Personen. Was unter einer natürlichen Person iSd DBA-Schweiz zu verstehen ist, bestimmt sich gem. der Auslegungsregel in Art. 3 Abs. 2 DBA-Schweiz nach dem Steuerrecht des Anwenderstaates, das insoweit wiederum an das Zivilrecht des Anwenderstaates anknüpft. In Deutschland setzt die unbeschränkte Steuerpflicht natürlicher Personen (§ 1 EStG) deren Rechtsfähigkeit voraus (§ 1 BGB). Horst Meier ist zweifellos rechtsfähig, so dass er ohne weiteres als Person im Sinne des Abkommens anzusehen ist. Weiter müsste Horst Meier in Deutschland einen Wohnsitz oder gewöhnlichen Aufenthalt haben, damit er unbeschränkt steuerpflichtig ist. Wohnsitz ist in § 8 AO definiert, gewöhnlicher Aufenthalt in § 9 AO. Der Sachverhalt gibt vor, dass beide Merkmale ausschließlich im Inland begründet sind, damit aber auch vorliegen. Mithin ist Horst Meier für Zwecke der Anwendung des DBA-Schweiz als in Deutschland ansässig zu betrachten. Somit ist das DBA-Schweiz auch in persönlicher Hinsicht anwendbar.

e) Ergebnis

Der Anwendungsbereich des DBA-Schweiz ist eröffnet. Also kann sich Horst Meier auf das DBA-Schweiz berufen, um unter Anwendung der Verteilungsnormen in dem DBA einer möglichen Doppelbesteuerung zu entgehen oder diese jedenfalls abzumildern.[47] **41**

3. Anwendung des DBA-Italien

Denkbar ist auch die Anwendung des DBA-Italien. Dies folgt aus der Tatsache, dass zum einen zivilrechtlicher (und wirtschaftlicher) Eigentümer der Anteile an der vecchia auto s.r.l. alleine Horst Meier ist, denn die Schweizer Betriebsstätte Horst Meiers kann mangels eigener Rechtspersönlichkeit kein Eigentum an den Geschäftsanteilen begründen. Zum anderen ist nach dem Willen der Finanzverwaltung in seinem Schreiben vom 24.12.1999[48] die Zentralfunktion des Stammhauses zu beachten. Danach sind dem Stammhaus regelmäßig (und nicht der Betriebsstätte) zuzurechnen: Beteiligungen, wenn sie nicht einer in der Betriebsstätte ausgeübten Tätigkeit dienen. **42**

a) Sachlicher Anwendungsbereich

Das DBA-Italien könnte in sachlicher Hinsicht anwendbar sein. Der sachliche Anwendungsbereich eines DBA erfasst die von dem Abkommen erfassten Steuern. Der sachliche Anwendungsbereich wird insoweit in Art. 2 DBA-Italien geregelt. Nach Art. 2 Abs. 1 DBA-Italien gilt das Abkommen, ohne Rücksicht auf die Art der Erhebung, für Steuern vom Einkommen und vom Vermögen, die für Rechnung eines Vertragsstaaten, eines seiner Länder oder eines ihrer Gebietskörperschaften erhoben werden. Als Steuern vom Einkommen und Vermögen gelten gem. Art. 2 Abs. 2 DBA-Italien alle (ordentlichen und außerordentlichen) Steuern, die vom Gesamteinkommen, vom Gesamtvermögen oder von Teilen des Einkommens oder des Vermögens erhoben werden, einschließ- **43**

---

47 Vgl. zu der Funktion eines Doppelbesteuerungsabkommens *Haase*, Internationales und Europäisches Steuerrecht, Rn 566 f; *ders.*, in: *Haase* (Hrsg.), AStG DBA, Einleitung II Rn 11 ff.

48 BMF-Schreiben v. 24.12.1999, Az.: B 4-S 1300 – 111/99, BStBl. I 1999, 1076 Tz. 2.4.

lich der Steuern vom Gewinn aus der Veräußerung beweglichen oder unbeweglichen Vermögens, der Lohnsummensteuer sowie der Steuern vom Vermögenszuwachs. Gem. Art. 2 Abs. 3 lit. b DBA-Italien gehören zu den bestehenden Steuern für die das Abkommen gilt, in der Bundesrepublik Deutschland ua die Einkommensteuer. Somit ist der sachliche Anwendungsbereich des DBA-Italien für die Einkommensteuer eröffnet.

b) Räumlicher Anwendungsbereich

44 Der räumliche Anwendungsbereich des DBA-Italien müsste die Stadt Konstanz umfassen. Im Sinne dieses Abkommens, wenn der Zusammenhang nichts anderes erfordert, bedeutet der Ausdruck „Bundesrepublik Deutschland", im geographischen Sinne verwendet, das Gebiet des Geltungsbereichs des Grundgesetzes für die Bundesrepublik Deutschland, in dem das Steuerrecht der Bundesrepublik Deutschland gilt, Art. 3 Abs. 1 lit. c DBA-Italien. Konstanz gehört ohne Zweifel zu einem Gebiet, in dem das deutsche Steuerrecht gilt. Der räumliche Anwendungsbereich des Abkommens umfasst somit die Stadt Konstanz.[49]

c) Zeitlicher Anwendungsbereich

45 Voraussetzung für einen bestehenden Abkommensschutz für Horst Meier ist auch, dass der zeitliche Anwendungsbereich eröffnet ist. Die zeitliche Anwendung ist in Art. 31 DBA-Italien geregelt. Gem. Art. 31 Abs. 1 DBA-Italien bedarf das Abkommen der Ratifizierung; die Ratifikationsurkunden sollen so bald wie möglich in Rom ausgetauscht werden. In Art. 31 Abs. 2 DBA-Italien ist sodann die (erstmalige) Wirksamkeit in zeitlicher Hinsicht konkretisiert: Das Abkommen tritt einen Monat nach Austausch der Ratifikationsurkunden in Kraft. Das Abkommen war grundsätzlich in beiden Vertragsstaaten erstmals für den Veranlagungszeitraum 1993 anzuwenden.[50] Somit ist der zeitliche Anwendungsbereich ebenfalls erfüllt.

d) Persönlicher Anwendungsbereich

46 Horst Meier müsste von dem persönlichen Anwendungsbereich des DBA-Italien erfasst sein. Der persönliche Anwendungsbereich ist in Art. 4 Abs. 1 DBA-Italien normiert. Danach gilt für die Anwendung des DBA-Italien folgendes: Im Sinne des Abkommens bedeutet der Begriff „eine in einem Vertragsstaat ansässige Person" eine Person, die nach dem Recht dieses Staates dort aufgrund ihres Wohnsitzes (oder) ihres ständigen Aufenthaltes steuerpflichtig ist. Als erstes ist zu untersuchen, ob Horst Meier eine Person iSd DBA-Italien ist. Gem. Art. 3 Abs. 1 lit. d DBA-Italien umfasst der Begriff „Person" (auch) natürliche Personen. Was unter einer natürlichen Person iSd DBA-Italien zu verstehen ist, bestimmt sich gem. der Auslegungsregel in Art. 3 Abs. 2 DBA-Italien nach dem Steuerrecht des Anwenderstaates, das insoweit wiederum an das Zivilrecht des Anwenderstaates anknüpft. In Deutschland setzt die unbeschränkte Steuerpflicht natürlicher Personen (§ 1 EStG) deren Rechtsfähigkeit voraus (§ 1 BGB). Horst Meier ist rechtsfähig, so dass er ohne weiteres als Person im Sinne des Abkommens anzusehen

---

49 *Hardt*, in: *Debatin/Wassermeyer* (Hrsg.), Doppelbesteuerung, DBA-Schweiz, Art. 3 Rn 11.
50 *Krabbe*, in: *Debatin/Wassermeyer* (Hrsg.), Doppelbesteuerung, DBA-Italien, Art. 31 Rn 4.

ist. Weiter müsste Horst Meier in Deutschland einen Wohnsitz oder gewöhnlichen Aufenthalt haben, damit er unbeschränkt steuerpflichtig ist. Wohnsitz ist in § 8 AO definiert, gewöhnlicher Aufenthalt in § 9 AO. Der Sachverhalt gibt vor, dass beide Merkmale ausschließlich im Inland begründet sind, damit aber auch vorliegen. Mithin ist Horst Meier für Zwecke der Anwendung des DBA-Italien als in Deutschland ansässig zu betrachten. Somit ist das DBA-Italien auch in persönlicher Hinsicht anwendbar.

e) Ergebnis

Der Anwendungsbereich des DBA-Italien ist eröffnet. Also kann sich Horst Meier auf das DBA-Italien berufen, um unter Anwendung der Verteilungsnormen in dem DBA einer möglichen Doppelbesteuerung zu entgehen oder diese jedenfalls abzumildern.[51] **47**

4. Ergebnis

Anwendbar sind sowohl das DBA zwischen der Schweiz und Deutschland als auch das DBA zwischen Deutschland und Italien. **48**

II. Vermeidung einer Doppelbesteuerung

An dieser Stelle sei vorab noch einmal auf die steuerrechtlichen Konsequenzen Horst Meiers nach den nationalen Rechtsordnungen der beteiligten Staaten hingewiesen. In Italien entsteht für Horst Meier eine Quellensteuer, vergleichbar mit der deutschen Kapitalertragsteuer, wenn die vecchia auto s.r.l. Gewinnausschüttungen vornimmt. Mit diesen Gewinnausschüttungen erhöht Horst Meier in jedem Fall auch seine Einkommensteuerbemessungsgrundlage in Deutschland, weil Horst Meier aufgrund der unbeschränkten Steuerpflicht (§ 1 Abs. 1 S. 1 EStG) mit seinem weltweit erzielten Einkünften in Deutschland der Einkommensteuer unterliegt (§ 2 Abs. 1 S. 1 EStG).[52] Die originären Einkünfte aus der Schweizer Betriebsstätte führen Horst Meier in der Schweiz in die beschränkte Steuerpflicht. Mit diesen Einkünften (aus Gewerbebetrieb gem. § 15 EStG) unterliegt Horst Meier in Deutschland ebenfalls der Einkommensteuer. Kraus wird das Ergebnis hinsichtlich der drohenden Doppelbesteuerungen, wenn die Schweiz auch noch die Gewinnausschüttungen aus der vecchia auto s.r.l. wegen der möglichen funktionalen Zugehörigkeit der Geschäftsanteile zu der Betriebsstätte nach Schweizer Recht dort im Rahmen der beschränkten Steuerpflicht Horst Meiers besteuern möchte. Die Gewinnausschüttungen wären dann dreifach besteuert: in Italien, in der Schweiz und in Deutschland. Aber auch ohne diese Hypothese zeigen die bestehenden Besteuerungsrechte der beteiligten Staaten nach ihren nationalen Rechtsordnungen, dass eine hohe Steuerquote zu befürchten steht, soweit nicht Normen zu Vermeidung bzw. Abmilderung der Doppelbesteuerung herangezogen werden können. **49**

---

51 Vgl. zu der Funktion eines Doppelbesteuerungsabkommens *Haase*, Internationales und Europäisches Steuerrecht, Rn 566 f.; *ders.*, in: *Haase* (Hrsg.), AStG/DBA, Einleitung II Rn 11 ff.

52 Dabei kann es für die drohende (juristische) Doppelbesteuerung wegen des Universalitätsprinzips in Deutschland dem Grunde nach unbeantwortet bleiben, ob die Gewinnausschüttungen zu den Einkünften aus Kapitalvermögen gehören, auf welche die Abgeltungsteuer gem. §§ 43 Abs. 5, 32d EStG Anwendung findet oder, ob die Einkünfte regulär und möglicherweise unter Anwendung des Teileinkünfteverfahrens (§ 3 Nr. 40 EStG) besteuert werden.

Ob nun das DBA-Schweiz oder das DBA-Italien heranzuziehen ist, um die drohende Doppelbesteuerung abzufedern, kann erst abschließend beurteilt werden, wenn die abkommensrechtliche Qualifikation der Einkünfte festgestellt wurde. Dabei ist die Einkunftsqualifikation nach den Doppelbesteuerungsabkommen autonom nach den Regelungen innerhalb des jeweiligen Abkommens vorzunehmen. In Betracht kommt im Verhältnis zwischen der Schweiz und Deutschland Art. 7 DBA-Schweiz. Dieses folgt einerseits aus dem Umstand, dass in der Schweiz Tätigkeiten ausgeübt werden, die auf den ersten Blick nicht ohne weiteres von den anderen Einkunftsartikeln erfasst werden. Andererseits unterhält Horst Meier in der Schweiz eine Betriebsstätte und insoweit findet sich in Art. 7 Abs. 1 S. 1 Hs. 2 DBA-Schweiz eine Zuweisung des Besteuerungsrechts.

Die Mehrfachbesteuerung der Einkünfte Horst Meiers könnte aufgrund des DBA-Schweiz vermeiden werden. Das Vorliegen des Anwendungsbereichs in sachlicher, räumlicher, zeitlicher und persönlicher Hinsicht wurde bereits unter I. 2. untersucht und angenommen.

1. Anwendbarer Einkunftsartikel im DBA-Schweiz

a) Unternehmensgewinne, Art. 7 DBA-Schwe iz

50 Auf die vorliegenden Einkünfte könnte Art. 7 DBA-Schweiz anwendbar sein. Gem. Art. 7 Abs. 1 S. 1 DBA-Schweiz können Gewinne eines Unternehmens eines Vertragsstaates nur in diesem Staat besteuert werden, es sei denn, dass das Unternehmen seine Tätigkeit im anderen Vertragsstaat durch eine dort gelegene Betriebsstätte ausübt. Übt das Unternehmen seine Tätigkeit auf dieses Weise aus, so können die Gewinne des Unternehmens in dem anderen Staat besteuert werden, jedoch nur insoweit, als sie dieser Betriebsstätte zugerechnet werden können (Art. 7 Abs. 1 S. 2 DBA-Schweiz). Zunächst müssten die Schweiz und Deutschland Vertragsstaaten sein. Gem. Art. 3 Abs. 1 lit. c DBA-Schweiz bedeuten die Ausdrücke „ein Vertragsstaat“ und „der andere Vertragsstaat“, je nach dem Zusammenhang, die Bundesrepublik Deutschland oder die Schweiz. Vertragsstaaten iSv Art. 7 DBA-Schweiz sind mithin die Bundesrepublik Deutschland und die Schweiz.

51 Des Weiteren müsste ein Unternehmen in einem Vertragsstaat vorliegen. Das DBA-Schweiz „definiert“ den in Art. 7 verwendeten Begriff „Unternehmen eines Vertragsstaates“ in Art. 3 Abs. 1 lit. f DBA-Schweiz. Danach bedeuten die Ausdrücke „Unternehmen eines Vertragsstaates“ und „Unternehmen des anderen Vertragsstaates“, je nachdem, ein Unternehmen, das von einer in einem Vertragsstaat ansässigen Person betrieben wird, oder ein Unternehmen, das von einer in dem anderen Vertragsstaat ansässigen Person betrieben wird. Was unter dem Begriff „Unternehmen“ zu verstehen ist, ist mit der Aussage in Art. 3 Abs. 1 lit. f DBA-Schweiz weder definiert, noch ist etwas über den Gegenstand des Unternehmens ausgesagt. Der Sinngehalt des Begriffs „Unternehmen“ kann näherungsweise aus den anderen abkommensrechtlichen „Einkunftsarten“ erschlossen werden.[53] Des Weiteren erfordert ein Unternehmen iSd DBA-Schweiz zumindest eine selbstständige, auf Erwerb gerichtete Tätigkeit;[54] vorausgesetzt wird, dass

53 *Scherer*, in: *Debatin/Wassermeyer* (Hrsg.), Doppelbesteuerung, Art. 7 DBA-Schweiz Rn 31.

54 *Scherer*, in: *Debatin/Wassermeyer* (Hrsg.), Doppelbesteuerung, DBA-Schweiz, Art. 7 Rn 31 mit Verweis auf FG München Urteil v. 15.12.1992, 16 K 4179/91, EFG 1993, 708.

ein Unternehmen überhaupt betrieben wird.[55] Danach kann für abkommensrechtliche Zwecke auf das Vorliegen eines Unternehmens geschlossen werden, weil Horst Meier seine Werkstatt in Konstanz selbstständig betreibt und es mangels anderer Aussagen im Sachverhalt auch der Lebenserfahrung entspricht, dass die Tätigkeit auf den Erwerb gerichtet ist. Somit liegt ein Unternehmen vor. Weiter setzt Art. 7 Abs. 1 S. 1 DBA-Schweiz voraus, dass das Unternehmen von „einer in einem Vertragsstaat ansässigen Person“ betrieben wird. Dabei handelt es sich um Horst Meier, der diese Voraussetzung erfüllt, wie bereits unter I. 2. geprüft worden ist. Somit kann zusammenfassend festgehalten werden, dass Horst Meier ein Unternehmen in Deutschland betreibt.

Für die Zuweisung des Besteuerungsrechts für die Schweizer Gewinne und Verluste an **52**
die Eidgenossenschaft müsste die weitere Voraussetzung erfüllt sein, nämlich das Vorliegen einer Betriebsstätte im abkommensrechtlichen Sinn auf dem Gebiet der Schweizerischen Eidgenossenschaft. Der Begriff der Betriebsstätte ist in Art. 5 DBA-Schweiz definiert. Danach bedeutet der Ausdruck „Betriebsstätte“ im Sinne des Abkommens eine feste Geschäftseinrichtung, in der die Tätigkeit des Unternehmens ganz oder teilweise ausgeübt wird. Der Ausdruck „Betriebsstätte“ umfasst gem. Art. 5 Abs. 2 lit. e DBA-Schweiz ua insbesondere eine Werkstätte. Der abkommensrechtliche Begriff der Werkstätte entspricht weitgehend dem Begriff der Werkstätte in § 12 Abs. 2 Nr. 4 AO.[56] Danach sind (Fabrikations- oder) Werkstätten Einrichtungen oder Anlagen des Betriebs, in denen Produkte erzeugt, bearbeitet oder verarbeitet oder Gegenstände repariert oder gewartet oder Dienstleistungen für Dritte erbracht werden. In (Fabrikations- oder) Werkstätten werden also produkttechnische bzw. handwerkliche Tätigkeiten ausgeübt. Werkstätten können zwar auch der Produktfertigung dienen, es kann sich aber auch um Geschäftseinrichtungen oder Anlagen handeln, in denen Reparatur- und Wartungsarbeiten sowie Kundendienstleistungen erbracht werden.[57] In seiner Schweizer Zweigstelle erbringen Horst Meier bzw. seine Angestellten eben diese Tätigkeiten. Mithin stellt die Zweigstelle eine Betriebsstätte iSv Art. 5 DBA-Schweiz dar. Damit scheint das Besteuerungsrecht gem. Art. 7 Abs. 1 S. 2 DBA-Schweiz für die Betriebsstätteneinkünfte – umfassend die Gewinnausschüttungen aus der vecchia auto s.r.l. – bei der Schweiz zu liegen. Etwas anderes könnte sich jedoch aus Art. 7 Abs. 8 DBA-Schweiz ergeben. Diese Regelung bestimmt, dass bei Zugehörigkeit von Einkünften in den Unternehmensgewinnen, die in anderen Einkunftsartikeln in diesem Abkommen behandelt werden, die Bestimmungen jener Artikel durch die Bestimmungen dieses Artikels nicht berührt werden.

b) Dividenden, Art. 10 DBA-Schweiz

Soweit Einkünfte sowohl unter Art. 7 DBA-Schweiz als auch unter eine andere abkom- **53**
mensrechtliche Bestimmung subsumiert werden können, haben die anderen Bestimmungen des Abkommens aus Gründen der Spezialität grundsätzlich Vorrang vor der

55 *Scherer*, in: *Debatin/Wassermeyer* (Hrsg.), Doppelbesteuerung, DBA-Schweiz, Art. 7 Rn 31 mit Verweis auf BFH-Urteil v. 16.1.1976 III R 92/74, BStBl. II 1976, 401 zu Art. 3 Abs. 3 DBA-Schweiz 1931/59.

56 *Scherer*, in: *Debatin/Wassermeyer* (Hrsg.), Doppelbesteuerung, DBA-Schweiz, Art. 5 Rn 26. So auch *Haase*, in *Haase* (Hrsg.) AStG/DBA, Art. 5 Rn 84 für Anwendung des OECD-MA.

57 *Musil*, in: *Hübschmann/Hepp/Spitaler* (Hrsg.), AO/FGO, § 12 AO Rn 29.

Anwendung des Art. 7 DBA-Schweiz, ohne dass eine generelle Umqualifikation erfolgte.[58] In konsequenter Anwendung der generellen Subsidiarität des Art. 7 DBA-Schweiz könnte sich die Zuweisung des Besteuerungsrechts an den genannten Gewinnausschüttungen aus Art. 10 DBA-Schweiz ergeben. Gem. Art. 10 Abs. 1 DBA-Schweiz können Dividenden, die eine in einem Vertragsstaat ansässige Gesellschaft an eine in dem anderen Vertragsstaat ansässige Person zahlt, in dem anderen Vertragsstaat besteuert werden. Vor der Prüfung, ob der Sachverhalt die Tatbestandsvoraussetzungen des Art. 10 Abs. 1 DBA-Schweiz erfüllt, ist sich der Regelung in Art. 10 Abs. 5 DBA-Schweiz anzunehmen. Danach sind die Absätze 1 bis 3 des Art. 10 DBA-Schweiz nicht anzuwenden, wenn der in einem Vertragsstaat ansässige Empfänger der Dividenden in dem anderen Vertragsstaat, in dem die die Dividende zahlende Gesellschaft ansässig ist, eine Betriebsstätte hat und die Beteiligung, für die die Dividenden gezahlt werden, tatsächlich zu dieser gehört. In diesem Fall ist Art. 7 anzuwenden.

Die Vorschrift in Art. 10 Abs. 5 DBA-Schweiz steht damit in einem Spannungsverhältnis zu der Subsidiaritätsklausel in Art. 7 Abs. 8 DBA-Schweiz. Dieses Spannungsverhältnis zwischen der spezielleren Norm in Art. 10 DBA-Schweiz und dem Betriebsstättenprinzip in Art. 7 DBA-Schweiz wird bei Vorliegen der Voraussetzungen in Art. 10 Abs. 5 DBA-Schweiz zugunsten des Betriebsstättenprinzips aufgelöst, sog. Betriebsstättenvorbehalt[59].

54 Zunächst müsste Horst Meier Empfänger der Dividenden sein. Als Empfänger ist derjenige anzusehen, dem die Dividenden als „Früchte" aus der berechtigten Nutzung des Stammrechts zustehen.[60] Danach kann ausschließlich Horst Meier Empfänger idS sein, weil die Betriebsstätte in der Schweiz weder zivilrechtliches noch wirtschaftliches Eigentum an der Beteiligung an der italienischen Kapitalgesellschaft begründen kann.

Wie bereits auch schon bei der Anwendbarkeit des DBA-Schweiz herausgearbeitet wurde, ist Horst Meier für Zwecke der Anwendung des DBA-Schweiz als in Deutschland ansässig zu behandeln. Damit ist zugleich die weitere Voraussetzung zwingend erfüllt, dass Horst Meier nicht in dem anderen Staat, der Schweizer Eidgenossenschaft, ansässig ist.

55 Nach dem Wortlaut des Art. 10 Abs. 5 DBA-Schweiz müsste die ausschüttende Gesellschaft in dem Staat ansässig sein, in dem die Betriebsstätte belegen sein. Die vecchia auto s.r.l. müsste daher in der Schweiz iSd Art. 4 DBA-Schweiz ansässig sein. Unabhängig weiterer Voraussetzungen müsste die vecchia auto s.r.l. in der Schweiz („der andere Staat") nach Schweizer Recht dafür steuerpflichtig sein. Juristische Personen sind aufgrund persönlicher Zugehörigkeit in der Schweiz unbeschränkt steuerpflichtig, wenn sich ihr Sitz oder ihre tatsächliche Verwaltung in der Schweiz befindet.[61] Danach scheidet eine persönliche Steuerpflicht der vecchia auto s.r.l. in der Schweiz aus, weil kein Anhaltspunkt für die Annahme von Sitz oder Ort der tatsächlichen Verwaltung in der Schweiz besteht. Somit kann die vecchia auto s.r.l. auch nicht in der Schweiz ansässig

58 *Scherer*, in: *Debatin/Wassermeyer* (Hrsg.), Doppelbesteuerung, DBA-Schweiz, Art. 7 Rn 456.
59 *Schaumburg*, Internationales Steuerrecht, Rn 16.264, 16.326 ff.
60 *Zwosta*, in *Debatin/Wassermeyer* (Hrsg.), Doppelbesteuerung, DBA-Schweiz, Art. 10 Rn 10.
61 *Weigell*, in *Debatin/Wassermeyer* (Hrsg.), Doppelbesteuerung, DBA-Schweiz, Anhang Rn 50.

sein iSd Art. 4 DBA-Schweiz. Dann entbehrt es aber einer Voraussetzung in Art. 10 Abs. 5 DBA-Schweiz, so dass die Vorschrift nicht zur Anwendung gelangen kann.

Aus dem gleichen Grund ist dann auch die Anwendung von Art. 10 Abs. 1 DBA-Schweiz ausgeschlossen. Art. 10 Abs. 1 DBA-Schweiz verlangt nämlich gleichsam die Ansässigkeit der Dividende zahlenden Gesellschaft in einem Vertragsstaat. In dem anzuwendenden DBA sind Vertragsstaaten aber nur die Schweiz und Deutschland, Art. 1, 2 und 3 Abs. 1 lit. c DBA-Schweiz.

c) Andere Einkünfte, Art. 21 DBA-Schweiz

Für Zwecke der Anwendung des DBA-Schweiz könnte es sich aber um andere Einkünfte („Drittstaateneinkünfte“) iSv Art. 21 DBA-Schweiz handeln. Nach dieser Regelung können die in den vorstehenden Artikeln (des DBA-Schweiz) nicht ausdrücklich erwähnten Einkünfte einer in einem Vertragsstaat ansässigen Person nur in diesem Staat besteuert werden. Die in Rede stehenden Dividenden sind – wie soeben untersucht – nicht in den Art. 6–20 DBA-Schweiz geregelt. Im Rahmen der Anwendung des DBA-Schweiz wurde nur eine ansässige Person, nämlich Horst Meier in Deutschland angenommen. Hiernach hätte somit Deutschland als Ansässigkeitsstaat Horst Meiers das alleinige Besteuerungsrecht an den Dividenden. **56**

Im OECD-MA wäre für die abkommensrechtliche Behandlung von Drittstaateneinkünften die Einschränkung in Art. 21 Abs. 2 OECD-MA zu beachten. Diese Vorschrift ordnet in Abweichung von der ausschließlichen Zuweisung des Besteuerungsrechts an den Ansässigkeitsstaat für bestimmte Einkünfte Folgendes an: die eben genannte Anordnung (Rechtsfolge) ist auf andere Einkünfte als solche aus unbeweglichen Vermögen iSd Art. 6 Abs. 2 (OECD-MA) nicht anzuwenden, wenn der in einem Vertragsstaat ansässige Empfänger im anderen Vertragsstaat eine Geschäftstätigkeit durch eine dort gelegene Betriebsstätte ausübt und die Rechte oder Vermögenswerte, für die die Einkünfte gezahlt werden, tatsächlich zu dieser Betriebsstätte gehören. In diesem Fall ist Art. 7 (OECD-MA) anzuwenden. Es entspricht überwiegender Ansicht, dass auch ohne ausdrückliche Anordnung im DBA-Schweiz der Inhalt des Art. 21 Abs. 2 OECD-MA im Verhältnis zwischen Deutschland und der Schweiz Anwendung findet.[62] Auch für das DBA-Schweiz gilt daher ein Vorrang des Vertragsstaates, in dem sich eine Betriebsstätte befindet, der bestimmte Einkünfte tatsächlich zuzurechnen sind, gegenüber dem Ansässigkeitsstaat.[63] **57**

Bei den Drittstaateneinkünften darf es sich nicht um solche aus unbeweglichen Vermögen, für die Art. 6 DBA-Schweiz Anwendung finden würde, handeln. Für die Anwendung von Art. 6 DBA-Schweiz ist im vorliegenden Fall kein Raum, weil der Sachverhalt keine Andeutung auf das Vorhandensein von unbeweglichen Vermögen macht. **58**

---

62 BFH-Urteil v. 30.8.1995, Az.: I R 112/94, BStBl. II 1996, 563; ergänzt durch BFH-Urteil v. 29.11.2000, Az.: I R 84/99, IStR 2001, 185.

63 *Brandis*, in: *Debatin/Wassermeyer* (Hrsg.), Doppelbesteuerung, Art. 21 DBA-Schweiz Rn 45; zur Frage, ob diese Einschränkung des Art. 21 für Einkünfte aus einem Drittstaat klarstellende Bedeutung hat, vgl. *Wassermeyer*, in: *Debatin/Wassermeyer* (Hrsg.) Doppelbesteuerung, Art. 21 OECD-MA Rn 67.

Bereits erörtert und positiv festgestellt wurde, dass Horst Meier als in Deutschland ansässiger Empfänger der Dividenden seine Geschäftstätigkeit in einer in der Schweizerischen Eidgenossenschaft belegenen Betriebsstätte ausübt.

59 Art. 21 DBA-Schweiz iVm Art. 21 Abs. 2 OECD-MA setzt jedoch auch voraus, dass die Rechte oder Vermögenswerte tatsächlich zu der Schweizer Betriebsstätte gehören; die Anteile an der vecchia auto s.r.l. müssten mithin tatsächlich zu der Schweizer Betriebsstätte gehören. Dazu müssten die Geschäftsanteile an der italienischen Kapitalgesellschaft zunächst als Rechte oder Vermögenswerte in diesem Sinne anzusehen sein. Die Begriffe umfassen alle Werte, die durch Nutzung, Verkauf, Ge- und Verbrauch in Einkünfte umgesetzt werden können und sind in einem weiten Sinn zu verstehen.[64] Anteile an Kapitalgesellschaften stellen immaterielle Wirtschaftsgüter dar und können zB durch Verkauf und Abtretung entgeltlich übertragen werden. Den Vorgaben an ein Recht oder einen Vermögenswert können die Geschäftsanteile mithin unzweifelhaft standhalten.

60 Der Vermögensgegenstand (Wirtschaftsgut) müsste auch tatsächlich – nicht nur rechtlich – zu der Betriebsstätte gehören.[65] Die Zuordnung eines Vermögensgegenstandes zur Betriebsstätte kann eine Funktionsanalyse erforderlich machen. Festzustellen ist, welche Aufgaben die Betriebsstätte hat und welchen Zwecken sie dient. In die Entscheidung ist auch die insbesondere von der Finanzverwaltung[66] vertretene „Zentralfunktion des Stammhauses“ einzubeziehen. Dem Stammhaus sind nach dieser Auffassung in der Regel zuzurechnen: Beteiligungen, wenn sie nicht einer in der Betriebsstätte ausgeübten Tätigkeit dienen. Von der Zielvorstellung des Art. 21 DBA-Schweiz iVm Art. 21 Abs. 2 OECD-MA her soll eine tatsächliche Zugehörigkeit solcher Vermögensgegenstände zur Betriebsstätte verneint werden, für die ein Sachzusammenhang zu der in der Betriebsstätte ausgeübten unternehmerischen Tätigkeit nur künstlich hergestellt wurde; dagegen soll Art. 7 DBA-Schweiz (Art. 7 OECD-MA) angewendet werden, wenn Vermögenswerte wirklich für konkrete unternehmerische Zwecke eingesetzt werden. Der Einsatz der in Rede stehenden Wirtschaftsgüter in der Betriebsstätte muss jedoch nicht objektiv notwendig oder gar zwingend sein. Es müssen jedoch vernünftige wirtschaftliche Gründe für den Einsatz sprechen, die auf andere Weise nicht oder nur schwerer hätten realisiert werden können.[67]

61 Horst Meier strebt die Ausweitung seiner geschäftlichen Aktivitäten auf dem Schweizer Markt an. Er weiß, dass die Arbeiten an italienischen Oldtimern Spezialkenntnisse und

---

64 *Wassermeyer*, in: *Debatin/Wassermeyer* (Hrsg.) Doppelbesteuerung, Art. 21 OECD-MA Rn 79, der weiter ausführt: „Aus der Sicht des deutschen innerstaatlichen Steuerrechts beziehen sie sich auf alle Werte, aus denen isoliert gesehen Überschusseinkünfte iSd § 2 Abs. 1 Nr. 5–7 EStG oder aber Veräußerungsgewinn erzielt werden können. Art. 21 Abs. 2 OECD-MA gilt nicht nur für Einkünfte nach der Art der Art. 10–12 OECD-MA, sondern darüber hinaus auch für solche aus der Nutzungsüberlassung von Rechten oder von beweglichen vermögenswerten, aus Abfindungen, Entschädigungen und Schadenersatzleistungen, aus Preisen, aus Rentenbezügen, aus Zuschüssen und Zulagen“.

65 Das entsprechende Tatbestandsmerkmal wird in Art. 10 Abs. 4, 11 Abs. 3 und 12 Abs. 3 OECD-MA in gleicher Weise verwendet; vgl. *Wassermeyer*, in *Debatin/Wassermeyer* (Hrsg.), Doppelbesteuerung, Art. 21 OECD-MA Rn 82.

66 BMF-Schreiben v. 24.12.1999, Az.: IV B 4 – S 1300 – 111/99, BStBl. I 1999, 1076 Tz. 2.4.; BStBl. I 2000, 1509; BStBl. I 2009, 888.

67 Zum Ganzen: *Wassermeyer*, in *Debatin/Wassermeyer* (Hrsg.), Doppelbesteuerung, Art. 21 OECD-MA Rn 82.

-fertigkeiten erfordern. Um seinen italienischen Mitarbeitern in der Schweizer Betriebsstätte weiterhin Zugang zu Fortbildungsergebnissen und neuen Verfahren und Kenntnissen im Umgang mit italienischen Oldtimern zu ermöglichen, beteiligt sich Horst Meier in Höhe von 30% am Kapital der vecchia auto s.r.l. Von notwendigem Interesse sind für Horst Meier dabei die Informationsmöglichkeiten über die Tätigkeiten und das Know-How der italienischen Gesellschaft. Die Ausführungen zeigen, dass sich in funktionaler Hinsicht eine wirtschaftlich sinnvolle Verbindung zwischen den Tätigkeiten in der Schweizer Betriebsstätte und den Tätigkeiten in der vecchia auto s.r.l. herstellen lässt. Die steuerrechtliche Zuordnung der Kapitalgesellschaftsanteile zur Betriebsstätte fußt auf unzweifelhaft sinnvollen wirtschaftlichen Erwägungen; die Anteile gehören somit auch in tatsächlicher Hinsicht zur Betriebsstätte.

Rechtsfolge von Art. 21 DBA-Schweiz iVm Art. 21 Abs. 2 OECD-MA ist die Anwen- **62**
dung von Art. 7 DBA-Schweiz. Wie bereits oben untersucht wurde, liegen die Voraussetzungen von Art. 7 Abs. 1 S. 1 DBA-Schweiz vor, so dass der Schweiz ein Besteuerungsrecht („kann") für die Betriebsstätteneinkünfte zugesprochen wird. Nach den Hinweisen zum Sachverhalt mach die Schweizer Eidgenossenschaft von diesem Besteuerungsrecht Gebrauch, denn Horst Meier ist mit seinen Betriebsstätteneinkünften in der Schweiz beschränkt einkommensteuerpflichtig. Im Ergebnis tritt damit für andere Einkünfte in abkommensrechtlicher Hinsicht die gleiche Rechtsfolge ein, die auch der Betriebsstättenvorbehalt in Art. 10 Abs. 5 DBA-Schweiz anordnet.

2. Vermeidung der Doppelbesteuerung, Art. 24 DBA-Schweiz

Die Vermeidung der Doppelbesteuerung der Betriebsstätteneinkünfte in der Schweiz **63**
und Deutschland könnte sich aus Art. 24 DBA-Schweiz ergeben. Gem. Art. 24 Abs. 1 Nr. 1 lit. a DBA-Schweiz wird bei einer Person, die in der Bundesrepublik Deutschland ansässig ist, die Doppelbesteuerung wie folgt vermeiden: Von der Bemessungsgrundlage der deutschen Steuer werden die folgenden aus der Schweiz stammenden Einkünfte, die nach den vorstehenden Artikeln (Art. 6–22 DBA-Schweiz) in der Schweiz besteuert werden können, ausgenommen: Gewinne iSd Art. 7 DBA-Schweiz aus eigener Tätigkeit einer Betriebsstätte, soweit die Gewinne nachweislich durch Herstellung, Bearbeitung, Verarbeitung oder Montage von Gegenständen, Aufsuchen und Gewinnung von Bodenschätzen, Bank- und Versicherungsgeschäfte, Handel oder Erbringung von Dienstleistungen unter Teilnahme am allgemeinen wirtschaftlichen Verkehr erzielt werden. Die Bundesrepublik Deutschland wird jedoch diese Einkünfte bei der Festsetzung des Satzes ihrer Steuer auf die Einkünfte, die nach dieser Vorschrift nicht von der Bemessungsgrundlage der deutschen Steuer auszunehmen sind, einbeziehen.

Horst Meier ist eine Person, die in Deutschland ansässig ist. Auch wurde bereits abschließend untersucht, dass die in Rede stehenden Einkünfte Unternehmensgewinne iSv Art. 7 DBA-Schweiz darstellen.

Zu prüfen ist an dieser Stelle jedoch, ob die Betriebsstätteneinkünfte „aktiv" iSd DBA- **64**
Schweiz sind. Die Regelung in Art. 24 Abs. 1 S. 1 DBA-Schweiz definiert den Aktivitätsvorbehalt durch Begrenzung seiner Rechtsfolge („Freistellung unter Progressionsvorbehalt") und begünstigt nur Tätigkeiten, die nachweislich durch die aufgezählten

erzielt werden.[68] In Betracht kommt vorliegend die Bearbeitung von Gegenständen. Bearbeitung ist jedes (körperliche) Einwirken auf den Zustand eines als solcher bereits vorhandenen körperlichen Gegenstandes. Das ist bei der Reparatur, Pflege und Wartung von Oldtimern der Fall. Somit halten die Betriebsstätteneinkünfte dem Aktivitätsvorbehalt stand und sind als aktive Einkünfte zu qualifizieren.

Deutschland nimmt die Betriebsstätteneinkünfte somit in der Rechtsfolge von der einkommensteuerlichen Bemessungsgrundlage aus, sog. Freistellungsmethode, bezieht die Einkünfte nach § 32b Abs. 1. S. 1 Nr. 3, S. 2 und 3 EStG aber bei der Ermittlung des Steuersatzes, sog. Progressionsvorbehalt, bei der Einkommenbesteuerung Horst Meiers ein.

3. Vermeidung der Doppelbesteuerung bezogen auf die italienische Quellensteuer

65 Zu überlegen bleibt, wie die Vermeidung einer Doppelbesteuerung in Bezug auf die italienische Quellensteuer erreicht werden kann. Die Vermeidung der Doppelbesteuerung könnte sich aus Art. 24 Abs. 3 lit. b DBA-Italien ergeben. Nach dieser Vorschrift wird die Steuer bei einer in der Bundesrepublik Deutschland ansässigen Person wie folgt festgesetzt: Die italienische Steuer, die nach dem Recht der Italienischen Republik und in Übereinstimmung mit diesem Abkommen von den nachstehenden Einkünften aus der Italienischen Republik erhoben wird, wird auf die deutsche Einkommensteuer von den nachstehenden Einkünften angerechnet: Dividenden im Sinne des Artikels 10, soweit sie nicht unter Buchstabe a genannt sind.

66 Zunächst dürfen die in Rede stehenden Dividenden nicht in den Anwendungsbereich von Artikel 24 Abs. 3 lit. a DBA-Italien fallen. Dort sind Dividenden genannt, die an eine in der Bundesrepublik Deutschland ansässige Gesellschaft von einer in der Italienischen Republik ansässigen Gesellschaft gezahlt werden, deren Kapital zu mindestens 10 v.H. unmittelbar der deutschen Gesellschaft gehört. Horst Meier ist keine Gesellschaft iSv Art. 3 Abs. 1 lit. e DBA-Italien, weil er keine juristische Person ist und auch kein Rechtsträger ist, der für die Besteuerung wie eine juristische Person behandelt wird.

67 Mithin verbleibt es für den vorliegenden Fall bei der Anrechnungsmöglichkeit in Art. 24 Abs. 3 lit. b DBA-Italien. Völlig unabhängig von der angeordneten Anrechnung im Ansässigkeitsstaat des Nutzungsberechtigten (Horst Meier in Deutschland) ist jedoch in diesem das Vorhandensein von Anrechnungspotenzial notwendig. Die italienische Dividende müsste mithin in der einkommensteuerlichen Bemessungsgrundlage Horst Meiers beinhaltet sein und auch mit deutscher Einkommensteuer belastet werden, damit Anrechnungspotenzial zur Verfügung steht. Deutschland nimmt jedoch bei der Besteuerung Horst Meiers die italienischen Dividenden aus. Diese gehören im Verhältnis zwischen Deutschland und der Schweizer Eidgenossenschaft zu den Betriebsstätteneinkünften und können in der Schweiz (ein weiteres Mal im Verhältnis zwischen der Schweiz

68 Wenngleich ein zeitlicher und sachlicher Zusammenhang zwischen dem AStG und dem DBA-Schweiz besteht, ist der Aktivitätskatalog des Art. 24 Abs. 1 S. 1. DBA-Schweiz ein eigenständiger im Verhältnis zu § 8 Abs. 1 AStG; vgl. *Scherer*, in: *Debatin/Wassermeyer* (Hrsg.), Doppelbesteuerung, Art. 24 DBA-Schweiz Rn 66.

und Italien) besteuert werden, während Deutschland die gesamten Betriebsstätteneinkünfte, die auch die italienischen Dividenden beinhalten, von der Besteuerung ausnimmt. Aus deutscher steuerrechtlicher Sicht stammen die Dividenden deshalb aus der Schweiz und nicht aus Italien. Eine Anrechnung in Deutschland findet daher nicht statt.

Eine Anrechnung der italienischen Quellensteuer im Rahmen der beschränkten Steuerpflicht Horst Meiers in der Schweiz ist davon abhängig, ob in den Steuergesetzen der Schweiz eine dem § 50 Abs. 3 EStG vergleichbare Regelung enthalten ist. Darüber geben weder der Sachverhalt noch die Hinweise weitere Auskünfte, so dass keine entsprechenden Untersuchungen angestellt werden können.

III. Ergebnis

Im Ergebnis ist damit festzuhalten, dass Deutschland im Verhältnis zur Schweiz ver- **68**
pflichtet ist, die Betriebsstätteneinkünfte von der Besteuerung freizustellen; im Verhältnis zu Italien ist Deutschland nicht verpflichtet, die Doppelbesteuerung zu vermeiden. Zu einer möglichen Vermeidung der Doppelbesteuerung im Verhältnis zwischen der Schweiz und Italien können mangels dafür erforderlicher Angaben keine Aussagen gemacht werden.

B. Grundlagen des Internationalen Steuerrechts in Fallform

Grundlagenfall 1

Unüberlegte Kapitalanlage

Schwerpunkte: Ursachen der Doppelbesteuerung und Darstellung der Notwendigkeit von Regelungen im nationalen Steuerrecht zur Erfassung grenzüberschreitender Sachverhalte und genuine link (LB § 1 Rn 12–45)

69 Der deutsche Unternehmer Karl Kurz handelt mit Schiffszubehör für Sportboote aller Art. Er betreibt sein Geschäft in der Rechtsform eines Einzelunternehmens in Hamburg. In näherer Zukunft beabsichtigt Karl Kurz in größerem Umfang in seine Unternehmung zu investieren. Die dafür erforderlichen Mittel sollen dem Unternehmen als Fremdkapital durch eine Darlehensaufnahme zugeführt werden.

Zu seinen Kunden gehören auch die Brüder Rüdiger und Tobias Krachinger. Die Brüder zogen vor einiger Zeit auf die Kaimaninseln in ein gemeinsames Strandhaus und gaben zuvor beide jeweils den einzigen Wohnsitz in München auf. Die Brüder Krachinger und Karl Kurz kennen sich seit geraumer Zeit und sind inzwischen aufgrund der guten geschäftlichen Erfahrungen fast freundschaftlich miteinander verbunden. Daher sind Rüdiger und Tobias Krachinger auch nicht abgeneigt, Karl Kurz unter die Arme zu greifen und ihm die benötigten Darlehen iSv § 488 BGB einzuräumen. Daher vereinbarte Karl Kurz mit jedem Bruder am 1. Januar 2015 einen schriftlichen Darlehensvertrag über € 250 000,00 mit einer Laufzeit von zehn Jahren. Der geschuldete Zins wurde in Höhe von 2,25% gemeinschaftlich festgelegt und sollte jeweils am Ende eines Jahres fällig sein. Die Rückgewähr der Darlehensvaluta sollte endfällig am 31. Dezember 2024 erfolgen. Die ansonsten identischen Darlehensverträge unterschieden sich bei der Gestellung von Sicherheiten. Während Rüdiger Krachinger im vollsten Vertrauen auf die kaufmännischen Entscheidungen Karl Kurz das Darlehen ohne jegliche Sicherheit einräumte, ließ sich Tobias Krachinger eine Sicherungsgrundschuld auf das Betriebsgrundstück Karl Kurz über € 250 000,00 im Grundbuch eintragen.

Sind die Brüder Krachinger mit ihren Zinseinkünften in der Bundesrepublik Deutschland steuerpflichtig?

Hinweise:

1. Zwischen den Kaimaninseln und der Bundesrepublik Deutschland besteht kein Doppelbesteuerungsabkommen
2. Auf den Kaimaninseln werden keine Steuern vom Einkommen und Ertrag erhoben.
3. Rüdiger und Tobias Krachinger haben auf den Kaimaninseln ihren Lebensmittelpunkt.
4. Das Strandhaus ist die einzige Wohnung von Rüdiger und Tobias Krachinger weltweit.
5. Vater und Mutter der Brüder sind Deutsche iSd Art. 116 GG; beide Kinder erblickten in München das Licht der Welt.

Vorüberlegungen

Der Übungsfall behandelt eine typische Problematik im Internationalen Steuerrecht, nämlich die Frage nach der persönlichen und sachlichen Steuerpflicht in einem der beteiligten Staaten. Eingebettet ist der Fall in die Darstellung von schuldrechtlichen Beziehungen zwischen natürlichen Personen. Notwendige Grundlagen des deutschen Steuerrechts vorausgesetzt, kann schon vor Beginn der Lösung eine gedankliche Einschränkung der heranzuziehenden Gesetze auf das EStG und die gedanklich präsent zu haltenden Mantelgesetze, zB die AO oder das BewG, erfolgen. **70**

Im Rahmen der Prüfung ist zwischen der unbeschränkten und beschränkten Steuerpflicht natürlicher Personen im Inland zu unterscheiden. Anhand der Untersuchung dieser sich gegenseitig ausschließenden Arten der Steuerpflicht lässt sich einmal mehr erkennen, wie wichtig der Aufbau für eine gute Lösung ist. Sowohl unbeschränkte als auch beschränkte Steuerpflicht haben die Merkmale „einen Wohnsitz" (§ 8 AO) und „den gewöhnlichen Aufenthalt" (§ 9 AO) zur Tatbestandsvoraussetzung. Während für die unbeschränkte Steuerpflicht mindestens eine der Tatbestandsalternativen „Wohnsitz" oder „gewöhnlicher Aufenthalt" vorliegen muss, ist für die Annahme der beschränkten Steuerpflicht neben weiteren Voraussetzungen aber auch notwendig, dass keine der beiden Tatbestandsalternativen vorliegt. Die Verwendung der beiden Tatbestandsmerkmale einmal in positiver Hinsicht und einmal in negativer Hinsicht ändert indes nichts daran, dass sie sich aus den §§ 8 und 9 AO heraus definieren. Zur Vermeidung von Wiederholungen in der ausformulierten Lösung ist mithin nur einmal zu untersuchen, ob die Brüder Krachinger in Deutschland über einen Wohnsitz verfügen oder ihren gewöhnlichen Aufenthalt haben.

Unbeschränkte und beschränkte Steuerpflicht setzen für den hier zu untersuchenden Fall in beiden Formen selbstverständlich das Handeln natürlicher Personen voraus; des Weiteren wird auch für beide Fälle der steuerrechtliche Inlandsbegriff verwendet, so dass auch diese Tatbestandsmerkmale nur einmal zu prüfen sind.

Obwohl der Sachverhalt kein Erfordernis erkennen lässt, sich mit mehreren Wohnsitzen bzw. mit der notwendigen Einengung des geschilderten Sachverhalts auf einen gewöhnlichen Aufenthalt in Bezug auf die Probanden Rüdiger und Tobias auseinanderzusetzen, soll gleichwohl an dieser Stelle kurz darauf eingegangen werden. Sowohl aus dem Wortlaut in § 1 Abs. 1 S. 1 EStG als auch aus dem jeweiligen Wortlaut in den §§ 8 und 9 AO lässt sich durch die Verwendung des unbestimmten Artikels „einen" und des bestimmten Artikels „den" unschwer erkennen, dass eine natürliche Personen mehrere Wohnsitze, aber nur einen gewöhnlichen Aufenthalt haben kann.

Im Gegensatz zu Sachverhalten, die sich allein im steuerlichen Inland bewegen und in denen die Steuerpflicht der agierenden Personen regelmäßig unproblematisch ist, ist der vorliegende Sachverhalt auf der ersten Stufe zunächst hinsichtlich der persönlichen Steuerpflicht und sodann im Hinblick auf die Zinsen als steuerrelevante Einnahmen zu untersuchen. Obwohl das auf den ersten Blick zwei Ebenen zu sein scheinen, ist doch bei der beschränkten Steuerpflicht natürlicher Personen eine Verzahnung der persönlichen Voraussetzungen mit den sachlichen Voraussetzungen gegeben. § 1 Abs. 4 EStG unterwirft natürliche Personen nämlich nur dann der beschränkten Steuerpflicht, wenn sie Einkünfte iSd § 49 EStG (sachliche Voraussetzung) erzielen.[1]

In materieller Hinsicht stellen die Zinsen Einkünfte aus Kapitalvermögen gem. §§ 2 Abs. 1 S. 1 Nr. 5 und 20 EStG dar. Entscheidend ist zunächst eine Einordnung der Zinsen in den Kanon des § 20 EStG, denn § 49 Abs. 1 Nr. 5 EStG unterscheidet den Buchstaben a. bis d. mehrere Varianten von Einkünften aus Kapitalvermögen. Dabei muss anders als im Rahmen der unbeschränkten Steuerpflicht besonderes Augenmerk auf die über die reine Einkunftserzielung hinaus erforderliche Verbindung zum Inland gelegt werden. Bei Einkünften aus Kapitalvermögen in Form von Zinsen wird diese Verbindung durch eine Besicherung in Form der in § 49 Abs. 1 Nr. 5 lit. c aa EStG genannten Art herbeigeführt.

Gliederung

71 **I. Unbeschränkte Steuerpflicht der Brüder, § 1 Abs. 1 S. 1 EStG**

1. Natürliche Personen
2. Wohnsitz, § 8 AO
   a) Wohnung
   b) Verfügungsmacht
   c) Beibehaltung und Benutzung
   d) Zwischenergebnis
3. Gewöhnlicher Aufenthalt, § 9 AO
4. Inland
5. Ergebnis

II. Beschränkte Steuerpflicht der Brüder, §§ 1 Abs. 4, 49 EStG

1. Natürliche Person und steuerrechtliches Inland
2. Weder Wohnsitz (§ 8 AO) noch gewöhnlichen Aufenthalt (§ 9 AO) im Inland
3. Vorbehaltlich § 1 Abs. 2 EStG
   a) Deutsche Staatsangehörige
   b) Keinen Wohnsitz oder den gewöhnlichen Aufenthalt im Inland
   c) Öffentlich-rechtliches Dienstverhältnis
   d) Zwischenergebnis
4. Vorbehaltlich § 1 Abs. 3 EStG
5. Vorbehaltlich § 1a EStG
6. Inländische Einkünfte iSd § 49 EStG
   a) Einkünfte aus Kapitalvermögen iSd § 20 Abs. 1 Nummer 7 EStG
   b) Besicherung des Kapitalvermögens
      aa) Darlehen Rüdiger Krachinger
      bb) Darlehen Tobias Krachinger

1 Weiterführend: *Haase*, Internationales und Europäisches Steuerrecht, Rn 340 ff.

c) Ausnahme in § 49 Abs. 1 Nr. 5 lit. c aa S. 2 EStG
d) Ausnahme in § 49 Abs. 1 Nr. 5 lit. c bb EStG

7. Zwischenergebnis

III. Ergebnis

Lösung

I. Unbeschränkte Steuerpflicht der Brüder, § 1 Abs. 1 S. 1 EStG

72 Natürliche Personen, die im Inland einen Wohnsitz oder ihren gewöhnlichen Aufenthalt haben, sind unbeschränkt einkommensteuerpflichtig.

1. Natürliche Personen

Die Brüder Krachinger müssten natürliche Personen sein. Eine natürliche Person ist der Mensch in seiner Rolle als Rechtssubjekt, dh als Träger von Rechten und Pflichten. § 1 BGB regelt den zeitlichen Beginn der Rechtsfähigkeit des Menschen; diese beginnt mit Vollendung der Geburt. Vorausgesetzt wird dabei der Begriff der Rechtsfähigkeit. Weder § 1 BGB noch eine andere Norm der deutschen Rechtsordnung regeln die Frage, ob jeder Mensch rechtsfähig ist. Der Gesetzgeber hielt eine Norm dieses Inhalts für überflüssig, da es ihm selbstverständlich erschien, dass Rechtsfähigkeit jedem Menschen ohne Unterschied von Stand, Religion, Geschlecht usw. zukommt.[2] Rechtsfähigkeit ist die Fähigkeit eines Zurechnungssubjekts (Rechtsträger), sich rechtserheblich zu verhalten, sei es auch durch Personen, denen die Wahrnehmung der Rechte und Pflichten kraft besonderer Zuweisung obliegt, kurz, juristisches Verhaltensvermögen;[3] Rechtsfähigkeit wird auch als Fähigkeit verstanden, Träger von Rechten und Pflichten zu sein. Beendet wird die Rechtsfähigkeit mit dem Tod der natürlichen Person.[4] Die Brüder Krachinger wurden geboren und sind noch nicht gestorben; sie sind also natürliche Personen iSd § 1 Abs. 1 S. 1 EStG.

2. Wohnsitz

73 Die Brüder Krachinger müssten – jeweils – einen Wohnsitz haben. Der Begriff des Wohnsitzes ergibt sich aus § 8 AO. Danach hat jemand einen Wohnsitz dort, wo er eine Wohnung unter Umständen inne hat, die darauf schließen lassen, dass er die Wohnung beibehalten und benutzen wird.

a) Wohnung

Mit Wohnung sind die objektiv zum Wohnen geeigneten Wohnräume gemeint; es genügt eine bescheidene Bleibe, dh nicht erforderlich ist zB eine abgeschlossene Wohnung mit Küche und separater Waschgelegenheit iSd Bewertungsrechts.[5] Die Brüder Krachinger bewohnen gemeinsam ein Strandhaus, so dass sie beide über eine Wohnung verfügen.

2 *Gitter*, in: *Münchener Kommentar*, BGB, § 1 Rn 2.
3 *Gitter*, in: *Münchener Kommentar*, BGB, § 1 Rn 5.
4 *Gitter*, in: *Münchener Kommentar*, BGB, § 1 Rn 15.
5 AEAO zu § 8 AO – Wohnsitz, Tz. 3 S. 1–3.

b) Verfügungsmacht

Der Steuerpflichtige muss die Wohnung innehaben, dh er muss tatsächlich über sie verfügen können und sie nicht nur als vorübergehend benutzen.[6] „Innehaben“ bedeutet also das Bestehen einer tatsächlichen Verfügungsmacht, verbunden mit einer nicht nur vorübergehenden Benutzung. Jeder der Brüder kann über die Benutzungsmöglichkeit für seine Person entscheiden, weil ihnen das Strandhaus gemeinsam gehört. Die Nutzungsmöglichkeit dürfte dabei nicht nur vorübergehender Natur sein. Eine nur vorübergehende Nutzungsmöglichkeit liegt vor, wenn sie sich auf einen Zeitraum von bis zu sechs Monaten beschränkt.[7] Ist. Für eine von der allgemeinen Lebenserfahrung abweichende nur kurzfristige Benutzung des Strandhauses lässt sich dem Sachverhalt keine Aussage entnehmen, so dass von einer über sechsmonatigen Benutzung durch die Brüder auszugehen ist. Beide Brüder haben somit eine Wohnung inne und verfügen darüber dauerhaft. **74**

c) Beibehaltung und Benutzung

Die Brüder müssten die Wohnung benutzen. Benutzung idS bedeutet, dass die Wohnung in dem maßgeblichen Zeitpunkt als Bleibe dient. Das ist dann der Fall, wenn sie entweder ständig oder mit einer gewissen Regelmäßigkeit zu Wohnzwecken aufgesucht oder zumindest für eine solche Nutzung bereitgehalten wird. Auch bezüglich dieses Merkmals kann aufgrund allgemeiner Lebenserfahrung davon ausgegangen werden, dass eine Benutzung des Strandhauses erfolgt, denn dieses stellt weltweit die einzige „Bleibe“ der Brüder dar. **75**

Die Brüder müssten des Weiteren die Wohnung unter Umständen innehaben, die auf Beibehaltung schließen lassen. Das Innehaben einer Wohnung begründet nämlich nur solange einen Wohnsitz, wie es nach den tatsächlichen Verhältnissen wahrscheinlich ist, dass die Verfügungsmacht fortdauert.[8] Die Umstände, die für oder gegen eine Beibehaltung der Wohnung ins Feld geführt werden können, ergeben sich aus dem Verhältnis von persönlichen und wirtschaftlichen Umständen des Steuerpflichtigen einerseits, sowie Beschaffenheit und Ausstattung der fraglichen Räumlichkeiten andererseits. Ferner sind die berufliche Situation des Steuerpflichtigen, seine familiären Verhältnisse, die Art und Dauer der bisherigen Nutzung sowie die Intensität seiner persönlichen Beziehungen zum bisherigen Wohnort zu berücksichtigen.[9] Das Merkmal der Beibehaltung der Wohnung ist danach vor allem dann von Bedeutung, wenn der Steuerpflichtige die Wohnung verlässt, diese jedoch nicht ganz aufgibt. Dafür besteht hier kein Anhaltspunkt, so dass die Brüder – jeder für sich – die Wohnung auch beibehalten.

d) Zwischenergebnis

Die Brüder Krachinger haben beide eine Wohnung iSv § 8 AO. **76**

6 AEAO zu § 8 AO, Tz. 4 S. 1.
7 *Buciek*, in: *Beermann/Gosch* (Hrsg.), AO/FGO, § 8 AO, Rn 23 mit dem zutreffenden Hinweis, dass sich das geforderte Zeitmoment an die Regelung in § 9 S. 2 AO anlehnt.
8 BFH-Urteil v. 19.3.2002, Az.: VIII R 62/00, BFH/NV 2002, 1146.
9 Zum Ganzen: *Musil*, in: *Hübschmann/Hepp/Spitaler* (Hrsg.), AO/FGO, § 8 AO Rn 45.

3. Gewöhnlicher Aufenthalt § 9 AO

77 Zu überlegen ist, wo die Brüder jeweils ihren gewöhnlichen Aufenthalt haben. Den gewöhnlichen Aufenthalt hat jemand dort, wo er sich unter Umständen aufhält, die darauf schließen lassen, dass er an diesem Ort oder in diesem Gebiet nicht nur vorübergehend verweilt, § 9 S. 1 AO. Der Begriff „gewöhnlich" ist gleichbedeutend mit „dauernd"; letzteres erfordert jedoch keine ununterbrochene Anwesenheit, sondern ist im Sinne „nicht nur vorübergehend" zu verstehen, wobei an den (inländischen) Aufenthalt während eines zusammenhängenden Zeitraums von mehr als sechs Monaten die unwiderlegbare Vermutung für das Vorhandensein des gewöhnlichen Aufenthalts geknüpft ist.[10] Die Brüder sind von München auf die Kaimaninseln gezogen, wo sie nach Bezug des Strandhauses neben ihrem einzigen Wohnsitzes auch ihren Lebensmittelpunkt haben. Ihren Lebensmittelpunkt kann eine Person nur an dem Ort haben, an dem die Person nicht nur vorübergehend sondern dauernd verweilt. Mithin haben beide Brüder auf den Kaimaninseln ihren gewöhnlichen Aufenthalt.

4. Inland

78 Das einkommensteuerrechtliche Inland ergibt sich aus § 1 Abs. 1 S. 2 EStG: Zum Inland iSd Gesetzes gehört auch der der Bundesrepublik Deutschland zustehende Anteil am Festlandsockel, soweit dort Naturschätze des Meeresgrundes und des Meeresuntergrundes erforscht oder ausgebeutet werden oder dieser der Energieerzeugung unter Nutzung erneuerbarer Energien dient. Im Grundsatz gehört zum Inland das Gebiet der Bundesrepublik Deutschland im Rahmen der hoheitlichen Grenzen.[11] Die Brüder Krachinger haben sowohl ihren einzigen Wohnsitz als auch ihren gewöhnlichen Aufenthalt auf den Kaimaninseln; diese gehören nicht zum steuerlichen Staatsgebiet der Bundesrepublik Deutschlands.

5. Ergebnis

79 Die Brüder Krachinger haben weder einen Wohnsitz noch ihren gewöhnlichen Aufenthalt im Inland. Die Brüder Krachinger sind mithin in Deutschland nicht unbeschränkt steuerpflichtig gem. § 1 Abs. 1 S. 1 EStG.

II. Beschränkte Steuerpflicht der Brüder, §§ 1 Abs. 4, 49 EStG

80 Die Brüder könnten beschränkt steuerpflichtig sein. Gem. § 1 Abs. 4 EStG sind natürliche Personen, die im Inland weder einen Wohnsitz noch ihren gewöhnlichen Aufenthalt haben, vorbehaltlich der Absätze 2 und 3 des § 1 EStG und des § 1a EStG beschränkt einkommensteuerpflichtig, wenn sie inländische Einkünfte iSd § 49 EStG haben.

---

10 AEAO zu § 9 AO, Tz. 1 S. 1 ff.

11 *Stapperfend*, in: *Herrmann/Heuer/Raupach* (Hrsg.), EStG/KStG, § 1 EStG Rn 57.

1. Natürliche Person

Die Brüder Krachinger sind natürliche Personen wie bereits oben (I. 1. der Lösung) untersucht wurde.

2. Weder Wohnsitz (§ 8 AO) noch gewöhnlichen Aufenthalt im Inland (§ 9 AO)

Die Tatbestandsmerkmale wurden bereits geprüft (I. 2., 3. und 4. der Lösung) und liegen in ihrem Zusammenspiel nicht in einer Weise vor, die zur unbeschränkten Steuerpflicht Rüdiger und Tobias Krachinger führt.

3. Vorbehaltlich § 1 Abs. 2 EStG

Die Brüder dürften nicht nach der Regelung in § 1 Abs. 2 EStG in Deutschland unbeschränkt steuerpflichtig sein. Nach der Bestimmung in § 1 Abs. 2 S. 1 EStG sind unbeschränkt einkommensteuerpflichtig auch deutsche Staatsangehörige, die (1) im Inland weder einen Wohnsitz noch ihren gewöhnlichen Aufenthalt haben und (2) zu einer inländischen Person des öffentlichen Rechts in einem Dienstverhältnis stehen und dafür Arbeitslohn aus einer inländischen öffentlichen Kasse beziehen, sowie zu ihren Haushalt gehörende Angehörige, die die deutsche Staatsangehörigkeit besitzen oder keine Einkünfte oder nur Einkünfte beziehen, die ausschließlich im Inland einkommensteuerpflichtig sind. Dies gilt nur für natürliche Personen, die in dem Staat, in dem sie ihren Wohnsitz oder ihren gewöhnlichen Aufenthalt haben, lediglich in einem der beschränkten Einkommensteuerpflicht ähnlichen Umfang zu einer Steuer vom Einkommen herangezogen werden. **81**

a) Deutsche Staatsangehöriger

Rüdiger und Tobias Krachinger müssten deutsche Staatsangehörige sein. Die Staatsangehörigkeit richtet sich nach dem (Reichs- und) Staatsangehörigkeitsgesetz.[12] Gem. § 3 Abs. 1 Nr. 1 StAG wird die Staatsangehörigkeit durch Geburt erworben. Konkretisiert wird die Vorschrift in § 4 Abs. 1 S. 1 StAG: Durch die Geburt erwirbt ein Kind die deutsche Staatsangehörigkeit, wenn ein Elternteil die deutsche Staatsangehörigkeit besitzt. Die Hinweise zum Sachverhalt erläutern, dass beide Eltern die deutsche Staatsangehörigkeit besitzen und die Mutter die Brüder geboren hat. Somit sind Rüdiger und Tobias Krachinger deutsche Staatsangehörige.[13] **82**

---

12 Ähnlich ist Art. 116 GG aufgebaut: Nach seinem Absatz 1 ist Deutscher im Sinne dieses Grundgesetzes vorbehaltlich anderweitiger gesetzlicher Regelung, wer die deutsche Staatsangehörigkeit besitzt oder als Flüchtling oder Vertriebener deutscher Volkszugehörigkeit oder als dessen Ehegatte oder Abkömmling in dem Gebiete des Deutschen Reiches nach dem Stande vom 31. Dezember 1937 Aufnahme gefunden hat; RuStAG – v. 22.7.1913 (RGBl. 1913, 583, zuletzt geändert durch Art. 2 Abs. 1 Personenstandsreformgesetz v. 19.2.2007, BGBl. I 2007, 122.

13 Wohlgemerkt wird in der Praxis die (deutsche) Staatsangehörigkeit unschwer mittels Personalausweis oder Reisepass festgestellt.

b) Keinen Wohnsitz oder gewöhnlichen Aufenthalt im Inland

83 Rüdiger und Tobias Krachinger haben weder ihren Wohnsitz iSd § 8 AO noch ihren gewöhnlichen Aufenthalt iSd § 9 AO im Inland (§ 1 Abs. 1 S. 2 EStG). Die Prüfung dieser Tatbestandsmerkmale findet sich im oberen Teil der Lösung unter I. 2., 3. und 4.

c) Öffentlich-rechtliches Dienstverhältnis

84 Die Brüder müssten – jeweils für sich – zu einer inländischen juristischen Person des öffentlichen Rechts in einem Dienstverhältnis stehen und darüber hinaus dafür Arbeitslohn aus einer inländischen öffentlichen Kasse beziehen.

Juristische Personen des öffentlichen Rechts sind rechtsfähige Gebilde, die durch Hoheitsakt errichtet werden, das Recht der Selbstverwaltung haben, staatlicher Aufsicht unterstehen und durch Satzungen objektives Recht für ihren Aufgabenbereich setzen können; sie unterteilen sich in Körperschaften, Anstalten und Stiftungen.[14] Inländisch sind die juristischen Personen des öffentlichen Rechts dann, wenn ihr Hoheitsgebiet im Inland belegen ist (bei den Gebietskörperschaften Bund, Länder und Gemeinden) oder wenn sie ihren Sitz iSd § 11 AO im Inland haben (bei den übrigen Körperschaften, Anstalten und Stiftungen des öffentlichen Rechts).[15] Zu einer solchen juristischen Person müssten Rüdiger und Tobias Krachinger in einem (öffentlich-rechtlichen oder privatrechtlichen) Dienstverhältnis stehen, also den Status eines Beamten, Angestellten oder Arbeiters einnehmen.

Im vorliegenden Fall treten die Brüder mit Karl Kurz, einer anderen natürlichen Person, in Leistungsbeziehungen in Form der darlehensweisen Überlassung von Kapital. Karl Kurz kann mithin keine juristische Person des öffentlichen Rechts sein und auch für die Annahme eines Dienstverhältnisses als Beamter, Angestellter oder Arbeiter zwischen Karl Kurz und Rüdiger und Tobias Krachinger besteht kein Raum.

d) Zwischenergebnis

85 Der Vorbehalt der unbeschränkten Steuerpflicht gem. § 1 Abs. 2 EStG vor der beschränkten Einkommensteuerpflicht greift nicht durch.

4. Vorbehaltlich § 1 Abs. 3 EStG

86 Die Brüder dürften auch nicht nach § 1 Abs. 3 EStG unbeschränkt einkommensteuerpflichtig sein.

Auf Antrag werden auch natürliche Personen als unbeschränkt einkommensteuerpflichtig behandelt, die im Inland weder einen Wohnsitz noch ihren gewöhnlichen Aufenthalt haben, soweit sie inländische Einkünfte iSd § 49 EStG haben. Dies gilt nur, wenn ihre Einkünfte im Kalenderjahr mindestens zu 90 Prozent der deutschen Einkommensteuer unterliegen oder die nicht der deutschen Einkommensteuer unterliegenden Einkünfte

14 Ablehnend für Mitarbeiter des Goethe-Instituts China als juristische Person des privaten Rechts: BFH-Urteil v. 22.2.2006, Az.: I R 60/05, BStBl. II 2007, 106.

15 *Stapperfend*, in: *Herrmann/Heuer/Raupach* (Hrsg.), EStG/KStG, § 1 EStG Rn 160.

den Grundfreibetrag nach § 32a Abs. 1 S. 2 Nr. 1 EStG nicht übersteigen. Weitere Voraussetzung ist, dass die Höhe der nicht der deutschen Einkommensteuer unterliegenden Einkünfte durch eine Bescheinigung der zuständigen ausländischen Steuerbehörde nachgewiesen wird.

Erforderlich wäre zunächst, dass Rüdiger und Tobias Krachinger jeder für sich einen Antrag stellt, als unbeschränkt steuerpflichtig behandelt zu werden. Ein solcher Antrag kann formlos gestellt werden, insbesondere auch durch schlüssiges Verhalten (konkludent), wie zB durch die Einreichung einer Steuererklärung, mit der ein Steuerpflichtiger die Behandlung als unbeschränkt steuerpflichtig begehrt.[16] Weder dem Sachverhalt noch den Hinweisen zum Sachverhalt kann eine Aussage dazu entnommen werden, ob Rüdiger und/oder Tobias Krachinger einen entsprechenden Antrag gestellt haben. Somit kann auch der Vorbehalt in § 1 Abs. 3 EStG nicht dazu führen, eine mögliche beschränkte Steuerpflicht der Brüder Krachinger mit ihren inländischen Einkünften zu verhindern. **87**

5. Vorbehaltlich § 1a EStG

Die Regelungen über die beschränkte Steuerpflicht dürften auch nicht durch § 1a EStG verdrängt werden. § 1a EStG regelt die fiktive unbeschränkte Steuerpflicht von EU- und EWR-Familienangehörigen. Die Norm bestimmt: Für Staatsangehörige eines Mitgliedstaates der Europäischen Union oder eines Staates, auf den das Abkommen über den Europäischen Wirtschaftsraum anwendbar ist, die nach § 1 Abs. 1 EStG unbeschränkt einkommensteuerpflichtig sind oder die nach § 1 Abs. 3 EStG als unbeschränkt einkommensteuerpflichtig zu behandeln sind, gilt bei Anwendung von § 10 Abs. 1 Nr. 1, 1a und 1b EStG und § 26 Abs. 1 S. 1 EStG Folgendes: (…) **88**

§ 1a EStG begründet keinen eigenen Besteuerungstatbestand; vielmehr enthält die Norm in ihrem Absatz 1 lediglich ergänzende Bestimmungen für Staatsangehörige eines EU-Mitgliedstaates oder eines EWR-Staates, die nach § 1 Abs. 1 EStG oder nach § 1 Abs. 3 EStG steuerpflichtig sind.[17]

Voraussetzung ist einmal mehr, dass der Steuerpflichtige – hier Rüdiger und Tobias Krachinger – nach § 1 Abs. 1 EStG oder nach § 1 Abs. 3 EStG unbeschränkt steuerpflichtig ist. Beide Möglichkeiten wurden bereits untersucht und abgelehnt (Lösung unter I. und II.4.). Also greift auch der Vorbehalt in § 1a EStG nicht durch.

6. Inländische Einkünfte iSd § 49 EStG

Rüdiger und Tobias Krachinger müssten inländische Einkünfte iSd § 49 EStG erzielen. **89**
In Betracht kommt die Regelung in § 49 Abs. 1 Nr. 5 lit. c. aa EStG. Danach liegen inländische Einkünfte in Form von Einkünften aus Kapitalvermögen iSv § 20 Abs. 1 Nr. 7 EStG vor, wenn das Kapitalvermögen durch inländischen Grundbesitz, durch inländische Rechte, die den Vorschriften des bürgerlichen Rechts über Grundstücke unter-

16 *Stapperfend*, in: *Herrmann/Heuer/Raupach* (Hrsg.), EStG/KStG, § 1 EStG Rn 255.
17 Weiterführend: *Haase*, Internationales und Europäisches Steuerrecht, Rn 149 ff.

liegen, oder durch Schiffe, die in ein inländisches Schiffsregister eingetragen sind, unmittelbar oder mittelbar gesichert ist. Ausgenommen sind Zinsen aus Anleihen und Forderungen, die in ein öffentliches Schuldbuch eingetragen oder über die Sammelurkunden im Sinne des § 9a des Depotgesetzes oder Teilschuldverschreibungen ausgegeben sind, (…).

a) Einkünfte aus Kapitalvermögen iSd § 20 Abs. 1 Nr. 7 EStG

90 Die Zinsen müssten Einkünfte aus Kapitalvermögen gem. § 20 Abs. 1 Nr. 7 EStG sein. Zu diesen Einkünften aus Kapitalvermögen gehören Erträge aus sonstigen Kapitalforderungen jeder Art, wenn die Rückzahlung des Kapitalvermögens oder ein Entgelt für die Überlassung des Kapitalvermögens zur Nutzung zugesagt oder geleistet worden ist, auch wenn die Höhe der Rückzahlung oder des Entgelts von einem ungewissen Ereignis abhängt. Zunächst müssten die Darlehen sonstige Kapitalforderungen sein. Kapitalforderung ist jede auf eine Geldleistung gerichtete Forderung ohne Rücksicht auf die Dauer der Kapitalüberlassung oder den Rechtsgrund des Anspruchs, ein Beispiel für sonstige Kapitalforderungen ist das Darlehen in Geld.[18] Beide dem Unternehmer Karl Kurz gewährten Darlehen wurden als Gelddarlehen hingegeben. Somit handelt es sich bei beiden Darlehen um sonstige Kapitalforderungen iSv § 20 Abs. 1 Nr. 7 EStG. Auch sind die weiteren Voraussetzungen des § 20 Abs. 1 Nr. 7 EStG, nämlich Rückzahlung des Kapitalvermögens oder ein Entgelt für die Nutzung des Kapitalvermögens zugesagt oder geleistet, nach den Angaben im Sachverhalt erfüllt. Die Darlehen sind endfällig zum 31. Dezember 2024 und sind mit 2,25% p.a. zu verzinsen.

b) Besicherung des Kapitalvermögens

91 Zur Annahme von inländischen Einkünften ist erforderlich, dass ein Inlandsbezug hergestellt wird, der in der vorliegenden Regelung durch eine Besicherung des Kapitalstamms erfolgt. Als Sicherungsmittel nennt das Gesetz Grundbesitz, inländische Rechte, die den Vorschriften des bürgerlichen Rechts über Grundstücke unterliegen, oder Schiffe, die in ein inländisches Schiffsregister eingetragen sind. Die Sicherung des Kapitalvermögens muss dinglich sein, dh es muss die rechtliche Möglichkeit bestehen, die Haftung des inländischen Grundstücks usw. geltend zu machen.[19] Unerheblich ist der Sicherungsumfang einerseits wie auch die dingliche Sicherung der Zinsen.[20] Erforderlich ist hingegen, dass der Kapitalstamm unmittelbar oder mittelbar mittels eines der angegeben Mittel besichert ist. Eine unmittelbare Sicherung iSd § 49 Abs. 1 Nr. 5 S. 1 lit. c aa EStG ist regelmäßig gegeben, wenn zur Sicherheit des Inhabers der Kapitalforderung ein Grundpfandrecht oder ein Verwertungsrecht an einem Grundpfandrecht rechtswirksam bestellt worden ist. Nach dem Gesetzeswortlaut reicht auch eine mittelbare dingliche Sicherung, dh eine (faktische) wirtschaftliche Sicherung, sie muss nicht formal rechtlich wirksam sein.

---

18 *Weber-Grellet*, in: *Schmidt* (Hrsg.), EStG, § 20 Rn 100 f.
19 *Wied*, in: *Blümich* (Hrsg.), EStG/KStG/GewStG, § 49 EStG Rn 190.
20 *Gosch*, in: *Kirchhof* (Hrsg.), EStG, § 20 Rn 79.

aa) Darlehen Tobias Krachinger

Tobias Krachinger ließ sich eine Sicherungsgrundschuld iSv § 1191 BGB an dem Betriebsgrundstück Karl Kurz einräumen. Als Fremdgrundschuld sichert sie aufgrund des Sicherungsvertrags den persönlichen Rückgewähranspruch Tobias Krachingers als Grundschuldgläubiger (= Sicherungsnehmer) gegen den Karl Kurz als Eigentümer. Dabei ist die Besicherung des Kapitalstamms in unmittelbarer Weise gegeben; die Sicherungsgrundschuld als Grundpfandrecht ist durch die Eintragung im Grundbuch in rechtswirksamer Weise durch Eintragung bestellt worden. Somit ist für die Zinserträge von Tobias Krachinger der Inlandsbezug iSd § 49 Abs. 1 Nr. 5 S. 1 lit. c aa EStG hergestellt. **92**

bb) Darlehen Rüdiger Krachinger

Rüdiger Krachinger verzichtete auf eine Besicherung seines Karl Kurz gewährten Darlehens, so dass der von § 49 Abs. 1 Nr. 5 S. 1 lit. c aa EStG geforderte Inlandsbezug nicht eingetreten ist. Es kann mithin schon hier für die Zinseinkünfte Rüdiger Krachingers konstatiert werden, dass es keine inländischen Einkünfte iSv § 49 EStG sind. **93**

c) Ausnahme in § 49 Abs. 1 Nr. 5 S. 1 lit. c aa S. 2 EStG

Für die Zinseinkünfte Tobias Krachingers dürfte nicht die Ausnahmeregelung in § 49 Abs. 1 Nr. 5 S. 1 c aa S. 2 EStG gelten. Danach gehören trotz entsprechender Sicherung Zinsen aus Anleihen und Forderungen nicht zu den inländischen Einkünften, wenn sie in ein öffentliches Schuldbuch eingetragen sind oder über die Sammelurkunden iSd § 9a DepotG ausgegeben oder Teilschuldverschreibungen ausgegeben sind. Öffentliche Schuldbücher sind das Bundesschuldbuch (§ 5 BSchuWG) und die Schuldbücher der Bundesländer, mithin Schuldbücher inländischer öffentlicher Stellen. Sammelurkunde iSd § 9a DepotG ist ein Wertpapier, das mehrere Rechte verbrieft, die jedes für sich in vertretbaren Wertpapieren einer und derselben Art verbrieft sein können; Teilschuldverschreibungen verbriefen Gläubigerrechte nur an einem bestimmten Teil des Nennbetrages einer einheitlich begebenen Schuldverschreibung. Tobias Krachinger gewährte Karl Kurz ein Darlehen in Geld. Dem Sachverhalt kann keinerlei Aussage dahingehend entnommen werden, dass die Darlehensvaluta in ein öffentliches Schuldbuch eingetragen ist oder dass über die Darlehensvaluta Sammelurkunden oder Teilschuldverschreibungen ausgegeben worden sind. Die Ausnahmeregelung in § 49 Abs. 1 Nr. 5 S. 1 lit. c aa S. 2 EStG ist somit nicht anwendbar. **94**

d) Ausnahme in § 49 Abs. 1 Nr. 5 S. 1 lit. c bb EStG

Die Zinseinkünfte Tobias Krachingers dürften auch nicht nach § 49 Abs. 1 Nr. 5 S. 1 lit. c bb EStG von der Qualifikation als inländische Einkünfte ausgenommen sein. Die Regelung erfasst Bezüge aus Genussrechten, mit denen nicht das Recht am Gewinn und am Liquidationserlös verbunden ist und die deshalb nicht in § 20 Abs. 1 Nr. 1 EStG genannt sind, sondern unter § 20 Abs. 1 Nr. 7 EStG fallen. Genussrechte begründen im Gegensatz zu Anteilen keine mitgliedschaftlichen Rechte, sondern stellen lediglich Gläubigerrechte auf schuldrechtlicher Grundlage dar; ein Genussrecht gewährt diesel- **95** ben oder ähnliche Vermögensrechte wie eine Aktie. Es handelt sich um ein Dauerschuldverhältnis eigener Art, das gesetzlich nicht geregelt ist.[21] Der Unterschied zu den Mitgliederrechten besteht darin, dass Genussrechte ausschließlich Vermögensrechte gewähren. Sie umfassen keine Mitverwaltungsrechte, insbesondere vermitteln sie kein Stimmrecht. Mit einem Genussrecht kann auch die Beteiligung am Verlust verbunden sein.[22] Das Darlehen wurde als solches gem. § 488 BGB gewährt. Eine Annährung des Schuldverhältnisses in vermögensrechtlicher Hinsicht an die Inhalte einer Aktie ist nicht gegeben. Somit greift auch die Ausnahme in § 49 Abs. 1 Nr. 5 S. 1 lit. c bb EStG hier nicht durch.

7. Zwischenergebnis

96 Die Zinseinkünfte Rüdiger Krachingers gehören mangels Inlandsbezugs nicht zu den inländischen Einkünfte iSv § 49 Abs. 1 Nr. 5 EStG. Die Zinseinkünfte Tobias Krachingers weisen hingegen durch die grundpfandrechtliche Besicherung der zugrunde liegenden Darlehensforderung den erforderlichen Inlandsbezug auf und sind somit inländische Einkünfte iSv § 49 Abs. 1 Nr. 5 EStG.

III. Ergebnis

97 Tobias Krachinger unterliegt mit seinen Zinsen der beschränkten Steuerpflicht in Deutschland gem. §§ 1 Abs. 4, 49 Abs. 1 Nr. 5 EStG. Rüdiger Krachinger ist in der Bundesrepublik Deutschland weder unbeschränkt noch beschränkt steuerpflichtig.

21 BGH-Urteil v. 5.10.1992, Az.: II ZR 172/91, BB 1993, 451; BGH-Urteil v. 21.7.2003, Az.: II ZR 109/02, BGHZ 156, 38.
22 Zum Ganzen: *Intemann*, in: *Herrmann/Heuer/Raupach* (Hrsg.), EStG/KStG, § 20 Rn 56.

Grundlagenfall 2

Der schlecht beratene Mandant

Schwerpunkte: Erläuterung des Territorialitätsprinzips im Internationalen Steuerrecht anhand der beschränkten Steuerpflicht in Deutschland durch eine Betriebsstätte (LB § 1 Rn 12–45, § 3 Rn 366–372)

Der niederländische Obst- und Gemüsehändler Levi van Nistelroy betreibt in Groningen **98** einen schwunghaften und erfolgreichen Großhandel vor allem für regionale Produkte. Im Sommer 2014 unternimmt Levi van Nistelroy mit seiner Familie einen Wochenendausflug nach Bremen, um die Stadt zu besichtigen. Nach zwei ereignisreichen Tagen stellte Levi van Nistelroy fest, dass ihm die Stadt sehr gut gefallen hat. Darüber hinaus hatte er bemerkt, dass es in der Bremer Innenstadt zwar mehrere Obst- und Gemüsehändler vor allem auf den Wochenmärkten gab, jedoch keiner über ein Konzept wie seines verfügt. Daher fasste Levi van Nistelroy den Entschluss, in Bremen ein Geschäft zu eröffnen und dort Obst- und Gemüse zu verkaufen. Weil er nichts falsch machen wollte, suchte er den Bremer Steuerberater Dr. Helmut Windig auf und fragte nach den steuerrechtlichen Konsequenzen seiner geplanten Aktivitäten in Deutschland. Dr. Helmut Windig erläuterte ihm, er würde mit seinen inländischen Einkünften beschränkt steuerpflichtig werden, weil ein Ladenlokal als feste Geschäftseinrichtung eine Betriebsstätte begründen würde. Diese Auskunft begeisterte Levi van Nistelroy weniger, so dass er von seinem beabsichtigten Engagement schon Abstand nehmen wollte. Darauf schlug ihm Dr. Helmut Windig vor, er könne seinen Handel doch auch auf dem täglichen Bremer Wochenmarkt „Domshof" mittels eines „fliegenden Markstandes" betreiben. Dafür müsse er sich bei der Bremer Großmarkt GmbH anmelden, die im dann seinen Standplatz auf dem Markt zuweisen würde. Da sein Marktstand täglich auf- und abgebaut würde, sei nun im Gegensatz zu einem Ladenlokal keine feste Geschäftseinrichtung gegeben, so dass Levi van Nistelroy in Deutschland nicht über eine Betriebsstätte verfügte und daher auch nicht steuerpflichtig sein könne. Begeistert von dieser Auskunft leitete Levi van Nistelroy alles in die Wege und begann Anfang 2015 mit eigenem Marktstand den Verkauf von Obst- und Gemüse, welches er aus seinem Groninger Geschäft mitgebracht hatte. Die Geschäfte liefen gut an und auch zu den anderen Markthändlern bekam Levi van Nistelroy schnell guten Kontakt. Im späten Frühjahr 2015 erfuhr Levi van Nistelroy von seinem niederländischen Kollegen, der auf dem Markt Käse verkauft, dass dieser mit seinen inländischen Einkünften in Deutschland beschränkt steuerpflichtig ist, weil auch ein Marktstand eine Betriebsstätte begründen würde. Etwas verunsichert kehrt Levi van Nistelroy an diesem Tag heim und weiß nicht so recht, was er nun tun soll.

1. Ist Levi van Nistelroy in Deutschland beschränkt steuerpflichtig?
2. Unterliegt die Tätigkeit in Deutschland der Gewerbesteuer?

Hinweise:

1. Levi van Nistelroy verfügt im Inland weder über einen Wohnsitz gem. § 8 AO noch über seinen gewöhnlichen Aufenthalt gem. § 9 AO.

2. Auf die unbeschränkte Steuerpflicht gem. §§ 1 Abs. 2, 1 Abs. 3, 1a EStG ist nicht einzugehen.
3. Die Tätigkeit Levi van Nistelroys ist eine selbstständige und nachhaltige Betätigung, die mit der Absicht, Gewinn zu erzielen, unternommen wird und sich als Beteiligung am allgemeinen wirtschaftlichen Verkehr darstellt. Die Tätigkeit übersteigt eine reine Vermögensverwaltung und ist keinesfalls als Ausübung von Land- und Forstwirtschaft noch als eine andere selbstständige Tätigkeit anzusehen.
4. Auf § 138 AO ist nicht einzugehen.
5. Das zwischen den Niederlanden und Deutschland bestehende Doppelbesteuerungsabkommen ist außer Acht zu lassen.

Vorüberlegungen

Der beschränkten Steuerpflicht liegt als gesetzgeberische Konzeption das Territorialitätsprinzip zugrunde, welches regelmäßig die Besteuerung steuerlicher Ausländer auf ihre Inlandsinvestitionen, bzw. die Einkünfte daraus beschränkt.[1] Der Sachverhalt behandelt dabei einen Kernbereich im Internationalen Steuerrecht, nämlich die Tätigkeit in Deutschland durch eine Betriebsstätte. Als sachlicher Anknüpfungspunkt dient die Betriebsstätte zur Identifizierung der inländischen Quelle und gleichzeitig als Rahmen für die Abgrenzung der steuerpflichtigen Einkünfte. Das Vorhandensein einer Betriebsstätte verwirklicht den besonderen Inlandsbezug in § 49 EStG, so dass regelmäßig inländische Einkünfte nach § 49 Abs. 1 Nr. 2 lit. a EStG vorliegen werden. **99**

Als Grundsatz ordnet § 12 AO jede feste Geschäftseinrichtung als Betriebsstätte ein. Die Ausführungen im Sachverhalt lassen einerseits auf einen Grenzfall schließen, geben andererseits aber auch wichtige Hinweise. Zu überlegen ist, ob der tägliche Auf- und Abbau eines Marktstandes dem Tatbestandsmerkmal einer festen Geschäftseinrichtung entgegensteht. Jedenfalls bei einem Ladenlokal scheint dieses Merkmal verwirklicht zu sein. Dabei ist dem Adjektiv „fest" besondere Aufmerksamkeit zu widmen: fest kann als „untrennbare" Verbundenheit mit dem Erdboden verstanden werden. Dem Merkmal „fest" haftet aber auch ein zeitliches Moment an, denn eine Betriebsstätte setzt eine dauerhafte und nicht nur vorübergehende Betätigung voraus. In Zweifelsfällen darüber, ob eine Geschäftseinrichtung vorliegt oder nicht, ist in der Praxis mit einem juristischen Umkehrschluss zu arbeiten. Steuerrecht ist Eingriffsverwaltung, dh es muss nach Tatbestand und Rechtsfolge genau definiert sein, was vom Steuerpflichtigen verlangt wird. Merkmale die im Gesetz nicht genannt sind, können daher im Grundsatz auch nicht begründungsnotwendig für eine Geschäftseinrichtung sein. Es kann daher in der Regel negativ abgegrenzt werden, sofern es sich bei der fraglichen Einrichtung nur um eine körperlich greifbare Einrichtung handelt.[2] Davon zu unterscheiden ist die Gesetzesauslegung, um die „richtige" rechtliche Lösung zu erreichen.[3] Schlussendlich werden an das Vorliegen einer inländischen Betriebsstätte räumliche und zeitliche Voraussetzungen gestellt.

Darüber hinaus muss Levi van Nistelroy auch über die Betriebsstätte verfügen können. Dafür ist weniger das zivilrechtliche Eigentum an den der Betriebsstätte zugehörigen Wirtschaftsgütern erforderlich; vielmehr genügt auch der Besitz (zB aufgrund eines Mietvertrages), um Verfügungsmacht in diesem Sinn ausüben zu können.

Ein vorgelagertes Problem, welches keineswegs nur von theoretischer Bedeutung ist, ergibt sich aus der allgemeinen Definition der Betriebsstätte in § 12 S. 1 AO und der beispielhaften Aufzählung von Betriebsstätten in § 12 S. 2 AO. Gefordert ist hier eine Untersuchung, ob § 12 S. 2 AO lediglich deklaratorische oder konstitutive Bedeutung hat. Die Unterscheidung ist regelmäßig dann virulent, wenn bei der Annahme einer kon-

---

1 *Schaumburg*, Internationales Steuerrecht, Rn 5.103.
2 Zum Ganzen: *Haase*, in: *Haase* (Hrsg.), AStG/DBA, Art. 5 DBA Rn 58.
3 Weiterführend: *Birk/Desens/Tappe*, Klausurenkurs im Steuerrecht, Rn 69 ff.

stitutiven Bedeutung von § 12 S. 2 AO das Merkmal einer festen Geschäftseinrichtung als Voraussetzung entbehrlich wird. Nun vertreten zwar auch die Verfechter einer konstitutiven Bedeutung des § 12 S. 2 AO die Auffassung, dass die Ein- oder Verkaufsstelle in § 12 S. 2 Nr. 6 AO eine feste Geschäftseinrichtung erfordert – der Meinungsstreit sollte dennoch kurz dargestellt werden.

Die Gewerbesteuerpflicht folgt den Grundsätzen des Territorialitätsprinzips. Ihre Rechtfertigung besteht in der Ausgleichsmöglichkeit für die unmittelbaren und mittelbaren Lasten, die Gewerbebetriebe für die Gemeinden verursachen. Insoweit besteht kein Unterschied, ob der Unternehmer im In- oder Ausland ansässig ist. Es kommt für die Frage der Gewerbesteuerpflicht lediglich auf den Steuergegenstand gem. § 2 GewStG an. Steuergegenstand ist ein stehender Gewerbebetrieb, für den im Inland eine Betriebsstätte unterhalten wird.

Gliederung

100 **I. Beschränkte Steuerpflicht**

1. Natürliche Person ohne Wohnsitz und gewöhnlichen Aufenthalt im Inland
2. Inländische Einkünfte iSd § 49 Abs. 1 Nr. 2 lit. a EStG
   - a) Einkünfte aus Gewerbebetrieb iSd § 15 EStG
   - b) Betriebsstätte
     - aa) Charakter von § 12 S. 1 und 2 AO
     - bb) Zwischenergebnis
   - c) Betriebsstätte gem. § 12 S. 1 AO iVm § 12 S. 2 Nr. 6 AO
     - aa) Ein- oder Verkaufsstelle
     - bb) Geschäftseinrichtung oder Anlage
     - cc) „Fest“
       - (1) Räumliche Komponente
       - (2) Zeitliche Komponente
       - (3) Verfügungsmacht
     - dd) Dient der Tätigkeit eines Unternehmens
       - (1) Unternehmen
       - (2) Dienende Funktion
     - ee) Zwischenergebnis
   - d) Inland
3. Ergebnis

II. Gewerbesteuerpflicht
1. Stehender Gewerbebetrieb im Inland
   a) Gewerbebetrieb
   b) „Stehend“
   c) Betriebsstätte im Inland
      aa) Betriebsstätte
      bb) Inland
2. Ergebnis

III. Ergebnis

Lösung

I. Beschränkte Steuerpflicht

101 Levi van Nistelroy ist gem. §§ 1 Abs. 4, 49 EStG in Deutschland beschränkt steuerpflichtig, weder einen Wohnsitz noch seinen gewöhnlichen Aufenthalt im Inland hat und er vorbehaltlich der Abs. 2 und 3 des § 1 EStG und des § 1a EStG inländische Einkünfte iSd § 49 EStG hat.

1. Natürliche Person ohne Wohnsitz und gewöhnlichen Aufenthalt im Inland

Zunächst müsste Levi van Nistelroy eine natürliche Person sein. Eine natürliche Person ist der Mensch in seiner Rolle als Rechtssubjekt, dh als Träger von Rechten und Pflichten, § 1 BGB. Levi van Nistelroy erfüllt als Mensch diese Voraussetzungen und ist somit natürliche Person im Sinne von § 1 EStG.

Des Weiteren dürfte er weder einen Wohnsitz noch seinen gewöhnlichen Aufenthalt im Inland haben. Die Beantwortung dieser Voraussetzungen würde sich für den Wohnsitz aus § 8 AO ergeben und für den gewöhnlichen Aufenthalt aus § 9 AO. Eine weitere Auseinandersetzung mit diesen Paragrafen erübrigt sich, weil die Hinweise zum Sachverhalt vorgeben, dass Levi van Nistelroy im Inland weder über einen Wohnsitz gemäß § 8 AO noch über seinen gewöhnlichen Aufenthalt gemäß § 9 AO verfügt. Somit sind auch diese Voraussetzungen für die Annahme einer beschränkten Steuerpflicht erfüllt.

Gleiches gilt für das Tatbestandsmerkmal „Inland“. Was zum steuerrechtlichen Inland im Sinne des EStG gehört, ergibt sich aus § 1 Abs. 1 S. 2 EStG. Aber auch hier erübrigen sich weitere Ausführungen, da das Tatbestandsmerkmal durch die Aussage in den Hinweisen zum Sachverhalt bereits ausgefüllt ist.

2. Inländische Einkünfte im Sinne des § 49 Abs. 1 Nr. 2 lit. a EStG

102 Levi van Nistelroy müsste Einkünfte aus Gewerbebetrieb (§§ 15–17 EStG), für den im Inland eine Betriebsstätte unterhalten wird oder ein ständiger Vertreter bestellt ist, haben.

a) Einkünfte aus Gewerbebetrieb im Sinne des § 15 EStG

Levi van Nistelroy müsste Einkünfte aus Gewerbebetrieb im Sinne des § 15 EStG erzielen. Durch den Verweis auf § 15 EStG bestehen auch bei beschränkter Steuerpflicht die Einkünfte aus Gewerbebetrieb aus den in § 15 Abs. 1 Nr. 1–3 EStG aufgeführten Einkunftsgruppen. In Betracht kommt hier § 15 Abs. 1 Nr. 1 S. 1 EStG: Danach sind Einkünfte aus Gewerbebetrieb Einkünfte aus gewerblichen Unternehmen. Für die Frage, was unter einem Gewerbebetrieb zu verstehen ist, ist die Definition in § 15 Abs. 2 EStG heranzuziehen. Danach ist eine selbstständige nachhaltige Betätigung, die mit der Absicht, Gewinn zu erzielen, unternommen wird und sich als Beteiligung am allgemeinen wirtschaftlichen Verkehr darstellt, ein Gewerbebetrieb, wenn die Betätigung weder als Ausübung von Land- und Forstwirtschaft noch als Ausübung eines freien Berufs noch als eine andere selbstständige Arbeit anzusehen ist (und den Rahmen einer reinen Vermögensverwaltung im Sinne von § 14 S. 3 AO übersteigt). Sowohl die positiven als auch die negativen Tatbestandsmerkmale können als gegeben angenommen werden, da sie den Hinweisen zum Sachverhalt entnommen werden können. Somit erzielt Levi van Nistelroy Einkünfte aus Gewerbebetrieb.

b) Betriebsstätte

Levi van Nistelroy müsste im Inland eine Betriebsstätte gemäß § 12 AO unterhalten. **103**
Gemäß § 12 S. 1 AO ist eine Betriebsstätte jede feste Geschäftseinrichtung oder Anlage, die der Tätigkeit eines Unternehmens dient. Gemäß § 12 S. 2 AO sind als Betriebsstätten insbesondere anzusehen, die Stätte der Geschäftsleitung, Zweigniederlassungen, Geschäftsstellen, Fabrikations- oder Werkstätten, Warenlager, Ein- oder Verkaufsstellen, Bergwerke und Bauausführungen oder Montagen. Während § 12 S. 1 AO den Begriff der Betriebsstätte allgemein erläutert, enthält § 12 S. 2 AO eine nicht abschließende Aufzählung von Einzelfällen. Nicht ohne weiteres erkennbar ist, ob für die aufgezählten Einzelfälle die Tatbestandsmerkmale des § 12 S. 1 AO vorliegen müssen, ob also die Aufzählung in § 12 S. 2 AO deklaratorischen oder konstitutiven Charakter hat.

aa) Charakter von § 12 Satz 1 und 2 AO

Denkbar ist einerseits, die Aufzählung der Einzelfälle als Beispiele zu § 12 S. 1 AO zu **104**
qualifizieren mit der Folge, dass die Beispiele nur dann als Betriebsstätte angesehen werden können, wenn sie gleichzeitig sämtliche Merkmale der allgemeinen Betriebsstättendefinition aufweisen oder ob die genannten Einzelfälle den Grundtatbestand des § 12 S. 1 AO erweitern mit der Folge, dass nicht notwendigerweise alle Merkmale erfüllt sein müssen, um bei Vorliegen eines Sachverhalts nach § 12 S. 2 AO eine Betriebsstätte annehmen zu können.[4]

Nach Auffassung des BFH[5] beinhaltet § 12 S. 2 AO eine Definitionserweiterung, die nicht notwendigerweise eine Geschäftseinrichtung oder Anlage voraussetzt.

Andererseits wird in der Literatur vertreten, die Beispiele in § 12 S. 2 Nr. 1 bis 7 AO haben nur deklaratorische Bedeutung.[6] Für letztere Auffassung ist insbesondere das Argument anzuführen, dass bei einer konstitutiven Bedeutung der Beispielkatalog weitgehend leerläuft.[7] Für einen lediglich deklaratorischen Charakter streitet des Weiteren die eingehend durch § 12 S. 1 AO vorgegebene Kontur und der im Wortlaut von § 12 S. 2 AO gewählte beispielhafte Charakter, der für die Tatbestandsmerkmale (zB „fest", „dienen") auf § 12 S. 1 AO zurückgreift.[8] Anderes gilt lediglich für § 12 S. 2 Nr. 8

4 *Musil*, in: *Hübschmann/Hepp/Spitaler* (Hrsg.), AO/FGO, § 12 AO Rn 25.
5 Urteil v. 28.7.1993, Az.: I R 15/93, BStBl. II 1994, 48; BMF-Schreiben v. 24.12.1999, Az.: IV B – S 1300 – 111/99, BStBl. I 1999, 1076, Tz 1.1.1.1.
6 *Roth*, in: *Herrmann/Heuer/Raupach* (Hrsg.), EStG/KStG, § 49 EStG Rn 205.
7 *Buciek*, in: *Beermann/Gosch* (Hrsg.), AO/FGO, § 12 AO Rn 6.
8 *Roth*, in: *Herrmann/Heuer/Raupach* (Hrsg.), EStG/KStG, § 49 EStG Rn 205.

AO, da nach herrschender Meinung die dort genannten Bauausführungen und Montagen rein tätigkeitsbezogen sind.[9]

bb) Zwischenergebnis

105 Die Merkmale in § 12 S. 2 AO haben nur deklaratorischen Charakter.

c) Betriebsstätte gemäß § 12 S. 1 AO iVm § 12 S. 2 Nr. 6 AO

106 Es könnte sich um eine Betriebsstätte in Form einer Ein- oder Verkaufsstelle handeln.

aa) Ein- oder Verkaufsstelle

Ein- oder Verkaufsstellen sind Geschäftseinrichtungen, die für den Ein- oder Verkauf von Gütern benutzt werden.[10] Jedenfalls das Tatbestandsmerkmal des Verkaufs von Gütern ist vorliegend gegeben, denn Levi van Nistelroy verkauft von seinem Marktstand aus Obst und Gemüse und damit Güter.

bb) Geschäftseinrichtung oder Anlage

107 Der Marktstand müsste eine Geschäftseinrichtung oder Anlage sein. Geschäftseinrichtung kann jeder körperliche Gegenstand oder jede Zusammenfassung körperlicher Gegenstände sein, die geeignet sind, Grundlage einer Unternehmenstätigkeit zu sein.[11] Unter dem Begriff der Geschäftseinrichtung sind zB Räumlichkeiten und abgegrenzte oder abgrenzbare Flächen wie Lager, Bauplätze und Standplätze zu verstehen.[12]

Unter einer Anlage ist meist eine größere Einrichtung, deren Zweckbestimmung mehr im technischen als im kaufmännischen Bereich liegt, zu verstehen.[13] Eine klare Unterscheidung zwischen den Begriffen ist nur schwer möglich, aber auch nicht erforderlich, da die Anlage als Unterfall der Geschäftseinrichtung anzusehen ist.[14]

Der Marktstand ist ein körperlicher Gegenstand, der durch das Verkaufen von Waren stets geeignet ist, Grundlage einer Unternehmenstätigkeit zu sein. Somit stellt der Marktstand jedenfalls eine Geschäftseinrichtung dar.

cc) „Fest“

108 Die Geschäftseinrichtung müsste fest sein. Das Merkmal „fest“ hat eine räumliche und eine zeitliche Komponente; zudem kommt durch dieses Merkmal zum Ausdruck, dass eine Betriebsstätte nur vorliegt, wenn der Unternehmer Verfügungsmacht über die Geschäftseinrichtung hat.

---

9 Die OECD hat im OECD-MK Art. 5 Tz. 12 ebenfalls die Auffassung vertreten, dass die Katalogbeispiele in Art. 5 Abs. 2 OECD-MA nur dann Betriebsstätten begründen, wenn sie die Voraussetzungen des Art. 5 Abs. 1 OECD-MA erfüllen.

10 *Musil*, in: *Hübschmann/Hepp/Spitaler* (Hrsg.), AO/FGO, § 12 AO Rn 31.

11 BFH-Urteil v. 3.2.1993, Az.: I R 80-81/91, BStBl. II 1993, 462.

12 *Musil*, in: *Hübschmann/Hepp/Spitaler* (Hrsg.), AO/FGO, § 12 AO Rn 8.

13 *Roth*, in: *Herrmann/Heuer/Raupach* (Hrsg.), EStG/KStG, § 49 EStG Rn 205.

14 *Musil*, in: *Hübschmann/Hepp/Spitaler* (Hrsg.), AO/FGO, § 12 AO Rn 8.

(1) Räumliche Komponente

In räumlicher Hinsicht liegt eine feste Geschäftseinrichtung vor, wenn sie einen Bezug zu einem bestimmten Punkt der Erdoberfläche aufweist. Nicht erforderlich ist, dass die Geschäftseinrichtung fest mit der Erdoberfläche verbunden, also etwa festgemauert, festgeschraubt oder einbetoniert ist.[15] Somit sind auch transportable Stände, die an einem bestimmten Ort regelmäßig auf- und abgebaut werden, „fest“ im Sinne der Betriebsstättendefinition. Der Marktstand von Levi van Nistelroy wird regelmäßig auf dem Domshof in Bremen auf- und abgebaut und ist somit eine feste Geschäftseinrichtung im Hinblick auf die räumliche Komponente. **109**

(2) Zeitliche Komponente

Der Betriebsstättenbegriff setzt weiter voraus, dass eine besonders intensive Verwurzelung der Arbeit mit dem Ort der Ausübung besteht.[16] Diese Verwurzelung der Geschäftseinrichtung zu einem bestimmten Punkt der Erdoberfläche erfordert mithin eine gewisse Dauer bzw. Stetigkeit. Dieses ist nicht gegeben, wenn von vornherein nur eine kurzfristige und/oder vorübergehende Tätigkeit geplant ist. So stellen etwa wechselnde Standplätze einer fahrenden Verkaufsstätte keine feste Geschäftseinrichtung im Sinne von § 12 AO dar. Im vorliegenden Fall ist jedoch zu beachten, dass Levi van Nistelroy regelmäßig, nämlich täglich, auf dem Wochenmarkt Domshof seinen Stand aufbaut und dieses darüber hinaus an einem ihm konkret von der Großmarkt GmbH zugewiesenen Ort. Gerade Letzteres erfüllt die Voraussetzungen eines dauerhaften Bezugs zu einem bestimmten Ort. Somit ist der mobile Marktstand mit dem Wochenmarkt Domshof durch die tägliche Wiederkehr derart verwurzelt, dass auch von der zeitlichen Komponente für eine Betriebsstätte im Sinne von § 12 AO auszugehen ist.[17] **110**

(3) Verfügungsmacht

Levi van Nistelroy müsste über die Geschäftseinrichtung eine eigene, nicht nur vorübergehende Verfügungsmacht haben. Hierfür wäre grundsätzlich nicht notwendig, dass er Eigentümer der Geschäftseinrichtung ist; vielmehr ist es ausreichend, wenn die Verfügungsmacht auf entgeltlicher oder unentgeltlicher Nutzungsüberlassung, zB im Rahmen einer Vermietung, beruht. Hier verkauft Levi van Nistelroy mit eigenem Marktstand Obst und Gemüse. Er ist mithin zivilrechtlicher Eigentümer des Marktstandes. Somit hat Levi van Nistelroy auch Verfügungsmacht über die Geschäftseinrichtung. **111**

dd) Dient der Tätigkeit eines Unternehmens

Die Tätigkeit auf dem Wochenmarkt müsste dem Unternehmen von Levi van Nistelroy dienlich sein. **112**

---

15 *Musil*, in: *Hübschmann/Hepp/Spitaler* (Hrsg.), AO/FGO, § 12 AO Rn 11.

16 BFH-Urteil v. 19.5.1993, Az.: I R 80/92, BStBl. II 1993, 666.

17 Weiterführend: BFH-Urteil v. 9.10.1974, Az.: I R 128/73, BStBl. II 1975, 203; BFH-Urteil v. 28.7.1993, Az.: I R 15/93, IStR 1994, 27.

(1) Unternehmen

Levi van Nistelroy müsste ein Unternehmen betreiben. Der in § 12 S. 1 AO verwendete Begriff stimmt weitgehend mit dem des § 2 Abs. 1 UStG überein; erforderlich, aber auch genügend ist danach jede nachhaltige selbstständige berufliche Tätigkeit (im Inland oder Ausland). Diese Merkmale sind nach den Hinweisen zum Sachverhalt als gegeben anzunehmen, so dass Levi van Nistelroy ein Unternehmen betreibt.

(2) Dienende Funktion

113 Die Geschäftseinrichtung müsste der Tätigkeit des Unternehmens unmittelbar dienen. Erforderlich dafür sind eine organisatorische Verbindung der Geschäftseinrichtung mit dem Unternehmen und ein dauerhafter Bezug der Tätigkeit zum Unternehmen. Dieses ist erfüllt, wenn in der Geschäftseinrichtung die unternehmerische Tätigkeit ausgeübt wird. Levi van Nistelroy verkauft sowohl in den Niederlanden als auch in Deutschland Obst und Gemüse. Somit dient der Verkauf in der Geschäftseinrichtung auf dem Wochenmarkt Domshof seinem Unternehmen.

ee) Zwischenergebnis

114 Der Marktstand von Levi van Nistelroy stellt eine Betriebsstätte in Form einer Verkaufsstelle gemäß § 12 S. 1 und 2 Nr. 6 AO dar.

d) Inland

115 Die Betriebsstätte befindet sich im Inland, weil Bremen zum Staatsgebiet der Bundesrepublik Deutschland gehört (§ 1 Abs. 1 S. 2 EStG).

3. Ergebnis

116 Levi van Nistelroy hat im Inland weder einen Wohnsitz noch seinen gewöhnlichen Aufenthalt und erzielt inländische Einkünfte aus Gewerbebetrieb mittels einer im Inland unterhaltenen Betriebsstätte. Er ist somit beschränkt einkommensteuerpflichtig.

II. Gewerbesteuerpflicht

117 Die Tätigkeit Levi van Nistelroys unterliegt der Gewerbesteuer, wenn sie Steuergegenstand iSd § 2 GewStG ist. Gem. § 2 Abs. 1 S. 1 GewStG unterliegt jeder stehende Gewerbebetrieb der der Gewerbesteuer, soweit er im Inland betrieben wird. Gewerbebetrieb ist ein gewerbliches Unternehmen iSd EStG, § 2 Abs. 1 S. 2 GewStG. Im Inland betrieben wird ein Gewerbebetrieb, soweit für ihn im Inland eine Betriebsstätte unterhalten wird, § 2 Abs. 1 S. 3 GewStG.

Aus dem „soweit“ folgt zugleich, dass nur die inländischen Gewerbeerträge für Zwecke der Gewerbesteuer herangezogen werden können. Liegen die Voraussetzungen von § 2 GewStG vor, sind folglich nicht auch Erträge aus dem Obst- und Gemüsehandel in Groningen in die gewerbesteuerrechtliche Bemessungsgrundlage einzubeziehen.

1. Stehender Gewerbebetrieb im Inland

Die Tätigkeit Levi van Nistelroys müsste ein stehender Gewerbebetrieb im Inland sein. **118**

a) Gewerbebetrieb

Der Verkauf von Obst und Gemüse müsste Gewerbebetrieb iSd § 2 Abs. 1 S. 1 GewStG sein. Gem. § 2 Abs. 1 S. 2 GewStG ist unter Gewerbebetrieb ein gewerbliches Unternehmen iSd EStG zu verstehen. Die Legaldefinition des Gewerbebetriebes ergibt sich aus § 15 Abs. 2 S. 1 EStG. Bereits bei der Untersuchung der beschränkten Steuerpflicht unter I.2.a. wurde die Tätigkeit Levi van Nistelroys als Gewerbetrieb qualifiziert. Somit ist der Verkauf von Obst und Gemüse Gewerbebetrieb iSv § 2 Abs. 1 S. 1 GewStG.

b) „Stehend"

Der Handel Levi van Nistelroys auf dem Wochenmarkt müsste ein stehender Gewerbebetrieb sein. Den stehenden Gewerbetrieb definiert § 1 GewStDV als Gewerbebetrieb, der kein Reisegewerbe ist. Reisegewerbe ist eine Tätigkeit, die außerhalb einer gewerblichen Niederlassung bzw. einer Betriebsstätte ausgeübt wird. Ein Reisegewerbe liegt ausnahmsweise dann vor, wenn der Inhaber nach der Gewerbeordnung und deren Ausführungsbestimmungen entweder einer Reisegewerbekarte bedarf oder hiervon lediglich deshalb befreit ist, weil er einen Blindenwaren-Vertriebsausweis nach § 55a Abs. 1 Nr. 4 GewO besitzt (§ 35a Abs. 2 GewStG).[18] Levi van Nistelroy vertreibt seine Waren in Bremen nur auf dem Wochenmarkt und unterhält dafür eine Betriebsstätte wie in der Lösung unter I.2.b. bereits herausgearbeitet worden ist. Er betreibt sein Gewerbe damit nicht außerhalb sondern „innerhalb" einer Betriebsstätte. Für das Erfordernis einer Reisegewerbekarte lassen sich dem Sachverhalt keinerlei Aussagen entnehmen, so dass wegen des Ausnahmecharakters dieses Merkmals davon auszugehen ist, dass es nicht vorliegt. Die Handelsaktivitäten Levi van Nistelroys sind mithin ein stehender Gewerbebetrieb iSd § 2 Abs. 1 S. 1 GewStG. **119**

c) Betriebsstätte im Inland

aa) Betriebsstätte

Für den stehenden Gewerbebetrieb müsste eine Betriebsstätte unterhalten werden. Obwohl das Gewerbesteuergesetz den Begriff der Betriebsstätte in vielen Vorschriften (zB §§ 2, 4, 9, 28, 29 GewStG) verwendet, definiert das GewStG diesen Terminus nicht selbst; er ist vielmehr § 12 AO zu entnehmen.[19] Als Ergebnis der Untersuchung der beschränkten Einkommensteuerpflicht Levi van Nistelroys wurde insoweit eine Betriebsstätte in Form einer Verkaufsstelle iSv § 12 S. 1, S. 2 Nr. 6 AO angenommen. Für den stehenden Gewerbebetrieb wird somit eine Betriebsstätte unterhalten. **120**

---

18 *Sarrazin*, in: *Lenski/Steinberg* (Hrsg.), GewStG, § 2 Rn 51.

19 *Sarrazin*, in: *Lenski/Steinberg* (Hrsg.), GewStG, § 2 Rn 2312; BFH-Urteil v. 13.9.2000, Az.: X R 56/08, BStBl. II 2001, 734; v. 12.2.2004, Az.: IV R 29/02, BStBl. II 2004, 602; v. 16.12.2009, Az.: I R 56/08, BStBl. II 2010, 492.

bb) Inland

121 Der stehende Gewerbebetrieb müsste im Inland betrieben werden. Der Begriff des Inlands wird in § 2 Abs. 1 S. 1 und 3, Abs. 6 und 7 GewStG als bekannt vorausgesetzt, aber nirgendwo im Ertragsteuerrecht gesetzlich bestimmt; es ist mithin auf den staatsrechtlichen Begriff des Inlands zurückzugreifen, wobei aber die (gewerbesteuerrechtlichen) Abweichungen in § 2 Abs. 6 und 7 GewStG zu beachten sind.[20] Der staatsrechtliche Begriff des Inlands umfasst alle Gebiete, die zur Bundesrepublik Deutschland gehören. Bremen gehört ohne Zweifel zum Gebiet der Bundesrepublik Deutschland.

Zu beachten sind aber die Abweichungen in § 2 Abs. 6 und 7 GewStG: Die Vorschrift in § 2 Abs. 6 GewStG stellt inländische Betriebsstätten von Unternehmen mit Geschäftsleitung in einem Staat ohne Doppelbesteuerungsabkommen unter bestimmten Voraussetzungen von der GewSt frei. Die Anwendung der Abweichung in § 2 Abs. 6 GewStG scheitert schon an dem bestehenden Doppelbesteuerungsabkommen zwischen den Niederlanden und Deutschland. Dieses ist zwar für die Untersuchung außer Acht zu lassen; das ändert aber nichts daran, dass es besteht.

In § 2 Abs. 7 GewStG wird der steuerrechtliche Inlandsbegriff erweitert und umfasst auch Gebiete (zB den Festlandsockel), die nicht im staatsrechtlichen Inland liegen. Festgestellt wurde bereits die staatsrechtliche Zugehörigkeit Bremens zum staatsrechtlichen Gebiet Deutschlands. Die Prüfung einer Erweiterung des Inlands zur Erfassung der Einkünfte ist mithin nicht angezeigt.

2. Ergebnis

122 Der Markstand auf dem Bremer Wochenmarkt „Domshof“ ist ein stehender Gewerbebetrieb, für den im Inland eine Betriebsstätte unterhalten wird. Er ist folglich Steuergegenstand iSv § 2 GewStG und unterliegt der Gewerbesteuer.

III. Ergebnis

123 Levi van Nistelroy ist mit seinen Einkünften aus dem Obstverkauf in Deutschland beschränkt steuerpflichtig. Darüber hinaus unterliegt er mit seinen gewerblichen Einkünften in Deutschland der Gewerbesteuer.

20 *Sarrazin*, in: *Lenski/Steinberg* (Hrsg.), GewStG, § 2 Rn 2445.

Grundlagenfall 3

Schwierige Entscheidung

Schwerpunkte: Erscheinungsformen der Doppelbesteuerung in Form der juristischen, wirtschaftlichen oder virtuellen Doppelbesteuerung (LB § 1 Rn 24–40)

Der Modeschöpfer Felix Adler, gerade einmal 37 Jahre alt, kann schon auf eine beein- **124**
druckende Karriere zurückblicken. Letzter Erfolg war im Mai 2014 die Aufnahme seiner Marke „Raubvogel“ in die Vereinigung der Haute-Couture mit Sitz in Paris beim französischen Handelsministerium. Zu den Kunden seiner Kollektionen zählen Damen wie Herren, In- wie Ausländer vieler verschiedener Nationalitäten. Um seine Kunden im Land X besser bedienen zu können, beabsichtigt Felix Adler seine Geschäftsaktivitäten von der Hamburger Innenstadt aus, sukzessive auf dieses Land auszuweiten. Dafür soll im Land X ein Verkaufsgeschäft eröffnet werden. Die Schöpfung der Kollektionen und auch die Produktion sollen zur Sicherstellung des hohen Qualitätsanspruchs Felix Adlers im Inland verbleiben.

Sämtliche geschäftliche Aktivitäten entfaltet Felix Adler in Deutschland über seine F. Adler GmbH mit Sitz laut Gesellschaftsvertrag in Hamburg. Alle Geschäftsanteile an der GmbH gehören Felix Adler, er ist darüber hinaus der alleinige Geschäftsführer; in dieser Eigenschaft leitet er die Geschicke der Gesellschaft aus seinen Büroräumen am Sitz der Gesellschaft. Ausgehend von seiner GmbH überlegt Felix Adler, wie er im Ausland Aktivitäten entfalten soll. Er ist dem Einsatz einer Betriebsstätte zugeneigt, schließlich soll im Ausland nur ein kundenäherer Verkauf abgewickelt werden,

In der ausländischen Investition wird ein Gewinn in Höhe von € 500 000,00 erwartet. Das inländische Einkommen der F. Adler GmbH beträgt ohne die ausländischen Einkünfte € 1 200 000,00.

Wie werden die Erträge aus der ausländischen Betriebsstätte auf Ebene der F. Adler GmbH bei der Ermittlung des Einkommens behandelt? Gehen Sie dabei bitte auch auf die Ermittlung des Gewerbeertrages und die jeweilige Vermeidung der Doppelbesteuerung ein.

Hinweise:

1. Bei Unterhalten einer Betriebsstätte wird die F. Adler GmbH mit ihren Einkünften daraus im Land X beschränkt steuerpflichtig (vergleichbar mit §§ 2 Nr. 1, 8 Abs. 1 S. 1 KStG, 49 Abs. 1 Nr. 2 lit. a EStG).
2. Im Land X werden beschränkt steuerpflichtige Kapitalgesellschaften mit ihren Einkünften einer Steuer vom Einkommen (entspricht der deutschen Körperschaftsteuer) in Höhe von 30% unterworfen.
3. Das Wirtschaftsjahr der F. Adler GmbH entspricht im In- und Ausland dem Kalenderjahr.
4. Mit dem Land X besteht kein Doppelbesteuerungsabkommen.
5. Der steuerliche Gewinn entspricht aus Vereinfachungsgründen der Summe der Einkünfte und dem Einkommen.

Vorüberlegungen

125 In Rede steht ein „alltäglicher“ outbound-Fall im Zeitalter des Zusammenwachsens der internationalen Märkte. Die Bildung von Handelsräumen – wie zB die EU, NAFTA[1], ASEAN[2] –, die den Mitgliedern Erleichterungen im Lieferungs- und Leistungsaustausch verschaffen, bringen Anreize für grenzüberschreitende Investition, wovon vermehrt Gebrauch gemacht wird: *„Business goes global, taxes don't stay local“*.[3]

Im Fokus des Falles steht die Untersuchung der beabsichtigten Investition unter Einsatz einer ausländischen Betriebsstätte.

Hier bildet den Akteur eine inländische unbeschränkt steuerpflichtige GmbH aus dem Bereich Herstellung und Produktion, welche sich einer ausländischen Betriebsstätte als rechtlich unselbstständigen Teil ihrer selbst bedient. Unbeschränkte Steuerpflicht gem. § 1 Abs. 1 KStG zieht nach § 1 Abs. 2 KStG den Einbezug weltweit erwirtschafteter Erträge in die inländische körperschaftsteuerpflichtige Bemessungsgrundlage nach sich. Das ist die Wirkung des Universalitätsprinzips. Aus dem im Internationalen Steuerrecht – jedenfalls in den Industriestaaten – regelmäßig geltenden Territorialitätsprinzip folgt bei dem Überschreiten eines Inlandsbezugs die beschränkte Steuerpflicht in diesem (Quellen-)Staat. Die Schwelle des steuerlich relevanten Inlandsbezugs ist nach den Gepflogenheiten im Internationalen Steuerrecht beim Unterhalten einer Betriebsstätte regelmäßig überschritten. So wie es die Hinweise vorgeben, wird die F. Adler GmbH mit ihren Betriebsstätteneinkünften im Land X beschränkt steuerpflichtig. M.a.W. die F. Adler GmbH wird mit ihren Betriebsstätteneinkünften nach dem Steuerrecht im Land X zu einer Personensteuer vom Ertrag (Körperschaftsteuer) herangezogen. In konsequenter Anwendung des Universalitätsprinzips stellen die ausländischen Betriebsstätteneinkünfte einen Teil der inländischen Körperschaftsteuerbemessungsgrundlage dar und werden – natürlich – mit deutscher Körperschaftsteuer belastet. Die so eintretende Doppelbesteuerung wird als *juristische* Doppelbesteuerung bezeichnet, weil dasselbe Steuersubjekt (F. Adler GmbH) mit denselben Einkünften (ausländische Betriebsstätteneinkünfte) in demselben Zeitraum (Wirtschaftsjahr = Kalenderjahr) gleichartige Steuern (solche vom Einkommen und Ertrag) in zwei Staaten (Land X und Deutschland) zu leisten hat.[4]

Die zunächst drohende Doppelbesteuerung kann durch die Anrechnung bzw. den Abzug der ausländischen Steuer vermieden bzw. gemildert werden. Technisch verweist der § 26 KStG auf den § 34c EStG, der zunächst ausländische Einkünfte nach § 34d EStG voraussetzt; eben diese liegen hier nach § 34d Nr. 2 lit. a EStG vor. Auch eine weitere Voraussetzung für die unmittelbare Anrechnung, nämlich das kein DBA besteht, § 34c Abs. 6 S. 1 EStG.

1 North American Free Trade Agreement.
2 Association of Southeast Asian Nations.
3 Motto des International Tax Institute der Universität Hamburg.
4 So schon: *Haase*, Internationales und Europäisches Steuerrecht, Rn 31.

Weiteres Augenmerk ist auf die Ermittlung des Gewerbeertrags bei der F. Adler GmbH zu legen. Dabei ist es eine Selbstverständlichkeit (§ 2 Abs. 1 und 2 GewStG), dass die F. Adler GmbH den Steuergegenstand bildet und Gewerbesteuer schuldet. Nach § 2 Abs. 1 S. 1 GewStG unterliegt ein Gewerbebetrieb indessen nur insoweit der GewSt, als er im Inland betrieben wird. § 9 Nr. 3 S. 1 GewStG wiederholt diese Befreiung ausländischer Betriebsstätten von der GewSt; der Regelung kommt indes nur deklaratorische Bedeutung zu.[5] Im Gegensatz zur Einkommen- und Körperschaftsteuer verwirklicht damit die die Gewerbesteuer als Objektsteuer weitgehend das Territorialitätsprinzip.[6]

Gliederung

I. Behandlung der ausländischen Betriebsstättengewinne **126**

1. Körperschaftsteuer
   - a) Unbeschränkte Steuerpflicht der F. Adler GmbH
     - aa) Kapitalgesellschaft
     - bb) Geschäftsleitung, § 10 AO
     - cc) Sitz, § 11 AO
     - dd) Inland, § 1 Abs. 3 KStG
     - ee) Zwischenergebnis
     - ff) Rechtsfolge, § 1 Abs. 2 KStG
   - b) Ermittlung des Einkommens
   - c) Vermeidung der Doppelbesteuerung
     - aa) Anrechnung ausländischer Steuern
     - bb) Abzug ausländischer Steuern
2. Gewerbesteuer

II. Ergebnis

5 *Gosch*, in: *Blümich* (Hrsg.), EStG/KStG/GewStG, § 9 GewStG Rn 212.
6 *Schaumburg*, Internationales Steuerrecht, Rn 8.1.

Lösung

I. Behandlung der ausländischen Betriebsstättengewinne

1. Körperschaftsteuer

127 Die Behandlung der Betriebsstättengewinne auf Ebene der F. Adler GmbH richtet sich zuerst nach der Steuerpflicht der F. Adler GmbH in Deutschland. In Betracht kommt die unbeschränkte Steuerpflicht.

a) Unbeschränkte Steuerpflicht der F. Adler GmbH

Die F. Adler GmbH könnte gem. § 1 KStG eine unbeschränkt steuerpflichtige Kapitalgesellschaft sein.

aa) Kapitalgesellschaft

128 Die F. Adler GmbH müsste eine Kapitalgesellschaft gem. § 1 Abs. 1 Nr. 1 KStG sein. Die Regelung bestimmt für den Bereich des KStG im Prinzip abschließend den Begriff der Kapitalgesellschaft und folgt vor allem durch die Aufzählung in dem Klammerzusatz der Ordnungsstruktur des deutschen Zivilrechts.[7] In dem Klammerzusatz ist auch die Gesellschaft mit beschränkter Haftung genannt. Die F. Adler GmbH ist in dieser Rechtsform errichtet worden, sie ist somit Kapitalgesellschaft iSv § 1 Abs. 1 Nr. 1 KStG.

bb) Geschäftsleitung

129 Zu bestimmen ist, wo sich der Ort der Geschäftsleitung der Gesellschaft befindet. Definiert ist dieser in § 10 AO. Geschäftsleitung ist danach der Mittelpunkt der geschäftlichen Oberleitung. Das Gesetz sieht den Ort als entscheidend an, an dem der für die Geschäftsführung der Gesellschaft maßgebliche Wille gebildet wird.[8] Felix Adler ist der alleinige Geschäftsführer der GmbH und leitet die Geschäfte in seinen Büroräumen am Sitz der Gesellschaft. Der Sitz der Gesellschaft ist in Hamburg. Somit ist der Ort der Geschäftsleitung in Hamburg.

cc) Sitz

130 Für steuerrechtliche Zwecke ist der Sitz in § 11 AO geregelt: Den Sitz hat eine Körperschaft, Personenvereinigung oder Vermögensmasse an dem Ort, der durch Gesetz, Gesellschaftsvertrag, Satzung, Stiftungsgeschäft oder dergleichen bestimmt ist. Dem Sachverhalt kann entnommen werden, dass die F. Adler GmbH ihren gesellschaftsvertraglichen Sitz in Hamburg hat, somit hat sie auch für steuerrechtliche Zwecke dort ihren Sitz.

---

7 *Lambrecht*, in: *Gosch* (Hrsg.), KStG, § 1 Rn 70.

8 Z.B. BFH-Urteil v. 7.12.1994, Az.: I K 1/93, BStBl. II 1995, 175.

dd) Inland

Geschäftsleitung oder Sitz müsste die F. Adler GmbH im Inland haben. Das körperschaftsteuerrechtliche Inland ist in § 1 Abs. 3 KStG definiert: Zum Inland iSd Gesetzes gehört auch der der Bundesrepublik Deutschland zustehende Anteil am Festlandsockel, soweit dort Naturschätze des Meeresgrundes und des Meeresuntergrundes erforscht oder ausgebeutet werden oder dieser der Energieerzeugung unter Nutzung erneuerbarer Energien dient. Danach gehört in jedem Fall das staatsrechtliche Gebiet zum Inland (Arg.: … „gehört auch" …). Anders ausgedrückt ist in jedem Fall das Gebiet Inland, in dem das Grundgesetz gilt. Die Hansestadt Hamburg liegt in diesem Gebiet, so dass Ort der Geschäftsleitung und Sitz der F. Adler GmbH im (steuerrechtlichen Inland) belegen sind. **131**

ee) Zwischenergebnis

Die F. Adler GmbH ist unbeschränkt körperschaftsteuerpflichtig. **132**

ff) Rechtsfolge

Die Rechtsfolge der unbeschränkten Steuerpflicht ordnet § 1 Abs. 2 KStG an. Die Regelung erstreckt die unbeschränkte Steuerpflicht auf sämtliche Einkünfte und bezieht damit das Welteinkommen der juristischen Person in die deutsche Besteuerung. **133**

b) Ermittlung des Einkommens

In den Augenschein zu nehmen ist die Einkommensermittlung der F. Adler GmbH. Ausgangspunkt ist die Regelung in § 8 Abs. 1 S. 1 KStG: Was als Einkommen gilt und wie das Einkommen zu ermitteln ist, bestimmt sich nach den Vorschriften des EStG und dieses Gesetzes. An diese Grundaussage anknüpfend wurde soeben in der Rechtsfolge der unbeschränkten Steuerpflicht konstatiert, dass dabei die weltweit erzielten Einkünfte in die Einkommensermittlung einzubeziehen sind. Eine weitere Konkretisierung der Grundaussage tritt durch die Anordnung in § 8 Abs. 2 KStG ein: Bei unbeschränkt Steuerpflichtigen im Sinne des § 1 Abs. 1 Nr. 1–3 KStG sind alle Einkünfte als Einkünfte aus Gewerbebetrieb zu behandeln. Daraus folgt sogleich, dass die Einkünfte einer unbeschränkten juristischen Person der Gewinn ist, § 2 Abs. 2 S. 2 Nr. 1 EStG. **134**

Aus der Regelung des § 8 Abs. 1 KStG, wonach auch für die Ermittlung des Einkommens der Kapitalgesellschaft die Vorschriften des EStG gelten, folgt somit die Anwendbarkeit der in den §§ 4–7i EStG enthaltenen Gewinnermittlungsvorschriften. Aus dem KStG selbst ergeben sich insbesondere in Hinblick auf die §§ 8 Abs. 3 S. 2, 9 und 10 KStG Besonderheiten bei der Einkommensermittlung juristischer Personen. Sind diese durch einen Organisationsvertrag, zB, in Form eines isolierten Ergebnisabführungsvertrages miteinander verbunden, können den §§ 14 ff. KStG die Konsequenzen entlehnt werden.

Die Gewinne der ausländischen Betriebsstätte könnten zum Einkommen der F. Adler GmbH gehören. Gem. § 8 Abs. 1 KStG sind für die Bestimmung der Art des Einkommens und dessen Reichweite die Vorschriften des EStG und des KStG heranzuziehen. Aus R 32 Abs. 1 Nr. 1 KStR folgt, dass bei Körperschaften auch die Regelungen in § 2 Abs. 1–4 EStG anzuwenden sind. Gem. § 2 Abs. 1 S. 1 Nr. 2 EStG unterliegen der Kör- **135** perschaftsteuer (Einkommensteuer) Einkünfte aus Gewerbebetrieb. Insoweit findet eine Entsprechung mit der Anordnung in § 8 Abs. 2 KStG statt, die alle Einkünfte einer unbeschränkten Körperschaft iSv § 1 Abs. 1 Nr. 1–3 KStG als Einkünfte aus Gewerbebetrieb qualifiziert. Die Einordnung der Einkünfte in den Kanon des Einkünftekataloges gibt aber noch keinen Aufschluss über die Art der Ermittlung der Einkünfte. Insoweit kommt der Gewinn oder der Überschuss der Einnahmen über die Einnahmen in Betracht, § 2 Abs. 2 EStG. Gem. § 2 Abs. 2 S. 1 Nr. 1 KStG sind Einkünfte aus Gewerbebetrieb der Gewinn iSv §§ 4–7i und 13a EStG. § 4 EStG (auch für die Anwendbarkeit dieser Norm enthält R 32 Abs. 1 Nr. 1 KStR einen positiven Verweis) regelt den Gewinnbegriff im Allgemeinen. Flankiert bzw. erweitert wird § 4 Abs. 1 EStG durch die Regelung in § 5 Abs. 1 EStG, die eine Sonderregelung für die Gewinnermittlung der Gewerbetreibenden enthält. Gem. § 4 Abs. 1 S. 1 EStG ist Gewinn der Unterschiedsbetrag zwischen dem Betriebsvermögen am Schluss des Wirtschaftsjahres und dem Betriebsvermögen am Schluss des vorangegangenen Wirtschaftsjahres, vermehrt um den Wert der Entnahmen (§ 4 Abs. 1 S. 2 f EStG) und vermindert um den Wert der Einlagen (§ 4 Abs. 1 S. 8 EStG). Betriebsvermögen meint Eigenkapital, mithin der Saldo, der sich durch Abzug der Passiva (Schulden) von den Aktiva (Vermögen) ergibt. § 4 Abs. 1 S. 1 EStG verlangt den Vergleich zweier Eigenkapitalbestände verschiedener Zeitpunkte. Die Differenz dieses Vergleichs ist anschließend um die Einlagen und Entnahmen zu korrigieren, weil der Vermögenszuwachs durch eine Einlage keine durch den Betrieb verursachte (erwirtschaftete) Vermögensmehrung und die Vermögensminderung durch Entnahmen keine durch den Betrieb verursachte Vermögensminderung ist.

136 Bestandteil des Betriebsvermögensvergleichs ist neben der Bilanz auch die Gewinn- und Verlustrechnung. § 242 HGB schreibt vor, dass der Kaufmann für den Schluss eines jeden Geschäftsjahres neben der Bilanz eine Gewinn- und Verlustrechnung, dh eine Gegenüberstellung der Erträge und Aufwendungen (§ 242 Abs. 2 HGB) aufzustellen hat.

Da die Erträge das Betriebsvermögen vermehren, die Aufwendungen das Betriebsvermögen vermindern, muss der Vergleich von Erträgen und Aufwendungen in der Gewinn- und Verlustrechnung zu dem gleichen Ergebnis führen, wie der bilanzielle Betriebsvermögensvergleich.

In der ausländischen Betriebsstätte wird ein erwarteter – isolierter – Gewinn, als Saldo der Erträge und Aufwendungen i.H.v. € 500 000,00 ermittelt. Diese in der ausländischen Betriebsstätte erzielten Gewinne werden im Feststellungszeitpunkt unmittelbar dem Welteinkommen des Stammhauses (F. Adler GmbH) zugerechnet. Feststellungszeitpunkt ist der Ablauf des jeweiligen Wirtschaftsjahres (§§ 8 Abs. 1 S. 1 KStG, 4a Abs. 1 S. 2 Nr. 2 EStG, R 32 Abs. 1 Nr. 1 KStR), welches hier dem Kalenderjahr entspricht. Somit gehören die ausländischen Betriebsstätteneinkünfte zum Einkommen der F. Adler GmbH. Das Einkommen der F. Adler GmbH beträgt somit € 1 700 000,00.

c) Vermeidung der Doppelbesteuerung

137 Die F. Adler GmbH wird mit ihren Betriebsstätteneinkünften i.H.v. € 500 000,00 im Land X beschränkt körperschaftsteuerpflichtig. Der Steuersatz beträgt 30%, so dass die F. Adler GmbH eine Ertragsteuer i.H.v. € 150 000,00 zu entrichten hat. Nach Feststellung der Zugehörigkeit der Betriebsstätteneinkünfte zum Einkommen (Änderungen zum zu versteuernden Einkommen treten hier nicht ein) werden die ausländischen Betriebsstätteneinkünfte ein weiteres Mal mit Ertragsteuer in Höhe von 15% gem. § 23 Abs. 1 KStG belastet. Die ausländischen Betriebsstätteneinkünfte werden also mit weiteren € 75 000,00 belastet. Die ausländischen Ertragsteuern dürfen nach § 10 Nr. 2 KStG nicht von der inländischen Körperschaftsteuerbemessungsgrundlage abgezogen werden[9]

aa) Anrechnung ausländischer Steuern

Die Vermeidung bzw. eine Abmilderung der Doppelbesteuerung könnte sich aus § 26 **138**
KStG durch Anrechnung der ausländischen Steuer auf die deutsche Körperschaftsteuer ergeben. Gem. § 26 Abs. 1 KStG ist bei unbeschränkt Steuerpflichtigen, die mit ausländischen Einkünften in dem Staat, aus dem die Einkünfte stammen, zu einer der deutschen Körperschaftsteuer entsprechenden Steuer herangezogen werden, die festgesetzte und gezahlte und um einen Ermäßigungsanspruch gekürzte ausländische Steuer auf die deutsche Körperschaftsteuer anzurechnen, die auf die Einkünfte aus diesem Staat entfällt.

Die F. Adler GmbH ist – wie soeben unter I. 1. festgestellt – unbeschränkt körperschaftsteuerpflichtig. Weiter müsste die F. Adler GmbH mit ausländischen Einkünften in dem Staat, aus dem die Einkünfte stammen, zu einer der deutschen Körperschaftsteuer entsprechenden Steuer herangezogen werden.

Ausländische Einkünfte sind in § 26 Abs. 1 KStG nicht definiert. § 34d EStG, der für einkommensteuerrechtliche Zwecke die ausländischen Einkünfte definiert, ist über die Rückverweisung in § 26 Abs. 1 S. 1 Nr. 1 KStG auf § 34c Abs. 1–3 und Abs. 5–7 EStG jedoch auch im Körperschaftsteuerrecht anzuwenden. Zu den ausländischen Einkünften gehören nach § 34d Nr. 2 lit. a EStG Einkünfte aus Gewerbebetrieb, die durch eine in einem ausländischen Staat belegene Betriebsstätte erzielt werden.

Die F. Adler GmbH erzielt als unbeschränkt körperschaftsteuerpflichtige Kapitalge- **139**
sellschaft gem. § 1 Abs. 1 Nr. 1 KStG ausschließlich Einkünfte aus Gewerbebetrieb (§ 8 Abs. 2 KStG). Für den Begriff der Betriebsstätte sind die Begriffsbestimmungen des § 12 AO maßgeblich.[10] Danach ist Betriebsstätte jede feste Geschäftseinrichtung, die der Tätigkeit eines Unternehmens dient, § 12 S. 1 AO. Felix Adler beabsichtigt den Einsatz einer Betriebsstätte im Land X, so dass von dem Vorliegen einer Betriebsstätte auszugehen ist. Zumal Zweigniederlassungen und Einkaufs- oder Verkaufsstellen als Betriebsstättenbeispiele in § 12 S. 2 AO genannt werden. Somit erzielt die F. Adler GmbH ausländische gewerbliche Einkünfte.

Des Weiteren muss nach dem Wortlaut in § 26 Abs. 1 KStG derselbe Steuerpflichtige – hier die F. Adler GmbH – Steuerschuldner im Inland und im Ausland sein, was bei den vorgegebenen Umständen unzweifelhaft anzunehmen ist.

Die Hinweise zum Sachverhalt geben vor, dass die F. Adler GmbH mit ihren Einkünften im Land X beschränkt steuerpflichtig wird und, dass von den Einkünften eine der deut-

9 *Heger*, in: *Gosch* (Hrsg.), KStG, § 10 Rn 26.
10 *Wagner*, in: *Blümich* (Hrsg.), EStG/KStG/GewStG, § 34d Rn 26.

schen Körperschaftsteuer vergleichbare Steuer erhoben wird. Somit ist zu konstatieren, dass die F. Adler GmbH auch das Merkmal „in dem Staat … herangezogen" erfüllt. Es handelt sich dabei um eine Heranziehung dem Grunde nach, dh ungeachtet der Höhe, der Ermittlungsmethode oder dem Zeitpunkt der Heranziehung.[11]

140 Aufgrund des Befindens in der Planungsphase lassen sich die Voraussetzungen der Steuerfestsetzung, Steuerzahlung und um jeden Ermäßigungsanspruch gekürzte ausländische Steuer nicht positiv feststellen. „Festgesetzt und gezahlt" bedeutet, dass die ausländische Steuer in einer Art förmlichen Verwaltungsverfahrens festgesetzt und tatsächlich gezahlt worden sein muss.[12] Den Nachweis darüber hat der Steuerpflichtige gem. § 68b EStDV iVm § 8 Abs. 1 KStG und R 32 Abs. 1 Nr. 2 KStR durch Vorlage entsprechender Urkunden (Steuerbescheide, Quittungen etc.) zu führen. Entsteht im Ausland ein Ermäßigungsanspruch, ist die ausländische Steuer um diesen zu kürzen; dabei muss sich der Ermäßigungsanspruch gegen den Staat richten, der die Steuer festgesetzt hat. Unerheblich ist die Rechtsnatur des Ermäßigungsanspruches: M.a.W. der Steuerpflichtige muss alle Möglichkeiten – auch Rechtsbehelfs- und Gerichtsverfahren – zur Ermäßigung der ausländischen Steuer ausschöpfen. Möglichkeiten zur Ermäßigung der ausländischen Steuer im Staat X können dem Sachverhalt nicht entnommen werden. Somit ist die festgesetzte Steuer i.H.v. € 150 000,00 im Staat X endgültig.

141 Über § 26 Abs. 1 S. 1 KStG ist auch die Anordnung in § 34c Abs. 1 S. 5 EStG zu beachten: Danach sind die ausländischen Steuern nur insoweit anzurechnen, als sie auf die im Veranlagungszeitraum bezogenen Einkünfte entfallen. Die Regelung darf nicht so verstanden werden, dass die Anrechnung nur bei Zeitraumidentität möglich ist; weichen Festsetzungs- und Veranlagungszeiträume im In- und Ausland voneinander ab, begrenzt sich die Steueranrechnung auf die ausländische Steuer, die für den gleichen Zeitraum und für die entsprechenden Einkünfte festgesetzt und erhoben wurden.[13] Die Beziehung zu den Einkünften ist entscheidend, nicht jedoch, ob die auf die Einkünfte entfallende ausländische Steuer für denselben Veranlagungszeitraum festgesetzt und gezahlt worden ist.[14] Nach den Hinweisen zum Sachverhalt entspricht das Wirtschaftsjahr der F. Adler GmbH im In- und Ausland dem Kalenderjahr. Somit entsprechen sich in jedem Jahr Steuern und Einkünfte in zeitlicher Hinsicht.

142 Zudem findet die Höchstbetragsregelung Anwendung. Die Anrechnung erfolgt nach § 26 Abs. 2 S. 1 KStG abweichend von § 34c Abs. 1 S. 2 EStG nur bis zu dem Betrag, mit dem die ausländischen Einkünfte mit inländischer Körperschaftsteuer belastet sind, denn der unbeschränkt Steuerpflichtige soll maximal von der (zusätzlichen) deutschen Körperschaftsteuer verschont bleiben und nicht darüber hinaus ausländische Steuer vom deutschen Finanzamt erstattet bekommen.[15] Bei einem (isolierten) Vergleich der Betriebsstätteneinkünfte mit ausländischer Steuer i.H.v. 30% und inländischer Steuer i.H.v. 15% ergibt sich ein Höchstbetrag der Anrechnung von € 75 000,00 ausländischer Steuer.

---

11 *Roser*, in: *Gosch* (Hrsg.), KStG, § 26 Rn 91.
12 *Roser*, in: *Gosch* (Hrsg.), KStG, § 26 Rn 98.
13 *Roser*, in: *Gosch* (Hrsg.), KStG, § 26 Rn 102.
14 BFH-Urteil v. 31.7.1991, Az.: I R 51/89, BStBl. II 1991, 922.
15 Der Höchstbetrag der Anrechnung ergibt sich aus der deutschen Körperschaftsteuer multipliziert mit den ausländischen Einkünften dividiert durch die Summe der inländischen und ausländischen Einkünfte.

Dh der sog. Anrechnungsüberhang, der nicht angerechnet oder sonst in Deutschland geltend gemacht werden kann, besteht i.H.v. € 75 000,00. Die gesamte Steuerbelastung der F. Adler GmbH beträgt mithin € 1 700 000,00 × 15% = € 255 000,00 ./. (€ 150 000 ausländische Steuer ./. € 75 000,00 Anrechnungsüberhang =) € 75 000,00 anrechenbare ausländischen Steuer = € 180 000,00 deutsche Körperschaftsteuer + € 150 000,00 ausländische Steuer = € 330 000,00 Gesamtsteuerbelastung.

bb) Abzug ausländischer Steuern

Der Abzug der ausländischen Steuer gem. § 34c Abs. 2 EStG könnte günstiger sein. Die **143** Regelung bestimmt, dass statt der Anrechnung (§ 34c Abs. 1 EStG) die ausländische Steuer auf Antrag bei der Ermittlung der Einkünfte abzuziehen ist, soweit sie auf die ausländischen Einkünfte entfällt, die nicht steuerfrei sind.

Durch die Verweisung in § 26 Abs. 1 S. 1 Nr. 1 KStG auf § 34c Abs. 2 EStG ist auch für unbeschränkt steuerpflichtige Kapitalgesellschaften anstelle der Anrechnung der Abzug der ausländischen Steuern bei der Ermittlung der Einkünfte zu gewähren. Systematisch enthält die Vorschrift für die Abmilderung der Doppelbesteuerung eine Ausnahme von dem Abzugsverbot des § 10 Nr. 2 KStG.[16] Der Steuerabzug richtet sich nach denselben Voraussetzungen wie die Steueranrechnung, was aus dem Gesetzeswortlaut („statt") selbst folgt. Auf die systematische Begrenzungsberechnung des Anrechnungshöchstbetrages kann jedoch verzichtet werden, da an die Stelle der Begrenzung durch das inländische Besteuerungsniveau eine Begrenzung durch das zu versteuernde Einkommen tritt. Die übrigen Voraussetzungen in § 34c EStG für die Anrechnung der ausländischen Steuern sind erfüllt; mithin ist auch der Abzug der ausländischen Steuern möglich. Den erforderlichen Antrag fingiert, beträgt die aus- und inländische Steuerbelastung der F. Adler GmbH € 1 700 000,00 ./. € 150 000,00 = € 1 550 000,00 × 15% = 232 500,00 deutsche Körperschaftsteuer + € 150 000,00 ausländische Steuer = € 372 500,00 Gesamtsteuerbelastung.

Mithin führt die Anrechnung trotz eines bestehenden Anrechnungsüberhangs zu einer geringeren Gesamtsteuerbelastung.

2. Gewerbesteuer

Die Ausgangsgröße für den Gewerbeertrag ist der nach den Vorschriften des EStG/KStG **144** zu ermittelnde Gewinn aus Gewerbebetrieb, der bei der Ermittlung des Einkommens anzusetzen ist, vermehrt und vermindert um die in den §§ 8 und 9 GewStG bezeichneten Beträge. Hier entspricht der Gewinn aus Gewerbebetrieb dem Einkommen und setzt sich aus den inländischen Einkünften i.H.v. € 1 200 000,00 und den ausländischen Einkünften i.H.v. € 500 000,00 zusammen.

Eine Hinzurechnung nach § 8 GewStG scheidet mangels Verringerung des Gewinns um irgendeinen Betrag aus.

16 BFH-Urteil v. 16.5.1990, I R 80/87, BStBl. II 1990, 920.

In Betracht kommt hingegen eine Kürzung nach § 9 Nr. 3 GewStG. Die Norm bestimmt die Kürzung des Gewinns und der Hinzurechnungen (§ 8 GewStG) um den Teil des Gewerbeertrags eines inländischen Unternehmens, der auf eine nicht im Inland belegene Betriebsstätte entfällt.[17]

Der Gewerbeertrag der F. Adler GmbH müsste teilweise auf eine ausländische Betriebsstätte entfallen. Der BFH[18] legt den Begriff der ausländischen Betriebsstätte nach deutschem Steuerrecht aus. Ob eine ausländische Betriebsstätte vorliegt, ergibt sich mithin aus § 12 AO. Unter I. 1. C. der Lösung wurde bereits festgestellt, dass die F. Adler GmbH über eine Betriebsstätte iSv § 12 AO im Land X verfügt. Zudem gehört das Land X unzweifelhaft nicht zum Inland iSv § 2 Abs. 7 GewStG.

145 Der auf eine ausländische Betriebsstätte entfallende Teil des Gewerbeertrags ist derjenige Teil des gesamten Gewerbeertrags, der im Rahmen des Gesamtunternehmens durch die unternehmerische Betätigung erzielt worden ist, die in der ausländischen Betriebsstätte ausgeübt wurde und ihr deshalb zuzurechnen ist.[19] Von dem Gewerbeertrag der F. Adler GmbH i.H.v. € 1 700 000,00 entfallen nach den Angaben im Sachverhalt € 500 000,00 auf die ausländische Betriebsstätte. Um diesen Betrag ist der Gewerbeertrag der F. Adler GmbH mithin zu kürzen.

II. Ergebnis

146 Die Betriebsstätteneinkünfte aus dem Staat X sind aufgrund des geltenden Universalitätsprinzips Teil der inländischen Körperschaftsteuerbemessungsgrundlage der F. Adler GmbH und werden demzufolge mit deutscher Körperschaftsteuer belastet. Eine Milderung der Doppelbesteuerung kann auf Ebene der F. Adler GmbH durch Anrechnung oder Abzug der ausländischen Steuern erreicht werden, wobei sich trotz bestehenden Anrechnungsüberhangs die Anrechnungsmethode als günstiger erweist.

Bei Ermittlung der gewerbesteuerrechtlichen Bemessungsgrundlage sind die ausländischen Betriebsstätteneinkünfte auszuscheiden, weil sie nicht durch einen im Inland stehenden Gewerbebetrieb erwirtschaftet wurden.

---

17 Vgl. *Sarrazin*, in: *Lenski/Steinberg* (Hrsg.), GewSt, § 9 Nr. 3 Rn. 2: „§ 9 Nr. 3 GewStG hat letztlich nur klarstellende Bedeutung. Die Forderung, bei der Ermittlung des Gewerbeertrags nach § 7 GewStG weder Gewinne noch Verluste aus einer ausländischen Betriebsstätte zu berücksichtigen, ergibt sich bereits aus § 2 Abs. 1 und 3 GewStG; danach unterliegen stehende Gewerbebetriebe der deutschen GewSt nur, soweit sie in Deutschland betrieben werden, dh. im Inland Betriebsstätten unterhalten (so auch Abschn. 62 Abs. 1 S. 2 GewStR). Erstreckt sich das Gewerbe auch auf das Ausland, so gehört der ausländische Teil schon gar nicht mehr zum Steuergegenstand der GewSt. Die Kürzungsvorschrift des § 9 Nr. 3 GewStG ist allerdings aus systematischen Gründen erforderlich, da § 7 S. 1 GewStG durch die Bezugnahme auf die einkommen- und körperschaftsteuerliche Gewinnermittlung auch die Gewinne und Verluste ausländischer Betriebsstätten erfasst, also aus gewerbesteuerlicher Sicht zu weit greift. § 9 Nr. 3 GewStG unterscheidet sich damit grundlegend von den übrigen Vorschriften über die Hinzurechnung und Kürzung beim gewerblichen Gewinn. Während sich die übrigen Hinzurechnungs- und Kürzungsvorschriften der §§ 8 und 9 GewStG lediglich auf die Ermittlung des Ertrags aus dem Unternehmen beziehen, soweit es im Inland betrieben wird, dient die Kürzungsvorschrift des § 9 Nr. 3 GewStG gerade dem Zweck, den Teil des Gewerbeertrags aus der GewSt auszuscheiden, der auf den nicht im Inland gelegenen Teil des Gewerbebetriebs entfällt."

18 Urteil v. 7.3.1979, Az.: I R 145/76, BStBl. II 1979, 527.

19 BFH-Urteil v. 21.4.1971, Az.: I R 200/67, BStBl. II 1971, 743.

Grundlagenfall 4

Das doppelte Lottchen bei der Anrechnung

Schwerpunkte: Vermeidung der Doppelbesteuerung durch Anrechnung ohne DBA und Abgrenzung zur Abzugsmethode (LB § 1 Rn 40–44)

Dieter Müßig, ledig wohnhaft in Hamburg, vollendete gerade sein 40. Lebensjahr. **147**
Gleichwohl genießt er als Dauerstudent an der Universität Hamburg täglich in vollen Zügen das universitäre Leben. Seinen unorthodoxen Lebenswandel kann er sich aufgrund einer üppigen Erbschaft leisten, die er überwiegend in Form von Kommanditkapital in eine deutsche Kommanditgesellschaft investierte und daraus gewerbliche Einkünfte erzielt. Zur weiteren Steigerung seiner finanziellen Möglichkeiten beteiligte sich Dieter Müßig an der Container Services LP im Staat A, einer Personengesellschaft nach dem Recht des Staates A. Die Container Service LP hat ihre Geschäftsleitung im Staat A. Nach deutschem Steuerrecht erzielt Dieter Müßig aus seiner Beteiligung an der Container Services LP gewerbliche Einkünfte. Des Weiteren erwarb er vor einigen Jahren im Staat B ein Mehrfamilienhaus, das an verschiedene Privatpersonen zu Wohnzwecken vermietet ist. Aus seiner Kommanditbeteiligung wurde Dieter Müßig vom zuständigen Finanzamt für 2015 ein Gewinnanteil i.H.v. € 55 000,00 zugewiesen. Aus seiner Beteiligung an der Container Services LP erzielte Dieter Müßig für 2015 Einkünfte in Höhe von € 20 000,00. Aus der Vermietung im Staat B erzielte Dieter Müßig für 2015 Einkünfte i.H.v. € 15 000,00. Sowohl im Staat A als auch im Staat B ist Dieter Müßig mit seinen Einkünften (beschränkt) steuerpflichtig und für 2015 bereits veranlagt. Staat A setzte Steuern in Höhe von € 5000,00 fest; Staat B setze Steuern in Höhe von € 8500,00 fest. Beide Steuerbescheide sind bestandskräftig; die Steuern zahlte Dieter Müßig innerhalb der vorgesehenen Frist per Banküberweisung.

Prüfen Sie die Möglichkeiten zur Milderung der Doppelbesteuerung nach innerstaatlichem deutschem Steuerrecht.

Hinweise:

1. Die Ermittlung der Einkünfte in den Staaten A und B entspricht den Regelungen im deutschen Steuerrecht.
2. Die Summe der Einkünfte und das zu versteuernde Einkommen betragen € 90 000,00. § 35 EStG aus Vereinfachungsgründen nicht zu prüfen.
3. Weder mit Staat A noch mit Staat B besteht ein DBA.
4. Auf den Erlass, Teilerlass oder eine Pauschalierung der Einkommensteuer ist nicht einzugehen.

Vorüberlegungen

148 Der Übungsfall bietet Gelegenheit, sich einmal mehr mit den Vorschriften zur Vermeidung bzw. Milderung der Doppelbesteuerung im EStG zu beschäftigen. Für den Bereich der Einkommensteuer sind die unilateralen Maßnahmen zur Vermeidung der Doppelbesteuerung einerseits durch die Anrechnungsmethode und andererseits durch die Abzugsmethode in § 34c EStG prägt. Hinzu treten die Pauschalisierungs- und Erlassmethode in § 34c Abs. 5 EStG; nach den Hinweisen sind diese hier nicht weiter zu beachten.

Die Anrechnungsmethode wird durch § 34c EStG verwirklicht, soweit unbeschränkt steuerpflichtige Personen ausländischer Einkünfte im Sinne von § 34d EStG erzielen, wobei die im Ausland gezahlte Steuer bis zur Höhe der deutschen Einkommensteuer zur Anrechnung kommt. Als weitere Methode sieht § 34c Abs. 2 EStG den Steuerabzug vor. § 34c Abs. 2 EStG eröffnet dem Steuerpflichtigen die Möglichkeit, zwischen Anrechnungsmethode und Abzugsmethode zu wählen. Die Abzugsmethode wird insbesondere dann zur Anwendung kommen, wenn durch die Anrechnung ausländischer Steuern die Doppelbesteuerung nur zu einem Teil vermieden werden kann, etwa wenn die anzurechnende ausländische Steuer die inländische Einkommensteuer übersteigt (Anrechnungsüberhang).

Nach der bis 2014 geltenden Rechtslage (§ 34c Abs. 1 S. 2 EStG aF) wurde der Anrechnungshöchstbetrag ermittelt, indem die tarifliche Einkommensteuer mit dem Quotienten aus den ausländischen Einkünften (Zähler) und der Summe der Einkünfte (Nenner) multipliziert wurde. Aufwendungen des Steuerpflichtigen, berücksichtigt im Rahmen der subjektiven Leistungsfähigkeit – wie zB Sonderausgaben – wurden dabei nur teilweise und nicht vollständig berücksichtigt. Das rief den EuGH[1] auf den Plan, der im Hinblick auf die Anwendung von § 34c EStG als Norm zur Vermeidung der Doppelbesteuerung Deutschland als Ansässigkeitsstaat zur vollen Berücksichtigung der persönlichen Verhältnisse verpflichtete. Eine durch einen Anrechnungshöchstbetrag nur anteilige, proportional auf die inländischen Einkünfte beschränkte Berücksichtigung, verstößt nach Ansicht des EuGH gegen die EU-Grundfreiheiten.

Gliederung

149 **I. Anrechnungsmethode, § 34c Abs. 1 EStG**

1. Unbeschränkte Steuerpflicht
2. Ausländische Einkünfte
   a) Einkünfte aus Staat A
   b) Einkünfte aus Staat B
3. Der deutschen Steuer entsprechende Steuer
4. Identität des Steuersubjekts

1 Urteil v. 28.2.2013, Az. C 168/11 Rs. Beker, IStR 2013, 275.

5. Höchstbetrag der Anrechnung
   a) Ermittlung der ausländischen Einkünfte
   b) Deutsche Einkommensteuer
   c) Einheitlicher Anrechnungshöchstbetrag

II. Abzugsmethode

III. Ergebnis

Lösung

150 Milderungen der Doppelbesteuerung könnten sich aus der Vorschrift in § 34c EStG über die Steuerermäßigung bei ausländischen Einkünften ergeben. Im Einzelnen sind die Anrechnungsmethode und die Abzugsmethode zu prüfen.

I. Anrechnungsmethode, § 34c Abs. 1 EStG

§ 34c Abs. 1 EStG regelt die direkte Steueranrechnung, die für das Einkommensteuerrecht die wesentliche unilaterale Maßnahme zur Vermeidung der Doppelbesteuerung ist. Die Norm bestimmt: Bei unbeschränkt Steuerpflichtigen, die mit ausländischen Einkünften (iSv § 34d EStG) in dem Staat, aus dem die Einkünfte stammen, zu einer der deutschen Einkommensteuer entsprechenden Steuer herangezogen werden, ist die festgesetzte und gezahlte und um einen entstandenen Ermäßigungsanspruch gekürzte ausländische Steuer auf die deutsche Einkommensteuer anzurechnen.

1. Unbeschränkte Steuerpflicht

151 Die unbeschränkte Steuerpflicht ergibt sich aus § 1 Abs. 1 S. 1 EStG. Danach sind natürliche Personen, die im Inland einen Wohnsitz (§ 8 AO) oder ihren gewöhnlichen Aufenthalt (§ 9 AO) haben, unbeschränkt steuerpflichtig. Dieter Müßig ist nach dem Sachverhalt im Inland (Hamburg) wohnhaft und hält sich täglich an der Hamburger Universität auf. Somit hat er im Inland einen Wohnsitz und auch seinen gewöhnlichen Aufenthalt; Dieter Müßig ist damit unbeschränkt einkommensteuerpflichtig.

2. Ausländische Einkünfte

152 Was unter dem Begriff „ausländische Einkünfte" im Sinne des § 34c EStG zu verstehen ist, regelt grundsätzlich § 34d EStG. Dabei ist jede Einkunftsquelle isoliert zu betrachten, so dass zwischen Staat A und Staat B zu unterscheiden ist.

a) Einkünfte aus Staat A

Die Einkünfte aus der Container Service LP könnten ausländische Einkünfte im Sinne von § 34d EStG sein. Ausländische Einkünfte im Sinne des § 34c Abs. 1 EStG sind Einkünfte aus Gewerbebetrieb, die durch eine in einem ausländischen Staat gelegene Betriebsstätte erzielt werden, § 34d Nr. 2 lit. a EStG. Die Einordnung der Einkünfte zu solchen aus Gewerbebetrieb richtet sich nach deutschem Steuerrecht. Es müssen mithin die allgemeinen Kriterien in den § 2 Abs. 1 Nr. 2 iVm § 15 EStG erfüllt sein. Der Sachverhalt gibt insoweit vor, dass Dieter Müßig aus dieser Beteiligung gewerbliche Einkünfte nach deutschem Steuerrecht erzielt.

Der Staat A stellt steuerrechtliches Ausland dar, was aus einem Umkehrschluss von § 1 Abs. 1 S. 2 EStG folgt.

Die ausländischen Einkünfte müssten weiter durch eine im Staat A gelegene Betriebsstätte erzielt werden. Für die Auslegung des Begriffs „Betriebsstätte“ sind die Bestimmungen des § 12 AO maßgebend.[2] Nach der Grundregel in § 12 S. 1 AO ist „Betriebsstätte“ jede feste Geschäftseinrichtung oder Anlage, die der Tätigkeit eines Unternehmens dient. Die Besonderheit im vorliegenden Fall besteht darin, dass Dieter Müßig an einer ausländischen Personengesellschaft beteiligt ist. Eine Personengesellschaft ist eine ausländische, wenn sich ihr Sitz oder der Ort der Geschäftsleitung im Ausland befindet. Anders als die Beteiligung an einer ausländischen Kapitalgesellschaft ist die Beteiligung an einer ausländischen Personengesellschaft anteilig als Betriebsstätte des Steuerinländers zu sehen, sofern die Einrichtungen der Gesellschaft dem jeweiligen Staat die Voraussetzungen des Betriebsstättenbegriffs erfüllen und die Gesellschaft nach deutschem Recht als Personengesellschaft zu qualifizieren ist, was anhand des Typenvergleichs festzustellen ist.[3] Aufgrund der Angabe im Sachverhalt, dass Dieter Müßig nach deutschem Steuerrecht aus seiner Beteiligung an der ausländischen Personengesellschaft gewerbliche Einkünfte erzielt, ist der Schluss zu ziehen, dass die ausländische Personengesellschaft nach deutschem Recht als Personengesellschaft zu qualifizieren ist. Des Weiteren hat die Gesellschaft ihre Geschäftsleitung im Staat A. Die Stätte der Geschäftsleitung stellt nach § 12 S. 2 Nr. 1 AO ein Regelbeispiel für eine Betriebsstätte dar.

Die Erträge aus der Personengesellschaft sind mithin ausländische Einkünfte.

b) Einkünfte aus Staat B

Bei den Einkünften aus Staat B könnte es sich um solche aus § 34d Nr. 7 EStG handeln. **153**
Ausländische Einkünfte im Sinne des § 34c Abs. 1 EStG sind danach Einkünfte aus Vermietung und Verpachtung (§ 21 EStG), soweit das unbewegliche Vermögen in einem ausländischen Staat belegen ist.

Nach § 21 Abs. 1 S. 1 Nr. 1 EStG sind Einkünfte aus Vermietung und Verpachtung Einkünfte aus Vermietung und Verpachtung von unbeweglichen Vermögen, insbesondere von Grundstücken, Gebäuden usw. Dieter Müßig vermietet sein Mehrfamilienhaus an verschiedene Privatpersonen zu Wohnzwecken und erzielt damit Einkünfte aus Vermietung und Verpachtung.

Bei einem Mehrfamilienhaus handelt es sich um unbewegliches Vermögen; Darüber hinaus ist dieses nach dem Sachverhalt im Staat B und damit im Ausland (Umkehrschluss aus § 1 Abs. 1 S. 2 EStG) belegen.

Dieter Müßig erzielt somit auch im Hinblick auf die Einkünfte aus Vermietung und Verpachtung ausländische Einkünfte.

2 BFH-Urteil v. 30.6.2005, Az.: III. R 76/03, BStBl. II 2006, 84.
3 *Wagner*, in: *Blümich* (Hrsg.), EStG/KStG/GewStG, § 34d Rn 35.

3. Der deutschen Einkommensteuer entsprechende Steuer

154 Eine ausländische Steuer entspricht der deutschen Einkommensteuer, wenn sie direkt auf die Besteuerung des Einkommens, des Gewinns oder eines Teil des Einkommens oder Gewinns gerichtet ist.[4] Entscheidend ist die Identität des Steuerungsgegenstandes.[5] Des Weiteren muss die ausländische Steuer im Ursprungsland der Einkünfte erhoben werden, was sich aus der gesetzlichen Formulierung „mit ausländischen Einkünften dem Staat, aus dem die Einkünfte stammen" ergibt.

Die Steuern im Staat A und im Staat B werden jeweils auf die erzielten Einkünfte erhoben. Dabei ist die Besteuerung auf die in dem jeweiligen Staat erzielten Einkünfte begrenzt. Somit handelt es sich bei den Steuern im Staat A und im Staat B um der deutschen Einkommensteuer entsprechende Steuern, die auch in den jeweiligen Quellenstaat der Einkünfte erhoben werden.

4. Identität des Steuersubjekts

155 Der inländische Steuerpflichtige muss grundsätzlich auch Schuldner der ausländischen Steuer sein, deren Anrechnung er begehrt.[6] Dieter Müßig wird mit seinen jeweiligen Einkünften im Staat A und im Staat B steuerpflichtig und in seiner Person veranlagt. Des Weiteren werden die ausländischen Steuern gegen ihn festgesetzt, so dass er diese im jeweiligen Staat schuldet.

Daraus folgt für den hier vorliegenden Fall sogleich, dass die sachliche Identität des Abgabengegenstandes vorliegt. Durch den Einbezug der ausländischen Einkünfte in die inländische Einkommensteuerbemessungsgrundlage entfallen sowohl die ausländischen Steuern als auch die inländische Einkommensteuer auf dieselben Einkünfte.

5. Höchstbetrag der Anrechnung

156 Nach § 34c Abs. 1 S. 1 EStG wird die ausländische Steuer auf den Teil der inländischen Einkommensteuer angerechnet, der auf die ausländischen Einkünfte entfällt.

a) Ermittlung der ausländischen Einkünfte

§ 34c Abs. 1 S. 2 EStG bestimmt, dass ausländische Steuern höchstens mit der durchschnittlichen tariflichen deutschen Einkommensteuer auf die ausländischen Einkünfte angerechnet werden. Abgestellt wird damit auf die zutreffende deutsche Steuer, die auf die ausländischen Einkunftsteile entfällt. Die Regelung bewirkt, dass ausländische und inländische Einkünfte identisch behandelt werden. Dafür sind die in § 34d EStG aufgeführten Einkünfte grundsätzlich mit dem Betrag anzusetzen, der sich bei ihrer Ermittlung nach deutschem Steuerrecht ergibt.[7] Die Einkunftsart bestimmt sich ebenfalls

4 *Wagner*, in: *Blümich* (Hrsg.), EStG/KStG/GewStG, § 34c Rn 29.
5 BFH-Urteil v. 27.3.1996, Az.: I R 49/95, BStBl. II 1997, 91.
6 BFH-Urteil v. 4.6.1991, Az.: X R 35/88, BStBl. II 1992, 187.
7 BFH-Urteil v. 2.2.1994, Az.: I R 66/92, BStBl. II 1994, 727; v. 16.5.2001, Az.: I R 102/00, BStBl. II 2001, 710.

nach deutschem Steuerrecht.[8] Die ausländischen Einkünfte sind einschließlich der ausländischen Steuer anzusetzen, § 12 Nr. 3 EStG. Nicht einbezogen werden ausländische Einkünfte aus Kapitalvermögen, auf die § 32d Abs. 1 und 3 bis 6 EStG anzuwenden ist, § 34c Abs. 1 S. 3 HS. 1 EStG. Ebenfalls unberücksichtigt bleiben ausländische Einkünfte, die in dem Staat aus dem sie stammen, nicht besteuert werden, § 34c Abs. 1 S. 3 HS. 2 EStG.

Aus § 34c Abs. 7 EStG in Verbindung mit iVm § 68a S. 2 EStDV ergibt sich, dass die **157**
ausländische Steuer aus einem Staat immer nur auf deutsche Steuer, die auf die Einkünfte aus gerade diesem Staat entfällt, angerechnet werden kann (sog. „per-country-limitation“). Der Höchstbetrag der auf die deutsche Steuer anrechenbare ausländische Steuer muss für jeden ausländischen Staat gesondert ermittelt werden; die Höhe der anrechenbaren Steuer des einen Staates darf keinen Einfluss auf die Höhe der anrechenbaren Steuer des anderen Staates haben.

Aus den Hinweisen zum Sachverhalt ergibt sich, dass die Ermittlung der Einkünfte in den Staaten A und B den Regelungen im deutschen Steuerrecht entspricht. Somit erzielt Dieter Müßig aus dem Staat A Einkünfte in Höhe von € 20 000,00 und aus dem Staat B in Höhe von € 15 000,00.

b) Deutsche Einkommensteuer

Die deutsche Einkommensteuer, die zur Ermittlung des Höchstbetrags der Anrechnung **158**
aufzuteilen ist, ist die sich bei der Veranlagung des zu versteuernden Einkommens ergebende deutsche Einkommensteuer, § 34c Abs. 1 S. 2 EStG. Das zu versteuernde Einkommen setzt sich hier aus den inländischen und ausländischen Einkünften zusammen und beträgt in der Summe € 90 000,00. Nach der Einkommensteuergrundtabelle ergibt sich eine tarifliche Einkommensteuer in Höhe von € 29 561,00.

c) Einheitlicher Anrechnungshöchstbetrag

Der Gesetzgeber hat sich im Zollkodexanpassungsgesetz[9] bei der Neuregelung des **159**
§ 34c Abs. 1 S. 2 EStG für einen einheitlichen Anrechnungshöchstbetrag entschieden, der unabhängig davon gilt, ob in der konkreten Situation ein Sachverhalt vorliegt, der unter die EU-Grundfreiheiten fällt. Die neue Berechnungsformel für den Anrechnungshöchstbetrag berücksichtigt vollständig die Aufwendungen im Rahmen der subjektiven Leistungsfähigkeit. Die Berechnungsformel lautet:

Durchschnittssteuersatz × ausländische Einkünfte.

Der Durchschnittssteuersatz ist aber wiederum nichts anderes als der Quotient aus der tariflichen Einkommensteuer und dem zu versteuernden Einkommen; mithin lässt sich die Formel für die Berechnung des Anrechnungshöchstbetrages auch so darstellen:

Tarifliche Einkommensteuer × ausländische Einkünfte / zu versteuerndes Einkommen.

---

8 BFH-Urteil v. 20.12.1995, Az.: I R 57/94, BStBl. II 1996, 261.

9 Gesetz zur Anpassung der Abgabenordnung an den Zollkodex der Union und zur Änderung weiterer steuerlicher Vorschriften v. 22.12.2104, BGBl. I 2014, 2417.

Nach den Hinweisen zum Sachverhalt entsprechen sich das zu versteuernde Einkommen und die Summe der Einkünfte; letztere beträgt somit € 90 000,00. Die Anrechnung stellt sich wie folgt dar:

Staat A: Gezahlte Steuer € 5000,00
€ 29 561,00 × € 20 000,00 / € 90 000,00 = € 6569,00 (Anrechnungsvolumen)

Die gezahlte ausländische Steuer ist i.H.v. € 5000,00 ist vollständig auf die deutsche Einkommensteuer anrechenbar.

Staat B: Gezahlte Steuer € 8500,00
€ 29 561,00 × € 15 000,00 / € 90 000,00 = € 4927,00 (Anrechnungsvolumen)

Die gezahlte ausländische Steuer ist i.H.v. € 4927,00 auf die deutsche Einkommensteuer anrechenbar; i.H.v. € 3573,00 ist ein nicht berücksichtigungsfähiger Anrechnungsüberhang entstanden.

Gesamtsteuerbelastung: € 29 561,00 ./. € 5000,00 ./. 4927,00 = € 19 634,00 (inländische Einkommensteuer) + € 5000,00 + € 8500,00 = € 33 134,00

II. Abzugsmethode

160 Gemäß § 34c Abs. 2 EStG ist statt der Anrechnung (Abs. 1) die ausländische Steuer auf Antrag bei der Ermittlung der Einkünfte abzuziehen, soweit sie auf ausländische Einkünfte entfällt, die nicht steuerfrei sind. Aus dem Wortlaut der Vorschrift „statt" knüpft die Vorschrift an die Voraussetzungen des § 34c Abs. 1 EStG an. Wie soeben unter I. untersucht, liegen diese Voraussetzungen vor.

Weiter wird der Abzug nur auf Antrag gewährt. Aus den Hinweisen zum Sachverhalt ergibt sich, dass der Antrag – soweit notwendig – gestellt wird.

Die ausländische Steuer kann jedoch nur dann und insoweit von der inländischen Steuerbemessungsgrundlage abgezogen werden, als sie auf ausländische Einkünfte entfällt, die nicht nach inländischem Recht steuerfrei sind. Dafür besteht im vorliegenden Fall kein Anhaltspunkt, denn in zu versteuernde Einkommen sind sämtliche ausländische Einkünfte vollständig enthalten. Somit besteht für Dieter Müßig das Wahlrecht, alternativ zur Anrechnung ausländischer Steuern den Abzug von der inländischen Bemessungsgrundlage zu erreichen.

Das Wahlrecht ist für die gesamten Einkünfte und Steuern aus demselben Staat nicht teilbar; es kann jedoch für jeden ausländischen Staat getrennt ausgeübt werden.[10]

Abzug aller ausländischen Steuern:

Summe der Einkünfte € 90 000,00 ./. € 5000,00 ./. € 8500,00 = € 23891,00 deutsche Einkommensteuer + € 5000,00 + € 8500,00 = € 37 391,00 (Gesamtsteuerbelastung)

10 *Wagner*, in: *Blümich* (Hrsg.), EStG/KStG/GewStG, § 34c Rn 78.

Bei Abzug aller ausländischer Steuern ergibt sich eine rd. € 4000,00 höhere Einkommensteuer. Daher ist noch zu ermitteln, wie hoch die Gesamtsteuerbelastung ausfällt, wenn die Steuern aus Staat A (€ 5000,00) angerechnet werden und die Steuern aus Staat B (€ 8500,00) abgezogen werden:

Summe der Einkünfte € 90 000,00 ./. € 8500,00 = € 256 991,00 deutsche Einkommensteuer

Staat A: gezahlte Steuer € 5000,00
€ 25 991,00 × € 20 000,00 ./. € 81 500,00 = € 6378,00 (Anrechnungsvolumen)

Gesamtsteuerbelastung: € 25 991,00 ./. € 5000,00 = € 20 991,00 (inländische Einkommensteuer) + € 5000,00 + € 8500,00 = € 34 491,00

Im Vergleich zur Anrechnung aller ausländischen Steuern ergibt sich trotz Anrechnungsüberhangs eine Steuermehrbelastung i.H.v. rd. € 1400,00.

III. Ergebnis

Als Möglichkeiten zur Milderung der Doppelbesteuerung sind im Rahmen der inländischen Besteuerung die Anrechnungs- und die Abzugsmethode anwendbar. Bei Vergleich der Methoden zueinander und auch bei einer Kombination der Methoden miteinander führt die Anrechnung aller ausländischen Steuern auf die deutsche Einkommensteuer trotz eines teilweisen nicht nutzbaren Anrechnungsüberhangs zu der geringsten Belastung. **161**

Grundlagenfall 5

Januskköpfigkeit

Schwerpunkte: System der Verstrickung und Entstrickung als Beispiel zur Begründung und zum Ausschluss/Beschränkung des Besteuerungsrechts (LB § 1 Rn 50–58)

162 Ben Kart mit Wohnsitz und gewöhnlichen Aufenthalt in Kiel macht seinem Namen alle Ehre und stellt als Einzelkaufmann Reifen aller Art für Privat- und Nutzfahrzeuge her und verkauft diese an verschiedene Abnehmer. Neben dem Stammwerk in Kiel verfügt Ben Kart über zwei weitere Produktions- und Verkaufsstätten in Chile und in Österreich. In Österreich wird dringend eine neue Maschine zur Galvanisierung der Reifen benötigt. Die bereits bestellte Maschine kann aufgrund technischer Probleme beim Hersteller derzeit nicht geliefert werden. Daraufhin entscheidet sich Ben Kart dazu, die Ersatzmaschine aus dem Kieler Stammhaus nach Österreich zu bringen und dort dauerhaft zu belassen. Die bereits bestellte Maschine soll dann wiederum in Kiel als Ersatzmaschine verwendet werden. Die überführte Maschine aus dem Kieler Stammhaus wurde in 2013 angeschafft, hat einen Buchwert i.H.v. € 20 000,00 und eine weitere Nutzungsdauer von fünf Jahren. Würde Ben Kart die Maschine verkaufen, könnte er einen Erlös i.H.v. € 70 000,00 erzielen.

In Chile tendiert die Geschäftsentwicklung seit einiger Zeit zu einem Wachstum im Bereich der Bereifung von Nutzfahrzeugen. Ben Kart beschließt daher, eine Maschine zur Montage von kleinen PKW-Reifen in das deutsche Stammhaus zu überführen, weil sie dort wirtschaftlicher eingesetzt werden kann. Die Maschine wurde ebenfalls in 2013 erworben und hat eine weitere Nutzungsdauer von drei Jahren.

Erläutern sie die steuerrechtlichen Folgen für den Gewinn Ben Karts im Inland bezogen auf die Überführungen der Maschinen. Gehen Sie dabei davon aus, dass der Gewinn des Einzelhandels so gering wie möglich ausfallen soll.

Hinweise:

1. Die chilenische Maschine hat nach deutschem Recht einen Buchwert i.H.v. € 15 000,00, einen Teilwert (§ 10 BewG) i.H.v. € 20 000,00 und einen gemeinen Wert (§ 9 Abs. 2 BewG) i.H.v. € 22 500,00.
2. Der Anwendungsbereich des DBA-Österreich ist eröffnet.
3. Für Zwecke der Anwendung des DBA-Österreich liegen ausschließlich Unternehmensgewinne iSv Art. 7 DBA-Österreich vor.
4. Die Österreichische Produktionsstätte ist für abkommensrechtliche Zwecke eine Betriebsstätte iSv Art. 5 Abs. 1 iVm Abs. 2 lit. d DBA-Österreich.
5. Alle Anträge gelten als gestellt.

Vorüberlegungen

Der vorliegende Fall fragt die Sonderregelungen zur Entstrickung und Verstrickung von Wirtschaftsgütern des Anlagevermögens ab. Im Falle der Entstrickung steht die Sicherung des inländischen Steueraufkommens im Vordergrund. Im Gesetz ist dieser Vorgang in § 4 Abs. 1 S. 3–5 EStG normiert. Ist das Besteuerungsrecht der Bundesrepublik Deutschland hinsichtlich des Gewinns aus der Veräußerung oder Nutzung eines Wirtschaftsguts ausgeschlossen oder beschränkt, weil dieses Wirtschaftsgut aus dem Betriebsvermögen eines inländischen Stammhauses in das „betriebsfremde" Vermögen einer ausländischen Betriebsstätte überführt wird, ist dieses Wirtschaftsgut so zu behandeln, als wurde es aus dem inländischen Betriebsvermögen entnommen (fiktive Entnahme). Die fiktive Entnahme wird gemäß § 6 Abs. 1 Nr. 4 S. 1 HS. 2 EStG mit dem gemeinen Wert angesetzt. **163**

Korrespondierend zu der Entstrickung der Maschine, die in die Österreichische Betriebsstätte überführt wurde, kommt die Verstrickung der Maschine aus der chilenischen Betriebsstätte bei Überführung in das deutsche Stammhaus in Betracht. Ebenso wie für die Gewinnrealisierung durch Steuerentstrickung gibt es auch für die Steuerverstrickung eine allgemein geltende Regelung, wonach die Begründung des deutschen Besteuerungsrechts hinsichtlich des Gewinns aus der Veräußerung eines Wirtschaftsguts einer Einlage gleichsteht, § 4 Abs. 1 S. 8 HS. 2 EStG. Auch die fiktive Einlage wird mit dem gemeinen Wert bewertet, § 6 Abs. 1 Nr. 5a EStG. Bei der Anwendung der Verstrickungsregelung ist zu beachten, dass nur die erstmalige steuerliche Verstrickung erfasst ist, so dass der Wechsel von einem eingeschränkten zu einem uneingeschränkten Besteuerungsrecht nicht zu einer Einlage in diesem Sinne führt.[1] Dies stellt einen Systembruch gegenüber dem neuen allgemeinen Entstrickungstatbestand des § 4 Abs. 1 S. 3 EStG dar.[2] Bei der Überführung der Maschine aus der chilenischen Betriebsstätte in das deutsche Stammhaus wird mithin keine fiktive Einlage im Sinne von § 4 Abs. 1 S. 8 HS. 2 EStG vorliegen, da es sich bei Chile um einen Nicht-DBA-Staat handelt und somit die im Betriebsvermögen der chilenischen Betriebsstätte gehaltenen Wirtschaftsgüter aufgrund des Welteinkommensprinzips ohnehin der Besteuerung auf Ebene Ben Karts unterliegen. Eine bloße „Verstärkung" des Besteuerungsrechts ist für § 4 Abs. 1 S. 8 HS. 2 EStG nicht ausreichend.

Gefragt ist im vorliegenden Übungsfall nach den Folgen für den Gewinn des Einzelhandelsunternehmens, die aus den Überführungen der Maschinen resultieren. Ausgehend vom allgemeinen Gewinnbegriff in § 4 Abs. 1 S. 1 EStG wirken Entnahmen gewinnerhöhend und Einlagen gewinnmindernd. Der Entnahmetatbestand zielt zum einen darauf ab, die Steuerentstrickung stiller Reserven zu verhindern, andererseits aber auch nicht betrieblich veranlasste Wertänderungen der Wirtschaftsgüter des Betriebsvermögens zu neutralisieren.

Nach dem Einlagenbegriff im Sinne des § 4 Abs. 1 S. 8 HS. 1 EStG sind Einlagen alle Wirtschaftsgüter, die der Steuerpflichtige dem Betrieb im Laufe des Wirtschaftsjahres

1 BT-Drs. 16/2710, 45.
2 *Wied*, in: *Blümich* (Hrsg.), EStG/KStG/GewStG, § 4 EStG Rn 513.

zuführt. Es handelt sich nach diesem grundsätzlich eigenständigen steuerrechtlichen Begriff um Vermögensmehrungen, die dem Betrieb aus dem außerbetrieblichen Bereich des Unternehmers zufließen.[3]

Gliederung

164 **I. Entstrickung**

1. Fiktive Entnahme, § 4 Abs. 1 S. 3 und 4 EStG
   a) Wirtschaftsgut
   b) Überführung vom Inland in das Ausland
   c) Ausschluss des Besteuerungsrechts
      aa) Zuordnung des Wirtschaftsgutes
      bb) Gewinnzuweisung
2. Rechtsfolge
3. Bildung eines Ausgleichspostens

II. Verstrickung

1. Fiktive Einlage, § 4 Abs. 1 S. 8 HS. 2 EStG
2. Rechtsfolge

III. Ergebnis

3 BFH-Urteil v. 30.11.2005, Az.: I R 3/04, BStBl. II 2008, 809.

Lösung

Die Überführung der Maschine aus dem Kieler Stammhaus in die österreichische Produktionsstätte und die Überführung der Maschine aus der chilenischen Produktionsstätte in das Kieler Stammhaus könnten sich auf den steuerrechtlichen Gewinn Ben Karts auswirken. Gemäß § 4 Abs. 1 S. 1 EStG ist Gewinn der Unterschiedsbetrag zwischen dem Betriebsvermögen am Schluss des Wirtschaftsjahres und dem Betriebsvermögen am Schluss des vorangegangenen Wirtschaftsjahres, vermehrt um den Wert der Entnahmen und vermindert um den Wert der Einlagen. **165**

I. Entstrickung

Die Überführung der Maschine von dem Kieler Stammhaus in die österreichische Produktionsstätte könnte einer Entnahme gleichstehen. **166**

1. Fiktive Entnahme, § 4 Abs. 1 S. 3 und 4 EStG

Einer Entnahme für betriebsfremde Zwecke steht der Ausschluss oder die Beschränkung des Besteuerungsrechts der Bundesrepublik Deutschland hinsichtlich des Gewinns aus der Veräußerung oder der Nutzung eines Wirtschaftsguts gleich.

a) Wirtschaftsgut

Bei der Maschine müsste es sich um ein Wirtschaftsgut handeln. Der Begriff des Wirtschaftsguts kann H 4.2 Abs. 2 EStH entlehnt werden: Wirtschaftsgüter sind Sachen, Rechte oder tatsächliche Zustände, konkrete Möglichkeiten oder Vorteile für den Betrieb, deren Erlangung der Kaufmann sich etwas kosten lässt, die einer besonderen Bewertung zugänglich sind, in der Regel eine Nutzung für mehrere Wirtschaftsjahre erbringen und zumindest mit dem Betrieb übertragen werden können.[4] Die Maschine ist eine Sache (§ 90 BGB), für deren Erlangung Ben Kart unzweifelhaft ein Entgelt zu leisten hatte, mit dem die Maschine für bilanzielle Zwecke bewertet wird (§ 6 Abs. 1 Nr. 1 S. 1 EStG) und das zugleich die Bemessungsgrundlage für die Abschreibung im Rahmen der vorgegebenen mehrjährigen Nutzung darstellt. Aufgrund der isolierten Überführungsmöglichkeit könnte die Maschine auch mit dem gesamten Betrieb übertragen werden. Somit handelt es sich bei der Maschine um ein Wirtschaftsgut im steuerrechtlichen Sinn. **167**

b) Überführung vom Inland in das Ausland

Eine Überführung in diesem Sinn erfordert das tatsächliche Verbringen des Wirtschaftsguts. Nicht erforderlich ist ein Rechtsträgerwechsel, was sich schon aus dem Begriff „Überführung" ergibt. Ben Kart transportiert die Maschine aus seinem inländischen Stammhaus in seine österreichische Produktionsstätte. Somit wird die Maschine überführt. **168**

4 BFH-Urteil v. 19.6.1997, Az.: IV R 16/95, BStBl. II 1997, 808.

Die Überführung erfolgt auch aus dem steuerrechtlichen Inland in das steuerrechtliche Ausland. Dieses ergibt sich aus dem in § 1 Abs. 1 S. 2 EStG niedergelegten Begriff des steuerrechtlichen Inlands. Kiel gehört zum Hoheitsgebiet der Bundesrepublik Deutschland; Österreich hingegen nicht.

c) Ausschluss des Besteuerungsrechts

169 Weiter müsste das Besteuerungsrecht der Bundesrepublik Deutschland hinsichtlich des Gewinns aus der Veräußerung des Wirtschaftsguts ausgeschlossen sein. Gemäß § 4 Abs. 1 S. 4 EStG liegt ein Ausschluss des Besteuerungsrechts hinsichtlich des Gewinns aus der Veräußerung eines Wirtschaftsguts insbesondere vor, wenn ein bisher einer inländischen Betriebsstätte des Steuerpflichtigen zuzuordnendes Wirtschaftsgut einer ausländischen Betriebsstätte zuzuordnen ist.

aa) Zuordnung des Wirtschaftsguts

170 Bei der österreichischen Produktionseinheit müsste es sich zunächst um eine Betriebsstätte handeln. Der Begriff der Betriebsstätte wird für diese Zwecke ausschließlich gemäß § 12 AO bestimmt. Nach der Grundregel in § 12 S. 1 AO ist Betriebsstätte jede feste Geschäftseinrichtung oder Anlage, die der Tätigkeit eines Unternehmens (Einzelunternehmen Ben Kart) dient. Gemäß § 12 S. 2 Nr. 4 AO sind als Betriebsstätten insbesondere anzusehen Fabrikations- oder Werkstätten. Darunter sind Einrichtungen oder Anlagen des Betriebs zu verstehen, in denen Produkte erzeugt, bearbeitet oder verarbeitet oder Gegenstände repariert oder gewartet werden; es werden also produktionstechnische bzw. handwerkliche Tätigkeiten ausgeübt.[5] Ben Kart stellt in Österreich Reifen her, so dass es sich um eine Fabrikationsstätte handelt. Mithin liegt eine Betriebsstätte im Sinne von § 12 AO vor.

Einer Betriebsstätte sind die positiven und negativen Wirtschaftsgüter zuzuordnen, die der Erfüllung der Betriebsstättenfunktion dienen.[6] Dazu zählen vor allem die Wirtschaftsgüter, die zur ausschließlichen Verwertung und Nutzung durch die Betriebsstätte bestimmt sind. Maßgeblich sind immer die tatsächlichen Verhältnisse und insbesondere Struktur, Organisation und Aufgabenstellung der Betriebsstätte im Unternehmen.[7] Die österreichische Betriebsstätte soll die Maschine einsetzen, um Reifen herzustellen und aus dem Verkauf dieser Einkünfte erzielen. Es handelt sich um eigene Tätigkeiten der Betriebsstätte, die vom Beginn bis zum Ende der Wertschöpfungskette dieser zuzurechnen sind. Das entspricht Organisation und Aufgabenstellung in dem Gesamtunternehmen. Somit ist die Maschine der österreichischen Betriebsstätte zuzuordnen.

bb) Gewinnzuweisung

171 Das deutsche Besteuerungsrecht an einem Gewinn aus der Veräußerung des Wirtschaftsguts müsste ausgeschlossen sein. Nach der Gesetzesbegründung soll ein Ausschluss vorliegen, wenn ein Wirtschaftsgut in eine ausländische Betriebsstätte überführt wird

5 *Musil*, in: *Hübschmann/Hepp/Spitaler* (Hrsg.), AO/FGO, § 12 AO Rn 29.
6 BFH-Urteil v. 29.7.1992, Az.: II R 39/89, BStBl. II 1993, 63.
7 BMF-Schreiben v. 24.12.1999, IV B 4 – S 1300 – 111/99, BStBl. I, 1076; vgl. auch § 5 Abs. 1 BsGaV.

und der Gewinn der ausländischen Betriebsstätte aufgrund eines DBA von der inländischen Besteuerung freigestellt ist.[8]

Die Freistellung könnte sich aus dem DBA-Österreich ergeben. Der Anwendungsbereich des Doppelbesteuerungsabkommens ist gemäß den Hinweisen zum Sachverhalt eröffnet. Weiter kann den Hinweisen für die Entscheidung über die Gewinnzuweisung entnommen werden, dass die österreichische Produktionsstätte eine Betriebsstätte darstellt und dass ausschließlich Art. 7 des DBA für die Einordnung der Einkünfte anzuwenden ist.

Gemäß Art. 7 Abs. 1 DBA-Österreich dürfen Gewinne eines Unternehmens eines Vertragsstaats (Bundesrepublik Deutschland) nur in diesem Staat (Bundesrepublik Deutschland) besteuert werden, es sei denn, das Unternehmen übt seine Tätigkeit im anderen Vertragsstaat (Republik Österreich) durch eine dort gelegene Betriebsstätte aus. Übt das Unternehmen (Einzelkaufmann Ben Kart) seine Tätigkeit auf diese Weise aus, so dürfen die Gewinne des Unternehmens im anderen Staat (Republik Österreich) besteuert werden, jedoch nur insoweit, als sie dieser Betriebsstätte zugerechnet werden können. **172**

Neben den bereits gegebenen Voraussetzungen ist noch anzumerken, dass durch die Zuordnung der Maschine zur österreichischen Betriebsstätte ein Veräußerungsgewinn grundsätzlich in dieser realisiert wird und ihr dementsprechend nach allgemeinen Grundsätzen zuzurechnen ist.

Allerdings lässt sich aus Art. 7 DBA-Österreich nur folgern, dass Österreich ein Besteuerungsrecht an einem möglichen Gewinn aus der Veräußerung der Maschine hat. Art. 7 DBA-Österreich sagt hingegen nichts dazu aus, wie ein derartiger Gewinn in der Bundesrepublik Deutschland zu behandeln ist. Insoweit ist Art. 23 DBA-Österreich heranzuziehen. Gemäß Art. 23 Abs. 1 lit. a DBA-Österreich wird bei einer in der Bundesrepublik Deutschland ansässigen Person (Ben Kart) die Steuer wie folgt festgesetzt: Von der Bemessungsgrundlage der deutschen Steuer werden die Einkünfte aus der Republik Österreich ausgenommen, die nach diesem Abkommen in der Republik Österreich besteuert werden dürfen und nicht unter Buchstabe b. fallen. Unter Buchstabe b. fallen in keinem Fall Unternehmensgewinne im Sinne von Art. 7 DBA-Österreich. Somit ordnet Art. 23 Abs. 1 lit. a DBA-Österreich die Freistellung der Veräußerungsgewinne von der deutschen Einkommensteuerbemessungsgrundlage Ben Karts an. **173**

Das Besteuerungsrecht der Bundesrepublik Deutschland an einem Gewinn aus der Veräußerung der Maschine ist somit ausgeschlossen. Dieses Ergebnis folgt unseres Erachtens aus dem Wortlaut des Gesetzes und entspricht auch der Auffassung der Finanzverwaltung in seinem Schreiben vom 20.5.2009[9]. In großen Teilen der Literatur[10] wird dieses Verständnis vom Gesetzeswortlaut als nicht zwingend angesehen. Nach heutigem Verständnis stehe es dem Quellenstaat vielmehr weiterhin frei, im Veräußerungsfall die auf seinem Hoheitsgebiet angefallenen und angesammelten stillen Reserven zu besteuern, auch wenn sich das Wirtschaftsgut bis zur Veräußerung in einer ausländischen Betriebsstätte befunden habe. Dieser Auffassung solle sich der BFH in seinem Urteil **174**

8 BT-Drs. 16/2710, 44.
9 FR 2009, 639.
10 Vgl. nur *Stapperfend*, in: *Herrmann/Heuer/Raupach* (Hrsg.), EStG/KStG, § 4 EStG Rn 214.

vom 17.7.2008[11] angeschlossen haben. Damit komme es aber gerade in dem vom Gesetzgeber maßgeblich anvisierten Fall nicht zu einem Ausschluss des deutschen Besteuerungsrechts. Etwas anderes könne man nur vertreten, wenn man bereits administrative Schwierigkeiten bei der Verfolgung des überführten Wirtschaftsguts ausreichen ließe, um eine Gefährdung des deutschen Besteuerungsrechts anzunehmen. In einem solch weiten Sinne dürfe man die Vorschrift aber nicht verstehen. Da diese Auffassung mit dem Gesetzeswortlaut kaum in Einklang zu bringen ist, wird hier von einem Ausschluss des deutschen Besteuerungsrechts bei Überführung in eine ausländische Betriebsstätte ausgegangen.

2. Rechtsfolge

175 Das Gesetz ordnet in der Rechtsfolge eine fiktive Entnahme für betriebsfremde Zwecke an. Der Wert der Maschine ist also dem Gewinn des Einzelunternehmens (wieder) hinzuzurechnen. Gemäß § 6 Abs. 1 Nr. 4 S. 1 zweiter Halbsatz EStG ist die Maschine mit dem gemeinen Wert anzusetzen. Der gemeine Wert ist im § 9 Abs. 2 BewG definiert und wird durch den Preis bestimmt, der im gewöhnlichen Geschäftsverkehr nach der Beschaffenheit des Wirtschaftsguts bei einer Veräußerung zu erzielen wäre. Dabei sind alle Umstände, die den Preis beeinflussen, zu berücksichtigen. Ungewöhnliche oder persönliche Verhältnisse sind nicht zu berücksichtigen.

Im Zeitpunkt der Überführung könnte Ben Kart einen Veräußerungserlös i.H.v. € 70 000,00 erzielen. Dieser Wert entspricht somit dem gemeinen Wert. Aus der Überführung des Wirtschaftsguts resultiert somit eine Gewinnerhöhung in Höhe von i.H.v. € 50 000,00.

3. Bildung eines Ausgleichspostens

176 Durch die Bildung eines Ausgleichspostens nach § 4g EStG könnten die Folgen der sofortigen Besteuerung abgemildert werden. Gemäß § 4g Abs. 1 EStG kann ein unbeschränkt Steuerpflichtiger in Höhe des Unterschiedsbetrags zwischen dem Buchwert und dem nach § 6 Abs. 1 Nr. 4 S. 1 HS. 2 EStG anzusetzenden Wert eines Wirtschaftsguts des Anlagevermögens auf Antrag einen Ausgleichsposten bilden, soweit das Wirtschaftsgut infolge seiner Zuordnung zu einer Betriebsstätte desselben Steuerpflichtigen in einem anderen Mitgliedstaat der Europäischen Union gemäß § 4 Abs. 1 S. 3 EStG als entnommen gilt.

Ben Kart ist unbeschränkt steuerpflichtig, § 1 Abs. 1 S. 1 EStG. Er hat sowohl Wohnsitz im Sinne von § 8 AO als auch seinen gewöhnlichen Aufenthalt im Sinne von § 9 AO im Inland. Die weitere Voraussetzung für die Bildung eines Ausgleichspostens, der erforderliche Antrag, gilt nach den Hinweisen zum Sachverhalt als gestellt. Der Unterschiedsbetrag i.H.v. € 50 000,00 resultiert auch aus einer fiktiven Entnahme gemäß § 4 Abs. 1 S. 3 EStG. Die Betriebsstätte befindet sich in Österreich und somit in einem Mitgliedsstaat der Europäischen Union. Die Maschine gehörte vor Überführung auch zum Anlagevermögen im Einzelunternehmen Ben Karts.

11 Az.: I R 77/06, BStBl. II 2009, 464.

Ein Ausgleichsposten in Höhe des Unterschiedsbetrags zwischen dem Buchwert und dem gemeinen Wert des Wirtschaftsguts kann somit nach § 4g Abs. 1 S. 1 EStG gebildet werden. Der Rechtscharakter des Ausgleichspostens im Rahmen des Betriebsvermögensvergleichs lässt sich auch als steuerrechtlicher Passivposten beschreiben. Handelsrechtlich dürfte es sich im Ergebnis um einen Sonderposten mit Rücklagenanteil im Sinne des § 247 Abs. 3 HGB handeln.[12]

Nach dem Regeltatbestand des § 4g Abs. 2 S. 1 EStG ist der Ausgleichsposten im Wirtschaftsjahr der Bildung und in den vier folgenden Wirtschaftsjahren zu jeweils einem Fünftel gewinnerhöhend aufzulösen. Durch die Bildung des Ausgleichspostens lässt sich daher die Gewinnrealisierung i.H.v. € 50 000,00 auf € 10 000,00 im Jahr der Überführung der Maschine reduzieren.

II. Verstrickung

Die Überführung der Maschine aus der chilenischen Betriebsstätte in das deutsche Stammhaus könnte eine fiktive Einlage gemäß § 4 Abs. 1 S. 8 HS. 2 EStG darstellen. Danach steht einer Einlage die Begründung des Besteuerungsrechts der Bundesrepublik Deutschland hinsichtlich des Gewinns aus der Veräußerung eines Wirtschaftsguts gleich. **177**

1. Fiktive Einlage, § 4 Abs. 1 S. 8 HS. 2 EStG

Auch bei der chilenischen Maschine handelt es sich um ein Wirtschaftsgut; insoweit kann auf die Ausführungen unter I. 1. a. zurückgegriffen werden. Des Weiteren liegt eine Überführung im Sinne des Gesetzes von dem Ausland in das Inland vor. Auch insoweit können bereits gemachte Ausführungen in der Lösung (I. 1. b.) entsprechend herangezogen werden. **178**

Durch die Überführung des Wirtschaftsguts in das inländische Stammhaus müsste das Besteuerungsrecht hinsichtlich des Gewinns aus der Veräußerung der Maschine begründet werden. Unter Begründung in diesem Sinne ist das erstmalige Entstehen des Besteuerungsrechts der Bundesrepublik Deutschland zu verstehen. Eine Verstärkung desselben reicht daher nicht aus. Es werden mithin nur solche Fälle erfasst, in denen zuvor überhaupt kein deutsches Besteuerungsrecht bestand.

Als unbeschränkt steuerpflichtige natürliche Person unterliegt Ben Kart mit seinem Welteinkommen der deutschen Steuerpflicht. Einbezogen ist mithin auch ein Gewinn aus der chilenischen Betriebsstätte. Ob dieser Gewinn aus der Veräußerung von Anlagevermögen oder der Ausübung anderer Tätigkeiten resultiert, ist unbeachtlich. Zwar wäre Deutschland im Grundsatz nach § 34c EStG verpflichtet, eine etwaige chilenische Steuer auf die deutsche Einkommensteuer Ben Karts anzurechnen, dieses Verfahren zur Abmilderung einer drohenden Doppelbesteuerung ändert jedoch nichts daran, dass Deutschland der Besteuerungszugriff auf einen Veräußerungsgewinn zusteht. Insoweit würde die **179**

12 Nach BT-Drs. 16/3369, 11: Vergleichbarkeit mit einer Bilanzierungshilfe; *Wied*, in: *Blümich* (Hrsg.), EStG/KStG/GewStG, § 4g EStG Rn 10.

Überführung der Maschine von der chilenischen Betriebsstätte in das deutsche Stammhaus lediglich zu einer Verstärkung des Besteuerungsrechts der Höhe nach hinsichtlich des Gewinns aus der Veräußerung der Maschine führen, indem keine Anrechnung der auf einen Veräußerungsgewinn entfallenden chilenischen Steuer erfolgte. Somit wird bei Überführung keine Begründung des deutschen Besteuerungsrechts im Sinne von § 4 Abs. 1 S. 8 HS. 2 EStG ausgelöst.

2. Rechtsfolge

180 Die Überführung der Maschine aus der chilenischen Betriebsstätte in das deutsche Stammhaus ist keine fiktive Einlage, die gemäß § 6 Abs. 1 Nr. 5a EStG mit dem gemeinen Wert anzusetzen ist. Vielmehr kommt die Bewertung gemäß § 6 Abs. 5 S. 1 EStG in Betracht: Wird ein einzelnes Wirtschaftsgut (Maschine) von einem Betriebsvermögen (chilenische Betriebsstätte) in ein anderes Betriebsvermögen desselben Steuerpflichtigen (Stammhaus Ben Kart in Kiel) überführt, ist bei der Überführung der Wert anzusetzen, der sich nach den Vorschriften über die Gewinnermittlung ergibt, sofern die Besteuerung der stillen Reserven sichergestellt ist. Daraus folgt, dass die Maschine in der Steuerbilanz des deutschen Stammhauses mit dem (chilenischen) Buchwert i.H.v. € 15 000,00 anzusetzen ist.

Schwierigkeiten können auftreten, wenn nach dem chilenischen Steuerrecht die Maschine im Zeitpunkt der Überführung mit einem höheren Wert angesetzt werden muss. Sobald es dabei zu einer Besteuerung von stillen Reserven kommt, ist die Anrechnung dieser Steuer in Deutschland im Grundsatz ausgeschlossen. Dieses folgt aus dem Ansatz der Maschine mit dem Buchwert, was aufgrund der Ermittlung des Anrechnungshöchstbetrages nach den Vorschriften des deutschen Steuerrechts zwingend geboten ist. Da die Maschine in Deutschland mit dem Buchwert anzusetzen ist, kann die in Chile möglicherweise gehobene stille Reserve auch nicht im Wege der zukünftigen Abschreibung kompensiert werden. Insoweit träte eine echte und definitive Doppelbesteuerung ein.

III. Ergebnis

181 Die Überführung der Galvanisierungsmaschine in die österreichische Betriebsstätte stellt eine fiktive Entnahme dar, die mit dem gemeinen Wert anzusetzen ist und den inländischen Gewinn des Einzelunternehmens erhöht. Eine Reduzierung der Besteuerungsfolgen für das Einzelunternehmen im Veranlagungszeitraum der Überführung können durch die Bildung eines Ausgleichspostens erreicht werden, der pro rata temporis aufzulösen ist.

Die Überführung der Maschine aus der chilenischen Betriebsstätte in das deutsche Stammhaus Ben Karts ist keine fiktive Einlage. Auch vor Übertragung hatte die Bundesrepublik Deutschland steuerlichen Zugriff auf die in der Maschine ruhenden stillen Reserven. Nach Überführung der Maschine in das deutsche Stammhaus wird ein bestehendes Besteuerungsrecht lediglich verstärkt.

Teil 2

Die unbeschränkte Steuerpflicht im Ertragsteuerrecht

A. Persönliche Steuerpflicht

I. Einkommensteuer

Fall 1

Der fleißige Belgier und sein deutscher Arbeitgeber

Schwerpunkte: Unbeschränkte Steuerpflicht auf Antrag, § 1 Abs. 3 EStG und Ergänzungstatbestand für EU-Familienangehörige, § 1a EStG (LB § 2 Rn 107–148)

Maxime Eupen ist belgischer Staatsangehöriger und wohnt in Liége, Belgien. Er ist mit **182**
Julietta Eupen verheiratet. Julietta Eupen besitzt die französische Staatsangehörigkeit und wohnt seit Ende 2009 in Antwerpen, Belgien. Schon vor der Geburt ihres gemeinsamen Kindes, Arthur Eupen kam es zwischen den Eheleuten immer wieder zu Reibereien, so dass Julietta Eupen Ende 2009 aus der gemeinsamen Wohnung auszog. Arthur Eupen erblickte im Mai 2009 das Licht der Welt. Von Juni 2009 bis Juli 2010 befand sich Maxime Eupen daher in unbezahlter Freistellung (vgl. der deutschen Elternzeit) und versorgte das Kind. Er erhielt in diesem Zeitraum von der zuständigen Stelle in Belgien monatliche Unterstützungsleistungen i.H.v. € 1500,00. Am 1. Juli 2010 – nach Ablauf der Elternzeit – nahm Maxime Eupen eine neue nichtselbstständige Beschäftigung in einem Ingenieurbüro in Aachen auf, von der er arbeitstäglich zurückkehrt. Dafür erhält er ein Jahresbruttogehalt i.H.v. € 75 000,00. Daneben erzielt Maxime Eupen Einkünfte aus der Vermietung einer geerbten Doppelgarage in Brüssel in Höhe von € 500 im Monat. Seit ihrem Auszug ist Julietta Eupen auf Arbeitssuche, die bisher leider erfolglos geblieben ist. Damit sie ihren Lebensunterhalt bestreiten kann, überweist ihr Maxime Eupen monatlich € 1000,00 seit Juli 2010.

Nachdem Maxime Eupen einige Zeit in dem Aachener Ingenieurbüro gearbeitet hatte, machte ihn ein Arbeitskollege darauf aufmerksam, dass er – Maxime Eupen – wohl eine Einkommensteuererklärung in Deutschland abgeben muss. Das möchte Maxime Eupen nicht glauben, denn er sei Belgier und wohne auch nur dort; außerdem sei das deutsche Steuerrecht so kompliziert, dass man die EU-Nachbarn damit nicht belästigen dürfe.

Prüfen Sie, ob Maxime Eupen in Deutschland veranlagt wird. Gehen Sie im Rahmen Ihrer Untersuchung auch auf familien- und personenbezogene Steuerentlastungen nach dem EStG ein. Gehen Sie darüber hinaus ggf. auf Besonderheiten bei der Ermittlung des Steuertarifs ein.

Hinweise:

1. Die Verfügung betreffend Aufhebung der Grenzgängerregelung ab 1.1.2004 vom 22.12.2003 (IStR 2004, 175) ist hinsichtlich der vorgesehenen Anrechnungsmöglichkeit in Deutschland nicht anzuwenden.
2. Alle erforderlichen Anträge gelten als gestellt; alle notwendigen Bescheinigungen sind erteilt. Materielle Rechtsfolgen können daraus jedoch nicht abgeleitet werden.
3. Die Unterstützungsleistungen sind in Belgien steuerfrei.
4. Das Ingenieurbüro beachtet alle ihm obliegenden rechtlichen Pflichten.
5. Aus Vereinfachungsgründen entsprechen die Einnahmen den Einkünften.
6. Der Anwendungsbereich des DBA-Belgien ist eröffnet.

Vorüberlegungen

Der Übungsfall behandelt eine Sonderform der unbeschränkten Steuerpflicht, nämlich auf Antrag als unbeschränkt Steuerpflichtiger behandelt zu werden, § 1 Abs. 3 EStG. Die Regelung über die unbeschränkte Steuerpflicht auf Antrag ist Folge des sogenannten Schumacker-Urteils des EuGH[1]. **183**

§ 1 Abs. 3 EStG erfasst natürliche Personen, die im Inland weder Wohnsitz noch gewöhnlichen Aufenthalt haben, also nicht bereits nach § 1 Abs. 1 EStG unbeschränkt steuerpflichtig sind. Weitere Voraussetzung ist, dass diese Personen Einkünfte im Sinne des § 49 EStG aus dem Inland beziehen, also ohne die Regelung des § 1 Abs. 3 EStG der beschränkten Steuerpflicht unterliegen würden.

Auch wenn im vorliegenden Fall der Proband Einkünfte aus nicht selbstständiger Arbeit bezieht, können die inländischen Einkünfte gemäß § 49 EStG für die Anwendung von § 1 Abs. 3 EStG aus allen Einkunftsarten bestehen. Auch bestehen keine Einschränkungen hinsichtlich der nach § 1 Abs. 3 EStG berechtigten Personen. Sie brauchen mithin nicht Staatsangehöriger eines EU- oder EWR-Staates zu sein oder in einem solchen Staat ansässig zu sein. Die Staatsangehörigkeit erlangt erst bei der Erweiterung nach § 1a EStG Bedeutung.

Von Bedeutung sind allerdings die Regelungen in § 1 Abs. 3 S. 2–4 EStG. Inhaltlich geht es darum, die unbeschränkte Steuerpflicht auf Antrag nur demjenigen zuzubilligen, der in einem Umfang inländische Einkünfte erzielt, der es rechtfertigt, ihn wie einen „originär" unbeschränkt Steuerpflichtigen zu behandeln. Die Anleitung, wie die inländischen Einkünfte zu ermitteln sind, finden sich in den soeben genannten Regelungen. Der Sachverhalt lässt insoweit Angaben erkennen, so dass eine Berechnung durchzuführen sein wird.

Der Steuer mindernde Ansatz der Zahlungen an die Ehefrau Julietta Eupens kommt nach § 1a EStG in Betracht. § 1a Abs. 1 EStG beseitigt Einschränkungen von Steuervergünstigungen für unbeschränkt Steuerpflichtige, die sonst bei nicht im Inland lebenden Familienangehörigen und Leistungsempfängern gelten. Die Vorschrift gilt nur für Steuerpflichtige, die Staatsangehörige eines Mitgliedstaats der EU oder des EWR sind. Hier ist Anknüpfungspunkt also nicht nur die unbeschränkte Steuerpflicht, sondern auch die Staatsangehörigkeit.

Für die Beantwortung der möglichen Besonderheiten beim Steuertarif sind die Vorschriften in § 32b EStG über den Progressionsvorbehalt in Augenschein zu nehmen. Die Regelung des § 32b EStG hängt mit dem Aufbau des Steuertarifs zusammen. Im Ergebnis ordnet die Vorschrift an, dass die Einkommensteuer für das zu versteuernde Einkommen nicht nach der allgemeinen Regel in § 32a EStG zu berechnen ist, sondern aufgrund bestimmter Regeln nach einem besonderen Steuersatz. Nach § 32b Abs. 1 Nr. 5 EStG greift der Progressionsvorbehalt auch ein, wenn eine Veranlagung von nicht im Inland ansässigen Personen auf Antrag erfolgt. Da diese Personen trotz Fehlens

1 Urteil v. 14.2.1995 in der Rs. *Schumacker*, C-279/93, EuGHE I 1995, 225.

von Wohnsitz und gewöhnlichen Aufenthalts im Inland als unbeschränkt steuerpflichtig behandelt werden, ist es nur konsequent, dass im Rahmen der unbeschränkten Steuerpflicht auch der Progressionsvorbehalt anzuwenden ist.

Gliederung

184 **I. Veranlagung, § 46 Abs. 2 Nr. 7 lit. b EStG**
1. Einkünfte aus nichtselbstständiger Tätigkeit
2. Vornahme eines Steuerabzugs
3. Steuerpflichtiger iSv § 1 Abs. 3 EStG
   a) Tatbestandsvoraussetzungen, § 1 Abs. 3 S. 1 EStG
      aa) Natürliche Person ohne Wohnsitz und gewöhnlichen Aufenthalt im Inland
      bb) Inländische Einkünfte gem. § 49 Abs. 1 Nr. 4 lit. a EStG
   b) Einschränkung der Höhe nach, § 1 Abs. 3 S. 2 EStG
   c) Antrag/Bescheinigung
4. Ergebnis

II. Ergänzungstatbestand, § 1a EStG
1. Staatsangehörigkeit in einem EU-Mitgliedsstaat
2. Unbeschränkte Steuerpflicht
3. Umfang der Entlastungen
   a) Realsplitting
      aa) Unterhaltsleistungen
      bb) Dauernd getrennt leben
      cc) Antrag/Zustimmung
   b) Keine unbeschränkte Steuerpflicht Julietta Eupens aber ansässig in der EU
   c) Bescheinigung
4. Ergebnis

III. Progressionsvorbehalt
1. Unbeschränkte Steuerpflicht
2. Nicht der deutschen Einkommensteuer unterliegende Einkünfte
3. Rechtsfolge

Lösung

I. Veranlagung, § 46 Abs. 2 Nr. 7 lit. b EStG

Eine Pflicht zur Veranlagung Maxime Eupens könnte sich § 46 Abs. 2 Nr. 7 lit. b EStG **185** ergeben: Besteht das Einkommen ganz oder teilweise aus Einkünften aus nichtselbstständiger Arbeit, von denen ein Steuerabzug vorgenommen worden ist, so wird eine Veranlagung nur durchgeführt, wenn für einen Steuerpflichtigen, der zum Personenkreis des § 1 Abs. 3 oder des § 1a EStG gehört, das Betriebsstättenfinanzamt eine Bescheinigung nach § 39c Abs. 4 EStG erteilt hat; dieses Finanzamt ist dann auch für die Veranlagung zuständig.

Grundsätzlich ist bei Arbeitnehmern die Einkommensteuer mit der vom Arbeitgeber einbehaltenen Lohnsteuer abgegolten (§ 46 Abs. 4 EStG). Allerdings kann im Lohnsteuerabzugsverfahren nicht immer die zutreffende Einkommensteuer einbehalten werden. Deshalb muss nach Ablauf des Kalenderjahres eine Einkommensteuerveranlagung durchgeführt werden, wenn der Arbeitnehmer noch andere Einkünfte erzielt hat. Andererseits kann auch der Arbeitnehmer selbst eine Einkommensteuerveranlagung beantragen, wenn im Lohnsteuerverfahren zB nicht alle Werbungskosten, Sonderausgaben usw. berücksichtigt worden sind. Zu unterscheiden sind danach die sogenannte Veranlagung von Amts wegen (Pflichtveranlagung) und die Veranlagung auf Antrag des Arbeitnehmers (Antragsveranlagung). Die Pflichtveranlagungstatbestände sind im § 46 Abs. 2 Nr. 1–7 EStG abschließend aufgeführt. Es handelt sich dabei um Sachverhalte, bei denen im Lohnsteuerabzugsverfahren die zutreffende Einkommensteuer nicht erhoben werden kann.

1. Einkünfte aus nichtselbstständiger Tätigkeit

Maxime Eupen müsste Einkünfte aus nichtselbstständiger Tätigkeit beziehen. Gemäß **186** § 19 Abs. 1 S. 1 Nr. 1 EStG gehören zu den Einkünften aus nichtselbstständiger Tätigkeit Gehälter, Löhne und andere Entgelte für eine Beschäftigung im öffentlichen oder privaten Dienst. Arbeitslohn sind Bezüge, die aus einem Dienstverhältnis zufließen (§ 2 Abs. 1 S. 1 LStDV). Der Arbeitslohn wird von dem Arbeitnehmer erzielt. Nach § 1 Abs. 1 S. 1 LStDV sind Arbeitnehmer Personen, die in öffentlichem oder privatem Dienst angestellt oder beschäftigt sind oder waren und die aus diesem Dienstverhältnis oder einem früheren Dienstverhältnis Arbeitslohn beziehen.

Maxime Eupen nimmt zum 1. Juli 2010 eine nichtselbstständige Beschäftigung in einem Ingenieurbüro auf und erhält für seine Tätigkeit ein Jahresbruttogehalt i.H.v. € 75 000,00. Maxime Eupen befindet sich somit in einem privaten Dienstverhältnis, für welches er Arbeitslohn bezieht. Damit erzielt Maxime Eupen Einkünfte aus nichtselbstständiger Tätigkeit.

2. Vornahme eines Steuerabzugs

Einkünften aus nichtselbstständiger Tätigkeit wird die Einkommensteuer durch Abzug **187** vom Arbeitslohn erhoben (Lohnsteuer), soweit der Arbeitslohn von einem Arbeitgeber gezahlt wird, der im Inland seinen Wohnsitz, seinen gewöhnlichen Aufenthalt, seine Geschäftsleitung, seinen Sitz, eine Betriebsstätte oder einen ständigen Vertreter im Sinne der §§ 8–13 der AO hat (inländischer Arbeitgeber). Das Ingenieurbüro unterhält ein Büro in Aachen und ist auch Arbeitgeber von Maxime Eupen, so dass diese Voraussetzungen erfüllt sind. § 46 Abs. 2 EStG erfordert jedoch nach seinem Wortlaut, dass der Steuerabzug tatsächlich vorgenommen worden ist.[2] Dies ist der Fall, wenn der Arbeitgeber die Lohnsteuer tatsächlich einbehalten hat, wohingegen nicht Voraussetzung ist, dass der Arbeitgeber die einbehaltene Lohnsteuer auch abgeführt hat. Aus den Hinweisen zum Sachverhalt geht hervor, dass das Ingenieurbüro alle rechtlichen Pflichten beachtet. Somit ist davon auszugehen, dass der Lohnsteuerabzug tatsächlich vorgenommen worden ist.

3. Steuerpflichtiger iSv § 1 Abs. 3 EStG

188 Maxime Eupen müsste zum Personenkreis des § 1 Abs. 3 EStG gehören. Gemäß dieser Vorschrift werden auf Antrag auch natürliche Personen als unbeschränkt einkommensteuerpflichtig behandelt, die im Inland weder einen Wohnsitz noch ihren gewöhnlichen Aufenthalt haben, soweit sie inländische Einkünfte im Sinne des § 49 EStG haben (§ 1 Abs. 3 S. 1 EStG). Dies gilt nur, wenn ihre Einkünfte im Kalenderjahr mindestens zu 90% der deutschen Einkommensteuer unterliegen oder die nicht der deutschen Einkommensteuer unterliegenden Einkünfte den Grundfreibetrag nach § 32a Abs. 1 S. 2 Nr. 1 EStG nicht übersteigen; dieser Betrag ist zu kürzen, soweit es nach dem tatsächlichen Verhältnissen im Wohnsitzstaat des Steuerpflichtigen notwendig und angemessen ist (§ 1 Abs. 3 S. 2 EStG). Inländische Einkünfte, die nach einem Abkommen zur Vermeidung der Doppelbesteuerung nur der Höhe nach beschränkt besteuert werden dürfen, gelten hierbei als nicht der deutschen Einkommensteuer unterliegend (§ 1 Abs. 3 S. 3 EStG). Unberücksichtigt bleiben bei der Ermittlung der Einkünfte nach S. 2 nicht der deutschen Einkommensteuer unterliegende Einkünfte, die im Ausland nicht besteuert werden, soweit vergleichbare Einkünfte im Inland steuerfrei sind (§ 1 Abs. 3 S. 4 EStG).

a) Tatbestandvoraussetzungen, § 1 Abs. 3 S. 1 EStG

aa) Natürliche Person ohne Wohnsitz und gewöhnlichen Aufenthalt im Inland

189 Maxime Eupen ist eine natürliche Person als Mensch in seiner Rolle als Rechtssubjekt, dh als Träger von Rechten und Pflichten. Darüber hinaus lässt der Sachverhalt nicht erkennen, dass Maxime Eupen in Deutschland einen Wohnsitz iSv § 8 AO hat.

Nach der Grundregel in § 9 S. 1 AO erfordert der gewöhnlichen Aufenthalt ein nicht nur vorübergehendes verweilen an einem Ort oder einem Gebiet. Ein „Verweilen" in diesem Sinne setzt begriffsnotwendig die Anwesenheit der Person voraus, wobei die Anwesenheit wiederum bestimmten Erfordernissen unterliegt. Für Arbeitnehmer, die nach Arbeitsschluss täglich zum Familienwohnsitz im Ausland zurückkehren, ist stets anzunehmen, dass sie keinen gewöhnlichen Aufenthalt im Inland begründen. Durch die

2 *Heuermann*, in: *Blümich* (Hrsg.), EStG/KStG/GewStG, § 4 Rn 40.

Rechtsprechung[3] ist inzwischen geklärt, dass das Vorhandensein der wirtschaftlichen Existenzgrundlage im Inland, welche die tägliche Anwesenheit des Arbeitnehmers im Inland notwendig macht, nicht für die Annahme des gewöhnlichen Aufenthalts iSv § 9 AO im Inland genügt, wenn der Arbeitnehmer nach Arbeitsende in seine außerhalb der Bundesrepublik belegene (Familien-)Wohnung zurückkehrt. Maxime Eupen kehrt nach den Angaben im Sachverhalt jeden Tag nach Beendigung seiner Arbeit im Aachener Büro in seine Wohnung in Liège zurück. Somit hat Maxime Eupen in Deutschland nicht seinen gewöhnlichen Aufenthalt iSv § 9 AO.

Maxime Eupen hat im Inland mithin weder einen Wohnsitz noch seinen gewöhnlichen Aufenthalt.

bb) Inländische Einkünfte gemäß § 49 Abs. 1 Nr. 4 lit. a EStG

Nach § 49 Abs. 1 Nr. 4 lit. a EStG sind inländische Einkünfte aus nichtselbstständiger **190**
Arbeit (§ 19 EStG), die im Inland ausgeübt oder verwertet wird oder worden ist, in sachlicher Hinsicht erfasst. Maxime Eupen erzielt Einkünfte aus nichtselbstständiger Tätigkeit iSv § 19 EStG (vgl. Lösung unter I. 1.). Er ist in einem Aachener Ingenieurbüro beschäftigt und es bestehen keine Anhaltspunkte für die Annahme, dass Maxime Eupen nicht auch in diesem Büro – und damit im Inland – seine Tätigkeit ausübt. Somit erzielt Maxime Eupen inländische Einkünfte gemäß § 49 Abs. 1 Nr. 4 lit. a EStG.

b) Einschränkung der Höhe nach, § 1 Abs. 3 S. 2 EStG

Weitere Voraussetzung der Anwendung des § 1 Abs. 3 EStG ist, dass die Einkünfte des **191**
Steuerpflichtigen mindestens zu 90% der deutschen Einkommensteuer unterliegen oder, wenn dies nicht der Fall ist, die nicht der deutschen Einkommensteuer unterliegenden Einkünfte den Grundfreibetrag nach § 32a Abs. 1 S. 2 Nr. 1 EStG i.H.v. € 8004,00 im Kalenderjahr nicht übersteigen. Die maßgeblichen Einkünfte sind nach deutschem Steuerrecht zu ermitteln. Diese Regelung gilt bei der Ermittlung des Prozentsatzes der inländischen Einkünfte sowohl für die inländischen Einkünfte wie für die Gesamteinkünfte. Damit sind Einkünfte einzubeziehen, die nach deutschem Steuerrecht steuerpflichtig sind, nicht aber nach ausländischem Recht. Umgekehrt sind Einkünfte nicht einzubeziehen, die nach ausländischem Recht steuerpflichtig sind, nicht aber deutschem Recht.[4]

Der deutschen Besteuerung unterliegen solche Einkünfte, bei denen das deutsche Besteuerungsrecht nicht eingeschränkt ist (§ 1 Abs. 3 S. 3 EStG). Nicht der deutschen Besteuerung unterliegende Einkünfte bleiben bei der Ermittlung der Grenze von 90% außer Betracht, wenn diese Einkünfte im Ausland nicht besteuert werden, aber auch steuerfrei wären, wenn sie im Inland bezogen worden wären.[5] Betroffen sind also Ein-

3 BFH-Urteil v. 5.2.1965, Az.: VI 334/63 U, BStBl. III 1965, 352; Urteil v. 25.5.1988, Az.: I R 225/82, BStBl. II 1988, 944.
4 *Frotscher*, in: *Frotscher* (Hrsg.), EStG, § 1 Rn 41.
5 Folge des EuGH Urteils v. 25.1.2007 in der Rs. *Meindl*, C-329/05, IStR 2007, 143; BFH-Urteil v. 20.8.2008, Az.: I R 78/07, BFH/NV 2008, 2104.

künfte, für die im Inland und im Ausland vergleichbare Steuerbefreiungsvorschriften bestehen.

Zunächst ist zu untersuchen, ob die Einkünfte aus nichtselbstständiger Tätigkeit in 2010 i.H.v. € 37 500,00 (Beschäftigung Juli bis Dezember) der Besteuerung im Inland unterliegen. Dafür ist das DBA-Belgien heranzuziehen, dessen Anwendungsbereich nach den Hinweisen zum Sachverhalt eröffnet ist. In Betracht kommt die Zuweisung des Besteuerungsrechts nach Art. 15 DBA-Belgien. Die Subsidiaritätsanordnung in Art. 15 Abs. 4 DBA-Belgien ist nicht anwendbar. Maxime Eupen ist nicht als Aufsichtsrats- oder Verwaltungsratsmitglied tätig; er bezieht keine Ruhegehälter und keine Vergütungen und Ruhegehälter aus öffentlichen Kassen. Auch kann die spezielle Regelung für Hochschullehrer und Studenten im DBA-Belgien keine Anwendung finden.

192 Nach der Grundregel in Art. 15 Abs. 1 DBA-Belgien können Löhne und Gehälter, die eine in einem Vertragsstaat ansässige Person aus unselbstständiger Arbeit bezieht, nur in diesem Staat besteuert werden, es sei denn, dass die Arbeit in dem anderen Vertragsstaat ausgeübt wird. Wird die Arbeit dort ausgeübt, so können die dafür bezogenen Vergütungen in dem anderen Staat besteuert werden. Maxime Eupen ist in Belgien ansässig und bezieht Einkünfte aus unselbstständiger Arbeit, die in Deutschland als dem anderen Vertragsstaat ausgeübt wird, so dass im Grundsatz Deutschland die Einkünfte aus nichtselbstständiger Arbeit besteuern darf. Dieses Ergebnis wird auch nicht von der spezielleren Regelung in Art. 15 Abs. 2 DBA-Belgien revidiert, ua würde dies voraussetzen, dass der Arbeitgeber Maxime Eupens in Belgien ansässig wäre. Somit ist hinsichtlich der Einkünfte aus nichtselbstständiger Tätigkeit das Besteuerungsrecht der Bundesrepublik Deutschland nicht eingeschränkt.

193 Hingegen unterliegen die Vermietungseinkünfte in Belgien i.H.v. € 6000,00 im Jahr nicht der inländischen Besteuerung; das vermietete Vermögen ist nämlich nicht im Inland, sondern in Brüssel/Belgien belegen (Umkehrschluss: § 49 Abs. 1 Nr. 6 EStG).

Ob die in Belgien steuerfreien Unterstützungsleistungen mit in die Ermittlung des Prozentsatzes einbezogen werden, hängt maßgeblich davon ab, ob diese Unterstützungen auch steuerfrei wären, wenn sie im Inland bezogen worden wären. Die Unterstützungsleistungen erhielt Maxime Eupen für die Versorgung seines Kindes vergleichbar mit der deutschen Elternzeit. In Deutschland ist das Elterngeld gemäß § 3 Nr. 67 EStG steuerfrei. Bei dem maßgeblichen Vergleich wäre die Unterstützungsleistung mithin auch in Deutschland steuerfrei gewesen. Ein Einbezug der Unterstützungsleistungen in die Ermittlung der 90% Grenze hat somit zu unterbleiben.

Die für die Grenze maßgeblichen Gesamteinkünfte betragen mithin im Veranlagungszeitraum 2010 € 43 500,00. Davon unterliegen weniger als 90% der inländischen Besteuerung, nämlich nur die Einkünfte aus nichtselbstständiger Arbeit i.H.v. € 37 500,00. Die ausländischen Einkünfte i.H.v. € 6000,00 aus der Garagenvermietung übersteigen jedoch nicht den Grundfreibetrag i.H.v. € 8004,00. Eine Reduzierung des Grundfreibetrages auf den Zeitraum der Erzielung inländischer Einkünfte von Juli bis Dezember 2010 ist uE nicht angezeigt; der Gesetzeswortlaut in § 1 Abs. 3 S. 2 EStG stellt insoweit auf das Kalenderjahr ab. Auch eine Kürzung des Grundfreibetrages nach § 1 Abs. 3 S. 2 HS. 2 EStG ist nicht angezeigt. Insoweit ordnet das Schreiben betreffend Berücksichtigung ausländischer Verhältnisse des BMF vom 6.11.2009[6] an, im Falle Belgiens als Wohnsitzstaat des Steuerpflichtigen den Grundfreibetrag in voller Höhe zu gewähren.

c) Antrag/Bescheinigung

Der erforderliche Antrag nach § 1 Abs. 3 S. 1 EStG ist nach den Hinweisen zum Sachverhalt gestellt. Gleiches gilt für die Bescheinigung der zuständigen ausländischen Steuerbehörde über die Höhe der nicht der deutschen Einkommensteuer unterliegenden Einkünfte. Auch die Bescheinigung des Betriebsstättenfinanzamtes nach § 39c Abs. 4 EStG wurde nach den Hinweisen zum Sachverhalt erteilt. **194**

4. Ergebnis

Für Maxime Eupen besteht die Verpflichtung, sich von der deutschen Finanzbehörde veranlagen zu lassen. **195**

II. Ergänzungstatbestand, § 1a EStG

Zu untersuchen ist, ob Maxime Eupen im Rahmen der Veranlagung die Zahlungen an seine Ehefrau steuerlich geltend machen kann. In Betracht kommt die Regelung in § 1a EStG. Für Staatsangehörige eines Mitgliedstaats der Europäischen Union, die nach § 1 Abs. 3 EStG als unbeschränkt steuerpflichtig zu behandeln sind, gilt bei der Anwendung von § 10 Abs. 1 Nr. 1 folgendes: Unterhaltsleistungen an den geschiedenen oder dauernd getrennt lebenden Ehegatten (§ 10 Abs. 1 Nr. 1 EStG) sind auch dann als Sonderausgaben abziehbar, wenn der Empfänger nicht unbeschränkt einkommensteuerpflichtig ist. Voraussetzung, dass der Empfänger seinen Wohnsitz oder gewöhnlichen Aufenthalt im Hoheitsgebiet eines anderen Mitgliedstaats der Europäischen Union hat. Weitere Voraussetzung ist, dass die Besteuerung der Unterhaltszahlungen beim Empfänger durch eine weitere Bescheinigung der zuständigen ausländischen Steuerbehörde nachgewiesen wird. **196**

1. Staatsangehörigkeit in einem EU-Mitgliedstaat

Maxime Eupen ist nach den Angaben im Sachverhalt Belgier und somit Staatsangehöriger eines Mitgliedstaats der Europäischen Union. **197**

2. Unbeschränkte Steuerpflicht

Wie soeben unter I. festgestellt, wird Maxime Eupen auf Antrag als unbeschränkt steuerpflichtig behandelt.

6 Az.: IV C 4 – S 2285/07/0005, BStBl. I 2009, 1323.

3. Umfang der Entlastungen

a) Realsplitting

198 Bei den Steuervergünstigungen, deren Tatbestandsvoraussetzungen durch § 1a Abs. 1 EStG erweitert werden, handelt es sich ua auch um das Realsplitting in § 10 Abs. 1 Nr. 1 EStG. Die Voraussetzungen dieser Regelung müssen grundsätzlich vorliegen. Nur von der Voraussetzung, dass der geschiedene oder dauernd getrennt lebende Ehegatte unbeschränkt steuerpflichtig ist, wird nach Nr. 1 abgesehen; es genügt, dass er seinen Wohnsitz oder gewöhnlichen Aufenthalt im EU Ausland hat.[7]

Gemäß § 10 Abs. 1 Nr. 1 EStG sind Sonderausgaben Unterhaltsleistungen an den geschiedenen oder dauernd getrennt lebenden unbeschränkt einkommensteuerpflichtigen Ehegatten, wenn der Geber dies mit Zustimmung des Empfängers beantragt bis zu € 13 805,00 im Kalenderjahr.

aa) Unterhaltsleistungen

199 Die Zahlungen an Julietta Eupen müssten Unterhaltsleistungen darstellen. Der Begriff „Unterhaltsleistungen" ist in § 10 Abs. 1 Nr. 1 EStG nicht definiert. Er entspricht dem im § 33a Abs. 1 EStG verwendeten Begriff „Aufwendungen für den Unterhalt"; danach sind Unterhaltsleistungen die typischen Aufwendungen zur Bestreitung der Lebensführung, zB für Ernährung, Kleidung, Wohnung usw.[8] Julietta Eupen geht keiner Erwerbstätigkeit nach. Auch andere Einnahmequellen können dem Sachverhalt nicht entnommen werden. Es kann mithin davon ausgegangen werden, dass Julietta Eupen mit den erhaltenen Zahlungen ihre Lebensführung bestreitet. Somit handelt es sich um Unterhaltsleistungen.

bb) Dauernd getrennt Leben

200 Die Ehegatten müssten dauernd getrennt leben. Dauernd getrennt leben ist im steuerrechtlichen Sinn zu verstehen.[9] Ehegatten leben dauernd getrennt, wenn die zum Wesen der Ehe gehörende Lebens- und Wirtschaftsgemeinschaft nach dem Gesamtbild der Verhältnisse auf Dauer nicht mehr besteht. Die Ehefrau ist aufgrund Streitigkeiten vor einiger Zeit ausgezogen. Sie hat eine räumliche Trennung zwischen sich und ihren Ehemann und ihr Kind gezogen. Darüber hinaus wirtschaftet sie mit „eigenem" Geld. Das entspricht nicht dem Wesen einer zur Ehe gehörenden Lebens- und Wirtschaftsgemeinschaft. Somit leben die Eheleute für steuerrechtliche Zwecke getrennt.

cc) Antrag/Zustimmung

Der erforderliche Antrag und die erforderliche Zustimmung der Ehefrau gelten nach den Hinweisen zum Sachverhalt als gestellt bzw. erteilt.

---

7 *Vogt*, in: *Blümich* (Hrsg.), EStG/GewStG/KStG, § 1a EStG Rn 40.
8 *Hutter*, in: *Blümich* (Hrsg.), EStG/KStG/GewStG, § 10 EStG Rn 60.
9 BFH-Urteil v. 6.7.1973, Az.: VI R 3/71, n.v.

b) Keine unbeschränkte Steuerpflicht Julietta Eupens aber ansässig in der EU

Mangels entsprechender Anhaltspunkte im Sachverhalt ist Julietta Eupen nicht unbeschränkt steuerpflichtig in Deutschland. Sie bewohnt eine Wohnung in Antwerpen/Belgien und hat damit einen Wohnsitz im Sinne von § 8 AO in der Europäischen Union. **201**

c) Bescheinigung

Die Bescheinigung der zuständigen belgischen Steuerbehörde über die Besteuerung der Unterhaltszahlungen bei Julietta Eupen gilt nach den Hinweisen zum Sachverhalt als erteilt. **202**

4. Ergebnis

Im Rahmen der Veranlagung Maxime Eupens können die Unterhaltszahlungen an Julietta Eupen als Sonderausgaben abgezogen werden. **203**

III. Progressionsvorbehalt

Bei der Bemessung des Steuertarifs im Rahmen der Veranlagung Maxime Eupens könnte ein besonderer Steuersatz anzuwenden sein. In Betracht kommt die Anordnung in § 32b Abs. 1 S. 1 Nr. 5 EStG. Hat danach ein zeitweise oder während des gesamten Veranlagungszeitraums unbeschränkt Steuerpflichtiger Einkünfte, die bei Anwendung von § 1 Abs. 3 im Veranlagungszeitraum bei der Ermittlung des zu versteuernden Einkommens unberücksichtigt bleiben, weil sie nicht der deutschen Einkommensteuer oder einem Steuerabzug unterliegen bezogen, so ist auf das nach § 32a Abs. 1 EStG zu versteuernde Einkommen ein besonderer Steuersatz anzuwenden. **204**

1. Unbeschränkte Steuerpflicht

Maxime Eupen ist im Zeitraum Juli bis Dezember 2010 als unbeschränkt Steuerpflichtiger zu behandeln. **205**

2. Nicht der deutschen Einkommensteuer unterliegende Einkünfte

Maxime Eupen bezog in 2010 ausländische Vermietungseinkünfte i.H.v. € 6000,00, die bei der Anwendung von § 1 Abs. 3 EStG unberücksichtigt geblieben sind. Diese Einkünfte sind somit von der Anordnung in § 32b EStG erfasst. Eine Reduzierung pro rata temporis auf die Zeit der unbeschränkten Steuerpflicht Maxime Eupens scheidet aus, da der Gesetzeswortlaut den Veranlagungszeitraum nennt und dieser das ganze Jahr vom 1. Januar bis 31. Dezember umfasst. **206**

Zu überlegen bleibt, ob auch die belgischen Unterstützungsleistungen dem Progressionsvorbehalt unterworfen sind. Der Gesetzeswortlaut ist insoweit nicht eindeutig. Gleichwohl lässt sich das Gesetz so verstehen, dass die belgischen Unterstützungsleistungen bei der Ermittlung des zu versteuernden Einkommens unberücksichtigt geblieben sind, weil sie nicht der deutschen Einkommensteuer unterliegen. Bei einem solchen Verständnis des Gesetzes wären die belgischen Unterstützungsleistungen dem Progressionsvorbehalt unterworfen. Dafür spricht, dass dadurch eine Besserstellung gegenüber anderen unbeschränkt Steuerpflichtigen vermieden wird, indem bei ihnen hinsichtlich des Elterngeldes nach § 32b Abs. 1 S. 1 Nr. 1 lit. j EStG der Progressionsvorbehalt angewendet wird.[10]

3. Rechtsfolge

207 Nach § 32b Abs. 2 S. 1 EStG wird der besondere Steuersatz in der Weise ermittelt, dass der Steuersatz für das zu versteuernde Einkommen zuzüglich der dem Progressionsvorbehalt unterliegenden steuerfreien Einkünfte nach dem jeweils anzuwendenden Tarif in § 32a ermittelt wird. Die inländischen Einkünfte aus nichtselbstständiger Tätigkeit werden somit mit einem Tarif belastet, der einen zu versteuernden Einkommen aus allen Einkünften entspricht.[11]

10 So auch für Lohnersatzleistungen: *Wagner*, in: *Blümich* (Hrsg.), EStG/KStG/GewStG, § 32b EStG Rn 74.

11 Zu weiteren Einzelheiten vgl. *Dankmeier*, in: *Frotscher* (Hrsg.), EStG, § 32b Rn 82 ff. mit instruktiven Beispielen.

Fall 2

Die abgefundene Vorstandsvorsitzende

Schwerpunkte: Aufgabe der unbeschränkten Steuerpflicht, Wohnung und gewöhnlicher Aufenthalt (§§ 8 und 9 AO), nachträgliche Einkünfte, § 24 Nr. 1 EStG, inländische Einkünfte, § 49 Abs. 1 Nr. 4 lit. d EStG (LB § 2 Rn 339–340, 361–385)

Toni und Sophie Stricker sind seit 1995 verheiratet. Aus ihrer Ehe ging 1998 der gemeinsame Sohn, Herbert, hervor. Toni Stricker ist gebürtiger Passauer, Sophie Stricker wurde in Vaduz, Liechtenstein geboren und besitzt nach dem dort geltenden Gemeinde- und Landesbürgerrecht die Liechtensteiner Staatsangehörigkeit. Nach ihrer Vermählung zogen die Eheleute nach Vaduz. Dort arbeitete Sophie Stricker in der Tourismusbranche und absolvierte eine steile Karriere. Toni Stricker führte den Haushalt und kümmerte sich um das gemeinsame Kind. In 2013 erhielt Sophie Stricker von einem deutschen Reiseveranstalter in der Nähe von Frankfurt am Main das Angebot, ab Januar 2014 als Geschäftsführerin einer neu errichteten Tochterkapitalgesellschaft mit Sitz und Ort der Geschäftsleitung in Frankfurt am Main neue Konzepte im Bereich des Pauschaltourismus zu entwickeln. Sophie Stricker wurde ein befristeter Arbeitsvertrag mit einer Laufzeit bis zum 31. Dezember 2018 angeboten, den sie unterschrieb. Begeistert von diesem Angebot zog die Familie Stricker im Januar 2014 nach Frankfurt am Main und gab die Wohnung in Vaduz auf. In Frankfurt am Main bezogen die Eheleute eine Mietwohnung im Stadtteil Sachsenhausen. Bereits gegen Ende 2014 ereigneten sich von Seiten der Gesellschafter mehrere Auseinandersetzungen, die sich zu Beginn 2015 zuspitzten. Darauf drängte die Arbeitgeberin – die GmbH – Sophie Stricker dazu, das Arbeitsverhältnis vorzeitig zum 30. Juni 2015 aufzuheben. Die Arbeitgeberin zahlte Sophie Stricker am 20. September für die vorzeitige Beendigung des Arbeitsverhältnisses eine Entschädigung i.H.v. € 350 000,00. **208**

Mit Schreiben vom 30. September 2015 kündigten die Eheleute den Mietvertrag für die Frankfurter Wohnung und beauftragten am 30. November ein Umzugsunternehmen, die Möbel und ihre sonstigen Einrichtungsgegenstände nach Vaduz zu bringen. Eine frühere Kündigung des Mietvertrages war für die Eheleute ausgeschlossen, weil Herbert Stricker in den Monaten Juli bis Oktober 2015 bei einer Bank ein Praktikum absolvierte und in dieser Zeit die Wohnung benutzte.

Am 28. Juni 2015 meldeten sich Toni und Sophie Stricker bei der zuständigen Stelle in Vaduz als dort wohnhaft an. Bis Mitte Dezember 2015 bewohnten die Eheleute die Einliegerwohnung in dem Elternhaus Sophie Strickers, die stets für Gäste vollständig eingerichtet bereitgehalten wurde. Während Sophie Stricker am 1. August 2015 wieder ihre alte Arbeit in Vaduz aufnahm, suchte sich Toni Stricker bei der Bergwacht eine ehrenamtliche (unentgeltliche) Beschäftigung.

Anfang 2016 gaben die Eheleute für die Zeit vom 1. Januar 2014 bis 30. Juni 2015 eine gemeinsame Steuererklärung ab, ohne die Entschädigung zu erklären. Toni Stricker ist der Meinung, die Entschädigung sei seiner Ehefrau zu einem Zeitpunkt zugeflossen, zu dem sie nicht mehr in Deutschland steuerpflichtig gewesen sei.

Prüfen Sie die Aussage Toni Strickers.

Hinweise:

1. Die Entschädigung gilt am 20. September 2015 zugeflossen iSv §§ 11 Abs. 1, 38a Abs. 1 S. 3 EStG.
2. Das Abkommen zwischen der Bundesrepublik Deutschland und dem Fürstentum Liechtenstein zur Vermeidung der Doppelbesteuerung und der Steuerverkürzung auf dem Gebiet der Steuern vom Einkommen und vom Vermögen vom 17. November 2011 ist nicht anwendbar.
3. Auf die Steuerpflicht Herbert Strickers ist nicht einzugehen.

Vorüberlegungen

In diesem Übungsfall können zwei wesentliche Punkte identifiziert werden: Einerseits ist im Rahmen der Untersuchung, ob die Eheleute unbeschränkt steuerpflichtig in Deutschland sind, das Tatbestandsmerkmal des Wohnsitzes in § 8 AO in Augenschein zu nehmen. Dabei ist insbesondere zu überlegen, was unter „Umständen, die auf Beibehaltung und Benutzung schließen lassen" zu verstehen ist. Mit einem Blick auf die angegebenen Daten geht es darum, ob im Zeitpunkt des tatsächlichen Zuflusses der Entschädigungszahlung noch ein Wohnsitz vorlag und somit die unbeschränkte Steuerpflicht der Eheleute in Deutschland aufgrund dieses Merkmals gegeben ist. **209**

Der zweite Schwerpunkt des Übungsfalles betrifft den Einbezug nachträglicher Einkünfte aus nichtselbstständiger Arbeit in den Katalog des § 49 EStG. Dabei ist herauszuarbeiten, dass Abfindungsleistungen nicht mehr mit Bezug auf die vorangegangene ausgeübte Tätigkeit gezahlt werden, sondern für den Verlust des Arbeitsplatzes. Ein solches Verständnis von der Einordnung der Abfindungszahlung erklärt, warum neben der Regelung in § 49 Abs. 1 Nr. 4 lit. a EStG eine ausdrückliche Erfassung der Entschädigung in § 49 Abs. 1 Nr. 4 lit. d EStG enthalten ist.

Gliederung

I. Unbeschränkte Steuerpflicht **210**
- 1. Natürliche Person
- 2. Inland
- 3. Wohnsitz, § 8 AO
  - a) Wohnung
  - b) Beibehaltung und Benutzung
- 4. Gewöhnlicher Aufenthalt
  - a) Begründung des gewöhnlichen Aufenthalts
  - b) Beendigung des gewöhnlichen Aufenthalts
- 5. Zwischenergebnis

II. Beschränkte Steuerpflicht, §§ 1 Abs. 4, 49 EStG
- 1. Natürliche Person ohne Wohnsitz oder gewöhnlichen Aufenthalt im Inland
- 2. Inländische Einkünfte, § 49 Abs. 1 Nr. 4 lit. a EStG
  - a) Einkünfte aus nichtselbstständiger Tätigkeit (§ 19 EStG)
  - b) Im Inland ausgeübt worden ist
- 3. Inländische Einkünfte, § 49 Abs. 1 Nr. 4 lit. d EStG
  - a) Einkünfte aus nichtselbstständiger Tätigkeit (§ 19 EStG)
  - b) Entschädigung iSv § 24 Nr. 1 EStG
  - c) Steuerpflicht früherer Einkünfte
- 4. Zwischenergebnis

III. Ergebnis

Lösung

I. Unbeschränkte Steuerpflicht, § 1 Abs. 1 EStG

211 Damit die Aussage Toni Strickes zutrifft, dürften die Eheleute bzw. die Ehefrau im Zeitpunkt des Zuflusses der Entschädigung nicht unbeschränkt steuerpflichtig sein. Bei der Untersuchung der unbeschränkten Steuerpflicht natürlicher Personen ist auch bei Ehegatten eigentlich auf jede Person isoliert abzustellen. Dies gilt insbesondere für das Vorliegen des Wohnsitzes.[1] Im vorliegenden Fall haben sich die Ehegatten jedoch gemeinsam bewegt. Darüber hinaus erzielte Toni Stricker keine Einkünfte. Insofern kann für die Frage der unbeschränkten Steuerpflicht auf die Ehegatten oder nur die Ehefrau synonym abgestellt werden.

Natürliche Personen, die im Inland einen Wohnsitz oder ihren gewöhnlichen Aufenthalt haben, sind unbeschränkt einkommensteuerpflichtig § 1 Abs. 1 S. 1 EStG.

1. Natürliche Person

212 Die Eheleute sind natürliche Personen als lebende Menschen in ihrer jeweiligen Rolle als Rechtssubjekte, dh als Träger von Rechten und Pflichten.

2. Inland

213 Das einkommensteuerrechtliche Inland ergibt sich aus § 1 Abs. 1 S. 2 EStG. Zum Inland im Sinne des Einkommensteuergesetzes gehört auch der der Bundesrepublik Deutschland zustehende Anteil am Festlandsockel, soweit dort Naturschätze des Meeresgrundes und des Meeresuntergrundes erforscht oder ausgebeutet werden oder dieser der Energieerzeugung unter Nutzung erneuerbarer Energien dient. Zum Inland gehört mithin in jedem Fall das Gebiet der Bundesrepublik Deutschland, abgegrenzt nach den hoheitlichen Grenzen.[2] Die Stadt Frankfurt am Main befindet sich innerhalb der hoheitlichen Grenzen der Bundesrepublik Deutschland. Somit ist auch die Voraussetzung des Inlands erfüllt.

3. Wohnsitz, § 8 AO

214 Die Eheleute müssten im Inland einen Wohnsitz haben. Der Begriff des Wohnsitzes ergibt sich § 8 AO. Danach hat jemand einen Wohnsitz dort, wo er eine Wohnung unter Umständen innehat, die darauf schließen lassen, dass er die Wohnung beibehalten und benutzen wird.

---

1 AEAO zu § 8 – Wohnsitz, Nr. 1.
2 *Gosch*, in: *Kirchhof* (Hrsg.), EStG, § 1 Rn 6.

a) Wohnung

Mit Wohnung sind die objektiv zum Wohnen geeigneten Wohnräume gemeint; es genügt eine bescheidene Bleibe, dh nicht erforderlich ist zB eine abgeschlossene Wohnung mit Küche und separater Waschgelegenheit iSd Bewertungsrechts.[3] Die Mietwohnung im Stadtteil Sachsenhausen ist ohne Zweifel eine zum Wohnen geeignete Räumlichkeit, so dass eine Wohnung im Sinne von § 8 AO vorliegt.

b) Beibehaltung und Benutzung

§ 8 AO erfordert das Innehaben einer Wohnung unter „Umständen, die darauf schließen lassen", dass der Inhaber „die Wohnung beibehalten und benutzen wird". Entscheidend dafür sind die tatsächlichen Gegebenheiten. Subjektive Elemente, wie zB der Wille des Steuerpflichtigen können nur insoweit berücksichtigt werden, als sie sich objektiv nach außen hin erkennbar gezeigt haben. Anhaltspunkte für oder gegen eine Fortdauer der Benutzung können sich aus der Einrichtung der Wohnung, der beruflichen Situation des Steuerpflichtigen einerseits, einem neuen Arbeitsverhältnis andererseits und aus seinen persönlichen Bindungen zum bisherigen Wohnort ergeben, genauso wie die Kündigung und Auflösung einer Mietwohnung in der Regel für eine Aufgabe der Wohnung sprechen wird.[4] Die berufliche Situation Sophie Strickers änderte sich dergestalt, dass das Arbeitsverhältnis in Deutschland zum 30. Juni 2015 aufgehoben wurde und sie am 1. August 2015 ihre alte Beschäftigung in Liechtenstein wieder aufnahm. Toni Stricker war etwa zum gleichen Zeitpunkt als ehrenamtlicher Mitarbeiter für die Bergwacht in Liechtenstein tätig. Persönliche Bindungen zu dem Wohnort in Frankfurt lassen sich nicht erkennen. Vielmehr treten entgegengesetzte Umstände durch den Einzug in die elterliche Einliegerwohnung in Vaduz zum Vorschein und sprechen für familiäre Bindungen in Liechtenstein. Als weiteres Indiz für die Aufgabe des Wohnsitzes in Deutschland kann die sofortige Anmeldung der Eheleute Stricker in Liechtenstein am 28. Juni 2015 angesehen werden. Bei einer Gesamtschau aller Umstände ist mithin davon auszugehen, dass die Eheleute Stricker den Wohnsitz bereits Ende Juni 2015 aufgegeben haben. Sie verließen die Wohnung in der Absicht, nicht mehr nach Deutschland – dauerhaft – zurückzukehren, was objektiv erkennbar war. Somit sollten die Ehegatten Ende Juni 2015 die Wohnung in Frankfurt am Main aufgegeben haben. **215**

Andererseits genügt als weitere Benutzung jede zu einem Innehaben führende Benutzungsform, das gilt insbesondere für die Nutzung der Wohnung durch Angehörige.[5] Das Merkmal „Innehaben" bedeutet das Bestehen einer tatsächlichen Verfügungsmöglichkeit, verbunden mit einer nicht nur vorübergehenden Benutzung.[6] Das Innehaben einer Wohnung kann auch in der Weise erfolgen, dass die Wohnung durch Angehörige benutzt wird.[7] Hieraus wird das Institut des Familienwohnsitzes hergeleitet. Dieses gilt im Grundsatz auch im Verhältnis zwischen Eltern und Kindern. Minderjährige Kinder **216**

3 AEAO zu § 8 – Wohnsitz, Nr. 3.
4 *Buciek*, in: *Beermann/Gosch* (Hrsg.), AO/FGO, § 8 AO Rn 38.
5 *Buciek*, in: *Beermann/Gosch* (Hrsg.), AO/FGO, § 8 AO Rn 41.
6 AEAO zu § 8 – Wohnsitz, Nr. 4.
7 Z.B. BFH-Urteil v. 29.10.1959, Az.: IV 129/58 S, BStBl. III 1960, 61.

teilen hiernach grundsätzlich, nicht aber immer den Wohnsitz der Eltern.[8] Zu beachten ist dabei auch, dass für Kinder in auswärtiger Ausbildung jedenfalls bei nur kurzfristiger auswärtiger Unterbringung der Wohnsitz in der elterlichen Wohnung nicht aufgegeben wird. Im vorliegenden Fall haben die Eheleute den Wohnsitz in Frankfurt am Main Ende Juni 2015 aufgegeben. Diese Aufgabe steht der Annahme eines Familienwohnsitzes entgegen. Für den minderjährigen Sohn ist zu vermuten, dass er seinen (ersten) Wohnsitz bei seinen Eltern in Liechtenstein begründet hat. Ob und in wieweit die Wohnung in Frankfurt am Main für den Sohn wohnsitzbegründend ist, braucht hier nicht weiter untersucht zu werden.

Somit liegen keine Umstände, die auf Beibehaltung und Benutzung der Wohnung hindeuten. Die Eheleute verfügen somit ab Ende Juni 2015 nicht mehr über eine Wohnung im Inland.

4. Gewöhnlicher Aufenthalt

217 Die Eheleute könnten ihren gewöhnlichen Aufenthalt in Deutschland haben. Nach der Grundregel hat jemand den gewöhnlichen Aufenthalt dort, wo er sich uU aufhält, die erkennen lassen, dass an diesem Ort oder in diesem Gebiet nicht nur vorübergehend verweilt, § 9 S. 1 AO.

a) Begründung des gewöhnlichen Aufenthalts

218 Der gewöhnliche Aufenthalt entsteht dort, wo sich jemand aufhält. Es ist mithin die tatsächliche Anwesenheit der betreffenden Person erforderlich. Bis Ende Juni 2015 war die tatsächliche Anwesenheit der Eheleute im Inland unzweifelhaft gegeben; bis dahin hatten die Eheleute somit ihren gewöhnlichen Aufenthalt im Inland.

b) Beendigung des gewöhnlichen Aufenthalts

219 Der einmal begründete gewöhnliche Aufenthalt wird regelmäßig dadurch beendet, dass an anderer Stelle ein neuer gewöhnlicher Aufenthalt begründet wird. Die Eheleute sind Ende Juni/Anfang Juli 2015 nach Liechtenstein gezogen. Die äußeren Umstände lassen erkennen, dass sie sich dort nicht nur vorübergehend aufhalten werden. Somit haben sie in dieser Zeit in Vaduz einen neuen gewöhnlichen Aufenthalt begründet und mithin ihren gewöhnlichen Aufenthalt im Inland aufgegeben.

5. Zwischenergebnis

220 Mangels Wohnsitz und/oder gewöhnlichen Aufenthalts sind die Eheleute Stricker in Deutschland nicht unbeschränkt steuerpflichtig.

8 BFH-Urteil v. 27.8.2010, Az.: III B 30/09, BFH/NV 2010, 2272.

II. Beschränkte Steuerpflicht, §§ 1 Abs. 4, 49 EStG

Sophie Stricker könnte mit der Entschädigungszahlung beschränkt steuerpflichtig sein. Natürliche Personen, die im Inland weder einen Wohnsitz noch ihren gewöhnlichen Aufenthalt haben, sind beschränkt einkommensteuerpflichtig, wenn sie inländische Einkünfte im Sinne des § 49 EStG haben, § 1 Abs. 4 EStG. **221**

1. Natürliche Person ohne Wohnsitz oder gewöhnlichen Aufenthalt im Inland

Sophie Stricker ist eine natürliche Person, die weder einen Wohnsitz noch ihren gewöhnlichen Aufenthalt im Inland hat (vgl. Lösung unter I. 1., 2., 3. und 4).

2. Inländische Einkünfte, § 49 Abs. 1 Nr. 4 lit. a EStG

Die Entschädigungszahlung könnte zu den Einkünften im Sinne von § 49 Abs. 1 Nr. 4 lit. a EStG gehören. Danach sind inländische Einkünfte im Sinne der beschränkten Steuerpflicht Einkünfte aus nichtselbstständiger Arbeit (§ 19 EStG), die im Inland ausgeübt oder verwertet wird oder worden ist. **222**

Gemäß § 19 Abs. 1 S. 1 EStG gehören zu den Einkünften aus nichtselbstständiger Arbeit Gehälter, Löhne, Gratifikationen, Tantiemen und andere Bezüge und Vorteile für eine Beschäftigung im öffentlichen oder privaten Dienst. Es ist gleichgültig, ob es sich um laufende oder um einmalige Bezüge handelt und ob ein Rechtsanspruch auf sie besteht, § 19 Abs. 1 S. 2 EStG. Bei der Entschädigungszahlung gehört es sich zweifelsohne um Vorteile aus dem privaten Beschäftigungsverhältnis zwischen Sophie Stricker und der GmbH. Somit liegen Einkünfte aus nichtselbstständiger Tätigkeit vor.

Des Weiteren müsste die nichtselbstständige Arbeit im Inland ausgeübt werden oder worden sein. Ausüben im Sinne des § 49 Abs. 1 Nr. 4 EStG setzt ein persönliches Tätigwerden des Arbeitnehmers im Inland voraus; dieses kann aktiver oder passiver Natur sein. Entlassungsabfindungen werden gezahlt zur Entschädigung für den Verlust des Arbeitsplatzes und des damit einhergehenden Verlustes künftigen Arbeitsverdienstes.[9] Sie sind daher Einkünfte aus dem Arbeitsverhältnis als solche.[10] Eine formale Beziehung zu früher oder gegenwärtig ausgeübten Tätigkeit im Inland besteht jedoch nicht, denn Entlassungsabfindungen werden gerade nicht für die Ausübung, sondern aufgrund der Beendigung der Tätigkeit bezahlt, sie gehören deshalb nicht zu den inländischen Einkünften im Sinne des § 49 Abs. 1 Nr. 4 lit. a EStG.[11] **223**

3. Inländische Einkünfte, § 49 Abs. 1 Nr. 4 lit. d EStG

Die Entschädigungszahlung könnte zu den inländischen Einkünften gemäß § 49 Abs. 1 Nr. 4 lit. d EStG gehören. Danach sind inländische Einkünfte im Sinne der beschränkten Steuerpflicht Einkünfte aus nichtselbstständiger Arbeit, die als Entschädigung im Sinne **224**

---

9 *Haiß*, in: *Herrmann/Heuer/Raupach* (Hrsg.), EStG/KStG, § 49 EStG Rn 735.
10 BFH-Urteil v. 17.7.1981, Az.: VI R 205/78, BStBl. II 1981, 773.
11 *Haiß*, in: *Herrmann/Heuer/Raupach* (Hrsg.), EStG/KStG, § 49 EStG Rn 735.

des § 24 Nr. 1 EStG für die Auflösung eines Dienstverhältnisses gezahlt werden, soweit die für die zuvor ausgeübte Tätigkeit bezogenen Einkünfte der inländischen Besteuerung unterlegen haben.

a) Einkünfte aus nichtselbstständiger Tätigkeit

Die Entschädigungszahlungen stellen Einkünfte aus nichtselbstständiger Arbeit dar, wie soeben positiv festgestellt wurde.

b) Entschädigung iSv § 24 Nr. 1 EStG

225 Eine legale Definition des Begriffs der Entschädigung fehlt. Die ergangene Rechtsprechung ist durch das Bemühen um die Einheitlichkeit des Entschädigungsbegriffs gekennzeichnet. Eine Entschädigung iSv § 24 Nr. 1 EStG ist nach der Rechtsprechung[12] dadurch gekennzeichnet, dass sie durch den Verlust steuerpflichtiger Einnahmen, mit denen der Steuerpflichtige rechnen konnte, unmittelbar bedingt sein und einen Schadensausgleich bewirken muss. Nach § 24 Nr. 1 lit. a EStG gehören zu den Einkünften im Sinne des § 2 Abs. 1 EStG auch Entschädigungen, die gewährt worden sind als Ersatz für entgangene oder entgehende Einnahmen. Maßgebend ist dabei der Zahlungszeitpunkt als Zeitpunkt des Zuflusses der Einnahme iSd § 11 Abs. 1 S. 3 iVm § 38a Abs. 1 S. 3 EStG.[13] Entscheidendes Kriterium für die Annahme einer Entschädigung ist, die dieser zugrunde liegenden Umstände zu den einen Einnahmeausfall verursachenden außergewöhnlichen Vorgängen gehören, die über den Rahmen der für die jeweilige Einkunftsart typischen Geschehnisse hinausgehen.[14] Entscheidend ist, dass das schadenstiftende Ereignis vom Steuerpflichtigen nicht aus eigenem Antrieb herbeigeführt worden sein darf.[15]

Wegen verschiedener Auseinandersetzungen, die aus der Sphäre der Arbeitgeberin herrührten, drängte diese Sophie Stricker zur vorzeitigen Aufhebung des Arbeitsverhältnisses. Damit wurzelt das schadenstiftende Ereignis im Bereich der Arbeitgeberin. Auch wurde die Entschädigung für die vorzeitige Beendigung des Dienstverhältnisses gewährt, so dass die beiden Ereignisse kausal miteinander verbunden sind.[16] Somit liegt eine Entschädigungszahlung vor.

c) Steuerpflicht früherer Einkünfte

226 Die für die zuvor ausgeübte Tätigkeit bezogenen Einkünfte müssten der inländischen Besteuerung unterlegen haben. Dafür ist allein maßgeblich, ob die Einnahmen für die vorangegangene nichtselbstständige Tätigkeit nach den inländischen Besteuerungs-

---

12 BFH-Urteil v. 25.03.1975, Az.: VIII R 183/73, BStBl. II 1975, 634; BFH-Urteil v. 13.2.1987, Az.: VI R 230/83, BStBl. II 187, 386; BFH-Urteil v. 1.7.2004, Az.: IV R 23/02, BStBl. II 2004, 876.

13 Durch den Zusatz „für die Auflösung eines Dienstverhältnisses" sollen wohl im Ergebnis nur Entschädigungen iSd § 24 Abs. 1 Nr. 1 lit. a EStG erfasst werden; *Wied*, in: *Blümich* (Hrsg.), EStG/KStG/GewStG, § 49 EStG Rn 168.

14 BFH-Urteil v. 27.11.1991, Az.: X R 10/91, BFH/NV 1992, 455; BFH-Urteil v. 4.9.2002, Az.: VIII R 64/01, BStBl. II 2003, 177.

15 BFH-Urteil v. 14.2.1984, VIII R 126/82, BStBl. II 1984, 580.

16 Weiterführend *Stuhrmann*, in: *Blümich* (Hrsg.), EStG/KStG/GewStG, § 24 EStG Rn 35.

grundsätzen der Steuerpflicht unterlegen haben. Davon kann im vorliegenden Sachverhalt ausgegangen werden, denn Sophie Stricker war bis zur Aufgabe des Wohnsitzes Ende Juni 2011 in Deutschland unbeschränkt steuerpflichtig.

4. Zwischenergebnis

Sophie Stricker ist mit der Entschädigungszahlung in Deutschland beschränkt steuerpflichtig gemäß § 49 Abs. 1 Nr. 4 lit. d EStG. **227**

III. Ergebnis

Die Aussage Toni Strickers ist nicht zutreffend. Zwar ist die Entschädigungszahlung **228**
Sophie Stricker zu einem Zeitpunkt zugeflossen, zu dem sie nicht unbeschränkt steuer nkten Steuerpflicht. In diesem Zusammenhang ist noch auf die Vorschrift § 2 Abs. 7 S. 3 EStG hinzuweisen: Besteht während eines Kalenderjahres sowohl unbeschränkte als auch beschränkte Einkommensteuerpflicht, so sind die während der beschränkten Einkommensteuerpflicht erzielten inländischen Einkünfte (Entschädigungszahlung) in eine Veranlagung zur unbeschränkten Einkommensteuerpflicht einzubeziehen.

II. Körperschaftsteuer

Fall 3

Die inländische Ltd.

Schwerpunkte: Unbeschränkte Steuerpflicht einer ausländischen Kapitalgesellschaft aufgrund inländischer Geschäftsleitung, Rechtstypenvergleich (LB § 2 Rn 153–176)

229 Ben Kalmen ist alleiniger Gesellschafter und Geschäftsleiter einer Gesellschaft im Staat X in der Rechtsform einer Ltd. Das Kapital der Gesellschaft beträgt € 50 000,00; dieses ist seit Gründung der Gesellschaft unverändert geblieben. Die Gesellschaft hat die Erbringung von Finanzdienstleitungen aller Art zum Unternehmensgegenstand. Ben Kalmen hatte die Gesellschaft am 1. Januar 2000 gegründet. Nach dem Gesellschaftsrecht im Staat X ist eine Ltd. ein Rechtssubjekt. Rechtsfähigkeit erlangt die Ltd. mit Eintragung in das zuständige Gesellschaftsregister. Dafür ist erforderlich, dass die Gesellschafter zuvor das in den Gesellschaftsstatuten versprochene Kapital auf ein Treuhandkonto beim Gesellschaftsregister eingezahlt haben. Alternativ besteht die Möglichkeit, gegenüber der zu errichtenden Ltd. Dienstleistungen im Wert des aufzubringenden Kapitals zu versprechen, wovon Ben Kalmen jedoch keinen Gebrauch gemacht hat. Die Geschäftsanteile sind frei – ohne Zustimmung etwaiger anderer Gesellschafter – übertragbar; die Rechtssubjektivität der Gesellschaft wird dadurch nicht beeinträchtigt. Handlungsfähig ist die Gesellschaft ausschließlich durch ihre Geschäftsleiter; dieses können nur natürliche Personen sein, die darüber hinaus von der Gesellschaft nicht im Rahmen eines Dienstverhältnisses beschäftigt werden dürfen. Der Gewinn der Gesellschaft gebührt dieser allein und kann nur im Rahmen von Gewinnausschüttungen an die Gesellschafter ausgekehrt werden. Die Ltd. haftet unbeschränkt mit ihrem Vermögen; die Haftung der Gesellschafter ist ausgeschlossen, soweit sie ihre versprochene Einlage geleistet haben. Das Vermögen der Gesellschaft kann nur im Rahmen der Auflösung der Gesellschaft an die Gesellschafter ausgekehrt werden.

Für steuerrechtliche Zwecke wird die Ltd. im Staat X wie eine Personengesellschaft behandelt. Die Besteuerung von Personengesellschaften im Staat X entspricht dem deutschen Transparenzprinzip und Mitunternehmerkonzept.

Nachdem Ben Kalmen in 2009 einen Urlaub am Bodensee gemacht hatte, beschloss er dauerhaft nach Konstanz zu ziehen, weil ihm Land und Leute sehr gut gefallen haben. Er kaufte sich daher in Konstanz eine Eigentumswohnung. Der Sitz der Ltd. blieb im Staat X. Auch die Büroräume der Ltd. wurden im Staat X beibehalten. Die Geschäfte der Ltd. führte Ben Kalmen fortan aus seiner Wohnung am Bodensee heraus. Für seine gesellschaftsrechtlichen Verpflichtungen als Geschäftsleiter (zB Feststellung des Jahresabschlusses) begibt sich Ben Kalmen regelmäßig in Staat X und fertigt diese Arbeiten in den Büroräumen der Gesellschaft an.

Prüfen Sie, ob die Ltd. in Deutschland unbeschränkt steuerpflichtig ist.

Hinweise:

Zwischen dem Staat X und Deutschland besteht kein DBA.

Vorüberlegungen

Vorliegender Übungsfall behandelt zwei Schwerpunkte. Zum einen geht es um die Einordnung eines ausländischen Rechtsgebildes als Körperschaftssteuersubjekt oder als Personengesellschaft. Dafür ist der sogenannte Typenvergleich nach steuerrechtlichen Grundsätzen durchzuführen. Die Bedeutung ergibt sich aus dem steuerrechtlichen Zuzug der ausländischen Gesellschaft durch die Verlegung der Geschäftsleitung ins Inland. Während in zivilrechtlicher Hinsicht bei Zuzug einer ausländischen Kapitalgesellschaft aus einem Drittstaat die sogenannte Sitztheorie Anwendung findet, so dass die Körperschaft im Inland nur als Personengesellschaft weiter bestehen kann, hat sich das Steuerrecht für den Zuzug einer ausländischen Kapitalgesellschaft von der Sitztheorie gelöst. Der Gesetzgeber geht davon aus, dass dem Typenvergleich das Gründungsstatut des ausländischen Staates ohne Modifikationen aufgrund der Sitztheorie zugrunde zu legen ist. Nicht ausschlaggebend ist, wie in der ausländischen Jurisdiktion die Gesellschaft eingeordnet wird. Ist das Ergebnis des Typenvergleichs, dass nach deutschem Recht eine Körperschaft vorliegt, wird sie für Zwecke des deutschen Steuerrechts auch so behandelt, auch wenn das ausländische Steuerrecht die Gesellschaft als Personengesellschaft ansieht. Insoweit kommt dem ausländischen Recht keine Bedeutung zu. **230**

Der zweite Schwerpunkt im vorliegenden Übungsfall behandelt den Ort der Geschäftsleitung. § 10 AO bestimmt diesen als Mittelpunkt der geschäftlichen Oberleitung. Es kommt mithin darauf an, wo die Geschäfte von einiger Wichtigkeit getroffen werden – regelmäßig ist davon das Tagesgeschäft erfasst. Gerade für eine ausländische Gesellschaft kann der Ort der Geschäftsleitung auch in den Wohnräumen des inländischen Gesellschafters oder Geschäftsführers liegen. Auch wenn der Geschäftsführer hier im Staat X noch den gesellschaftsrechtlichen Pflichten seiner Stellung als Organ der Gesellschaft nachkommt, wird dies keinen Einfluss auf den Ort der Geschäftsleitung in Deutschland haben.

Gliederung

I. Unbeschränkte Steuerpflicht, § 1 Abs. 1 Nr. 1 KStG **231**
1. Kapitalgesellschaften
2. Typenvergleich
   a) Geschäftsführung
   b) Eigenkapitalaufbringung
   c) Haftung
   d) Organisation
   e) Übertragbarkeit der Anteile
   f) Gewinn und Vermögen der Gesellschaft
3. Zwischenergebnis
4. Geschäftsleitung/Sitz
   a) Geschäftsleitung, § 10 AO
   b) Sitz, § 11 AO
5. Inland

II. Ergebnis

Lösung

I. Unbeschränkte Steuerpflicht, § 1 Abs. 1 Nr. KStG

232 Die Ltd. könnte unbeschränkt körperschaftsteuerpflichtig sein. Unbeschränkt körperschaftsteuerpflichtig sind nach § 1 Abs. 1 Nr. 1 KStG folgende Körperschaften, Personenvereinigungen und Vermögensmassen, die ihre Geschäftsleitung oder ihren Sitz im Inland haben: Kapitalgesellschaften (insbesondere europäische Gesellschaften, Aktiengesellschaften, Kommanditgesellschaften auf Aktien, Gesellschaften mit beschränkter Haftung).

1. Kapitalgesellschaften

233 Die Ltd. könnte eine Kapitalgesellschaft in diesem Sinne sein. Ursprünglich waren nur die Aktiengesellschaft, die Kommanditgesellschaft auf Aktien und die Gesellschaft mit beschränkter Haftung Kapitalgesellschaften im Sinne von § 1 Abs. 1 Nr. 1 KStG; dieser Katalog war eine Legaldefinition der Kapitalgesellschaft im steuerrechtlichen Sinn. Durch das Gesetz vom 7.12.2006[1] ist der Gesetzeswortlaut in § 1 Abs. 1 Nr. 1 KStG durch die Einfügung des Wortes „insbesondere" vor den Katalog der Kapitalgesellschaften erweitert worden. Damit gibt der Gesetzgeber zum Ausdruck, die aufgezählten Kapitalgesellschaftsformen nur noch als Beispiele anzusehen und dem Katalog einen nicht abschließenden Charakter zu verleihen. Da aber weiterhin sämtliche nach deutschem Recht mögliche Formen der Kapitalgesellschaft aufgezählt sind, kann die Erweiterung nur bedeuten, dass auch Rechtsformgebilde anderer Staaten Kapitalgesellschaften im steuerrechtlichen Sinn sein können. Diese Auslegung des Gesetzes entspricht auch der Gesetzesbegründung[2], nach der die Erweiterung des Begriffs der „Kapitalgesellschaften" die Gesellschaftsformen aller Staaten erfassen soll. In zivilrechtlicher Hinsicht kommt nach wie vor die sogenannte Sitztheorie zur Anwendung. Unter Rückgriff auf das internationale Privatrecht (Gesellschaftsstatut) gilt bei einem Zuzug nach Deutschland Folgendes: Verlegt eine nach ausländischem Recht errichtete Kapitalgesellschaft ihren Verwaltungssitz (Ort der Geschäftsleitung) nach Deutschland, büßt die ausländische Kapitalgesellschaft ihre Rechtsfähigkeit ein, weil die Rechtsfähigkeit nach deutschem Recht einer Eintragung in das Handelsregister erfordert, was für Gesellschaften ausländischen Rechts ausgeschlossen ist. Nach Verlegung des Verwaltungssitzes nach Deutschland kann die ausländische Gesellschaft daher nur als nichtrechtsfähige Personengesellschaft angesehen werden.[3]

234 Für steuerrechtliche Zwecke ergibt sich hingegen für die unbeschränkte Steuerpflicht, dass – wie dargelegt – auch ausländische juristische Personen mit statutarischem Sitz im Ausland bei Unterhalten des Ortes ihrer Geschäftsleitung im Inland unbeschränkt steuerpflichtig sein können. Aufgrund der wohl häufig vorliegenden unterschiedlichen

1 Gesetz über steuerliche Begleitmaßnahmen zur Einführung der Europäischen Gesellschaft und zur Änderung weiterer steuerrechtlicher Vorschriften, BStBl. I 2007, 4.
2 BT-Drs. 16/2710, 30.
3 BGH-Urteil v. 27.10.2008, Az.: II ZR 158/06, ZIP 2008, 2411.

Bezeichnung der in- und ausländischen Körperschaften, wie der möglichen unterschiedlichen rechtlichen Natur derartiger Körperschaften, stellt sich die Frage, nach welchem Recht zu beurteilen ist, ob das Rechtsgebilde für steuerrechtliche Zwecke eine Körperschaft entspricht oder nicht. Die Entscheidung ist grundsätzlich nach deutschem Steuerrecht zu treffen.[4] Dabei spielt es keine Rolle, wie das Rechtsgebilde und seine Gesellschafter im ausländischen Staat eingeordnet werden.[5]

Körperschaftssteuersubjekte im Sinne des iSd § 1 Abs. 1 KStG können im Grundsatz alle juristischen Personen des Privatrechts sein. Der Katalog der Körperschaftssteuersubjekte in § 1 Abs. 1 KStG ist enumerativ.[6] Ein Rechtsgebilde kann mithin nur Körperschaftssteuersubjekt in diesem Sinne sein, wenn es zu einer Gruppe im § 1 Abs. 1 KStG gehört. Das gilt im Grundsatz aber auch für ausländische Rechtsgebilde.

2. Typenvergleich

Der Typenvergleich ist nach den leitenden Gedanken des inländischen Einkommensteuer- und Körperschaftssteuerrechts zu treffen.[7] Das heißt es ist unmaßgeblich, wie die steuerliche Einordnung seitens des ausländischen Staates ist. Ob ein Rechtsgebilde mit Sitz und Geschäftsleitung im Ausland rechtsfähig ist, richtet sich dagegen nach dem Recht des ausländischen Staates. **235**

Eine Körperschaft unterscheidet sich von einer Personengesellschaft maßgeblich dadurch, dass sie in ihrer Organisation und Struktur gegenüber ihren Gesellschaftern vollständig verselbstständigt ist, in ihrer Existenz vom Mitgliederbestand losgelöst ist, über eigene Organe und eigenes Vermögen verfügt, das vom Vermögen ihrer Mitglieder weitgehend getrennt ist.[8] Voraussetzung für die Eigenschaft als Körperschaftssteuersubjekt ist mithin, dass ausländische Rechtsgebilde eine körperschaftliche Struktur aufweist.

a) Geschäftsführung

Als erstes bedeutendes Abgrenzungskriterium ist die Geschäftsführung anzuführen. **236**
Diese muss bei bestellten Organen, dh nicht bei den Mitgliedern, liegen, die für die Gesellschaft handeln.

Die Ltd. kann nur durch ihre Geschäftsleiter (Geschäftsführer) geführt werden. Gleiches folgt für die Vertretung der Gesellschaft, was aus der genannten Handlungsfähigkeit führt. Unmaßgeblich für die insoweit vergleichbare Organstellung des Geschäftsleiters ist das Verbot einer gleichzeitigen Anstellung im Rahmen eines Dienstverhältnisses. Denn auch nach inländischem Recht sind Organstellung eines Geschäftsführers und ein

---

4 Vgl. die sog. Venezuela-Entscheidung des RFH v. 12.2.1930, Az.: VI A 899, 27, RStBl. 1930, 444; BFH-Urteil v. 17.7.1968, Az.: I 121/64, BStBl. II 1968, 695; BFH-Urteil v. 3.2.1988, Az.: I R 134/84, BStBl. II 1988, 588.

5 *Altendorf*, in: *Herrmann/Heuer/Raupach* (Hrsg.), EStG/KStG, § 1 KStG Rn 26.

6 BFH-Urteil v. 19.8.1958, Az.: I 78/58 U, BStBl. III 1958, 468; Urteil v. 25.6.1984, Az.: GrS 4/82, BStBl. 1984, 751.

7 BFH-Urteil v. 20.8.2008, Az.: I R 34/08, BStBl. II 2009, 263; BMF-Schreiben v. 19.3.2004, Az.: IV B 4 – S 1301 USA – 22/04, BStBl. I 2004, 411.

8 BFH-Urteil v. 8.2.1995, I R 73/94, BStBl. II 1995, 552; *Altendorf*, in: *Herrmann/Heuer/Raupach* (Hrsg.), EStG/KStG, § 1 KStG Rn 27.

etwaiges Dienstverhältnis mit der Gesellschaft vollständig voneinander getrennt. Somit ist die Ltd. insoweit mit einer deutschen Kapitalgesellschaft vergleichbar.

b) Eigenkapitalaufbringung

237 Ein weiteres Kriterium für die Vergleichbarkeit mit einer deutschen Körperschaft liegt in der Notwendigkeit der Eigenkapitalaufbringung. Eine inländische Körperschaft erfordert ein Stammkapital (zB § 3 Abs. 1 Nr. 3 iVm § 5 GmbHG). Dieses muss zur freien Verfügung der Geschäftsführer bei Gründung einbezahlt sein. Gleiches ist nach dem Sachverhalt für die Ltd. erforderlich. Die Möglichkeit, das erforderliche Eigenkapital auch durch Dienstleistungen erbringen zu können, lässt zwar indiziell den Schluss zu, dass es sich um eine Personengesellschaft handelt, vermag jedoch allein nicht die Qualifikation als Körperschaftssteuersubjekt zu verhindern. Vor einer Entscheidung sind mithin die weiteren Kriterien zu prüfen.

c) Haftung

238 Für die Einordnung als Körperschaft spricht, wenn die Haftung auf das Gesellschaftsvermögen beschränkt ist. Nach den Angaben im Sachverhalt haftet die Ltd. unbeschränkt mit ihrem Gesellschaftsvermögen, jedoch ist die Haftung der Gesellschafter ausgeschlossen, soweit sie ihre versprochene Einlage geleistet haben. Die Ausgestaltung der Haftung spricht somit für die Einordnung als Körperschaft.

d) Organisation

239 Die Ltd. muss sich als Organisation von der Gesamtheit der Mitglieder unterscheiden. Sie muss mithin im Geschäftsleben selbstständig als Person auftreten und darf nicht als Zusammenschluss der Gesellschafter angesehen werden.

Nachdem Gesellschaftsrecht im Staat X ist eine Ltd. ein Rechtssubjekt, welches mit Eintragung in das Gesellschaftsregister Rechtsfähigkeit erlangt. Des Weiteren ist die Rechtssubjektivität der Gesellschaft unabhängig vom Gesellschafterbestand. Somit unterscheidet sich die Organisation der Ltd. von der Gesamtheit der Mitglieder (Gesellschafter).

e) Übertragbarkeit der Anteile

240 Weiteres Abgrenzungskriterium ist die freie Übertragbarkeit der Anteile. Bei einer inländischen Körperschaft ist dieses regelmäßig der Fall, soweit nicht durch eine besondere Vereinbarung (zB Vinkulierung) die freie Übertragbarkeit eingeschränkt ist. Hierfür lässt sich dem Sachverhalt die Aussage entnehmen, dass die Geschäftsanteile an der Ltd. frei und ohne Zustimmung etwaiger anderer Gesellschafter übertragen werden können. Somit ist auch diese Voraussetzung für die Einordnung als Körperschaft gegeben.

f) Gewinn und Vermögen der Gesellschaft

241 Für eine Beurteilung als Körperschaft spricht weiter, wenn die Gesellschaft über ein eigenes Vermögen verfügt, das vom Vermögen ihrer Mitglieder weitgehend getrennt ist.

Zu dieser Voraussetzung gehört auch, dass ein Gewinn oder Verlust aus der wirtschaftlichen Tätigkeit der Gesellschaft zunächst diese selbst trifft; an einem etwaigen Gewinn dürfen die Gesellschafter lediglich durch eine Ausschüttung partizipieren. Insoweit gibt der Sachverhalt vor, dass der Ltd. ein Gewinn alleine gebührt und dieser nur im Rahmen von Gewinnausschüttungen an die Gesellschafter ausgekehrt werden kann. Daraus darf geschlussfolgert werden, dass ein möglicher Verlust auch zunächst nur das Vermögen der Gesellschaft trifft. Aus der weiteren Angabe, dass das Vermögen der Gesellschaft nur im Rahmen einer Auflösung der Gesellschaft an die Gesellschafter zurückgewährt werden darf, ergibt sich die Trennung des Vermögens der Gesellschaft von dem Vermögen des Gesellschafters. Somit sprechen auch die Behandlung von Gewinn und Vermögen der Gesellschaft für eine Körperschaft.

3. Zwischenergebnis

Die Merkmale Geschäftsführung, Haftung, Organisation, Übertragbarkeit der Anteile **242** und Gewinn und Vermögen der Gesellschaft lassen unschwer eine Einordnung der Ltd. als Körperschaft nach deutschen Grundsätzen zu. Lediglich bei der Frage der Eigenkapitalaufbringung besteht ein Indiz für die Annahme einer Personengesellschaft. Da aber nicht alle ausländischen Gründungsvoraussetzungen mit denen im deutschen Recht übereinstimmen müssen, kann diesem Indiz nicht so viel Gewicht beigemessen werden, dass insgesamt eine Einordnung als Personengesellschaft für steuerliche Zwecke im Inland erfolgen kann. Mithin ergibt der Typenvergleich, dass die Ltd. für steuerrechtliche Zwecke eine Körperschaft im Sinne von § 1 Abs. 1 Nr. KStG ist.

4. Geschäftsleitung Sitz

Die Ltd. müsste ihre Geschäftsleitung oder ihren Sitz im Inland haben, um unbeschränkt **243** körperschaftsteuerpflichtig zu sein.

a) Geschäftsleitung, § 10 AO

Gemäß § 10 AO ist Geschäftsleitung der Mittelpunkt der geschäftlichen Oberleitung. Der Mittelpunkt der geschäftlichen Oberleitung ist dort, wo der für die Geschäftsführung maßgebliche Wille gebildet wird, dh wo (dauernd) die für die Geschäftsführung notwendigen Maßnahmen von einiger Wichtigkeit getroffen bzw. angeordnet werden. Bei Körperschaften ist das der Ort, an dem die zur Vertretung befugten Personen die ihnen obliegende Geschäftsführertätigkeit entfalten und wo die sog. Tagesgeschäfte vorgenommen werden.[9] Es kommt darauf an, in welchem Ort die Leitung des Unternehmens tatsächlich ausgeübt wird. Der Mittelpunkt der geschäftlichen Oberleitung beurteilt sich mithin nach den im Einzelfall gegebenen tatsächlichen Verhältnissen, ist also Tatfrage. Meistens wird das Büro der geschäftsleitenden Personen der Ort der Geschäftsleitung sein. Das Vorhandensein eigener Büroräume oder einer sonstigen „festen Einrichtung“

---

9 BFH-Urteil v. 23.1.1991, Az.: I R 22/90, BStBl. II 1991, 554; BFH- Beschluss v. 3.4.2008, Az.: I B 77/07, BFH/NV 2008, 1445.

des Unternehmens ist jedoch nicht erforderlich.[10] Genauso wenig ist der Geschäftsleiter aber auch gezwungen, vorhandene Büroräume tatsächlich zu nutzen. So kann sich der Ort der Geschäftsleitung einer Kapitalgesellschaft zB auch in der Wohnung des Geschäftsführers oder eines Dritten befinden.[11] Notwendig ist nur, dass der Geschäftsleiter über die Örtlichkeit eine Form der Verfügungsmacht hat. Im vorliegenden Fall führt Ben Kalmen die Geschäfte der Ltd. aus seiner Eigentumswohnung in Konstanz. Somit befindet sich dort der Ort der Geschäftsleitung iSv § 10 AO.

b) Sitz, § 11 AO

244 Den Sitz hat eine Körperschaft, Personenvereinigung oder Vermögensmasse an dem Ort, der durch Gesetz, Gesellschaftsvertrag, Satzung, Stiftungsgeschäft oder dergleichen bestimmt ist. Nach dem Sachverhalt befindet sich der Sitz der Ltd. im Staat X. Daran hat sich auch nach Verlegung der Geschäftsleitung nach Konstanz nichts verändert. Somit befindet sich der Sitz der Ltd. nicht im Inland.

5. Inland

245 Der Begriff des Inlands ergibt sich aus § 1 Abs. 3 KStG. Danach gehört zum Inland im Sinne des KStG auch der der Bundesrepublik Deutschland zustehende Anteil am Festlandsockel, soweit dort Naturschätze des Meeresgrundes und des Meeresuntergrundes erforscht oder ausgebeutet werden oder dieser der Energieerzeugung unter Nutzung erneuerbarer Energien dient. Somit gehört in jedem Fall das Staatsgebiet der Bundesrepublik Deutschland in seinen hoheitlichen Grenzen zum Inland. Der Ort der Geschäftsleitung der Ltd. befindet sich in Konstanz. Konstanz liegt innerhalb der hoheitlichen Grenzen der Bundesrepublik Deutschland. Gehört somit zum Inland iSv § 1 Abs. 3 KStG.

II. Ergebnis

246 Die Ltd. entspricht nach dem durchgeführten Typenvergleich einer inländischen Körperschaft und hat den Ort ihrer Geschäftsleitung im Inland. Somit ist die Ltd. in Deutschland unbeschränkt körperschaftsteuerpflichtig.

---

10 BFH-Urteil v. 16.12.1998, Az.: I R 138/97, BStBl. II 1999, 437.

11 BFH-Urteil v. 30.1.2002, Az.: I R 124/01, BFH/NV 2002, 1128; BFH-Urteil v. 16.12.1998, Az.: I R 138/97, BStBl. II 1999, 437.

B. Sachliche Steuerpflicht

Fall 4

Was kostet die Welt

Schwerpunkte: Welteinkommensprinzip, Negative ausländische Einkünfte mit Bezug zu Drittstaaten, § 2a EStG (LB § 2 Rn 183–184, 225–250)

Der Hamburger Ulf Hohlbein, seiner Heimatstadt sehr verbunden, hat es in seinem Leben gut getroffen und einen Lottogewinn eingestrichen, der es ihm ermöglicht, das Leben auf seine „süße Weise" zu führen. Daraufhin hängte Ulf Hohlbein zunächst seinen Beruf in der Dienstleistungsbranche an den Haken. Anschließend investierte Ulf Hohlbein große Teile seines Gewinns in verschiedene Anlagen, stets in der Absicht, eine möglichst hohe Rendite zu erzielen. Dafür kaufte er sich als erstes ein an verschiedene Personen vermietetes Mehrfamilienhaus in Hamburg Eppendorf. Mit Grundbesitz liebäugelte Ulf Hohlbein schon immer und außerdem hatte er gehört, dass Grundstücke in Hamburg eine sichere Wertanlage sind. Aus dieser Investition erzielt Ulf Hohlbein in 2014 Einkünfte i.H.v. € 75 000,00. Des Weiteren beteiligte sich Ulf Hohlbein zu 10% an der Cruise GbR mit Sitz und Ort der Geschäftsleitung in Hamburg. Der Cruise GbR gehört ein Kreuzfahrtschiff, eingetragen im deutschen Schiffsregister; dieses hatte die Cruise GbR in der Meyer Werft in Papenburg bauen lassen und nach Fertigstellung am 1. Januar 2014 der Ocean Carrier Ltd. in Lomé/Togo im Wege der langfristigen Vermietung überlassen. Die Ocean Carrier Ltd. stattete das Schiff mit einer Mannschaft aus und veranstaltet seit dem Kreuzfahrten im südlichen Atlantik und im Indischen Ozean. Aus der Cruise GbR erzielte Ulf Hohlbein in 2014 einen Verlust i.H.v. € 135 000,00. Dieses stimmt ihn recht mürrisch, denn seiner Vorstellung von Gewinn und Rendite entspricht ein Verlustinvestment nicht. Außerdem erwarb Ulf Hohlbein mit Wirkung zum 1. Januar 2014 ein geräumiges Appartement in der Nähe von Rio de Janeiro/Brasilien. Dieses wird zunächst ausschließlich an verschiedene Feriengäste vermietet. Obwohl sich Ulf Hohlbein vorstellen kann, die Wohnung später als Altersruhesitz zu nutzen, steht dieses jetzt nicht auf dem Plan. Vielmehr möchte Ulf Hohlbein zunächst die Anschaffungskosten im Rahmen der Vermietung „wieder reinholen". In 2014 erzielte Ulf Hohlbein aus der Vermietung Einkünfte in Höhe von € 60 000,00. 247

Ermitteln Sie die Summe der Einkünfte Ulf Hohlbeins für 2014.

Hinweise:

1. Zwischen der Republik Togo und der Bundesrepublik Deutschland besteht kein Doppelbesteuerungsabkommen.
2. Ulf Hohlbein hat im Ausland keine Steuern gezahlt.
3. Mit Brasilien besteht kein DBA.

Vorüberlegungen

248 Der Fall behandelt die einkommensteuerrechtliche Beurteilung in- und ausländischer Investitionen. Ausgangspunkt ist Ulf Hohlbein als Steuersubjekt. Ulf Hohlbein ist im Inland unbeschränkt einkommensteuerpflichtig. Mangels entgegengesetzter Angaben ist davon auszugehen, dass Ulf Hohlbein sowohl Wohnsitz als auch gewöhnlichen Aufenthalt im Inland hat. Diese Annahme kann nicht zuletzt aus den Angaben geschlossen werden, nach denen Ulf Hohlbein Hamburger ist und seiner Heimatstadt sehr verbunden gegenübersteht.

Nach der Aufgabenstellung ist verlangt, die Summe der Einkünfte iSv § 2 Abs. 3 EStG zu ermitteln. Dafür können folgende Einkünfte identifiziert werden. Inländische Einkünfte aus der Vermietung des Mehrfamilienhauses, Einkünfte aus der Vermietung des Ferienappartements in Brasilien und Einkünfte aus der inländischen – vermögensverwaltenden – Cruise GbR, die einer Reederei in Togo ein Schiff entgeltlich überlässt.

Regelmäßig ist die Summe der Einkünfte aus allen, weltweit erzielten Einkünften zusammenzusetzen, denn Ulf Hohlbein ist unbeschränkt einkommensteuerpflichtig. Für die Einkünfte aus Cruise GbR muss jedoch beachtet werden, dass es sich um negative Einkünfte (Verluste) handelt. Insoweit greift die Regelung in § 2a EStG über negative Einkünfte mit Bezug zu Drittstaaten. § 2a EStG enthält die in Abs. 1 S. 1 Nr. 1–7 abschließend aufgeführten Beschränkungen für den Verlustausgleich. Der Ausgleich negativer Einkünfte oder Wertminderungen mit Bezug zu Drittstaaten wird auf positive Einkünfte derselben Art in grundsätzlich denselben Staat beschränkt. Negative Einkünfte aus volkswirtschaftlich unerwünschten Tätigkeiten mit Drittstaatenbezug sollen das deutsche Steuersubstrat nicht mindern.

Durch den Verlustausgleich gemäß § 2 Abs. 1–3 EStG können bei der Ermittlung des Gesamtbetrags der Einkünfte positive und negative Einkünfte eines Jahres verrechnet werden. Dabei sind zuerst negative Einkünfte einer Einkunftsart mit positiven Einkünften derselben Einkunftsart auszugleichen. Dieses wird als horizontaler Verlustausgleich bezeichnet. Sodann werden die verbleibenden positiven und negativen Einkünfte verschiedene Einkunftsarten ausgeglichen. Dieses wird als vertikaler Verlustausgleich bezeichnet. § 2a Abs. 1 und 2 EStG normiert eine Durchbrechung des Welteinkommensprinzips einerseits und des Nettoprinzips andererseits. Neben dem Verbot zum Verlustausgleich zwischen positiven inländischen Einkünften und negativen ausländischen Einkünften unterliegen auch inländische negative Einkünfte, soweit sie durch in einem Drittstaat veranlassten Aufwand entstanden sind, der Verlustausgleichsbeschränkung. Dabei handelt es sich ua um negative Einkünfte aus der entgeltlichen Überlassung von Schiffen, wenn diese ausschließlich oder fast ausschließlich in Drittstaaten eingesetzt worden sind, es sei denn, es handelt sich um eine ausgerüstete Überlassung von einem Vercharterer oder um die Überlassung an nicht in Drittstaaten ansässige Ausrüster oder um eine nur vorübergehende Überlassung an in Drittstaaten ansässige Ausrüster (§ 2a Abs. 1 Nr. 6 lit. b EStG). Im Grundsatz dürfen derartige negative Einkünfte nur mit positiven Einkünften der jeweils selben Art aus demselben Staat ausgeglichen werden; letztere Einschränkung findet bei der entgeltlichen Überlassung von Schiffen jedoch keine Anwendung.

Eine Besonderheit ergibt sich aus der steuerrechtlichen Einordnung der Cruise GbR. Dabei handelt es sich um eine vermögensverwaltende Personengesellschaft. Anders als bei einer gewerblichen Personengesellschaft ist bei einer vermögensverwaltenden Personengesellschaft grundsätzlich die Bruchteilsbetrachtung gem. § 39 Abs. 2 Nr. 2 AO anzuwenden. Daraus folgt, dass Wirtschaftsgüter, die zivilrechtlich dem Gesamthandsvermögen der GbR zuzurechnen sind, für steuerliche Zwecke den Gesellschaftern entsprechend ihrer Vermögensbeteiligungsquote wie Bruchteilseigentum zuzurechnen sind. Weiter kann anders als bei einer Mitunternehmerschaft bei einer Beteiligung an einer vermögensverwaltenden Personengesellschaft nicht der Gesellschaftsanteil als Einkunftsquelle des Gesellschafters gesehen werden. So bezieht der Gesellschafter keine Einkünfte aus einer Mitunternehmerschaft. Vielmehr erzielt der Gesellschafter Einkünfte derselben Einkunftsart wie die vermögensverwaltende Personengesellschaft selbst. Danach erzielt Ulf Hohlbein aus der Überlassung des Kreuzfahrtschiffs Einkünfte aus Vermietung und Verpachtung.

Gliederung

I. Summe der Einkünfte, § 2 Abs. 3 EStG 249

1. Einkünfte aus Vermietung und Verpachtung Hamburg
2. Einkünfte aus Vermietung und Verpachtung Brasilien
3. Einkünfte aus der Cruise GbR
   - a) Qualifikation der Einkünfte
   - b) Negative Einkünfte mit Bezug zu Drittstaaten
     - aa) Einkünfte
     - bb) Entgeltliche Überlassung von Schiffen
     - cc) Einsatzort
     - dd) Ausgerüstet überlassenes Handelsschiff
     - ee) Rechtsfolge

II. Ergebnis

Lösung

I. Summe der Einkünfte, § 2 Abs. 3 EStG

250 Die Summe der Einkünfte entsteht durch Zusammenfassung der positiven und negativen Ergebnisse der einzelnen Einkunftsarten iSd § 2 Abs. 2 EStG, nachdem für jede Einkunftsart ein einziges Ergebnis ermittelt worden ist. Die Zusammenfassung bewirkt grundsätzlich einen Verlustausgleich zwischen den Einkunftsarten, der aber durch Sonderregelungen eingeschränkt sein kann. Die Summe der Einkünfte ist der bei der Zusammenrechnung dieser Einkünfte im Veranlagungsverfahren entstehende Saldo; zunächst werden negative Einkünfte einer Einkunftsart mit positiven Einkünften derselben Einkunftsart ausgeglichen, danach werden positive und negative Einkünfte verschiedener Einkunftsarten ausgeglichen, horizontaler und vertikaler Verlustausgleich.[1] Beschränkt ist die Verlustverrechnung bei Auslandseinkünften iSv § 2a EStG.

Die Begriffsbildung „Summe der Einkünfte" ist verfehlt; genauer müsste es heißen „Zwischensumme der Einkünfte", da die Einkünfteermittlung erst nach Vornahme der in § 2 Abs. 3 EStG angegebenen Abzüge sowie weiterer Zu- und Abrechnungen im „Gesamtbetrag der Einkünfte" endet.[2]

Zunächst sind die Ergebnisse der einzelnen Einkunftsarten zu ermitteln.

1. Einkünfte aus Vermietung und Verpachtung Hamburg

251 Einkünfte aus Vermietung und Verpachtung sind gemäß § 21 Abs. 1 S. 1 Nr. 1 EStG Einkünfte aus Vermietung und Verpachtung von unbeweglichem Vermögen, insbesondere von Grundstücken, Gebäuden und Gebäudeteilen. Gebäudeteile sind zB Wohnungen, Zimmer oder einzelne Räume.[3] Ulf Hohlbein vermietet an verschiedene Personen in seinem Mehrfamilienhaus in Hamburg Eppendorf Wohnungen. Daraus erzielt er Einkünfte aus dem Überschuss der Einnahmen über die Werbungskosten gemäß § 2 S. 1 Nr. 2 EStG in Höhe von € 75 000,00. Somit erzielt Ulf Hohlbein Einkünfte aus Vermietung und Verpachtung.

2. Einkünfte aus Vermietung und Verpachtung Brasilien

252 Ulf Hohlbein könnte auch aus der Vermietung des Appartements in Brasilien Einkünfte aus Vermietung und Verpachtung gemäß § 21 EStG erzielen. Dafür ist zunächst daran zu erinnern, dass natürliche Personen, die ihren Wohnsitz oder ihren gewöhnlichen Aufenthalt im Inland haben, grundsätzlich mit ihrem Welteinkommen besteuert werden (unbeschränkte Steuerpflicht). Dabei gilt § 2 Abs. 3 EStG auch für im Ausland verwirklichte Sachverhalte, soweit sich aus Wortlaut und Sinn der Einzelvorschriften nichts anderes ergibt. Die der unbeschränkten Steuerpflicht unterfallenden in- und ausländischen Ein-

1 *Kirchhof*, in: *Kirchhof* (Hrsg.), EStG, § 2 Rn 93.
2 *Zugmaier*, in: *Herrmann/Heuer/Raupach* (Hrsg.), EStG/KStG, § 2 EStG Rn 540.
3 *Mellinghoff*, in: *Kirchhof* (Hrsg.), § 21 EStG Rn 42.

künfte sind nach den Vorschriften des Einkommensteuergesetzes zu ermitteln wie auch die festzusetzende Einkommensteuer.

Wie auch in Hamburg überlässt Ulf Hohlbein an fremde Personen Gebäudeteile iSv § 21 Abs. 1 S. 1 Nr. 1 EStG. Daraus erzielt er in 2014 einen Überschuss der Einnahmen über die Werbungskosten gemäß § 2 Abs. 2 S. 1 Nr. 2 EStG iVm § 21 Abs. 1 S. 1 Nr. 1 EStG i.H.v. € 60 000,00.

3. Einkünfte aus der Cruise GbR

Für die Einkünfte aus der Cruise GbR ergeben sich in zweierlei Hinsicht Besonderheiten. Zum einen sind die Einkünfte danach zu untersuchen, ob es sich um solche aus Gewerbebetrieb (§ 15 EStG) oder um solche aus Vermietung und Verpachtung (§ 21 EStG) handelt. Zum anderen ist zu berücksichtigen, dass es sich um negative Einkünfte handelt, die aus dem Ausland stammen könnten, so dass eine besondere Behandlung angezeigt sein kann. **253**

a) Qualifikation der Einkünfte

Bei den Einkünften aus der Cruise GbR könnte es sich um Einkünfte aus Gewerbebetrieb gemäß § 15 Abs. 2 EStG handeln. Der einkommensteuerrechtliche Begriff des Gewerbebetriebs ergibt sich unmittelbar aus dem Einkommensteuergesetz. Die Vorschrift des § 15 Abs. 2 EStG definiert den Gewerbebetrieb durch folgende vier positive Merkmale: (1) Selbstständigkeit, (2) Nachhaltigkeit, (3) Teilnahme am allgemeinen wirtschaftlichen Verkehr und (4) Gewinnerzielungsabsicht. Negativ wird der Gewerbebetrieb in § 15 Abs. 2 EStG dadurch abgegrenzt, dass es sich nicht um eine Tätigkeit handeln darf, die (1) als Ausübung von Land- und Forstwirtschaft oder (2) selbstständiger Arbeit oder (3) als private Vermögensverwaltung, zB Einkünfte aus Vermietung und Verpachtung oder Kapitalvermögen anzusehen ist.[4] Die letztere Einschränkung ergibt sich nicht ausdrücklich aus dem Gesetz, folgt jedoch daraus, dass andernfalls Einkünfte aus §§ 20, 21 EStG niemals in Betracht kämen, weil dabei immer zugleich die positiven Merkmale des § 15 Abs. 2 EStG erfüllt wären und wegen der Subsidiaritätsklauseln der §§ 20 Abs. 8, 21 Abs. 3 EStG Einkünfte aus Gewerbebetrieb vorrangig wären. **254**

Eine Legaldefinition des Begriffs „Vermögensverwaltung“ ist im deutschen Steuerrecht nicht enthalten. Aus § 14 S. 3 AO ergibt sich, dass von einer vermögensverwaltenden Tätigkeit dann auszugehen ist, wenn Vermögen, zB Kapitalvermögen angelegt wird oder unbewegliches Vermögen vermietet oder verpachtet wird. Nach ständiger Rechtsprechung[5] ist bei der Abgrenzung zwischen Gewerbetrieb und Vermögensverwaltung auf das Gesamtbild der Verhältnisse abzustellen. Die Grenze der Gewerblichkeit wird danach nicht überschritten, „wenn sich die Betätigung noch als Nutzung von Vermögen im Sinne einer Fruchtziehung aus zu erhaltenden Substanzwerten darstellt und die Ausnutzung substantieller Vermögenswerte durch Umschichtung in den Vordergrund tritt“.[6] **255**

4 Zum Ganzen: *Reiß*, in: *Kirchhof* (Hrsg.), EStG, § 15 Rn 11 f.
5 BFH-Urteil v. 5.3.2008, Az.: X R 48/06, BFH/NV 2008, 1463.
6 BFH-Urteil v. 10.12.2001, Az.: GrS 1/98, BStBl. II 1995, 617.

Der Begriff der Vermögensverwaltung umfasst regelmäßig nur die Verwaltung eigenen Vermögens, nicht jedoch fremden Vermögens.[7] Nach R 15.7 Abs. 3 EStR führt die Vermietung von in ein inländisches oder ausländisches öffentliches Register eingetragenen beweglichen Sachen (Schiffe, Flugzeuge) zu Einkünften im Sinne des § 21 Abs. 1 S. 1 Nr. 1 EStG. Eine gewerbliche Tätigkeit liegt nur vor, wenn im Zusammenhang mit der Vermietung ins Gewicht fallende Sonderleistungen erbracht werden oder der Umfang der Tätigkeit eine unternehmerische Organisation erfordert. Die Vercharterung eines Schiffs mit Gestellung der Besatzung und der Verpflichtung des Eigners, der zugleich auch das Kapitänspatent, das Schiff zu führen, ist daher gewerblich.[8] Ohne Gestellung des Personals ist die bloße Vercharterung eines Schiffs (auch bei Einschaltung eines gewerblichen Vermittlers) nicht gewerblich.[9]

Im vorliegenden Fall überlässt die Cruise GbR der Reederei in Togo ein Kreuzfahrtschiff ohne Mannschaft. Das Kreuzfahrtschiff ist in ein inländisches Schiffsregister eingetragen und gehört nach dem Angaben im Sachverhalt der Cruise GbR. Sonderleistungen, die die gesamte Tätigkeit zu einer Gewerblichen machen könnten, werden nicht erbracht. Somit handelt es sich vorliegend um eine vermögensverwaltende Tätigkeit und nicht um einen Gewerbebetrieb.

256 Eine ausschließlich vermögensverwaltend tätige Personengesellschaft ist keine Mitunternehmerschaft im Sinne des § 15 Abs. 1 S. 1 Nr. 2 EStG, weil die Gesellschafter nicht ihre gemeinschaftlichen Verbundenheit ein Unternehmen unterhalten und in diesen Fällen die Tatbestandsvoraussetzungen des § 15 Abs. 2 EStG nicht erfüllt sind. Die vermögensverwaltende Personengesellschaft ist als Steuerrechtssubjekt insoweit anzuerkennen, als auch hier hinsichtlich der Qualifikation und der Ermittlung der Einkünfte auf die Gesellschaftsebene abgestellt wird. Da die vermögensverwaltende Personengesellschaft selbst nicht buchführungspflichtig ist und als Subjekt der Einkünftequalifikation Überschusseinkünfte erzielt, erfolgt die Ergebnisermittlung durch Gegenüberstellung der Einnahmen (§ 8 EStG) und der Werbungskosten (§ 9 EStG). Anders als bei einer gewerblichen Personengesellschaft ist bei einer vermögensverwaltenden Personengesellschaft grundsätzlich die sog. Bruchteilsbetrachtung gemäß § 39 Abs. 2 Nr. 2 AO anzuwenden. Das bedeutet, dass Wirtschaftsgüter, die zivilrechtlich dem Gesamthandsvermögen der Personengesellschaft zuzurechnen sind, für steuerliche Zwecke den Gesellschaftern entsprechend ihrer Vermögensbeteiligungsquote wie Bruchteilseigentum zuzurechnen sind.[10]

257 Anders als bei einer Mitunternehmerschaft kann bei einer Beteiligung an einer vermögensverwaltenden Personengesellschaft nicht der Gesellschaftsanteil als Einkunftsquelle des Gesellschafters gesehen werden. So bezieht der Gesellschafter keine Einkünfte aus einer Mitunternehmerschaft iSv § 15 Abs. 1 S. 1 Nr. 2 EStG. Vielmehr erzielt der Gesellschafter grundsätzlich Einkünfte derselben Einkunftsart wie die vermögensverwaltende Personengesellschaft selbst, die wiederum Subjekt der Qualifikation und Er-

7 *Lemaitre/Lüdemann*, Personengesellschaften im Internationalen Steuerrecht, Rn 7.3.
8 BFH-Urteil v. 28.4.1964, Az.: I 391/61 U, BStBl. III 1964, 457.
9 BFH-Urteil v. 18.5.1999, Az.: III R 65/97, BStBl. II 1999, 619 für die Vercharterung einer Jacht.
10 BFH-Urteil v. 6.10.2004, Az.: VIIII R 38/01, BFH/NV 2005, 131.

mittlung der Einkünfte ist. Je nach Art und Umfang des verwalteten Vermögens handelt es sich bei den Einkünften der vermögensverwaltenden Personengesellschaft um Einkünfte aus Kapitalvermögen (§ 20 EStG), Vermietung und Verpachtung (§ 21 EStG) oder um sonstige Einkünfte iSv §§ 22, 23 EStG. Einkünfte aus Vermietung und Verpachtung gemäß § 21 Abs. 1 S. 1 Nr. 1 EStG sind Einkünfte aus Vermietung und Verpachtung von Schiffen, die in ein Schiffsregister eingetragen sind. Wegen der Parallelen zum Grundstücks- und Grundbuchrecht wird von § 21 Abs. 1 S. 1 Nr. 1 EStG nur die Vermietung und Verpachtung von Schiffen, die in ein deutsches Schiffsregister eingetragen sind, erfasst.[11] Davon ist der Einsatzort des Schiffes unabhängig, d.h. es bleibt bei der inländischen Besteuerung, auch wenn das in ein deutsches Register eingetragene Schiff nur im Ausland eingesetzt wird. Wegen der entgeltlichen Überlastung an die afrikanische Reederei wird das Schiff auch vermietet. Somit erzielt Ulf Hohlbein durch die Cruise GbR Einkünfte aus Vermietung und Verpachtung.

b) Negative Einkünfte mit Bezug zu Drittstaaten

Die negativen Einkünfte aus der Vermietung des Schiffes könnten von einer steuerlichen **258**
Erfassung gemäß § 2a EStG ausgeschlossen sein. Negative Einkünfte aus der entgeltlichen Überlassung von Schiffen sind von dem Verlustverrechnungsverbot in § 2a EStG erfasst, sofern der Überlassene nicht nachweist, dass das Schiff ausschließlich oder fast ausschließlich in einem anderen Staat als einem Drittstaat eingesetzt worden ist, es sei denn, es handelt sich um ein Handelsschiff, welches von einem Vercharterer ausgerüstet überlassen worden ist; sonst dürfen die Vermietungsverluste nur mit positiven Einkünften der jeweils selben Art und, mit Ausnahme der Fälle der Nr. 6b aus demselben Staat ausgeglichen werden, § 2a Abs. 1 S. 1 Nr. 6 lit. b EStG.

aa) Einkünfte

Einkünfte sind in § 2 Abs. 2 EStG als Gewinn oder als Überschuss der Einnahmen über **259**
die Werbungskosten definiert. Negative Einkünfte liegen im Falle der Vermietung und Verpachtung dann vor, wenn ein Überschuss der Werbungskosten über die Einnahmen zu einem „negativen Überschuss", einem Verlust und damit auch negativen Einkünften führt. Die negativen Einkünfte sind nach deutschem Steuerrecht zu ermitteln, so dass hier gilt nach § 2 Abs. 2 S. 1 Nr. 2 EStG der Überschuss der Einnahmen über die Werbungskosten anzusetzen ist. Aus dem Sachverhalt ergibt sich, dass insoweit ein Verlust i.H.v. € 135 000,00 entstanden ist.

bb) Entgeltliche Überlassung von Schiffen

§ 2a Abs. 1 Nr. 6 lit. b EStG erfasst Schiffe ohne jede Einschränkung. Schiffe müssen **260**
der Fortbewegung auf dem Wasser dienen, so dass Docks oder schwimmende Hotels nicht von der Definition als Schiff erfasst sind. Der Cruise GbR gehört ein Kreuzfahrtschiff, welches auf den Weltmeeren eingesetzt wird. Somit handelt es sich um ein Schiff iSv § 2a EStG.

11 *Kulosa*, in: *Herrmann/Heuer/Raupach* (Hrsg.), EStG/KStG, § 21 EStG Rn 104.

Die entgeltliche Überlassung erfordert die Übertragung der Nutzungsmöglichkeit an eine andere Person. Daher stellt der eigene Betrieb eines Schiffs keine Überlassung in diesem Sinne dar. Überlassung in diesem Sinn ist umfassender als die Vermietung und erfasst auch eine Nutzungsüberlassung auf Sachen rechtlicher und gesellschaftsrechtlicher Grundlage.[12] Die Cruise GbR überlässt der afrikanischen Reederei das Schiff zur Nutzung gegen Entgelt im Rahmen eines langfristigen Mietvertrages. Somit handelt es sich auch um eine entgeltliche Überlassung iSv § 2a EStG.

cc) Einsatzort

261 Die Verlustausgleichsbeschränkung nach § 2a Abs. 1 S. 1 Nr. 6 lit. b EStG kommt nicht zur Anwendung, wenn das Schiff fast ausschließlich außerhalb des Drittstaates eingesetzt wird und der Steuerpflichtige (Ulf Hohlbein) dieses nachweist. Der Einsatz bestimmt sich nach der Fahrtstrecke oder Einsatzdauer. Ein fast ausschließlicher Einsatz außerhalb des Drittstaates liegt vor, wenn das Schiff zumindest 90% der Fahrtstrecke oder Einsatzdauer außerhalb des Drittstaates eingesetzt wurde.[13] Gemäß § 2a Abs. 2a S. 1 Nr. 1 EStG sind als Drittstaaten die Staaten anzusehen, die nicht Mitgliedstaaten der Europäischen Union oder gemäß S. 2 nicht EWR-Staaten mit Auskunftsbereitschaft sind. Erfolgt der Einsatz des Schiffes mithin im Inland oder einem EU- oder EWR-Staat, findet die Verlustausgleichsbeschränkung keine Anwendung. Die afrikanische Reederei setzt das Schiff ausschließlich im südlichen Atlantik und indischen Ozean ein. Diese Gebiete gehören nicht zur EU- oder zum EWR-Raum. Somit befindet sich der Einsatzort nicht außerhalb eines Drittstaates.

dd) Ausgerüstet überlassenes Handelsschiff

262 Eine weitere Ausnahme von der Verlustausgleichsbeschränkung besteht für Handelsschiffe, die vom Vercharterer ausgerüstet überlassen worden sind. Handelsschiffe sind Seeschiffe, die zur eigenständigen Beförderung von Personen oder Gütern dienen.[14] Hier handelt es sich um ein Kreuzfahrtschiff, welches der Beförderung von Personen dient. Somit handelt es sich um ein Handelsschiff.

Erfasst sind jedoch nur ausgerüstet überlassene Handelsschiffe. Ausgerüstet in diesem Sinne bedeutet, dass das Schiff betriebsbereit sein muss, wozu neben Betriebsstoffen und Vorräten auch die Mannschaft gehört. Die Cruise GbR überlässt der afrikanischen Reederei ein fertig gebautes Schiff. Ob dieses mit den notwendigen Betriebsstoffen und Vorräten ausgerüstet ist, kann dahinstehen, denn aus dem Sachverhalt geht hervor, dass die Mannschaft zum Betrieb des Schiffes von der afrikanischen Reederei eingesetzt wird. Somit überlässt die Cruise GbR kein ausgerüstetes Handelsschiff. Die Ausnahme kann mithin keine Anwendung finden.

Die weiteren Ausnahmen in § 2a Abs. 1 S. 1 Nr. 6 lit. b bb, cc EStG sind von vornherein außen vorzulassen, weil das Schiff nicht an einen weiteren Ausrüster überlassen wird.

---

12 *Herkenroth/Striegel*, in: *Herrmann/Heuer/Raupach* (Hrsg.), EStG/KStG, § 2a EStG Rn 56.
13 BFH-Urteil v. 30.8.1995, Az.: I R 77/94, BStBl. II 1996, 122.
14 BFH-Urteil v. 14.11.1985, Az.: IV R 170/83, BStBl. 1986, 60.

ee) Rechtsfolge

In der Rechtsfolge ordnet § 2a Abs. 1 S. 1 EStG an, dass die unter den Tatbestand dieser Vorschriften fallenden negativen Einkünfte nur eingeschränkt an dem Verlustausgleich teilnehmen. Ein Verlustausgleich ist danach nur eingeschränkt möglich, nämlich zwischen positiven und negativen Einkünften derselben Art und grundsätzlich auch aus demselben Staat. **263**

Zu prüfen ist, was unter dem Begriff „derselben Art“ zu verstehen ist. Nach allgemeiner Auffassung sind die unter einer Nummer im Abs. 1 des § 2a EStG erfassten Einkünfte als aus einer Art stammend anzusehen.[15] Innerhalb derselben Nummer ist der Verlustausgleich mithin gegeben, nicht jedoch zwischen den verschiedenen Nummern im Gesetz. Ein weitergehender Ausschluss des Verlustausgleichs innerhalb derselben Nummer des § 2a Abs. 1 EStG, zB zwischen § 2a Abs. 1 S. 1 Nr. 6 lit. a, lit. b und lit. c EStG hätte deutlich zum Ausdruck gebracht werden müssen.[16]

Für den Verlustausgleich müssen negative und positive Einkünfte derselben Person zuzurechnen sein; die erfassten negativen Einkünfte dürfen mithin nur mit verrechenbaren positiven Einkünften desjenigen Steuerpflichtigen ausgeglichen werden, der den Verlust erlitten hat.[17]

Ulf Hohlbein erzielt durch die Cruise GbR negative Einkünfte aus Vermietung und Verpachtung eines Schiffs. Mithin müsste für eine Verlustausgleichsmöglichkeit eigentlich ein anderes Schiff Ulf Hohlbein steuerrechtlich zuzurechnen sein, aus dem positive Einkünfte erzielt werden. Jedoch ist in § 2a Abs. 1 S. 1 Nr. 6 lit. a EStG auch die Vermietung von unbeweglichem Vermögen in der Nr. 6 erfasst. Somit sind derartige Vermietungseinkünfte und Einkünfte aus der entgeltlichen Überlassung von Schiffen dieselbe Art.

Eine Verlustausgleichsbeschränkung könnte sich jedoch aus den Grundsätzen ergeben, dass die Einkünfte auch aus demselben Staat stammen müssen. Insoweit enthält das Gesetz jedoch eine Ausnahme für Fälle der Nr. 6 lit. b in § 2a Abs. 1 EStG und somit aus der entgeltlichen Überlassung von Schiffen. Bei Schiffen lässt sich nämlich nicht genau bestimmen, wo dieses belegen ist. Der Gesetzgeber hat die Frage dahin geregelt, dass bei Schiffen Verluste mit Gewinnen derselben Art ausgeglichen werden können, die weltweit erzielt werden. Es kommt somit nicht darauf an, aus welchem Staat die Gewinne und Verluste, die miteinander verrechnet werden sollen, bezogen worden sind. Erforderlich ist auch nicht, dass die Gewinne aus dem gleichen Schiff bezogen worden sind, das die Verluste verursacht hat. **264**

Das Appartement in Liechtenstein ist nicht in einem Drittstaat belegen. Liechtenstein gehört zu den drei EWR-Staaten und ist auch zu Auskünften bereit. Somit ist ein Verlustausgleich mit den negativen Einkünften aus der Vermietung des Schiffs nicht möglich. Die negativen Einkünfte sind jedoch gemäß § 2a Abs. 1 S. 5 EStG gesondert festzustellen, wobei § 10d Abs. 4 EStG sinngemäß anzuwenden ist.

---

15 *Kaminski*, in: *Korn* (Hrsg.), EStG, § 2a Rn 53.
16 *Frotscher*, in: *Frotscher* (Hrsg.), EStG, § 2a Rn 26a.
17 *Probst*, in: *Flick/Wassermeyer/Baumhoff* (Hrsg.), Außensteuerrecht; § 2a EStG Rn 316.

II. Ergebnis

265 Die Summe der Einkünfte setzt sich zusammen aus den Einkünften aus Vermietung des Hamburger Mehrfamilienhauses und aus der Vermietung des Appartements in Liechtenstein. Die Summe der Einkünfte beträgt mithin € 135 000,00.

Teil 3

Die beschränkte Steuerpflicht im Ertragsteuerrecht

Fall 5

Der Investitionsstandort Deutschland

Schwerpunkte: Inländische Einkünfte nach § 49 EStG, isolierende Betrachtungsweise (LB § 3 Rn 388–395)

Die Travel Ltd. mit Sitz und Ort der Geschäftsleitung auf Guernsey ist im Bereich der **266**
Tourismusbranche tätig. Die Gesellschaft ist in ihrer Struktur und Organisation mit einer deutschen GmbH vergleichbar. Da die Geschäfte in den letzten Jahren gut gelaufen sind, konnte sich die Travel Ltd. ein Liquiditätspolster erarbeiten. Zur Vermeidung von Währungsrisiken und zur Steigerung der Rendite setzte die Travel Ltd. die Liquidität ein und erwarb ein vermietetes Mehrfamilienhaus in München Bogenhausen. Die Verwaltung des Miethauses nahm die die Travel Ltd. ausschließlich aus Guernsey heraus vor. Aus der Vermietung erzielte die Travel Ltd. in 2014 Einkünfte i.H.v. € 15 000,00. Des Weiteren gewährte die Travel Ltd. ihrem ehemaligen Geschäftsführer, Peter Ford, ein endfälliges Darlehen für einen Hauskauf. Peter Ford war nach seinem Ausscheiden in den Harz gezogen und hatte sich in Clausthal-Zellerfeld ein Haus als Altersruhesitz gekauft. Als Sicherheit ließ sich die Travel Ltd. eine Grundschuld im Grundbuch eintragen. Aus dem Darlehen erzielte die Travel Ltd. in 2014 Einkünfte i.H.v. € 6000,00.

Prüfen Sie, ob die Travel Ltd. in Deutschland steuerpflichtig ist.

Hinweise:

Mit Guernsey besteht kein DBA.

Vorüberlegungen

267 In diesem Übungsfall wird der klassische Fall einer Inbound-Investition behandelt. Konkretisierend hat das ausländische Unternehmen, die Travel Ltd., seine Inlandsaktivitäten (Vermietung und Darlehensgewährung) jeweils in Form des direkten Leistungsaustausches über die Grenze oder festen Stützpunkt in Deutschland gewählt. Diese Annahme ist für die Darlehensgewährung trotz Besicherung unproblematisch. Aber auch für die Vermietung des Mitwohngrundstücks ergeben sich keine weitergehenden Anknüpfungspunkte. Solche Anknüpfungspunkte könnten nur beim Unterhalten einer Betriebsstätte oder Tochtergesellschaft angenommen werden. Das reine Unterhalten eines Mietwohngrundstückes wirkt nicht betriebsstättenbegründend für das ausländische Unternehmen. Für die Annahme eines ständigen Vertreters (§ 13 AO) bietet der Sachverhalt keinen Anhaltspunkt.

Für die beschränkte Steuerpflicht der Travel Ltd. ist notwendig, dass diese inländische Einkünfte iSv § 49 Abs. 1 EStG erzielt. Für die Vermietungseinkünfte kommen hier die Regelungen § 49 Abs. 1 Nr. 2 lit. f EStG und die Regelung in § 49 Abs. 1 Nr. 6 EStG in Betracht. Da das ausländische Unternehmen gewerbliche Einkünfte erzielt und im Inland über keine Betriebsstätte verfügt, werden die Einkünfte über § 49 Abs. 1 Nr. 2 lit. f EStG erfasst.

Für die Darlehenszinsen als Einkünfte aus Kapitalvermögen iSv § 20 Abs. 1 Nr. 7 EStG ist zunächst festzuhalten, dass diese ebenfalls zu den inländischen Einkünften gehören, weil das Kapitalvermögen durch inländischen Grundbesitz (Grundschuld) gesichert ist. Zu beachten ist jedoch, dass die ausländische Gesellschaft gewerbliche Einkünfte erzielt und eine vergleichbare Regelung wie bei den Einkünften aus Vermietung und Verpachtung in § 49 Abs. 1 Nr. 2 EStG fehlt. Zur Vermeidung einer Ungleichbehandlung von ausländischen Gewerbetreibenden und ausländischen Privatpersonen im Rahmen der beschränkten der Steuerpflicht wird dieses Ergebnis durch die sog. Isolierende Betrachtungsweise in § 49 Abs. 2 EStG korrigiert. Nach der Regelung bleiben im Ausland gegebene Besteuerungsmerkmale (Tatbestandsmerkmale) außer Betracht, soweit bei ihrer Berücksichtigung inländischer Einkünfte iSd § 49 Abs. 1 EStG nicht angenommen werden könnten. Die Norm verhindert damit, dass (Überschuss-)Einkünfte unbesteuert bleiben, die ohne die zwingende Subsidiarität gegenüber den Gewinneinkunftsarten nach § 49 EStG besteuert werden könnten. Im Ergebnis bewirkt die isolierende Betrachtungsweise dann eine Umqualifizierung von Gewinnermittlungseinkunftsarten in Überschusseinkunftsarten und damit auch in Einkünfte aus Kapitalvermögen.

Gliederung

268 **I. Unbeschränkte Steuerpflicht, § 1 Abs. 1 KStG**

II. Beschränkte Steuerpflicht, § 2 Nr. 1 KStG

1. Körperschaften
2. Weder Sitz noch Ort der Geschäftsleitung im Inland

3. Inländische Einkünfte
   a) Einkünfte aus Vermietung und Verpachtung, § 49 Abs. 1 Nr. 2 lit. f EStG
      aa) Einkünfte aus Gewerbebetrieb
      bb) Keine Betriebsstätte oder ständiger Vertreter im Inland
      cc) Vermietung im Inland belegenen Vermögens
      dd) Zwischenergebnis
   b) Einkünfte aus Kapitalvermögen, § 49 Abs. 1 Nr. 5 lit. c aa EStG
      aa) Kapitalforderung jeder Art, § 20 Abs. 1 Nr. 7 EStG
      bb) Besicherung
      cc) Subsidiarität, Einkünfte aus Gewerbebetrieb
      dd) Isolierende Betrachtungsweise
      ee) Zwischenergebnis

III. Ergebnis

Lösung

I. Unbeschränkte Steuerpflicht, § 1 Abs. KStG

269 Gemäß § 1 Abs. 1 KStG sind unbeschränkt körperschaftsteuerpflichtig Körperschaften, Personen, Vereinigungen und Vermögensmassen, die ihre Geschäftsleitung oder ihren Sitz im Inland haben. Geschäftsleitung ist in § 10 AO definiert und ist am Mittelpunkt der geschäftlichen Oberleitung. Dieser liegt nach dem Sachverhalt auf Guernsey. Den Sitz hat eine Körperschaft, Personenvereinigung oder Vermögensmasse gemäß § 11 AO an dem Ort, der durch Gesetz, Gesellschaftsvertrag, Satzung, Stiftungsgeschäft oder dergleichen bestimmt ist. Auch den Sitz hat die Travel Ltd. nach dem Sachverhalt auf Guernsey.

Zum Inland gemäß § 1 Abs. 3 KStG gehört auch der der Bundesrepublik Deutschland zustehende Anteil am Festlandsockel, soweit dort Naturschätze des Meeresgrundes und des Meeresuntergrundes erforscht oder ausgebeutet werden oder dieser der Energieerzeugung unter Nutzung erneuerbarer Energien dient. Ergänzend zu der ausdrücklichen Regelung in § 1 Abs. 1 KStG richtet sich der Begriff des Inlands nach allgemeinen Grundsätzen. Auszugehen ist von dem Bundesgebiet als dem Staatsgebiet, auf dem das Grundgesetz gilt.[1] Die Insel Guernsey gehört nicht zum Staatsgebiet der Bundesrepublik Deutschland und ist somit kein steuerrechtliches Inland iSv § 1 Abs. 3 KStG.

Mangels Geschäftsleitung oder Sitz im Inland ist die Travel Ltd. in Deutschland nicht unbeschränkt körperschaftsteuerpflichtig.

II. Beschränkte Steuerpflicht, § 2 Nr. 1 KStG

270 Die Travel Ltd. könnte in Deutschland mit ihren inländischen Einkünften beschränkt steuerpflichtig sein. Beschränkt körperschaftsteuerpflichtig sind gemäß § 2 Nr. 1 KStG Körperschaften, Personenvereinigungen und Vermögensmassen, die weder ihre Geschäftsleitung noch ihren Sitz im Inland haben, mit ihren inländischen Einkünften.

1. Körperschaften

271 § 2 Nr. 1 KStG erfasst nur solche Körperschaften, Personenvereinigungen und Vermögensmassen in der beschränkten Körperschaftsteuerpflicht, die weder ihre Geschäftsleitung noch ihren Sitz im Inland haben; mithin kommen letztlich nur nach ausländischem Recht errichtete Körperschaften für die beschränkte Steuerpflicht in Frage. Die Travel Ltd. müsste eine Körperschaft in diesem Sinne sein. Die beschränkte Steuerpflicht iSd § 2 Nr. 1 KStG kommt bei den ausländischen Körperschaften in Betracht, die ihrer Struktur nach – hinsichtlich des rechtlichen Aufbaus und der wirtschaftlichen Gestaltung – den in § 1 Abs. 1 Nr. 1–4 KStG genannten Steuersubjekten entsprechen.[2] In dem § 1 Abs. 1 Nr. 1 KStG sind europäische Gesellschaften, Aktiengesellschaften, Kreditge-

1 *Lambrecht*, in: *Gosch* (Hrsg.), KStG, § 1 Rn 45.
2 *Lambrecht*, in: *Gosch* (Hrsg.), KStG § 2 Rn 17.

sellschaften auf Aktien und Gesellschaften mit beschränkter Haftung genannt. Nach dem Sachverhalt entspricht die Travel Ltd. einer Gesellschaft mit beschränkter Haftung. Somit ist die Travel Ltd. eine ausländische Körperschaft, die einem inländischen Steuersubjekt entspricht.

2. Weder Sitz noch Ort der Geschäftsleitung im Inland

Bereits unter I. der Lösung wurde herausgearbeitet, dass die Travel Ltd. ihren Sitz gemäß § 11 AO und ihre Geschäftsleitung gemäß § 10 AO auf Guernsey und damit nicht im Inland hat. **272**

3. Inländische Einkünfte

Die Travel Ltd. müsste inländische Einkünfte erzielen. § 2 Nr. 1 KStG trifft keine Aussage darüber, was unter inländischen Einkünften iSd beschränkten Körperschaftspflicht zu verstehen ist. Über § 8 Abs. 1 KStG (R 32 Abs. 1 Nr. 1 KStR) findet der in § 49 Abs. 1 EStG enthaltende Einkünftekatalog auch für die beschränkte Körperschaftsteuerpflicht Anwendung. Dabei ist aber zu berücksichtigen, dass § 8 Abs. 2 KStG für beschränkt steuerpflichtige Körperschaften nicht gilt mit der Folge, dass derartige Körperschaften grundsätzlich alle Arten von Einkünften und nicht nur gewerbliche Einkünfte erzielen können. **273**

§ 49 EStG ergänzt die Tatbestandsvoraussetzungen der jeweiligen Einkunftsarten nach §§ 13–23 EStG um solche, die den geforderten Inlandsbezug als sachliche Begründung einer beschränkten Steuerpflicht sicherstellen. Die Tatbestandsvoraussetzungen müssen kumulativ erfüllt sein. Dies bedeutet, auch die Tatbestandsvoraussetzungen der §§ 13 ff. EStG müssen zunächst erfüllt sein, bevor geprüft wird, ob inländische Einkünfte iSd § 49 EStG vorliegen. So hat zB bei gewerblichen Einkünften zunächst die Prüfung der Tatbestandsvoraussetzungen des § 15 Abs. 2 EStG zu erfolgen, bevor die weiteren Voraussetzungen nach § 49 Abs. 1 Nr. 2 EStG untersucht werden.[3] Bei der weiteren Beurteilung der Tätigkeit ist sodann der Frage nachzugehen, in welche Einkunftsart die zu erfolgen hat. Dabei können sich Qualifikationsproblem ergeben, weil der Kanon in § 49 Abs. 1 EStG auf die Einkunftsabgrenzung im Rahmen der unbeschränkten Steuerpflicht und somit auf das Rangverhältnis zwischen den Neben- und Haupteinkunftsarten mit Anwendung der Subsidiaritätsklauseln der §§ 20 Abs. 3, 21 Abs. 3 und 22 Nr. 1 S. 1 EStG verweist.

a) Einkünfte aus Vermietung und Verpachtung, § 49 Abs. 1 Nr. 2 lit. f EStG

Nach § 49 Abs. 1 Nr. 2 lit. f S. 1 EStG gehören auch jene Einkünfte zu den inländischen Einkünften, die, soweit sie nicht zu den Einkünften des iSd § 49 Abs. 1 Nr. 2 lit. a EStG gehören, durch Vermietung und Verpachtung von inländischem unbeweglichem Vermögen, das im Inland belegen ist, erzielt werden. **274**

3 Zum Ganzen: *Strunk*, in: *Korn* (Hrsg.), EStG § 49 Rn 6.

aa) Einkünfte aus Gewerbebetrieb

Bei den Einkünften aus der Vermietung des Mehrfamilienhauses in München müsste es sich um Einkünfte aus Gewerbebetrieb handeln. Dieses ergibt sich aus dem Einleitungssatz in § 49 Abs. 1 Nr. 2 EStG. Damit beinhaltet § 49 Abs. 1 Nr. 2 lit. f EStG gerade im Fall der Vermietung durch eine ausländische Körperschaft eine Erweiterung des Begriffs der gewerblichen Einkünfte. Das heißt insbesondere der Fall, in dem die vermieteten Vermögensgegenstände zu einem ausländischen gewerblichen Betrieb gehören, ohne dass dieser im Inland eine Betriebsstätte unterhält, bildet einen Anwendungsfall dieser Regelung.

Die Travel Ltd. ist im Bereich der Tourismusbranche auf Guernsey tätig. Sie erzielt somit nach deutschem steuerrechtlichen Verständnis unzweifelhaft Einkünfte aus Gewerbebetrieb iSv § 15 Abs. 2 EStG.

bb) Keine Betriebsstätte oder ständiger Vertreter im Inland

275 Die Travel Ltd. dürfte weder eine Betriebsstätte iSv § 12 AO im Inland unterhalten, noch dürfte für die Travel Ltd. ein ständiger Vertreter iSv § 13 AO im Inland bestellt sein.

Betriebsstätte gemäß § 12 AO ist jede feste Geschäftseinrichtung oder Anlage, die der Tätigkeit eines Unternehmens dient. Die Vermietung eines Grundstücks begründet idR nur eine Betriebsstätte des das Grundstück nutzenden Mieters. Eine Betriebsstätte (auch) des Vermieters liegt regelmäßig nicht vor. Nur ausnahmsweise ist eine Betriebsstätte des Vermieters anzunehmen, nämlich dann, wenn der Vermieter Handlungen vornimmt, die der Durchführung der Gebrauchsüberlassung selbst dienen, so zB wenn der Vermieter dauerhaft Personal zur Pflege und Instandhaltung des vermieteten Grundstücks dort beschäftigt.[4] Für die Vornahme derartiger Handlungen lassen sich dem Sachverhalt keine Anhaltspunkte entnehmen. Somit ist das Grundstück in München keine Betriebsstätte der Travel Ltd. im Inland.

Ständiger Vertreter gemäß § 13 AO ist eine Person, die nachhaltig die Geschäfte eines Unternehmens besorgt und dabei dessen Sachweisungen unterliegt. Auch für das Vorhandensein einer derartigen Person lassen sich dem Sachverhalt keine Anhaltspunkte entnehmen. Somit ist für die Travel Ltd. auch kein ständiger Vertreter im Inland bestellt.

cc) Vermietung im Inland belegenen Vermögens

276 § 49 Abs. 1 Nr. 2 lit. f EStG erfasst die laufenden Einkünfte aus Vermietung und Verpachtung unbeweglichem Vermögen iSd § 21 Abs. 1 Nr. 1 EStG – also die laufenden Miet- und Pachteinnahmen. Voraussetzung ist weiter, dass das unbewegliche Vermögen im Inland belegen ist. Die Travel Ltd. vermietet ein in München Bogenhausen belegenes Mehrfamilienhaus zu Wohnzwecken. Somit erzielt die Travel Ltd. Einkünfte aus der Überlassung von im Inland belegenen Vermögens.

4 BFH-Urteil v. 28.10.1977, Az.: III R 77/75, BStBl. II 1978, 116; *Musil*, in: *Hübschmann/Hepp/Spitaler* (Hrsg.), AO/FGO, § 12 AO Rn 18.

dd) Zwischenergebnis

Bei den Einkünften aus der Vermietung des in München Bogenhausen belegenen Mietwohngrundstückes handelt es sich um inländische Einkünfte iSv § 49 Abs. 1 Nr. 2 lit. f EStG.

b) Einkünfte aus Kapitalvermögen, § 49 Abs. 1 Nr. 5 lit. c aa EStG

Gemäß § 49 Abs. 1 Nr. 5 lit. c aa EStG sind inländische Einkünfte solche aus Kapital- **277**
vermögen iSd § 20 Abs. 1 Nr. 7 EStG, wenn das Kapitalvermögen durch inländischen Grundbesitz unmittelbar oder mittelbar gesichert ist. Ausgenommen sind Zinsen aus Anleihen und Forderungen, die in ein öffentliches Schuldbuch eingetragen oder über die Sammelurkunden iSd § 9a des Depotgesetzes oder Teilschuldverschreibungen ausgegeben sind, oder das Kapitalvermögen aus Genussrechten besteht. Für derartige Ausnahmen bestehen im Sachverhalt keinerlei Anhaltspunkte, so dass darauf im Rahmen der Lösung nicht weiter einzugehen ist.

aa) Kapitalforderung jeder Art, § 20 Abs. 1 Nr. 7 EStG

Zu den Einkünften aus Kapitalvermögen gemäß § 20 Abs. 1 Nr. 7 EStG Erträge aus **278**
sonstigen Kapitalforderungen jeder Art, wenn die Rückzahlung des Kapitalvermögens oder ein Entgelt für die Überlassung des Kapitalvermögens zur Nutzung zugesagt oder geleistet worden ist. Dies gilt unabhängig von der Bezeichnung und zivilrechtlichen Ausgestaltung der Kapitalanlage. § 20 Abs. 1 Nr. 7 EStG ist, wie sich aus der Formulierung „sonstige Kapitalforderungen jeder Art“ ergibt, ein Auffangbestand. Erfasst wird ergänzend zu den Kapitalerträgen in den Nummern 1–6 und 8 des § 20 EStG jede auf Geld gerichtete Forderung. Der Rechtsgrund der Forderung kann gesetzlich oder vertraglich verankert sein und sowohl privatrechtlicher als auch öffentlich-rechtlicher Natur sein.[5] Hierher gehören vor allem Darlehen.

Die Travel Ltd. gewährte ihrem ehemaligen Geschäftsführer ein privatrechtliches Darlehen, welches endfällig ist, mithin zurückgewährt werden muss mit der Verpflichtung für den ehemaligen Geschäftsführer, Zinsen zu zahlen. Somit liegt eine Kapitalforderung iSv § 20 Abs. 1 Nr. 7 EStG vor.

bb) Besicherung

Das Vorliegen inländischer Einkünfte iSd § 49 Abs. 1 Nr. 5 lit. c aa EStG müsste das **279**
Kapitalvermögen durch inländischen Grundbesitz oder durch inländische, den Vorschriften des bürgerlichen Rechts über Grundstücke unterliegende Rechte gesichert sein; auf die Besicherung der Zinsen kommt es hingegen nicht an.

Die Travel Ltd. ließ sich zu ihren Gunsten eine Sicherungsgrundschuld (§ 1191 BGB) an dem Grundstück ihres ehemaligen Geschäftsführers einräumen. Als Fremdgrundschuld sichert diese aufgrund des Sicherungsvertrages den Rückgewähranspruch der Travel Ltd. als Grundschuldgläubigerin (Sicherungsnehmerin) gegen Peter Ford als Ei-

5 BFH-Urteil v. 12.9.1985, Az.: VIII R 306/81, BStBl. II 1986, 252.

gentümer. Dabei ist die Besicherung der Darlehensforderung in unmittelbarer Weise gegeben. Der Sicherungsgrundschuld als Grundpfandrecht ist durch die Eintragung im Grundbuch in rechtswirksamer Weise durch Eintragung bestellt worden. Somit ist die Darlehensforderung der Travel Ltd. iSv § 49 Abs. 1 Nr. 5 S. 1 lit. c aa EStG gesichert.

cc) Subsidiarität, Einkünfte aus Gewerbebetrieb

280 Bei der Qualifikation der inländischen Einkünfte iSd § 49 Abs. 1 EStG im Rahmen der beschränkten Körperschaftsteuerpflicht sind jedoch – wie bereits dargelegt wurde – die gleichen Grundsätze für die Einkunftsabgrenzung wie bei der unbeschränkten Steuerpflicht anzuwenden. Mithin findet auch die Subsidiaritätsklausel § 20 Abs. 8 EStG Anwendung. Danach sind Einkünfte der in § 20 Abs. 1 Nr. 7 EStG bezeichneten Art zu den Einkünften aus Gewerbebetrieb zugehörig, wenn sie tatsächlich durch einen Gewerbebetrieb erzielt werden.

Die Travel Ltd. unterhält einen Gewerbebetrieb und erzielt als Reiseveranstalter gewerbliche Einkünfte iSv 15 Abs. 2 EStG. Da sie das Darlehen aus ihrem Betriebsvermögen ausgereicht hat, gehören die Zinsen zu ihren gewerblichen Einkünften. Somit wären die Zinseinkünfte in Einkünfte aus Gewerbebetrieb umzuqualifizieren, § 20 Abs. 8 EStG. § 49 Abs. 1 Nr. 5 S. 1 lit. c aa EStG enthält jedoch keine dem § 49 Abs. 1 Nr. 2 lit. f EStG vergleichbare Regelung für Einkünfte aus Kapitalvermögen/Gewerbebetrieb. In konsequenter Anwendung des Gesetzes wäre damit eine Besteuerung der Travel Ltd. mit ihren Zinseinkünften in Deutschland nicht möglich, weil es sich nicht um inländische Einkünfte handelte. Diese Ungleichbehandlung von ausländischen Gewerbetreibenden und ausländischen Privatpersonen im Rahmen der beschränkten Steuerpflicht hat der Gesetzgeber zum Anlass genommen, die sog. Isolierende Betrachtungsweise in § 49 Abs. 2 EStG zu normieren.

dd) Isolierende Betrachtungsweise

281 Gemäß § 49 Abs. 2 EStG bleiben im Ausland gegebene Besteuerungsmerkmale außer Betracht, soweit bei ihrer Berücksichtigung inländische Einkünfte iSd § 49 Abs. 1 EStG nicht angenommen werden könnten. Die Regelung gibt den im Inland verwirklichten Tatbestandmerkmalen Vorrang für die Bestimmung der Einkunftsart. Ausländische Besteuerungsmerkmale scheiden bei der Bestimmung der Einkunftsart nur insoweit aus, als ihre Berücksichtigung eine nach den Verhältnissen im Inland begründete Steuerpflicht ausschließen würde.[6] Für die Bestimmung der Einkunftsart sind mithin die inlandsbezogenen Qualifikationsmerkmale entscheidend. Deswegen sind insbesondere die Subsidiaritätsregeln zwischen den verschiedenen Einkunftsarten (§§ 20 Abs. 8, 21 Abs. 3, 22 Nr. 1 S. 1, 22 Nr. 3 S. 1, 23 Abs. 2 EStG) unbeachtlich, soweit ein auslandsbezogenes Qualifikationsmerkmal hierfür bestimmend wäre.[7]

Nach den inländischen Besteuerungsgrundsätzen liegen Einkünfte aus Kapitalvermögen vor, weil die Darlehensforderung dinglich besichert ist. Lediglich durch das Vorliegen

6 BFH-Urteil v. 7.11.2001, Az.: I R 14/01, BStBl. II 2002, 861.
7 BFH-Urteil v. 28.1.2004, Az.: I R 73/02, BStBl. II 2005, 550.

des ausländischen Besteuerungsmerkmals „Gewerbebetrieb“ findet durch Anwendung der Subsidiaritätsregel in § 20 Abs. 8 EStG eine Umqualifizierung der Einkünfte statt, die eine Besteuerung der Travel Ltd. im Inland ausschließen würde. § 49 Abs. 2 EStG ordnet nun an, dass letzteres Besteuerungsmerkmal außer Betracht zu bleiben hat. Als Folge der isolierenden Betrachtungsweise erzielt die Travel Ltd. in Deutschland Einkünfte aus Kapitalvermögen iSv § 49 Abs. 1 Nr. 5 S. 1 lit. c aa EStG in Verbindung mit § 20 Abs. 1 Nr. 7 EStG.

ee) Zwischenergebnis

Bei den Darlehenszinsen handelt es sich um inländische Einkünfte aus Kapitalvermögen gemäß § 49 Abs. 1 Nr. 5 lit. c aa EStG. **282**

III. Ergebnis

Die Travel Ltd. ist mit ihren Vermietungseinkünften und mit ihren Zinseinkünften in der Bundesrepublik Deutschland beschränkt steuerpflichtig. **283**

Fall 6

Liebe macht blind[1]

Schwerpunkte: Erweitert beschränkte Steuerpflicht, § 2 AStG (LB § 3 Rn 343–355)

284 Otto Müller, 26 Jahre alt, ist angestellter Rennfahrer. Er lebte seit seiner Geburt in Hamburg. Nach seinem Abitur entschied er sich, nicht zu studieren, sondern Rennfahrer zu werden. Seine Arbeitgeberin, die Horch AG ist sehr zufrieden mit seinen Leistungen und hat deswegen vor kurzem sein Gehalt erhöht; dieses beträgt jetzt € 55 000,00 jährlich. Die Zufriedenheit seiner Arbeitgeberin resultiert nicht zuletzt aus der Tatsache, dass Otto Müller in der letzten Saison viele Siege „nach Hause fuhr". Die Autorennen, an denen Otto Müller teilnimmt, in der Gruppe „Photovoltaik- und Elektroantrieb" werden ausschließlich in Deutschland durchgeführt. Sein Erfolg interessierte jedoch nicht nur die Horch AG. So konnte er mit der Sportive GmbH einen Vertrag schließen, der ihn verpflichtete, an seiner Sportkleidung jederzeit beim Training und bei Sportveranstaltungen die zur Verfügung gestellten Sponsor-Logos zu tragen. Dafür erhält Otto Müller jährlich eine Vergütung i.H.v. € 150 000,00. Einen weiteren Vertrag konnte Otto Müller mit der Verlags-GmbH vereinbaren. In diesem übertrug Otto Müller der Verlags-GmbH das Recht, seinen Namen und sein Bild für Werbeaktivitäten zugunsten zweier inländischer Kunden der Verlags-GmbH zu nutzen. Die Vergütung dafür beträgt jährlich € 60 000,00.

Anfang 2013 hatte sich Otto Müller unsterblich in die Künstlerin Lena Headow aus Hamilton/Bermudas verliebt. Otto Müller und Lena Headow hatten sich bei einer Rennveranstaltung kennengelernt, in dessen Rahmenprogramm Lena Headow aufgetreten war. Weil das Paar der Meinung war, einander gefunden zu haben, zog Otto Müller Ende 2013 zu Lena Headow auf die Bermudas. Seine „Vermarktungsstrategie" organisiert Otto Müller je nachdem, wo er sich gerade aufhält, von seinem Smartphone aus.

Prüfen Sie, ob Otto Müller im Veranlagungszeitraum 2014 erweitert beschränkt steuerpflichtig iSv § 2 AStG ist.

Hinweise:

1. Mit den Bermudas besteht kein DBA.
2. Otto Müller ist Deutscher iSd Staatsangehörigkeitsrechts.
3. Otto Müller hat am 1. Januar 2014 seinen einzigen Wohnsitz auf die Bermudas verlegt; dort hält er sich für gewöhnlich auch auf.
4. Sein Wohnsitz in Hamilton/Bermudas führt nach dortigem Steuerrecht zur unbeschränkten Steuerpflicht.
5. Auf den Bermudas wird eine Einheitssteuer i.H.v. 10 % des Einkommens erhoben.

1 Sachverhalt nach BFH-Urteil v. 19.12.2007, Az.: I R 19/06, IStR 2008, 330.

Vorüberlegungen

Dieser Fall beschäftigt sich mit den Regelungen über die sog. erweiterte beschränkte Steuerpflicht gemäß § 2 AStG. Diese Vorschrift soll Steuervorteile begrenzen, die unbeschränkt Steuerpflichtige durch den Wegzug in das Ausland erzielen können. Wenn unbeschränkt Steuerpflichtige als Deutsche in den letzten zehn Jahren vor dem Ende ihrer unbeschränkten Steuerpflicht insgesamt mindestens fünf Jahre unbeschränkt einkommensteuerpflichtig und verlagern sie unter Aufrechterhaltung wesentlicher wirtschaftlicher Interessen im Inland ihren Wohnsitz in das niedrig besteuernde Ausland, erweitert § 2 AStG für das Jahr des Wegzugs und die nachfolgenden zehn Jahre die normale beschränkte Steuerpflicht in § 49 EStG. Durch § 2 AStG wird die beschränkte Steuerpflicht (§§ 49 und 50 EStG) mithin in der Weise erweitert, dass nicht nur die in § 49 Abs. 1 EStG enumerativ aufgeführten Inlandseinkünfte, sondern in Abgrenzung zu § 34d EStG (§ 34c EStG) alle nicht ausländischen Einkünfte als sog. erweiterte Inlandseinkünfte erfasst und dem progressiven Steuersatz unterworfen werden; darüber hinaus wird die für die abzugspflichtigen Einkünfte gemäß § 50 Abs. 2 S. 1 EStG vorgesehene Abgeltungswirkung aufgehoben. **285**

§ 2 AStG soll dazu beitragen, die steuerliche Attraktivität des als „ökonomische Wahlhandlung" gesehenen Wegzuges in das nach der Definition des Gesetzgebers niedrig besteuernde Ausland oder der gänzlichen Vermeidung der unbeschränkten Steuerpflicht in einem Staat für geraume Zeit zu reduzieren. In der Gesetzesbegründung[2] wird dazu ausgeführt: „Wer seinen Wohnsitz in niedrig besteuernde Länder verlegt, aber wesentliche Wirtschaftsinteressen im deutschen Inland beibehält, soll auch nach der Wohnsitzverlegung mit seinem deutschen Einkommen und deutschen Vermögen zu einer Besteuerung herangezogen werden, wie sie der im Inland verbliebene unter gleichen Bedingungen zu tragen hat. Der Gesetzesentwurf erweitert deshalb bei diesem Personenkreis für die ersten zehn Jahre nach der Wohnsitzverlegung die jeden Steuerausländer treffende beschränkte Steuerpflicht".

Der Proband, Otto Müller, ist Deutscher, war innerhalb der letzten zehn Jahre mindestens fünf Jahre unbeschränkt steuerpflichtig und verzieht in ein Niedrigsteuergebiet. Er verfügt über drei Einkunftsquellen, die es näher zu untersuchen gilt: Da sind zunächst seine Einkünfte aus nichtselbstständiger Tätigkeit. Wegen der ausschließlichen Ausübung seiner Tätigkeit im Inland unterliegt er mit diesen schon der beschränkten Steuerpflicht gemäß § 49 Abs. 1 Nr. 4 lit. a EStG. Des Weiteren erzielt er Einkünfte aus der Erbringung von Dienstleistungen, indem er das Sponsorlogo der Sportive GmbH trägt. Dabei handelt es sich um Einkünfte aus Gewerbebetrieb. Aus dem Sachverhalt geht jedoch nicht hervor, dass Otto Müller im Inland über eine Betriebsstätte verfügt, so dass Einkünfte nach § 49 Abs. 1 Nr. 2 lit. a EStG ausscheiden. Insoweit kommt die Regelung in § 2 Abs. 1 S. 2 AStG zur Anwendung. Nach dieser Regelung können von § 2 AStG Einkünfte aus Gewerbebetrieb erfasst werden, für die weder im Inland noch im Ausland eine Betriebsstätte besteht und dort auch kein ständiger Vertreter bestellt ist. Des Weiteren erzielt Otto Müller Einkünfte aus der Vermarktung der Rechte an seinem

2 BT-Drs. 6/3537.

Namen und an seinem Bild. Diese Einkünfte unterliegen gemäß § 49 Abs. 1 Nr. 6 EStG der beschränkten Steuerpflicht.

Gliederung

286 **I. Erweitert beschränkte Steuerpflicht, § 2 AStG**

1. Natürliche Person
2. Vormalige unbeschränkte Steuerpflicht
3. Als Deutscher
4. Ansässigkeit im Ausland
5. Niedrigbesteuerung, § 2 Abs. 2 AStG
   a) Abstrakter Belastungsvergleich
   b) Konkreter Belastungsvergleich
6. Wesentliche Inlandsinteressen, § 2 Abs. 3 AStG
   a) Beteiligung an inländischen Gewerbebetrieben
   b) Wesentliche nichtausländische Einkünfte
      aa) Einkünfte aus Gewerbebetrieb
      bb) Nichtausländische Einkünfte
         (1) Einkünfte aus Gewerbebetrieb ohne Betriebsstätte
         (2) Einkünfte aus der Rechteverwertung
         (3) Einkünfte aus nichtselbstständiger Tätigkeit

II. Ergebnis

Lösung

I. Erweitert beschränkte Steuerpflicht, § 2 AStG

Eine natürliche Person, die in den letzten zehn Jahren vor dem Ende ihrer unbeschränkten Steuerpflicht nach § 1 Abs. 1 S. 1 des Einkommensteuergesetzes als Deutscher insgesamt mindestens fünf Jahre unbeschränkt einkommensteuerpflichtig war und (1.) in einem ausländischen Gebiet ansässig ist, indem sie mit ihrem Einkommen nur einer niedrigen Besteuerung unterliegt, oder in keinem ausländischen Gebiet ansässig ist und (2.) wesentliche wirtschaftliche Interessen im Geltungsbereich dieses Gesetzes hat, ist bis zum Ablauf von zehn Jahren nach Ende des Jahres, indem ihre unbeschränkte Steuerpflicht geendet hat, über die beschränkte Steuerpflicht im Sinne des Einkommensteuergesetzes hinaus beschränkt einkommensteuerpflichtig mit allen Einkünften iSd § 2 Abs. 1 S. 1 HS. 1 des Einkommensteuergesetzes, die bei unbeschränkter Einkommensteuerpflicht nichtausländische Einkünfte iSd § 34d des EStG sind. **287**

1. Natürliche Person

Der Anwendungsbereich des § 2 AStG ist nur bei natürlichen Personen eröffnet; der Gesetzgeber[3] sah in der persönlichen Bindung des Steuerpflichtigen das entscheidende Kriterium für die Einführung der Vorschrift. **288**

Otto Müller ist als lebender Mensch in seiner Rolle als Rechtssubjekt, dh als Träger von Rechten und Pflichten eine natürliche Person.

2. Vormalige unbeschränkte Steuerpflicht

Die erweitert beschränkte Steuerpflicht iSv § 2 AStG kommt nur zur Anwendung, wenn die natürliche Person in den letzten zehn Jahren vor dem Ende ihrer unbeschränkten Steuerpflicht nach § 1 Abs. 1 S. 1 EStG als Deutscher insgesamt mindestens fünf Jahre unbeschränkt einkommensteuerpflichtig war. Dafür muss die natürliche Person in Deutschland einen Wohnsitz iSv § 8 AO und/oder ihren gewöhnlichen Aufenthalt iSv § 9 AO gehabt haben. **289**

Otto Müller lebte seit seiner Geburt in Hamburg. Er ist nun 26 Jahre alt und übte seine Beschäftigung bisher in Deutschland aus. Aus diesen Angaben ist zu schlussfolgern, dass Otto Müller in den letzten zehn Jahren ausgehend vom Dezember 2013 mindestens fünf Jahre unbeschränkt steuerpflichtig gewesen ist. Er lebte in Hamburg, so dass er dort einen Wohnsitz und seinen gewöhnlichen Aufenthalt gehabt hat. Zudem ist den Hinweisen zum Sachverhalt zu entnehmen, dass er zum 1. Januar 2014 seinen einzigen Wohnsitz auf die Bermudas verlegt hat und sich fortan dort für gewöhnlich auch aufhält. Begriffsnotwendig setzt die Verlegung bzw. Aufgabe von Wohnsitz und gewöhnlichen Aufenthalt voraus, dass diese einmal begründet waren. Dafür kommt nach dem Sach-

3 BT-Drs. 6/2883.

verhalt nur Deutschland in Betracht. Somit ist die Voraussetzung der vormaligen unbeschränkten Steuerpflicht erfüllt.

3. Als Deutscher

290 Die erweitert beschränkte Einkommensteuerpflicht setzt weiter voraus, dass die unbeschränkt steuerpflichtige natürliche Person während der zehn dem Statuswechsel vorangehenden Jahren mindestens fünf Jahre Deutscher war. Ob die Person daneben noch eine oder mehrere weitere Nationalitäten besitzt, ist unerheblich.[4] Wer Deutscher ist, bestimmt sich nach dem Staatsangehörigkeitsgesetz.[5] Nach den Hinweisen zum Sachverhalt ist Otto Müller Deutscher; auch diese Voraussetzung ist mithin erfüllt.

4. Ansässigkeit im Ausland

291 Der Auswanderer müsste nach seinem Wegzug im niedrig besteuernden Ausland ansässig werden oder darf in keinem ausländischen Gebiet ansässig sein (§ 2 Abs. 1 S. 1 Nr. 1 AStG). Auffallend ist die Verwendung des Begriffs „Ansässigkeit". Dieser Begriff ist dem Abkommensrecht entlehnt und findet im innerstaatlichen deutschen Steuerrecht keine Entsprechung. Gleichwohl hat der Gesetzgeber vorausschauend gehandelt, indem er auf die Begriffe des Wohnsitzes und des gewöhnlichen Aufenthaltes verzichtet hat. Denn das im ausländischen Gebiet geltende Steuerrecht kann einerseits die Steuerpflicht an hiervon abweichende Merkmale anknüpfen; und selbst wenn die dortige Steuerpflicht ebenfalls durch einen vergleichbaren Wohnsitz oder vergleichbaren gewöhnlichen Aufenthalt begründet würde, wäre das Verständnis dieser Begriffe im ausländischen Steuerrecht aller Wahrscheinlichkeit nach nicht deckungsgleich mit den Inhalten der Vorschriften der §§ 8 und 9 AO.[6] Gleichwohl können für das Merkmal der Ansässigkeit ein ausländischer vergleichbarer Wohnsitz oder vergleichbarer gewöhnlicher Aufenthalt herangezogen werden, wenn sie im Ausland zur Steuerpflicht führen.[7] Das ist aber dann nicht zwingend, wenn auch andere Merkmale, wie zB die Verweildauer oder die Staatsangehörigkeit die unbeschränkte Steuerpflicht im Ausland begründen.[8] Entscheidend ist jedenfalls, dass die Anknüpfungsmerkmale für eine Steuerpflicht im Ausland nach dem ausländischen Steuerrecht und nicht nach dem deutschen Steuerrecht beurteilt wird.

Nach den Hinweisen zum Sachverhalt führt der Wohnsitz Otto Müllers auf den Bermudas nach dortigem Steuerrecht zu unbeschränkter Steuerpflicht. Somit gilt Otto Müller für Zwecke der Anwendung des § 2 AStG auf den Bermudas als ansässig.

---

4 BMF v. 14.5.2004, Az.: IV B 4-11/04, BStBl. I 2004, Sondernummer 1/2004, 3 Tz 2.1.1.
5 *Flick/Wassermeyer*, FR 1974, 545; aA BMF-Schreiben v. 14.5.2004, Az.: IV B 4-11/04, BStBl. I 2004, Sondernummer 1/2004, 3: Art. 116 GG ist maßgeblich.
6 *Baßler*, in: *Flick/Wassermeyer/Baumhoff* (Hrsg.), Außensteuerrecht, § 2 AStG Rn 55.
7 BMF-Schreiben v. 14.5.2004, Az.: IV B 4-11/04, BStBl. I 2004, Sondernummer 1/2004, 3 Tz 2.1.1.
8 *Weggenmann*, in: *Haase* (Hrsg.), AStG/DBA, § 2 AStG Rn 49.

5. Niedrigbesteuerung, § 2 Abs. 2 AStG

Eine niedrige Besteuerung liegt vor, wenn die Belastung durch die in dem ausländischen Gebiet erhobene Einkommensteuer – nach dem Tarif unter Einbeziehung von tariflichen Freibeträgen – bei einer in diesem Gebiet ansässigen unverheirateten natürlichen Person, die ein steuerpflichtiges Einkommen von € 77 000,00 bezieht, um mehr als ein Drittel geringer ist als die Belastung einer im Geltungsbereich dieses Gesetzes ansässigen natürlichen Person durch die deutsche Einkommensteuer unter sonst gleichen Bedingungen, es sei denn die Person weist nach, dass die von ihrem Einkommen insgesamt zu entrichtenden Steuern mindestens zwei Drittel der Einkommensteuer betragen, die sie unbeschränkter Steuerpflicht nach § 1 Abs. 1 des EStG zu entrichten hätte. **292**

Darüber hinaus liegt eine niedrige Besteuerung vor, wenn die in dem ausländischen Gebiet erhobene Einkommensteuer aufgrund einer gegenüber der allgemeinen Besteuerung eingeräumten Vorzugsbesteuerung erheblich gemindert sein kann. Für diesen Fall bestehen nach dem Sachverhalt keine Anhaltspunkte, so dass eine weitere Prüfung entbehrlich ist.

a) Abstrakter Belastungsvergleich

Die erste Alternative in § 2 Abs. 2 Nr. 1 AStG stellt auf einen abstrakten Belastungsvergleich ab. Abgestellt wird auf die Steuerbelastungsquote einer unverheirateten natürlichen Person mit einem steuerpflichtigen Einkommen von € 77 000,00. Als Vergleichsgröße gilt die Einkommensteuer, die für diese Person in dem ausländischen Wohnsitzstaat zu erheben wäre, bezogen auf die Einkommensteuer, die bei inländischer unbeschränkter Steuerpflicht erhoben werden müsste. Bei einem zu versteuernden Einkommen i.H.v. € 77 000,00 betrug die Steuer im Veranlagungszeitraum 2014 in Deutschland € 24 174,00 nach der Einkommensteuergrundtabelle. Das entspricht einem Durchschnittssatz i.H.v. 31,40%. Damit liegt eine niedrige Besteuerung auf den Bermudas vor, wenn die dort erhobene Einkommensteuer zu einer Steuerbelastung von unter 20,93% führt, bzw. bei einer absoluten ausländischen Ertragssteuer hinter € 16 116,00 zurückbleibt. **293**

Nach den Hinweisen zum Sachverhalt wird auf den Bermudas eine Einheitssteuer i.H.v. 10% des Einkommens erhoben. Damit wird sowohl die Steuerbelastung unterschritten als auch die absolute Größe der ausländischen Ertragssteuer (€ 7700,00). Somit liegt bei einem abstrakten Belastungsvergleich eine Niedrigbesteuerung vor.

b) Konkreter Belastungsvergleich

Das Gesetz hat den konkreten Belastungsvergleich als vom Steuerpflichtigen nachzuweisenden Escape ausgestaltet, um den Rechtsfolgen der erweitert beschränkten Steuerpflicht entgehen zu können. Führt der abstrakte Belastungsvergleich zur Annahme einer niedrigen Besteuerung, liegt aber die für den Steuerpflichtigen konkret im jeweiligen Veranlagungszeitraum maßgebliche Durchschnittsbelastung über der zwei Drittel-Schwelle, so muss der Steuerpflichtige dies im Wege des konkreten Belastungsvergleichs geltend machen.[9] Der Nachweis dieser zwei Drittel-Belastung erfolgt durch **294**

9 *Elicker*, in: *Blümich* (Hrsg.), EStG/KStG/GewStG, § 2 AStG Rn 27.

einen konkreten Belastungsvergleich im Rahmen einer Schattenveranlagung. Bemessungsgrundlage für die Vergleichsberechtigung ist das Einkommen. Soweit es um die im Ausland hierauf entrichteten Steuern geht, ist auf das Einkommen iSd betreffenden ausländischen Steuerrechts abzustellen. Für die Vergleichsrechnung sind neben der deutschen Einkommensteuer auch die im Ansässigkeitsstaat und in Drittstaaten zu entrichtenden ausländischen Ertragssteuern zu berücksichtigen. Im Rahmen der Vergleichsrechnung sind bei Ermittlung der bei unbeschränkter Steuerpflicht zu entrichtenden deutschen Einkommensteuer Entlastungen zwecks Vermeidung der Doppelbesteuerung aufgrund von Doppelbesteuerungsabkommen und gemäß § 34c EStG zu berücksichtigen.[10]

Otto Müller bezieht nur Einkünfte, die bei unbeschränkter Steuerpflicht in Deutschland sämtlich ohne ausländische Steuern in die Einkommensteuerbemessungsgrundlage einzubeziehen wären. Bei einem Steuersatz von 10% auf den Bermudas und der Anordnung, bei der Ermittlung der ausländischen Steuer nicht auf die tatsächlich entrichtete ausländische Steuer, sondern auf die ausländische Steuer, die angefallen wäre, wenn bei gleichen Einkünften der Steuerpflichtige nicht beschränkt, sondern unbeschränkt steuerpflichtig wäre, zurückzugreifen, kann sich keine zwei Drittel-Belastung ergeben. Somit kann auch der konkrete Belastungsvergleich die Annahme einer Niedrigbesteuerung nicht verhindern.

6. Wesentliche Inlandsinteressen, § 2 Abs. 3 AStG

295 Eine Person hat wesentliche wirtschaftliche Interessen, wenn (1.) sie zu Beginn des Veranlagungszeitraums Unternehmer oder Mitunternehmer eines im Geltungsbereich dieses Gesetzes belegenen Gewerbebetriebes ist oder, sofern sie Kommanditist ist, mehr als 25% der Einkünfte iSd § 15 Abs. 1 S. 1 Nr. 2 des Einkommensteuergesetzes aus der Gesellschaft auf sie entfallen oder ihr eine Beteiligung iSd § 10 Abs. 1 des EStG an eine inländische Kapitalgesellschaft gehört oder (2.) ihre Einkünfte, die bei unbeschränkter Einkommensteuerpflicht nicht ausländische Einkünfte iSd § 34c Abs. 1 des Einkommensteuergesetzes sind, im Veranlagungszeitraum mehr als 30% ihrer sämtlichen Einkünfte betragen oder € 62 000,00 übersteigen oder (3.) zu Beginn des Veranlagungszeitraums ihr Vermögen, dessen Erträge bei unbeschränkter Einkommensteuerpflicht nicht ausländische Einkünfte iSd § 34c Abs. 1 des Einkommensteuergesetzes wären, mehr als 30% ihres Gesamtvermögens beträgt oder € 154 000,00 übersteigt.

Zunächst ist festzuhalten, dass Otto Müller weder Mitunternehmer eines Gewerbebetriebes ist noch Otto Müller eine Beteiligung iSd § 17 Abs. 1 EStG gehört. Auch sind dem Sachverhalt keine Angaben zu den Verhältnissen seines Vermögens zu entnehmen. Insoweit kann auf weitere Ausführungen im Rahmen der Lösung verzichtet werden.

a) Beteiligung an inländischen Gewerbebetrieben

296 Otto Müller könnte Unternehmer eines inländischen Gewerbebetriebs sein. Dafür ist erforderlich ein inländischer Gewerbebetrieb iSv § 15 Abs. 2 EStG. Eine selbstständige nachhaltige Betätigung, die mit der Absicht, Gewinn zu erzielen, unternommen wird

10 *Weggenmann*, in: *Haase* (Hrsg.), AStG/DBA, § 2 AStG Rn 82.

und sich als Beteiligung am allgemeinen wirtschaftlichen Verkehr darstellt, ist Gewerbebetrieb, wenn die Betätigung weder als Ausübung von Land- und Forstwirtschaft noch als Ausübung eines freien Berufs noch als eine andere selbstständige Tätigkeit anzusehen ist und über die reine Vermögensverwaltung (§ 14 S. 3 AO) hinausgeht. Otto Müller erbringt gegenüber der Sportive GmbH eine Dienstleistung, indem er das Logo der GmbH ständig zur Schau trägt. Dienstleistung steht eine Vergütung i.H.v. € 150 000,00 jährlich gegenüber. Insoweit sind die Merkmale des Gewerbebetriebs iSv § 15 Abs. 2 EStG unzweifelhaft erfüllt; zumal sich die Tätigkeit nicht als reine Vermögensverwaltung iSv § 14 S. 3 AO darstellt. Bei dieser Form der Dienstleistung ist schon nicht ersichtlich, welche Art von Vermögen verwaltet werden könnte.

Der Gewerbebetrieb müsste in Deutschland belegen sein. Dieses ist erfüllt, wenn der Gewerbebetrieb zumindest auch über eine inländische Betriebsstätte iSv § 12 AO verfügt.[11] Betriebsstätte gemäß § 12 S. 1 AO jede feste Geschäftseinrichtung oder Anlage, die der Tätigkeit eines Unternehmens dient. Dem Sachverhalt sind keine Aussagen dahin zu entnehmen, dass Otto Müller im Inland über eine Betriebsstätte verfügt. Vielmehr werden die in Rede stehenden Tätigkeiten von seinem Wohnsitz organisiert. Somit ist Otto Müller kein Unternehmer iSv § 2 Abs. 3 Nr. 1 AStG und hat insoweit keine wesentlichen wirtschaftlichen Interessen im Inland.

b) Wesentliche nichtausländische Einkünfte

Weiter könnte Otto Müller wesentliche wirtschaftliche Interessen im Inland iSv § 2 Abs. 3 Nr. 2 AStG haben: Danach hat eine Person derartige Interessen, wenn ihre Einkünfte, die bei unbeschränkter Einkommensteuerpflicht nicht ausländische Einkünfte iSd § 34c Abs. 1 des Einkommensteuergesetzes sind, im Veranlagungszeitraum mehr als 30% ihrer sämtlichen Einkünfte betragen. **297**

aa) Einkünfte aus Gewerbebetrieb

Die Annahme von Einkünften aus Gewerbebetrieb durch die „Zur-Schau-Stellung" des Logos der Sportive GmbH scheiterte soeben an dem Vorliegen einer inländischen Betriebsstätte. Insoweit ist schon an dieser Stelle auf die Regelung in § 2 Abs. 1 S. 2 AStG hinzuweisen, aufgrund der eine inländische Betriebsstätte fingiert wird, um Einkünfte – wie die hier in Rede stehenden – als Einkünfte aus Gewerbebetrieb qualifizieren zu können. Dazu wird sogleich unter bb. (1) Stellung genommen.

bb) Nicht ausländische Einkünfte

Der Tatbestand des § 2 Abs. 3 Nr. 2 AStG knüpft an die nicht ausländischen Einkünfte iSd § 34d EStG an. Hiernach liegen wesentliche wirtschaftliche Inlandsinteressen vor, wenn die ermittelten nicht ausländischen Einkünfte in einem Veranlagungszeitraum mehr als 30% des Gesamtbetrags der Einkünfte oder mehr als € 62 000,00 ausmachen. Unter den Begriff der nicht ausländischen Einkünfte iSv §§ 34c Abs. 1 und 34d EStG fallen die inländischen Einkünfte iSd § 49 Abs. 1 EStG und zusätzlich die Einkünfte, **298**

11 *Weggenmann*, in: *Haase* (Hrsg.), AStG/DBA, § 2 AStG Rn 93.

welche nicht nach § 34d EStG ausländisch sind.[12] Das bedeutet, § 2 AStG beinhaltet § 49 Abs. 1 EStG und erweitert diesen.[13]

Die Gegenposition geht davon aus, die unter die erweiterte beschränkte Steuerpflicht fallenden Einkünfte seien allein als Negativabgrenzung zu den ausländischen Einkünften gemäß § 34d EStG zu ermitteln und Einkünfte gemäß § 49 Abs. 1 EStG seien davon abzugrenzen. Dies ergebe sich vor allem aus dem klaren Regelungswortlaut, der über die beschränkte Steuerpflicht hinaus nur jene Einkünfte der Steuerpflicht des § 2 AStG unterwerfe, welche bei unbeschränkter Einkommensteuerpflicht nicht ausländischer Einkünfte iSd § 34c Abs. 1 des EStG seien. Beschränkt steuerpflichtige Einkünfte seien in diesem Sinne aber gerade keine nicht ausländischen Einkünfte. Es seien vielmehr ausländische Einkünfte, die infolge ihrer Inlandsverknüpfung auch zu inländischen Einkünften bestimmt würden. Mit den nicht ausländischen Einkünften orientiere sich der Gesetzgeber jedoch an § 34c iVm § 34d EStG und treffe die gesetzliche Entscheidung, die betreffenden Einkünfte aus der Sicht des Auslands zu bestimmen.

Der BFH[14] folgt dieser Auffassung nicht: Zwar sei es richtig, dass nach § 2 Abs. 1 AStG eine natürliche Person nur mit Einkünften iSd § 2 Abs. 1 S. 1 HS. 1 EStG beschränkt steuerpflichtig ist, die bei unbeschränkter Einkommensteuerpflicht nichtausländischer Einkünfte iSd § 34c Abs. 1 des EStG sind. Sie sei dies aber über die beschränkte Steuerpflicht iSd EStG hinaus. Die erweitert beschränkte Steuerpflicht grenze also von der einfach beschränkten Steuerpflicht ab. Zugleich beziehe sie die einfach beschränkte Steuerpflicht in ihren Regelungsbereich jedoch mit ein, weite jene beschränkte Steuerpflicht also aus und bestimme sich hiernach mit allen aus der Sicht Deutschlands inländischen und damit nichtausländischen Einkünften, um die wesentlichen wirtschaftlichen Interessen im Geltungsbereich dieses Gesetzes umfassend abzubilden. Verstünde man die Inbezugnahme der einfach beschränkten Steuerpflicht demgegenüber als Einschränkung der erweitert beschränkten Steuerpflicht gemäß § 2 AStG, würde dieses Ziel nur unvollkommen erreicht.

(1) Einkünfte aus Gewerbebetrieb ohne Betriebsstätte

299 Die gewerblichen Einkünfte Otto Müllers könnten unter Anwendung der Regelung in § 2 Abs. 1 S. 2 AStG als nichtausländische Einkünfte im Rahmen der erweitert beschränkten Steuerpflicht erfasst werden. Danach gilt: Für Einkünfte der natürlichen Person, die weder durch deren ausländische Betriebsstätte noch durch deren in einem ausländischen Staat tätigen ständigen Vertreter erzielt werden, ist für die Anwendung dieser Vorschrift das Bestehen einer inländischen Geschäftsleitungsbetriebsstätte der natürlichen Person anzunehmen, der solche Einkünfte zuzuordnen sind. Die Regelung ist die Reaktion des Gesetzgebers auf die Entscheidung des BFH vom 19. Dezember 2007[15], in der das Gericht feststellte, dass es keine betriebsstättenlosen gewerblichen Einkünfte (sog. „floating income") geben kann. Dieses folgt nach Auffassung des BFH aus der

12 *Schaumburg*, Internationales Steuerrecht, Rn 5.314.
13 AA *Wassermeyer*, in: *Flick/Wassermeyer/Baumhoff* (Hrsg.), Außensteuerrecht, § 2 AStG Rn 22.
14 Urteil v. 19.12.2007, Az.: I R 19/06, BFH/NV 2008, 672.
15 Urteil, Az.: I R 19/06, IStR 2008, 30.

Zentralfunktion der Betriebsstätte nach § 12 S. 2 Nr. 1 AO, welche im Ergebnis keinen Raum für betriebsstättenlose gewerbliche Einkünfte lässt.

Der Gesetzgeber[16] begründet die Gesetzesänderung im Wesentlichen wie folgt: „Durch die Neuregelung wird die dem § 2 AStG zugedachte Wirkung sichergestellt. Einkünfte aus Gewerbebetrieb sind nach § 34d Nr. 2 lit. a EStG ua dann ausländisch, wenn sie durch eine in einem ausländischen Staat belegene Betriebsstätte – auch durch eine Geschäftsleitungsbetriebsstätte iSd § 12 S. 2 Nr. 1 AO – erzielt werden. Der Bundesfinanzhof hat mit Urteil vom 19. Dezember 2007 in der Wohnung eines erweitert beschränkt Steuerpflichtigen in einem Niedrigsteuerland eine Geschäftsleitungsbetriebsstätte angenommen. Er hat hier Einkünfte aus Gewerbebetrieb zugeordnet und diese Einkünfte damit der deutschen Besteuerung entzogen. Mit der Frage, ob am Wohnsitz tatsächlich eine Geschäftsleitungsbetriebsstätte bestand, der die Einkünfte funktional zuzuordnen sind, hat sich das Gericht nicht auseinandergesetzt, weil es mangels anderer Betriebsstätte aus seiner Sicht keine Alternative gab. Nach seiner Auffassung gibt es nämlich keine betriebsstättenlosen gewerbliche Einkünfte. Durch eine solche Auslegung wird indessen die Vorschrift des § 2 AStG, wie das Gericht seiner Entscheidung selbst zum Ausdruck bringt, für gewerbliche Einkünfte weitgehend die Wirkung genommen. Dagegen erscheint es zutreffend, Einkünfte, die örtlich funktional keiner konkreten Betriebsstätte zuzuordnen sind, dem Unternehmen selbst, dh dem Steuerpflichtigen persönlich, zuzurechnen. Gewerbliche Einkünfte müssen nicht in jedem Fall einer Betriebsstätte zugeordnet werden." **300**

Otto Müller organisiert seine gewerblichen Tätigkeiten an verschiedenen Orten und bedient sich dabei lediglich der modernen Technik. Seine Tätigkeiten können mithin keinem festen Ort zugeordnet werden. Es greift die Fiktion in § 2 Abs. 1 S. 2 AStG: Seine Einkünfte aus Gewerbebetrieb werden einer inländischen Geschäftsleitungsbetriebsstätte zugeordnet. Somit handelt es sich bei den gewerblichen Einkünften um nichtausländische Einkünfte, die in die erweitert beschränkte Steuerpflicht einbezogen werden.

(2) Einkünfte aus der Rechteverwertung

Die Einkünfte aus der Überlassung der Rechte zur Verwertung des Namens und des Bildes Otto Müllers könnten zu den Einkünften gemäß § 49 Abs. 1 Nr. 6 EStG gehören. Inländische Einkünfte sind danach Einkünfte aus Vermietung und Verpachtung (§ 21 EStG), soweit sie nicht zu den Einkünften iSd Nr. 1–5 gehören, wenn die Rechte in einer inländischen Betriebsstätte oder in einer anderen Einrichtung verwertet werden. **301**

Zunächst ist festzuhalten, dass die Regelung in § 49 Abs. 1 Nr. 6 EStG auch dann zu prüfen wäre, wenn nach inländischem Steuerrecht die in Rede stehenden Einkünfte zu solchen aus Gewerbebetrieb gemäß § 21 Abs. 3 EStG gehörten. Insoweit fände die isolierende Betrachtungsweise gemäß § 49 Abs. 2 EStG Anwendung. Danach bleiben im Ausland gegebene Besteuerungsmerkmale außer Betracht, soweit bei ihrer Berücksichtigung inländische Einkünfte iSd Abs. 1 nicht angenommen werden könnten. Dieses wäre das Merkmal der Gewerblichkeit, welches nach inländischem Steuerrecht zur Umquali-

16 BT-Drs. 16/1494.

fizierung der Vermietungseinkünfte führte und mangels vorliegend einer Betriebsstätte keine inländische Besteuerung auslösen würde. Zur Vermeidung der Ungleichbehandlung zwischen ausländischen Gewerbetreibenden und ausländischen Privatpersonen wird somit die Umqualifizierung negiert.

302 Als Einkünfte aus Vermietung und Verpachtung kommen hier nur solche des § 21 Abs. 1 S. 1 Nr. 3 EStG in Betracht. Dies sind Einkünfte aus der zeitlich begrenzten Überlassung von Rechten, insbesondere von schriftstellerischen, künstlerischen und gewerblichen Urheberrechten, von gewerblichen Erfahrungen und von Gerechtigkeiten und Gefällen. Hierunter fällt auch die Überlassung von Persönlichkeitsrechten, wie das Recht am eigenen Bild und Namen, da der Wortlaut des § 21 Abs. 1 S. 1 Nr. 3 EStG keine abschließende, sondern nur eine beispielhafte Aufzählung der überlassenen Rechte enthält.[17] Zu den Rechten iSd § 21 Abs. 1 Nr. 3 EStG gehören auch Rechte am Namen und am Bild eines Sportlers, wenn sie von dem Sportler selbst in Verkehr gebracht und einem Dritten gegen Entgelt zur Nutzung überlassen werden. Aus Sicht des Leistenden und auch aus Sicht des Leistungsempfängers macht es keinen Unterschied, ob ein ordinäres oder ein derivatives Recht überlassen oder genutzt wird.[18] Somit handelt es sich bei den Einkünften aus der Überlassung der Rechte um nichtausländische Einkünfte, die in die erweitert beschränkte Steuerpflicht einbezogen werden.

Des Weiteren werden die Rechte in der inländischen Betriebsstätte der Verlags GmbH verwertet; somit erzielt Otto Müller insoweit Einkünfte aus Vermietung und Verpachtung.

(3) Einkünfte aus nichtselbstständiger Tätigkeit

303 Zu den inländischen Einkünften gehören Einkünfte aus nichtselbstständiger Arbeit (§ 19 EStG), die im Inland ausgeübt oder verwertet wird oder worden ist (§ 49 Abs. 1 Nr. 4 lit. a EStG).

Dem Sachverhalt kann entnommen werden, dass Otto Müller Einkünfte aus nichtselbstständiger Tätigkeit bezieht. Die Autorennen, die Otto Müller im Rahmen seines Dienstverhältnisses bestreitet, werden ausschließlich im Inland ausgerichtet. Somit übt Otto Müller seine nichtselbstständige Arbeit in vollem Umfang im Inland aus. Bei den Einkünften aus nichtselbstständiger Arbeit handelt es sich also um nichtausländische Einkünfte, die in die erweitert beschränkte Steuerpflicht einbezogen werden.

II. Ergebnis

304 Otto Müller ist erweitert beschränkt steuerpflichtig iSv § 2 AStG. In die erweitert beschränkte Steuerpflicht sind seine gewerblichen Einkünfte, seine Einkünfte aus der Rechteüberlassung und seine Einkünfte aus nichtselbstständiger Arbeit einzubeziehen. Die Einkünfte betragen mehr als 30% seiner sämtlichen Einkünfte und übersteigen € 62 000,00. Auch die Einschränkung in § 2 Abs. 1 S. 3 AStG findet keine Anwendung, da die insgesamt beschränkt steuerpflichtigen Einkünfte mehr als € 16 500,00 betragen.

17 BFH-Urteil v. 28.1.2004, Az.: I R 73/02, BStBl. II 2005, 550.
18 BFH-Urteil v. 19.12.2007, Az.: I R 19/06, IStR 2008, 330.

Teil 4

Gesetz über die Besteuerung bei Auslandsbeziehungen

A. Einkünfteberichtigung bei verbundenen Unternehmen

Fall 7

Die Rechnung ohne den Wirt gemacht

Schwerpunkte: § 1 AStG Fremdvergleichsgrundsatz, Verrechnungspreise, Abgrenzung zu anderen Korrekturnormen (LB § 4 Rn 429–454)

Selina Morales, geboren in Andorra la Vella/Andorra, andorranische Staatsangehörige **305** lebt aus beruflichen Gründen seit 15 Jahren in Dresden, denn sie ist dort angestellte Kuratorin eines bedeutenden Museums. Vor zwölf Jahren hatte Selina Morales als letzte Familienangehörige ihren Vater beerbt. Die Erbschaft bestand im Wesentlichen aus Aktien und Barvermögen. So vermachte der Vater Selina Morales achtzig Prozent der Geschäftsanteile an der K-Holding SA. Die K-Holding SA ist ihrerseits zu sechzig Prozent am Kapital der Turismo SA beteiligt. Beide Gesellschaften haben ihren Sitz und ihren Ort der Geschäftsleitung in Andorra la Vella. Die übrigen zwanzig Prozent der Geschäftsanteile an der K-Holding SA gehören Isabel Sanchez, einer Schulfreundin von Selina Morales, die zugleich die Geschäfte beider Gesellschaften in Andorra führt. Die übrigen vierzig Prozent der Anteile (Aktien) an der Turismo SA befinden sich im Streubesitz.

Im Rahmen eines Besuchs Anfang 2015 erläuterte Isabel Sanchez ihrer Freundin ihre Expansionspläne in der Turismo SA. Selina Morales hörte gespannt zu und war von den Plänen vollumfänglich überzeugt. Nur die Kapitalaufbringung für die Umsetzung der Pläne bereitete Selina Morales „Bauchschmerzen". Zwar hatten sich die Kapitalmärkte inzwischen wieder beruhigt, so dass die Turismo SA das erforderliche Darlehen i.H.v. T€ 1500 von jeder Bank zu einem Zinssatz von 5% p.a. gewährt bekäme. Selina Morales meint jedoch, dadurch werde die Liquidität der Turismo SA unnötig belastet. Sie möchte daher der Turismo SA das Darlehen selbst zu einem niedrigen Zinssatz in Höhe von 2,5% p.a. gewähren; das hätte ihr Vater bestimmt auch gemacht und er würde sich sicherlich sehr darüber freuen, wäre er noch am Leben. Isabel Sanchez erklärt sich einverstanden. Nach ordnungsgemäßem Vertragsabschluss zahlte am 1. Juli 2011 Selina Morales auf ein Konto der Turismo SA die Darlehensvaluta i.H.v. T€ 1500 ein.

Im Rahmen der Veranlagung Anfang 2016 erlangt der für Selina Morales im FA Dresden zuständige Finanzbeamte Kenntnis von dem Sachverhalt. Ihn stört, dass Selina Morales Einkünfte wahrscheinlich niedriger sind als sie es wären, wenn Selina Morales das Darlehen einem fremden Dritten gewährt hätte. Er möchte die Einkünfte gerne korrigieren und fragt Sie, ob der Sachverhalt von § 1 AStG erfasst ist.

Prüfen Sie, ob eine Berichtigung der Einkünfte Selina Morales nach § 1 AStG erfolgen kann.

Hinweise:

1. Zwischen Deutschland und dem Fürstentum Andorra besteht kein DBA.
2. Eine SA nach dem Recht Andorras entspricht für steuerrechtliche Zwecke einer deutschen AG.
3. Die Anteile am Gesellschaftskapital entsprechen dem gezeichneten Kapital.

Vorüberlegungen

Im vorliegenden Fall gewährt Selina Morales der Turismo SA, einer Kapitalgesellschaft nach dem Recht des Fürstentums Andorra ein Darlehen. Offensichtlich wird dabei ein Zinssatz vereinbart, der nur halb so hoch ist, wie ihn ein Kreditinstitut gefordert hätte. Unterstellt, Selina Morales hätte zu diesen Darlehenskonditionen einem fremden Dritten das Darlehen nicht gewährt, „verzichtet" sie auf die Differenz zwischen dem tatsächlich vereinbarten Zins und dem fiktiven Zins, den ein Kreditinstitut vereinbart hätte. **306**

Eine Berichtigung der Einkünfte Selina Morales ist über § 1 AStG denkbar. Bei grenzüberschreitenden Geschäftsbeziehungen zwischen nahe stehenden Personen sieht § 1 AStG eine Einkünfteberichtigung vor, sofern die Einkünfte dadurch gemindert werden, dass Bedingungen, insbesondere Preise zugrunde gelegt worden sind, die von denen abweichen, die voneinander unabhängige Dritte unter gleichen oder vergleichbaren Verhältnissen vereinbart hätten. In diesem Fall sind die Einkünfte unbeschadet anderer Vorschriften so anzusetzen, wie sie unter den zwischen unabhängigen Dritten vereinbarten Bedingungen angefallen wären. § 1 AStG negiert damit die Steuerbemessungsgrundlage, um Einkünfteverlagerungen in das Ausland zu verhindern.

Im Übungsfall ist besonderes Augenmerk auf die Voraussetzungen der nahe stehenden Person iSv § 1 Abs. 2 AStG zu legen, denn Selina Morales ist an der Turismo SA nur mittelbar (durch die Holding) beteiligt. Erhöhte Aufmerksamkeit verlangt auch die Regelung in § 1 Abs. 4 AStG über die Geschäftsbeziehungen. Auf den ersten Blick sind in der Norm nur die §§ 13, 15, 18 und 21 EStG genannt, während Selina Morales aus der Darlehensgewährung Einkünfte aus Kapitalvermögen gemäß § 20 Abs. 1 Nr. 7 EStG erzielt. Insoweit ist zu beachten, dass die verwirklichten Einkunftstatbestände auch von der nahe stehenden Person verwirklicht werden können, wenn sie im Inland ausgeübt würden.

Gliederung

I. Berichtung von Einkünften, § 1 AStG **307**
1. Unbeschadet anderer Vorschriften
   a) Verdeckte Gewinnausschüttung
   b) Verdeckte Einlage
   c) Zwischenergebnis
2. Einkünfte
3. Steuerpflichtiger
4. Geschäftsbeziehung zum Ausland
   a) Geschäftsbeziehung, § 1 Abs. 4 AStG
   b) Ausland
5. Nahe stehende Person, § 1 Abs. 2 AStG
6. Minderung von Einkünften

II. Ergebnis

Lösung

I. Berichtigung von Einkünften, § 1 AStG

308 Werden Einkünfte eines Steuerpflichtigen aus einer Geschäftsbeziehung zum Ausland mit einer ihm nahe stehenden Person dadurch gemindert, dass er seiner Einkünfteermittlung andere Bedingungen, insbesondere Preise (Verrechnungspreise), zugrunde legt, als sie voneinander unabhängige Dritte unter gleichen oder vergleichbaren Verhältnissen vereinbart hätten (Fremdvergleichsgrundsatz), sind seine Einkünfte unbeschadet anderer Vorschriften so anzusetzen, wie sie unter den zwischen voneinander unabhängigen Dritten vereinbarten Bedingungen angefallen wären.

1. Unbeschadet anderer Vorschriften

309 Die Notwendigkeit, § 1 AStG von anderen Korrekturnormen abzugrenzen, ergibt sich aus dem Wortlaut des Gesetzes selbst; angeordnet ist, dass § 1 AStG nur „unbeschadet anderer Vorschriften" gilt. Daraus folgt, dass § 1 AStG von anderen Berichtigungsvorschriften verdrängt wird und nahezu ohne eigenen Anwendungsbereich verbleibt. Im deutschen Steuerrecht sind weitere Vorschriften verankert, die ebenfalls eine Berichtigung der Einkünfte eines Steuerpflichtigen vorsehen, um zu einem steuerrechtlich angemessenen Ziel zu gelangen. In diesem Zusammenhang sind insbesondere anzuführen die verdeckte Gewinnausschüttung in § 8 Abs. 3 S. 2 KStG und die verdeckte Einlage, § 8 Abs. 3 S. 3 KStG. Weiter sind in § 4 EStG Bestimmungen über die Entnahme und die Einlage vorgesehen. Den Hinweisen zum Sachverhalt kann entnommen werden, dass die Rechtsform einer SA nach dem Recht Andorras einer deutschen Aktiengesellschaft entspricht. Da insoweit die allgemeinen Regelungen über Entnahmen und Einlagen in § 4 EStG im Verhältnis zur Kapitalgesellschaft keine Anwendung finden können, soll es im Rahmen dieser Lösung bei einer Abgrenzung zu den Vorschriften über die verdeckte Gewinnausschüttung und die verdeckte Einlage bleiben.

a) Verdeckte Gewinnausschüttung

310 Unter einer verdeckten Gewinnausschüttung iSd § 8 Abs. 3 S. 2 KStG versteht der BFH[1] in ständiger Rechtsprechung bei einer Kapitalgesellschaft eine Vermögensminderung (verhinderte Vermögensmehrung), die durch das Gesellschaftsverhältnis veranlasst ist, sich auf die Höhe des Einkommens auswirkt und die in keinem Zusammenhang zu einer offenen Ausschüttung steht. Selina Morales gewährt der Kapitalgesellschaft ein Darlehen zu einem niedrigeren Zinssatz. Sie belässt damit mehr Vermögen in der Kapitalgesellschaft als dies ein drittes Kreditinstitut wahrscheinlich getan hätte. Somit mangelt es bereits an einer Vermögensminderung bzw. verhinderten Vermögensmehrung im Vermögen der Kapitalgesellschaft. Somit sind die Regelungen über die verdeckte Gewinnausschüttung nicht anwendbar.

1 Grundlegend: Urteil v. 22.2.1989, Az.: I R 9/85, BStBl. II 1989, 631.

b) Verdeckte Einlage

Eine verdeckte Einlage liegt vor, wenn ein Gesellschafter oder eine die ihm nahe stehende Person der Körperschaft außerhalb der gesellschaftsrechtlichen Einlagen einen einlagefähigen Vermögensvorteil zuwendet und diese Zuwendung durch das Gesellschaftsverhältnis veranlasst ist (R 40 Abs. 1 KStR); verdeckte Einlagen erhöhen das Einkommen nicht, § 8 Abs. 3 S. 3 KStG. Als Gegenstand der verdeckten Einlage kommen nur solche Wirtschaftsgüter in Betracht, die das Vermögen der Kapitalgesellschaft mehren, sei es durch den Ansatz oder die Erhöhung eines Aktivpostens oder den Wegfall oder die Minderung eines Passivpostens.[2] Nicht erfasst werden Nutzungs- oder Leistungsvorteile, da insoweit keine aktivierungsfähigen Wirtschaftsgüter vorliegen – auch nicht in Form einer Kapitalisierung des Jahreswerts der Nutzung.[3] Daher wird eine zinslose oder zinsgünstige Darlehensüberlassung, durch die der begünstigten Kapitalgesellschaft einer Ertragsquelle eröffnet wird, nicht als verdeckte Einlage qualifiziert.[4] **311**

Selina Morales gewährt der Turismo SA ein günstigeres Darlehen als es die Gesellschaft voraussichtlich am freien Markt hätte erlangen können. Dieses stellt einen nicht einlagefähigen Nutzungsvorteil dar. Mithin scheidet auch die verdeckte Einlage als Korrekturmechanismus aus.

c) Zwischenergebnis

Auf den zugrunde liegenden Fall sind keine vorrangigen Korrekturnormen anwendbar; mit hin wird § 1 AStG nicht verdrängt.

2. Einkünfte

§ 1 Abs. 1 AStG erfordert eine Minderung von Einkünften. Unter Einkünfte sind alle die iSd § 2 Abs. 1 EStG zu verstehen, dh es kommt weder auf die Einkunftsart noch auf die Einkünfteermittlung an. Selina Morales erzielt mit den Zinsen Einkünfte aus Kapitalforderungen jeder Art iSv § 20 Abs. 1 Nr. 7 EStG. Somit liegen Einkünfte iSv § 1 Abs. 1 S. 1 AStG vor. **312**

3. Steuerpflichtiger

Als Anknüpfungspunkt für eine Einkünftekorrektur verlangt § 1 AStG eine im Inland steuerpflichtige Person. Dabei beurteilt sich das Bestehen einer Steuerpflicht nach materiellem Recht und nicht nach § 33 AO; die steuerpflichtige Person muss also nach dem Einkommensteuergesetz oder dem Körperschaftsteuergesetz steuerpflichtig sein. Als steuerpflichtige Personen iSv § 1 AStG sind mithin alle natürliche Personen anzusehen, die nach § 1 Abs. 1 EStG einkommensteuerpflichtig sind. Selina Morales ist als lebender Mensch in ihrer Rolle als Rechtssubjekt Träger von Rechten und Pflichten und **313**

2 *Roser*, in: *Gosch* (Hrsg.), KStG, § 8 Rn 105a.
3 BFH-Urteil v. 25.10.1994, Az.: VIII R 65/91, BStBl. II 1995, 312.
4 BFH-Urteil v. 17.10.2001, I R 97/00, BFH/NV 2002, 240 zur zinslosen Kapitalüberlassung.

somit natürliche Person. Zudem kann davon ausgegangen werden, dass sie in Dresden einen Wohnsitz hat. Sie ist mithin unbeschränkt einkommensteuerpflichtig nach § 1 Abs. 1 EStG. Somit ist sie steuerpflichtiger iSv § 1 Abs. 1 S. 1 AStG.

4. Geschäftsbeziehung zum Ausland

314 Das Darlehensverhältnis zwischen Selina Morales und der Turismo SA müsste eine Geschäftsbeziehung iSd AStG sein. Geschäftsbeziehung in diesem Sinn sind wirtschaftliche Vorgänge (Geschäftsvorfälle) zwischen einem Steuerpflichtigen und einer ihm nahe stehenden Person und entweder beim Steuerpflichtigen oder bei der nahe stehenden Person Teil einer Tätigkeit ist, auf die die §§ 13, 15, 18 oder 21 des Einkommensteuergesetzes anzuwenden sind oder im Fall eines ausländischen Nahestehenden anzuwenden wären, wenn die Tätigkeit im Inland vorgenommen würde. Als negative Voraussetzung nennt das Gesetz eine gesellschaftsvertragliche Vereinbarung, deren Vorliegen mithin die Annahme einzelner oder mehrerer zusammenhängender wirtschaftlicher Vorgänge ausschließt.

a) Geschäftsbeziehung, § 1 Abs. 4 AStG

315 Unter Geschäftsbeziehung sind nach der Anordnung im Gesetz einzelne oder mehrere zusammenhängende wirtschaftliche Vorgänge (Geschäftsvorfälle) mit Ausnahme gesellschaftsvertraglicher Vereinbarungen zu verstehen. Einem Geschäftsvorfall liegt dabei regelmäßig eine schuldrechtliche Vereinbarung zu Grunde, § 1 Abs. 4 S. 2 AStG e.c. Vorliegend gewährt Selina Morales der Turismo SA ein Darlehen. Die Rechtsgrundlage für diese Vereinbarung befindet sich in § 488 BGB und damit im Buch über die Schuldverhältnisse. Für eine Vereinbarung, die im Gesellschaftsrecht wurzelt, bieten sich im Sachverhalt keine Anhaltspunkte. Somit handelt es sich um eine Geschäftsbeziehung iSv § 1 Abs. 4 AStG.

Die Zinseinkünfte müssten Teil einer Tätigkeit sein, auf die die §§ 13, 15, 18 oder 21 EStG Anwendung finden, wobei das Gesetz auf den Steuerpflichtigen oder die nahe stehende Person abstellt. Es genügt mithin, dass bei einer dieser Personen die Geschäftstätigkeit Teil einer Tätigkeit ist, auf die die genannten Paragraphen anwendbar sind oder wären, wenn die Tätigkeit im Inland vorgenommen worden wäre. Dadurch erweitert § 1 Abs. 4 AStG die Anwendung auf Fälle, in denen die Beziehung beim Steuerpflichtigen keinen derartigen Bezug aufweist, sondern Teil einer anderen Betätigung, zB eine solche iSv § 20 EStG ist. Die Beziehung fällt hier auch dann unter § 1 AStG, wenn sie beim ausländischen Beteiligten nach deutschem Steuerrecht den Gewinneinkünften zuzuordnen wäre, falls sich der Gesamtvorgang im Inland abspiele.[5]

Würde die Turismo SA im Inland unbeschränkt steuerpflichtig sein, wäre die Geschäftstätigkeit Teil einer Tätigkeit, auf die § 15 EStG anwendbar wäre, weil inländische Kapitalgesellschaften gemäß § 8 Abs. 2 EStG ausschließlich gewerblicher Einkünfte erzielen. Dieses würde in konsequenter Anwendung der Verweisung auf das innerstaatliche

5 *Menck*, in: *Blümich* (Hrsg.), EStG/KStG/GewStG, § 1 AStG Rn 36.

Steuerrecht sogar für die Anwendung der Subsidiaritätsklauseln gelten. Somit handelt es sich hier um eine Geschäftsbeziehung iSv § 1 Abs. 4 AStG.

b) Ausland

Die Geschäftsbeziehung müsste zum Ausland bestehen. Die Geschäftsbeziehung müsste als solche eine Grenzüberschreitende sein. Welches Gebiet zum Ausland und welches Gebiet zum Inland gehört, ist im AStG nicht geregelt. Da § 1 AStG Teil des Ertragsteuerrechts ist, kann insoweit auf § 1 Abs. 1 S. 2 EStG zurückgegriffen werden. Danach gehört in jedem Fall zum Inland, was zum völkerrechtlichen Staatsgebiet der Bundesrepublik Deutschland gehört. Die Turismo SA hat ihren Sitz und den Ort ihrer Geschäftsleitung in Andorra. Das Fürstentum Andorra gehört unzweifelhaft nicht zum Staatsgebiet der Bundesrepublik Deutschland. Somit besteht die Geschäftsbeziehung zum Ausland. **316**

5. Nahe stehende Person, § 1 Abs. 2 AStG

Die Turismo SA müsste eine Selina Morales nahe stehende Person sein. Der Begriff der nahe stehenden Person ist in § 1 Abs. 2 Nr. 1–3 AStG definiert. In Betracht kommt hier allein die Regelung in § 1 Abs. 2 Nr. 1 AStG, so dass die Untersuchung auf diese Regelung beschränkt bleibt. Dem Steuerpflichtigen ist danach eine Person nahe stehend, wenn die Person an dem Steuerpflichtigen mindestens zu einem Viertel unmittelbar oder mittelbar beteiligt (wesentlich beteiligt) ist oder auf den Steuerpflichtigen unmittelbar oder mittelbar einen beherrschenden Einfluss ausüben kann oder umgekehrt der Steuerpflichtige an der Person wesentlich beteiligt ist oder auf diese Person unmittelbar oder mittelbar einen beherrschenden Einfluss ausüben kann. In Betracht kommt hier die Beteiligung Selina Morales an der Turismo SA als Person. **317**

Selina Morales ist Steuerpflichtiger iSv § 1 Abs. 1 S. 1 AStG wie bereits unter I. 3. untersucht wurde. Unter den Begriff „Person" fällt jede, die die Eignung hat, Vereinbarungen zu treffen, die Gegenstand einer Gewinnverlagerung sein könne.[6] Die Turismo SA entspricht einer deutschen Aktiengesellschaft. Mithin ist sie rechtsfähig. Somit hat sie die Eignung, wirksam Verträge schließen zu können, aufgrund dessen Inhalte Einkünfteverlagerungen eintreten können. Somit ist die Turismo SA Person iSv § 1 Abs. 2 Nr. 1 AStG.

Weiter müsste Selina Morales an der Turismo SA wesentlich beteiligt sein. Als wesentliche Beteiligung genügt auch eine mittelbare zumindest einem Viertel. Die mittelbare Beteiligung kann insbesondere durch andere Kapitalgesellschaften vermittelt werden, an denen der Steuerpflichtige unmittelbar oder wiederum mittelbar beteiligt ist. Dem Steuerpflichtigen sind mittelbar gehaltene Beteiligungen in dem Umfang zuzurechnen, dass dem Verhältnis der mittelbaren oder unmittelbaren Beteiligung der Person an der vermittelnden Gesellschaft zur Gesamtheit der Beteiligungen an der vermittelten Gesell-

6 *Wassermeyer*, in: *Flick/Wassermeyer/Baumhoff* (Hrsg.), Außensteuerrecht, § 1 AStG Rn 249.

schaft entspricht.[7] Jegliche Beteiligung beträgt mindestens 25%. Diese ist ausschließlich auf der Basis des gezeichneten Kapitals zu ermitteln.

Selina Morales ist zu 80% am Kapital der K-Holding SA beteiligt, die wiederum zu 60% am Kapital der Turismo SA beteiligt ist. Nach den Hinweisen zum Sachverhalt entspricht das Gesellschaftskapital dem gezeichneten Kapital. Selina Morales ist mithin mittelbar an der Turismo SA zu 40% beteiligt. Somit ist sie wesentlich an der Turismo SA beteiligt.

Selina Morales steht der Turismo SA somit iSv § 1 Abs. 2 Nr. 1 AStG nahe.

6. Minderung von Einkünften

318 Die Geschäftsbeziehung zwischen Selina Morales und der Turismo SA müsste zu einer Einkünfteminderung bei ihr geführt haben. Dabei ist die Einkünfteminderung durch Gegenüberstellung des tatsächlich ermittelten Überschusses mit dem Sollüberschuss, den der Steuerpflichtige erzielt hätte, wenn die von ihm mit der nahe stehenden Person getroffenen Vereinbarung dem Fremdvergleich entsprochen hätte. Der Fremdvergleich idS unterstellt Bedingungen, die voneinander unabhängige Dritte unter gleichen oder ähnlichen Verhältnissen vereinbart hätten und stellt sie den konkreten Bedingungen gegenüber. Für die Anwendung des Fremdsvergleichsgrundsatzes ist gemäß § 1 Abs. 1 S. 2 AStG davon auszugehen, dass die voneinander unabhängigen Dritten alle wesentlichen Umstände der Geschäftsbeziehung kennen und nach den Grundsätzen ordentlicher und gewissenhafter Geschäftsleiter handeln.

Selina Morales gewährt nach den Angaben im Sachverhalt das Darlehen zu dem konkreten Zinssatz aus privaten Gründen. Ein Handeln als ordentlicher Geschäftsleiter in eigenen Angelegenheiten kann darin nicht erblickt werden.

In 2015 gewährte Selina Morales die Turismo SA nach dem vereinbarten Darlehensvertrag Zinsen i.H.v. € 18 750,00. Bei Gegenüberstellung des Sollüberschusses bei Einkünften aus Kapitalvermögen als Überschusseinkunftsart gemäß § 2 Abs. 2 S. 1 Nr. 2 EStG hätte sie Zinsen i.H.v. € 37 500,00 erzielt. Somit liegt eine Minderung von Einkünften vor.

II. Ergebnis

319 Die Kapitaleinkünfte von Selina Morales sind gemäß § 1 Abs. 1 S. 1 AStG zu berichtigen. Voneinander unabhängige Dritte hätten einen Zinssatz i.H.v. 5% vereinbart. Somit sind die Kapitaleinkünfte bei der Veranlagung i.H.v. € 37 500,00 für den Veranlagungszeitraum 2015 anzusetzen.

7 *Wassermeyer*, in: *Flick/Wassermeyer/Baumhoff* (Hrsg.), Außensteuerrecht, § 1 AStG Rn 836.

Fall 8

Funktionen sind wertvoll

Schwerpunkte: Funktionsverlagerung, hypothetischer Fremdvergleich Transferpaket (LB § 4 Rn 427–492)

Die Saugfix GmbH mit Sitz und Ort der Geschäftsleitung in Cottbus ist in den Bereichen der Entwicklung, der Herstellung und des Vertriebs von Industriestaubsaugern tätig. Die Motoren, das Herzstück der Staubsauger, werden in Cottbus entwickelt und hergestellt. Die Staubsauger verkauft die Saugfix GmbH über eine an das Werk angeschlossene Vertriebsabteilung. Die Herstellung und die Funktionsweise der Motoren erfordert erhebliches technisches Know-how, welches sich in selbstgeschaffenen Patenten der Saugfix GmbH wiederfindet. Die Staubsaugermotoren werden laufend fortentwickelt – was teilweise wiederum in Patentanmeldungen mündet –, um mit dem technischen Fortschritt mithalten zu können. In den letzten Jahren konnte in dem Bereich „Entwicklung und Fertigung der Motoren" nur noch Verlust erwirtschaftet werden. Hintergrund ist der zunehmende Wettbewerbsdruck und die hohen Lohnkosten in Deutschland. Die Geschäftsführung der Saugfix GmbH beabsichtigt daher, den Bereich „Entwicklung und Fertigung der Motoren" in Cottbus abzubauen und diesen fortan in der polnischen Tochterkapitalgesellschaft in der Rechtsform einer Sp. z.o.o. auszuüben. Bisher hat die polnische Tochtergesellschaft nur die Aufgabe gehabt, Staubsauger zwischenzulagern. Mit übertragen werden die Patente und auch sonstiges Know-how. Die notwendige technische Weiterentwicklung soll zukünftig durch die polnische Tochterkapitalgesellschaft erfolgen. Des Weiteren soll die polnische Tochtergesellschaft die Motoren an externe Kunden verkaufen und sich ein eigenes Vertriebsnetz erschließen. 320

Prüfen Sie isoliert, ob eine Funktionsverlagerung dem Grunde nach vorliegt.

Erläutern Sie kurz, was unter dem Transferpaket in § 1 Abs. 3 S. 9 AStG zu verstehen ist.

Skizzieren Sie die Funktionsweise des hypothetischen Fremdvergleichs.

Hinweise:

1. Das DBA-Polen ist nicht zu prüfen.
2. Die Vorschriften des AEUV sind nicht zu prüfen.

Vorüberlegungen

321 Vorliegender Übungsfall ist von seiner Aufgabenstellung her untypisch, weil er keine gutachterliche Lösung im eigentlichen Sinne erfordert. Lediglich die erste Frage erfordert eine Prüfung, ob isoliert betrachtet eine Funktionsverlagerung dem Grunde nach vorliegt. Die Funktionsverlagerung ist in § 1 Abs. 3 S. 9 ff. AStG geregelt. Durch die systematische Stellung im Gesetz ergibt sich, dass auch § 1 Abs. 3 S. 1 AStG auf Funktionsverlagerungen Anwendung finden kann. § 1 Abs. 3 S. 1 AStG nimmt seinerseits Bezug auf § 1 Abs. 1 S. 1 AStG im Hinblick auf das Vorliegen einer Geschäftsbeziehung. Diese wird hier aber nicht weiter zu prüfen sein, ebenso wie die weiteren Voraussetzungen des § 1 Abs. 1 S. 1 AStG, soweit sie auf die Funktionsverlagerung grundsätzlich Anwendung finden, weil nach der Aufgabenstellung eine isolierte Prüfung einer möglichen Funktionsverlagerung zu erfolgen hat.

Hinsichtlich der Fragen 2 und 3 sind beschreibende Ausführungen zu machen. Zum einen ist der Begriff des Transferpakets als bewertungsrechtliche Sondervorschrift, zum anderen ist der hypothetische Fremdvergleich als Simulationsprozess für eine Preisfindung kurz zu beschreiben.

Gliederung

322 **I. Funktionsverlagerung**
1. Funktion
2. Verlagerung

II. Transferpaket

III. Hypothetischer Fremdvergleich

Lösung

I. Funktionsverlagerung

Die Übertragung des Bereichs „Entwicklung und Fertigung der Motoren“ von der Saugfix GmbH auf ihre polnische Tochtergesellschaft könnte eine Funktionsverlagerung darstellen. Eine Definition findet sich in § 1 Abs. 3 S. 9 AStG: „Wird eine Funktion einschließlich der dazu gehörigen Chancen und Risiken und der mit übertragenen oder überlassenen Wirtschaftsgüter und sonstigen Vorteile verlagert (Funktionsverlagerung) …“ 323

Eine weiterführende Begriffsbestimmung beinhaltet § 1 Abs. 2 FVerlV. Danach liegt eine Funktionsverlagerung iSd § 1 Abs. 3 S. 9 AStG vor, wenn ein Unternehmen (verlagerndes Unternehmen) einem anderen, nahe stehenden Unternehmen (übernehmendes Unternehmen) Wirtschaftsgüter und sonstige Vorteile sowie die damit verbundenen Chancen und Risiken überträgt oder zur Nutzung überlässt, damit das übernehmende Unternehmen eine Funktion ausüben kann, die bisher von dem verlagernden Unternehmen ausgeübt worden ist, und dadurch die Ausübung der betreffenden Funktion durch das verlagernde Unternehmen eingeschränkt wird.

1. Funktion

Der Bereich „Entwicklung und Fertigung der Motoren“ müsste eine Funktion darstellen. Eine Funktion ist eine Geschäftstätigkeit, die aus einer Zusammenfassung gleichartiger betrieblicher Aufgaben besteht, die von bestimmten Stellen oder Abteilungen eines Unternehmens erledigt werden. Sie ist ein organischer Teil eines Unternehmens, ohne dass ein Teilbetrieb im steuerlichen Sinn vorliegen muss (§ 1 Abs. 1 FVerlV). Einzelne Funktionen sind das Ergebnis der Aufgabenteilung innerhalb eines Unternehmens. Die jeweiligen Aufgaben müssen nicht sämtliche, für die Wertschöpfung wichtigen Elemente umfassen. Als Funktionen kommen in Betracht: Geschäftstätigkeiten, die zur Geschäftsleitung, Forschung und Entwicklung, Materialbeschaffung, Lagerhaltung, Produktion, Verpackung, Vertrieb, Montage, Bearbeitung oder Veredelung von Produkten, Qualitätskontrolle, Finanzierung, Transport, Organisation, Verwaltung, Marketing, Kundendienst usw. gehören.[1] Zur eindeutigen Abgrenzung einer Funktion von der übrigen Geschäftstätigkeit ist es Verlagerungsfällen notwendig, die betreffende Funktion anhand der verwendeten Wirtschaftsgüter (insbesondere der immateriellen Wirtschaftsgüter) und Vorteile sowie der mit der bestimmten Geschäftstätigkeit konkret verbundenen Chancen und Risiken tätigkeitsbezogen und objektbezogen zu definieren; eine Funktion kann insoweit zB die Produktion eines bestimmten Produkts oder einer bestimmten Produktgruppe sein.[2] 324

Eine Funktion ist ein organischer Teil eines Unternehmens, wenn Sie sich entweder beim verlagernden oder beim übernehmenden Unternehmen als eine zweckgerichtete, abgrenzbare Tätigkeit unter Nutzung von bestimmten Wirtschaftsgütern, insbesondere 325

1 BMF-Schreiben v. 13.10.2010, Az.: IV B 5 – S 1341/08/10003, BStBl. I 2010, 774, Tz 14.
2 BMF-Schreiben v. 13.10.2010, Az.: IV B 5 – S 1341/08/10003, BStBl. I 2010, 774, Tz 16.

immateriellen Wirtschaftsgütern, und Vorteilen zur Erwirtschaftung von Ergebnisbeiträgen darstellt. Aus betriebswirtschaftlicher Sicht reicht es aus, dass die betroffenen Teilaufgaben einen inneren wirtschaftlichen und organisatorischen Zusammenhang erkennen lassen, dh dass für die fragliche Geschäftstätigkeit (Funktion) im Fall der Verlagerung für die beteiligten Unternehmen konkrete Zahlungsflüsse bzw. sachgerecht abgrenzbare Gewinnauswirkungen festgestellt werden können. Dies bedeutet, dass eine Funktion über eine gewisse betriebswirtschaftliche Eigenständigkeit verfügen muss, die es insbesondere erlaubt, ihr bestimmte Erträge und Aufwendungen sowie bestimmte Chancen und Risiken zuzuordnen.[3]

Der Bereich „Entwicklung und Fertigung der Motoren" ist eine Tätigkeit innerhalb der Saugfix GmbH, die aus den Aufgaben Entwicklung und Produktion besteht. Durch die Kennzeichnung als Bereich wird diese Tätigkeit in einer eigenen Abteilung innerhalb der Saugfix GmbH erledigt. Der Bereich besteht aus materiellen und immateriellen Wirtschaftsgütern, die für die Entwicklung und Produktion notwendig sind. Auch die notwendige betriebswirtschaftliche Eigenständigkeit ist von dem Bereich „Entwicklung und Fertigung der Motoren" durch die Identifizierung der Verlustträchtigkeit gegeben. Dieses erfordert innerhalb eines Unternehmens zwangsläufig die Zuordnung von Erträgen und Aufwendungen sowie bestimmten Chancen und Risiken. Somit handelt es sich bei dem Bereich „Entwicklung und Fertigung der Motoren" um eine Funktion iSv § 1 Abs. 3 S. 9 AStG.

2. Verlagerung

326 Eine Funktionsverlagerung liegt vor, wenn ein Unternehmen (verlagerndes Unternehmen) einem anderen, nahe stehenden Unternehmen (übernehmendes Unternehmen) Wirtschaftsgüter und sonstige Vorteile sowie die damit verbundenen Chancen und Risiken überträgt oder zur Nutzung überlässt, damit das übernehmende Unternehmen eine Funktion ausüben kann, die bisher von dem verlagernden Unternehmen ausgeübt worden ist, und dadurch die Ausübung der betreffenden Funktion durch das verlagernde Unternehmen eingeschränkt wird. Der Tatbestand einer Funktionsverlagerung stellt nicht darauf ab, ob durch einen entsprechenden Vorgang die Gewinnerwartungen des verlagernden Unternehmens steigen (zB Verlagerung einer Teilefertigung auf einen Lohnfertiger mit Vergütung nach Kostenaufschlagsmethode) oder ob sie gemindert werden (zB bei Umstellung vom Eigenhändler zum Kommissionär). Für die Tatbestandsverwirklichung ist es unerheblich, ob das verlagernde Unternehmen zum Zeitpunkt der Funktionsverlagerung aus tatsächlichen oder rechtlichen Gründen in der Lage war, die betreffende Funktion in Zukunft uneingeschränkt selbst auszuüben.[4]

Funktionsverlagerungen iSd § 1 Abs. 2 S. 1 FVerlV kommen ua in Form der Funktionsaufgabe vor und können als Beendigung der Tätigkeit eines Eigenproduzenten und der damit verbundenen Verlagerung beschrieben werden. Das verlagernde Unternehmen stellt aufgrund des Verlagerungsvorgangs die betreffende Funktion damit ein.

3 BMF-Schreiben v. 13.10.2010, Az.: IV B 5 – S 1341/08/10003, BStBl. I 2010, 774, Tz 18.
4 BMF-Schreiben v. 13.10.2010, Az.: IV B 5 – S 1341/08/10003, BStBl. I 2010, 774, Tz 20.

Die Saugfix GmbH überträgt auf ihre polnische Tochtergesellschaft sämtliche materiellen und immateriellen Wirtschaftsgüter, insbesondere die Patente und das sonstige Know-how. Die zukünftige technische Weiterentwicklung soll durch die polnische Tochtergesellschaft allein erfolgen; des Weiteren soll die polnische Tochtergesellschaft die gefertigten Motoren an externe Kunden verkaufen und sich ihr eigenes Vertriebsnetz aufbauen. Neben den materiellen und immateriellen Wirtschaftsgütern werden damit auch die Chancen und Risiken aus dem Bereich „Entwicklung und Fertigung der Motoren" auf die polnische Tochtergesellschaft verlagert. Gleichzeitig wird sämtliche Tätigkeit, die mit dem verlagerten Bereich zusammenhängt, auf Ebene der Saugfix GmbH eingestellt. Somit wird die oben beschriebene Funktion verlagert iSv § 1 Abs. 2 S. 1 FVerlV.

Somit liegt in der Übertragung des Bereichs „Entwicklung und Fertigung der Motoren" eine Funktionsverlagerung.

II. Transferpaket

Das Transferpaket wird in §1 Abs. 3 S. 9 AStG genannt. Eine weitergehende Erläuterung kann dem Gesetz nicht entnommen werden. Vielmehr folgt die Begriffsbestimmung aus § 1 Abs. 3 FVerlV. Ein Transferpaket iSd § 1 Abs. 3 S. 9 AStG besteht danach aus einer Funktion und den mit dieser Funktion zusammenhängenden Chancen und Risiken sowie den Wirtschaftsgütern und Vorteilen, die das verlagernde Unternehmen dem übernehmenden Unternehmen zusammen mit der Funktion überträgt oder zu nutzen überlässt, und den in diesem Zusammenhang erbrachten Dienstleistungen. Der Begründung[5] zur Funktionsverlagerungsverordnung führt dazu weiter aus, dass in einem Transferpaket, welches bei einer Funktionsverlagerung übergeht, regelmäßig unterschiedliche Wirtschaftsgüter und Vorteile enthalten sind. Zusammengesetzt ist das Transferpaket aus den für die Ausübung der Funktion erforderlichen materiellen und immateriellen Wirtschaftsgüter, den mit der Funktion zusammenhängenden sonstigen Vorteilen und den mit der Funktion verbundenen Chancen und Risiken. Ergänzend ist dazu auf die Regelung in § 4 FVerlV hinzuweisen, wonach im Rahmen der Übertragung für einzelne Teile des Transferpakets unterschiedliche Vereinbarungen getroffen werden können. **327**

Entscheidend für das Verständnis des Begriffs „Transferpaket" ist die Wertermittlung. Das Transferpaket ist nicht durch die Addition der einzeln bewerteten Wirtschaftsgüter zu ermitteln, sondern im Rahmen einer Gesamtbewertung. Der Gesetzgeber[6] hielt die Gesamtbewertung aus betriebswirtschaftlichen Gründen für geboten, weil der Preis der einzelnen übertragenen Wirtschaftsgüter den Wert der Funktion regelmäßig nicht adäquat widerspiegelt. Vorteile, die im Rahmen einer Einzelpreisbestimmung für die übertragenen bzw. zur Nutzung überlassenen Wirtschaftsgüter häufig nur schwer erkennbar sind, können aufgrund der Betrachtung der insgesamt übergehenden Funktion mit ihren Chancen und Risiken identifiziert werden. Fremde Dritte wären bereit, ein Entgelt unter **328**

5 BR-Drs. 352/08.
6 BR-Drs. 220/07, 144.

angemessener Berücksichtigung dieser Vorteile zu vereinbaren, ohne dass sich diese bereits zu einem Wirtschaftsgut konkretisiert haben müssen. Entsprechende Vorteile können zB geschäftswertbildende Faktoren, wie guter Ruf, gut ausgebildete Arbeitnehmer oder eine eigenständige Betriebsorganisation sein.

III. Hypothetischer Fremdvergleich

329 Der hypothetische Fremdvergleich ist eine Form zur Ermittlung, ob der Fremdvergleichsgrundsatz beachtet wurde. Bei verbundenen Unternehmen wird bei der Prüfung, ob die vereinbarten Verrechnungspreise unangemessen sind und dadurch Gewinne verlagert werden, der sog. Fremdvergleichsgrundsatz herangezogen. Die Finanzverwaltungen sämtlicher Industriestaaten haben sich zur Beurteilung der Angemessenheit von Verrechnungspreisen auf diesen Grundsatz verständigt. Der Grundsatz verlangt von den konzernverbundenen Unternehmen, sich innerhalb ihrer Geschäftsbeziehungen so zu verhalten, wie sich voneinander unabhängige Dritte verhalten hätten.

Der Grundsatz des Fremdvergleichs enthält zwei Komponenten: einerseits wird das Handeln fremder Dritter impliziert, andererseits die Vergleichbarkeit der Bedingungen.[7] Daraus folgt, dass unter Anwendung des Fremdvergleichsgrundsatzes die Gewinne der konzernverbundenen Gesellschaften so zu ermitteln sind, wie sie entstanden wären, wenn für die Lieferungen und Leistungen innerhalb des Konzerns Bedingungen vereinbart worden wären, wie sie unter unabhängigen Dritten (Fremden) unter sonst gleichen Umständen vereinbart zu werden pflegen. Zugrunde zu legen ist die verkehrsübliche Sorgfalt ordentlicher und gewissenhafter Geschäftsleiter gegenüber Fremden.

Für die Anwendung des Fremdvergleichsgrundsatzes ist gemäß § 1 Abs. 1 S. 2 AStG davon auszugehen, dass die voneinander unabhängigen Dritten alle wesentlichen Umstände der Geschäftsbeziehung kennen und nach den Grundsätzen ordentlicher und gewissenhafter Geschäftsleiter handeln.

330 Bei dem hypothetischen Fremdvergleich ist zu berücksichtigen, dass ein Vergleichsmaßstab bzw. Vergleichsmöglichkeiten für das Handeln ordentlicher und gewissenhafter Geschäftsleiter fehlen. Für den hypothetischen Fremdvergleich ist daher mit Hilfe von Plausibilitäts- und Simulationsüberlegungen das Verhalten zwischen fremden Dritten – wenn möglich – nachzubilden. Durch „Nachdenken“ wird beim hypothetischen Fremdvergleich ermittelt, was fremde Dritte unter vergleichbaren Umständen vereinbart hätten bzw. ob das vereinbarte von dem abweicht, was unabhängige Dritte unter gleichen oder ähnlichen Verhältnissen untereinander vereinbart hätten.[8]

Der hypothetische Fremdvergleich bedarf eines objektiven Bezugspunkts und Maßstabs, wenn nicht unliebsame Gestaltungsspielräume geschaffen werden sollen. Deshalb hat die Rechtsprechung[9] die Rechtsfigur des ordentlichen und gewissenhaften Geschäfts-

7 *Kaminski*, in: *Strunk/Kaminski/Köhler* (Hrsg.), AStG/DBA, § 1 AStG Rn 55.
8 BFH-Urteil v. 6.12.1995, Az.: I R 88/94, BStBl. II 1996, 383.
9 BFH-Urteil v. 16.3.1967, Az.: I 261/63, BStBl. III 1967, 627; BFH-Urteil v. 17.2.1995, Az.: I R 147/93, BStBl. II 1996, 205.

leiters geschaffen. Entlehnt aus dem Zivilrecht ist der ordentliche und gewissenhafte Geschäftsleiter zur Sorgfalt verpflichtet, die Interessen der Gesellschaft zu beachten und zu fördern und Vermögensfäden (durch unangemessene Verrechnungspreise) von ihr abzuwenden. Beim hypothetischen Fremdvergleich ist der ordentliche und gewissenhafte Geschäftsleiter nicht nur bei dem der Fremdvergleichsprüfung zugrunde liegenden Unternehmen zu fingieren, sondern auch bei dem konzernverbundenen Vertragspartner – sog. Verdoppelung des ordentlichen und gewissenhaften Geschäftsleiters. Dadurch wird erreicht, dass der fehlende natürliche Interessengegensatz der Vertragspartner geschaffen wird.

B. Die sog. Hinzurechnungsbesteuerung (§§ 7 ff. AStG)

Fall 9

Der ehrbare Kaufmann

Schwerpunkte: Grundlagen der Hinzurechnungsbesteuerung anhand des Handels in § 8 Abs. 1 Nr. 4 AStG (LB § 4 Rn 498–559)

331 Die Metall-Handels GmbH mit Sitz und Ort der Geschäftsleitung in Stuttgart hat den Handel mit Leichtmetallen aller Art zum Geschäftsgegenstand. Geschäftspartner der Metall-Handels GmbH waren in der Vergangenheit nahezu ausschließlich Unternehmen in der Region, für die von der Metall-Handels GmbH umfangreiche Lagerbestände vorgehalten werden. Allerdings wurden die Metalle in der letzten Zeit verstärkt von Zwischenhändlern und Produzenten in der Brasilien nachgefragt. Der Geschäftsführer der Metall-Handels GmbH, der umtriebige Joe Westland, wittert eine große Chance für die Metall-Handels GmbH. Die weitere Erschließung des brasilianischen Marktes für Leichtmetalle unter Beteiligung der Metall-Handels GmbH sollte zu nachhaltigen Wertsteigerungen in der Metall-Handels GmbH führen. Weil sich Joe Westland kein Geschäft entgehen lassen möchte, fackelt er nicht lange und errichtet für die Metall-Handels GmbH mit Hilfe von Rechtsanwälten vor Ort am 1. Januar 2014 eine Tochterkapitalgesellschaft in Salvador da Bahia in der Rechtsform der Ltda (Sociedade por Quotas de Responsabilidade Limitada) mit einem Nennkapital i.H.v. € 200 000,00. Zum Geschäftsführer wird Ailton da Silva bestellt, der in Rio de Janeiro geboren worden ist und bereits Erfahrungen im Stahl- und Metallhandel sammeln konnte. Zur Motivationssteigerung durfte sich Ailton da Silva i.H.v. 20 % am Nennkapital (€ 40 000,00) der brasilianischen Gesellschaft beteiligen und ist insoweit gleichberechtigter Gesellschafter.

Des Weiteren werden zwei Sekretärinnen und ein Bilanzbuchhalter eingestellt. Der Bilanzbuchhalter soll daneben die Marktentwicklungen beobachten und mögliche neue Kunden identifizieren. Alle Angestellten arbeiten in den angemieteten Geschäftsräumen der Gesellschaft in Ankara.

Wenn Kunden bei der Tochtergesellschaft Metalle bestellen, ordert diese die benötigten Metalle sodann bei der Metall-Handels GmbH, die dann die Metalle einem Spediteur übergibt, der die Metalle direkt dem jeweiligen Kunden überbringt. Die Rechnung an den Endkunden stellt die brasilianische Tochtergesellschaft. Wenn der Kunde das Rechnungsentgelt bezahlt hat, stellt die Metall-Handels GmbH ihrer brasilianischen Tochtergesellschaft die „erste“ Lieferung in Rechnung, die sodann von Ailton da Silva zur Überweisung angewiesen wird.

Seit Beginn der Geschäftsaktivitäten der Tochtergesellschaft auf dem brasilianischen Markt fliegt Joe Westland ein- oder zweimal im Monat nach Salvador da Bahia und machte sich vor Ort ein Bild über die Entwicklung. Wenn es sich anbietet, begleitet Joe

Westland seinen Kollegen Ailton da Silva zu Kundenterminen, um einen Einblick in seine Arbeitsweise zu bekommen

Prüfen Sie, ob die Metall-Handels GmbH der Hinzurechnungsbesteuerung unterliegt.

Hinweise:

1. Zwischen Brasilien und der Bundesrepublik Deutschland besteht kein Doppelbesteuerungsabkommen.
2. Der Körperschaftsteuersatz (IRPJ – *Imposto de Renda da Pessoa Juridica*) in Brasilien beträgt 15%; die Steuer wird auch tatsächlich erhoben, so dass auf § 8 Abs. 3 S. 3 AStG nicht einzugehen ist.
3. Die Sociedade por Quotas de Responsabilidade (Ltda) entspricht in rechtlicher und steuerrechtlicher Hinsicht einer deutschen GmbH.

Vorüberlegungen

332 Der vorliegende Übungsfall behandelt die Grundlagen der sog. Hinzurechnungsbesteuerung in den §§ 7–14 AStG. Das Institut der Hinzurechnungsbesteuerung zielt darauf ab, das Ausschöpfen des internationalen Steuergefälles durch im Inland unbeschränkt steuerpflichtige Personen in den Fällen zu verhindern, in denen im niedrig besteuerten Ausland passive unternehmerische Tätigkeiten in zu diesem Zwecke errichteten Kapitalgesellschaften ausgeübt werden.[1] In den Industriestaaten ist es üblich, Kapitalgesellschaften für steuerrechtliche Zwecke als eigenständige Subjekte zu behandeln. Dieses Prinzip bleibt auch dann erhalten, wenn Kapitalgesellschaften wirtschaftlich, zB in einem Konzern als Mutter- und Tochtergesellschaft, miteinander verflechtet sind. Dieses Prinzip wird auch als Trennungsprinzip bezeichnet und hat zur Konsequenz, dass Körperschaften ihr Einkommen unabhängig von dem Einkommen der Anteilseigner besteuern. Die Besteuerung der Anteilseigner ist regelmäßig bis zur Ausschüttung der Gewinne aus der Kapitalgesellschaft aufgeschoben. Bei grenzüberschreitenden Gestaltungen bedeutet diese Abschirmwirkung, dass die Erträge auf Ebene der ausländischen Kapitalgesellschaft so lange „eingefroren“ sind und damit zugleich im Inland nicht besteuert werden können, bis aus der ausländischen Gesellschaft Gewinnausschüttungen erfolgen. (Ungerechtfertigte) Vorteile lassen sich besonders in den Fällen erreichen, in denen die ausländische Kapitalgesellschaft in einem Niedrigsteuerland residiert.

Um derartigen Strategien entgegenzuwirken, normierte der Gesetzgeber in den §§ 7–14 AStG die sog. Hinzurechnungsbesteuerung. Ziel dieses Instituts ist es, die Aufschub- bzw. Abschirmwirkung für niedrig besteuerte Einkünfte auf Ebene der Kapitalgesellschaft zu verhindern. Technisch erreicht der Gesetzgeber dieses Ziel durch eine fiktive Ausschüttung am Geschäftsjahresende der ausländischen Gesellschaft.

Der Grundtatbestand der Hinzurechnungsbesteuerung enthält drei Voraussetzungen: die Beteiligung unbeschränkt Steuerpflichtiger an einer ausländischen Gesellschaft zu mehr als der Hälfte, die Einkünfte aus passiven Erwerb und die Niedrigbesteuerung der ausländischen Gesellschaft/Einkünfte.

Im hier zur Untersuchung anstehenden Fall sind zwei Gesellschafter an einer ausländischen Kapitalgesellschaft beteiligt, wobei mehr als die Hälfte des Nennkapitals auf eine unbeschränkt steuerpflichtige Kapitalgesellschaft, die Metall-Handels GmbH, entfallen. Einen Schwerpunkt des Falles stellt das Vorliegen passiver Einkünfte dar. Offensichtlich ist, dass die ausländische Kapitalgesellschaft Handelsaktivitäten entfaltet. Für die Einordnung als aktive oder passive Einkünfte sind diese Aktivitäten anhand des § 8 Abs. 1 Nr. 4 AStG in seinem Regelrückausnahmeprinzip zu prüfen. Dabei ist dem schädlichen Mitwirkungstatbestand in der Rückausnahme besondere Aufmerksamkeit zu widmen. Dafür gilt es im Sachverhalt zu erkennen, dass die Metall-Handels GmbH die Finanzierung bzw. die Finanzierungsaufgaben ihrer brasilianischen Tochterkapitalgesellschaft übernimmt.

1 Weiterführend: BFH-Urteil v. 3.5.2006, Az.: I R 124/04, BFH/NV 2006, 1729.

Ausführungen zur Rückausnahme sind natürlich nur deshalb zu machen, weil vorher durch die Verschaffung der Verfügungsmacht an den gehandelten Waren die Ausnahme von der aktiven Tätigkeit erfüllt ist.

Gliederung

I. Hinzurechnungsbesteuerung **333**

1. Anwendungsvoraussetzung
2. Persönliche Tatbestandsvoraussetzungen
   a) Unbeschränkt steuerpflichtige Personen
   b) Ausländische Gesellschaft
   c) Beteiligungsvoraussetzung
3. Sachliche Tatbestandsvoraussetzungen
   a) Einkünfte der Zwischengesellschaft
      aa) Handelstätigkeiten
      bb) Ausnahme „soweit nicht“
      cc) Rückausnahme „es sei denn“
         (1) Eingerichteter Geschäftsbetrieb
         (2) Mitwirkungstatbestand
   b) Zwischenergebnis

II. Ergebnis

Lösung

I. Hinzurechnungsbesteuerung

334 Die Metall-Handels GmbH könnte der Hinzurechnungsbesteuerung unterliegen. Sind unbeschränkt Steuerpflichtige an einer Kapitalgesellschaft, Personenvereinigung oder Vermögensmasse iSd Körperschaftsteuergesetzes, die weder Geschäftsleitung noch Sitz im Geltungsbereich dieses Gesetzes hat und die nicht gemäß § 3 Abs. 1 des Körperschaftssteuergesetzes von der Körperschaftsteuerpflicht ausgenommen ist (ausländische Gesellschaft), zu mehr als der Hälfte beteiligt, so sind die Einkünfte, für die diese Gesellschaft Zwischengesellschaft ist, bei jedem von ihnen mit dem Teil steuerpflichtig, der auf die ihm zuzurechnende Beteiligung am Kapital der Gesellschaft entfällt.

1. Anwendungsvoraussetzung der Hinzurechnungsbesteuerung

335 Die Regelungen über die Hinzurechnungsbesteuerung befinden sich zu anderen Instituten in einem Konkurrenzverhältnis; dabei wird von den sog. negativen Anwendungsvoraussetzungen für die Hinzurechnungsbesteuerung gesprochen. Zunächst dürfte die ausländische Gesellschaft keine Scheingesellschaft iSv § 41 AO sein. § 41 Abs. 1 AO betrifft Regelungen in Form von unwirksamen Rechtsgeschäften; § 41 Abs. 2 AO regelt, dass Scheingeschäfte bei der Besteuerung außer Betracht zu lassen sind. Ein Scheingeschäft liegt immer dann vor, wenn der Steuerpflichtige die Rechtsfolge der von ihm gewählten Struktur nicht eintreten lassen will.[2] Die ausländische Tochtergesellschaft wurde errichtet, um den brasilianischen Markt für Leichtmetalle zu erschließen. Sie tritt am Markt auf und geht Verpflichtungen ein. Somit kann die Einschaltung der ausländischen Kapitalgesellschaft kein Scheingeschäft sein.

336 Vorrangig könnte auch die Vorschrift über den Missbrauch von rechtlichen Gestaltungsmöglichkeiten in § 42 AO anzuwenden sein. Die Vorschrift ist darauf gerichtet, ein Ausbrechen aus der gleichmäßigen Besteuerung nach Maßgabe der wirtschaftlichen Leistungsfähigkeit zu verhindern und hierbei die Steuer so zu erheben, wie sie bei einer den wirtschaftlichen Vorgängen angemessenen rechtlichen Gestaltung entsteht.[3] Der Kerntatbestand der Missbrauchsregel konzentriert sich auf sog. funktionsschwache bzw. funktionslose Gesellschaften, die keine wirtschaftlich sinnvolle Funktion erfüllen und auch als Briefkastengesellschaften bezeichnet werden können. Nach den im Sachverhalt geschilderten Aktivitäten der brasilianischen Tochtergesellschaft kann nur schwerlich von einer funktionsschwachen bzw. funktionslosen Gesellschaft ausgegangen werden, so dass auch kein Missbrauch rechtlicher Gestaltungsmöglichkeiten iSv § 42 AO vorliegt.[4]

337 Eine weitere – gesetzlich normierte – negative Anwendungsvoraussetzung findet sich in § 7 Abs. 7 AStG: Auf die Einkünfte der ausländischen Zwischengesellschaft darf nicht

2 BFH-Urteil v. 10.2.1988, Az.: X R 16/82, BStBl. II 1988, 640.
3 *Schaumburg*, Internationales Steuerrecht, Rn 10.21.
4 Zum Verhältnis von § 42 AO zu den §§ 7 ff. AStG vgl. auch *Haase*, Internationales und Europäisches Steuerrecht, Rn 506.

das sog. Investmentsteuergesetz anwendbar sein, es sei denn, Ausschüttungen oder ausschüttungsgleiche Erträge wären nach einem Abkommen zur Vermeidung der Doppelbesteuerung von der inländischen Bemessungsgrundlage auszunehmen. Das Investmentsteuergesetz enthält Vorschriften über die Besteuerung sog. Investmentgesellschaften und sog. Investmentvermögen. Für das Vorliegen derartiger Rechtsgebilde bestehen im vorliegenden Fall keine Anhaltspunkte; die brasilianische Kapitalgesellschaft entspricht nach den Hinweisen zum Sachverhalt einer deutschen GmbH. Somit findet das Investmentsteuergesetz keine Anwendung.

Die letzte negative Anwendungsvoraussetzung besteht in der Nichtanwendung von § 39 **338**
AO. Die Norm bestimmt eine Zurechnung der Wirtschaftsgüter nicht nur nach den zivilrechtlichen, sondern auch nach den wirtschaftlichen Eigentumsverhältnissen. So ist es möglich, dass die Wirtschaftsgüter, die einer ausländischen Kapitalgesellschaft zivilrechtlich gehören, für steuerrechtliche Zwecke gemäß § 39 AO einem Steuerinländer zuzurechnen sind, weil zB ein Treuhandverhältnis besteht. In diesem Fall wäre eine Zurechnung der mit den Wirtschaftsgütern erzielten Einkünfte unmittelbar beim Steuerinländer vorzunehmen. Dem Sachverhalt sind keine Angaben zu entnehmen, dass von der Tochtergesellschaft erwirtschaftete Gewinne in wirtschaftlicher Hinsicht der inländischen Muttergesellschaft gebühren oder von ihr eingefordert werden. Somit sind auch die Regelungen in § 39 AO nicht anzuwenden.

2. Persönliche Tatbestandsvoraussetzungen

In persönlicher Hinsicht müsste eine Beteiligung zu mehr als der Hälfte an der ausländi- **339**
schen Kapitalgesellschaft vorliegen.

a) Unbeschränkt steuerpflichtige Personen

Nach dem eindeutigen Gesetzeswortlaut in § 7 Abs. 1 AStG kommt die Hinzurechnungsbesteuerung nur für unbeschränkt Steuerpflichtige in Betracht. Unerheblich ist hingegen, ob es sich um natürliche oder juristische Personen handelt. Die Metall-Handels GmbH hat ihren Sitz (§ 11 AO) und ihren Ort der Geschäftsleitung (§ 10 AO) in Stuttgart und somit im Inland. Mithin handelt es sich bei der Metall-Handels GmbH um eine unbeschränkt steuerpflichtige Körperschaft gemäß § 1 Abs. 1 Nr. 1 KStG.

Für den weiteren Gesellschafter der brasilianischen Kapitalgesellschaft, Ailton da Silva, wird nach den Angaben im Sachverhalt nicht von einer unbeschränkten Steuerpflicht in Deutschland ausgegangen werden können. Ailton da Silva ist in Rio de Janeiro geboren und zum Geschäftsführer der Kapitalgesellschaft bestellt worden. Aus diesen Angaben kann geschlossen werden, dass er sich für gewöhnlich in der Brasilien aufhält. Für einen Wohnsitz in Deutschland bestehen keine Anhaltspunkte.

b) Ausländische Gesellschaft

Das ausländische Rechtsgebilde müsste eine Körperschaft, Personenvereinigung oder **340**
Vermögensmasse sein. § 7 Abs. 1 AStG verweist insoweit auf § 1 Abs. 1 KStG, womit im Ergebnis jeder Rechtsträger erfasst werden soll, der weder Geschäftsleitung noch

Sitz im Inland hat und der körperschaftsteuerpflichtig wäre, wenn er Geschäftsleitung oder Sitz im Inland hätte.[5] Es ist mithin im Wege des Rechtstypenvergleichs zu entscheiden, welcher deutschen Rechtsform das verwendete ausländische Rechtsgebilde, das ggf. als Zwischengesellschaft in Betracht kommt, strukturell vergleichbar ist.[6] Nach den Hinweisen zum Sachverhalt ist die brasilianische Kapitalgesellschaft mit einer deutschen GmbH vergleichbar. Somit handelt es sich um eine ausländische Kapitalgesellschaft iSv § 7 Abs. 1 AStG.

c) Beteiligungsvoraussetzung

341 Der Tatbestand der Hinzurechnungsbesteuerung in § 7 Abs. 1 AStG erfordert eine Beteiligung von einer oder mehrerer unbeschränkt steuerpflichtiger Personen zu mehr als der Hälfte an der ausländischen Gesellschaft. Was unter einer solchen Beteiligung zu verstehen ist, regelt das Gesetz in § 7 Abs. 2 AStG: Unbeschränkt Steuerpflichtige sind iSd Abs. 1 an einer ausländischen Gesellschaft zu mehr als der Hälfte beteiligt, wenn ihnen allein oder zusammen mit Personen iSd § 2 AStG am Ende des Wirtschaftsjahres der Gesellschaft, indem sie die Einkünfte nach Abs. 1 bezogen hat, (maßgebendes Wirtschaftsjahr) mehr als 50% der Anteile oder der Stimmrechte an der ausländischen Gesellschaft zuzurechnen sind. Die Vorschrift enthält drei Aussagen: Zunächst erweitert sie den Umfang der Beteiligungen, die für die Beteiligungsquote nach § 7 Abs. 1 AStG relevant sind. Daneben wird der Zeitpunkt festgelegt, zu dem die Beteiligungsquote vorliegen muss. Des Weiteren bestimmt die Norm, in welcher Form die Beteiligung bestehen muss.[7]

Die Metall-Handels GmbH ist nach den Angaben im Sachverhalt i.H.v. 80% am Nennkapital der brasilianischen Kapitalgesellschaft beteiligt. Somit ist die Metall-Handels GmbH zu mehr als der Hälfte an der ausländischen Gesellschaft iSv § 7 Abs. 2 und Abs. 1 AStG beteiligt.

Die Metall-Handels GmbH ist seit Errichtung der brasilianischen Kapitalgesellschaft am 1. Januar 2010 i.H.v. 80% am Nennkapital beteiligt. Mangels näherer Angaben kann davon ausgegangen werden, dass Wirtschaftsjahr und Kalenderjahr in der ausländischen Kapitalgesellschaft übereinstimmen. Somit besteht die Beteiligungsquote am Ende des Wirtschaftsjahres (31. Dezember 2014) der brasilianischen Kapitalgesellschaft.

Gründungsgesellschafterin der brasilianischen Kapitalgesellschaft ist die Metall-Handels GmbH. Im Zuge der Errichtung der ausländischen Kapitalgesellschaft hat die Metall-Handels GmbH die Zeichnung des Nennkapitals übernommen. Somit ist die Beteiligung aufgrund eines gesellschaftsrechtlichen Verhältnisses entstanden und entspricht der notwendigen Beteiligungsform für die Anwendung der Hinzurechnungsbesteuerung.

Somit sind die persönlichen Tatbestandsvoraussetzungen für die Anwendung der Hinzurechnungsbesteuerung auf die Metall-Handels GmbH erfüllt.

5 *Schaumburg*, Internationales Steuerrecht, Rn 10.39.
6 *Haase*, Internationales und Europäisches Steuerrecht, Rn 514.
7 *Reiche*, in: *Haase* (Hrsg.), AStG/DBA, § 7 AStG Rn 69.

3. Sachliche Tatbestandsvoraussetzungen

Während die persönlichen Tatbestandsvoraussetzungen von § 7 AStG umschrieben werden, ergeben sich die sachlichen Tatbestandsvoraussetzungen aus § 8 AStG, der im Einzelnen normiert, für welche Einkünfte eine ausländische Zwischengesellschaft ist. Die sachlichen Tatbestandsvoraussetzungen umfassen im Einzelnen die Einkünfte aus passivem Erwerb (§ 8 Abs. 1 AStG) und die Definition der Niedrigbesteuerung (§ 8 Abs. 3 AStG). **342**

§ 8 Abs. 1 AStG enthält eine abschließende Aufzählung der aktiven Tätigkeiten. Alle Tätigkeiten, die nicht in diesem Katalog enthalten sind, führen automatisch zu Einkünften aus passiven Tätigkeiten.

Eine Hinzurechnungsbesteuerung kommt jedoch nur in Betracht, wenn die Einkünfte aus passiver Tätigkeit der ausländischen Gesellschaft einer niedrigen Besteuerung unterliegen. Dieses ist nach der gesetzlichen Anordnung in § 8 Abs. 3 AStG dann der Fall, wenn die Belastung der ausländischen Einkünfte durch Ertragsteuern weniger als 25% beträgt, ohne dass dies auf einem Ausgleich mit Einkünften aus anderen Quellen beruht. Zur Ertragsteuerbelastung gehören alle zu Lasten der ausländischen Gesellschaft im Staat ihres Sitzes, ihre Geschäftsleitung oder einem Drittstaat erhobenen Ertragsteuern.[8]

a) Einkünfte der Zwischengesellschaft

Die brasilianische Kapitalgesellschaft könnte Handelstätigkeiten iSv § 8 Abs. 1 Nr. 4 AStG ausüben: Eine ausländische Gesellschaft ist Zwischengesellschaft für Einkünfte, die einer niedrigen Besteuerung unterliegen und nicht stammen aus: Dem Handel, soweit nicht (a) ein unbeschränkt Steuerpflichtiger, der gemäß § 7 AStG an der ausländischen Gesellschaft beteiligt ist, oder eine einem solchen Steuerpflichtigen iSd § 1 Abs. 2 AStG nahe stehende Person, die mit ihren Einkünften hieraus im Geltungsbereich dieses Gesetzes steuerpflichtig ist, der ausländischen Gesellschaft die Verfügungsmacht an den gehandelten Gütern oder Waren verschafft, oder (b) die ausländische Gesellschaft einen solchen Steuerpflichtigen oder einer solchen nahe stehenden Person die Verfügungsmacht an den Gütern oder Waren verschafft, es sei denn, der Steuerpflichtige weist nach, dass die ausländische Gesellschaft einen für derartige Handelsgeschäfte in kaufmännischer Weise eingerichteten Geschäftsbetrieb unter Teilnahme an allgemeinen wirtschaftlichen Verkehr unterhält und die zur Vorbereitung, dem Abschluss und der Ausführung der Geschäfte gehörenden Tätigkeiten ohne Mitwirkung eines solchen Steuerpflichtigen oder einer solchen nahe stehenden Person ausübt. **343**

Einkünfte aus Handelstätigkeit sind im Grundsatz der aktiven Tätigkeit zugehörig. § 8 Abs. 1 Nr. 3 AStG ist jedoch mit verschiedenen Ausnahmeregelungen durchsetzt, so dass im Ergebnis nur eigenständig operierende Handelsgesellschaften mit weit verzweigtem Kundennetz iSv § 8 Abs. 1 Nr. 4 AStG einer aktiven Tätigkeit nachgehen.[9]

---

8 BMF-Schreiben v. 14.5.2004, Az.: IV B 4 – S 1340 – 11/04, BStBl. I 2004 Sondernummer 1, 3, Tz 8.3.1.2.

9 *Schaumburg*, Internationales Steuerrecht, Rn 10.88.

aa) Handelstätigkeiten

344 Unter Handel ist die gewerbsmäßige Anschaffung und Weiterveräußerung von Sachen und Wertpapieren ohne wesentliche Ver- oder Bearbeitung zu verstehen. Vom Handel iSv § 8 Abs. 1 Nr. 4 AStG sind danach in jedem Fall Güter und Waren als taugliche Gegenstände erfasst. Die brasilianische Kapitalgesellschaft ist im Bereich des Einkaufs und Verkaufs von Leichtmetallen tätig. Leichtmetalle sind unzweifelhaft Waren. Somit übt die brasilianische Kapitalgesellschaft eine Handelstätigkeit aus. Im Grundsatz ist die Tätigkeit der brasilianischen Kapitalgesellschaft mithin aktiv.

bb) Ausnahme „soweit nicht“

345 Findet die Ausnahmeregelung, die mit den Worten „soweit nicht“ eingeleitet wird, Anwendung ist die Tätigkeit in der ausländischen Gesellschaft jedoch als passive Tätigkeit einzustufen. Dieses ist der Fall, wenn Handelspartner der ausländischen Kapitalgesellschaft ein unbeschränkt steuerpflichtiger Gesellschafter oder eine diesem Gesellschafter nahe stehende Person ist und der ausländischen Gesellschaft die Verfügungsmacht an den gehandelten Gütern oder Waren von den vorstehend genannten Personen verschafft wird. Ein Verschaffen der Verfügungsmacht liegt vor, wenn die ausländische Gesellschaft berechtigt wird, in eigenem Namen über die Gegenstände zu verfügen. Dabei muss das Verfügen nicht mit einer tatsächlichen Herrschaft an dem Gegenstand verbunden sein, so dass ein Verfügen auch bei einer Direktlieferung an Dritte vorliegt (sog. Reihengeschäft). Die Verschaffung der Verfügungsmacht muss direkt auf der schädlichen Mitwirkung des Steuerpflichtigen beruhen.[10]

Die Metall-Handels GmbH als unbeschränkt steuerpflichtiger Gesellschafter der brasilianischen Kapitalgesellschaft veräußert an diese Metalle, die von der Tochtergesellschaft wiederum an Endkunden weiterveräußert werden. Die Warenbewegung findet aus dem Inland direkt an den Kunden statt und wird von einem Spediteur ausgeübt. Die Tochtergesellschaft tritt gegenüber dem Endkunden in eigenem Namen auf eigene Rechnung auf und ist mithin in der Lage, über die Gegenstände zu verfügen. Diese Verfügungsmacht wird der Tochtergesellschaft von der Metall-Handels GmbH verschafft. Somit ist die Ausnahme in § 8 Abs. 1 Nr. 4 lit. a AStG erfüllt, so dass die Tätigkeit der Tochtergesellschaft als passiv einzustufen ist.

cc) Rückausnahme „es sei denn“

346 Nach der Rückausnahme in § 8 Abs. 1 Nr. 4 AStG liegen „wieder“ aktive Handelstätigkeiten vor, wenn nachgewiesen wird, dass die ausländische Gesellschaft für die Lieferung von Waren und Gütern einen eingerichteten Geschäftsbetrieb unter Teilnahme am allgemeinen wirtschaftlichen Verkehr unterhält und die zu Vorbereitung, dem Abschluss und der Ausführung der Geschäfte gehörenden Tätigkeiten ohne Mitwirkung der beteiligten Steuerinländer oder diesen nahe stehenden Personen ausgeübt werden.

10 *Reiche*, in: *Haase* (Hrsg.), AStG/DBA, § 8 AStG Rn 42.

(1) Eingerichteter Geschäftsbetrieb

347 Die ausländische Gesellschaft unterhält einen in kaufmännischer Weise eingerichteten Geschäftsbetrieb (qualifizierter Geschäftsbetrieb), wenn sie sachlich und personell so ausgestattet ist, dass sie unter Teilnahme am allgemeinen wirtschaftlichen Verkehr die in Betracht stehenden Handelsgeschäfte vorbereiten, abschließen und ausführen kann. Die Teilnahme am allgemeinen Wirtschaftsverkehr muss von dem Geschäftsbetrieb der ausländischen Gesellschaft selbst ausgehen, der zu den Einkünften führt. Eine Teilnahme am allgemeinen wirtschaftlichen Verkehr liegt vor, wenn sich die Gesellschaft in ihrem Geschäftsbetrieb bei dem in Betracht stehenden Handelsgesellschaften in nicht nur unerheblichem Umfang an eine unbestimmte Anzahl von Personen wendet, dabei genügt es, wenn sich die Gesellschaft nur beim Verkauf oder beim Einkauf der Ware an eine unbestimmte Anzahl von Personen wendet, die Waren aber ausschließlich von einem ihr nahe stehenden Unternehmen bezieht oder an ein solches Unternehmen liefert.[11] Die brasilianische Kapitalgesellschaft verfügt über einen Geschäftsführer und mehrere Angestellte. Aus den angemieteten Büroräumen heraus tritt die Gesellschaft am Markt auf und versucht in ihrem Geschäftsbereich Kunden zu gewinnen und Waren zu verkaufen. Somit unterhält die Gesellschaft in Salvador da Bahia eine in kaufmännischer Weise eingerichteten Geschäftsbetrieb unter Teilnahme am allgemeinen wirtschaftlichen Verkehr.

(2) Mitwirkungstatbestand

348 Eine Person wirkt an einem Handelsgeschäft der ausländischen Gesellschaft mit, wenn sie Tätigkeiten ausübt, die nach ihrer Funktion Teil der Vorbereitung, des Abschlusses oder der Ausführung der in Betracht stehenden Geschäfte dieser Gesellschaft sind. Eine schädliche Mitwirkung, die zur Einstufung der Tätigkeit als passiv führt, liegt zB vor, wenn die Person für die ausländische Gesellschaft den Vertrieb übernimmt, den Vertretereinsatz leitet, die Finanzierungsaufgaben der ausländischen Gesellschaft übernimmt oder deren Handelsrisiko trägt.

In Betracht kommt hier die Übernahme der Finanzierungsaufgaben durch die Metall-Handels GmbH. Diese verfügt über umfangreiche Lagerbestände. Bestellt nun ein Kunde bei der brasilianischen Tochtergesellschaft Leichtmetall, gibt die brasilianische Tochtergesellschaft diese Bestellung an ihre Muttergesellschaft weiter. Sodann wird das Leichtmetall an den Kunden direkt geliefert. Erst nach Begleichung der Rechnungsforderung der brasilianischen Tochtergesellschaft gegen den Kunden, wird von der Metall-Handels GmbH eine Rechnung an ihre Tochtergesellschaft gestellt. Bei wirtschaftlicher Betrachtungsweise ergibt sich aus diesem Sachverhalt die Finanzierung des Warenbestandes der brasilianischen Tochtergesellschaft durch die Metall-Handels GmbH. Da dem Sachverhalt nicht entnommen werden kann, dass insoweit ein Austauschvertrag über diese Dienstleistung geschlossen wurde, kann es sich dabei auch nicht um eine eigene Funktion der Metall-Handels GmbH handeln. Somit übernimmt die Metall-Handels GmbH die Finanzierungsaufgaben der brasilianischen Tochterkapitalgesell-

11 BMF-Schreiben v. 14.5.2004, Az.: IV B 4 – S 1340 – 11/04, BStBl. I 2004 Sondernummer 1, 3, Tz 8.1.4.2.2.

schaft.[12] Die Übernahme der Finanzierungsaufgaben führt also zu einer schädlichen Mitwirkung der Metall-Handels GmbH bei den Handelstätigkeiten der brasilianischen Tochtergesellschaft.

b) Zwischenergebnis

349 Die brasilianische Tochterkapitalgesellschaft erzielt somit Einkünfte aus passiven Tätigkeiten.

II. Ergebnis

350 Die Metall-Handels GmbH unterliegt in Höhe ihrer Beteiligung am Nennkapital der brasilianischen Kapitalgesellschaft der Hinzurechnungsbesteuerung gemäß § 7 Abs. 1 AStG.

12 Vgl. insoweit auch Beispiel 2b in: *Flick/Wassermeyer/Baumhoff* (Hrsg.), Außensteuerrecht, § 8 AStG Rn 147.

Fall 10

Lizenzverwertung auf Europäisch

Schwerpunkte: Hinzurechnungsbesteuerung und Motivtest gem. § 8 Abs. 2 AStG (LB § 4 Rn 498–548)

Die IP AG ist seit jeher im Bereich der Vermögensverwaltung im weitesten Sinn tätig. **351**
Zu ihrem Portfolio zählen ua Beratungsleistungen für die Anlage großer und kleiner Vermögen und die Auflage von sog. geschlossen Fonds. Seit neuerem hat die Gesellschaft die Verwertung von geistigem Eigentum in Form von Erfindungen in ihr Programm aufgenommen. Die Verwertung läuft regelmäßig dergestalt ab, dass der Inhaber des Rechts (Patent) der IP AG eine sog. Masterlizenz gegen Entgelt einräumt. Das Entgelt sammelt die IP AG vorab von interessierten Investoren ein. Inhalt des Masterlizenzvertrages ist ua, dass die IP AG beliebig (übertragbare) Unterlizenzen erteilen kann. Mit den Investoren errichtet die IP AG anschließend eine Personengesellschaft, der eine Unterlizenz eingeräumt wird und aus der heraus das Recht (Patent) sodann verwertet wird.

Der Vorstand der IP AG erfuhr aus der Fachliteratur, dass das benachbarte Polen für Neugründungen von Kapitalgesellschaften durch ausländische Investoren eine Prämie zahlt, wenn mindestens ein Arbeitsplatz geschaffen wird. Da sich die IP AG sowieso schon seit längerem mit Expansionsgedanken beschäftigte, errichtete sie daraufhin in Polen eine Tochtergesellschaft mit Sitz und Ort der Geschäftsleitung in Krakau in der Rechtsform der Sp.z.o.o. mit einem Nennkapital i.H.v. € 500 000,00, das die IP AG vollständig übernahm. Zur Geschäftsführerin wurde die gebürtige Krakauerin Anja Nowak bestellt und zugleich auch angestellt, um die Prämie einstreichen zu können. Anja Nowak war bisher in der Leasingbranche tätig gewesen und hatte es bis zu Assistenz der Geschäftsführung in einer bedeutenden britischen Leasinggesellschaft geschafft, bevor sie sich neuen Herausforderungen stellen wollte. Geschäftsgegenstand der polnischen Tochtergesellschaft ist ausschließlich die Verwertung von geistigem Eigentum. Zu diesem Zweck räumt die IP AG ihrer Tochter Unterlizenzen ein, die von dieser in Polen im Wege der weiteren Lizenzierung aufgrund eines zeitlich begrenzten Überlassungsvertrages verwertet werden. Die dafür notwendigen Interessenten werden von Anja Nowak akquiriert. Zu diesem Zweck besucht Anja Nowak in Polen zB Industriemessen und Verbandssitzungen der polnischen Industrie, um die vorhandenen Rechte anzubieten. Zukünftig ist geplant, dass die polnische Tochtergesellschaft ebenso wie die IP AG von Rechteinhabern, den Erfindern, Masterlizenzen gegen Entgelt eingeräumt bekommt und diese gemeinsam mit Investoren durch die Gewährung von Unterlizenzen verwertet.

Prüfen Sie, ob für die IP AG die Anwendung der Hinzurechnungsgesellschaft in Betracht kommt.

Hinweise:

1. Der Körperschaftsteuersatz in Polen beträgt 19%.
2. Das zwischen Polen und Deutschland bestehende DBA ist nicht anzuwenden.
3. Das Entgelt für die Einräumung der Unterlizenz zwischen der IP AG und der polnischen Tochterkapitalgesellschaft ist fremdüblich.
4. Die Sp.z.o.o. entspricht in rechtlicher und steuerrechtlicher Hinsicht einer deutschen GmbH.

Vorüberlegungen

Der vorliegende Übungsfall beschäftigt sich mit der Investition einer deutschen Kapitalgesellschaft im benachbarten Polen in Form der Errichtung einer Tochterkapitalgesellschaft. Insoweit kann den Hinweisen zum Sachverhalt entnommen werden, dass die gewählte Rechtsform einer deutschen GmbH entspricht. Das Merkmal der beherrschenden Inländerbeteiligung sowie der weitere Hinweis zum Sachverhalt, dass der Körperschaftsteuersatz in Polen nur 19 % beträgt, lässt die Vermutung zu, dass die Regelungen über die Hinzurechnungsbesteuerung in den §§ 7 ff. AStG Anwendung finden. Dafür müsste dann weiter die polnische Tochtergesellschaft einer passiven Tätigkeit iSv § 8 Abs. 1 AStG nachgehen. Die Tätigkeit der polnischen Gesellschaft besteht in der Vermietung von Rechten in Form von Patenten. Da es sich dabei nicht um die Lizenzierung eigener Forschungsergebnisse handelt, wird die Tätigkeit als passive einzustufen sein. Ohne weitere Ausnahmen würde es sodann zu einer Hinzurechnungsbesteuerung auf Ebene der IP AG kommen. **352**

Hier sind jedoch die Ausnahmen für EU-Kapitalgesellschaften gemäß § 8 Abs. 2 AStG zu prüfen. Die Vorschrift eröffnet den Gegenbeweis für tatsächliche wirtschaftliche Tätigkeiten, von Gesellschaften, die ihren Sitz oder ihre Geschäftsleitung in einem Mitgliedstaat der Europäischen Union oder einem Vertragsstaat des EWR-Abkommens haben. Schwierig ist das Verständnis einer tatsächlichen wirtschaftlichen Tätigkeit. Dafür werden insbesondere die Auffassungen des Gesetzgebers und es BMF herangezogen werden müssen. Sollten danach derartige Tätigkeiten gegeben sein, würde dieses die Hinzurechnungsbesteuerung entfallen lassen.

Gliederung

I. Hinzurechnungsbesteuerung **353**
- 1. Anwendungsvoraussetzung
- 2. Einkünfte der Zwischengesellschaft
  - a) Ausländische Gesellschaft
  - b) Einkünfte der Gesellschaft
    - aa) Vermietung und Verpachtung
    - bb) Ausnahme „ausgenommen"
    - cc) Rückausnahme „es sei denn"
  - c) Zwischenergebnis
- 3. Motivtest, § 8 Abs. 2 AStG
  - a) Gesellschaft mit Sitz in der Europäischen Union
  - b) Ausübung einer tatsächlich wirtschaftlichen Tätigkeit
  - c) Nachweis
  - d) Auskunftserteilung
  - e) Zwischenergebnis

II. Ergebnis

Lösung

I. Hinzurechnungsbesteuerung

354 Die IP AG könnte der Hinzurechnungsbesteuerung unterliegen. Sind unbeschränkt Steuerpflichtige an einer Kapitalgesellschaft, Personenvereinigung oder Vermögensmasse iSd Körperschaftsteuergesetzes, die weder Geschäftsleitung noch Sitz im Geltungsbereich dieses Gesetzes hat und die nicht gemäß § 3 Abs. 1 des Körperschaftssteuergesetzes von der Körperschaftsteuerpflicht ausgenommen ist (ausländische Gesellschaft), zu mehr als der Hälfte beteiligt, so sind die Einkünfte, für die diese Gesellschaft Zwischengesellschaft ist, bei jedem von ihnen mit dem Teil steuerpflichtig, der auf die ihm zuzurechnende Beteiligung am Kapital der Gesellschaft entfällt.

1. Anwendungsvoraussetzung

355 Die Regelungen über die Hinzurechnungsbesteuerung befinden sich zu anderen Instituten in einem Konkurrenzverhältnis; dabei wird von den sog. negativen Anwendungsvoraussetzungen für die Hinzurechnungsbesteuerung gesprochen. Zunächst dürfte die ausländische Gesellschaft keine Scheingesellschaft iSv § 41 AO sein. § 41 Abs. 1 AO dürfte Regelungen in Form von unwirksamen Rechtsgeschäften; § 41 Abs. 2 AO regelt, dass Scheingeschäfte bei der Besteuerung außer Betracht zu lassen sind. Ein Scheingeschäft liegt immer dann vor, wenn der Steuerpflichtige die Rechtsfolge der von ihm gewählten Struktur nicht eintreten lassen will.[1] Die ausländische Tochtergesellschaft wurde errichtet, um auf dem polnischen Markt Lizenzen zu übernehmen und zu verwerten. Sie tritt damit am Markt auf und geht Verpflichtungen ein. Somit kann die Einschaltung der ausländischen Kapitalgesellschaft kein Scheingeschäft sein.

Vorrangig könnte auch die Vorschrift über den Missbrauch von rechtlichen Gestaltungsmöglichkeiten in § 42 AO anzuwenden sein. Die Vorschrift ist darauf gerichtet, ein Ausbrechen aus der gleichmäßigen Besteuerung nach Maßgabe der wirtschaftlichen Leistungsfähigkeit zu verhindern und hierbei die Steuer so zu erheben, wie sie bei einer den wirtschaftlichen Vorgängen angemessenen rechtlichen Gestaltung entsteht.[2] Der Kerntatbestand der Missbrauchsregel konzentriert sich auf sog. funktionsschwache bzw. funktionslose Gesellschaften, die keine wirtschaftlich sinnvolle Funktion erfüllen und auch als Briefkastengesellschaften bezeichnet werden können. Nach den im Sachverhalt geschilderten Aktivitäten der polnischen Tochtergesellschaft kann nur schwerlich von einer funktionsschwachen bzw. funktionslosen Gesellschaft ausgegangen werden, so dass auch kein Missbrauch rechtlicher Gestaltungsmöglichkeiten iSv § 42 AO vorliegt.[3]

356 Eine weitere – gesetzlich normierte – negative Anwendungsvoraussetzung findet sich in § 7 Abs. 7 AStG: Auf die Einkünfte der ausländischen Zwischengesellschaft darf nicht

1 BFH-Urteil v. 10.2.1988, Az.: X R 16/82, BStBl. II 1988, 640.
2 *Schaumburg*, Internationales Steuerrecht, Rn 10.21.
3 Zum Verhältnis von § 42 AO zu den §§ 7 ff. AStG vgl. auch *Haase*, Internationales und Europäisches Steuerrecht, Rn 506.

das sog. Investmentsteuergesetzt anwendbar sein, es sei denn, Ausschüttungen oder ausschüttungsgleiche Erträge wären nach einem Abkommen zur Vermeidung der Doppelbesteuerung von der inländischen Bemessungsgrundlage auszunehmen. Das Investmentsteuergesetz enthält Vorschriften über die Besteuerung sog. Investmentgesellschaften und sog. Investmentvermögen. Für das Vorliegen derartiger Rechtsgebilde bestehen im vorliegenden Fall keine Anhaltspunkte; die polnische Kapitalgesellschaft entspricht nach den Hinweisen zum Sachverhalt einer deutschen GmbH. Somit findet das Investmentsteuergesetz keine Anwendung.

Die letzte negative Anwendungsvoraussetzung besteht in der Nichtanwendung von § 30 AO. Die Norm bestimmt eine Zurechnung der Wirtschaftsgüter nicht nur nach den zivilrechtlichen, sondern auch nach den wirtschaftlichen Eigentumsverhältnissen. So ist es möglich, dass die Wirtschaftsgüter, die einer ausländischen Kapitalgesellschaft zivilrechtlich gehören, für steuerrechtliche Zwecke gemäß § 39 AO einem Steuerinländer zuzurechnen sind, weil zB ein Treuhandverhältnis besteht. In diesem Fall wäre eine Zurechnung der mit den Wirtschaftsgütern erzielten Einkünfte unmittelbar beim Steuerinländer vorzunehmen. Dem Sachverhalt sind keine Angaben zu entnehmen, dass von der Tochtergesellschaft erwirtschaftete Gewinne in wirtschaftlicher Hinsicht der inländischen Muttergesellschaft gebühren oder von ihr eingefordert werden. Somit sind auch die Regelungen in § 39 AO nicht anzuwenden.

2. Einkünfte der Zwischengesellschaft

Die polnische Gesellschaft könnte die Vermietung und Verpachtung iSv § 8 Abs. 1 Nr. 6 **357**
AStG ausüben: Eine ausländische Gesellschaft ist Zwischengesellschaft für Einkünfte, die einer niedrigen Besteuerung unterliegen und nicht stammen aus: Der Vermietung und Verpachtung, ausgenommen (a) die Überlassung der Nutzung von Rechten, Plänen, Mustern, Verfahren, Erfahrungen und Kenntnissen, es sei denn, der Steuerpflichtige weist nach, dass die ausländische Gesellschaft die Ergebnisse eigener Forschungs- oder Entwicklungsarbeit auswertet, die ohne Mitwirkung eines Steuerpflichtigen, der gemäß § 7 AStG an der Gesellschaft beteiligt ist, oder einer einem solchen Steuerpflichtigen iSd § 1 Abs. 2 AStG nahe stehenden Person unternommen worden ist, (b) die Vermietung oder Verpachtung von Grundstücken und (c) die Vermietung oder Verpachtung von beweglichen Sachen.

Die Einkünfte aus Vermietung und Verpachtung sind grundsätzlich Einkünfte aus aktiver Tätigkeit. Dieser Grundsatz ist jedoch von wesentlichen Durchbrechungen in den Buchstaben a.–c. gekennzeichnet. Das bedeutet im praktischen Ergebnis, dass die Vermietungs- und Verpachtungstätigkeiten überwiegend Einkünfte aus passiver Tätigkeit auslösen. Für die Vermietung und Verpachtung von unbeweglichem Vermögen in b. der Nr. 6 sowie für die Vermietung und Verpachtung von beweglichen Sachen in c. der Nr. 6 bestehen im vorliegenden Fall keine Anhaltspunkte, so dass im weiteren Verlauf der Lösung auf diese Regelungen nicht mehr eingegangen wird.

a) Ausländische Gesellschaft

358 § 8 Abs. 1 AStG setzt eine ausländische Gesellschaft voraus. Darunter kann nur eine Gesellschaft iSv § 7 Abs. 1 AStG verstanden werden.[4] In § 7 Abs. 1 AStG sind die Körperschaft, Personenvereinigung oder Vermögensmasse iSd Körperschaftsteuergesetzes genannt, die weder Geschäftsleitung noch Sitz im Inland haben und die nicht gemäß § 3 Abs. 1 des Körperschaftsteuergesetzes von der Körperschaftsteuerpflicht ausgenommen sind (ausländische Gesellschaft). § 7 Abs. 1 AStG verweist insoweit auf § 1 Abs. 1 KStG, womit im Ergebnis jeder Rechtsträger erfasst werden soll, der weder Geschäftsleitung noch Sitz im Inland hat und der körperschaftsteuerpflichtig wäre, wenn er Geschäftsleitung oder Sitz im Inland hätte.[5] Es ist mithin im Wege des Rechtstypenvergleichs zu entscheiden, welcher deutschen Rechtsform das verwendete ausländische Rechtsgebilde strukturell vergleichbar ist.[6] Nach den Hinweisen zum Sachverhalt ist die polnische Kapitalgesellschaft mit einer deutschen GmbH vergleichbar. Somit handelt es sich um eine ausländische Gesellschaft iSv § 7 Abs. 1 AStG.

b) Einkünfte der Gesellschaft

359 Die Einkünfte aus der Lizenzierung der Patente könnten zu den aktiven Vermietungs- und Verpachtungstätigkeiten gehören.

aa) Vermietung und Verpachtung

Der Begriff „Vermietung und Verpachtung“ entspricht dem entsprechenden Begriff des § 21 EStG. Gemäß § 21 Abs. 1 S. 1 Nr. 3 EStG sind Einkünfte aus Vermietung und Verpachtung Einkünfte aus zeitlich begrenzter Überlassung von Rechten, insbesondere von schriftstellerischen, künstlerischen und gewerblichen Urheberrechten, von gewerblichen Erfahrungen und von Gerechtigkeiten und Gefällen. Eine Definition, was unter einem Recht in diesem Sinne zu verstehen ist, enthält die Vorschrift nicht. Es werden lediglich in einer nicht abschließenden Aufzählung Beispiele für Rechte gegeben. Zu den nicht aufgezählten Rechten gehören vor allem gewerbliche Schutzrechte, die den Urheberrechten ähnlich sind. In Betracht kommen Rechte nach dem Geschmacksmustergesetz oder dem Patentgesetz. Nach Auffassung des BFH[7] gehören auch ausschließliche und einfache Lizenzen für die Verwertung von Patenten unter die Vorschrift.

Die IP AG gewährt ihrer Tochtergesellschaft Unterlizenzen an Patenten zur weiteren Verwertung mit fremden Dritten. Die weitere Verwertung findet sodann aufgrund eines Überlassungsvertrages statt. Die jeweilige Überlassung ist nach den Angaben im Sachverhalt zeitlich begrenzt. Somit erzielt die polnische Tochtergesellschaft Einkünfte aus Vermietung und Verpachtung.

---

4 *Wassermeyer*, in: *Flick/Wassermeyer/Baumhoff* (Hrsg.), Außensteuerrecht, § 8 AStG Rn 12, 51.
5 *Schaumburg*, Internationales Steuerrecht, Rn 10.39.
6 *Haase*, Internationales und Europäisches Steuerrecht, Rn 514.
7 Urteil v. 7.12.1977, I R 54/75, BStBl. II 1978, 355.

bb) Ausnahme „ausgenommen“

Ausgenommen von der aktiven Vermietungstätigkeit sind die Einkünfte von ausländischen Patentverwertungsgesellschaften aus der Überlassung der Nutzung von Rechten, Plänen, Mustern, Verfahren, Erfahrungen und Kenntnissen. Auch für die Ausnahme ergibt sich die Bestimmung der aufgeführten Begriffe ausnahmslos aus § 21 Abs. 1 Nr. 3 EStG. Danach handelt es sich bei den verwerteten Patenten um eben solche Rechte. Somit ist die Ausnahme erfüllt; mithin liegen Einkünfte aus passivem Erwerb vor. **360**

cc) Rückausnahme „es sei denn“

Kann nachgewiesen werden, dass die ausländische Gesellschaft die Ergebnisse eigener Forschungs- und Entwicklungsarbeit auswertet, die ohne Mitwirkung eines unbeschränkt steuerpflichtigen Anteilseigners oder einer ihm nahe stehenden Person unternommen worden sind, liegt nach der Rückausnahme wieder eine aktive Tätigkeit vor. Unter die Begriffe Forschungs- und Entwicklungsarbeit fallen sowohl die Grundlagenforschung als auch die Neu- und Weiterentwicklung von Erzeugnissen und Herstellungsverfahren.[8] Dem Sachverhalt können keine Angaben dahin entnommen werden, dass die polnische Tochtergesellschaft selbst Forschungstätigkeiten ausübt oder die Neu- und Weiterentwicklung von Erzeugnissen und Herstellungsverfahren betreibt. Vielmehr verwertet sie ihr selbst im Wege der Lizenzierung überlassene Rechte ohne diese zu verändern. Also liegt keine Auswertung von Ergebnissen eigener Forschungs- und Entwicklungsarbeit vor. Somit kann die Rückausnahme keine Geltung entfalten. **361**

c) Zwischenergebnis

Die polnische Tochtergesellschaft erzielt Einkünfte aus passivem Erwerb gemäß § 8 Abs. 1 Nr. 6 lit. a AStG. **362**

3. Motivtest, § 8 Abs. 2 AStG

Die Hinzurechnungsbesteuerung könnte nach § 8 Abs. 2 AStG ausgeschlossen sein. Ungeachtet des § 8 Abs. 1 AStG ist eine Gesellschaft, die ihren Sitz oder ihre Geschäftsleitung in einem Mitgliedstaat der Europäischen Union oder einem Vertragsstaat des EWR-Abkommens hat, nicht Zwischengesellschaft für Einkünfte, für die unbeschränkt Steuerpflichtige, die iSd § 7 Abs. 2 AStG an der Gesellschaft beteiligt sind, nachweisen, dass die Gesellschaft insoweit einer tatsächlichen wirtschaftlichen Tätigkeit in diesem Staat nachgeht. Weitere Voraussetzung ist, dass zwischen der Bundesrepublik Deutschland und diesem Staat aufgrund der Richtlinie 77/799/EWG des Rates vom 19. Dezember 1977 über die gegenseitige Amtshilfe zwischen den zuständigen Behörden der Mitgliedstaaten im Bereich der direkten Steuer und der Mehrwertsteuer in der jeweils geltenden Fassung, oder einer vergleichbaren zwei- oder mehrseitigen Vereinbarung, Auskünfte erteilt werden, die erforderlich sind, um die Besteuerung durchzuführen. **363**

8 *Wassermeyer*, in: *Flick/Wassermeyer/Baumhoff* (Hrsg.), Außensteuerrecht, § 8 AStG Rn 232.

a) Gesellschaft mit Sitz in der Europäischen Union

364 Die Nachweismöglichkeit des § 8 Abs. 2 AStG bezieht sich zunächst auf Einkünfte einer Gesellschaft mit Sitz oder Geschäftsleitung in einem Mitgliedstaat der Europäischen Union. Gesellschaft idS ist eine solche ausländische Gesellschaft, wie sie § 7 Abs. 1 AStG gemeint ist, was sich aus dem von § 8 Abs. 2 AStG hergestellten Zusammenhang zu § 8 Abs. 1 AStG ergibt.[9] Wie bereits I. 2. a. geprüft wurde, ist die Tochtergesellschaft eine ausländische Gesellschaft iSv § 7 Abs. 1 AStG. Die Gesellschaft hat nach den Angaben im Sachverhalt ihren Sitz und ihren Ort der Geschäftsleitung in Krakau/Polen. Somit befinden sich die maßgebenden Anknüpfungspunkte in einem Mitgliedstaat der Europäischen Union.

b) Ausübung einer tatsächlich wirtschaftlichen Tätigkeit

365 Die Ausnahme von der Hinzurechnungsbesteuerung erfordert, dass die ausländische Gesellschaft einer tatsächlichen wirtschaftlichen Tätigkeit nachgeht. Eine Definition dieses Tatbestandmerkmals sieht das Gesetz nicht vor. Insoweit ist die Regierungsbegründung[10] und die Auffassung des BMF in seinem Schreiben vom 8. Januar 2007[11] heranzuziehen.

In dem eben genannten Gesetzesentwurf der Bundesregierung wird auf die Rechtsprechung des EuGH aus dem Urteil in der Rechtssache Cadbury Schweppes[12] hingewiesen, um festzustellen, ob eine tatsächliche wirtschaftliche Tätigkeit gegeben ist. Dafür sind in europarechtskonformer Auslegung folgende Kriterien heranzuziehen:

- Die Niederlassungsfreiheit will es dem Staatsangehörigen der Gemeinschaft ermöglichen, in stabiler und kontinuierlicher Weise am Wirtschaftsleben eines anderen Mitgliedstaates teilzunehmen.
- Aufgrund dieses Ziels der Eingliederung in den Aufnahmemitgliedstaat impliziert der Niederlassungsbegriff die tatsächliche Ausübung einer wirtschaftlichen Tätigkeit mittels einer festen Einrichtung in diesem Staat auf unbestimmte Zeit. Daher setzt sie eine tatsächliche Ansiedlung der betreffenden Gesellschaft im Aufnahmemitgliedstaat und die Ausübung einer wirklichen wirtschaftlichen Tätigkeit voraus.
- Die Feststellung, ob vorstehende Voraussetzungen gegeben sind, muss auf objektiven, von dritter Seite nachprüfbaren Anhaltspunkten beruhen, die sich ua auf das Ausmaß des greifbaren Vorhandenseins der beherrschten ausländischen Gesellschaft in Form von Geschäftsräumen, Personal und Ausrüstungsgegenständen beziehen. An einer stabilen und kontinuierlichen Teilnahme am Wirtschaftsleben eines anderen Mitgliedstaats (Teilnahme am allgemeinen wirtschaftlichen Verkehr) wird es fehlen, wenn die Kernfunktionen, die die Gesellschaft hat, nicht von ihr selbst ausgeübt werden. Das gilt ebenso, wenn sich die Funktionen der Gesellschaft in gelegentlicher Kapitalanlage oder in der Verwaltung von Beteiligungen ohne gleichzeitige Aus-

9 *Schönfeld*, in: *Flick/Wassermeyer/Baumhoff* (Hrsg.), Außensteuerrecht, § 8 AStG Rn 426.
10 BT-Drs. 16/6290.
11 Az.: IV B 4 – S 1351-1/07, BStBl. I 2007, 99.
12 Urteil v. 12.9.2006 in der Rs. *Cadbury Schweppes*, C-196/04, DStR 2006, 1686.

übung geschäftsleitender Funktionen erschöpfen. Nimmt die Gesellschaft hingegen in stabiler und kontinuierlicher Weise am Wirtschaftsleben im anderen Mitgliedstaat teil, kann diese Teilnahme auch gegenüber einem verbundenen Unternehmen erfolgen.

Diese in weiten Teilen recht allgemein gehaltenen Kriterien wurden vom BMF in dem **366** genannten Schreiben konkretisiert. Danach hat der Steuerpflichtige insbesondere nachzuweisen, dass

a) die Gesellschaft in dem Mitgliedstaat, in dem sie ihren Sitz oder ihre Geschäftsleitung hat, am dortigen Marktgeschehen im Rahmen ihrer gewöhnlichen Geschäftstätigkeit aktiv, ständig und nachhaltig teilnimmt,
b) die Gesellschaft dort für die Ausübung ihrer Tätigkeit ständig sowohl geschäftsleitendes als auch anderes Personal beschäftigt,
c) das Personal der Gesellschaft über die Qualifikation verfügt, um die der Gesellschaft übertragenen Aufgaben eigenverantwortlich und selbstständig zu erfüllen,
d) die Einkünfte der Gesellschaft ursächlich aufgrund der eigenen Aktivitäten der Gesellschaft erzielt werden,
e) den Leistungen der Gesellschaft, sofern sie ihre Geschäfte überwiegend mit nahe stehenden Personen iSd § 1 Abs. 2 AStG betreibt, für die Leistungsempfänger wertschöpfende Bedeutung zukommt und die Ausstattung mit Kapital zu der erbrachten Wertschöpfung in einem angemessenen Verhältnis steht.

Im Übrigen kommt es – auch in Bezug auf den Umfang der zu fordernden Nachweise – **367** auf die Umstände des Einzelfalles an.

Die polnische Tochtergesellschaft verwertet aufgrund zeitlich begrenzter Überlassungsverträge Patente. Die Akquisition der Kunden erfolgt durch die Geschäftsführerin, die dafür ua Messen und Verbandssitzungen besucht. Somit ist zunächst zu konzertieren, dass die polnische Gesellschaft im Rahmen ihrer gewöhnlichen Geschäftstätigkeit aktiv, ständig und nachhaltig am polnischen Marktgeschehen in ihrem Segment teilnimmt.

Patentverwertung erfordert nach Vertragsabschluss keine weiteren aktiven Handlungen, so dass die polnische Gesellschaft mit ihrer Geschäftsführerin gerade bei Tätigkeitsaufnahme ausreichend in personeller Hinsicht ausgestattet ist. Somit ist die Ausübung der Tätigkeit gesichert.

Anja Nowak war zunächst im Bereich des Leasings tätig, bevor sie sich den neuen Herausforderungen in der Patentverwertung gestellt hat. In der Leasingbranche reichte ihre Karriere bis zur Assistenz der Geschäftsführung. Nunmehr ist sie Geschäftsführerin. Beide Branchen sind im Bereich der Dienstleistung anzusiedeln. Somit kann davon ausgegangen werden, dass das Personal der polnischen Gesellschaft über die notwendigen Qualifikationen verfügt, um die der Gesellschaft übertragenen Aufgaben eigenverantwortlich und selbstständig zu erfüllen.

Unzweifelhaft darf angenommen werden, dass die Einkünfte aus den Überlassungsverträgen ursächlich aufgrund der eigenen Aktivitäten der polnischen Tochtergesellschaft erzielt werden.

Die polnische Gesellschaft steht mit ihrer Muttergesellschaft, die eine nahe stehende Person iSv § 1 Abs. 2 Nr. 1 AStG ist, in ständiger Geschäftsbeziehung. Von ihrer Muttergesellschaft erhält die polnische Kapitalgesellschaft die Rechte im Wege der Lizenzierung. Aus den Hinweisen zum Sachverhalt folgt, dass das Entgelt für die Lizenzierung fremdüblich ist. Es entspricht nun der Lebenserfahrung, dass die polnische Gesellschaft eine eigene Wertschöpfung erwirtschaften kann. Dazu wird auch die Kapitalausstattung i.H.v. € 500 000,00 in einem angemessenen Verhältnis stehen.

Somit übt die polnische Tochterkapitalgesellschaft eine tatsächliche wirtschaftliche Tätigkeit iSv § 8 Abs. 2 S. 1 AStG aus.

c) Nachweis

368 Der Nachweis der ausgeübten Tätigkeit muss durch den unbeschränkt Steuerpflichtigen, der gemäß § 7 Abs. 2 AStG an der polnischen Gesellschaft beteiligt ist, erbracht werden. Dieses ist hier unzweifelhaft die IP AG, diese ist alleine am Kapital der polnischen Kapitalgesellschaft beteiligt, so dass sie zu mehr als der Hälfte iSv § 7 Abs. 2 S. 1 AStG beteiligt ist.

d) Auskunftserteilung

369 Weitere Voraussetzung ist, dass zwischen den zuständigen Behörden Deutschlands und Polens Auskünfte erteilt werden. Als eine Rechtsgrundlage für die erforderliche Auskunftserteilung nennt § 8 Abs. 2 S. 2 AStG die sog. EG-Amtshilferichtlinie. Die zuständigen Behörden der Mitgliedstaaten erteilen danach gegenseitig alle Auskünfte, die für die korrekte Festsetzung der Einkommen- und Vermögensteuer geeignet sind, und alle Auskünfte über die Festsetzung der indirekten Steuern. Neben der EG-Amtshilferichtlinie kann sich die Verpflichtung zur Auskunftserteilung auch aus vergleichbaren zwei- oder mehrseitigen Vereinbarungen ergeben. Darunter fallen Doppelbesteuerungsabkommen und Amts- und Rechtshilfevereinbarungen. Polen sichert die Auskunftserteilung nach der EG-Amtshilferichtlinie zu.

e) Zwischenergebnis

Die Voraussetzungen für den Motivtest bei einer EU-Gesellschaft gemäß § 8 Abs. 2 AStG ist erfüllt.

II. Ergebnis

370 Zwar erzielt die polnische Tochtergesellschaft Einkünfte aus passivem Erwerb, was grundsätzlich bei der IP AG zur Anwendung der Hinzurechnungsbesteuerung führt; jedoch greift der Motivtest für EU-Gesellschaften in § 8 Abs. 2 AStG. Somit ist eine Hinzurechnungsbesteuerung auf Ebene der IP AG ausgeschlossen.

Fall 11

Der vermeintlich schlaue Professor

Schwerpunkte: Hinzurechnungsbesteuerung, „switch over", § 20 Abs. 2 AStG (LB § 4 Rn 498–548)

Der Hamburger Kaufmann Bert Wurzel betreibt einen schwunghaften Handel mit Kaffee. Die feinen Sorten aus Übersee und Afrika werden überwiegend von Privatröstereien in Deutschland zu Spitzenprodukten veredelt und anschließend von Bert Wurzel vertrieben. Bert Wurzel hat sein Geschäft und Lager ganz traditionell in der Speicherstadt. **371**

Von der gewachsenen Popularität der Kaffeehausketten und der Produkte „Latte" und „Macchiato" in den letzten Jahren konnte auch Bert Wurzel profitieren. Wobei Bert Wurzel sich ganz sicher ist, das Geheimnis seines Erfolges liege in seiner Sensibilität, der Nähe zu seinen Kunden und seiner Fähigkeit, die Wünsche seiner Kunden schon im Voraus zu erkennen. Zu Beginn des Jahres 2014 bemerkte Bert Wurzel eine steigende Zahl niederländischer Kunden, die jeweils größere Mengen seines Sortiments einkauften. Als sich die Gelegenheit ergab, sprach Bert Wurzel einen holländischen Kunden an und erfuhr Interessantes: Der Kaffeehausmarkt in den Niederlanden sei noch nicht vollständig erschlossen und so einen Kaffee wie ihn Bert Wurzel vertreibe, sei in Holland schlicht nicht zu bekommen. Da Bert Wurzel durch und durch Kaufmann ist, überlegte er hin und her und kam zu dem Schluss, in Amsterdam einen Kaffeeshop zu eröffnen.

Von Freunden und Bekannten bekam Bert Wurzel viel Rückenwind und Mut zugesprochen; aber auch die Mahnung, vorher einen „Steuermann" zu konsultieren, damit das Investment nicht nur dem Finanzamt diene. Aus diesem Grund vereinbarte Bert Wurzel einen Termin bei Prof. Ernst und schilderte sein Vorhaben, in Amsterdam ein Ladenlokal zu mieten, entsprechend einzurichten, Personal einzustellen und einmal im Monat ein Event durchzuführen, welches von ihm geleitet werden und seiner Marketingstrategie dienen soll. Prof. Ernst vertrat die Auffassung, das geplante Investment sei ein „Klassiker" im Internationalen Steuerrecht und einfach in der Handhabung. Bert Wurzel würde in den Niederlanden eine Betriebsstätte begründen. Mit den Betriebsgewinnen würde Bert Wurzel in den Niederlanden besteuert werden, während die niederländischen Betriebsstättengewinne in Deutschland von der Besteuerung freigestellt seien.

Prüfen Sie, wie die Betriebsstättengewinne bei der Besteuerung Bert Wurzels in Deutschland behandelt werden.

Hinweise:

1. Bert Wurzel hat seinen einzigen Wohnsitz gem. § 8 AO und seinen gewöhnlichen Aufenthalt gem. § 9 AO in Hamburg.
2. Auf gewerbesteuerrechtliche Konsequenzen ist nicht einzugehen.
3. Die Einkommensteuer in den Niederlanden wird nach einem progressiven Steuersatz bis zu 52% erhoben; der Körperschaftsteuersatz beträgt einheitlich 20%.
4. Mit seinen Einkünften aus dem Kaffeeladen in Amsterdam unterliegt Bert Wurzel in den Niederlanden der beschränkten Einkommensteuerpflicht.

5. Das DBA-Niederlande ist in zeitlicher, räumlicher, persönlicher und sachlicher Hinsicht eröffnet.
6. Vorschriften des Europarechts sind nicht zu prüfen.

Vorüberlegungen

Der vorliegende Übungsfall behandelt die Investition eines deutschen Einzelunternehmers in den benachbarten Niederlanden und damit in der Europäischen Union. Der Kaufmann Bert Wurzel handelt in Deutschland mit Kaffee und plant die Eröffnung eines weiteren Kaffeeladens in Amsterdam. Der Kaffeeladen in Amsterdam wird nach Art. 2 Nr. 2 DBA-Niederlande und auch nach deutschem Steuerrecht in § 12 AO eine Betriebsstätte darstellen. Mit den Betriebsstätteneinkünften wird Bert Wurzel in den Niederlanden beschränkt steuerpflichtig. Gleichzeitig unterliegt Bert Wurzel als unbeschränkt Steuerpflichtiger in Deutschland mit den Betriebsstätteneinkünften aus den Niederlanden der Einkommensteuerpflicht. Insoweit droht die juristische Doppelbesteuerung. **372**

Nach dem Doppelbesteuerungsabkommen zwischen Deutschland und den Niederlanden wird die Doppelbesteuerung der Gestalt vermieden, dass gemäß Art. 20 Abs. 2 des Doppelbesteuerungsabkommens die Bundesrepublik Deutschland die niederländischen Betriebsstätteneinkünfte von der Besteuerung ausnimmt und lediglich beim Progressionsvorbehalt berücksichtigt.

Dieses Ergebnis wird modifiziert, wenn § 20 Abs. 2 AStG Anwendung findet. Werden in einer ausländischen Betriebsstätte niedrig besteuerte Einkünfte aus passivem Erwerb iSd § 8 Abs. 1 und 3 AStG erzielt, so wird die Doppelbesteuerung nicht durch die in einem DBA vorgesehene Steuerbefreiung, sondern lediglich durch Anrechnung der auf diese Einkünfte erhobenen ausländischen Steuer vermieden. Die Vorschrift ist für Fälle wie den vorliegenden einschlägig, weil das DBA-Niederlande die Steuerbefreiung im Inland für ausländische Betriebsstätteneinkünfte vorsieht. Mit dieser Regelung weicht die Bundesrepublik Deutschland einseitig von der auf Abkommensebene festgelegten Steuerfreistellung ab.

Zu beachten ist, dass die Entlastungsmöglichkeit durch den Motivtest gemäß § 8 Abs. 2 AStG innerhalb der Europäischen Union nach dem ausdrücklichen Wortlaut des § 20 Abs. 2 AStG für ausländische Betriebsstätten nicht zur Verfügung steht.[1]

Ein weiteres Problem stellt sich in der Beantwortung, ob die niederländischen Betriebsstätteneinkünfte niedrig besteuert sind oder nicht. Nach den Hinweisen werden natürliche Personen in den Niederlanden progressiv mit bis zu 52% besteuert, während für Kapitalgesellschaften ein einheitlicher Steuersatz i.H.v. 20% gilt. Hier ist zu überlegen, ob nach der gesetzlichen Fiktion in § 20 Abs. 2 AStG vollständig auf Kapitalgesellschaften abgestellt wird, so dass die Niedrigbesteuerung gegeben wäre oder, ob – in welcher Form auch immer – der Steuersatz für natürliche Personen maßgeblich ist.[2]

1 *Haase*, Internationales und Europäisches Steuerrecht, Rn. 548; aA BFH-Urteil v. 21.10.2009, Az.: I R 114/08, IStR 2010, 149; *Schaumburg*, Internationales Steuerrecht, Rn 16.544.

2 *Kraft*, in: *Kraft* (Hrsg.), AStG, § 20 Rn 50 ff.

Gliederung

373 **I. Unbeschränkte Steuerpflicht**

II. Abkommensrecht
1. Anwendungsbereich
2. Art. 5 DBA-Niederlande
   a) Aus einem gewerblichen Unternehmen als Unternehmer
   b) Einkünfte eines gewerblichen Unternehmens
   c) Betriebsstätte in den Niederlanden
      aa) Betriebsstätte, Art. 2 Abs. 1 Nr. 2 DBA-Niederlande
      bb) Zwischenergebnis
3. Vermeidung der Doppelbesteuerung

III. Treaty Override
1. Ausländische Betriebsstätte
2. Fiktive Hinzurechnungsbesteuerung
   a) Fiktive Zwischengesellschaft
   b) Passive Einkünfte
   c) Niedrige Besteuerung
   d) Motivtest, § 8 Abs. 2 AStG
3. Rechtsfolge

IV. Ergebnis

Lösung

I. Unbeschränkte Steuerpflicht

Bert Wurzel hat nach den Hinweisen zum Sachverhalt seinen einzigen Wohnsitz gemäß § 8 AO und seinen gewöhnlichen Aufenthalt gemäß § 9 AO in Hamburg und damit im Inland. Bert Wurzel ist also unbeschränkt einkommensteuerpflichtig gemäß § 1 Abs. 1 S. 1 EStG. **374**

Bei unbeschränkter Steuerpflicht wird als Steuerobjekt das durch den Rahmen der sieben Einkunftsarten in § 2 Abs. 1 EStG abgesteckte Welteinkommen erfasst. Somit gehören auch etwaige niederländische Einkünfte zu dem im Grundsatz steuerpflichtigen Einkommen in der Bundesrepublik Deutschland.

II. Abkommensrecht

Der Besteuerungsanspruch der Bundesrepublik Deutschland aufgrund der unbeschränkten Steuerpflicht Bert Wurzels könnte durch das bestehende Doppelbesteuerungsabkommen beschränkt oder ausgeschlossen sein. Dabei gilt zu beachten, dass Besteuerungsansprüche durch das DBA nicht begründet werden, sondern lediglich bestehende Besteuerungsansprüche zwischen den Vertragsstaaten – hier die Niederlande und die Bundesrepublik Deutschland – verteilt werden. **375**

1. Anwendungsbereich

Das DBA-Niederlande hat einen zeitlichen, räumlichen, persönlichen und sachlichen Anwendungsbereich. Nach den Hinweisen zum Sachverhalt ist der Anwendungsbereich des DBA-Niederlande in allen genannten Hinsichten eröffnet. Somit ist Bert Wurzel für Zwecke der Anwendung des DBA eine natürliche Person mit Wohnsitz (Ansässigkeit) in Deutschland. Auch sind die Niederlande und die Bundesrepublik Deutschland Vertragsstaaten. **376**

2. Art. 5 DBA-Niederlande

Die Zuweisung des Besteuerungsrechts an den niederländischen Einkünften könnte sich aus Art. 5 DBA-Niederlande ergeben: Bezieht eine Person mit Wohnsitz in einem der Vertragsstaaten als Unternehmer oder Mitunternehmer Einkünfte aus einem gewerblichen Unternehmen, dessen Wirkung sich auf das Gebiet des anderen Staates erstreckt, so hat der andere Staat das Besteuerungsrecht für diese Einkünfte nur insoweit, als sie auf eine dort befindliche Betriebsstätte des Unternehmens entfallen. **377**

Für die Anwendung des Art. 5 Abs. 1 DBA-Niederlande ist zunächst festzuhalten, dass als Person mit Wohnsitz in einem der Vertragsstaaten Bert Wurzel mit Wohnsitz in Deutschland anzusehen ist.

a) Aus einem gewerblichen Unternehmen als Unternehmer

378 Die Vorschrift in Art. 5 DBA-Niederlande regelt das Besteuerungsrecht der Vertragsstaaten für Unternehmensgewinne und -verluste. Im Mittelpunkt steht der Ausdruck „Unternehmen". Dieser Ausdruck wird weder in Art. 5 DBA-Niederlande noch in einer anderen Vorschrift des Abkommens definiert. In Art. 2 Abs. 1 Nr. 5 DBA-Niederlande ist bestimmt, dass der Begriff „Unternehmen eines der Vertragsstaaten" oder „Unternehmen des anderen Staates" ein gewerbliches Unternehmen, das von einer Person mit Wohnsitz in den Niederlanden oder von einer Person mit Wohnsitz in der Bundesrepublik Deutschland betrieben wird, wie es der Zusammenhang erfordert, für Zwecke der Anwendung des Abkommens bedeutet. Daraus ergibt sich jedoch nur, welcher Vertragsstaat als der Wohnsitzstaat des Unternehmens gilt; der Unternehmensbegriff besagt nur etwas über das Betreiben einer gewerblichen Tätigkeit, aber nichts über den Ort des Betreibens. Unternehmen eines Vertragsstaates heißt deswegen nur, dass in einem der beiden Vertragsstaaten eine Person ansässig ist, die irgendwo eine gewerbliche Tätigkeit ausübt.[3]

Mangels Definition im Abkommen ist für die Auslegung des Begriffs das nationale deutsche Steuerrecht heranzuziehen. Dieses ergibt sich aus Art. 2 Abs. 2 DBA-Niederland: Bei der Anwendung dieses Abkommens durch einen der Vertragsstaaten wird jeder Begriff, der nicht in diesem Abkommen bestimmt worden ist, die Auslegung erfahren, die sich aus den Gesetzen ergibt, die in dem Vertragsstaat in Kraft sind und sich auf Steuern iSd Abkommens beziehen, falls der Zusammenhang keine andere Auslegung erfordert.

Unter Rückgriff auf das innerstaatliche Recht wird der Begriff „Unternehmen" bzw. „Unternehmensgewinn" als sog. Typusbegriff eingeordnet, dessen Merkmale im Anwendungsbereich von § 15 Abs. 1 EStG gewonnen werden können.[4] Wird auf Einkünfte aus Gewerbebetrieb iSd § 15 EStG abgestellt, sind originär gewerbliche Einkünfte stets unter den Unternehmensgewinnartikel in den von Deutschland abgeschlossenen Doppelbesteuerungsabkommen zu subsumieren. Der Handel mit Kaffee erfüllt unzweifelhaft den Gewerbebetriebsbegriff in § 15 Abs. 2 EStG. Als Zurechnungssubjekt der Einkünfte und damit als Unternehmer kommt nach den Angaben im Sachverhalt ausschließlich Bert Wurzel in Betracht. Somit ist die Voraussetzung aus einem gewerblichen Unternehmen als Unternehmer erfüllt.

b) Einkünfte eines gewerblichen Unternehmens

379 Die Einkünfte stammen dann aus einem gewerblichen Unternehmen, wenn die steuerpflichtige Person sie als Unternehmer bezieht. Letztlich entfaltet das Tatbestandsmerkmal „Einkünfte aus einem gewerblichen Unternehmen" keinen eigenständigen Bedeutungsinhalt, da alle Einkünfte, die eine Person als Unternehmer erzielt, aus einem gewerblichen Unternehmen bezogen werden.[5] Mithin ist wiederum allein auf Bert Wurzel abzustellen, da er Einkünfte aus dem Kaffeehandel erzielt.

---

3 *Mick*, in: *Debatin/Wassermeyer* (Hrsg.), Doppelbesteuerung, DBA-Niederlande, Art. 2 Rn 33.
4 *Schaumburg*, Internationales Steuerrecht, Rn 16.234.
5 *Mick*, in: *Debatin/Wassermeyer* (Hrsg.), Doppelbesteuerung, DBA-Niederlande, Art. 2 Rn 29.

c) Betriebsstätte in den Niederlanden

Art. 5 Abs. 1 DBA-Niederlande entfaltet nur dann einen Regelungsgehalt, wenn das gewerbliche Unternehmen nicht nur eine Wirkung auf dem Gebiet des anderen Staates (Niederlande) erzielt, sondern dort eine Betriebsstätte betreibt, der Gewinne zuzurechnen sind. **380**

aa) Betriebsstätte, Art. 2 Abs. 1 Nr. 2 DBA-Niederlande

Für Zwecke des Abkommens bedeutet der Begriff „Betriebsstätte" eine feste Geschäftseinrichtung, in der die Tätigkeit des Unternehmens ganz oder teilweise ausgeübt wird; als Betriebsstätte gelten insbesondere: ein Ort der Leitung, eine Zweigniederlassung, eine Geschäftsstelle, eine Fabrikationsstätte, eine Werkstätte, ein Bergwerk oder eine Bauausführung. Unter einer Geschäftseinrichtung wird in der Regel eine Sachgesamtheit von dem Unternehmen dienenden körperlichen Gegenständen zu verstehen.[6] Inhaltlich kann die Betriebsstätte aus einer Räumlichkeit bestehen.[7] Bert Wurzel beabsichtigt, ein Ladenlokal in Amsterdam einzurichten, um dort Kaffee verkaufen zu können. Dafür benötigt er körperliche Gegenstände in einer Räumlichkeit. Somit liegt schon nach dem Grundtatbestand eine Betriebsstätte iSv Art. 2 Abs. 1 Nr. 2 DBA-Niederlande vor. **381**

Somit erübrigt sich die Untersuchung, ob das Ladenlokal auch nach einem der genannten Regelbeispiele eine Betriebsstätte iSd DBA-Niederlande darstellt.

Die Regelung in Art. 2 Abs. 1 Nr. 2 lit. b DBA-Niederlande regelt, wann eine feste Geschäftseinrichtung nicht als Betriebsstätte gilt. Der aufgeführte Katalog enthält Vorbereitungs- und Hilfstätigkeiten, deren Ausübung allein nicht ausreicht, um eine Betriebsstätte anzunehmen. Das beabsichtigte Investment Bert Wurzels stellt sich nach den Angaben im Sachverhalt jedoch nicht als Hilfstätigkeit dar. Somit sind die Ausnahmen in Art. 2 Ab. 1 Nr. 2 lit. b DBA-Niederlande nicht anwendbar.

bb) Zwischenergebnis

Für Zwecke der Anwendung des DBA-Niederlande ist das Ladenlokal in Amsterdam eine Betriebsstätte iSv Art. 2 Abs. 1 Nr. 2 DBA-Niederlande.

3. Vermeidung der Doppelbesteuerung

Die Vermeidung der Doppelbesteuerung ergibt sich aus Art. 20 Abs. 2 DBA-Niederlande: Ist die Bundesrepublik Deutschland der Wohnsitzstaat, so wird sie die Einkünfte aus der Bemessungsgrundlage ausnehmen, für die nach den vorhergehenden Artikeln die Niederlande ein Besteuerungsrecht haben. Die Steuern für die Einkünfte, die der Bundesrepublik Deutschland zur Besteuerung überlassen sind, werden jedoch nach dem Satz erhoben, der dem Gesamteinkommen der steuerpflichtigen Person entspricht. **382**

6 *Wassermeyer*, in: *Debatin/Wassermeyer* (Hrsg.), Doppelbesteuerung, OECD-MA Art. 5 Rn 30.
7 BFH-Urteil v. 10.5.1989, Az.: I R 50/85, BStBl. II 1989, 755.

Die Bundesrepublik Deutschland ist wie bereits unter II. 1. festgestellt wurde, der Wohnsitzstaat Bert Wurzels. Durch das Unterhalten der Betriebsstätte in Amsterdam erstreckt sich das gewerbliche Unternehmen Bert Wurzels insoweit auf das Gebiet der Niederlande, so dass nach Art. 5 Abs. 1 DBA-Niederlande diese das Besteuerungsrecht für die Betriebsstätteneinkünfte haben. Somit nimmt die Bundesrepublik Deutschland nach der Anordnung in Art. 20 Abs. 2 DBA-Niederlande die Einkünfte von der Besteuerung aus.

383 Anderes könnte hingegen für die Bemessung des Steuersatzes, dem sog. Progressionsvorbehalt, gelten. Art. 20 Abs. 2 S. 2 DBA-Niederlande enthält den Vorbehalt, dass Deutschland die nach Art. 20 Abs. 2 S. 1 DBA-Niederlande steuerfrei zu stellende Einkünfte bei der Ermittlung des Steuersatzes für das übrige sachlich steuerpflichtige Einkommen berücksichtigen darf. Im innerstaatlichen Steuerrecht findet sich die Rechtsgrundlage für die abkommensrechtliche Erlaubnis in § 32b Abs. 1 Nr. 3 EStG: Hat ein während des gesamten Veranlagungszeitraums unbeschränkt Steuerpflichtiger Einkünfte, die nach einem Abkommen zur Vermeidung der Doppelbesteuerung steuerfrei sind, bezogen, so ist auch das nach § 32a Abs. 1 EStG zu versteuernde Einkommen ein besonderer Steuersatz anzuwenden. Der damit angeordnete sog. Progressionsvorbehalt gilt nicht für Einkünfte aus einer anderen als in einem Drittstaat belegenen gewerblichen Betriebsstätte, die nicht die Voraussetzungen des § 2a Abs. 2 S. 1 EStG erfüllt. Drittstaaten in diesem Sinne sind Staaten, die nicht Mitgliedstaaten der Europäischen Union sind, § 32b Abs. 1 S. 3, § 2a Abs. 2a EStG. Die Betriebsstätte Bert Wurzels ist in Amsterdam und somit in der EU belegen.

Weiter zu untersuchen ist, ob die Voraussetzungen des § 2a Abs. 2 S. 1 EStG erfüllt sind. Danach sind Einkünfte „unschädlich", wenn sie aus einer gewerblichen Betriebsstätte stammen, die ausschließlich oder fast ausschließlich die Herstellung oder Lieferung von Waren, außer Waffen, die Gewinnung von Bodenschätzen sowie die Bewirkung gewerblicher Leistungen zum Gegenstand hat. In der Betriebsstätte wird Kaffee verkauft und damit der Handel betrieben. Kaffee ist unzweifelhaft nicht als Waffe einzuordnen. Die Tätigkeit in der Betriebsstätte ist damit unschädlich iSv § 2a Abs. 2 S. 1 EStG. Somit sind die Einkünfte nicht vom Einbezug in den besonderen Steuersatz einbezogen; die Vorschrift in § 32b Abs. 1 S. 2 EStG findet keine Anwendung.

Somit werden die niederländischen Betriebsstätteneinkünfte von der deutschen Besteuerung gemäß § 20 Abs. 2 DBA-Niederlande ausgenommen und lediglich bei der Bemessung des Steuersatzes von Bert Wurzel in Deutschland einbezogen.

III. Treaty Override

384 Die soeben dargelegte Freistellung der niederländischen Einkünfte in Deutschland könnte durch die Regelung in Art. 20 Abs. 2 AStG modifiziert werden. Die Regelung in § 20 Abs. 2 S. 1 AStG bestimmt: Fallen Einkünfte in der ausländischen Betriebsstätte eines unbeschränkt Steuerpflichtigen an und wären sie ungeachtet des § 8 Abs. 2 AStG als Zwischeneinkünfte steuerpflichtig, falls diese Betriebsstätte eine ausländische Gesellschaft wäre, ist insoweit die Doppelbesteuerung nicht durch Freistellung, sondern durch Anrechnung der auf diese Einkünfte erhobenen ausländischen Steuern zu vermeiden.

1. Ausländische Betriebsstätte

Es müsste eine ausländische Betriebsstätte in einem DBA-Staat bestehen. Der Begriff der Betriebsstätte ergibt sich – mangels Verweis auf ein DBA – aus § 12 AO. Gemäß § 12 S. 1 AO ist eine Betriebsstätte jede feste Geschäftseinrichtung oder Anlage, die der Tätigkeit eines Unternehmens dient. Gemäß § 12 S. 2 AO sind als Betriebsstätten insbesondere anzusehen, die Stätte der Geschäftsleitung, Zweigniederlassung, Geschäftsstellen, Fabrikations- oder Werkstätten, Warenlager, Ein- oder Verkaufsstellen, Bergwerke und Bauausführungen oder Montagen. **385**

Das Ladenlokal könnte eine Betriebsstätte in Form einer Ein- oder Verkaufsstelle iSv § 12 S. 1 in Verbindung mit S. 2 Nr. 6 AO darstellen. Ein- oder Verkaufsstellen sind Geschäftseinrichtungen, die für den Ein- oder Verkauf von Gütern benutzt werden.[8] Geschäftseinrichtung kann jeder körperliche Gegenstand oder jede Zusammenfassung körperlicher Gegenstände sein, die geeignet sind, Grundlage einer Unternehmenstätigkeit zu sein.[9] Unter dem Begriff der „Geschäftseinrichtung" sind zB Räumlichkeiten und abgegrenzte oder abgrenzbare Flächen zu verstehen. Bert Wurzel mietet ein Ladenlokal, um dort Kaffee zu verkaufen. Somit liegt eine Geschäftseinrichtung in Form einer Ein- bzw. Verkaufsstelle vor. Es handelt sich mithin um eine Betriebsstätte iSv § 12 AO.

2. Fiktive Hinzurechnungsbesteuerung

Bei den zuzurechnenden Einkünften der ausländischen Betriebsstätte müsste es sich um hypothetische Zwischeneinkünfte iSd § 8 Abs. 1 AStG handeln. **386**

a) Fiktive Zwischengesellschaft

§ 20 Abs. 2 AStG beinhaltet die Fiktion, dass die ausländische Betriebsstätte eine ausländische Gesellschaft iSd § 7 AStG ist. Da es an der Betriebsstätte keine Beteiligung am Nennkapital zu mehr als der Hälfte iSv § 7 Abs. 2 AStG geben kann, folgt aus der Fiktion zudem, dass der inländische Unternehmer (das Stammhaus) als der unbeschränkt steuerpflichtige alleinige Gesellschafter der Betriebsstätte anzusehen ist. Inländischer unbeschränkt steuerpflichtiger Unternehmer ist Bert Wurzel. Diesem ist zudem die Betriebsstätte zuzurechnen. Somit stellt die niederländische Betriebsstätte eine fiktive Zwischengesellschaft dar.

b) Passive Einkünfte

Bert Wurzel könnte Handelstätigkeiten iSv § 8 Abs. 1 Nr. 4 AStG ausüben. Handelstätigkeit umfasst die Anschaffung und Weiterveräußerung von Waren ohne wesentliche **387**

8 *Musil*, in: Hübschmann/*Hepp/Spitaler* (Hrsg.), AO/FGO, § 12 AO Rn 31.
9 BFH-Urteil v. 3.2.1993, Az.: I R 80/81/91, BStBl. II 1993, 462.

Ver- oder Bearbeitung. Bert Wurzel beabsichtigt, in der niederländischen Betriebsstätte Kaffee zu verkaufen. Damit ist der Begriff des Handelns erfüllt.

Einkünfte aus Handelstätigkeit sind zwar grundsätzlich solche aus aktiver Tätigkeit, die Vorschrift in § 8 Abs. 1 Nr. 4 AStG ist aber mit mehreren Ausnahmeregelungen durchsetzt mit der Folge, dass im Ergebnis lediglich eigenständig agierende ausländische Gesellschaften aktiv tätig sind. Auf der ersten Stufe sind aus der aktiven Handelstätigkeit die Tätigkeiten von Vertriebsgesellschaften ausgenommen, soweit Handelspartner unbeschränkt steuerpflichtige Gesellschafter oder diesen nahe stehende Personen sind und die Verfügungsmacht an den gehandelten Gütern oder Waren von diesem Personenkreis verschafft wird. Von dieser die Tätigkeit als passive qualifizierende Ausnahme unterhält die Regelung in § 8 Abs. 1 Nr. 4 AStG eine Rückausnahme, wenn die ausländische Gesellschaft einen eingerichteten Geschäftsbetrieb unter Teilnahme am allgemeinen wirtschaftlichen Verkehr unterhält und die zur Vorbereitung, dem Abschluss und der Ausführung der Geschäfte gehörenden Tätigkeiten ohne Mitwirkung der beteiligten Steuerinländer oder der ihnen nahe stehenden Personen ausgeübt werden.

Die Qualifikation der ausländischen Betriebsstätte als fiktive Gesellschaft zieht die Konsequenz nach sich, dass der inländische unbeschränkt steuerpflichtige Unternehmer der fiktiven Gesellschaft immer die Verfügungsmacht an den gehandelten Gütern verschafft und zudem ohne Ausnahme schädlich mitwirkt. Die Betriebsstätte ist ein rechtlich unselbstständiger Teil des Stammhauses, hier des Einzelunternehmers Bert Wurzel. Insoweit sind ein eigenes Verfügen der Betriebsstätte und das Begründen von Rechten und das Eingehen von Verpflichtungen ohne Mitwirkung des inländischen Unternehmers schlicht unmöglich. Handelsaktivitäten durch einen inländischen Einzelunternehmer führen damit immer zu einer passiven Erwerbstätigkeit. Somit liegen auch hier passive Einkünfte vor.[10]

c) Niedrige Besteuerung

388 Die niedrige Besteuerung ergibt sich aus § 8 Abs. 3 AStG. Danach liegt eine niedrige Besteuerung vor, wenn die Belastung durch Ertragssteuern 25% oder weniger beträgt. Nach den Hinweisen zum Sachverhalt unterliegt Bert Wurzel als natürliche Person in den Niederlanden einem progressiven Einkommensteuertarif mit bis zu 52% in der Spitze. Dagegen werden Kapitalgesellschaften mit einem einheitlichen Steuersatz i.H.v. 20% besteuert. Fraglich ist, ob der Einkommensteuertarif oder der Körperschaftsteuertarif heranzuziehen ist. Für die Heranziehung des Einkommensteuertarifs wird vielfach in der Literatur plädiert.[11] Danach folgt bei progressiven Tarifen das Spitzeneinkommen (Höchststeuersatz) herangezogen werden, da nur ein solches Vorgehen zu einer stimmigen Lösung führen kann. Ein Staat kann nicht deshalb als Niedrigsteuerland iSd AStG qualifiziert werden, weil er geringere Einkommen auch geringer besteuert. Dieser Grundsatz wurde durch das Bundesverfassungsgericht[12] bestätigt und hat mittlerweile

10 Vgl. zu der Sonderregelung in § 20 Abs. 2 S. 2 AStG mit Bezug auf § 8 Abs. 1 Nr. 5 lit. a AStG *Strunk/ Kaminski*, IStR 2011, 137; *Haase*, IStR 2011, 338.

11 Vgl. nur *Kraft*, in: *Kraft* (Hrsg.), AStG, § 20 Rn 50 ff.

12 Beschluss v. 24.6.1958, Az.: 2 BvF 1/57, NJW 1958, 31.

nahezu gewohnheitsrechtliche Verfestigung erlangt. Es ist kein Grund ersichtlich, warum er in komplizierten Verästelungen des AStG keine Gültigkeit beanspruchen können sollte.

Vertretbar ist aber auch, die gesetzlich angeordnete Fiktion in § 20 Abs. 2 S. 1 AStG auch auf die niedrige Besteuerung ausstrahlen zu lassen. Die Rechtfertigung dieser Vorgehensweise ergibt sich direkt aus dem Wortlaut der Vorschrift: „Falls diese Betriebsstätte eine ausländische Gesellschaft wäre". Abzustellen ist für die Frage der niedrigen Besteuerung sodann auf den Körperschaftsteuertarif, obwohl tatsächlich Einkommensteuer geschuldet wird. Für diese Auffassung ist ins Gefecht zu führen, dass sich die angeordnete Fiktion so auf alle Voraussetzungen der Hinzurechnungsbesteuerung bezieht, was insgesamt zu einer konsistenten Anwendung führt. Für Zwecke der Lösung des Übungsfalls soll daher dieser Auffassung gefolgt werden. Festzuhalten ist jedoch, dass die entgegengesetzte Auffassung gleichwertig und sehr gut vertretbar ist.

Somit liegt eine niedrige Besteuerung iSv § 8 Abs. 3 AStG vor.

d) Motivtest, § 8 Abs. 2 AStG

§ 8 Abs. 2 S. 1 AStG eröffnet den Gegenbeweis für tatsächliche wirtschaftliche Tätig- **389**
keiten von Gesellschaften, die ihren Sitz oder ihrer Geschäftsleitung in einem Mitgliedstaat der EU oder einem Vertragsstaat des EWR-Abkommens haben. § 20 Abs. 2 S. 1 AStG ordnet jedoch an, dass die vom Gesetz angeordnete fiktive Prüfung, ob im Falle einer ausländischen Gesellschaft die in der Betriebsstätte angefallenen Einkünfte als Zwischeneinkünfte steuerpflichtig wären, ungeachtet des § 8 Abs. 2 AStG vorzunehmen ist. Der Motivtest ist also innerhalb der Prüfung des § 20 Abs. 2 AStG nicht anzuwenden. Diese gesetzgeberische Vorgabe ist in der Literatur[13] kritisiert worden. Für eine Anwendung des Motivtests innerhalb des § 20 Abs. 2 wird auch argumentiert, es sei im Hinblick auf die europarechtlichen Grundfreiheiten geboten, auch § 8 Abs. 2 AStG anzuwenden, so dass § 20 Abs. 2 AStG suspendiert werde, wenn in der ausländischen Betriebsstätte eine tatsächliche wirtschaftliche Tätigkeit ausgeübt werde.[14] Auch der BFH[15] hat sich in einem obiter dictum gegen einen Anwendungsausschluss § 8 Abs. 2 AStG in § 20 Abs. 2 AStG ausgesprochen. Ob sich die Auffassung des BFH bestätigt, bleibt abzuwarten.

Für Zwecke der Lösung des Übungsfalles wird an dem Wortlaut der Norm festgehalten, so dass im Ergebnis die Anwendung des Motivtests in § 20 Abs. 2 AStG ausgeschlossen ist.

3. Rechtsfolge

Die unter II. 3. angenommene Freistellung der niederländischen Betriebsstätteneinkünf- **390**
te wird suspendiert. § 20 Abs. 2 AStG ordnet an, dass statt Freistellung der Einkünfte

13 ZB *Kaminski/Strunk/Haase*, IStR 2007, 726.
14 *Schaumburg*, Internationales Steuerrecht, Rn 16.544.
15 Urteil v. 21.10.2009, Az.: I R 114/08, IStR 2010, 149.

die Anrechnung etwaiger ausländischer Einkünfte zu erfolgen hat. Die Anrechnung bestimmt sich unmittelbar nach § 34c EStG.

IV. Ergebnis

391 Die Betriebsstättengewinne werden sowohl in den Niederlanden als auch in Deutschland besteuert. Etwaige niederländische Steuern werden nach den unilateralen Regelungen in § 34c EStG auf die deutsche Einkommensteuerschuld Bert Wurzels angerechnet. Eine Berücksichtigung beim Progressionsvorbehalt scheidet naturgemäß aus.

Teil 5

Das Recht der Doppelbesteuerungsabkommen

A. Anwendungsbereich eines Doppelbesteuerungsabkommens

Fall 12

Durchsichtig wie Glas

Schwerpunkte: Anwendungsbereich eines DBA, Anwendbarkeit auf Personengesellschaften (LB § 5 Rn 595–610)

Die Bogenbau KG in Leipzig stellt Rohre aller Art für die Be- und Entwässerung von Gebäuden her und baut diese auch ein. Einziger Komplementär ist der Dipl.-Ing. Friedrich Schütze, Kommanditisten sind seine beiden volljährigen Kinder Bruno und Mathilde Schütze. Die Familie gründete die Gesellschaft alsbald nach der Wende und konnte sich in der folgenden Zeit stabil und sicher am Markt etablieren. Die meisten Aufträge erhält die Bogenbau KG heute aus Leipzig und Umgebung. Allerdings gibt es auch Ausnahmen: Ende 2012 bekam die Bogenbau KG das Angebot, in einem Hotelneubau auf Lanzarote als Subunternehmer die Be- und Entwässerung einzubauen. Die Bogenbau KG nahm das Angebot an und startete mit den Arbeiten. Im Frühjahr 2013 mussten sowohl der Bauträger als auch das spanische Bauunternehmen aufgrund der weltweiten Finanzkrise Insolvenz anmelden. Da die Bogenbau KG ihre Arbeiten nicht „umsonst“ erbringen wollte, erwarb sie aus der Insolvenzmasse das Grundstück und das unfertige Hotel, übernahm die Bauführung, nahm weitere Bauunternehmen unter Vertrag und stellte das Hotel fertig. Aufgrund seiner langjährigen Erfahrung und seiner guten Beziehungen konnte Friedrich Schütze schon als die Bogenbau KG die Bauführung übernahm, eine bekannte Hotelkette als zukünftigen Betreiber des Hotels gewinnen. Nach Fertigstellung des Gebäudes wurde zwischen der Bogenbau KG und dem Hotelbetreiber am 1. Januar 2014 ein Mietvertrag über das bebaute Grundstück geschlossen. Als Mietzins wurden € 120 000,00 p.a. vereinbart. **392**

Prüfen Sie, welches Land die Mieterträge besteuern darf und wie eine mögliche Doppelbesteuerung vermieden wird.

Hinweise:

1. Der vereinbarte Mietzins ist fremdüblich.
2. Vorschriften des Europarechts sind nicht zu prüfen.
3. Die Mitglieder der Familie Schütze haben ihren einzigen Wohnsitz iSv § 8 AO und ihren gewöhnlichen Aufenthalt iSv § 9 AO in Leipzig.
4. Gewerbesteuerliche Auswirkungen und das SolzG sind nicht zu prüfen.
5. Auf den Abzug ausländischer Steuern nach § 34c Abs. 2 EStG ist nicht einzugehen.

6. Die Bogenbau KG wird in Spanien mit den Vermietungseinkünften selbst beschränkt steuerpflichtig und zu der allgemeinen Körperschaftsteuer herangezogen, die auch tatsächlich erhoben und entrichtet wird und keinem Ermäßigungsanspruch unterliegt.
7. Nach Spanischem Recht gehören Grundstücke und mit dem Boden verbundenen Gebäude zum unbeweglichen Vermögen.

Vorüberlegungen

Vorliegender Übungsfall hat eine im Inland ansässige Personengesellschaft, die unzweifelhaft gewerbliche Einkünfte erzielt, mit ausländischen Vermietungseinkünften zum Gegenstand. Wegen des in Deutschland geltenden Transparenzprinzips ist die Personengesellschaft nicht selbst steuerpflichtig. Vielmehr wird auf Ebene der Personengesellschaft nur der Gewinn ermittelt, anschließend den Gesellschaftern quotal in Höhe ihrer Beteiligung zugewiesen und auf Ebene der Gesellschafter mit Einkommensteuer belastet. In Deutschland unbeschränkt steuerpflichtige Gesellschafter einer deutschen gewerblichen Personengesellschaft unterliegen auch mit den Einkünften, die die Gesellschaft im Ausland erzielt, in Deutschland der Besteuerung. Das ergibt sich aus dem Welteinkommensprinzip. **393**

Für die Frage, welcher Staat die Einkünfte aus der Hotelvermietung besteuern bedarf, ist das DBA-Spanien heranzuziehen. Für die Anwendung des DBA-Spaniens ist zunächst der Anwendungsbereich zu untersuchen. Dieser gliedert sich in den zeitlichen, räumlichen, sachlichen und persönlichen Anwendungsbereich. Besonderheiten ergeben sich hier beim räumlichen Anwendungsbereich: Es wird der Frage nachzugehen sein, ob Lanzarote vom DBA-Spanien erfasst ist. Eine weitere Besonderheit ergibt sich beim persönlichen Anwendungsbereich: Sind in Deutschland unbeschränkt steuerpflichtige an einer deutschen Personengesellschaft beteiligt, kann aus deutscher Sicht grundsätzlich nicht die Personengesellschaft selbst Ansprüche aus dem Abkommen ableiten, wohl aber die Gesellschafter. Anders stellt sich die Anwendung des Abkommens aus Sicht Spaniens dar. Die Personengesellschaft ist in Spanien selbst steuerpflichtig und damit grundsätzlich auch abkommensberechtigt.

Anwendbarer Einkunftsartikel ist hier Art. 22 DBA-Spanien, der die Einkünfte aus unbeweglichem Vermögen erfasst. Für die Frage der Vermeidung der Doppelbesteuerung ist Art. 23 DBA-Spanien heranzuziehen. Aus diesem ergibt sich, dass die spanische Steuer auf die deutsche Steuer anzurechnen ist. Die Anrechnung ausländischer Steuern nach § 34c EStG setzt Personenidentität voraus, die hier nicht gegeben ist. Gleichwohl ist über eine Anrechnung der im Ausland erhobenen Steuer nach § 34c Abs. 1 iVm Abs. 6 EStG nachzudenken.[1]

Gliederung

I. Unbeschränkte Steuerpflicht **394**

II. Abkommensrecht

1. Anwendungsbereich
   a) Zeitlicher Anwendungsbereich
   b) Räumlicher Anwendungsbereich

1 Vgl. nur BMF v. 26.9.2014 – IV B 5 – S 1300/09/10003, BStBl. I 2014, 1258.

c) Sachlicher Anwendungsbereich
d) Persönlicher Anwendungsbereich
aa) Person
bb) Ansässigkeit
e) Zwischenergebnis
2. Einkunftsartikel
a) Unbewegliches Vermögen
b) Einkünfte aus unbeweglichem Vermögen
c) Rechtsfolge
3. Vermeidung der Doppelbesteuerung

III. Anrechnung nach innerstaatlichem Recht

IV. Ergebnis

Lösung

I. Unbeschränkte Steuerpflicht

Personengesellschaften, wie hier die Bogenbau KG, unterliegen nicht der Einkommensteuer, weil nach § 1 EStG nur natürliche Personen unbeschränkt oder beschränkt einkommensteuerpflichtig sein können. Personengesellschaften unterliegen aber auch nicht der Körperschaftsteuer, weil sie weder Körperschaften, Personenvereinigungen noch Vermögensmassen iSv § 1 Abs. 1 KStG sind. Die eingeschränkte zivilrechtliche Selbstständigkeit, die den Personenhandelsgesellschaften gemäß § 124 Abs. 1 HGB innewohnt und die ua dazu führt, dass eine Personengesellschaft Arbeitgeber im lohnsteuerlichen Sinne sein kann, reicht dafür nicht aus. **395**

Abzustellen ist vielmehr auf die Gesellschafter der Personengesellschaft, die gemäß § 15 Abs. 1 S. 1 Nr. 2 EStG ihre Gewinnanteile aus der Personengesellschaft als Einkünfte aus Gewerbebetrieb versteuern.

Die Mitglieder der Familie Schütze haben nach den Hinweisen zum Sachverhalt ihren jeweils einzigen Wohnsitz gemäß § 8 AO und jeweils ihren gewöhnlichen Aufenthalt gemäß § 9 AO in Leipzig und damit im Inland. Friedrich, Bruno und Mathilde Schütze sind also unbeschränkt einkommensteuerpflichtig gemäß § 1 Abs. 1 S. 1 EStG.

Bei unbeschränkter Einkommensteuerpflicht wird als Steuerobjekt das durch den Rahmen der sieben Einkunftsarten in § 2 Abs. 1 EStG abgesteckte Welteinkommen erfasst. Somit gehören auch etwaige spanische Einkünfte zu dem im Grundsatz steuerpflichtigen Einkommen in Deutschland.

II. Abkommensrecht

Der Besteuerungsanspruch der Bundesrepublik Deutschland aufgrund der unbeschränkten Steuerpflicht der Gesellschafter der Bogenbau KG könnte durch das bestehende Doppelbesteuerungsabkommen zwischen Deutschland und Spanien beschränkt oder ausgeschlossen sein. Dabei gilt zu beachten, dass Besteuerungsansprüche durch das DBA nicht begründet werden, sondern lediglich bestehende Besteuerungsansprüche zwischen den Vertragsstaaten verteilt werden. **396**

1. Anwendungsbereich

Zunächst müsste der Anwendungsbereich des DBA-Spaniens eröffnet sein. Der Anwendungsbereich gliedert sich in den zeitlichen, den räumlichen, den sachlichen und den persönlichen Anwendungsbereich. **397**

a) Zeitlicher Anwendungsbereich

Voraussetzung für einen bestehenden Abkommensschutz ist, dass das DBA-Spanien schon und immer noch anwendbar ist, mithin der zeitliche Anwendungsbereich eröffnet ist. Die zeitliche Anwendung ist in Art. 30 DBA-Spanien geregelt. Gemäß Art. 30

Abs. 1 DBA-Spanien bedarf das Abkommen der Ratifikation; die Ratifikationsurkunden sollen sobald wie möglich in Berlin ausgetauscht werden. In Art. 30 Abs. 2 DBA-Spanien ist sodann die (erstmalige) Wirksamkeit in zeitlicher Hinsicht konkretisiert: Das Abkommen tritt drei Monate nach Austausch der Ratifikationsurkunden in Kraft und findet dann bei den im Abzugsweg erhobenen Steuern auf die Beträge, die am oder nach dem 1. Januar des Kalenderjahres gezahlt werden, das dem Kalenderjahr folgt, in dem das Abkommen in Kraft getreten ist (Art. 30 Abs. 2 lit. a DBA-Spanien) Anwendung; bei den übrigen Steuern auf die Steuern, die für Zeiträume ab dem 1. Januar des Kalenderjahres erhoben werden, das dem Jahr folgt, in dem das Abkommen in Kraft getreten ist (Art. 30 Abs. 2 lit. b DBA-Spanien). Der Austausch der Ratifikationsurkunden erfolgte am 18.7.2012. Das Abkommen ist mithin am 18.10.2012 in Kraft getreten. Für die zeitliche Anwendung des Abkommens gibt Art. 31 DBA-Spanien weiter vor, dass es auf unbestimmte Zeit in Kraft bleibt, jedoch kann jeder Vertragsstaat bis einschließlich 30. Juni eines jeden Kalenderjahres das Abkommen auf diplomatischem Wege schriftlich kündigen. Eine Kündigung des Abkommen ist bisher nicht erfolgt.

b) Räumlicher Anwendungsbereich

398 Der räumliche Anwendungsbereich des Abkommen ist in Art. 3 Abs. 1 lit. a und b DBA-Spanien definiert. Für Zwecke des Abkommens bedeuten der Ausdruck „Bundesrepublik" die Bundesrepublik Deutschland, im geografischen Sinne verwendet, das Gebiet des Geltungsbereichs des Grundgesetzes für die Bundesrepublik Deutschland; der Ausdruck „Spanien" den spanischen Staat und, im geografischen Sinne verwendet, die Halbinsel Spanien, die Balearen und die kanarischen Inseln, die spanischen Plätze und Provinzen in Afrika und Spanisch-Guinea, das aus den Hoheitsgebieten Rio Muni und Fernando Poo besteht, die sich beide im Stadium des Übergangs zur Selbstbestimmung befinden.

In der Stadt Leipzig gilt das Grundgesetz; somit gehört die Stadt Leipzig zur Bundesrepublik Deutschland. Lanzarote gehört zu den kanarischen Inseln, die ausdrücklich in den räumlichen Anwendungsbereich des DBA-Spaniens einbezogen sind. Somit ist der räumliche Anwendungsbereich des DBA-Spaniens eröffnet.

c) Sachlicher Anwendungsbereich

399 Der sachliche Anwendungsbereich des DBA-Spaniens betrifft die Frage nach den von dem Abkommen erfassten Steuern. Der sachliche Anwendungsbereich wird insoweit in Art. 2 Abs. 3 lit. a und b DBA-Spanien abgesteckt. Nach Art. 2 Abs. 3 lit. b DBA-Spanien gilt das Abkommen in der Bundesrepublik Deutschland für die Einkommensteuer. Gemäß Art. 2 Abs. 3 lit. a DBA-Spanien gilt das Abkommen auch für die allgemeine Körperschaftsteuer im spanischen Staat. Die spanischen Vermietungseinkünfte unterliegen auf Ebene der Personengesellschafter in Deutschland der Einkommensteuer; die Bogenbau KG unterliegt nach den Hinweisen zum Sachverhalt in Spanien der allgemeinen Körperschaftsteuer. Die Steuern sind somit vom DBA-Spanien erfasst; somit ist der sachliche Anwendungsbereich des Abkommens ebenfalls eröffnet.

d) Persönlicher Anwendungsbereich

Nach Art. 1 DBA-Spanien gilt das Abkommen ausschließlich für Personen, die in einem Vertragsstaat oder in beiden Vertragsstaaten ansässig sind. Die Begriffe „Person" und „Ansässigkeit" werden in den Art. 3 Abs. 1 lit. b und 4 DBA-Spanien erläutert. **400**

aa) Person

Im Sinne des Abkommens bedeuten der Ausdruck „Person" eine natürliche Person, Gesellschaften und alle anderen Personenvereinigungen. Der Ausdruck „Gesellschaft" eine juristische Person oder einen anderen Rechtsträger, der für die Besteuerung wie eine juristische Person behandelt wird. **401**

Der Begriff der natürlichen Person bestimmt sich nach dem Steuerrecht des jeweiligen Anwendestaates, wobei insoweit je nach dem Zusammenhang Deutschland oder Spanien als Vertragsstaaten angesprochen sind. Sowohl das deutsche als auch spanische Steuerrecht knüpfen an das jeweilige Zivilrecht an.[2] Nach deutschem Zivilrecht (§ 1 BGB) sind alle Menschen von der Geburt bis zum Tod natürliche Personen. Aus deutscher Sicht, die hier maßgeblich ist, sind somit Friedrich, Bruno und Mathilde Personen iSd DBA-Spanien.

Der Begriff der Gesellschaft wird in Art. 3 Abs. 1 lit. c DBA-Spanien näher definiert, wonach ihm juristische Personen und andere Rechtsträger, die für die Besteuerung wie eine juristische Person behandelt werden, unterfallen. Soweit Spanien der Anwendestaat des Abkommen ist, sind nach Art. 7 Abs. 1 des spanischen Körperschaftsteuergesetzes auch die in das Handelsregister eingetragene KG als juristische bzw. quasi-juristische Person anzusehen. Soweit Spanien der Anwendestaat ist, ist die Bogenbau KG Person iSd DBA-Spanien. Nach deutschem Steuerrecht sind Personengesellschaft weder einkommen- noch körperschaftsteuerpflichtig und keine juristischen Personen oder Rechtsträger, die für die Besteuerung wie juristische Personen behandelt werden. **402**

Im Abkommenstext erfolgt in Art. 3 Abs. 1 lit. b DBA-Spanien eine Erweiterung auf alle anderen Personenvereinigungen. Damit kann eine Personengesellschaft auch nach deutschem Verständnis grundsätzlich Person iSd DBA sein.[3]

bb) Ansässigkeit

Die Ansässigkeit einer Person, aus deutscher Sicht die Gesellschafter der Bogenbau KG, richtet sich nach Art. 4 Abs. 1 DBA-Spanien. Im Sinne des Abkommens bedeutet danach der Ausdruck „eine einem Vertragsstaat ansässige Person" eine Person, die nach dem Recht dieses Staates dort aufgrund ihres Wohnsitzes oder ihres ständigen Aufenthalts steuerpflichtig ist. **403**

Die Gesellschafter der Bogenbau KG, Friedrich, Bruno und Mathilde sind Personen iSd Abkommens. Wie bereits unter I. geprüft, sind sie aufgrund ihres jeweiligen Wohnsitzes gemäß § 8 AO in Deutschland unbeschränkt steuerpflichtig. Das weitere Merkmal im

2 *Herlinghaus*, in: *Debatin/Wassermeyer* (Hrsg.), Doppelbesteuerung, DBA-Spanien, Art. 3 Rn 3.
3 BMF Schreiben v. 26.9.2014 – IV B 5 – S 1300/09/10003, BStBl. I 2014, 1258 Tz. 2.1.1.

DBA-Spanien, ständiger Aufenthalt, ist vergleichbar mit dem gewöhnlichen Aufenthalt gemäß § 9 AO. Die lediglich sprachliche Unterscheidung rechtfertigt keine inhaltliche Abweichung. Insoweit erfüllen die Gesellschafter der Bogenbau KG auch mit diesem Merkmal die unbeschränkte Steuerpflicht in Deutschland. Somit sind die Gesellschafter für Zwecke der Anwendung des DBA-Spaniens in Deutschland ansässige Personen.

Ergänzend sei für die grundsätzliche Abkommensberechtigung von Personengesellschaften darauf hingewiesen, dass diese mangels eigener Einkommen- bzw. Körperschaftsteuerpflicht keine ansässigen Personen iSv Art. 4 Abs. 1 OECD-MA sein können. Nach deutschem Verständnis sind bei Personengesellschaften als ansässige und damit abkommensberechtigte Personen die Gesellschafter selbst anzusehen, soweit sie nicht Personengesellschaften sind. Soweit einzelne DBA-Sonderregelungen dazu enthalten, sind diese selbstverständlich vorrangig anzuwenden.

Weitere Besonderheiten können sich bei grenzüberschreitenden Tätigkeiten von Personengesellschaften – wie im vorliegenden Übungsfall – ergeben, wenn die Personengesellschaft in einem Staat (Deutschland) als transparentes Rechtssubjekt behandelt wird und im anderen Staat (Spanien) als selbstständiges Steuersubjekt. Aus Sicht Deutschlands als „Ansässigkeitsstaat“ der Personengesellschaft führt die Steuersubjektivität der Personengesellschaft in Spanien jedoch zu keiner Abkommensberechtigung. Nach herrschender Meinung verlangt der im jeweiligen Abkommen umgesetzte Art. 4 Abs. 1 OECD-MA ausdrücklich eine eigene Steuerpflicht der Person im Ansässigkeitsstaat – hier Deutschland.[4]

e) Zwischenergebnis

404 Der Anwendungsbereich des DBA-Spaniens ist für die Gesellschafter, Friedrich, Bruno und Mathilde eröffnet.

2. Einkunftsartikel

405 Für die Zuweisung des Besteuerungsrechts an den Einkünften aus Vermietung kommt Art. 6 DBA-Spanien in Betracht. Art. 6 Abs. 1 DBA-Spanien ordnet an, dass Einkünfte aus unbeweglichem Vermögen in dem Vertragsstaat besteuert werden können, in dem dieses Vermögen liegt.

a) Unbewegliches Vermögen

Was unter unbeweglichem Vermögen iSv Art. 6 DBA-Spanien zu verstehen ist, definiert Art. 6 Abs. 2 DBA-Spanien. Der Ausdruck „unbewegliches Vermögen“ bestimmt sich danach nach dem Recht des Vertragsstaats, in dem das Vermögen liegt. Der Ausdruck umfasst in jedem Fall das Zubehör zum unbeweglichen Vermögen, das lebende und tote Inventar land- und forstwirtschaftliche Betriebe, die Rechte, auf die die Vorschriften des Privatrechts über Grundstücke Anwendung finden, die Nutzungsrechte an un-

4 *Haase*, Internationales und Europäisches Steuerrecht, Rn 609; *Prokisch*, in: *Vogel/Lehner* (Hrsg.), DBA, Art. 1 Rn 35.

beweglichem Vermögen sowie die Rechte auf veränderliche oder feste Vergütung für die Ausbeutung oder das Recht auf Ausbeutung von Mineralvorkommen, Quellen und anderen Bodenschätzen; Schiffe und Luftfahrzeuge gelten nicht als unbewegliches Vermögen. Aus dem abschließenden Katalog der Positiv- und Negativbeispiele ergibt sich unschwer, dass ein Grundstück mit aufstehenden Hotelgebäude nicht Teil des Kataloges ist. Aus den Hinweisen zum Sachverhalt ergibt sich aber, dass Grundstücke und mit den Grundstücken verbundene Gebäude nach spanischem Zivilrecht unbewegliches Vermögen sind. Somit handelt es sich bei dem Grundstück und Hotelgebäude um unbewegliches Vermögen iSv Art. 6 Abs. S. 1 DBA-Spanien.

b) Einkünfte aus unbeweglichem Vermögen

Art. 6 Abs. 1 DBA-Spanien erfordert einen Zusammenhang zwischen bestimmten Einkünften und dem unbeweglichem Vermögen. Die Regelung definiert jedoch nicht, was Einkünfte aus unbeweglichem Vermögen sind und wie der Zusammenhang herzustellen ist. Dafür ist Art. 6 Abs. 3 DBA-Spanien heranzuziehen. Dieser stellt den Zusammenhang zwischen den Einkünften und dem unbeweglichen Vermögen her, indem er die zugrunde liegende Tätigkeit (zB Vermietung) als Nutzung bestimmt. Die Regelung lautet: Art. 6 Abs. 1 DBA-Spanien gilt für Einkünfte aus der unmittelbaren Nutzung, der Vermietung oder Verpachtung sowie jeder anderen Art der Nutzung unbeweglichen Vermögens. **406**

Die Bogenbau KG vermietet das Hotelgrundstück an eine bekannte Hotelkette. Somit handelt es sich um Einkünfte aus Vermietung iSv Art. 6 Abs. 3 iVm Abs. 1 DBA-Spanien. Es liegen also Einkünfte aus unbeweglichem Vermögen vor.

c) Rechtsfolge

Nach dem Wortlaut in Art. 6 Abs. 1 DBA-Spanien können die Einkünfte in Spanien besteuert werden. Der Einkunftsartikel beinhaltet hingegen keine Aussage darüber, wie die Einkünfte in Deutschland behandelt werden bzw. wie die mögliche Doppelbesteuerung zu vermeiden ist. **407**

3. Vermeidung der Doppelbesteuerung

Die Vermeidung der Doppelbesteuerung durch Anrechnungs- und Befreiungsmethode ergibt sich aus Art. 22 Abs. 2 DBA-Spanien. Danach gilt: Bei einer in der Bundesrepublik Deutschland ansässigen Person wird die Steuer wie folgt festgesetzt (a) Von der Bemessungsgrundlage der deutschen Steuer werden die Einkünfte aus Quellen innerhalb Spaniens ausgenommen, die nach diesem Abkommen in Spanien besteuert werden können, es sei denn, dass (b) anzuwenden ist. Nach (b) wird auf die deutsche Steuer von den nachstehenden aus Spanien stammenden Einkünften die spanische Steuer angerechnet, die nach diesem Abkommen gezahlt worden ist von (vii) Einkünften aus unbeweglichem Vermögen. **408**

Die Gesellschafter der Bogenbau KG sind in der Bundesrepublik ansässige Personen. Die Steuern aus der Vermietung des Hotelgebäudes sind nach Art. 6 Abs. 1 DBA-Spanien dort gezahlt worden. Im Grundsatz ist Deutschland damit zur Anrechnung der spanischen Steuer verpflichtet. In dem DBA-Spanien sind jedoch keine Regelungen über die Einzelheiten des Anrechnungsbetrages und die praktische Durchführung der Anrechnung enthalten. Vielmehr verweist Art. 22 Abs. 2 lit. b DBA-Spanien auf die Vorschriften des deutschen Steuerrechts über die Anrechnung ausländischer Steuern. Regelungen über die Anrechnung ausländischer Steuern sind in § 34c EStG enthalten. Somit ist die Bundesrepublik Deutschland zur Vermeidung der Doppelbesteuerung verpflichtet.

III. Anrechnung nach innerstaatlichem Recht

409 In Betracht kommt die Steuerermäßigung bei ausländischen Einkünften gemäß § 34c Abs. 1 EStG. Bei unbeschränkt Steuerpflichtigen, die mit ausländischen Einkünften in dem Staat, aus dem die Einkünfte stammen, zu einer der deutschen Einkommensteuer entsprechenden Steuer herangezogen werden, ist die festgesetzte und gezahlte und um einen entstandenen Ermäßigungsanspruch gekürzte ausländische Steuer auf die deutsche Einkommensteuer anzurechnen, die auf die Einkünfte aus diesem Staat entfällt.

Für die danach an sich vorgesehene Anrechnung ist nur die erforderliche Personenidentität fraglich. Die Steueranrechnung setzt nämlich voraus, dass der unbeschränkt Steuerpflichtige selbst mit seinen aus einem ausländischen Staat (Spanien) stammenden Einkünften dort zu einer der deutschen Einkommensteuer entsprechenden Steuer herangezogen wird. Nach den Hinweisen zum Sachverhalt wird die Bogenbau KG in Spanien wie eine Körperschaft besteuert und mithin selbst zur Steuer herangezogen. Somit ist die Steuersubjektidentität eigentlich nicht gewahrt. Nach herrschender Auffassung[5] ist die Anrechnung jedoch auch in diesen Fällen zu gewähren, obwohl die ausländische Steuer nicht vom selben Steuersubjet erhoben wurde. Dies ist die Folge der Qualifikation einer Personengesellschaft als transparentes Gebilde für steuerrechtliche Zwecke in Deutschland. Mithin kann die ausländische Steuer nicht einem Rechtsgebilde zugerechnet werden, welches nach deutschem steuerrechtlichem Verständnis überhaupt nicht existiert. In konsequenter Anwendung des Transparenzgedankens ist daher für die Anrechnung ausländischer Steuern diese den Gesellschaftern zuzurechnen.

Des Weiteren muss die ausländische Steuer der inländischen Einkommensteuer entsprechen. Dieses ist der Fall, wenn sie – rechtmäßig – direkt auf die Besteuerung dieser Einkünfte gerichtet ist.[6] Die spanische Steuer ist ebenso wie die deutsche Steuer direkt auf die Einkünfte aus Vermietung und Verpachtung gerichtet. Somit entspricht die spanische Steuer der deutschen Einkommensteuer. Des Weiteren sind die Gesellschafter der Bogenbau KG wie unter I. festgestellt wurde unbeschränkt steuerpflichtig. Auch unterliegt nach den Hinweisen zum Sachverhalt die spanische Steuer keinem Ermäßigungsanspruch.

Die tatsächliche Durchführung der Anrechnung insbesondere im Hinblick auf den Höchstbetrag der Anrechnung ergibt sich aus den Regelungen in § 34c Abs. 1 S. 2 ff.

5 *Weggenmann*, in: *Wassermeyer/Schnittker/Richter*, Personengesellschaften im Internationalen Steuerrecht, Rn 8.33; BMF-Schreiben v. 26.9.2014, IV B 5 – S 1300/09/10003, BStBl. I 2014, 1258 Tz 4.1.4.1.

6 *Heinicke*, in: *Schmidt* (Hrsg.), EStG, § 34c Rn 7.

EStG. Mangels näherer Angaben im Sachverhalt, zB in Bezug auf gezahlte Steuern, können dazu keine weiteren Angaben gemacht werden.

Somit können die spanischen Steuern im Grundsatz auf die deutsche Einkommensteuer der Gesellschafter der Bogenbau KG angerechnet werden.

IV. Ergebnis

Die Einkünfte aus Vermietung und Verpachtung können sowohl in Spanien als auch in **410**
Deutschland besteuert werden. Deutschland ist zur Vermeidung, bzw. Abmilderung der Doppelbesteuerung verpflichtet, indem die spanische Steuer auf die Einkommensteuer der Gesellschafter der Bogenbau KG nach den Vorschriften in § 34c EStG angerechnet wird.

B. Zuweisung des Besteuerungsrechts

Fall 13

Globalisierung gelebt

Schwerpunkte: Outbound-Investitionen einer GmbH Betriebsstättenvorbehalt, Anwendung von Art. 23 A OECD-MA (LB § 5 Rn 626–646, 712–716)

411 Die Urs GmbH mit Sitz (§ 11 AO) und Ort der Geschäftsleitung (§ 10 AO) in Schwerin ist im Bereich der Tierfutterherstellung tätig. Während die Urs GmbH in Deutschland fast ausschließlich Tierfutter für die Landwirtschaft herstellt, verfügt die Urs GmbH schon seit Jahren über eine weitere Fabrikationsstätte im Staat A, in der ausschließlich Tierfutter für Haustiere eigenständig entwickelt und hergestellt wird. Im Januar 2013 bietet sich für die Urs GmbH die günstige Gelegenheit, ihren größten Wettbewerber im Staat A, die Bird Seed Ltd., aufkaufen zu können. In ihrem sonst gut etablierten Investment im Staat A wurden auch schon ganz nette Versuche mit der Vogelfutterproduktion gestartet; an die Qualität der Bird Seed Ltd. konnte trotz großer Anstrengungen jedoch nicht angeschlossen werden. Insoweit ergänzt der Geschäftsgegenstand der Bird Seed Ltd. die Produktpalette der Fabrikationsstätte, so dass die Urs GmbH die erworbenen Geschäftsanteile an der Bird Seed Ltd. der Fabrikationsstätte zuordnet.

Nach einem erfolgreichen Geschäftsjahr schüttet die Bird Seed Ltd. aufgrund eines ordentlich gefassten Gewinnverwendungsbeschlusses am 20. März 2014 € 100 000,00 aus.

Prüfen Sie, welchem Staat das Besteuerungsrecht an den Dividenden zusteht.

Hinweise:

1. Die Bird Seed Ltd. ist aufgrund ihres Ortes der Geschäftsleitung im Staat A unbeschränkt körperschaftsteuerpflichtig nach dort geltendem Steuerrecht; sie entspricht für steuerrechtliche Zwecke einer deutschen GmbH.
2. Die Urs GmbH ist nach dem Steuerrecht des Staates A mit den Betriebsstätteneinkünften beschränkt körperschaftsteuerpflichtig.
3. Steuerrechtliche Ausländer sind mit Dividenden aus Quellen im Staat A dort beschränkt steuerpflichtig; Gewinnausschüttungen aus einer Ltd. entsprechen im Staat den Einkünften aus Aktien.
4. Zwischen dem Staat A und der Bundesrepublik Deutschland besteht ein dem OECD-MA 2010 entsprechendes DBA.
5. Der Anwendungsbereich des DBA ist in sachlicher, räumlicher und zeitlicher Hinsicht eröffnet.
6. Als Methodenartikel ist ausschließlich Art. 23 A OECD-MA anzuwenden.

Vorüberlegungen

Der vorliegende Übungsfall behandelt die grenzüberschreitende Investition einer deutschen Kapitalgesellschaft, der Urs GmbH. Die Urs GmbH ist nach den Angaben im Sachverhalt in Deutschland unbeschränkt körperschaftsteuerpflichtig, denn sie hat sowohl Geschäftsleitung als auch Sitz in Schwerin. **412**

Weiter kann dem Sachverhalt entnommen werden, dass die Urs GmbH im Staat A seit längerem über eine Fabrikationsstätte verfügt. Eine Fabrikationsstätte wird für Zwecke des innerstaatlichen Steuerrechts wie auch für Zwecke der Anwendung eines DBA als Betriebsstätte qualifiziert. Mit den Betriebsstätteneinkünften ist die Urs GmbH im Staat A beschränkt körperschaftsteuerpflichtig.

Schwerpunkt in den vorliegenden Übungsfall ist die Behandlung der Geschäftsanteile an der Ltd. und der Dividenden aus dieser Gesellschaft. Zu untersuchen wird sein, ob die Geschäftsanteile an der Ltd. funktional zu der Betriebsstätte gehören oder ob die Geschäftsanteile für steuerrechtliche Zwecke direkt der Urs GmbH zuzurechnen sind. Dafür ist das Spannungsverhältnis zwischen der Subsidiarität in Art. 7 Abs. 4 OECD-MA mit dem sog. Betriebsstättenvorbehalt in Art. 10 Abs. 4 OECD-MA aufzulösen. Je nach Entscheidung wird sich in Anwendung von Art. 23 A OECD-MA die Vermeidung der Doppelbesteuerung in Deutschland als Ansässigkeitsstaat durch Freistellung oder Anrechnung etwaiger ausländischer Steuer zeigen.

Gliederung

I. Unbeschränkte Steuerpflicht **413**

II. Abkommensrecht
1. Anwendungsbereich
2. Einkunftsartikel, Art. 7 OECD-MA
   a) Subsidiarität, Art. 7 Abs. 4 OECD-MA
   b) Dividenden, Art. 10 OECD-MA
      aa) Dividende
      bb) Zahlung durch eine im einen Vertragsstaat ansässige Gesellschaft
      cc) Empfänger der Dividende
      dd) Betriebsstättenvorbehalt, Art. 10 Abs. 4 OECD-MA
   c) Unternehmen
   d) Gewinne
   e) Rechtsfolge
3. Vermeidung der Doppelbesteuerung

III. Ergebnis

Lösung

I. Unbeschränkte Steuerpflicht

414 Dem KStG ist wie auch dem EStG das international übliche Wohnsitzprinzip immanent. Danach knüpft die unbeschränkte Steuerpflicht einer Kapitalgesellschaft – wie hier der Urs GmbH – an den Ort der Geschäftsleitung oder an den Sitz gemäß § 1 Abs. 1 KStG an. Der Ort der Geschäftsleitung richtet sich grundsätzlich nach den tatsächlichen Verhältnissen und ist in einkommensteuerrechtlicher Hinsicht mit dem Wohnsitz oder gewöhnlichen Aufenthalt natürlicher Personen vergleichbar. Mit dem Sitz wird an ein rein rechtliches Merkmal angeknüpft, welches in einkommensteuerrechtlicher Hinsicht der Staatsangehörigkeit natürlicher Personen entspricht.[1] Nach den Angaben im Sachverhalt hat die Urs GmbH den Ort ihrer Geschäftsleitung und auch ihren Sitz in Schwerin und damit im Inland. Somit ist die Urs GmbH unbeschränkt körperschaftsteuerpflichtig.

Konsequenz der unbeschränkten Körperschaftsteuerpflicht ist die Besteuerung des Welteinkommens der Kapitalgesellschaft. Über § 8 Abs. 1 KStG ist § 2 Abs. 1 EStG anwendbar. Von dem Welteinkommensprinzip sind aus deutscher Sicht mithin die Einkünfte aus der Fabrikationsstätte und auch aus der Ltd. einbezogen.

II. Abkommensrecht

415 Das Besteuerungsrecht der Bundesrepublik Deutschland könnte beschränkt oder ausgeschlossen sein. Dafür ist das OECD-MA 2010 heranzuziehen.

1. Anwendungsbereich

Zunächst müsste der Anwendungsbereich des OECD-MA eröffnet sein. Aus den Hinweisen zum Sachverhalt ergibt sich, dass in sachlicher, räumlicher und zeitlicher Hinsicht der Anwendungsbereich eröffnet ist. Mithin ist hier nur noch der persönliche Anwendungsbereich zu untersuchen.

Nach Art. 1 OECD-MA gilt das Abkommen ausschließlich für Personen, die in einem oder beiden Vertragsstaaten ansässig sind. Was darunter zu verstehen ist, wird in den Art. 3 und 4 OECD-MA erläutert. Nach Art. 3 Abs. 1 lit. a und b OECD-MA umfasst der Ausdruck „Person" iSd Abkommens natürliche Personen, Gesellschaften und anderen Personenvereinigungen; bedeutet der Ausdruck „Gesellschaft" juristische Personen oder Rechtsträger, die für die Besteuerung wie juristische Personen behandelt werden. Für die Auslegung der juristischen Person nimmt das OECD-MA auf das Steuerrecht der Vertragsstaaten Bezug.[2] Nach deutschem Steuerrecht sind insbesondere Kapitalgesellschaften juristische Personen. Wie sich aus § 1 Abs. 1 Nr. 1 KStG ergib gehört dazu auch die GmbH. Somit ist die Urs GmbH Gesellschaft und damit Person iSv Art. 3 Abs. 1 OECD-MA.

---

1 *Schaumburg*, Internationales Steuerrecht, Rn 6.1.

2 *Wassermeyer*, in: *Debatin/Wassermeyer* (Hrsg.), Doppelbesteuerung, Art. 3 OECD-MA Rn 18.

Des Weiteren müsste die Urs GmbH eine ansässige Person sein. Dies ergibt sich aus Art. 4 Abs. 1 OECD-MA. ISd Abkommens bedeutet danach der Ausdruck „eine in einem Vertragsstaat ansässige Person“ eine Person, die nach dem Recht dieses Staates dort aufgrund des Ortes ihrer Geschäftsleitung oder eines anderen ähnlichen Merkmals steuerpflichtig ist. Wie unter I. untersucht wurde, ist die Urs GmbH aufgrund ihres Ortes der Geschäftsleitung in Deutschland unbeschränkt steuerpflichtig. Somit ist sie bereits nach diesem Merkmal als eine in Deutschland ansässige Person iSd OECD-MA anzusehen. Als ähnliches Merkmal kann noch der Sitz (§ 11 AO) herangezogen werden, dessen Existenz im Inland ebenfalls als alternatives Merkmal zur unbeschränkten Körperschaftsteuerpflicht einer Kapitalgesellschaft führt.

Auch der persönliche Anwendungsbereich des OECD-MA ist eröffnet.

2. Einkunftsartikel, Art. 7 OECD-MA

Für die in Rede stehenden Einkünfte könnte Art. 7 OECD-MA anwendbar sein. Gemäß **416**
Art. 7 Abs. 1 S. 1 OECD-MA können Gewinne eines Unternehmens nur in diesem Staat besteuert werden, es sei denn, das Unternehmen übt seine Geschäftstätigkeit im anderen Staat durch eine dort gelegene Betriebsstätte aus.

Bei der Anwendung der Einkunftsartikel ist von dem Grundsatz auszugehen, dass diese gleichrangig nebeneinander stehen. Diesen Grundsatz durchbrechend stehen einige Artikel in einem Spezialitäts- und Subsidiaritätsverhältnis zueinander. Für die aufgeworfene Anwendbarkeit von Art. 7 folgt aus Art. 7 Abs. 4 OECD-MA, dass alle anderen Einkunftsartikel mit Ausnahme von Art. 21 OECD-MA dem Artikel über Unternehmensgewinne vorgehen.

a) Subsidiarität, Art. 7 Abs. 4 OECD-MA

Art. 7 Abs. 4 OECD-MA bestimmt: Gehören zu den Gewinnen Einkünfte, die in ande- **417**
ren Artikeln dieses Abkommens behandelt werden, so werden die Bestimmungen jene Artikel durch die Bestimmungen dieses Artikels nicht berührt. Dadurch erklärt sich Art. 7 OECD-MA gegenüber allen anderen Einkunftsartikeln (mit Ausnahme von Art. 21 OECD-MA) als subsidiär.

Nach den Angaben im Sachverhalt ordnete die Urs GmbH die Geschäftsanteile an der Ltd. der Fabrikationsstätte zu. Unabhängig von weiteren Qualifikationen könnte die Subsidiarität hier in Bezug auf die Gewinnausschüttung Anwendung finden, wenn diese in einem separaten Einkunftsartikel behandelt wird. Denkbar wäre die Anwendung von Art. 10 OECD-MA.

Gemäß Art. 10 Abs. 1 OECD-MA können die Dividenden, die eine in einem Vertragsstaat ansässige Gesellschaft an eine im anderen Vertragsstaat ansässige Person zahlt, besteuert werden. Darüber hinaus ist in Art. 10 Abs. 2 ein beschränktes Besteuerungsrecht des Quellenstaates vorgesehen, für das jedoch Voraussetzung ist, dass überhaupt Art. 10 OECD-MA Anwendung findet.

b) Dividenden, Art. 10 OECD-MA

aa) Dividende

418 Was unter einer Dividende iSv Art. 10 OECD-MA zu verstehen ist, ergibt sich aus Art. 10 Abs. 3 OECD-MA: Der in diesem Artikel verwendete Ausdruck „Dividenden" bedeutet Einkünfte aus Aktien, Genussaktien oder Genussscheinen, Kuxen, Gründeranteilen oder anderen Rechten – ausgenommen Forderungen – mit Gewinnbeteiligung sowie aus sonstigen Gesellschaftsanteilen stammende Einkünfte, die nach dem Recht des Staates, in dem die ausschüttende Gesellschaft ansässig ist, den Einkünften aus Aktien steuerlich gleichgestellt sind. In Betracht kommen hier die Einkünfte aus sonstigen Gesellschaftsanteilen. Darunter sind solche zu verstehen, die nicht schon unter eine der ersten Gruppen von Gesellschaftsanteilen fallen. Mangels näherer Angaben können die Gewinnausschüttungen aus der Ltd. nicht als Einkünfte aus Aktien, Genussaktien oder Genussscheinen, Kuxen, Gründeranteilen oder anderen Rechten mit Gewinnbeteiligung eingeordnet werden. Einkünfte aus sonstigen Gesellschaftsanteilen sind aus Sicht des deutschen Steuerrechts insbesondere für den Geschäftsanteil einer GmbH anzunehmen. Nach den Hinweisen zum Sachverhalt entspricht die Ltd. einer deutschen GmbH. Somit ist auch für die Anwendung des OECD-MA aus Sicht des Staates A davon auszugehen, dass die Gewinnausschüttung aus der Ltd. zu den Einkünften aus sonstigen Gesellschaftsanteilen gehört. Somit handelt es sich um eine Dividende iSv Art. 10 OECD-MA.

bb) Zahlung durch eine im einen Vertragsstaat ansässige Gesellschaft

419 Die Ltd. müsste in einem Vertragsstaat ansässig sein. Vertragsstaaten sind der Staat A und die Bundesrepublik Deutschland wie den Hinweisen zum Sachverhalt entnommen werden kann.

Weiter müsste die Ltd. im Staat A ansässig sein. Die Ansässigkeit ergibt sich aus Art. 4 Abs. 1 OECD-MA. I.S.d. Abkommens bedeutet der Ausdruck „eine in einem Vertragsstaat ansässige Person" eine Person, die nach dem Recht dieses Staates dort aufgrund des Ortes ihrer Geschäftsleitung oder eines anderen ähnlichen Merkmals steuerpflichtig ist. Die Ltd. entspricht einer deutschen GmbH. Mithin ist die analog zur Urs GmbH Gesellschaft und Person iSv Art. 3 Abs. 1 OECD-MA. Weiter kann den Hinweisen zum Sachverhalt entnommen werden, dass die Ltd. aufgrund ihres Ortes der Geschäftsleitung im Staat A unbeschränkt körperschaftsteuerpflichtig ist. Somit ist sie eine im Staat A ansässige Person.

Der Ausdruck „Zahlung" ist ein ausschließlich abkommensrechtlicher Begriff, der sich auf den Abfluss bei der leistenden Gesellschaft bezieht.[3] Die Ltd. schüttet die € 100 000,00 aufgrund eines ordnungsgemäßen Gewinnverwendungsbeschlusses am 20. März 2011 aus. Damit liegt eine Zahlung iSv Art. 10 Abs. 1 OECD-MA vor.

cc) Empfänger der Dividende

420 Empfänger muss eine im anderen Vertragsstaat ansässige Person sein. Anderer Vertragsstaat ist hier die Bundesrepublik Deutschland; ansässige Person ist wie bereits unter

3 *Wassermeyer*, in: *Debatin/Wassermeyer* (Hrsg.), Doppelbesteuerung, Art. 10 OECD-MA Rn 39.

II. 1. geprüft wurde die Urs GmbH. Jedoch ist für den Begriff „Person" iSv Art. 10 Abs. 1 OECD-MA weitergefasst auf den Nutzungsberechtigten abzustellen. Die Verwendung des Ausdruck in dem Ziel der missbräuchlichen Inanspruchnahme des Art. 10 OECD-MA entgegenzuwirken. Deshalb wird abkommensrechtlich nicht auf die Person abgestellt, der die Dividende in tatsächlicher Hinsicht zufließt; vielmehr ist Nutzungsberechtigter die Person, die die Dividende im steuerlichen Sinne erzielt, vgl. § 2 Abs. 1 EStG.[4] Danach ist die Urs GmbH auch Nutzungsberechtigter der Dividende, weil sie im Staat A mit den Betriebsstätteneinkünften beschränkt körperschaftsteuerpflichtig wird und in der Bundesrepublik mit ihrem Welteinkommen der Körperschaftsteuer unterliegt.

Rechtsfolge von Art. 10 Abs. 1 OECD-MA wäre nun, dass die Dividenden in Deutschland besteuert werden könnten. Eine Modifikation dieses Ergebnisses könnte aus dem sog. Betriebsstättenvorbehalt in Art. 10 Abs. 4 OECD-MA folgen.

dd) Betriebsstättenvorbehalt, Art. 10 Abs. 4 OECD-MA

Art. 10 Abs. 4 OECD-MA ordnet an, dass Art. 10 Abs. 1 und 2 OECD-MA nicht anzu- **421**
wenden sind, wenn der in einem Vertragsstaat ansässige Nutzungsberechtigte im anderen Vertragsstaat, in dem die die Dividende zahlende Gesellschaft ansässig ist, eine Geschäftstätigkeit durch eine dort gelegene Betriebsstätte ausübt und die Beteiligung, für die die Dividenden gezahlt werden, tatsächlich zu dieser Betriebsstätte gehört. In diesem Fall ist Art. 7 OECD-MA anzuwenden.

Der in einem Vertragsstaat Nutzungsberechtigte ist die Urs GmbH. Anderer Vertragsstaat ist Staat A. Die Urs GmbH müsste im Staat A eine Geschäftstätigkeit durch eine im Staat A gelegene Betriebsstätte ausüben.

Der Begriff der Betriebsstätte ist in Art. 5 OECD-MA definiert. Gemäß Art. 5 Abs. 1 OECD-MA bedeutet iSd Abkommens der Ausdruck „Betriebsstätte" eine feste Geschäftseinrichtung, durch die die Geschäftstätigkeit eines Unternehmens ganz oder teilweise ausgeübt wird. Gemäß Art. 5 Abs. 2 OECD-MA umfasst der Begriff „Betriebsstätte" insbesondere (ua eine Fabrikationsstätte). Fabrikationsstätten sind feste Geschäftseinrichtungen, in denen Produkte hergestellt, bearbeitet oder verarbeitet werden. Durch diese Definition einer Fabrikationsstätte sind zugleich die Voraussetzungen einer festen Geschäftseinrichtung in räumlicher Hinsicht in Art. 5 Abs. 1 OECD-MA erfüllt. Die zeitliche Komponente einer festen Geschäftseinrichtung ergibt sich aus dem Sachverhalt (schon seit Jahren) und ist ebenfalls erfüllt. Somit handelt es sich bei der Fabrikationsstätte um eine Betriebsstätte iSv Art. 5 OECD-MA.

Des Weiteren müssten die Geschäftsanteile an der Ltd. tatsächlich zu der Betriebsstätte gehören. Nach Auffassung des BFH[5] muss die Zurechnung nicht nur rechtlicher sondern tatsächlicher Art sein. Um die tatsächliche Zugehörigkeit annehmen zu können, muss die Beteiligung an einer Kapitalgesellschaft in funktionalem Zusammenhang zu der Tätigkeit stehen, die in der Betriebsstätte ausgeübt wird. Sowohl in der Betriebsstät-

4 *Wassermeyer*, in: *Debatin/Wassermeyer* (Hrsg.), Doppelbesteuerung, Art. 10 OECD-MA Rn 34.

5 St. Rspr.: Urteil v. 27.2.1991, Az.: I R 15/89, BStBl. II 1991, 444; Urteil v. 26.2.1992, Az.: I R 85/91, BStBl. II 1992, 937; zuletzt: Urteil v. 29.11.2000, Az.: I R 84/99, DStRE 2001, 600.

te als auch in der Ltd. wird Tierfutter für Haustiere produziert. Dass die spezielle Art in der Betriebsstätte nicht das Ausmaß und die Qualität erreichen konnte, wie in der Ltd. steht dem funktionalen Zusammenhang nicht entgegen, sondern fördert ihn noch. Somit gehört die Beteiligung tatsächlich zu der Betriebsstätte iSv Art. 10 Abs. 4 OECD-MA. In der Rechtsfolge ist für die Dividende doch Art. 7 OECD-MA anzuwenden.

c) Unternehmen

422 Das OECD-MA erläutert den in Art. 7 OECD-MA verwendeten Begriff „Unternehmen eines Vertragsstaates" in Art. 3 Abs. 1 lit. d OECD-MA. Unternehmen eines Vertragsstaats ist danach ein Unternehmen, das von einer in einem Vertragsstaat ansässigen Person betrieben wird. Eine ausreichende Erläuterung, was unter einem Unternehmen iSd OECD-MA zu verstehen ist, wird dadurch nicht gegeben. Dem OECD-MA kann auch nicht an anderer Stelle eine Definition des Begriffs entlehnt werden. Daher ist die Regelung in Art. 3 Abs. 2 OECD-MA heranzuziehen: Bei der Anwendung des Abkommens durch einen Vertragsstaat hat, wenn der Zusammenhang nichts anderes erfordert, jeder im Abkommen nicht definierte Ausdruck die Bedeutung, die ihm im Anwendungszeitraum nach dem Recht dieses Staates über die Steuern zukommt, für die das Abkommen gilt, wobei die Bedeutung nach dem in diesem Staat anzuwendenden Steuerrecht den Vorrang vor einer Bedeutung hat, die der Ausdruck nach anderem Recht dieses Staates hat. Der Unternehmensbegriff bestimmt sich mithin nach deutschem Steuerrecht, weil es hier um die Frage geht, ob das Besteuerungsrecht in Bezug auf die Gewinne der Urs GmbH eingeschränkt ist. Unternehmen iSd OECD-MA kann danach nur etwas sein, was nach deutschem Recht als Unternehmen beurteilt wird; das ist nach deutschem Steuerrecht in erster Linie der Gewerbebetrieb und die daraus resultierenden gewerblichen Einkünfte. Gemäß § 8 Abs. 2 KStG sind bei unbeschränkt Steuerpflichtigen iSd § 1 Abs. 1 Nr. 1–3 KStG alle Einkünfte als Einkünfte aus Gewerbebetrieb zu behandeln. Die Urs GmbH ist unbeschränkt steuerpflichtig iSv § 1 Abs. 1 Nr. 1 KStG, denn sie ist eine Kapitalgesellschaft. Somit sind alle Einkünfte der Urs GmbH als Einkünfte aus Gewerbebetrieb zu behandeln. Darüber hinaus erfüllt auch bei isolierter Betrachtung der Tätigkeit einer Fabrikationsstätte diese die Voraussetzungen eines Gewerbebetriebs iSv § 15 Abs. 2 EStG. Mithin liegt für Zwecke des Abkommens ein Unternehmen vor.

d) Gewinne

423 Art. 7 OECD-MA nennt als weitere Tatbestandsvoraussetzung Gewinne. Dazu ist zunächst festzuhalten, dass Gewinne auch Verluste sein können. Was unter dem Gewinn eines Unternehmens zu verstehen ist und wie er zu ermitteln ist, wird regelmäßig nach dem Recht des Anwendestaates bestimmt. Das sind in Bezug auf Betriebsstättengewinne regelmäßig der Betriebsstättenstaat und der Ansässigkeitsstaat des Stammhauses. Hier sind nach dem Sachverhalt die originären Gewinne aus der Fabrikation des Tierfutters und daneben die Dividenden erfasst.

e) Rechtsfolge

Abweichend von dem Grundsatz, dass Gewinne nur im Staat des Unternehmens (Deutschland) besteuert werden können, begründet das Unterhalten der Betriebsstätte im Staat A für den Staat A ein Besteuerungsrecht, soweit die Gewinne der Betriebsstätte zuzurechnen sind. **424**

Die Regelung in Art. 7 OECD-MA sagt jedoch nichts darüber aus, wie die Doppelbesteuerung zu vermeiden ist. Dieses ergibt sich aus Art. 23 A OECD-MA.

3. Vermeidung der Doppelbesteuerung

Zur Vermeidung der Doppelbesteuerung kommt hier die sog. Befreiungsmethode gemäß **425**
Art. 23 A Abs. 1 OECD-MA in Betracht: Bezieht eine in einem Vertragsstaat ansässige Person Einkünfte und können diese Einkünfte nach diesem Abkommen im anderen Vertragsstaat besteuert werden, so nimmt der erstgenannte Staat vorbehaltlich der Absätze 2 und 3 dieser Einkünfte von der Besteuerung aus.

Einschränkungen zu der angeordneten Befreiungsmethode finden sich in Art. 23 A Abs. 2 OECD-MA. Dort sind Einkünfte aus den Art. 10 und 11 OECD-MA genannt, die hier unzweifelhaft nicht anwendbar sind. Die Einschränkung in Art. 23 A Abs. 3 OECD-MA betrifft den Einbezug freigestellter Einkünfte bei der Bemessung des Steuersatzes, dem sog. Progressionsvorbehalt. Da Kapitalgesellschaften in der Bundesrepublik Deutschland einem einheitlichen Steuersatz i.H.v. 15% unterliegen (§ 23 Abs. 1 KStG), läuft diese Anordnung leer.

Die Urs GmbH ist eine in Deutschland ansässige Person, die Einkünfte bezieht, die nach Art. 7 OECD-MA im Staat A als anderen Vertragsstaat besteuert werden können. Somit sind die Voraussetzungen der Befreiungsmethode in Art. 23 A Abs. 1 OECD-MA erfüllt. Die Bundesrepublik Deutschland stellt die Einkünfte der Urs GmbH aus dem Staat A bei der Besteuerung der Gesellschaft mithin frei.

III. Ergebnis

Der Staat A hat das Besteuerungsrecht an den Betriebsstätteneinkünften aus der Produktion von Tierfutter und auch an der Dividende aus der Ltd. Die Bundesrepublik Deutschland stellt diese Einkünfte bei der Besteuerung der Urs GmbH frei. **426**

Fall 14

Kunst ist Geschmacksache

Schwerpunkte: Art. 17 OECD-MA, beschränkte Steuerpflicht, § 49 Abs. 1 EStG (LB § 5 Rn 371, 701–702)

427 Der Filmschauspieler Ernesto Granger hatte in den letzten zwei Jahren mehrfach die Gelegenheit, neben seinem schauspielerischen Talent auch seine gesanglichen Fähigkeiten unter Beweis zu stellen. Er hatte mehrere Engagements für Musicals und Operetten angenommen und war vor Publikum aufgetreten Die Resonanz des Publikums und die Welt der Kritiker waren geteilt: Entweder man war begeistert oder entsetzt. Der deutsche Konzertveranstalter Rudi Rastlos für seinen Teil war begeistert und plante ein Konzert mit Ernesto Granger zu veranstalten. Daher trat er mit der Singsang Ltd., einer Künstlerverleih- und Promotionsgesellschaft in Kontakt, über der Kontakt zu Ernesto Granger herzustellen ist und die ihn auch präsentiert. Rudi Rastlos und die Singsang Ltd. vereinbarten ein Konzert im Mai 2014 in der Nähe von Hannover. Während der Kartenvorverkauf durch die Agentur von Rudi Rastlos in vollem Gange war, mietete dieser einen Platz und baute eine provisorische Bühne auf. Im Mai 2014 war es schließlich soweit und Ernesto Granger gab vor einem begeisterten Publikum seine Vorstellung. Nach dem Konzert stellte die Singsang GmbH Rudi Rastlos für den Auftritt eine Gage i.H.v. € 100 000,00 in Rechnung

Prüfen Sie, ob die Bundesrepublik Deutschland die Singsang Ltd. mit der Gage besteuern darf.

Hinweise:

1. Die Singsang Ltd. hat ihre Geschäftsleitung im Staat Z und ist dort aufgrund dessen unbeschränkt steuerpflichtig.
2. Ernesto Granger hat seinen einzigen Wohnsitz und seinen gewöhnlichen Aufenthalt im Staat Z.
3. Zwischen Deutschland und dem Staat Z besteht ein dem OECD-MA 2010 entsprechendes DBA.
4. Der Anwendungsbereich des OECD-MA ist in allen Hinsichten eröffnet.

Vorüberlegungen

Vorliegender Übungsfall beschäftigt sich mit der Besteuerung eines ausländischen Künstlers bzw. seiner Vermarktungsgesellschaft in Deutschland. Sowohl für Zwecke der beschränkten Steuerpflicht als auch für Zwecke der Anwendung des DBA ist zu beachten, dass zwar künstlerische Tätigkeiten im Inland ausgeübt werden, die Einnahmen daraus jedoch einer anderen Person, nämlich der Vermarktungsgesellschaft zufließen. **428**

Insoweit hat der deutsche Gesetzgeber Vorkehrungen getroffen in § 49 Abs. 1 Nr. 2 lit. d EStG. Dort gehören künstlerische Tätigkeiten unabhängig davon, wer diese ausübt, zu den Einkünften aus Gewerbebetrieb. Auch die OECD hat sich zur Vermeidung von Missbräuchen dazu entschlossen, im Art. 17 OECD-MA eine Regelung zu schaffen, die das Besteuerungsrecht in den Staat der Ausübung weist. Hintergrund dieser Regelung waren ursprünglich Missbrauchsvermeidungsgedanken. So kam es vor, dass Künstler oder Sportler sog. Ein-Mann-GmbHs gründeten, sich von den Kapitalgesellschaften anstellen ließen und so ohne Begründung von Betriebsstätten in anderen Staaten auftraten und die jeweilige Gage der GmbH zufloss, sie selbst nicht tätig geworden war. Das Besteuerungsrecht bestand dann regelmäßig für den Ansässigkeitsstaat der Kapitalgesellschaft (Art. 7 Abs. 1 OECD-MA).

Auch ohne die beschriebene Steuervermeidungsstrategie wird durch einen Gleichlauf der abkommensrechtlichen Zuweisung des Besteuerungsrechts und der Besteuerungsgrundlage im innerstaatlichen Steuerrecht ein Gleichlauf erreicht.

Gliederung

I. Beschränkte Steuerpflicht, §§ 2 Nr. 1, 8 Abs. 1 KStG, 49 Abs. 1 Nr. 2 lit. d EStG **429**
- 1. Kapitalgesellschaft ohne Geschäftsleitung oder Sitz im Inland
- 2. Inländische Einkünfte, § 49 Abs. 1 Nr. 2 lit. d EStG
  - a) Einkünfte aus Gewerbebetrieb
  - b) Keine Einkünfte gem. § 49 Abs. 1 Nr. 3 und 4 EStG
  - c) Künstlerische Darbietung
    - aa) Darbietung
    - bb) Künstlerische Darbietung
    - cc) Inland
  - d) Empfänger der Einnahmen
- 3. Zwischenergebnis

II. Abkommensrecht
- 1. Anwendungsbereich
- 2. Anwendbarer Einkunftsartikel
- 3. Rechtsfolge

III. Ergebnis

Lösung

I. Beschränkte Steuerpflicht. § 2, Nr. 1, 8 Abs. 1 KStG, § 49 Abs. 1 Nr. 2 lit. d EStG

1. Kapitalgesellschaft ohne Geschäftsleitung oder Sitz im Inland

430 Die Singsang Ltd. könnte beschränkt steuerpflichtig sein. Beschränkt steuerpflichtig sind gemäß § 2 Nr. 1 KStG Körperschaften, Personenvereinigungen und Vermögensmassen, die weder ihre Geschäftsleitung noch ihren Sitz im Inland haben, mit ihren inländischen Einkünften.

§ 2 Nr. 1 KStG erfasst nur solche Körperschaften, Personenvereinigungen und Vermögensmassen in der beschränkten Körperschaftsteuerpflicht, die weder ihre Geschäftsleitung noch ihren Sitz im Inland haben; mithin kommen letztlich nur nach ausländischem Recht errichtete Körperschaften für die beschränkte Steuerpflicht in Frage. Die Singsang Ltd. müsste eine Körperschaft in diesem Sinne sein. Die beschränkte Steuerpflicht iSd § 2 Nr. 1 KStG kommt bei den ausländischen Körperschaften in Betracht, die ihrer Struktur nach – hinsichtlich des rechtlichen Aufbaus und der wirtschaftlichen Gestaltung – den in § 1 Abs. 1 Nr. 1–4 KStG genannten Steuersubjekten entsprechen.[1] In § 1 Abs. 1 Nr. 1 KStG sind ua Gesellschaften mit beschränkter Haftung genannt. Nach den Hinweisen zum Sachverhalt entspricht die Singsang Ltd. einer deutschen GmbH. Somit ist die Singsang Ltd. eine ausländische Körperschaft, die einen inländischen Steuersubjekt entspricht.

Weiter ergibt sich aus den Hinweisen zum Sachverhalt, dass die Singsang Ltd. ihren Ort der Geschäftsleitung im Staat Z hat und aufgrund dessen dort unbeschränkt steuerpflichtig ist. Für die Annahme ihres Sitzes im Inland bestehen nach den Angaben im Sachverhalt keine Anhaltspunkte.

2. Inländische Einkünfte

431 Die Singsang Ltd. müsste inländische Einkünfte erzielen. § 2 Nr. 1 KStG trifft keine Aussage darüber, was unter inländischen Einkünften iSd beschränkten Körperschaftsteuerpflicht zu verstehen ist. Über § 8 Abs. 1 KStG (R 32 Abs. 1 Nr. 1 KStR) findet der in § 49 Abs. 1 EStG enthaltene Einkünftekatalog auch für die beschränkte Körperschaftsteuerpflicht Anwendung. Dabei ist aber zu berücksichtigen, dass § 8 Abs. 2 KStG für beschränkt steuerpflichtige Körperschaften nicht gilt mit der Folge, dass derartige Körperschaften grundsätzlich alle Arten von Einkünften erzielen können.

In Betracht kommt hier die Vorschrift in § 49 Abs. 1 Nr. 2 lit. d EStG. Danach sind inländische Einkünfte iSd der beschränkten Steuerpflicht Einkünfte aus Gewerbebetrieb, die, soweit sie nicht zu den Einkünften iSd Nummern 3 und 4 gehören, durch im Inland ausgeübte oder verwertete künstlerische, sportliche, artistische, unterhaltende oder ähnliche Darbietungen erzielt werden, unabhängig davon, wen die Einnahmen zufließen.

---

1 *Lamprecht*, in: *Gosch* (Hrsg.), KStG, § 2 Rn 17.

a) Einkünfte aus Gewerbebetrieb

§ 49 Abs. 1 Nr. 2 lit. d EStG setzt Einkünfte aus Gewerbebetrieb beim Vergütungsgläubiger voraus. Einkünfte aus Gewerbebetrieb sind in § 15 Abs. 2 EStG definiert und durch die positiven Merkmale Selbstständigkeit, Nachhaltigkeit, Teilnahme am allgemeinen wirtschaftlichen Verkehr und der Gewinnerzielungsabsicht gekennzeichnet. Negativ wird der Gewerbebetrieb in § 15 Abs. 2 EStG dadurch abgegrenzt, dass es sich nicht um eine Tätigkeit handeln darf, die als Ausübung von Land- und Forstwirtschaft oder selbstständiger Arbeit oder als private Vermögensverwaltung anzusehen ist. Die Singsang Ltd. ist ein Künstlerverleih und Promotionsgesellschaft. Für das Vorliegen der genannten positiven Merkmale darf aus der allgemeinen Lebenserfahrung geschlossen werden, dass sich eine Gesellschaft mit einem derart beschriebenen Geschäftsgegenstand nicht als Tätigkeit aus Land- und Forstwirtschaft, selbstständiger Arbeit oder Vermögensverwaltung darstellt, ist unzweifelhaft. Mithin liegen Einkünfte aus Gewerbebetrieb vor. **432**

b) Kein Einkünfte gemäß § 49 Abs. 1 Nr. 3 und 4 EStG

Die Tatbestände des § 49 Abs. 1 Nr. 3 und 4 EStG einerseits und des § 49 Abs. 1 Nr. 2 lit. d EStG andererseits schließen einander schon inhaltlich aus, weil bei letzterem die Voraussetzungen des § 15 EStG gegeben sein müssen. Bereits vor Anwendung des § 49 EStG und damit seines Abs. 1 Nr. 2 lit. d werden die Einkunftsarten abgegrenzt; folglich ist der Hinweis überflüssig.[2] Soeben wurde festgestellt, dass Einkünfte aus Gewerbebetrieb vorliegen, so dass die Abgrenzung zu Gunsten § 49 Abs. 1 Nr. 2 lit. d EStG ausfällt. **433**

c) Künstlerische Darbietung

Die Einkünfte müssten durch eine künstlerische Darbietung im Inland erzielt werden. **434**

aa) Darbietung

Unter dem Begriff der Darbietung ist eine Veranstaltung zu verstehen, im Rahmen derer einem Publikum eine Tätigkeit vorgeführt, gezeigt oder zu Gehör gebracht wird. Der Begriff knüpft zwar an die Ausübung einer Tätigkeit an, er ist aber insoweit enger, als Darbietungen nur einen Teil der Ausübung darstellen, insoweit aber weiter als der der Ausübung, weil zu den Darbietungen in diesem Sinn auch Konzerte gehören.[3]

Nicht erforderlich ist, dass eine Personenidentität zwischen Ausübung und Darbietung besteht. Deshalb können auch beschränkt Steuerpflichtige, die selbst nicht die geforderte Darbietung oder ähnliche Tätigkeiten ausüben, aus der Darbietung dieser Tätigkeiten beschränkt steuerpflichtige Einkünfte erzielen. Erfasst werden vor allem die Vermarktungs-, Künsterverleih- und Promotionsgesellschaft.[4] Der Künstler Ernesto Granger tritt in der Nähe von Hannover im Rahmen eines Konzertes auf, während Vertragspartner des

2 *Wied*, in: *Blümich* (Hrsg.), EStG/KStG/GewStG, § 49 EStG Rn 108.
3 *Maßbaum*, in: *Herrmann/Heuer/Raupach* (Hrsg.), EStG/KStG, § 49 EStG Rn 521.
4 *Maßbaum*, in: *Herrmann/Heuer/Raupach* (Hrsg.), EStG/KStG, § 49 EStG Rn 521.

inländischen Veranstalters Rudi Rastlos die Singsang Ltd. ist. Somit liegt eine Darbietung iSv § 49 Abs. 1 Nr. 2 lit. d EStG vor.

bb) Künstlerische Darbietung

435 Unter einer künstlerischen Darbietung sind Konzerte einschließlich Pop- und Jazzkonzerten zu verstehen. Es kommt dabei nicht allein auf die ausgeübte Tätigkeit, sondern auf die Tätigkeit des Darbietenden an. Der Auftritt eines ausländischen Gesangstars, der durch eine ausländische Kapitalgesellschaft organisiert und im Inland dargeboten wird, führt zu gewerblichen Einkünften der Kapitalgesellschaft als Darbietende; der Auftritt des Gesangstars ist die künstlerische Tätigkeit, die durch die Kapitalgesellschaft dargeboten wird.[5] Somit handelt es sich auch um eine künstlerische Darbietung iSd beschränkten Steuerpflicht.

cc) Inland

436 Was zum Inland gehört, ergibt sich aus § 1 Abs. 1 S. 2 EStG. In jedem Fall gehört das Hoheitsgebiet iSd Völkerrechts der Bundesrepublik Deutschland dazu. Hannover und Umgebung liegt in diesem Gebiet. Somit findet die künstlerische Darbietung auch im Inland statt.

d) Empfänger der Einnahmen

437 Auch bei Zufluss der Einnahmen an andere Personen als diejenigen, welche die Darbietung erbracht haben, ist § 49 Abs. 1 Nr. 2 lit. d EStG erfüllt.[6] Hier fließen die Einnahmen an die Singsang Ltd.

3. Zwischenergebnis

438 Die Singsang Ltd. erzielt inländische Einkünfte gemäß § 49 Abs. 1 Nr. 2 lit. d EStG aus der künstlerischen Darbietung und ist somit beschränkt körperschaftsteuerpflichtig in Deutschland.

II. Abkommensrecht

439 Das Besteuerungsrecht der Bundesrepublik Deutschland könnte aufgrund des bestehenden Abkommens beschränkt oder ausgeschlossen sein.

1. Anwendungsbereich

Der Anwendungsbereich des OECD-MA ist nach den Hinweisen zum Sachverhalt in allen Hinsichten eröffnet.

---

5 *Maßbaum*, in: *Herrmann/Heuer/Raupach* (Hrsg.), EStG/KStG, § 49 EStG Rn 527.

6 FG Hamburg Urteil v. 22.4.1997, Az.: 14 K 842/93, EFG 1997, 971 rkr.; Beschluss v. 14.5.1998, Az.: II 51/97, EFG 1998, 1412 rkr.

2. Anwendbarer Einkunftsartikel

In Betracht kommt Art. 17 OECD-MA, der Künstler und Sportler erfasst. Art. 17 Abs. 1 OECD-MA lautet: Ungeachtet der Artikel 7 und 15 können Einkünfte, die eine einem Vertragsstaat ansässige Person als Künstler, wie Bühnen-, Film-, Rundfunk- und Fernsehkünstler sowie Musiker, oder als Sportler aus ihrer im anderen Vertragsstaat persönlich ausgeübten Tätigkeit bezieht, im anderen Staat besteuert werden. **440**

Für die Anwendung von Art. 17 Abs. 1 OECD-MA ist zunächst festzuhalten, dass in den persönlichen Anwendungsbereich nur natürliche Personen fallen. Weiter ist Voraussetzung, dass der Künstler auftrittsbezogene Tätigkeitseinkünfte bezieht. Nach den Angaben im Sachverhalt bezieht der Künstler Ernesto Granger keine Einkünfte, sondern die Singsang Ltd. Diese ist keine natürliche Person, sondern eine Kapitalgesellschaft. Somit ist Art. 17 Abs. 1 OECD-MA nicht anwendbar.

In Betracht kommt weiter Art. 17 Abs. 2 OECD-MA: Fließen Einkünfte aus einer von einem Künstler oder Sportler in dieser Eigenschaft persönlich ausgeübten Tätigkeit nicht dem Künstler oder Sportler selbst, sondern einer anderen Person zu, so können diese Einkünfte ungeachtet der Art. 7 und 15 in dem Vertragsstaat besteuert werden, in dem der Künstler oder Sportler seine Tätigkeit ausübt.

Art. 17 Abs. 2 OECD-MA steht selbstständig neben Abs. 1; beide Vorschriften regeln verschiedene Sachverhalte. Art. 17 Abs. 2 OECD-MA soll das Besteuerungsrecht des Quellenstaates (Deutschland) sicherstellen, dass dieser nach Art. 17 Abs. 1 OECD-MA hätte, wenn der Künstler die aus seiner Tätigkeit stammenden Einkünfte selbst und persönlich erzielt hätte.

Was unter den Begriff „Künstler" zu verstehen ist, wird im OECD-MA nicht definiert. Eine Konkretisierung erfährt der Begriff lediglich durch die beispielhafte Aufzählung in Art. 17 Abs. 1 OECD-MA. Genannt sind dort jedenfalls Musiker. Ernesto Granger tritt als solcher in Deutschland auf, so dass er Künstler iSd Art. 17 Abs. 2 OECD-MA ist. **441**

Die erforderlichen Einkünfte bestehen unzweifelhaft in der Gage i.H.v. € 100 000,00.

Erforderlich ist weiter eine andere Person, der die Einkünfte zufließen. Unter den Ausdruck fallen alle Personen, mithin natürliche und juristische Personen. Die andere Person iSv Art. 17 Abs. 2 OECD-MA muss dem Künstler nicht nahe stehen; der Künstler muss an der Person, sofern es eine juristische Person ist, auch nicht beteiligt sein. In der Regel besteht zwischen der anderen Person und dem Künstler ein Vertrag, aufgrund dessen die andere Person für den Künstler tätig wird. Zwingend erforderlich ist dies aber nicht. Entscheidend ist allein, dass das wirtschaftliche Entgelt der vom Künstler persönlich ausgeübten Tätigkeit bei einer anderen Person anfällt.[7] Der Singsang Ltd. fließen die Einnahmen aus der Tätigkeit Ernesto Granger's zu. Die Ltd. ist somit andere Person iSv Art. 17 Abs. 2 OECD-MA.

Festzustellen ist, dass Art. 17 OECD-MA nach seinem Wortlaut „ungeachtet der Art. 7 und 15" Spezialregelung zu den genannten Artikeln ist. Im vorliegenden Übungsfall

---

7 *Wassermeyer*, in: *Debatin/Wassermeyer* (Hrsg.), Doppelbesteuerung, Art. 17 OECD-MA Rn 62.

braucht auf das Spezialitätsverhältnis nicht weiter eingegangen zu werden, denn es bestehen keine Anhaltspunkte für die Anwendung von Art. 7 oder 15 OECD-MA.

Unzweifelhaft übt Ernesto Granger seine Tätigkeit in Deutschland im Rahmen eines Konzerts aus. Auf seine abkommensrechtliche Ansässigkeit kommt es in Art. 17 Abs. 2 OECD-MA nicht an.

3. Rechtsfolge

442 Rechtsfolge von Art. 17 Abs. 2 OECD-MA ist, dass die Einkünfte in den Vertragsstaat besteuert werden können, in dem der Künstler seine Tätigkeit ausübt. Ernesto Granger übt seine Tätigkeit in der Bundesrepublik Deutschland aus; mithin kann Deutschland die Einkünfte besteuern.

III. Ergebnis

443 Die Bundesrepublik Deutschland darf die Gage, die der Singsang Ltd. zufließt, besteuern.

Fall 15

Der Dritte im Bunde

Schwerpunkte: Ansässigkeit und Dreiecksachverhalt, Art. 21 OECD-MA (LB § 5 Rn 708–710)

Ingeborg Clausen, 62 Jahre alte, deutsche Staatsangehörige, verwitwet, nicht berufstätig hatte vor einigen Jahren ihren Ehemann, einen erfolgreichen Unternehmer beerbt. Das Unternehmen hatte Ingeborg Clausen sodann an ihren Sohn verkauft, der es seitdem betreibt. Von einem Teil des Veräußerungserlöses erwarb Ingeborg Clausen eine Eigentumswohnung in Wien. Hintergrund war die Nähe zu ihrer Tochter, die einen Wiener Arzt geheiratet hatte und in Wien lebt. Daneben bewohnt Ingeborg Clausen den ehemaligen Familienwohnsitz in Schleswig, inzwischen jedoch allein. Wo sie sich öfter im Jahr aufhält, lässt sich nicht sagen, eigentlich ist sie etwa ein halbes Jahr in Schleswig und etwa ein halbes Jahr in Wien. Je nachdem wo sich Ingeborg Clausen aufhält, verbringt sie Zeit mit ihren Kindern und mit Freunden, die sie sowohl in Schleswig und Umgebung als auch in Wien hat. **444**

Im November 2013 führte Ingeborg Clausen mit einem Finanzberater aus Hongkong ein Gespräch, der ihr zu einer Kapitalanlage in Hongkong riet, die etwa 2,0% mehr Rendite abwirft als vergleichbare Investitionen in anderen Ländern. Im Januar 2014 ging Ingeborg Clausen diese Investition ein und erhielt für 2014 Zinsen i.H.v. € 50 000,00.

Sowohl das deutsche als auch das Österreichische Finanzamt begehren die Besteuerung der Zinsen.

Prüfen Sie, welchem Land das Besteuerungsrecht an den Zinsen zusteht.

Hinweise:

1. Ingeborg Clausen ist aufgrund ihres Aufenthalts und ihre Wohnung in Wien in Österreich unbeschränkt steuerpflichtig.
2. Zwischen Deutschland und Hongkong besteht kein DBA; Hongkong ist auch nicht von dem Anwendungsbereich des zwischen Deutschland und China bestehenden DBA erfasst.
3. Ob zwischen Österreich und Hongkong jedweder DBA-Schutz besteht, ist nicht zu prüfen.
4. Der Anwendungsbereich des zwischen Österreich und Deutschland bestehenden DBA ist in zeitlicher, räumlicher und sachlicher Hinsicht eröffnet.

Vorüberlegungen

445 Der vorliegende Übungsfall fragt nach der Zuteilung des Besteuerungsrechts an Zinsen aus Hongkong. Die Probandin, Ingeborg Clausen, ist unzweifelhaft in Deutschland unbeschränkt steuerpflichtig. Nach den Hinweisen zum Sachverhalt ist sie auch in Österreich unbeschränkt steuerpflichtig. Insoweit kollidieren zwei generelle Besteuerungsansprüche an den Zinsen. Abhilfe der drohenden Doppelbesteuerung kann sich aus dem zwischen Österreich und Deutschland bestehenden DBA ergeben. Dafür ist zunächst zu klären, in welchem Land Ingeborg Clausen als ansässig gilt. Nach dem Sachverhalt wird nach der Grundregel in Art. 4 Abs. 1 DBA-Österreich eine Ansässigkeit in beiden Staaten gegeben sein, so dass die Kollisionsregel in Art. 4 Abs. 2 DBA-Österreich heranzuziehen ist. Nach dieser wird auf jeder Kollisionsstufe entschieden, in welchem der beiden Vertragsstaaten die natürliche Person – hier Ingeborg Clausen – als ansässig gilt, so dass einer der beiden Vertragsstaaten zum Wohnsitzstaat mit grundsätzlich uneingeschränkter Steuerberechtigung erklärt wird.

Für die Verteilung des Besteuerungsrechts an den Zinsen ist zunächst Art. 11 DBA-Österreich anzusehen. Dort wird jedoch in allen Facetten gefordert, dass eine Person in einem Vertragsstaat ansässig ist und Zinsen aus dem anderen Vertragsstaat erhält. Wann sie aus dem anderen Vertragsstaat stammen, normiert Art. 11 Abs. 5 DBA-Österreich. Nach dem Sachverhalt stammen die Zinsen jedoch aus Hongkong und damit nicht aus einem der beiden Vertragsstaaten. Insoweit ist die Regelung über die sog. Drittstaateneinkünfte in Art. 21 DBA-Österreich heranzuziehen. Wenn die Voraussetzungen dieser Norm gegeben sind, wird das Besteuerungsrecht ausschließlich dem Ansässigkeitsstaat zugewiesen.

Gliederung

446 **I. Unbeschränkte Steuerpflicht**

II. Abkommensrecht

1. Anwendungsbereich
   a) Person
   b) Ansässigkeit
      aa) Grundregel
      bb) Kollisionsregel
2. Anwendbarer Einkunftsartikel
   a) Art. 11 DBA-Österreich
   b) Art. 21 DBA-Österreich
3. Methode zur Vermeidung der Doppelbesteuerung

III. Ergebnis

Lösung

I. Unbeschränkte Steuerpflicht

Die unbeschränkte Steuerpflicht natürlicher Personen ergibt sich aus § 1 Abs. 1 S. 1 EStG. Natürliche Personen, die im Inland einen Wohnsitz oder ihren gewöhnlichen Aufenthalt haben, sind unbeschränkte einkommensteuerpflichtig. Ingeborg Clausen als Mensch ist Rechtssubjekt und Träger von Rechten und Pflichten und somit natürliche Person im Sinne der Vorschrift. **447**

Der Begriff des Wohnsitzes ist in § 8 AO definiert. Einen Wohnsitz hat danach jemand dort, wo er eine Wohnung uU innehat, die darauf schließen lassen, dass er die Wohnung beibehalten und benutzen wird. Ingeborg Clausen wohnt seit langem in dem Familienwohnsitz in Schleswig. Sie nutzt den Familienwohnsitz auch zum regelmäßigen und dauerhaften Wohnen. Dass sie zwischendurch auch für längere Zeit in Wien wohnt, steht dem nicht entgegen.

Der Begriff des Inlands ergibt sich aus § 1 Abs. 1 S. 2 EStG und umfasst in jedem Fall das Hoheitsgebiet der Bundesrepublik Deutschland in seinen hoheitlichen Grenzen. Die Stadt Schleswig liegt innerhalb dieser Grenzen und gehört somit zum steuerlichen Inland. Somit hat Ingeborg Clausen einen Wohnsitz und ist unbeschränkt steuerpflichtig.

Darüber hinaus hat sie ihren gewöhnlichen Aufenthalt im Inland. Dieser ist in § 9 AO geregelt. Nach der Grundregel in § 9 S. 1 AO hat jemand den gewöhnlichen Aufenthalt dort, wo er sich unter Umständen aufhält, die erkennen lassen, dass er an diesem Ort oder in diesem Gebiet nicht nur vorübergehend verweilt. Unzweifelhaft ist, dass Ingeborg Clausen vor dem Tod ihres Ehemannes ihren gewöhnlichen Aufenthalt in Deutschland hatte. Dem Sachverhalt können keine Angaben entnommen werden, dass Ingeborg Clausen später ihren gewöhnlichen Aufenthalt im Inland aufgegeben hat. Auch insoweit stehen ihre längeren Aufenthalte in Österreich dem nicht entgegen. Somit hat Ingeborg Clausen auch ihren gewöhnlichen Aufenthalt im Inland und ist durch Vorliegen dieses Merkmals unbeschränkt einkommensteuerpflichtig.

Bei unbeschränkter Steuerpflicht gemäß § 1 Abs. 1 EStG wird als Steuerobjekt das durch den Rahmen der sieben Einkunftsarten abgesteckte Welteinkommen erfasst, sog. Welteinkommensprinzip.[1] Somit erstreckt sich das Besteuerungsrecht der Bundesrepublik Deutschland auch auf die Zinsen aus Hongkong gemäß § 2 Abs. 1 S. 1 Nr. 5 iVm § 20 EStG als Einkünfte aus Kapitalvermögen.

II. Abkommensrecht

Das Besteuerungsrecht der Bundesrepublik Deutschland aufgrund des anzuwendenden Welteinkommensprinzips könnte durch das zwischen Deutschland und Österreich bestehende DBA eingeschränkt oder ausgeschlossen sein. Um das DBA heranziehen zu können, muss sein Anwendungsbereich eröffnet sein. **448**

1 *Schaumburg*, Internationales Steuerrecht, Rn 5.53.

1. Anwendungsbereich

449 Nach den Hinweisen zum Sachverhalt ist der Anwendungsbereich des zwischen Österreich und Deutschland bestehenden DBA in zeitlicher, räumlicher und sachlicher Hinsicht eröffnet. Zu untersuchen ist daher hier der persönliche Anwendungsbereich des DBA-Österreich.

Nach Art. 1 DBA-Österreich gilt das Abkommen ausschließlich für Personen, die in einem oder beiden Vertragsstaaten ansässig sind. Was darunter zu verstehen ist, wird in Art. 3 und 4 DBA-Österreich erläutert.

a) Person

450 ISd Abkommens bedeutet der Ausdruck „Person" natürliche Personen, Gesellschaften und alle anderen Personenvereinigungen, Art. 3 Abs. 1 lit. d DBA-Österreich. Unter I. der Lösung wurde festgestellt, dass für Zwecke des innerstaatlichen Steuerrechts Ingeborg Clausen eine natürliche Person ist. Dieses ist auf das DBA zu übertragen, wenn wie hier Deutschland Anwendestaat des Abkommens ist. Somit ist Ingeborg Clausen iSv Art. 3 Abs. 1 lit. d DBA-Österreich.

b) Ansässigkeit

451 Ingeborg Clausen müsste eine ansässige Person iSd DBA-Österreich sein. Die Ansässigkeit einer Person ist in Art. 4 DBA-Österreich geregelt.

aa) Grundregel

Nach der Grundregel in Art. 4 Abs. 1 DBA-Österreich bedeutet iSd Abkommens der Ausdruck „eine in einem Vertragsstaat ansässige Person" eine Person, die nach dem Recht dieses Staates dort aufgrund ihres Wohnsitzes oder ihres ständigen Aufenthalts steuerpflichtig ist.

Unter I. der Lösung wurde festgestellt, dass Ingeborg Clausen aufgrund eines Wohnsitzes und alternativ aufgrund ihres gewöhnlichen Aufenthalts – der der hier verwendeten Formulierung ständiger Aufenthalt entspricht – in Deutschland steuerpflichtig ist. Aus den Hinweisen zum Sachverhalt ergibt sich, dass Ingeborg Clausen aufgrund der ihr gehörenden Wohnung in Wien und ihres Aufenthalts in dieser Wohnung auch in Österreich steuerpflichtig in Form der unbeschränkten Steuerpflicht ist.

Nach der Grundregel in Art. 4 Abs. 1 DBA-Österreich wäre Ingeborg Clausen somit in beiden Vertragsstaaten als ansässig einzustufen. Damit ist zwar die Abkommensberechtigung Ingeborg Clausens aus Sicht beider Staaten gegeben, entschieden ist aber nicht darüber, welcher der beiden Vertragsstaaten Ingeborg Clausen als Wohnsitzstaat für Zwecke der Anwendung des DBA-Österreich besteuern darf. Die Entscheidung über die Ansässigkeit ist mithin nach der Kollisionsregel in Art. 4 Abs. 2 DBA-Österreich zu treffen.

bb) Kollisionsregel

Die Regelung in Art. 4 Abs. 2 DBA-Österreich entscheidet darüber, welchem der beiden Vertragsstaaten die Einordnung als Wohnsitzstaat und welchem die Einordnung als Quellenstaat zukommt, wenn eine Person, wie hier Ingeborg Clausen, nach Art. 4 Abs. 1 DBA-Österreich in beiden Staaten ansässig ist. Art. 4 Abs. 2 DBA-Österreich entscheidet nach Ansässigkeitsmerkmalen, die in einer vorgegebenen Reihenfolge anzuwenden sind und von denen die Anwendung eines vorrangigen Merkmals die eines nachrangigen Merkmals ausschließt, wenn die Ansässigkeit nur mit Hilfe des vorrangigen Merkmals entschieden werden kann. **452**

Die erste Kollisionsstufe ist in Art. 4 Abs. 2 lit. a DBA-Österreich enthalten: Ist nach Art. 4 Abs. 1 DBA-Österreich eine natürliche Person in beiden Vertragsstaaten ansässig, so gilt Folgendes: Die Person gilt als nur in dem Staat ansässig, in dem sie über eine ständige Wohnstätte verfügt; verfügt sie in beiden Staaten über eine ständige Wohnstätte, so gilt sie als nur in dem Staat ansässig, zu dem sie die engeren persönlichen und wirtschaftlichen Beziehungen hat (Mittelpunkt der Lebensinteressen).

Zunächst ist zu klären, was unter einer ständigen Wohnstätte iSd DBA-Österreich zu verstehen ist. Dafür ist zunächst festzuhalten, dass die Ausdrücke „ständige Wohnstätte“ und „Wohnsitz iSd § 8 AO“ nicht deckungsgleich sind.[2] Im Gegensatz zu einem Wohnsitz muss es sich nach dem Wortlaut in Art. 4 Abs. 2 lit. DBA-Österreich um eine ständige Wohnstätte handeln, was eine nicht nur vorübergehende Nutzung voraussetzt. Die ständige Wohnstätte wird daher auch mit einem qualifizierten Wohnsitz bezeichnet.[3] Eine ständige Wohnstätte ist danach nur dann gegeben, wenn sie von der natürlichen Person zur dauernden Nutzung bestimmt und bereitgehalten wird; gelegentliche Aufenthalte, die ihrem Anlass nach von kurzer Dauer sein können, begründen keine ständige Wohnstätte, denn das zeitliche Element „ständig“ bezieht sich nicht auf die tatsächliche Verfügungsmacht über die Wohnung, sondern auf deren Verwendung als Wohnung.[4] **453**

Ingeborg Clausen nutzt beide Wohnungen in jedem Jahr etwa für sechs Monate abwechselnd. Damit sind beide Wohnungen von ihr zur dauernden Nutzung bestimmt und werden dafür von ihr bereit gehalten. Sie verfügt somit in beiden Vertragsstaaten über eine ständige Wohnstätte.

Verfügt die Person in beiden Staaten über eine ständige Wohnstätte, so gilt sie nach Art. 4 Abs. 2 lit. a DBA-Österreich als in dem Staat ansässig, zu dem sie die engeren persönlichen und wirtschaftlichen Beziehungen hat. Persönliche Beziehungen umfassen die gesamte private Lebensführung des Steuerpflichtigen, wie zB familiäre, gesellschaftliche, politische und kulturelle Beziehungen. Wirtschaftliche Beziehungen bestehen vorrangig an dem Ort, an dem die Person ihren beruflichen Tätigkeiten nachgeht oder über ihre Einnahmequellen verfügt.

---

2 *Wassermeyer*, in: *Debatin/Wassermeyer* (Hrsg.), Doppelbesteuerung, Art. 4 OECD-MA Rn 55.
3 *Kroschewski*, in: *Haase* (Hrsg.), AStG/DBA, Art. 4 OECD-MA Rn 84.
4 *Lehner*, in: *Vogel/Lehner* (Hrsg.), DBA, Art. 4 OECD-MA Rn 182; aA *Wassermeyer*, in: *Debatin/Wassermeyer* (Hrsg.), Doppelbesteuerung, Art. 4 OECD-MA Rn 55.

Über letzteres Merkmal lassen sich nach den Angaben im Sachverhalt keine Aussagen treffen. Der Sachverhalt gibt lediglich Auskunft über eine Einnahmequelle in Hongkong, die damit aber außerhalb des Gebietes der Vertragsstaaten liegt.

454 Persönliche Beziehungen unterhält Ingeborg Clausen zu beiden Vertragsstaaten. In Wien wohnt ihre Tochter und in Deutschland wohnt ihr Sohn. Zu beiden Kindern unterhält Ingeborg Clausen Kontakt. Auch pflegt sie in beiden Vertragsstaaten Freundschaften. Mithin dienen auch ihre persönlichen und wirtschaftlichen Beziehungen nicht als taugliches Merkmal zur Entscheidung, in welchem der beiden Vertragsstaaten Ingeborg Clausen als ansässig iSv Art. 4 DBA-Österreich gilt. Mithin ist zu prüfen, ob die nächste Kollisionsstufe die Ansässigkeit bestimmen kann.

Die nächste Kollisionsstufe enthält Art. 4 Abs. 2 lit. b DBA-Österreich: Kann nicht bestimmt werden, in welchem Staat die Person den Mittelpunkt ihrer Lebensinteressen hat, oder verfügt sie in keinem Staat über eine ständige Wohnstätte, so gilt sie als nur in dem Staat ansässig, in dem sie ihren gewöhnlichen Aufenthalt hat.

455 Auch der Begriff des gewöhnlichen Aufenthalts in Art. 4 DBA-Österreich ist abkommensrechtlicher Natur und autonom aus dem Abkommen heraus auszulegen.[5] Die Wortgleichheit mit dem gewöhnlichen Aufenthalt iSd § 9 AO darf nicht dazu verleiten, den abkommensrechtlichen Ausdruck iSe Vorschrift des deutschen innerstaatlichen Steuerrechts auszulegen. Der abkommensrechtliche Ausdruck des gewöhnlichen Aufenthalts ist weiter als derjenige nach deutschem Steuerrecht. Für einen gewöhnlichen Aufenthalt iSv Art. 4 Abs. 2 lit. b DBA-Österreich ist nicht nur auf Aufenthalte in der Wohnung abzustellen, sondern auf jede Anwesenheit, die der Verwirklichung der persönlichen oder wirtschaftlichen Beziehungen des Steuerpflichtigen dienen.[6]

Zu den Lebensgewohnheiten Ingeborg Clausens im Einzelnen und zu ihren genauen Aufenthaltsdauern und Zwecken in den beiden Vertragsstaaten sind im Sachverhalt keine Angaben enthalten. Somit kann nicht nach Art. 4 Abs. 2 lit. b DBA-Österreich bestimmt werden, in welchem der Vertragsstaaten Ingeborg Clausen als ansässig gilt. Mithin ist die nächste Kollisionsstufe auf ihre Anwendung hin zu prüfen.

Art. 4 Abs. 2 lit. c DBA-Österreich lautet: Hat die Person ihren gewöhnlichen Aufenthalt in beiden Staaten oder in keinem der Staaten, so gilt sie als nur in dem Staat ansässig, dessen Staatsangehöriger sie ist. Der Ausdruck „Staatsangehöriger" bedeutet in Bezug auf die Bundesrepublik Deutschland alle Deutschen iSd Grundgesetzes der Bundesrepublik Deutschland, Art. 3 Abs. 1 lit. h aa DBA-Österreich. Für die Frage der Staatsangehörigkeit ist dem Sachfall zu entnehmen, dass Ingeborg Clausen deutsche Staatsangehörige ist. In der Rechtsfolge von Art. 4 Abs. 2 lit. c DBA-Österreich gilt Ingeborg Clausen als in Deutschland ansässig.

Somit ist auch der persönliche Anwendungsbereich des DBA-Österreich eröffnet.

---

5 *Wassermeyer*, in: *Debatin/Wassermeyer* (Hrsg.), Doppelbesteuerung, Art. 4 OECD-MA Rn 74.

6 *Wassermeyer*, in: *Debatin/Wassermeyer* (Hrsg.), Doppelbesteuerung, Art. 4 OECD-MA Rn 75.

2. Anwendbarer Einkunftsartikel

Nach dem anwendbaren Einkunftsartikel ergibt sich die Zuweisung des Besteuerungsrechts für die jeweiligen Einkünfte. Ingeborg Clausen erzielt aus einem Investment Zinsen. Mithin kommt Art. 11 DBA-Österreich in Betracht. **456**

a) Art. 11 DBA-Österreich

Gemäß Art. 11 Abs. 1 DBA-Österreich dürfen Zinsen, die aus einem Vertragsstaat stammen und an einem im anderen Vertragsstaat ansässige Person gezahlt werden, wenn diese Person der Nutzungsberechtigte ist, nur im anderen Staat besteuert werden.

Gemäß Art. 11 Abs. 3 DBA-Österreich bedeutet der in diesem Artikel verwendete Ausdruck „Zinsen" Einkünfte aus Forderungen jeder Art. Das insoweit Zinsen vorliegen, ergibt sich bereits aus dem Sachverhalt und bedarf keiner näheren Erläuterung.

Wann Zinsen aus einem Vertragsstaat stammen, normiert Art. 11 Abs. 5 DBA-Österreich. Zinsen gelten dann als aus einem Vertragsstaat stammend, wenn der Schuldner eine in diesem Staat ansässige Person ist. Ingeborg Clausen ist ein Investment in Hongkong eingegangen, für das die Zinsen gezahlt werden. Hongkong gehört nicht zum Gebiet eines der Vertragsstaaten. Mithin kann Schuldner der Zinsen keine in einem Vertragsstaat ansässige Person sein. Somit kann sich die Zuweisung des Besteuerungsrechts nicht aus Art. 11 DBA-Österreich ergeben.

b) Art. 21 DBA-Österreich

Nach Art. 21 Abs. 1 DBA-Österreich dürfen Einkünfte einer in einem Vertragsstaat ansässigen Person, die in den vorstehenden Artikeln nicht behandelt wurden, ohne Rücksicht auf ihre Herkunft nur in diesem Staat besteuert werden. **457**

Das DBA-Österreich enthält in Art. 21 eine Auffangklausel zugunsten des Ansässigkeitsstaates, Deutschland, für diejenigen Einkünfte, die von den speziellen Verteilungsnormen in den Art. 6–20 DBA-Österreich nicht erfasst werden. Anwendungsfall wie hier ist auch das Vorliegen von Einkünften aus Drittstaaten, Hongkong/China.

Ingeborg Clausen ist in Deutschland ansässig iSv Art. 4 DBA-Österreich und damit eine in einem Vertragsstaat ansässige Person. Die Zinsen aus Hongkong sind Einkünfte iSv Art. 21 Abs. 1 DBA-Österreich. Die Zuweisung des Besteuerungsrechts an den Zinsen wird in den vorherstehenden Art. 6–20 DBA-Österreich nicht genannt, weil sie aus keinem der Vertragsstaaten stammen. Wesentliches Merkmal in Art. 21 Abs. 1 DBA-Österreich ist, dass Einkünfte ohne Rücksicht auf ihre Herkunft behandelt werden und mithin Drittstaateneinkünfte, also Einkünfte, die aus einer in keinem der beiden Vertragsstaaten belegenen Quelle stammen, von der Regelung erfasst sind. Das trifft auf die Zinsen aus Hongkong zu.

Art. 21 Abs. 1 DBA-Österreich weist das ausschließliche Besteuerungsrecht für die Drittstaateneinkünfte dem Ansässigkeitsstaat und damit Deutschland zu. Dieses ergibt sich aus dem Wortlaut „nur". Österreich als anderen Vertragsstaat steht kein (auch keine begrenztes) Besteuerungsrecht.

3. Methode zur Vermeidung der Doppelbesteuerung

458 Das ausschließliche Besteuerungsrecht an den Zinsen steht Deutschland als Ansässigkeitsstaat Ingeborg Clausens zu. Österreich verbleibt kein Besteuerungsrecht. Daher bedarf es nicht der Anwendung des sog. Methodenartikels zur Vermeidung der Doppelbesteuerung.

III. Ergebnis

459 Das ausschließliche Besteuerungsrecht an den Zinsen aus Hongkong steht der Bundesrepublik Deutschland zu.

Teil 6

Europäisches Steuerrecht

Fall 16

Der weitblickende Richter

Schwerpunkte: Vorlage zum EUGH, Grundfreiheiten (LB § 6 Rn 802–805)

Die Delta GmbH mit Sitz und Ort der Geschäftsleitung in Koblenz hatte in 2010 ihrer niederländischen Tochterkapitalgesellschaft, der Gamma B.V., deren alleinige Gesellschafterin die Delta GmbH ist, ein unverzinsliches Darlehen aus konzernpolitischen Gründen gewährt, denn andere inländische Tochterunternehmen der Delta GmbH hatten auch schon unverzinsliche Darlehen erhalten. Im Rahmen einer Betriebsprüfung bei der Delta GmbH sah das zuständige Finanzamt in der unverzinslichen Darlehensgewährung gegenüber der Gamma B.V. einen Verstoß gegen den Fremdvergleichsgrundsatz und korrigierte das Einkommen der Delta GmbH nach § 1 AStG. Nach erfolglosem Einspruchsverfahren erhob die Delta GmbH Klage zum zuständigen Finanzgericht. In der mündlichen Verhandlung stritten die Parteien über die Angemessenheit der Unverzinslichkeit ohne Ergebnis. Daher trug der Vertreter der Klägerin vor, die Norm in § 1 AStG verstoße gegen die Niederlassungsfreiheit als Europäische Grundfreiheit. Der Vorsitzende Richter steht dem Vortrag des Klägervertreters aufgeschlossen gegenüber. **460**

Was kann das Gericht tun?

Hinweise:

Das zwischen den Niederlanden und Deutschland bestehende DBA ist nicht zu prüfen.

Vorüberlegungen

461 Vorliegender Übungsfall behandelt die Vorlagemöglichkeit eines Instanzgerichts zum EuGH gemäß Art. 267 AEUV. Der EuGH entscheidet nach Art. 267 Abs. 1 lit. a AEUV im Wege der Vorabentscheidung über die Auslegung der Verträge. Wird eine diesbezügliche Frage einem Gericht in den EU-Mitgliedstaaten gestellt und hält dieses Gericht eine Entscheidung darüber für erforderlich, so kann es diese Frage den Gerichtshof zur Entscheidung vorlegen (Art. 267 Abs. 2 AEUV).

Der Klägervertreter rügt die Vereinbarkeit der Regelung in § 1 AStG mit der Niederlassungsfreiheit als Grundfreiheit im Vertrag über die Arbeitsweise der Europäischen Union. Beschränkungen des Niederlassungsrechts sind gemäß Art. 49 AEUV verboten. Bei der Berufung auf die Grundfreiheiten ist zu beachten, dass über Art. 54 AEUV nicht nur natürliche Personen in den Schutzbereich einbezogen sind, sondern auch Kapitalgesellschaften, somit wie hier die Delta GmbH in Koblenz.

Im Fall wird daher in summarischer Hinsicht zu untersuchen sein, ob der Schutzbereich der Niederlassungsfreiheit verletzt ist und ob es dafür eine Rechtfertigung gibt.

Gliederung

462 **I. Vorlage nach Art. 267 Abs. 2 AEUV**

- 1. Auslegung der Verträge, Art. 267 Abs. 1 lit. a AEUV
  - a) AEUV
  - b) Niederlassungsfreiheit, Art. 49, 54 AEUV
    - aa) Schutzbereich der Grundfreiheit
    - bb) Beeinträchtigung der Grundfreiheit
    - cc) Rechtfertigung
- 2. Zwischenergebnis

II. Ergebnis

Lösung

I. Vorlage nach Art. 267 Abs. 2 AEUV

Nach Art. 267 AEUV kann ein Gericht eines Mitgliedstaates, wenn ihm eine Frage über die Auslegung der Verträge gestellt wird und dieses nach Auffassung des Gerichts die Entscheidung des EuGH erforderlich für die eigene Entscheidung ist, die Frage über die Auslegung der Verträge dem EuGH zur Entscheidung vorlegen. **463**

Das Gericht eines Mitgliedstaates der Europäischen Union ist hier das zuständige Finanzgericht in Deutschland. Dieses Gericht ist vorlageberechtigt iSv Art. 267 Abs. 2 AEUV.

Vorgelegt werden sollen nur entscheidungserhebliche Fragen, wobei sich der EuGH jedoch zurückhält und die Entscheidung über die Erheblichkeit einer Vorlagefrage grundsätzlich dem vorlegenden Gericht überlässt. Ob eine Frage hinsichtlich der Gültigkeit oder Auslegung des europäischen Gemeinschaftsrechts vorgelegt werden soll, entscheidet nur das nationale Gericht, so dass die Parteien eine Vorlage lediglich vorschlagen können. So stellt sich der Fall hier dar: Der Vertreter der Klägerin hat die Unvereinbarkeit der Regelung in § 1 AStG mit der Niederlassungsfreiheit lediglich vorgetragen.

Von der Vorlage an den EuGH wird regelmäßig abgesehen, wenn kein vernünftiger Zweifel über die zutreffende Anwendung des europäischen Gemeinschaftsrechts besteht. Auch unterbleibt eine Vorlage regelmäßig, wenn eine vergleichbare Vorlagefrage bereits vom EuGH entschieden worden ist. Darüber hinaus sind willkürliche Verletzungen der Vorlagemöglichkeit oder -pflicht zu unterlassen. Für derartige Einschränkungen lassen sich dem Sachverhalt keine Angaben entnehmen.

Nach § 1 AStG sind die Einkünfte eines Steuerpflichtigen, der Geschäftsbeziehungen zum Ausland unterhält, unter bestimmten Voraussetzungen für Zwecke der Besteuerung abweichend von der tatsächlich angefallenen Höhe anzusetzen. Eine solche Berichtigung der Einkünfte verlangt die Vorschrift dann, wenn der Steuerpflichtige Einkünfte aus Geschäftsbeziehungen mit einer ihm nahe stehenden Person bezieht und wenn im Rahmen solcher Geschäftsbeziehungen zum Ausland andere Bedingungen vereinbart worden sind, als sie voneinander unabhängige Dritte unter gleichen oder ähnlichen Verhältnissen vereinbart hätten. Für diesen Fall bestimmt § 1 Abs. 1 AStG, dass die Einkünfte des Steuerpflichtigen so anzusetzen sind, wie sie unter den zwischen unabhängigen Dritten vereinbarten Bedingungen angefallen wären. Der BFH[1] hat bereits erhebliche Bedenken gegenüber der Vereinbarkeit von § 1 Abs. 1 AStG mit dem Gemeinschaftsrecht geäußert. Die Vorlage unterblieb in den genannten Entscheidungen, weil im ersten Fall die Frage der möglichen Europarechtswidrigkeit nur als zusätzliches Argument vom BFH herangezogen wurde und die zweite Entscheidung eine solche über ein Antrag auf Aussetzung der Vollziehung war. **464**

1 Urteil v. 29.11.2000, I R 85/89, BStBl. II 2002, 720; Beschluss v. 21.6.2006, I B 141/00, HFR 2001, 949.

Mithin scheint auch eine Beeinträchtigung der Niederlassungsfreiheit bei einer grenzüberschreitenden Investition nicht ausgeschlossen, so dass eine Vorlage an den EuGH schon gar nicht willkürlich wäre.

a) AEUV

465 Die Europäische Union beruht auf rechtstaatlichen Grundsätzen. Dies bedeutet, dass sich ihr Handeln aus Verträgen ableitet, die freiwillig und demokratisch von allen Mitgliedstaaten vereinbart werden. Der Vertrag über die Arbeitsweise der Europäischen Union bildet den einen Teil der primärrechtlichen Grundlage des politischen Systems der Europäischen Union. Neben dem Vertrag über die Arbeitsweise der Europäischen Union steht der Vertrag über die Europäische Union. Beide Verträge stehen gleichrangig nebeneinander und werden gemeinsam als „die Verträge" bezeichnet. In formaljuristischer Hinsicht handelt es sich bei beiden Verträgen um sog. völkerrechtliche Verträge zwischen den Mitgliedstaaten der Europäischen Union.

b) Niederlassungsfreiheit

466 Das Niederlassungsrecht ist Art. 49 AEUV geregelt: Die Beschränkungen der freien Niederlassung von Staatsangehörigen eines Mitgliedstaats im Hoheitsgebiet eines anderen Mitgliedstaats sind nach Maßgabe der folgenden Bestimmungen verboten. Das Gleiche gilt für Beschränkungen der Gründung von Agenturen, Zweigniederlassungen oder Tochtergesellschaften durch Angehörige eines Mitgliedstaats, die im Hoheitsgebiet eines Mitgliedstaates ansässig sind.

aa) Schutzbereich der Grundfreiheit

467 Zunächst müsste der Schutzbereich der Niederlassungsfreiheit eröffnet sein. Die europäischen Grundfreiheiten schützen in erster Linie die Staatsangehörigen der einzelnen Mitgliedstaaten. Über Art. 54 AEUV sind darunter auch Kapitalgesellschaften kraft ausdrücklicher Anordnung zu verstehen. Des Weiteren steht im vorliegenden Fall eine wirtschaftliche Betätigung, nämlich eine Darlehensgewährung, in Rede. Sowohl Darlehensgeber, wie auch Darlehensnehmer sind innerhalb der Europäischen Union ansässig.

Nach der neueren Rechtsprechung des EuGH[2] zur Abgrenzung zwischen den Schutzbereichen der Kapitalverkehrsfreiheit einerseits und der Niederlassungsfreiheit andererseits ist vorliegend allein die Niederlassungsfreiheit anwendbar. Nach Auffassung des EuGH stehen die Grundfreiheiten zwar regelmäßig gleichberechtigt nebeneinander; liegt jedoch ein beherrschender (gesellschaftsrechtlicher) Einfluss vor, ist die Niederlassungsfreiheit vorrangig anzuwenden. Alleinige Gesellschafterin der Gamma B.V. ist die Delta GmbH, so dass sie beherrschenden Einfluss hat. Unter einer Niederlassung iSv Art. 49 AEUV wird eine auf Dauer angelegte Berufsbetätigung an einem festen Standort verstanden. Die Niederlassungsfreiheit soll die Freiheit der Standortwahl gewährleisten. Die schließt nach Art. 49 Abs. 1 S. 2 AEUV ausdrücklich auch die Gründung von Agen-

2 Urteil v. 12.9.2006, in der Rs. *Cadbury Schweppes*, C-196/04, EuGHE I 2006, 7995; Urteil v. 24.5.2007, in der Rs. *Winfried Holböck*, C-157/05, IStR 2007, 441.

turen, Zweigniederlassungen oder Tochtergesellschaften mit ein. In diesem sachlichen Schutzbereich verbietet Art. 49 AEUV jede Beschränkung der freien Niederlassung.

Somit ist der Schutzbereich der Niederlassungsfreiheit eröffnet.

bb) Beeinträchtigung der Grundfreiheit

Die Niederlassungsfreiheit zeichnet sich durch eine Doppelnatur aus. Sie wirkt in ihrem spezifischen Schutzbereich einerseits als Diskriminierungsverbot, die das allgemeine Diskriminierungsverbot für bestimmte, spezielle Schutzbereiche flankieren, und andererseits als Beschränkungsverbot.[3] Während durch das Verbot der Diskriminierung Ungleichbehandlungen zwischen In- und Ausländern erfasst werden, bezieht sich das Beschränkungsverbot auf Eingriffe, die das Ausnutzen der Grundfreiheiten behindern und weniger attraktiv machen. Das Beschränkungsverbot zielt auf eigene Staatsangehörige des Staates ab, von dem die behindernde Maßnahme ausgeht. Die eigenen Staatsangehörigen sollen sich im EU-Ausland wirtschaftlich betätigen können, ohne dabei durch Regelungen des Ansässigkeitsstaats beschränkt zu werden. **468**

Die Frage, ob im konkreten Einzelfall ein Eingriff in den Schutzbereich der Grundfreiheiten vorliegt, lässt sich für Beschränkungen durch einen Vergleich des grenzüberschreitenden Sachverhalts mit dem reinen Inlandsfall beantworten. Die Schlechterstellung muss letztlich aus einer spezifischen Schlechterstellung des grenzüberschreitenden Sachverhalts gegenüber dem innerstaatlichen Sachverhalt resultieren.

Die direkten Steuern – und damit die Körperschaftsteuer – fallen zwar in die Zuständigkeit der Mitgliedstaaten; diese müssen ihre Befugnisse jedoch unter Wahrung des Gemeinschaftsrechts ausüben und sich deshalb jeder offensichtlichen oder versteckten Diskriminierung aufgrund der Staatsangehörigkeit eines Steuerpflichtigen oder des Sitzes einer Gesellschaft enthalten.[4]

Im Streitfall bewirkt die Anwendung des § 1 Abs. 1 AStG, dass die steuerliche Position der Delta GmbH sich verschlechtert, weil sie eine Geschäftsbeziehung (Darlehensvertrag) mit einer niederländischen Tochtergesellschaft unterhalten hat, an der sie allein beteiligt ist. Hätte sie hingegen einen – ansonsten vergleichbaren – Darlehensvertrag mit einer deutschen Tochtergesellschaft abgeschlossen, hätte die Unverzinslichkeit der Darlehensgewährung zu einem nicht einlagefähigen Nutzungsvorteil auf Ebene der Tochtergesellschaft geführt, was wiederum keine steuerliche Auswirkung auf Eben der Delta GmbH nach sich gezogen hätte. Eine Anwendung des § 1 Abs. 1 AStG wäre in diesem Fall nicht möglich, weil es sich um rein inländische Geschäftsbeziehungen handeln würde. Andere Korrekturvorschriften wären auf den Fall ebenfalls nicht anwendbar. **469**

Somit ist durch die Anwendung von § 1 Abs. 1 AStG ein Eingriff in die Niederlassungsfreiheit gegeben.[5]

---

3 EuGH-Urteil v. 27.9.1988 in der Rs. *Daily Mail*, C-81/87, RIW 1989, 304.
4 EuGH-Urteil v. 12.7.2005 in der Rs. *Schempp*, C-403/03, EuGHE I 2005, 6421.
5 Dazu auch: EuGH-Urteil v. 21.1.2010 in der Rs. *SGI*, C-311/08, DStRE 2010, 728.

cc) Rechtfertigung

470 Ein Eingriff in den Schutzbereich einer Grundfreiheit kann gerechtfertigt sein. Für die Niederlassungsfreiheit existiert ein geschriebener Rechtfertigungsgrund in Art. 52 Abs. 1 AEUV: Diese Kapitel und die aufgrund desselben getroffenen Maßnahmen beeinträchtigen nicht die Anwendbarkeit der Rechts- und Verwaltungsvorschriften, die eine Sonderregelung für Ausländer vorsehen und aus Gründen der öffentlichen Ordnung, Sicherheit oder Gesundheit gerechtfertigt sind. Für das Vorliegen eines derartigen Rechtsfertigungsgrundes ist jedoch mangels diesbezüglicher Angaben kein Raum.

Als (weiterer) ungeschriebener Rechtfertigungsgrund (bzw. immanente Schrankenregelung) besteht die Möglichkeit der Rechtfertigung aufgrund eines vierstufigen Rechtfertigungsstandards, der für alle im AEUV gewährten Grundfreiheiten gilt.

Nach der Rechtsprechung des EuGH kann die Beschränkung einer Grundfreiheit durch nationale Maßnahmen, welche die Ausübung der Grundfreiheiten behindern oder weniger attraktiv machen, unter vier Voraussetzungen gerechtfertigt sein: Sie müssen in nichtdiskriminierender Weise angewandt werden, sie müssen aus zwingenden Gründen des allgemeinen Interesses gerechtfertigt sein, sie müssen geeignet sein, die Verwirklichung des mit ihnen erfolgten Ziels zu gewährleisten und sie dürfen nicht über das hinausgehen, was zur Erreichung dieses Ziels erforderlich ist.[6]

§ 1 AStG sieht eine Einkünftekorrektur nur bei Geschäftsbeziehungen zum Ausland, nicht aber bei reinen Inlandssachverhalten vor. Eine andere, vergleichbare Rechtsgrundlage, die eine Einkünftekorrektur auch bei Inlandssachverhalten erlauben würde, ist im deutschen innerstaatlichen Steuerrecht nicht enthalten. Nach der Rechtsprechung des BFH[7] erzielt bei Gewährung eines zinslosen Darlehens der die Nutzung gewährende im Inlandsfall keine fiktiven Einkünfte. Die Gründung und die Beteiligung an einer ausländischen Kapitalgesellschaft (Niederlassung) sind (bei drohender Anwendung von § 1 AStG) mithin weniger attraktiv als die Gründung und die Beteiligung an einer inländischen Kapitalgesellschaft (Niederlassung).

2. Zwischenergebnis

471 Der EuGH wird im Falle einer Vorlage im Rahmen eines Vorabentscheidungsverfahrens den AEUV hinsichtlich der Niederlassungsfreiheit und einer möglichen Beschränkung durch § 1 AStG entscheiden.

II. Ergebnis

472 Das Finanzgericht kann die Frage der Vereinbarkeit von § 1 AStG mit den europäischen Grundfreiheiten dem EuGH zur Vorabentscheidung vorlegen.

6 EuGH-Urteil v. 30.11.1995, in der Rs. *Reinhard Gebhard*, C-55/94, RIW 1996, 160.
7 BFH v. 16.10.1987, Az.: GrS 2/86, BStBl. II 1988, 348.

Sachverzeichnis

Die Zahlen verweisen auf die Randnummern.

Canan Tan, Ankara'da doğdu. Ankara Üniversitesi Eczacılık Fakültesi mezunu. *Yeni Asır* (İzmir) gazetesinde köşe yazarlığı yaptı. *Milliyet Pazar*'da güncel olayları esprili bir dille yorumlayan yazıları yayımlandı. *Mimoza* dergisinde *Çuvaldız, Kazete* adlı kadın gazetesinde "Kazete-Mazete" adlı köşelerde yazılar yazdı. Yazarın öykü, roman, mizah ve çocuk edebiyatı çerçevesinde çok sayıda kitabı ve senaryo çalışmaları vardır.

Yapıtları

Roman: *Piraye, Eroinle Dans, Yüreğim Seni Çok Sevdi, En Son Yürekler Ölür, İz, Issız Erkekler Korosu, Hasret, Pembe ve Yusuf, Kelepçe, Başıbozuk Sevdalar*

Öykü: *Çikolata Kaplı Hüzünler, Söylenmemiş Şarkılar, Aşkın Sanal Halleri*

Mizah Öyküleri: *İster Mor İster Mavi, Sol Ayağımın Başparmağı, Türkiye Benimle Gurur Duyuyor, Oğlum Nasıl Fenerbahçeli Oldu, Fanatik Galatasaraylı, Beşiktaş'ım Sen Çok Yaşa, Ah Benim Karım Ah Benim Kocam*

Gençlik Romanı: *Yolum Düştü Amerika'ya*

Çocuk Romanları: *Sokaklardan Bir Ali, Beyaz Evin Gizemi, Sevgi Dolu Bir Yürek, Ah Şu Uzaylılar, Uzay Kampı Maceraları, Uzaylılar Aramızda*

Çocuk Öyküleri: *Sevgi Yolu, Arkadaşım Pasta Panda, Sokakların Prensesi Şima, Aliş ile Maviş* dizisi

Şiir: *Şiirce*

Ödülleri

Hürriyet (Kelebek) gazetesinin Senaryo Yarışması'nda Birincilik Ödülü / 1979 (*Oğlum* adlı eser, fotoroman olarak çekildi.); 1. Ulusal Nasrettin Hoca Gülmece Yarışması'nda 1. Mansiyon / 1988; Aziz Nesin Gülmece Öykü Yarışması'nda basılmaya değer görülen *İster Mor, İster Mavi* adlı kitabıyla, Türkiye'de mizah öyküleri kitabı olan ilk ve tek kadın yazar unvanı / 1996; BU Yayınevi Çocuk Öyküleri Ödülü, *Sevgi Yolu* / 1997; Rıfat Ilgaz Gülmece Öykü Yarışması'nda Birincilik Ödülü, *Sol Ayağımın Başparmağı* / 1997; İzmir Büyükşehir Belediyesi Çocuk Romanları Ödülü, *Sokaklardan Bir Ali* / 1997; 10. Orhon Murat Arıburnu Ödülleri'nde *Akrep* adlı öyküsüyle, Uzun Metrajlı Film Öyküsü dalında Birincilik Ödülü / 1999; Türk Kütüphaneciler Derneği'nden, Türkiye'deki bütün kütüphaneler bazında, En Çok Okunan Yazar Ödülü / 2010; *Piraye* romanıyla, İstanbul Kültür Üniversitesi'nden Yılın Kitabı Ödülü / 2012; Samsun 19 Mayıs Üniversitesi'nden En İyi Yazar Ödülü / 2013; İstanbul Yıldız Teknik Üniversitesi'nden Yılın En Beğenilen Yazarı Ödülü / 2014; İstanbul Kültür Üniversitesi'nden Yılın En Beğenilen Yazarı Ödülü/ 2017.

Sızı

DOĞAN KİTAP TARAFINDAN YAYIMLANAN DİĞER KİTAPLARI

İster Mor, İster Mavi
Sol Ayağımın Başparmağı
Çikolata Kaplı Hüzünler
Piraye
Söylenmemiş Şarkılar
Yüreğim Seni Çok Sevdi
En Son Yürekler Ölür
Eroinle Dans
Aşkın Sanal Halleri
Issız Erkekler Korosu
İz
Hasret
Pembe ve Yusuf
Ah Benim Karım Ah Benim Kocam
Kelepçe
Türkiye Benimle Gurur Duyuyor!
Başıbozuk Sevdalar
Şiirce

SIZI

Yazan: Canan Tan
Editör: Neclâ Feroğlu

1. baskı / Eylül 2018 / ISBN 978-605-09-5521-7
Sertifika no: 11940

Kapak tasarımı: Feyza Filiz
Kapak görseli: OGphoto / E+ / Getty Images Plus
Baskı: Mega Basım Yayın San. ve Tic. A.Ş.
Cihangir Mah. Güvercin Cad. No: 3/1
Baha İş Merkezi. A Blok Kat: 2
34310 Haramidere-İstanbul
Tel. (212) 412 17 00
Sertifika no: 12026

Doğan Egmont Yayıncılık ve Yapımcılık Tic. A.Ş.
19 Mayıs Cad. Golden Plaza No. 3, Kat 10, 34360 Şişli - İSTANBUL
Tel. (212) 373 77 00 / Faks (212) 355 83 16
www.dogankitap.com.tr / editor@dogankitap.com.tr / satis@dogankitap.com.tr

Sızı

Canan Tan

DOĞAN KİTAP

Ölümün olduğu bu dünyada,
hiçbir şey çok da ciddi değildir aslında...

Franz Kafka

Yaşam öyküsünü benimle paylaşarak,
bu kitabı yazmama vesile olan
değerli astrolog Filiz Özkol'a
teşekkürlerimle...

Birinci bölüm

Efsun

Anneannem koymuş adımı. Bendeki farklılığı ilk hisseden de oymuş zaten. Diğer bebeklere benzemiyormuşum pek.

İlk çığlıkla dünyaya "merhaba" diyen bebelerin gözleri genellikle yumulu olur ya... Fal taşı gibi açıkmış benimkiler. Annemin yüzüne diktiğim sabit bakışlarsa, şaşırtıcı derecede anlamlıymış.

Ne var ki annem o anlamlı bakışların farkında bile değilmiş. Onun gözünde, bedenine musallat olmuş habis bir urdan farkım yokmuş. İstenmeyen bir bebek, hele o bebek kızsa... Anasının bile umurunda olmuyor ne yazık ki!

Çok narin, uslu bir bebekmişim. Kırk gün boyunca hiç ağlamamışım. Annemin yüzüne bakmışım hep, zerrece gözümü kırpmadan!

"Farklı bir çocuk bu!" demiş anneannem. "Gizil güçlerle kutsanmış gibi. Adı da *Efsun* olsun bari."

Soyağacı

Dalları birbirine dolanmış, yaprakları farklı tellerden çalan, karmaşık mı karmaşık, kavruk bir ağaç bizim soyağacımız.

Osmanlı'nın Avrupa'da hükümran olduğu dönem... Büyük dedelerimiz, vakti zamanında İtalya'dan Rodos'a geçmişler. Anneannem de Rodos'ta doğmuş. Dedem aslen Fethiyeli ve iyi bir aileden geliyor.

Rodos el değiştirdiğinde, dönem dönem İtalyan, İngiliz, hatta Hintlileri bile görmüş aile.

Anneannem rüştiye[1] mezunu. Ne var ki çok istediği halde öğretmenlik yapamamış. Okulunu bitirir bitirmez evlendirivermişler. Ama kendini yetiştirmeyi bilmiş; kültürlü, bilinçli, aklı başında; bir söyleyip bin gülen, kabına sığmayan, cıvıl cıvıl bir kadın.

Dört çocuk doğurmuş anneannem. İkisi ölmüş, teyzemle annem kalmış geride. Teyzem on yaş büyük annemden ve güzelliği dillere destan. Rodos İngiliz sömürgesiyken, Hindistan Devlet Başkanı geldiğinde evlenme teklif etmiş teyzeme.

Annemse pimi çekilmiş, patlamaya hazır bir bomba gibi, son derece haşarı bir çocuk. Tekne kazıntısı olmanın verdiği ayrıcalıkla şımardıkça şımarıyor ve kök söktürüyor çevresindekilere. Teyzem çevredekilerle ge-

1. Eski ortaokul derecesinde eğitim kurumu.

reğinden fazla ilgi gördüğü, "Rodos'un en güzel kızı" diye anıldığı için de düşman belliyor onu.

Oysa annem de evin küçüğü olarak el bebek, gül bebek, fazlasıyla sevilip şımartılıyor. Ama o, elinden gelse, ablasının zümrüt yeşili gözlerini oyacak kadar kıskanıyor onu. Her gece inadından yatağına çişini yapıyor. Annesinin koynunda yattığında böyle bir vukuat yok...

Aynı zaman diliminde, en sevdiği kedisinin ölümü şok yaratıyor üzerinde. Onu yatıştırmak için sokaklardan kedi topluyorlar. Yaklaşık kırk tane sokak kedisini besliyor bahçede. Kimse karşı çıkmıyor. "Böyle avunuyor gariban" diye destek bile veriyorlar.

1930 doğumlu annem. 2. Dünya Savaşı'nı bire bir yaşamış. Mussolini'nin yanağından makas aldığını ve ona çikolata verdiğini hâlâ anlatır.

Ama gururla anlattığı çok özel bir anısı daha var: Savaş yıllarında babasının fırınından ekmek çalıp sınırdaki askerlere götürürmüş annem. Bu konu her açıldığında, "Asla hırsızlık sayılmaz! Aç mı kalsaydı garibanlar?" diye savunur kendini.

Ne var ki, İtalyan İlkokulu'nun dördüncü sınıfındayken, okulların savaş nedeniyle bir açılıp bir kapanması yüzünden öğrenimini yarıda bırakmak zorunda kalmış annem. Okumaya da pek gönlü yokmuş zaten, bahanesi de bu olmuş.

Okuma konusunda teyzem, annemden çok daha şanslı. Savaş öncesi ortaokulu bitirmenin yanı sıra kendini yetiştirmeyi de bilmiş. Annemden çok daha kültürlü, daha duyarlı; tüm aileyi yönetebilecek bir beyne sahip. Aklı başında, nerede ne yapması gerektiğini bilen bir aile reisi konumunda...

Rodos'tan İzmir'e...

Zorunlu bir göç!

İzmir'de daha çok yabancıların ve mübadillerin yaşadığı Karantina'ya göç ediyor aile. Karantina, şimdiki Mithatpaşa Mahallesi. Osmanlı döneminde, deniz yoluyla gelenlerin salgın hastalık yaymalarını önlemek amacıyla yapılan hamamlardan dolayı *Karantina* adını almış. O zamanlar süslü cumbaları, deniz banyoları, iskeleleri, kumsalları, yelkenlileri, sandalları ve denizle bütünleşmiş yaşantısıyla neşeli, canlı, hayat dolu bir mekân.

19. yüzyılın sonlarında, Karantina adıyla bilinen semtte Türk, Rum ve Museviler birlikte yaşarmış. 1910 yılından sonra Türklerin yaşadığı bölgeler *İslam Karantinası*, Rumların daha yoğun olduğu, Hatay Caddesi'ne doğru uzanan geniş alan, *Rum Karantinası* diye anılır olmuş.

Cumhuriyetin ilk yıllarında bu iki semtin adı 1. ve 2. Karantina olarak değiştirilmiş. İzmir Belediye Meclisi'nin 11 Şubat 1937'de aldığı kararla da Rum Karantinası, Murat Reis Mahallesi olarak değiştirilerek Hatay bölgesi sınırlarına dahil edilmiş.

İslami Karantina olan 1. Karantina adı ise Mithatpaşa Mahallesi olarak değiştirilmiş ve bu bölgeye Küçükyalı ismi verilmiş.

Sahil boyunca bitişik nizamda yapılmış, genellikle iki katlı iç içe geçmiş evler ve bunların denize uzantısı olan banyolar; hem deniz, hem cadde tarafında balkonlar, bakımlı bahçeler, ahşap cumbalı pencereler...

Attilâ İlhan'ın o pek ünlü şiiri "Karantinalı Despina'da, o günlerde yaşanmış kırık bir aşk hikâyesinin izlerine rastlıyoruz:

Bir gül takıp da sevdalı her gece saçlarına
Çıktı mı deprem sanırdın Kara Kız kantosuna
Titreşir kadehler camlar kırılır alkışlardan
Muammer Bey'in gözdesi Karantinalı Despina

Çapkın gülüşü, şöyle faytona binişi Kordelia'dan
Ne kadar başkaydı her kadından, her bakımdan
Sınırsız bir mutluluk uyuturdu Muammer Bey'i
Ustalıkla damıttığı o tantanalı aşklarından

İşgal altüst etti nasıl da her şeyi
Öğrendi kullanmasını Despina bu yanlış geceyi
Körfezde parıldayan Yunan zırhlılarına karşı
Miralay Zafiru'yla İspilandit Palas'ta sevişmeyi

Gemi sinyallerinin gece bahçelere yansıması
Havuzda samanyolunun buselik şarkısı
Demlendikçe yalnızlığı, aydınlanıyor Muammer Bey
Olmayacak şey bir insanın bir insanı anlaması.

Güzeller güzeli Karantinalı Despina, Muzaffer Bey'in sunduğu parasal katkıya kayıtsız kalamayıp onun yâreni oluveriyor. Pahalı hediyeler; elmas gerdanlıklar, küpeler, altın bilezikler...

Muammer Bey son derece mutlu; ancak bu mutluluğu, İzmir'in işgaline kadar sürüyor. İzmir Yunanlılar tarafından işgal edilince, Karantinalı Despina da yön değiştirip, İşgal Kuvvetleri Komutanı Zafiiru'nun sevgilisi oluveriyor.

İzmir'in en köklü ve en zengin ailelerinden olan Muammer Bey evli ve çocuk sahibi bir aile babası. Despina'yla birlikte olmak, yalnızca sıradan bir fantezi onun için. Yaşadığı maceraya noktayı koymakta gecikmiyor.

Bu hikâyeyi önemli kılan ayrıntı ise çok özel: İzmir'in kurtuluşunda Mustafa Kemal'i Göztepe'deki köşklerinde ağırlayan, daha sonra Mustafa Kemal'le evlenerek onun eşi olan Latife Hanım, Muammer Bey'in öz kızı!

Yepyeni bir başlangıç

Ege'nin incisi İzmir'de yeniden filizlenen umutlar ve başlangıçta kimsenin öngöremediği başına buyruk savruluşlar... Karantina'da denizle kucaklaşan şipşirin bir eve yerleşme telaşı... Yanı sıra çevreye ayak uydurma ve uyum sağlama çabaları.

Teyzem ve annem mahallenin gözbebeği. Annem daha küçük, ailenin ölçülerine göre, evlenme çağında değil henüz. Ama teyzemin talipler kapılarını aşındırmakta. Reyhan Teyzem Avrupalı film yıldızlarını aratmayacak derecede çarpıcı bir cazibeye sahip; güzelliği dillere destan. Olmayacak birine kapılacak diye korkuyor dedem ve talipler arasından Aydınlı bir çiftçiyi seçip baş göz ediveriyor teyzemi.

Hali vakti yerinde, iyi bir aileden, yakışıklı bir genç damat adayı Ethem. Şatafatlı bir düğün, gövde gösterisi yaparcasına kollarına takılan bilezikler, boynuna dolanan altın zincirler... Teyzem de başlangıçta son derece memnun hayatından.

Ne var ki, beklendiği gibi çıkmıyor damat bey. Hiçbir bakımdan hitap etmiyor teyzeme. Zengin olmasına zengin, ama her şey para değil! Huysuz, pireyi deve yapıp her fırsata kavga çıkaran, yanı sıra çapkın mı çapkın, uçarı bir adam Ethem. Evlenmeden önce beraber olduğu hoppa sevgililerinden vazgeçmeye de yanaşmıyor üstelik.

Boynu bükük, güzeller güzeli Reyhan'ın. Ama o, kan kusup "Kızılcık şerbeti içtim" diyen cinsten.

"Eski sevgilisiyle yeniden görüşmeye başladı kocan" diye uyarıyor komşular.

Bu çarpık ilişkiyi öğrendikten sonra bile, evliliğini bozmayı göze alamıyor teyzem. Gerisingeri baba evine dönmeyi yediremiyor kendine.

"Eteğimde iki bebeyle ne yaparım ben!" diyerek göz göre göre yaşanan ihaneti sineye çekiyor.

İşte annemle teyzemin farkı! Düşünüyorum da, teyzemin yerinde annem olsa, hiç tereddüt etmeden gözlerini oyardı enişte beyin...

Babam

Annemle babamın tanışmaları İzmir günlerinden çok daha önceye, Rodos günlerine dayanıyor.

Maraşlı zengin bir ağanın oğlu Abdülkadir Bey. Annesi Çeçen, babası Çerkez. Adana'da pamuk ve pirinç tarlaları var. Yakışıklı ama fazlasıyla şımarık bir genç. Rodos'a gezmeye geldiğinde, annemi görüp beğeniyor ve dedemden istiyor onu.

Şiddetle karşı çıkıyor dedem. "Kızımız küçük!" diyor.

Ancak annemin peşini bırakmıyor babam. Adım adım izini sürüyor ailenin. İzmir'e yerleştiklerini öğrenince, bir kez daha deniyor şansını.

Yanıt aynı: "Kızımız küçük!"

17 yaş, o devirdeki evlilikler için o kadar da erken değil aslında. Ancak dedemin yaptığı araştırmanın sonucu pek parlak görünmüyor: Daha önce iki karıdan ayrılmış beyefendi! Ve onlardan çocukları var.

"Asla olmaz!" diyerek son noktayı koyuyor dedem.

Ama babam da yenilgiyi kabul edip vazgeçecek cinsten değil. Maraş'taki çiftliğine kaçırıyor annemi! O da dünden râzı! Maceraperest bir yapıya sahip zaten. Yaşadıkları oyun gibi geliyor ona. Babamın çarpıcı yakışıklılığı, özenli giyimi, ata binişi de büyülüyor onu. Kendini el üstünde tutulan bir masal prensesi gibi hissediyor.

Anneme çok âşık babam. "Nergisim!" diye okşuyor saçlarını, narin bir çiçek niyetine kokluyor. Elmas gerdanlıklar doluyor boynuna, altın bilezikler...

Peri padişahının kızı gibi hissediyor kendini annem. Yediği önünde, yemediği ardında; hem Abdülkadir Bey, hem de çiftliktekilerce bir isteği iki edilmeden, şımartıldıkça şımartılıyor.

18'ini dolduruncaya kadar annemi çiftlikte saklıyor babam. Süre dolunca evleniyorlar. Kurbanlar kesiliyor; davullu zurnalı, çevredeki çiftliklerden gelen davetlilerle halaylar çekilerek Abdülkadir Ağa'nın şanına yaraşır bir düğünle noktalıyorlar beraberliklerini. Resmen karı kocalar artık...

Kaçak gelin

Ne var ki annem, ilk günlerdeki kadar mutlu değil. Nikâhla beraber, büyü de bozuluyor sanki. İzmir'deki modern yaşamın yanında gitgide tekdüzeleşen çiftlik hayatını benimsemekte zorlanıyor. İzmir ve ailesi burnunda tütüyor.

Ayrılmak istiyor! "Beni buraya nasıl getirdinse, İzmir'e geri götür. Bu şartlarda yaşamak bana göre değilmiş" diyor.

Ama babamın onu bırakmaya hiç niyeti yok! Annemin ısrarcılığı karşısında, o deliler gibi âşık, sevdiğinin üzerine titreyen adam, birdenbire değişiveriyor.

"Ölün çıkar buradan!" diye gürlüyor.

Gitmesin diye odalara kilitliyor, kapısına nöbetçiler dikiyor. Yetmiyor, kırbaçlıyor. Dayak, işkence...

"Öldürecem kendimi!" diye blöf yapıyor annem. İntihar etmek aklının ucundan bile geçmiyor oysa. Odasına kapanıyor, dışarı çıkmıyor günlerce.

Hiçbir şey fayda etmiyor. Üstüne üstlük hamile annem! Nefret ettiği adamın çocuğunu taşıyor karnında. Onun çocuğunu doğurmak, işkence gibi görünüyor gözüne.

"Bu çocuğu istemiyorum!" diye ter ter tepiniyor.

İçinde yaşadığı açmazdan sıyrılması şart! Ama öncelikle çiftlikten kurtulması gerek! Geceler boyu planlar yapıyor kendince. İşin içinden çıkamıyor bir türlü. Perişan bir durumda. Sürmeli gözleri çukura inmiş, al yanakları sararmış... Ama ağlamıyor, gözyaşı dökmeyi yediremiyor kendine. Gözyaşı dökeceğine, onu bu hale getiren adamın gözlerini oyası geliyor.

Abdülkadir Bey'in incecik kâğıda tütünü özenle sarıp hazırladığı ve gümüş, üzeri akik taşlarla süslü çakmağıyla yaktığı sigarayı onun kolunda söndürdüğü akşam, kesin kararını veriyor: O gece kaçacak çiftlikten! Ama önce kendini garantiye alması gerek. Günlerdir kapısının önünde nöbet tutan Fatma'yı içeri çağırıyor usulca.

Ceviz, sedef kakmalı mücevher kutusunun içinden iki altın bilezikle elmas küpelerini çıkarıyor. "Eğer istersen, bunlar senin olabilir" diyor.

Gözleri ışıldıyor Fatma'nın. Ama hemen toparlanıyor. "Neye karşılık?" der gibi bakıyor hanımının yüzüne.

"Her şeyin bir bedeli var tabii" diyor hanımı. "Bütün gün kapıda ağaç olmuşken, gece vakti, yorgunluktan uykun gelivermiş olamaz mı?"

"Kurban olayım abla, bunu isteme benden, ağam beni öldürür!" diyerek yalvar yakar oluyor kızcağız. Ama rüşvet niyetine sunulan altın, elmas bir yana; ona yardımcı olmayı da çok istiyor. Ağasının ettiği eziyetlerin en yakın tanığı çünkü.

Bu iş tamam! Fatma'dan yana kaygısı yok Nergis'in. Ama Ağa'ya veda etmeden olmaz! Yüz yüze değil tabii... Şeytan görsün yüzünü!

Çarpık çurpuk yazısıyla kısa bir not yazıyor Abdülkadir Bey'e Nergis:

Mezarında dik oturasın Abdülkadir! Değil mi ki beni bu hallere düşürdün, iki cihanda iki yakan bir araya gelmeye. Mangal yürekli bir er isterdim karşımda; kadına el kaldırıp acı kuvvetini onun üzerinde deneyen bir ödlek değil... Şunu iyi bil ki, son nefesini verirken, iki elim yakanda olacak. Bu dünyada cehennemi yaşattın ya bana, sen de her iki âlemde bana reva gördüğün kahrı yaşayasın.

Sesini soluğunu gecenin içine gömüp dalıveriyor karanlıkların içine. Çiftlik duvarından atladığı gibi, yalınayak koşmaya başlıyor. Burnundan kan boşalıyor birden. Sırası mı şimdi? Tülbendini çıkarıp yüzüne bastırıyor. Ağlamamak için derin bir soluk alıp doğruca muhtarın kapısına dayanıyor. Sığınabileceği başka bir yer yok!

Abdülkadir Bey orada sözü geçen, itibarlı bir adam. Muhtar, annemi kollayıp onu karşısına almaktan çekiniyor.

"Karı kocanın arasına girilmez" diyor. "Kendi meselenizi kendiniz halledin. Ağama karşı boynum kıldan ince. Bu gece misafirim ol, yarın sabah beraberce gider tatlıya bağlarız işi."

Ama annem, "Beni ona teslim ederseniz, hiç gözünü kırpmadan öldürür beni!" diyerek gözyaşları içinde yalvarıp yakarıyor. Baktı ki olmuyor, çıkının içindeki son altınlarını da ortaya döküyor.

Evine sığınan gariban bir kadına acıdığından mı, yoksa altınların hatırına mı, bilinmez; dedeme haber salıyor muhtar. İki gün sonra dedem gelip alıyor annemi...

İstenmeyen bir bebek

İzmir'e döndüklerinde, annesi ve babasıyla yaşamaktansa, kendini daha özgür hissedeceği Reyhan Teyzemin yanına yerleşmeyi tercih ediyor annem. Oysa teyzemin derdi kendine yetiyor. Huysuz bir koca, iki odalı küçücük bir ev, iki küçük çocuk... Umurunda bile değil annemin. Çocuklarla aynı odayı paylaşmaya dünden razı. Bu ortam, gerçekleştirmeyi planladığı eylem için son derece elverişli çünkü.

İlk iş olarak da doktor doktor gezerek karnındaki bebeği, beni aldırmaya çalışıyor annem. Ne var ki doktorlar dört ayını doldurmuş bir bebeği almaya yanaşmıyorlar.

Musevi bir doktor, içine doğmuş gibi, "Bir kızın olacak" diyor anneme. "Çok özel, naif, duygusal bir kız çocuğu... Sakın bir çılgınlık yapmaya kalkma! İstemiyorsun onu. Ama öylesine yapışmış ki rahmine, asla bırakmak istemiyor seni."

Bir kulağından girip diğerinden çıkıyor annemin. Kimselere kulak asmıyor. Kafasına koymuş bir kere, ille de düşürecek karnındaki bebeği. Hopluyor, zıplıyor; duvarlara çarpıyor gitgide büyüyen karnını.

Nafile! Doktorun da dediği gibi, rahminin çeperine kenetlenmiş o bebek. Pes ediyor sonunda. Çaresi yok, doğuracak çocuğu!

Hamileliği süresince bir gün teyzemde, bir gün anneannemde kalıyor annem. Kaprisin bini bir para.

"Canım şunu istiyor" diye çeşit çeşit yemekler pişirtiyor, sonra da tek lokma almadan kalkıyor sofradan.

Yaramaz bir kız çocuğundan farkı yok. Sinirlenince bayılıveriyor. Sonradan fark ediyorlar: Meğer rol yapıyormuş!

Doğduğumda emzirmemiş beni annem. Anneannem zorla göğsüne yapıştırmış da, öyle emmişim ana memesini. Sonrasında da bana yemek yedirdiğini hiç hatırlamıyorum. Sanırım babamdan delicesine nefret ettiği için, ilerleyen yıllar içinde de garip bir uzak duruşu oldu hep bana karşı. Ana-kız iletişimi yoktu aramızda. Ne yapmıştım ben ona, hiçbir zaman anlayamadım.

Onun yerine beni sahiplenen ve çok, ama çok seven anneannemle teyzem olmasa ne yapardım, bilemiyorum...

Anasının yanında anasız bir çocuk...

Teyzem kadar olmasa da güzel bir kadın annem. Farklı bir çekiciliği var. Dişi! Ve evlilik tutkunu bir kadın! Dört kez evlenmiş. Üçüncü ve dördüncü evlilikleri yaşlılık yıllarında. 60'lı-70'li yaşlar...

İlk kocası babam. Ama onun adını asla ağzına almıyor, yok sayıyor. Belki de onu hatırlatıyorum diye, beni de görmezden geliyor ve her fırsatta eziyet ediyor bana. "Anasız bırakacam seni" diyor.

Anneannem sık sık Rodos'a gidiyor. Giriş çıkış yapması gerek. Dedemin Rodos'ta çokça malı mülkü kalmış. Yunan hükümeti mallara el koyduğunda, hükümetler arası protokollerden dolayı, malı mülkü paraya çevirip İzmir'e getirememişler.

Anneannem Türk vatandaşlığına geçememiş, Yunan vatandaşı olarak kalmış. Arada bir Rodos'a gidip oradaki malları parça parça satarak, Türkiye'ye getirip annemle teyzeme destek olmuş.

O gittiğinde çok yalnız hissediyordum kendimi. Yorganı başıma çekip dualar ediyordum gece. Annem beni bırakmasın, intihar etmesin diye...

Sözün özü, anasının yanında, anasız bir çocuktum ben! Bir karış boyuyla kendi kendine yetmeye çabalayan, biçare bir gariban... Hem anası, hem babası sağ ama hem öksüz, hem de yetim bir çocuk!

Gözlerimi dünyaya açtığım anda, *boynu büküklerden* yazılmıştı kimlik haneme. Ömrüm boyunca kimselere boyun eğmedim, ama hiçbir zaman gerektiğince dik tutamadım o boynu...

İkinci koca

Genellikle uzağında tutardı beni annem. Bazen de yanından ayırmazdı. Bana olan düşkünlüğünden değil, ailesine ve çevreye "Çocuğumla geziyorum" izlenimi vermek için. Ama çarçabuk sıkılıyordu bu nafile çabadan.

Beni teyzeme bırakıp fellik fellik gezmeye başlayınca, anneannemle teyzem annemin başını bağlamak istiyorlar. Ve adı çıkmasın diye evlendiriveriyorlar. Tabii onun seçtiği kişiyle!

Yöresel ve sıradan bir evlilik işine gelmiyor annemin. Ne de olsa Avrupa görmüş ya... İkinci kocası tam gönlüne göre: Yakışıklı, ama çapkın mı çapkın bir kaptan! Her limanda bir sevgili, geride bırakılmış iki eş. Ve sonunda üçüncü karısından ayrılmadan annemle tanışıyor.

Annemin yönlendirmesiyle, anneanneme değil, doğruca teyzemin kocasına, enişteye gidiyor kaptan.

"Allah'ın emri, peygamberin kavliyle..."

Beylik laflara karnı tok eniştenin.

"Nikâhsız olmaz!" diye tavrını koyuyor.

Kaptan da hiç ikiletmeden, "Tamam" diyor ve karısını boşadığı gibi, kıyıveriyor anneme nikâhı.

Kaptanın boşandığı son karısı kanser.

"Beni ona götür" diyor annem.

Görünürde geçmiş olsun ziyareti. Ama gerçekte, acımasız bir gövde gösterisi! Delicesine kıskanç annem, kendisinden önceki yaşanmışlıkları bile kabullenemiyor.

Hırsla hazırlanıyor, en güzel kıyafetlerini kuşanıyor, takıp takıştırıyor. Beyaz, gelinlik gibi bir elbise, saçlarına iliştirilmiş çiçekler...

"Hoş geldiniz" diye karşılıyor kadın. Kocasının evlendiğinden habersiz gariban.

"Hoş bulduk!" diye elini uzatıyor annem. "Ben kocanızın yeni karısıyım."

Küt diye düşüp bayılıveriyor kadın...

Cam kırıkları

Annemin öfkesini, sevincini, heyecanını, hezeyanını... her şeyini film gibi izlerdim. Hayrandım ona.

"Büyüyünce ben de senin kadar güzel olacak mıyım?" derdim. "Evet" desin, "Sen de en az benim kadar güzel olacaksın" desin isterdim. Demezdi, duymazdan gelirdi söylediklerimi. "Sen hep böyle çirkin ördek yavrusu gibi kalacaksın" diyerek damarıma basardı üstelik.

O akşam çok güzeldi gene annem. Beyaz, topuklarına kadar uzanan bir elbise giymişti. Sofrayı kurmuş, üvey babamı bekliyor, bir yandan da tırnaklarına oje sürüyordu.

Üç yaşındaydım. Annemin hangi şartlarda bana yakın durduğunu öğrenmiştim artık.

"Artistlerden daha güzelsin" dediğimde, az da olsa seviyordu beni. Ya da bana öyle geliyordu.

Gene aynı şeyi yapmak, sarılmak istedim ona. Ojelerini bozdum diye büfeye doğru itti beni. Büfenin camı tuz buz oldu. İrili ufaklı cam parçaları kafamın, saçlarımın içine girdi. Sese gelen komşular ayıkladı cam parçalarını.

Annemse, benimle ilgilenmek bir yana, "Seni doğurmaz olaydım!" diye haykırıyordu.

Hayrettir, o küçük yaşlarda yaşadıklarımı bile gayet net hatırlıyorum. Ve o cam parçaları hâlâ kalbimde, kırık dökük duruyor. Hiçbir zaman onları yapıştıramadı annem. Bense, üç yaşında yaşadığım o bozgunu asla unutamadım. Hiçbir yerim kanamamıştı. Ama yüreğim kan revan içindeydi. Ve bugüne kadar hiç dinmedi o sızılı kanama...

Annem beni, "İntihar edecem, denize atacam kendimi, bensiz kalacaksın!" diye korkutup sindirmeye çalışırken, beş yaşındaydım henüz.

Çocuk aklımla, denizlerin intihar edenlerle dolu olduğunu, suların altında ölülerin yattığını düşünürdüm. Ve suya girmekten çok, ama çok korkardım.

Hâlâ temkinle girerim denize, boyumu geçmeyen, ayağımın değdiği yerlerde bile korkarak yüzerim.

Yedi yaşındayken, yaz tatillerinde beni eve kilitler; yemek yerine eline ne geçerse; leblebi, peynir, kayısı, üzüm kurusu... masanın üstüne dizip, akşama kadar gelmezdi. Kırk yılın başında komşulara giderken beni de yanında götürdüğünde, "Hiçbir şey istemeyeceksin orada!" diye sıkı sıkı tembihler, gittiğimiz yerde bir şey ikram edilse, kendisi yer, içer; ama eteğimin altından çimdikler atıp benim yememi engellerdi.

Dokuz yaşına geldiğimde aklım da başıma gelmişti. Bir gün o evde yokken içimde birikmiş tüm öfkeyle, makası elime alıp en sevdiği elbisesini kestim, kestim, kestim... Sonra da bir torbaya doldurup çöpe attım. Farkında bile olmadı annem.

İntikamın tadı hoştu!

Eksik büyüyen bir çocuk

Hiç uçurtma uçurmadım ben
Kumdan kaleler yapmadım hiç
Sokaklarda oynayamadım
Kardan adam yapamadım
Çocuğum ben ama
Çocukluğumu yaşayamadım

Annemin beni sevmesini, çok sevmesini isterdim çocuk aklımla. En büyük acımsa ona doya doya sarılamamaktı. Böyle bir yakınlaşmaya izin vermezdi ki!

Bir gün annem sofrayı kurarken yardım etmek istedim ona. Tabureye çıkıp raftan tabak alacaktım. Birden kendimi yerde buluverdim.

"Bir şey oldu mu, canın acıdı mı?" diyeceğine acımasızca azarladı beni. Saçlarıma yapışıp öfkeyle kaldırdı yerden.

Olsun, kızmazdım ona. Çekip giderse ne yapardım ben? Varsın mutlu olamamasının biricik nedeni olarak beni görsün, yüzünü bile görmediğim babama duyduğu, ama o zamanlar çocuk aklımla nereden kaynaklandığını kestiremediğim devasa nefreti benim cılız omuzlarıma yüklesin... Yeter ki yanımda olsun! Her şeye raziydim.

Ağlamak yasaktı bana!

"Ağlama!" diyordu. "Ağlayınca baban gibi oluyor suratın. Hem onu, hem de babaanneni hatırlatıyorsun bana."

"Allah Baba, ne olur beni ağlatma! Yoksa annem beni sevmeyecek" diye dualar ediyordum her gece.

"Ne biçim annesin sen!" diye kızıp bağırıyordu anneannem. "Küçücük çocuğa söylenecek şeyler mi bunlar? Psikolojisini bozacaksın garibanın."

Umurunda bile değildi annemin.

"Baban öldü" diyordu bana. Kafasında öldürmüş çoktan... İkinci kocası olan kaptana "baba" demem için zorluyordu beni. Oysa ben "baba" sözcüğüne yabancıydım. Baba sevgisini, baba sıcaklığını hiç tatmamıştım ki, benzer birine "baba" diyebileyim...

Bebek

Hamileydi annem. Nazın, kaprisin bini bir para. Yediği önünde, yemediği ardında keyifli bir hamilelik dönemi... Her gün farklı bir şeyi çekiyordu canı. Anneannem, teyzem etrafında pervane. Epeydir anneme karşı ilgisiz bir tavır takınan kaptan bile, ilk cicim aylarını çağrıştıran bir sıcaklıkla sarıp sarmalıyordu annemi. İyiden iyiye unutulmuş hissediyordum kendimi. Gölge gibi dolanıyordum evin içinde. Tüm ilgi annemin üzerinde yoğunlaşmıştı.

Bebeğin doğmasıyla beraber bütün ilgi, bu kez de onun üzerinde yoğunlaşmış, pabucum dama atılmıştı. Anneannemle teyzem bile, eskisinden çok daha az ilgileniyorlardı benimle. Dört yaş vardı bebekle aramızda. Doğal olarak çocukça bir kıskançlık duyuyordum.

"Gel bak" dedi anneannem. "Dünyalar güzeli bir kardeşin var artık. Üstelik senin gibi, o da kız. Hiç canın sıkılmayacak bundan sonra."

Bebeğin beşiğine yaklaştığımda, "Annemim bebeği oldu" diye boynumu büktüm. "Benim annem olamadı, bebeğin annesi oldu o."

Ama çarçabuk ısındım kardeşime. Yeni bir oyuncak bebeğim olmuştu sanki. Üstelik canlıydı bu kız bebek. Kısa zamanda varlığına alıştım. Onunla oynuyor, hatta ona bakıyor, mamasını bile yediriyordum.

Yumuşak nesneleri severdim. Sünger yastıklar, yün kumaşlar, ipek eşarplar... Yumuşaklık, annemden göremediğim sıcaklığı hissettiriyordu sanki bana. Bebek de yumuşaktı, yumuşacıktı...

Hayrettir, kız kardeşimle de fazla ilgilenmedi annem. Onu çok sevecek sanmıştım oysa. Yanılmışım.

Ufak tefekti kardeşim. Minyon yapılı. Kısacıktı boyu. Elleri ayakları minnacık.

"Yer cücesisin sen!" diyordu annem ona.

Öfkesini el kadar bebeye yansıtmakta gecikmemişti. Kız çocuklarını sevmiyordu çünkü. Bir de, kocasına bir erkek evladı verememenin ezikliğini hissediyordu sanırım.

Bunu keşfedince kardeşimle daha çok ilgilenmeye başladım. Ama ben de az hınzır değildim! Oyuncak bebekmiş gibi sırtına "pat pat" vurur, sonra da ağlayarak, gözlerimden süzülen yaşlarla sımsıkı sarılırdım ona. Şeytan değildim asla! Ama melek de değildim, yalnızca çocuktum. Yaralarını kendi çabalarıyla sarmaya çabalayan biçare bir çocuk...

Çok bilinmeyenli bir denklemdi annem

İkinci kocasıyla da bir türlü anlaşamadı annem. Yıldız Teknik Üniversitesi mezunu Karadenizli yakışıklı kaptan daha fazla dayanamadı onun kaprislerine. Ayrılık kaçınılmazdı. Ama ilk çatırtıların ortasında bir kardeşim daha oldu. Bu kez erkekti bebek.

Anneannemin iki oğlu öldüğü için, o da pek sevdi oğlanı. Bir anda annemle anneannemin sevgilisi oluverdi bebecik. Bu kez yalnız benim değil, kız kardeşimin de pabucu dama atılmıştı.

Ben de erkek çocuklarını kızlardan çok severdim. Kız çocuklarının sevilmediği duygusundan belki. Yeniyetmelik çağımda, hep iki oğlum olsun diye dua etmişimdir. (Öyle de oldu!)

Ne var ki erkek bebek de annemin ikinci evliliğini kurtarmaya yetmedi. Bu kez o değil, ikinci kocası onu terk edip gitti. Başka bir kadına âşık olmuştu. Kaptan ya... Kaptanların her limanda bir sevgilisi olur ya...

Annemin karaları bağlayıp hıçkırıklara boğulacağını sanıyordum. Ama hiç ağlamadı, üzülmedi hiç. Ya gerçekten duyarsızdı ya da olağanüstü güçlüydü ve unutmayı, kaldığı yerden yaşamını sürdürmeyi başarabiliyordu.

Başına gelenleri zerrece umursamadan gezip tozmaya

başladı. Yaş 33! En güzel çağı. Köşesine çekilip oturacak değildi ya... Hemen, İzmir Sümerbank Fabrikası'nın danışma bölümünde çalışmaya başladı. İnsan ilişkileri iyiydi. Ailesine pek hayrı olmasa da, çevresine ışık saçıyordu.

Lise yıllarımda okula geldiğinde bütün sınıf arkadaşlarım, özellikle de erkekler "Ne kadar güzel bir kadın!" derlerdi.

Kilosu 55'in, beli 55 santimin üstüne çıkmadı hiç.

Annemden yana tek şansımın beni doğurması olduğunu düşünürdüm. Ama haksızlık etmek istemem. Güçlü kişiliği, güzelliği, hatta duyarsızlığı bile bana rehber olmuştur. Kabul etmeliyim ki, asla onun kadar güçlü olamazdım ben. Kalabalıkların içinde yalnız kalmayı becerebilen, güçlüklerin altından tek başına kalkmayı bilen bir kadın o! Hâlâ hayranım ona. 88 yaşında ve tek başına yaşıyor.

İyi bir oyuncuydu annem. Yaşamı boyunca hem kendi rolünü oynadı, hem de çevresindekileri yönetti. Hep başroldeydi ve çevresindeki herkese rol biçti; üzdü, ağlattı. Oynadığı her rol mutlu etti onu. Hayatın içinde başına buyruk, kendi hayatını yaşadı. Ağlaması beş dakika, öfkesi uzun sürerdi. Dengeli mi, dengesiz mi; çözmeyi asla başaramadım. Ama itiraf etmeliyim ki, uzun yıllar onun güçlü karakteri altında ezilmekten kurtaramadım kendimi...

İçe kapanık bir çocuk

Okula başladığımda kafam çok karışıktı. İlkokul dördüncü sınıfa kadar anneanneme, "Anne" dedim. Asıl annemin kim olduğunu biliyordum tabii ki, ama anneliği yakıştıramıyordum ona. "Abla" diyordum. "Abla" dediğimde hoşuna gittiğini düşündüğümden belki...

Ne okulumla ilgileniyordu annem, ne de derslerimle. Bütün yük anneannemin üzerindeydi. Okulda öğretmenler, "Bu çocuk çok içine kapalı" diye velimle konuşmak istiyorlar. Annemin umurunda bile değil, gitmiyor. Anneannem gidiyor onun yerine.

"Ne kadar yaşlı bir anne" diye fısıldaşıyor öğretmenler.

Anneannem olduğunu öğrenince, "Anne baba nerede?" diye soruyorlar.

Basit görünen, ama yanıtı son derece zor bir soru!

Okul yıllarında hep "küskün çocuk" tablosu çizdim. Babaları olan çocukları içten içe kıskanarak, annelerini çok sevenlere, annelerinin çok sevdiklerine gıpta ederek...

Okula giderken, annemin beni hazırladığını hiç hatırlamıyorum. İyi ki anneannem vardı. Önlüğümü giydiren, saçlarımı tarayan, yanaklarımdan öperek beni uğurlayan oydu. O da olmasa ne yapardım ben?

Anneannemin yatak döşek hasta yattığı bir gün, belime kadar uzanan saçlarımı nasıl tarayacağımı kara kara düşünüyorum. Annem, diğer çocuklarıyla birlikte yok ortalıkta... Orada olsa bile umurunda olmaz zaten. Anneannemi uyandırsam, biliyorum, hemen kalkar. Ama kıyamıyorum.

İki yana ayırıp, becerebildiğim kadar toplamaya çalışıyorum saçlarımı. Uçlarına kurdeleler bağlıyorum sıkıca. Ne var ki becerememişim, okula gidinceye kadar çözülüyor kurdeleler. Perişan bir haldeyim.

Beni görür görmez, "Ne bu halin?" diyor öğretmenim.

Gözlerimden süzülen yaşları görünce toparlanıyor hemen.

"Anneannem hastaydı, öremedi saçlarımı" dediğimdeyse, sımsıkı kucaklıyor beni. Elimden tutup öğretmenler odasına götürüyor. Ve saçlarımı iki örük yapıp kurdelelerini bağlıyor.

"Oldu işte" diyor. "Geçmiş olsun anneannene."

Gözleri dolu dolu mu oluyor, yoksa bana mı öyle geliyor, kavrayamıyorum çocuk aklımla...

Ana kız arkadaşlığı

İkinci kocanın ardından sevgililer dönemi başlamıştı annem için. Epeydir, her sevgili buluşmasına beni de götürüyordu. Etrafında pervane olan adayları önüme serip, "Hangisiyle evleneyim?" diye soruyordu. Ama ardından kendi bildiğini okuyup, bütün adayları postalayıveriyordu. Onun bu havai halleri anneannemi çok ama çok üzüyordu.

Büyümüştüm artık. Annemle ilişkilerimizde ikinci dönem başlamıştı. Arkadaş olmuştuk bir bakıma. Çok iyi geçinen, canciğer kuzu sarması değil; yerine göre birbirini acımasızca hırpalayan, farklı bir ana kız tablosu.

İlerleyen zaman içinde, benim kişiliğim de oturmuştu artık. İtiraf etmeliyim ki, onun yönünden zor, hatta asi bir evlat olmuştum. Her şeyini acımasızca eleştiriyordum. Ne var ki, yıllardır üzerime sinmiş o yapışkan ezikliği tümüyle üstümden söküp atamamıştım henüz. Ve duygularım hâlâ onun etrafında dönüyordu.

Üvey kardeşim Mine, "Neden annemi bu kadar önemsiyorsun?" diyordu. Kalıtsal olarak annemin umursamazlığından, fazlasıyla payını almış gibiydi.

Bense, babamın içsel duygularından nasibimi almıştım galiba. Onu hiç tanımamış olsam da, yapı olarak ondan izler taşıdığıma inanıyordum. Ama nedense hiç, ama hiç özlemiyordum onu.

Nedeni belliydi aslında: İnsan hiç tanımadığı, yüzünü bile görmediği birini neden özlesin ki?

Lâ edrî

Bir yerlerde "baba" temalı bir şiir okumuş ve çok etkilenmiştim. Altında "Lâ edrî" yazıyordu. Bunun, şairin adı olduğunu düşünmüştüm. Eski devirlerde yaşamış bir kalem erbabı olmalıydı şair.

Cehalet işte! Oysa işin aslı başkaydı. Arapçada "lâ" "bilinmeyen" anlamına geliyordu ve özellikle Arap edebiyatında şair ve yazarı bilinmeyen eserlerin sonunda Lâ edrî ifadesi kullanılıyordu. Ve bizim "Mahlas" dediğimiz, şairin, adı yerine kullandığı takma ismin bir benzeriydi bu ifade.

Öyle ya da böyle, her kim yazmışsa, bire bir beni anlatıyordu dizeleri...

Baba ne kadar sağlamsa
Kızı o kadar dik durur
Baba ne kadar gülerse
Kızı o kadar hayat saçar
Baba ne kadar hayattaysa
Kızı o kadar yaşar

Lâ edrî! Her kimsen söyle...

Ya babasının yüzünü hiç görmemiş, elinin şefkatini üzerinde hissetmemiş, ama içten içe onun hasretini çekmiş olanlar?

Onlar ne derece dik durur engebeli yamaçlarda?
Ne kadar içten gülebilir?
Ne kadar hayat saçabilir çevresine?
Nasıl yaşayabilir tüm tasalardan uzak?
Ve ne kadar mutlu olabilir bu şartlarda?

Gizlenme takma isimlerin ardına Lâ edrî!
Havada kalmasın sorularım.
Yüreğimi hançerleyip kaçmak yakışmaz sana...

Lise yılları

İzmir Namık Kemal Lisesi...

Yaşamımda yepyeni bir sayfa açılıyordu. Ama ben kendimi yenilemeyi, o yepyeni sayfada farklı bir başlangıç yapmayı başaramıyordum ne yazık ki. Aile içindeki karmaşa okul yıllarıma da yansımıştı. Asla parlak bir öğrenci değildim; bu konuda hiçbir iddiam da yoktu. Vasat çizgide, sessiz sedasız yol almak yetiyordu bana.

Duygusal karmaşıklıklarımı yenip kendimi toparlayamıyordum bir türlü. Kalabalıklar içinde tek başınaydım. Ne kadar gayret etsem, sosyal ortamlarda varlık gösteremiyordum. Duygusal karmaşıklıklarımı yenip kendimi toparlayamıyordum ki!

Başarılı olduğum tek ders edebiyattı. Özellikle de kompozisyon. Yazma yeteneğimi ilk keşfedense edebiyat hocam Makbule Hanım oldu.

"Çok mu kitap okuyorsun sen?" diye sordu bana.

"Evet" dedim utana sıkıla. "Stendhal'in 580 sayfalık *Kırmızı ve Siyah* kitabını okuduğumda on üç yaşındaydım."

Doğruydu, kendimi bildim bileli, her fırsatta bir odaya kapanır okur, okur, okurdum. Anneannem sürekli kitap alırdı bana. Annemse yırtardı onları. Onun elinden kurtarmak için nereye saklayacağımı bilemezdim.

Bunları dile getirmedim tabii ki. Öğretmenim bunları bilmese de olurdu.

Bir seferinde de, yazdıklarıma bakıp, "Bu kadar duygu birikimini nasıl toparlıyorsun?" demişti hocam.

"Annem sayesinde!" diyemedim. "Benimki gibi bir anneniz olsaydı, siz de neler neler yazardınız... Mutlu insanlar çok iyi yazamaz!" demeyi de gereksiz buldum.

Çevresine aşırı neşe saçan, bu işi görev edinmiş gibi davranan insanların içlerinin kof olduğunu düşünürdüm hep. Hâlâ da aynı fikirdeyim. Bana göre, acılarıyla derinleşiyor insan, derinleştikçe de anlam kazanıyor. Hayatın anlamı da acı çekmek ve onlara karşı koyabilmek için umarsızca çabalamak değil mi zaten? Ötesini düşünemiyorum bile. Yaşadıklarımın benliğime yansıması, daha fazlasına izin vermiyor.

İlk aşk

Aşk insanın başına gelebilecek en iyi şeydir.

John Steinberg

Bu tekdüze süreç içinde umulmadık bir gelişme, bambaşka bir sayfa açıldı önüme: Âşık olmuştum! Birdenbire, beklenmediği anda... Ben ve aşk... Aynı cümlenin içinde buluşabileceklerini aklıma bile getirmezken...

Namık Kemal Lisesi Müzik Grubu'nun solistiydi Erkan. *Milliyet* Ses Yarışması'nda Türkiye birincisi olmuştu. Bütün kızlar peşinde... Ona yakın olabilmek için birbirlerini paralıyorlar.

Okuduğum sınıf, onun müzik çalışmaları yaptığı salona karşıydı. Ne zaman ki dersin en can alıcı yerinde onun sesini duyardım, dersi dinlemeyi bırakır, hayaller kurmaya başlardım. Tek taraflı bir tutkuydu benimkisi. Ondan karşılık görebileceğimi asla düşünemezdim, aklımdan bile geçirmezdim böyle bir mucizeyi.

Ancak, eski Türk filmlerindekileri aratmayacak bir rastlantıyla birleşiverdi yollarımız: Elimde kitaplarım, dalgın dalgın yürüyorum. Şiddetli bir çarpışma, kitaplarımın yerlere saçılması...

"Pardon!" diye eğilip kitaplarımı topladı Erkan. İki yanda sıkı sıkıya örülmüş saçlarıma dokundu usulca.

"Büyüyünce seni alacam, güzel kız!" diye gülümsedi. Espri yapıyordu kendince.

Göz göze geldik o an. Ve ömür boyunca da göz göze kaldık. O, bu dünyadan uçup gidene kadar!

14 yaşındaydım henüz. Aramızda beş yaş fark vardı. Müzik çalışmalarını sürdürürken iki yıllığına okulunu dondurmuştu Erkan.

"İyi ki beklemişim seni" diyordu. "Mezun olup gitmiş olsaydım, karşılaşamayacaktık bile."

Sevda yüklü birer çift kanat takmış, bulutların üzerinde el ele yürüyorduk beraberce. İnanamıyordum yaşadıklarımıza. Alsancak ve Kordon turları, diskolar, müzik yarışmaları, konserler... Ve saf, tertemiz bir aşk!

Arkadaşlığımızın üzerinden epey bir zaman geçtiği halde, hiç dokunmamıştık birbirimize.

Neden sonra, "Elini verir misin?" diye sordu Erkan.

"Ne yapacaksın elimi?" deyivermişim şaşkınlıkla.

Uzun uzun güldü.

Düşünüyorum da, annemin onca uçarılığına karşın, ben nasıl bu kadar saf kalabilmiştim! Hâlâ inanamıyorum. Gene de içten içe takdir ediyorum annemi. Çok iyi korumuştu beni...

İlk ayrılık

Gülüşlerini özledim senin
Tutkuyla bakan gözlerini
Yeniden yaşamak istiyorum seni
Beni bırakıp hiç gitmemişsin gibi...

Hani çok uzak değildi gittiğin eller
Hani bir telin ucundan ses verecektin
Hani özlemin devleşince
Gelivereceektin...

Tam yedi yıl sürdü sevdamız, üniversite yıllarına kadar dayandı. Bölünmesi mümkün olmayan bir bütünün iç içe geçmiş parçalarıydık Erkan'la.

İzmir Kültürpark'ta bir ağaç var. Bizim ağacımız... Bir kalp çizmiştik gövdesine. Boyumuzun hizasındaydı aşk sembolümüz. Yıllar sonra buldum o ağacı. Büyüyüp boy vermiş, çizdiğimiz kalp yukarılara, bizim ulaşamayacağımız kadar uzaklara gitmiş... Tıpkı benim hayatım ve anılarım gibi!

Diploma törenimizde ailelerimizi tanıştırma kararı almıştık Erkan'la. Saflık işte... Kutuplarla ekvatoru bir araya getirmek gibi, nafile bir çabaydı bizimkisi. Bir tarafta takmış takıştırmış, sürmüş sürüştürmüş annem, daha doğal çizgideki teyzem ve her zamanki asil duruşuyla anneannem; diğer tarafta geleneksel ve oldukça muhafazakâr bir aile. Erkan'ın babası daha ılımlı, daha sevecen bir yaklaşım sergiliyordu. Ama annenin yüzünden düşen bir parçaydı.

Ertesi gün tüm umutlarım yerle bir oldu.

Eve gider gitmez, "Aklını başına al oğlum!" diye gürlemiş anne. "O aileden asla kız almam ben!"

Belli ki, ilişkimizin gitgide ciddileşmesi ürkütüyordu aileyi. Aynı şehirde yaşadıkça bizi ayıramayacaklarını düşünmüş olmalılar ki, Erkan'ı apar topar Ankara'ya, ablasının yanına gönderiverdiler.

Orada da müzik çalışmalarını sürdürüyor Erkan, gece kulüplerinde şarkı söylüyor. Bir yandan da üniversite sınavlarına hazırlanıyor. Bütün bunları ortak arkadaşlarımızdan öğreniyorum. Aramızdaki iletişim sıfır!

Bense korkunç bir yaz geçiriyorum. O zamana kadar onca olumsuzluk yaşamıştık, ama hiç o kadar mutsuz hissetmemiştim kendimi. Ağlama krizleri, hiçbir şeyle avunamama...

Annemin umurunda bile değildi.

"İlk aşk!" diye önemsemiyordu. "Dur bakalım, daha kimler çıkacak karşına..." diyordu.

Teyzem teselli ediyordu beni.

"Her aşkın zorlu bir sınav dönemi vardır" diyordu. "O sınavı aşabilirseniz zafer sizindir. Hani bir laf vardır, 'Dönerse senindir, dönmezse hiç senin olmamıştır zaten' derler ya... O takdirde, bütün yaşanmışlıkları geride bırakıp yoluna devam edersin."

Yaz sonunda kısacık bir mektup geldi Erkan'dan. (O zamanlar cep telefonu yok ya...)

"Seni çok özledim. Unutamadım. Dönüyorum..."

O mektubu hep yanımda taşıdım. Buruş buruş yapmıştım her satırını öpmekten. Hâlâ da durur o mektup...

Ankara'dan döndü Erkan. Kırgındım ona. Ama üstüne gidip daha fazla bunaltmanın âlemi yoktu. Öyle ya da böyle, bana dönmüştü işte.

Beni üzmemek için ailesiyle arasında geçen olayları anlatmadı. Tek şey söyledi:

"Biz seninle evleneceğiz Efsunum! Gerisini boş ver..."

Üniversite yılları

Erkan, Edebiyat Fakültesi Makine Mühendisliği'nde, bense Edebiyat Bölümü'nde okuyorduk. Bir yandan da yetersiz gördüğümüz İngilizcemizi ilerletmek için İzmir Amerikan Kültür Derneği'ne gidiyorduk.

Astrolojiyle tanıştım o yıllarda. İngilizce hocamın kocası, NATO'da çalışan Amerikalı bir astronottu. Benim ilgimi fark edince, karı koca astroloji dersleri verdiler bana. Ve ben farkında olmadan, o âlemin içinde buluverdim kendimi.

Bu tür konulara özel bir merakım vardı zaten. Daha beş-altı yaşındayken, arkadaşlarım artist resimleri biriktirirken, ben gazetelerin astroloji köşelerini keser, biriktirirdim. Önceleri teyzeme okuturdum, okumayı söktükten sonra da kendim okumaya başladım.

Bir şeyleri biriktirmek eski huyumdu. Gene o yaşlarda eczane reçetelerini biriktirir, saklardım. Annem hastalanırsa, eczaneye götürüp, “Hangi ilaç anneme iyi gelir?” diye sormak için...

Dışardan bakıldığında, her şey yoluna girmiş gibiydi. Ailelerimiz, gönülsüzce de olsa, Erkan'la olan beraberliğimizi kabullenmiş görünüyordu. Annemin pek umurunda değildi zaten. Zaman içinde hevesimizi alıp kopuş noktasına gelebileceğimizi umuyor ve her fırsatta bu görüşünü dile getiriyordu.

Erkan'ın ailesi güçlü ve kuralları olan, geleneksel değerlerine sahip bir aileydi. Anne Arnavut göçmeni, dede Şam'da doğmuş bir Osmanlı zabiti. Dört kardeşti Erkanlar. İkisi kız, ikisi erkek.

Pek sık olmasa da görüşüyorduk hepsiyle. Ama kaynanam bir türlü ısınamamıştı bana. Nedeni annemdi. Onun fütursuzluğu, rahatlığı... Hiç gidip gelmezlerdi birbirlerine.

Kabul etmeliyim ki, ailelerimiz arasında derin bir uçurum vardı. Bu derin uçurumu nasıl kapatacak, nasıl bir araya gelip bir yuva kuracaktık; Erkan da ben de bu dokuz bilinmeyenli denklemin içinden nasıl sıyrılacağımızı çözemiyorduk bir türlü.

Evlilik kararı

Erkan'ın ablası Esra olmasa, beraberliğimizi mutlu sona taşımamız mümkün olamayacaktı belki de. Emniyette üst düzey yöneticiydi abla. Ve aile içindeki denge unsuruydu.

Erkan'la ikimiz son sınıfta, mezun olmaya hazırlanırken, "Bu işi sonlandıralım artık. Bizim ailemizde bu kadar uzun soluklu maceralara yer yoktur!" dedi Esra abla.

Bunun üzerine evde kıyametlerin koptuğunu, kaynanamın Esra ablayla küsme noktasına geldiğini, Erkan'dan öğrendim.

Neyse ki aile içindeki tek destekçim müstakbel görümcem değildi; kayınpederim de tüm varlığıyla bizden yanaydı ve "Dünya iyisi" denen cinsten harika bir insandı. Yanı sıra, oğluyla aramızdaki sevginin derinliğini kavrayan, belki de tek kişiydi.

Uzun uzun sohbet ediyorduk onunla. Gençliğinde çok çapkınmış. Yıllar önceki çapkınlık maceralarını anlatırdı bana. Biliyordum, gerilerde kalmış yaşanmışlıkları benimle paylaşmak değildi amacı. Karısının olumsuz davranışlarını dengelemek ve beni az da olsa rahatlatmak istiyordu kendince.

"Kayınvaliden zor, ama özde iyi bir insandır" diye avutmaya çalışıyordu beni.

Kaynanamsa, “Şımartacaksın kızı!” diye çıkışıyordu kocasına.

“O, şımarmayacak kadar asil bir kız!” diye susturuyordu onu kayınpederim.

Çocukluk ve ilkgençlik çağlarımda en büyük sevgi kaynağım anneannem ve teyzem olmuştu. Sonrasında da kayınpederim ve Erkan. Beni besleyen ve ayakta tutan, onların sıcacık sevgileriydi. Annemle aramızdaki duyguların niteliğini ve niceliğini ise, onca yılın ve yaşanmışlığın ardından, bugün bile hâlâ çözemiyorum...

Evlenme kararı aldığımız halde, bizi ayırmak için elinden geleni yapıyordu kaynanam. Ziyaretine gittiğimde, evde olduğu halde kapıyı açmıyor; kapıyı bir başkası açmışsa, bu kez de yanıma gelmiyordu.

Mutsuzdu. Dört çocuk doğurmuştu. 110 kiloydu. Tansiyon, şeker, kolesterol... Beden sağlığı da, ruh sağlığı da yerinde değildi. Ben onu hoş görüyordum, anlıyordum. Ama o, beni hiç mi hiç anlamadı...

Kürek mahkûmu

Dikiş dikmeyi seviyordum. Daha beş yaşındayken bebeklerime elbise dikerdim. Usta terziler bile şaşar kalırdı. Kol ve yaka takar, şipşirin fiyonklarla süslerdim bebeğimin elbiselerini.

Yetişkinliğimde de sürdürdüm bu işi. Konfeksiyon yoktu o yıllarda, genç kızlar okumuş olsa da, dikiş dikmesini bilmeliydi. Kendi elbiselerimle başladım işe. Dikiş makinem yoktu, elde dikerdim hepsini.

Nişanlıyken, Şeker Bayramı öncesi, kaynanama ve görümceme de elbiseler diktim. Ama bana karşı öylesine tepkiliydi ki kaynanam, yaptı gene yapacağını.

Annesinden kalma bir dikiş makinesi vardı, koydu önüme. Çalışmaya başladım, kaynanama ve görümceme birbirinden şık kıyafetler hazırladım.

Sıra bana gelince, "Makinenin iğnesi kırıldı" dediler. Elde diktim kendiminkileri. Önemli değildi, ama gücüme gitmişti.

Kürek mahkûmu gibi hissediyordum kendimi. Bir tarafta annem, diğer tarafta kaynanam ve görümcem... Mahkûmiyetimin bitmesini, bana biçilen cezanın dolmasını bekler gibi sabırla, hepsine ayrı ayrı hizmet ediyordum.

Neyse ki anneannem vardı! Hiçbir şeyimi eksik koymuyordu. Teyzemle beraber hazırladılar çeyizimi; ne gerekirse fazlasıyla yaptılar.

O dönemi hatırladıkça gülmekten kendimi alamıyorum. İşin bir tarafından tutmak bir yana, anneannemle teyzemin benim için çırpınmalarını bile kıskanıyordu annem.

"Ne gerek var bu kadar şatafata?" dedi. "Gören de İngiliz kraliyet ailesine gelin hazırlıyorsunuz sanır."

Anneannem, "Prenseslerden ne eksiği var bizim kızımızın? Koca evine boynu bükük mü yollayacağız yavrumuzu?" diyerek susturuverdi annemi.

Beni avutmak için de, "Senin soyun Çerkez, yavrum!" diyordu. "Çerkez kızları sabırlı olur. Aldırma sen bunlara..."

Gelinlik özlemi

Her genç kızın gönlünde yatan, düşlerini süsleyen, ilerleyen zaman içinde düğün fotoğraflarına baktığında gururla anımsayacağı bir gelinlik mutlaka vardır. Ama bana reva görülen, ağustos sıcağında, yakası boynuma dayanan kaput gibi kiralık bir gelinlik oldu.

"Yakası açık olursa, takı ister boynun. Takı töreni yapılmayacak nasılsa" diye kestirip attı kaynanam.

Aile içinde gerçekleşmesi düşünülen düğünümüz de, kaynanamın ayılıp bayılması üzerine gerçekleşemedi ne yazık ki. İncecik bir bilezik geçirdiler bileğime. Anneannemle teyzemden de birer tane... Takı törenim bundan ibaretti.

Hayallerimi süsleyen gelinliği içime gömdüm. Diğer hayallerimi gömdüğüm gibi... Lise yıllarında defterlerimize gelinlik modelleri çizerdik hep. Defterlerimin arasında kaldı hepsi. Ömrüm boyunca gelinlik modellerine baktım. Her seferinde içim sızladı. "Dünyaya bir kez daha gelsem, kendi gelinliğimi kendim seçecem" diye çocuksu bir takıntı kaldı içimde.

Her şeye rağmen mutluydum. Annem de nikâh töreninde çok, ama çok güzeldi. O gün için özel olarak diktirdiği zümrüt yeşili tuvaletinin içinde, moda dergilerinden fırlamış mankenlere açık ara fark atıyordu.

Davetliler anneme ilgi gösterip iltifat yağdırdığında deliye dönüyordu kaynanam. Çekilen bütün fotoğraflarda asık suratlı bir oğlan anası ve cıvıl cıvıl gülümseyen, gülümsedikçe yüzünde güller açan bir kız anası!

Annemi kendime yakın hissettiğim nadir zamanlardandı...

Aynı yıl görümcem de evlendi. Gelinlik modellerinden seçtiği harika bir gelinlik diktirdiler ona. Ve Akdeniz sahillerinde iki haftalık bir balayı yaptılar. Bize o hak da tanınmamıştı.

Umursadığım yoktu. Erkan'ı çok ama çok seviyordum çünkü. Onunla olmak yeter de artardı bana...

Kısır gelin

Kaynanama kalsa, evlerinin yüklük olarak kullandıkları en küçük odasını verecekti bize. İtiraz hakkımız yoktu. Neyse ki kayınpederim araya girmekte gecikmedi.

“Ev, ev üstüne olmaz!” dedi. “Evlerini, yollarını bilsin çocuklar.”

Alsancak’ın ara sokaklarından birinde, nohut oda bakla sofa misali, iki oda bir salon, küçücük bir ev tuttuk Erkan’la. Masallara konu olmuş evlerdeki gibi pembe panjurları yoktu gerçi, ama bizimdi. Ve gözümüzde, en şatafatlı saraylardan katbekat güzeldi yuvamız. Hiçbir şey mutluluğumuza gölge düşüremezdi.

Ne var ki, evlendikten üç ay sonra, “kısır gelin” muamelesi görmeye başladım. Yedi düvele “Gelinim kısır!” diye olmayacak haberler yayıyordu kaynanam.

Çok zayıftım, 36 bedendim.

“Bu cılız bedeninle mi çocuk doğuracaksın? Pöh! Güleyim bari...” diye alay ediyordu benimle kaynanam. “Oğlumu körocak bırakacağını düşünüyorsan aldanıyorsun!” diyordu. “Ama ben bilirim yapacağımı. Bir yıl içinde doğurdun, doğurdun... Yoksa doğuracak birini buluruz elbet.”

Alt kattaki komşum sabah kahvesine geldi bir gün.

Havadan sudan kısa bir sohbetin ardından ağzındaki baklayı çıkardı:

"Kaynanan kısır olduğunu söyledi. Benim yeğenimin de çocuğu olmuyordu. Tedavi gördü, iki tane bebesi var şimdi. Tanıdığım çok iyi bir doktor var. İstersen seninle gelebilirim."

"Kısır falan değilim!" dedim isyan edercesine. "Biz istemiyoruz. Daha erken..."

Dedikoduları duymazdan geliyordum, ama yavaş yavaş endişeye kapılıyordum ben de. "Ya gerçekten kısırsam!" diye kâbuslar görmeye başlamışken, hamile kalıvermişim. Sevinçten havalara uçtu Erkan.

"Ayağının uğuruyla gelecek bu bebek" dedi. "Eskisinden de sıkı kenetleyecek bizi birbirimize."

Bense, garip bir duygu karmaşası içindeydim. Hamilelik müjdesiyle beraber, amansız bir anaforun ortasında bulmuştum kendimi. Ne kadar bekliyor ve istiyor olsak da, hazırlıksız yakalandığımızı düşünüyordum.

Tam anlamıyla düzenimizi kuramamıştık henüz. Hem çimento fabrikasında mühendis olarak çalışan, hem de geceleri müzikle, cazla boğuşarak nafakamızı çıkarmak için cansiperane çalışan bir koca... Haftanın beş günü komşularını bende, benim evimde ağırlayan zorlu bir kaynana. Ve devamlı hizmet etmeye şartlandırılmış bir ben!

Ne kendi evimin kadını, ne de kocamın ailesine ait bir fert olduğumu hissediyordum. Kalabalıklar ortasında yapayalnız yaşayan, kim olduğunu çözememiş bir garibandan farkım yoktu.

İş arama aşamasındayken, hamile olduğumu öğrenince çalışmaktan vazgeçmemin de bu karamsar tablodaki rolü büyüktü tabii. Gitgide karnı büyüyen, kısa bir süre sonra karnı burnunda olacak çömez bir elemanı kim almak isterdi ki?

Yalnızca iş konusu değildi beni huzursuz eden. "Anne olmak istemiyorum!" diye Erkan'a sezdirmeden için için ağlıyordum. Kız doğurursam benim yaşadıklarımı o da yaşar diye... Bir başka kız, benim yaşadıklarımı, benim çektiklerimi yaşamasın diye.

Neyse ki, gönlüme göre verdi Allah: Erkek bebek annesi olmuştum! Yıllar yılı süren destansı aşkımızın ödülü, kucağımdaydı artık...

Bebeğin adı ne olacak?

Doğumun ardından da, yığınla sorun çıkardı kaynanam. Öncelikle, hastaneden çıkınca bebekle beraber onda kalmamı istedi. Anneme meydan okuyarak, "Torunum önce benim evime gelecek" mesajı veriyordu kendince.

Bana kalsa, bebeğimi kucaklayıp kendi evime gitmeyi tercih ederdim, ama tatsızlık olmasın diye karşı çıkamadım. Keşke yüzümü kızartıp tavrımı koysaymışım...

4 kilo 250 gramlık tosuncuk bir bebek ve normal ama dikişli bir doğum... Böyle ağır bir doğumun ardından, loğusaya iş yaptırılır mı hiç? Yaptırılıyormuş meğer!

Hastaneden isteği üzerine, kendi evime değil, onun evine geldiğimin ertesi sabahı, bir sepet dolusu ütülenecek çamaşırı, "Loğusalar hareketsiz kalmamalı!" diyerek önüme koydu kaynanam. Sancılar içinde, iki büklüm ütüledim hepsini.

Bebeğe konulacak isim gündeme geldiğinde de yıllar önce vefat etmiş dedesinin adı üzerinde ısrar etti kaynanam.

"Torunumun adı Feyzullah olacak!" dedi. "Toprağı bol olsun dedemin. Onun da ruhunu şad ederiz bu sayede."

Kayınpederim araya girdi hemen.

"Bırak, ona da çocuklar karar versin! Kendi evlatlarını istedikleri isimle çağırmak onların hakkı" diye susturdu karısını.

Beni asıl şaşırtan Erkan oldu.

"O hak benim değil, bebeğimizi dokuz ay karnında taşıyan, kanını canını ona adayan anasına, Efsun'a aittir" dedi. "Hangi ismi isterse koyabilir."

Bakışlarımla kucaklayıp öptüm onu. Ve oğlumuza *Ege* adını verdim. Her *Ege* deyişte, aşkımıza mekân olan İzmir'imizi de anmış olmak için...

Gariptir, Ege'nin doğumuyla beraber annemin bana olan evlat muhabbeti de zirveye ulaşmıştı. Hastaneden çıkıp bebeğimle beraber kaynanamın evine yerleştiğimiz gün, yüzünde gülücüklerin bini bir para, eli kolu dolu, ziyaretimize geldi. Gelinliği çağrıştıran süslü püslü bir loğusa geceliği getirmişti bana. Hemen giymeye niyetlendim. Ancak kaynanamın sansürüne takıldık. Geceliği bir kenara fırlattı kaynanam.

"Ayıp, ayıp!" diye gürledi, "Loğusa kısmının böyle açık saçık gecelik giydiği nerede görülmüş? Tövbe tövbe..."

Poplin, robalı bir gecelik giydirdi bana. Loğusalara takılması âdet olan kırmızı kurdeleye de, "Gâvur icadı bunlar!" diyerek karşı çıktı.

"Bunca yıllık geleneklerimize, göreneklerimize nasıl gâvur icadı dersin?" diye şiddetle karşı çıktı annem.

Kavga kıyamet, birbirlerine girip küstüler.

Annem öncelikle üstümdekileri çıkarıp kendi getirdiği geceliği giydirdi bana. Sonra da kaynanamı yok sayıp işe girişti. Kendi evindeymiş gibi teklifsizce, temizlik kovasına deterjanlı su doldurup yerleri paspasladı. Ardından, biraz önceki tartışmalar hiç yaşanmamış gibi, tüm şirinliğini takınıp kaynanamın yanına sokuldu.

"Nevin Hanım" dedi, "evi toparlayalım, gelen giden olur. Loğusa şerbeti kaynatalım. Bu arada, Efsun'un geceliğini de değiştirdim. Sence de böylesi daha iyi olmadı mı?"

Neredeyse ilk kez annelik yapmıştı, ilk kez arka çıkmıştı bana. Benim yerime o konuşmuş, benim dillendiremediklerimi fütursuzca söylemişti. Mutluluğu çağrıştıran sıcacık bir sevinç dalgası sardı yüreğimi. Annemle daha ılımlı bir dönemin eşiğinde olduğumu hissedebiliyordum...

İkinci bebek

Boş durmak bana göre değildi. Oğlum da biraz ele gelince bir dershanede geçici edebiyat öğretmenliği yapmaya başladım. Ege'yi teyzeme, bazen de anneme bırakıyordum. Annemle aramızda esen meltem rüzgârları, o günlerin en büyük kazanımlarıydı benim için.

Ne var ki kaynanam, çalışmama karşı çıkmakta gecikmedi.

"Bizde gelin çalışmaz!" dedi. "Kıçını kır otur, çocuğuna bak."

Aldırmadım. Köşe minderi gibi evde oturacağıma, sevdiğim bir işi yapmanın, insanlara yararlı olmanın keyfini çıkarıyordum. Erkan da gereken desteği fazlasıyla veriyordu. Akşamları beraberce mutfağa girip, güle söyleye yemeğimizi hazırlıyorduk. Çalışan bir anne olarak iki misli çaba sarf etmem gerekiyordu gerçi, ama bir işe yarıyor olmanın mutluluğu zahmetime değiyordu.

Ne var ki uzun sürmedi bu çabam. Ege dört yaşındayken ikinci kez hamile kalmıştım. Hamileliğimin son günlerine kadar sürdürdüm çalışmamı. Ama sonunda pes etmek zorunda kaldım.

Hayır, asla vazgeçmemiştim çalışmaktan. Yalnızca kısa bir araydı benimkisi...

İkinci çocuğumun da erkek olması için dualar ediyordum. Kız çocuğu doğurmak acı verecekti bana, ömür boyunca çektiğim acıları bir kez daha yaşatacaktı.

Bir gece sabaha karşı sancım tuttu. Zor yetiştik hastaneye. Kolay oluyordu doğumlarım.

"Yıldırım doğum!" diyordu doktorlar.

Üç saat sürdü sürmedi, ikinci oğlumu kucağıma aldım. Efe dedik ona da. Ege'yle aralarında yaklaşık beş yaş vardı.

Bu kez gene hiç yoktan kavga çıkarmayı becerdi kaynanam. Neymiş efendim, doğum sancım tuttuğunda neden onu da alıp hastaneye götürmemişiz? Uzun süre bebeği görmeye gelmedi.

Üç ay sonra geldiğinde, "Hastanede karışmış bu!" dedi. "Bizimkilere benzemiyor."

Ama büyüdükçe tıpatıp babasına benzedi oğlum...

Bu kez de iki çocukla kaynanamın evine taşınıyorduk. Yanımda mama, yemek götürüyordum giderken. Kendi kızının çocuklarına yemekler hazırlarken, bizimkilere bir tas çorba bile pişirmiyordu kaynanam.

"Boş ver annemi" diyordu Erkan, "babamın hatırına say. O olmasa adımımı atmam o eve."

Zaman zaman annesiyle çatışmaktan da kendini alamıyordu.

"Kafayı yedin gene anacığım" diyordu bunaldıkça. "İstemiyorsan gelip seni sıkboğaz etmeyiz."

Bir kulağından girip diğerinden çıkıyordu kaynanamın. Bildiğini okumaktan asla vazgeçmiyordu.

Çalışma zamanıdır artık

Çocuklar kendilerine yetecek yetkinliğe kavuşmuşlardı artık. Benim için de dışarı açılmanın zamanı gelmişti. Büyük bir özlem ve susamışlıkla iş aramaya başladım. Hiç zorlanmadım bu konuda.

Uzunca bir süre kızağa çekilmenin acısını çıkarırcasına, bir değil, birkaç işi birden yapmaya başlamıştım. İzmir'de çok okunan bir gazetede röportajlar, yanı sıra yerel televizyonlarda kadın programları, radyolarda söyleşiler...

Çok güzel yıllardı onlar... Koskoca bir ömrün içine serptirilmiş mutluluk damlaları olduğunu çok sonra anlayacaktım.

Her şey yoluna girmiş gibiydi. Anneme yakın, yeni bir eve taşınmıştık. Komşuculuk oynuyorduk onunla sanki. İyi bir ana-kız olamasak da iyi anlaşan birer komşu olmuştuk. Sık sık yemeğe gelir, ben işteyken çocuklarla otururdu. Ama ne acıdır ki, parayla bakardı torunlarına. Neyse, o kadarına da razıydım ben.

Önemsemiyordum artık. Annemin, ikinci kocasından, kaptandan olan kızı ve oğluyla daha çok vakit geçirmesini de umursamıyordum. Aşırı düşkündü annem oğluna. Çünkü oğlan, kaptanın kopyasıydı. Ve sanırım annem kaptanı hiç ama hiç unutamamıştı. Terk eden kendisi olmadığından belki.

Çocuklar aracılığıyla onun hakkındaki gelişmeleri izleyebiliyordu annem. Annemden önceki ilk evliğinden üç oğlu; annemden bir kızı, bir oğlu vardı kaptanın. Annemden ayrıldıktan sonra Hamburg'da evlendiği fabrika işçisi kadından da iki oğlu, iki kızı olmuştu. Toplam dokuz çocuk! "Hay maşallah!" demekten kendini alamıyor insan.

Evet, kaptandan olan ve birebir babasına benzeyen oğlan annemin baş tacıydı. Oysa aynı oğlan ne işler açtı ailenin başına! Anneannemin bütün parasını, Rodos'ta kalmış malını mülkünü yedi, bitirdi. Haytalık, gece hayatı... Açtığı her işi batırdı. Ama ne gam! Ne yaparsa yapsın, annemin kıymetlisiydi o...

İkinci bölüm

Astroloji ve ben...

Kendimi bildim bileli, geleceğe dair her şey, hep ilgimi çekmiştir. Henüz dört-beş yaşlarındayken, sabah kahvesine gelen komşularımıza kahve falı bakardım. Benim masal tadındaki yorumlarımı pek severdi komşular.

Bir varmış, bir yokmuş.
Fincanın içinde,
Kanatları rengârenk bir kuş varmış.
Kuşun gagasında bir zarf
İçinde bir mektup varmış.
O mektubu alınca çok ama çok sevineceksiniz...

Ne var ki, komşularımızın bana gösterdiği ilgi, annemin pek hoşuna gitmezdi.

"Cadısın sen!" diyordu bana. "Küçük cadı! Bir süpürgen eksik..."

Ama söylediklerim doğru çıktıkça, farklı bir gözle bakmaya başlamıştı bana. Kahvesini içtikten sonra fincanını kapatıyor, "Ne ise halim, o çıksın falim! Hadi bak bakalım, şöyle doğru dürüst, yeni bir kısmet var mı bana?" diyordu.

O yaşımda bile onu nasıl memnun edeceğimi çok iyi biliyordum. Fincanı açıp, "At çıkmış sana anneciğim" diye başlıyor, "atın üstünde de yakışıklı mı yakışıklı bir adam var. Çok seveceksin onu..." diye yüreğine dokunuyordum kendimce.

Işıldayıveriyordu gözleri. Ödül olarak birkaç tane bonbon şekeri sıkıştırıveriyordu avucuma.

Ancak astrolojinin, kahve fallarıyla ve hiçbir dayanağı olmayan kişisel öngörülerle uzaktan yakından hiçbir ilgisi yok. Bu gerçekliği anlamam için uzunca bir süre geçti aradan. Ve ben üniversite öğrencisiyken, İzmir Amerikan Kültür Merkezi'nde İngilizcemi ilerletmeye çabalarken tanıştım gerçek astrolojiyle.

İngilizce dersimize giren Amerikalı hocamızın kocası, eski bir astronottu. Benim ilgimi fark edince, karı koca özel ders verdiler bana. Ve yaşamımın geri kalanında bana eşlik eden astrolojiyle dostluğumuz başlamış oldu.

İnsanoğlunun yazılı tarihinin başından beri var olan astroloji, bilimlerin en eskisi. Oxford sözlüğünde, "Göksel cisimlerin hareketi ile göreceli pozisyonları ve bunların insan hayatı üzerinde varsayılan etkilerinin incelenmesi" olarak tanımlanıyor. Amerika ve Avrupa'da birçok astroloji okulu ya da akademisi var.

Horoskop dedikleri ne ola ki?

Bir gün komşularımdan biri astrolojinin ne olduğunu bilmediğini söyledi ve kendisini bu konularda biraz isteddi. "Horoskop diye bir şey varmış, o nedir?" diye sordu. Ben de anlattım.

"Horoskop, astrolojik amaçla hesaplanıp çizilen gök haritasıdır. Horoskop çıkarmak için kişinin doğum yılı, doğduğu ay, ayın kaçında, saat kaçta ve nerede doğduğu gibi bilgiler gerekir. Doğum yeri önemlidir. Çünkü horoskop, dünya üzerinde, doğumun olduğu noktasındaki görüş açısına göre çizilen bir gök haritasıdır ve kişiye özeldir. Aksi halde, aynı zaman diliminde ve aynı coğrafyada doğan insanların aynı kaderi ve aynı kişisel özellikleri taşıması gerekirdi.

Astroloji, Güneş Sistemi'ndeki gezegenlerin, uydumuz olan Ay'ın, Güneş'in çevresindeki takımyıldızların (ki onlara *burç* diyoruz biz) kendi içlerindeki hareketlerini ve birbirleriyle olan ilişkilerini inceleyen bir sistem. Matematikten; cebir, geometri ve astronomiden yola çıkan astroloji kesinlikle fal değil, gerçek bir bilimdir.

'Yeni yıl size neler getiriyor?', 'Sağlık durumunuz nasıl olacak?', 'Aşk hayatınız nasıl ilerleyecek?', 'Kariyer planınız yolunda gidecek mi?' başlıkları altında, hiçbir inceleme ve çalışma yapmadan, gazete ve dergi köşelerinde yayımlanmış pek çok hayal ürünü yorum var. Ne yazık ki bu yüzden bizleri de aynı kefeye koyup 'falcı' gözüyle değerlendirebiliyor insanlar.

Ben, bu işe çok emek verdiğimi söyleyebilirim. Otuz yılı aşkın bir süredir astroloji yazıları yazıyor, seminerlere katılıyor ve konferanslar veriyorum. Pek çok gazete ve dergide astroloji yorumları yaptım. Astrolojiyle ilgili beş kitabım var.

Yeri gelmişken, gökyüzünde en şirin haliyle bizlere gülümseyen sevimli Aydedemiz'in marifetlerini paylaşayım: Ay'ın gelgit etkisi dünyadaki katı, sıvı, gaz; her şeye etki etmekte ve karalar bile ayın çekim gücünden payını almakta. Dolunay'ın ardından oluşan fay kırıkları ve depremler, bu gerçekliğin açık bir kanıtı.

Ancak asıl çekim gücünü denizler ve okyanuslar üzerinde gösteriyor dolunay ve tüm sıvıları etkiliyor. Eh, insan vücudunun en az yarısı su olduğuna göre... Böyle bir çekimden etkilenmemek mümkün mü?

Emniyet mensupları ve hastanelerin acil servis personeli, dolunay zamanında işlenen suçların, intiharların, trafik kazalarının çoğaldığını, sara nöbetlerinin sıklaştığını ifade ediyorlar.

Bazı bilimsel kaynaklar kabul etmese de, durum ortada. Dolunay zamanı vücuttaki bütün sıvılar, az ya da çok, yukarı çekiliyor. Beynin içi de sıvı. Beyinde oluşan baskı ruhsal durumu etkiliyor. Kurt adam dediğimiz tipler bu dönemde kurtlaşıyor.

Bu arada, çok farklı bir saptama da var: Dolunay aşkları çok tutkulu oluyormuş. Yanı sıra sanatçılar; ressam, şair ve yazarlar en gözde eserlerini bu dönemde veriyorlarmış.

İnanan da var, inanmayan da. Dili olan konuşuyor! Ama söyleyene değil, yaşayana bakacaksın... Ben de birinci ağızdan dinlediğim, daha doğrusu hem dinlediğim, hem de okuduğum hikâyeyi paylaşayım.

Hikâyemizin kahramanı arkadaşımın kocası. Uzun yıllara dayanan, mutlu bir evlilikleri var. Koca, kendi halinde, halim selim bir adam,. Ama her dolunayda canavarlaşıyor! Arkadaşım yazar. Başından geçenleri mizah öyküleri kitabında anlatmış. Keyifle okudum. İşte o öykü...

Kocamın dolunay hali

Genellikle kadınlar ay hali dönemlerinde, az ya da çok gerilim yaşarlar ya... Fiziksel ve ruhsal sıkıntılar, mutsuzluk, karamsarlık, bezginlik, duygusal çöküntü, hatta öfke patlamasıyla arzı endam eden küçük çaplı kişilik değişimi...

Olup bitenin farkında bile olmayan, gözünün önünde cereyan eden bu değişimi, "Karımın huysuzluğu tuttu gene" diye geçiştiren anlayışı kıt kocaları devre dışı bırakırsak, uygar ve anlayışlı kocalara çok iş düşer bu kritik dönemlerde.

Benim böyle, 'anlayış görmek' gibi bir lüksüm olmadı hiç. Kocamın *dolunay hali*, benim *ay hali*'me baskın çıktığından, uslu bir kedi gibi bir köşeye sinip, kocamın krizinin yatışmasını beklemekle geçti ömrüm.

Kadın kısmı hamile kalır, dokuz ay tatil yapar (oğlumun sayesinde böyle keyifli bir tatili ben de yaşadım), menopoza girer, hepten kapatır sayfayı. (Bu gidişle kocamın, bana ağız tadıyla bir menopoz yaşatacağını hiç sanmıyorum.) Dolunayın hiddeti ve şiddeti ise ömür boyu sürüyor maalesef.

Hayır, kocamın kulakları sivrilip yüzündeki, ellerinin üzerindeki kıllar, tüyler uzamıyor; görünüm olarak ayın diğer günlerinde neyse o. Şeklen *kurt adam*'a dönüşmüyor yani. (Ya bir gün dönüşüverirse diye kaygılanmıyor da değilim!) Ama huyu suyu, davranışları öylesine farklılaşıyor ki, tanıyabilene aşk olsun!

Selim'in tam bir 'dolunay canavarı' olduğunu öğrenmem, nişanlılık dönemimize rastlıyor...

Adı gibi halim selim, akıllı uslu bir adamdı Selim. İlk tanıştığımız günlerde, normal bir insanı çileden çıkaracak en çapraşık durumlarda bile, sinirlerini aldırmış gibi tepkisiz kalmasına şaşardım. Ama bir keresinde, hem de ortam fol yok, yumurta yok sakinliğindeyken öyle bir şey yaptı ki, resmen dumura uğradım.

Çiçeği burnunda nişanlıyız... Selim'in annesi çaya çağırmış bizi. Kekler, pastalar, çörekler, börekler... Keyifli bir sohbet. Her şey yolunda anlayacağınız.

Vedalaşıp çıkıyoruz. Eve bırakacak beni Selim.

Biraz gergin görünüyor. Kazasız belasız atlatılmış bir kaynana-gelin buluşmasının geride bıraktığı ayak izleri diye düşünürken... İki adım arkamızdan gelen apartman görevlisinin bizi sollayıp öne geçmesiyle kararıveriyor Selim'in suratı. Geri geri gidip hız alarak, iki yumruğunu birden var gücüyle giriş kapısının camına geçiriyor. Yüzünde o güne kadar görmediğim bir dehşet ifadesi, yerde cam kırıkları, elleri kan içinde...

Gerisingeriye eve dönüyoruz.

"Ah oğlum, ah! Ne oldu gene?" diyerek açıyor kapıyı Nermin Hanım.

Selim'i en iyi tanıyan insan, annesi ve benim müstakbel kaynanam... Hiç de şaşırmışa benzemiyor!

Konuşacak halde değil Selim. Hâlâ gergin. Gıcırdattığı dişlerinin sesini ta karşıdan duyabiliyorum. Onun suskunluğu, konuşmaya mecbur kılıyor beni.

'Ne olduğunu anlayamadım' diyorum. 'Çıldırıverdi birden. Kapıcıya mı bozuldu ne?'

Hayret, zerrece tepki vermiyor benim kaynana. Selim'i koltuğa oturtuyor, oksijenli suyla kana bulanmış parmaklarını siliyor, tentürdiyot sürüyor.

Sol eli iyi görünüyor, ama sağ eli haşat. Okşaya seve sargı beziyle sarıyor Nermin Hanım, itinayla bantlıyor.

'Geçti' diyor. 'Geçti oğlum...'

Geçen ne, neler oluyor? Aklımı oynatacağım.

Elimden tutup pencereye doğru sürüklüyor beni Nermin Hanım. Perdeyi aralayıp, 'Bak' diyor.

Neye bakacağım? Kararan hava, gitgide tenhalaşan sokaklar...

'Gökyüzüne bak' diyor Nermin Hanım. 'Ay'a! Dolunaya...'

Yeni kalaylanmış parlak bir tepsi gibi gök kubbede asılı duran Ay'a, ilk kez görüyormuş gibi bakakalıyorum.

'Olanların bütün sorumlusu o!' diyor Nermin Hanım 'Oğlumun aklını başından alan, onu zıvanadan çıkaran, işte bu dolunay.'

Anlatıyor...

'Dünyanın en sakin, en uysal adamıdır benim oğlum. Ama dolunay zamanlarında o gidiyor, yerine bambaşka biri geliyor sanki. Huyu değişiyor garibimin. Elinde değil.'

Bin bir düşünce üşüşüyor kafama. Arızalı bir adamla mı nişanlıyım ben? Kocam olacak adam defolu mu çıktı?

Bendeki ruh halini kavramış gibi, 'Gözün korkmasın kızım' diye devam ediyor. 'Ama dolunayı da küçümsemeye kalkma. Ay nasıl o koskoca okyanuslarda gelgitlere neden oluyorsa, yüzde 70'i su olan insan bedeninde de benzer gelgit dalgaları oluşturuyor. Dünya kadar kitap okudum bu konuda, doktorlara danıştım. Ay'ın tıka basa dolduğu günlerde vücuttaki su dengesi bozuluyor, beynin düzenli işleyişi aksıyor, kalp atışı hızlanıyormuş. Herkesi değilse de, bazılarını çok fazla etkiliyor Ay'daki değişimler. Bizim Selim de onlardan biri işte...'

Vay be... Piyango bize vurdu!

Nermin Hanım, bilimsel açıklamalarının ardından, dolunay zamanında cinayetlerin, intiharların, suç oranlarının belirgin derecede arttığını bilirkişi diliyle sayıp dökmeye girişince, oturduğum yerden fırlayıp kalkıyorum. Panik halindeyim.

'Çaresi yok mu bu illetin?' diye haykırıyorum.

Anlayışla gülümsüyor Nermin Hanım.

'İllet demesek? Ay'ın yalnızca birkaç gününde bunalımlı bir tablo çizen herkesi illetli olarak nitelemek ne derece doğru? Ha... Ben böyle biriyle asla beraber olamam dersen, sen bilirsin. Ama çevrendeki, ayın tümünü hiddetle şiddetle, vurup kırarak geçiren insanları düşün... Selim'in kısa süreli saldırganlığı ve hezeyanı, onlarınkinin yanında masum kalmıyor mu?'

Doğru söylüyor galiba. Vara yoğa huysuzlanan ne nemrut kocalar var etrafımızda. Gelsin dayaklar, gitsin kadın cinayetleri!

Ufak çaplı bir sinir krizi geçirdi diye nişanı atacak halim yok ya... Allah'ın gücüne gider ayol. Öyle ceberut bir koca çıkarır ki karşıma, her günümü dolunaya çevirir.

Selim'in, koltuğun kenarına yasladığı sargılı elleriyle, hiç lafa karışmadan, suçlu küçük bir çocuk gibi bizi dinlemesi içime dokunuyor. Ağzını açıp tek söz etmiyor, ama 'Beni bu halimle kabul eder misin?' diyor sanki gözleri.

Kısa süren bocalamama kılıf arar gibi, 'İlk kez şahit oldum, şaşkınlığım ondan' diyorum kaynanama. 'Böyle durumlarda ne yapmam gerekir? Bir bilsem...'

'Hah şöyle, yola gel bakalım' bakışı var Nermin Hanım'ın gözlerinde.

'İşin başı anlayış' diyor. 'Baktın ki Ay, imanına kadar dolmuş, dolunay evresinde; senden kaynaklanacak bir tersliğe neden olmamak için alttan alacaksın. Paniğe kapılmak yok! Biraz şefkat, biraz ilgi, biraz hoşgörü... Yeter de artar bile. Ha... Başın sıkışırsa, ben buradayım!

Tabii ya... Nişanlımı seviyorum, ama kabul etmeliyim ki, gerçek bir *üretim hatası* söz konusu.

Üretimi gerçekleştiren kim? Kaynanam! Kullanma kılavuzunu da oğlunun yanında vermek, boynunun borcu...

Evliliğimizin altıncı yılı.

6 x 12 = 72

'Ah benim dolunay çılgını kocam!' diye diye tamı tamına 72 dolunay yaşamışız.

Bu süre zarfında neler çektim ben, neler... En ufacık bir tartışma yaşamadığımız halde, üç beş parça eşyasını bavula koyup evi terk etmeye kalkmalar mı; iki gün sonra dönüp, 'Seni çok seviyorum! Nasıl terk ederim Kerem'le seni? Nasıl yaşarım siz olmadan?' diye omzumda ağlamalar mı, 'Gözünün üstünde kaşın var!' misali hiç yoktan kavga çıkarıp küsmeler mi...

Alıştım artık. Gecenin bir yarısı, bakıyorum salona gitmiş oturuyor bizimki. Uyku bozukluğu! Sorumlusu, gökyüzünde tas gibi parlak suratıyla arzı endam eylemiş dolunay.

Şairin dediğine benzer tarzda, 'Bu Ay'lı geceler deli ediyor beni/ Kimi etmiyor ki?/ Ay büyürken uyuyamıyorum/ Ay büyürken yaşayamıyorum!' diyor beden diliyle kocam.

Keremimiz beş yaşında. O bile farkında babasının gelgitlerinin. Geçen gün, gökyüzünde dolmaya başlayan Ay'a bakarak, 'Babam gene deli mi olacak anne?' deyince, aldım Selim'i psikiyatra götürdüm. Muayyen günlerinde alması için yatıştırıcı bir ilaç verdi. Yararı oldu galiba.

Bu arada, boş tarafıma gelip de habersiz yakalanmamayım diye, yıllık dolunay takvimini çıkarıp duvara astım. Her ay, iki gün öncesinden ilaca başlıyor Selim. Mışıl mışıl maşallah...

Bu yılbaşı, aynı dertten yakınan kadın-erkek herkese ve onlardan çok daha fazla mağdur olan yakınlarına küçük bir armağanım oldu: Yeni yılın dolunay takvimini, ay ay, tarihleriyle, tutulmanın başlangıç saatleriyle beraber internetten bulup çıkardım ve en popüler sosyal sitede yayımladım. Helal-ü hoş olsun! Tepe tepe kullansınlar...

(Küçük bir tavsiye: Takvimdeki dolunay günlerinde çevrenizdeki insanları, çaktırmadan mercek altına alın. Bu sayede aslen melek ruhuna sahip, pek çok 'dolunay canavarı' keşfedeceksiniz.

Benden bu kadar. Sonraki yılların takvimini de kendiniz çıkarırsınız artık...)"

Üçüncü bölüm

Huzursuzluk

Suç bende
Şikâyetim ne senden
Ne de senden gelenden
Her şey sütliman olur
Hoşnut olsam kendimden

Hayatımın belki de en pürüzsüz, en güzel günleriydi. Yeni bir eve taşınmış, gönlümüzce döşemiştik yuvamızı. İşlerimiz yolundaydı. Benim televizyon ve radyo programlarım, Erkan'ın müzik çalışmaları...

Oğlanlardan yana da hiçbir tasamız yoktu. İkisi de derslerinde başarılı, akıllı uslu çocuklardı. Arkadaş ve dost çevremiz genişlemiş, grup halinde yemeklere gidiyor, keyifli zamanları paylaşıyorduk hep beraber.

Annemle aramızdaki, kendimi bildim bile var olan gerginlik de yerini arkadaşça bir paylaşıma bırakmıştı. Sık sık görüşüyor, bir bakıma eski günlerin acısını çıkarıyorduk. Anneannem ve teyzemin katılımıyla da, ömrümce özlediğim aile sıcaklığını yudum yudum içime çekiyordum.

Sihirli bir el değmişti sanki üzerimize. Kaynanam bile, eski hırçınlıklarından sıyrılmış, önceleri pek semtimize uğramazken, kocasını koluna takıp, "Çok özledim hepinizi!" diyerek sık sık kapımızı çalar olmuştu.

Evlilikler belli bir süreyi doldurduğunda aşkın köreldiği, yerini daha kalıcı duygulara bıraktığı söylenir ya... Bizde tam tersi bir durum geçerliydi. Her sabah başımın ucuna konmuş bir şiir ya da sevgi yüklü bir notla uyanıyordum.

O günkü notunda, "Hayatı güzel olduğu için değil, içinde sen olduğun için seviyorum!" diyordu Erkan.

Gözyaşlarına boğuluverdim nedense. Derin mi derin bir karadeliğin içine doğru çekiliyordum sanki.

Evet, her şey yolunda görünüyordu. Ama ben, nereden kaynaklandığını bir türlü çözemediğim, karamsar bir ruh hali içindeydim.

Madem beraberliğimizin en güzel, en sorunsuz, en keyifli dönemindeydik... İçimdeki, hiçbir anlam veremediğim bu garip huzursuzluk da neyin nesiydi?

Yine aylardan kasım

Erkan!

Ölümüne bir yıl kaldığı aklımızın köşesinden bile geçmiyor. Hâlâ âşığız birbirimize. El ele, göz göze... İnsanlar yeni evli sanıyor bizi.

"İkinci eşiniz mi?" diye soruyorlar.

"İkinci eşler daha kıymetli olur" derler ya... Bizim yıllanmış eşler olduğumuzu düşünemiyorlar bile.

İzmir... Sonbahar, ama havalar hâlâ sıcak.

Tual Grubunun, sözleri Koray Avcı'ya ait şarkısı dilimizde:

Yine aylardan kasım
Bir teselli ver
Kırılan gururuma
Bir tebessüm et
Unutursun zamanla
Yine dalmışım aynada
Yüzüm ağlar
Yine dalmışım
Elimde fotoğraflar

Yine aylardan kasım
Sanki sende kaldı bir yarım
Her nefesim her ânım
Sanadır canım

Şarkıdaki gibi, aylardan kasım. İzmirliler, havalar iyiden iyiye soğuyuncaya kadar akşam yemeklerini balkonlarda ya da bahçede yerler.

Balkondayız biz de. Limonata gibi bir hava... Keyfimiz yerinde. Yemekleri, ben televizyon programındayken, Erkan pişirmiş: Köfte, makarna, cacık.

"Ellerine sağlık" dedim.

Duymadı sanki beni. Başını kaldırdı, uzun uzun baktı yüzüme. Hiçbir şeyi yok, hasta falan değil.

"Gideceğime üzülmüyorum da, seni yalnız bırakacağıma yanıyorum" dedi. "Ama söz, yukarılarda bir yerlerden de sana her konuda yardım etmeyi sürdüreceğim."

Uzaklara daldı gözleri.

"Bu son kasımımız, tadını çıkar" dedi. "Ellili yaşlarımı göremeyeceğim ben. Şu kısıtlı zaman diliminde sıkıca sarıl bana, elinden geldiğince benim de tadımı çıkar. Bir sonraki sonbaharda bu balkonda olmayacağım. Senden bir şey istiyorum: Yazın çocukları al, Kuşadası'nda tatil yaptığımız o otele git. Anılarımızı tazele, yanında olduğumu hisset. Ben varmışım gibi..."

Güldüm.

"Saçmalıyorsun" dedim. "Okul yıllarına döndün gene. Olmayacak senaryolar yazıyorsun."

"Ya muhterem" dedi. (Keyfi yerindeyken böyle hitap ederdi bana.) "Boş ver söylediklerimi. Akıllı kadınsın sen, güçlüsün, her türlü olumsuzlukla baş edebilirsin. Boşuna mı aldım seni ben? Anam boşuna mı o kadar uğraştı seninle? Benden çok farklısın sen! Ben akılcıyım, ama sen benden çok daha zekisin..."

Onunla son doğum günüm

Beraber kutlayacağımız son doğum günüm olduğunu, aklımın ucundan bile geçiremiyordum.

Radyoda çalışıyordum o gün. Mesai arkadaşlarım pasta hazırlamışlar. Erkan yanımda... Son derece keyifliyim.

Uzun, upuzun bakışlarını yüzüme dikti gene.

"Hep sonları yaşıyoruz artık" dedi. "Son doğum günün, son yılbaşımız..."

"Ne o? Hep beraber öbür tarafa mı göçüyoruz?" dedim. "Özel günleri orada mı kutlayacağız artık?

Güldü.

"Her kadın espri yapmayı beceremez, yüzüne gözüne bulaştırır" dedi. "İyi ki seninle evlenmişim. Başka kadınlara tahammül edemezdim."

"Benden çok daha güzel kadınlar da var ama..."

"Onların bir tarafı eksiktir mutlaka. Beni sana bağlayan özelliklerden nasibini almamıştır hiçbiri."

Etkilenmiştim sözlerinden.

"Bir kez daha dünyaya gelsem, gene seninle evlenirdim" dedim ben de.

"Bari öbür dünyada beni rahat bırak da, biraz çapkınlık yapayım" diye güldü.

"Seni tutan yok!" diye çıkıştım.

"Boş ver bunları bitanem" diye boynunu büktü. "Adının hakkını verircesine öyle bir efsunladın ki beni, o büyünün etkisinden sıyrılamadım hâlâ. Senden başkasını görmez benim gözlerim. Ne bu dünyada, ne de öbür tarafta..."

Yeni yıl

Çok mahzundu o yılbaşı Erkan. Her yıl olduğu gibi, elimden geldiğince güzel bir sofra hazırlamıştım. Salondaki upuzun masanın üzerini süsleyen mezelerden birer küçük parça almakla yetindi. Lokmalar boğazından aşağı inmiyordu sanki.

Üzerimize sinen kasvetli havayı dağıtmak için, "Arabayla çıkıp tur atmaya ne dersin?" dedim.

"Çıkalım be muhterem!" dedi. "Son isteklerini de yerine getirmiş olayım bari."

Hüzünlüydü. Eski neşesinden eser yoktu.

"Neden canın sıkkın?" dedim endişeyle. "Bilmediğim bir şey mi var?"

"Hayat çok yorucu geliyor artık bana bitanem" diye içini çekti. "Evrendeki devasa bir karadeliğin beni hızla kendine çektiğini hissediyorum."

Şubat'ın 16'sı!

Radyo programımı yapmış, koşa koşa eve gelmiştim. Erkan'ın ruhen sıkıntılı bir dönem geçirdiğini düşünüyor ve elimden geldiğince yalnız bırakmamaya çalışıyordum onu.

İçeri girer girmemle, şaşkınlıktan donakalmam bir oldu. Salonumuzun zemini duvardan duvara halı. Ve

Erkan o halıları söküyor... Yaptığı işe öylesine dalmış ki, benim geldiğimin bile farkında değil.

"Ne yapıyorsun sen?" diyecek oldum.

Duymadı bile beni.

"Her tarafı taş döşeyecem" dedi sayıklar gibi. "Badana yapacam. Dört bir yanı temizleyip, öyle bırakacam sana evi."

Soru sormak yerine, gitgide ağırlaşan havayı dağıtmak için, "Şiir programımı dinledin mi?" dedim.

"Dinleyemiyorum artık" diye boynunu büktü. "İçime işleyen o duygusal sesini duymaya dayanamıyor artık yüreğim. Neyse... Kulaklarımda o sesle gideceğim nasılsa."

İki gün sonrası... Arkadaşlarımız gelecekti o akşam. Sabahtan akşama çalışmış, salona taş döşemişti Erkan. Radyo programından döndüğümde, sımsıkı kucakladı beni.

"Çaldığım melodiyi dinledin mi?" diye sordum. "Hani şu..."

"Unuttuğumu mu sanıyorsun?" diye kesti sözümü. "Seninle ilk tanıştığımız günlerin en güzel anısıydı o. Deniz kıyısındaki okul çayımızda ilk defa dans ettiğimiz o muhteşem melodi! Üstünde etekleri uçuşan pembe bir elbise vardı."

"Nasıl hatırladın?" dedim.

"Hiç unutmadım ki!" diye güldü. Grammy En İyi Vokal Grubu seçilen 'Procol Harum'dan A Whiter Shade of Pale!' Folk, blues, soul karışımı, bu dünyaya ait olmadığını düşündüğüm birkaç müzik şaheserinden biri. Vedanın fon müziği, geçmişe bakmanın burukluğu... Fani dünyada ölümsüzlüğün kanıtı. Dinledikçe ölesi gelir insanın..."

"Neden yaşaması değil de ölmesi gelsin ki insanın?" diye kafa tuttum.

"Yaşamaktan çok ölmeye yatkın olanların yorumu bu!" dedi. "Tıpkı benim gibi..."

İnsanüstü bir gayretle evi toparladı.

"Kış kıyamette iş çıkardın kendine" dedim.

"Vaktim kalmadı bitanem" dedi. "Yazın burayı su basacak. Halıları sökemezsin sen, çürütürsün. Çocuklar da beceremez."

Yirmi yıldır su basmayan evi neden su basacaktı ki? Sormadım, soramadım. Duymuyordu beni, sayıklıyor gibiydi. Dudaklarından dökülen sözleri kendisi söylemiyordu da, garip bir güç söyletiyordu sanki ona.

"Neden böyle konuştuğumu bilmiyorum" diye itiraf etti sonunda. "Boş ver, aldırma sen bana. Bak gör, çok güzel olacak evimiz. Bayılacaksın..."

Tatsız bir mart ayı

Ağır bir grip geçiriyordum.

"Çok kötüyüm, doktora götür beni" dedim Erkan'a. Polikliniğe gittik.

"Karıma iyi bak" dedi doktora. "Sağlam kalmalı o! Çok büyük sorumluluklar bekliyor onu."

Gençti doktor. Güldü.

"Basit bir grip" dedi. "Ancak enfeksiyonun yerleşmemesi için yazacağım ilaçları muntazaman kullanmanız gerekiyor."

Bir kutu iğne, bir kutu antibiyotik... Eczaneden ilaçlarımızı alıp eve döndük.

Etrafımda dört dönüyordu Erkan. Ihlamur kaynattı; balla, tarçınla tatlandırdı ıhlamuru. Çorba yaptı, elleriyle kaşık kaşık içirdi bana.

Ne var ki saltanatım kısa sürdü. Ertesi sabah Erkan'ın böbrekleri ağrımaya başlamıştı. Ancak, daha da ürkütücü olanı, ağzından ve burnundan pelte pelte kan gelmesiydi.

"Evi toparlamak için çok yoruldun, ne gerek vardı bu kadar paralanmaya?" dedim.

"Burnumda damar çatlaması oldu herhalde, ya da sesimi fazla zorladım" diyerek geçiştirmeye çalıştı.

Ona kalsa kılını bile kıpırdatmazdı. Benim ısrarımla doktora gittik.

Büyük tansiyon 27, küçük 18!

"Şu anda sen yaşamıyorsun arkadaşım!" dedi doktor.

"Önemli değil, alışığım ben" diye güldü Erkan.

"Kesinlikle hastaneye yatman ve kontrol altına girmen gerekiyor" dedi doktor.

Bir kulağından girdi, diğerinden çıktı. Gitmek istemedi hastaneye, direndi. Yalvardım, yakardım... Nafile! Yolun sonunu görmüştü, ama aldırmıyordu.

"Atın ölümü arpadan olsun!" diyerek kendince son noktayı koydu.

Keşke rüyalar gerçek olmasa...

O gece garip bir rüya gördüm. Geniş, çok geniş bir alana masmavi mozaik taşlar döşüyordu Erkan. Dönüp bana baktı.

"Hayat da özenle döşenmiş mozaiklerden ibaret değil mi?" dedi. "Son taşı da yerleştirdim sultanım. Bu dünyadaki işim bitti artık."

Ağlayarak uyandım.

"Çok kötü bir rüya gördüm" derken sicim gibi yaşlar iniyordu gözlerimden.

"Benimki kadar ilginç olamaz" dedi Erkan. "Dur önce ben sana rüyamı anlatayım: Gece... Ortalık zifir gibi karanlık. Deniz kıyısındayız seninle. Beyaz bir kayığa biniyorum ben. Uzaklaşıyorum... Sen bana kıyıda el sallıyorsun. Çok üzülüyorum seni yanıma alamıyorum diye. Yüzlerini göremediğim iki adamdan daha yapılı olanı, 'Bu kayık tek kişilik' diyor. 'Yalnızca seni götüreceğiz. Efsun'la vedalaş!'

Deliye dönmüştüm.

"Hiç itiraz etme!" diye haykırdım. "Hastaneye yatıralım seni, teşhis konulsun, ne gerekiyorsa yapılsın, sağlığına kavuş."

"Hayır, hayır, hayır!" diye haykırarak karşı koydu.

Çözülmesi zor bir tutum içindeydi. Ne yapsam ikna

etmeyi başaramıyordum. Huzursuzdum. Her sabah neşeyle, coşkuyla yeni güne "merhaba" diyen ben, ne zaman ve nasıl her şeyi altüst edeceğini kestiremediğim gizil bir gücün, hepimizi önüne katıp koyu, derin, katran karası bir çukurun içine çekeceğini hissediyor ve devasa bir acı yumağının ortasında çaresizce debelenip duruyordum.

O sabah, ayaklarım geri geri gitse de, radyodaki işime koştum. Erkan evde dinleniyordu. Ege ve Efe'ye emanet ettim onu. Büyümüş, sorumluluklarının bilincinde çocuklardı. Çocuk yerine "genç" demem daha doğru olurdu aslında. Ege lisede, Efe ise ortaokuldaydı.

Benim ardımdan, "Uyurken yüzüm, dudaklarım morarırsa uyandırın beni" diyerek derin bir uykuya dalmış Erkan.

Aklım evde, radyo programını tamamlayıp eve döndüm.

"Babamı uyandırmaya çalışıyoruz, ama tekrar uyuyor" dedi Efe. "Bizi duymuyor galiba. Dudakları da morarıyor sanki."

Belli ki korkmuşlardı. Durumu, bıraktığımdan farklı değildi oysa. Hemen nöbeti devraldım ve sabaha kadar, hiç gözümü kırpmadan başucunda oturdum.

Ertesi sabah kendine geldi. Şaşılacak derecede iyi görünüyordu. Son zamanlarda hiç görmediğim kadar canlı ve neşeliydi. Gitarını eline aldı, ilk gençlik yıllarımızdaki benim en sevdiğim şarkıları söylemeye başladı. Ama *Neyleyim köşkü, neyleyim sarayı*[2] derken, gözleri buğulanıverdi birden.

2. Beste: Kadri Şençalar, Güfte: Celal Erten.

Ah eder inlerim gurbet ilinde
Uzaktan göründü benim bağlarım
Gene garip kaldım gurbet elinde
Sevdiğimi her gün anar ağlarım

Neyleyim köşkü, neyleyim sarayı
İçinde salınan yâr olmayınca

Kimsesiz, hem öksüz kaldım bu yerde
Talihim düşürdü beni bu derde
Gözümü kapladı bir kara perde
Evimi yurdumu anar ağlarım

Neyleyim köşkü, neyleyim sarayı
İçinde salınan yâr olmayınca

Şarkısını bitirirken, "Benim için gurbet eli, senin yanımda olmadığın yerdir" dedi. "Çok iyi biliyorum ki, gideceğim o yerde kimsesiz ve garip kalacağım. Hiç mi hiç kurumayacak gözyaşlarım. Neyleyim cenneti, neyleyim yedi kat arşa uzanmış sarayları? Yanımda salınan sen olmayınca..."

Narlıdere, balık ve çiçek...

O sabah pek keyifliydi Erkan, yeni güne epeydir olmadığı kadar neşeyle uyanmıştı. Eski tasasız günlerimizi çağrıştıran bir ruh haliyle espriler yapıyor, daha önce duymadığım ağzı yüzü açık fıkralarla güldürüyordu beni. Öyle ki, nicedir karabasan gibi üzerimize çökmüş o garip kâbusun vadesini doldurduğunu, yeniden mutlulukla kucaklaşmak üzere olduğumuzu düşünür olmuştum.

"Narlıdere'ye gidelim mi bugün? Epeydir balık keyfi yapmadık seninle" dediğinde, havalar uçtum sevinçimden. Tamamdı işte, karamsarlık yüklü kara bulutlar dağılıyordu yavaş yavaş.

Hiç ikiletmeden giyinip süslendim. Son evlilik yıldönümümüzde bana armağan ettiği inci küpelerle kolyemi taktım. Hazırdım... Beni görünce uzun bir ıslık çaldı Erkan.

"Harika görünüyorsun muhterem!" dedi. "Ama ne gerek var ki bunlara? Hiçbir süs, hiçbir takı yarışamaz senin en yalın hallerinle. İyi ki benimsin! Benim tektaş pırlantamsın sen..."

Arabada da yol boyunca sürdürdü neşeli halini. Kayahan'ın yemin misali, ölümsüz şarkısını haykıra haykıra söyledi benim için.

Seni seviyorum
Seni seviyorum diye
Senden önce hiç kimseye
Söylemedim dersem
Yalan olur...
Hiç hesapsız, çılgınca
Seni seviyorum
Bazen bir çocuğun
Karanlıktan korktuğu gibi
Seni sevmekten korkuyorum
Gözlerim az önce iflas etti
Issız, tenha üşüyorum
Isıtmak için içimi, içimden
Hiç aralık vermeden
Seni seviyorum, seni seviyorum
Seni seviyorum diyorum
Söylememem lazım, biliyorum
Ama hoşuma gidiyor
İçimi ısıtıyor, söylüyorum
Seni seviyorum, seni seviyorum
Bu ilk defa, öncesi yok
Seni seviyorum
Seni...
SENİ SEVİYORUM
SENİ SEVİYORUM

Durgunlaşıverdi birden.

"Ah Efsunum, ah!" dedi. "Uzun, upuzun; dönüşü olmayan bir yolculuğa çıkmaya hazırlanıyorum. Emin ol, gittiğim yerde de söyleyeceğim bu şarkıyı. Ama böyle bağıra çağıra değil, kulağına fısıldar gibi..."

Sabahtan beri beni sarıp sarmalayan o harika büyü bozulmuş, bana sunduğu sırça köşk tuzla buz oluvermişti.

Gözlerimden sicim gibi inen gözyaşlarıma bakıp, "Ağlama!" dedi. "Zamanı geldiğinde fazlasıyla ağlayacaksın zaten."

"Neden böyle yapıyorsun?" diye isyan ettim. "Beni üzmek mutlu mu ediyor seni?"

"Olur mu hiç muhterem?" diye güldü. "Amacım asla seni üzmek değil. Şimdiden seni yokluğuma alıştırmaya çalışıyorum. Hepsi bu..."

Arabadan inip Narlıdere'deki her zaman gittiğimiz balıkçıya doğru yürürken, "Söylediklerimi unut, bugünün keyfini çıkarmaya çalış" diyerek koluma girdi.

Sahilde, dalgaların çakıl taşlarını dövdüğü her zamanki masamıza geçip oturduk. Ege'ye özgü tatların dans ettiği devasa ahşap tepsiden irili ufaklı bir sürü tabak seçti Erkan: Kabak çiçeği dolması, sarma, börülce, kalamar, midye, yoğurtlu semizotu, salata ve levrek ızgara...

Yeniden eski neşesine dönmüş gibiydi. Ben de elimden geldiğince ona ayak uydurmaya çabalıyordum. Denizin üzerinde bir inip bir yükselerek naif bir dans sergileyen martıları seyrettik bir süre. Attığımız minik ekmek parçalarını kapabilmek için birbirleriyle cansiperane yarışmalarını izledik.

Balıklarımız geldiğinde, benimkini garsona ayıklattı Erkan. Kendisininkini ise, cerrah ustalığıyla kendisi ayıkladı. Her zaman yaptığı gibi...

"Bu işi de öğrenmelisin" dedi. "Ben olmadığımda kime ayıklatacaksın balığını?"

Koskoca bir yumruk, teklifsizce gelip oturuverdi boğazıma. Tek lokma yiyecek halim kalmamıştı. O canım balık, denizden çıkarılıp yaşamına son verilmesinin intikamını alıyordu sanki benden...

Dönerken, yol üstündeki çiçekçinin önünde durdu Erkan. Kovalara serpiştirilmiş bütün çiçekleri topladı. Büyük bir enerjiyle arabanın arka koltuğuna yerleştirdi hepsini.

"Bu çiçeklere iyi bak" dedi, "vazolara yerleştir. Salon güzel koksun. Gelen giden olacak..."

"Kim gelecek ki bize? Kimleri çağırdın?" diye sordum saf saf.

Yanıt vermedi, yola devam etti.

"Haftaya da gelir miyiz buraya?" dedim.

Dudaklarında buruk bir gülümsemeyle, "Geliriz sultanım, geliriz" dedi.

Efsunum için...

Onun bu dünyadan böylesine çarçabuk çekip gideceğine inanmıyordum artık. Oldukça sağlıklı görünüyordu, onu ölüme götürecek hiçbir neden göremiyordum. Ruhsal bir bunalıma mı girmişti, ne... Ya da yoğun çalışma temposu canından bezdirmişti onu.

İki işte birden çalışıyordu. Gündüzleri *Yeni Asır* gazetesinin matbaa bölümünde ter döküyor; haftada üç gece de Alsancak'taki bir kulüpte, beş kişilik bir grupla müzik yapıyorlardı.

Nadiren gidiyordum kulübe. Ama o gün, "Sana bir sürprizim var!" diyerek ısrarla davet etmişti beni.

Gittim...

İlk iki şarkının ardından mikrofonu eline aldı Namık Kemal Lisesi Müzik Grubu'nun solisti Erkan.

"Bu geceye özel, sözü ve müziği bana ait bir şarkı hazırladım" dedi. "Beni efsunlayan Efsunum için..."

Ve gözlerini gözlerimden ayırmadan seslendirdi şarkısını.

Önce saçlarını hatırlayacağım
Upuzun, simsiyah
Sonra gözlerin gelecek aklıma
Hep ıslak

Yüreğimde acısını duyacağım yüreğinin
Ellerim sımsıcak
Bir şarkı tutturacağım dudaklarımda
Ne kadar uzağında olsam da
Hep seni yaşayacak
Hep seni anacağım

Yanımda uyu...

Gitme, kal diyemem
Git...
Bu baş bunu da atlatır
Ama...
Yürek için söz veremem!

Pırıl pırıl olmuştu evimiz. Her şey yenilenmiş, nicedir gözüme kestirdiğim ama bir türlü fırsat bulup da alamadığım otantik kilimler alınıp koridorlara serilmiş, değiştirmek istediğim eşyaların yerini yenileri almıştı.

"Her şey gönlünce olsun istedim" dedi Erkan. "Bu da sana son kıyağım olsun."

Kötü bitecek bir filmin sonunu seyretmeye direnircesine, duymazdan geldim son cümlesini. Bu tür anlamsız öngörüleri, asla dikkate almayacaktım artık.

O akşam ailecek keyifli bir akşam yemeği yedik. Eve döndüğümde her şey hazırdı. Oğlanların isteğiyle pizzalar ısmarlanmış, buzdolabındaki ayran ve meşrubat şişeleri masanın bir kenarına dizilmişti.

Yemeğin ardından Ege'yle Efe odalarına çekildi. Ben de salonda televizyon seyrediyordum. Bazen yorgunluktan uyur kalırdım ekranın karşısında. Erkan gelip kaldırır, koluma girer, uykumu açmamaya çalışarak yatağımıza götürürdü beni.

"Bu gece salonda değil, yanımda uyu" dedi bana. "Film seyredecek çok zamanın olacak."

Hiç ikiletmeden gidip yanına uzandım. Yüzümü seyretti uzun uzun. Elimi öptü, burnumu öptü.
"Genç kızlığına döndün gene" dedi. "Hatırlar mısın, üniversitedeyken de böyle öpüşürdük."

Uyumuşum. O da uyumuş.
Rüyamda, 30 yaşında Erkan. Üstünde tiril tiril beyaz takım elbisesi, elinde büyücek bir bavul. Alelacele doldurmuş bavulu. Öylece duruyor karşımda.
Konuşmuyoruz hiç, farklı bir boyutta, yalnızca beyin gücüyle sohbet ediyoruz rüyamda.
"Yolculuğa çıkmam gerek" diyor Erkan. "Uzun, upuzun bir yolculuğa..."
"Ben de geleyim" diyorum. "Beni de götür."
"Gideceğim yere götüremem seni" diyor. " Sakın gelme, sakın gelme, sakın arkamdan gelmeye kalkma! Çok kızarım!"
Konuşmuyor artık benimle, arkasını dönüp uzaklaşıyor benden. Panik halinde peşinden koşup yetişiyorum ona. Yüzü sapsarı, yüz hatları donup kalmış... Yanı sıra yürümek istiyorum. Ayaklarıma taş bağlamışlar sanki. Tek adım atamıyorum...
Panik içinde, sıçrayarak uyandım. Şükürler olsun ki, kâbus gibi de olsa, altı üstü bir rüyaydı. Yanı başımda, mışıl mışıl uyuyordu Erkan...

Gitme!

Gitme!
Güneşin olurum senin
Ellerin, gözlerin...
Ne istersen o olurum senin için
Gitme...

Sabah beraberce gazetenin yolunu tuttuk.

"Matbaaya çıkıyorum ben" dedi Erkan. "İşlerini yoluna koyunca bana uğrar mısın?"

Uğramaz olur muydum hiç! O günkü radyo konuşmamın metnini hazırlar hazırlamaz Erkan'ın yanında aldım soluğu.

Karşılıklı oturup çay içtik. Tam kalkmaya hazırlanırken, kolumdan tutup durdurdu beni.

"Bugün organ nakliyle ilgili bir haber okudum gazetede" dedi. "İkimizden birine bir şey olursa... Organlarımızı bağışlayalım! Sen de, ben de... Toprağın altında çürüyüp gideceğine, birkaç cana can veririz hiç değilse."

"Ne gereksiz şeyler söylüyorsun" diyecek oldum.

"Vasiyetimdir!" dedi kesin bir ifadeyle. "Benim organlarımı mutlaka bağışlayacaksın!"

Uzun uzun baktı yüzüme. Sımsıkı sarıldı. Başını boynuma gömüp derin derin içine çekti kokumu. Küçücük bir öpücük kondurdu yanağıma.

Dudaklarında garip bir gülümsemeyle, "Hoşça kal!" dedi.

Stüdyoya girip programımı sundum.

"Bugünkü veda şarkımız, Hümeyra'dan Sessiz Gemi" dedim. "Bir gün herkes gidecek buralardan. Hiçbirimiz bu dünyada baki değiliz. Vakit dolunca ne yaparsanız yapın, hayata veda etmek kaçınılmazdır."

Hangi duygular, hangi güç bana bunları söyletmişti, bilemiyorum. Kulaklığı indirdim. Ege aradı.

"Biraz önce eve geldi babam" dedi. "Pek iyi görünmüyordu. Babaannemi aradı. Ama fazla konuşmadı. 'Sonra tekrar ararım anne' deyip kapadı telefonu. Alelacele giyindi. Grup arkadaşlarıyla prova yapacaklarmış. Telaş içinde çıktı gitti. Haberin olsun..."

Hemen eve döndüm. Ağır mı ağır, kasvetli bir hava çökmüştü evimize. Huzursuzdum. Üstümü bile değiştirmeden kanepenin bir köşesine iliştim.

Tüm vazolara serpiştirilmiş çiçekler, ondan kalan son armağanlarmış gibi boyunları bükük, öylece duruyorlar. Yerimden fırlayıp sularını tazeledim, seve okşaya düzelttim hepsini.

O esnada evin önünden tiz seslerle bir ambulans geçti. Balkona çıkıp baktım. Kim bilir kim vardı içinde... Gözden kayboluncaya kadar izledim ambulansı.

Yaklaşık kırk dakika sonra telefonum çaldı. Orkestra arkadaşlarından biri...

"Erkan aniden fenalaştı" dedi. "Kırk dakika önce acile götürdük. Telaştan, ancak haber verebildik sana, kusura bakma."

Balkonda sesini duyduğum ambulans, onu taşıyormuş meğer.

"Keşke beni de yanında götürseydi" diye mırıldandım dişlerimin arasından.

Ve hastane!

"Tomografi çekiliyor" dediler.

"Nafile!" dedim. "O bana veda etti ve gitti."

Donup kalmışım. Son günlerimiz, son saatlerimiz film şeridi gibi gözlerimin önünden geçiyor.

Oğullarım yanımda; duyan, haberdar olan dostlar, arkadaşlar koşup gelmişler.

Ege, ne yaptığını bilmez bir halde, doktorun yakasına yapışmış, "Neden kurtarmıyorsunuz babamı!" diye bağırıyor.

Bense yalnızca, "O gitti!" diye sayıklar gibi durmadan yineliyorum. "Bana hoşça kal dedi ve gitti..."

Hoşça kal sevgilim, hoşça kal...

Gitme…
Kırık dökük bir yürek bıraktın geride
Sızılı ve sensiz…

Ertesi sabah cenazesini morgdan almaya gittiğimizde, "Canı yanmadı, değil mi?" dedim doktora. Farkında olmadan üç kez sormuşum. Gözlerinden yaşlar süzüldü doktorun.

Organ bağışı konusunda ısrarcı olmasının bir diğer nedenini de orada öğrendim. Evet, organlarıyla başka canlara can verecekti gerçi ama yanı sıra, geride kalanlarına, bizlere destek olmayı amaçlamıştı galiba. Organ bağışı yapanlardan hastane masrafı alınmıyormuş. Bunu da orada öğrendik. Onun bu durumdan bilgisi var mıydı, öğrenmemiz mümkün değildi artık. Ama parayla pulla işi olmazdı onun. Gönül insanıydı, tanıdığı tanımadığı herkese kucak açardı. Toprağın altına gömülecek bedeninin, yaşamın kıyısında organ bekleyen birilerine can vermesini istemesi, tam da ona göre bir eylemdi.

Orkestradaki arkadaşları, provada son seslendirdiği şarkıyı söylediklerinde ise dilim tutuldu:

Good bye my love, good bye
Hoşça kal sevgilim, hoşça kal

"Bugün iki şarkı yapalım çocuklar" demiş.

İkinci şarkı, Demis Roussos'tan:

Rain and Tear.
Yağmur ve gözyaşlar

Onun ardından yağmur gibi gözyaşı dökeceğimi bildiğinden! Her ölüm, erken ölümdür, doğru. Ama bana göre onunki çok erken ve zamansız bir ölümdü. 47 yaşındaydı henüz. 29 Ekim'de doğmuştu. 23 Nisan'da toprağa verdik...

Ne diyordu Nâzım Hikmet:

Toprağa beraber dalacağız
Ve bir gün yabani bir çiçek
Bu toprak parçasından nemlenip çimlenirse
Sapında muhakkak iki çiçek açacak

Keşke, onun dediği gibi seninle beraber toprağa dalabilseydim ben de.

Mezarlıktan döner dönmez elime makası aldım.

"O yok artık!" diye haykırarak, gelişigüzel hamlelerle acımasızca doğradım saçlarımı.

Uzundu, upuzundu saçlarım. "Hiç kestirme!" derdi Erkan. Ama o okşayacak olmadıktan sonra neye yarardı ki o saçlar?

Taziye evi

Kör oldum
Göremedim yürüdüğüm yolu
Savruldum
Lime lime oldu her bir yanım
Keşke dönebilsen bana
Ya da
Beni de alabilsen yanına...

Akın akın başsağlığı için geliyor dostlarımız. Elleri kolları dolu, bin bir çeşit yiyecek getiriyorlar. Yanı sıra, Erkan'ın pişirip dolaba doldurduğu yemekler... Sofralar kuruluyor, yenilip içiliyor. Tek lokma alamıyorum ben. Gözüm bir noktaya dikili, birdenbire ıssızlaşıvermiş tek kişilik dünyamda yaşıyorum.

Evin her yanı, iki gün önce Narlıdere'den beraberce aldığımız çiçeklerle dolu. Gözlerimle usul usul okşuyorum hepsini. Kokularını içime çekiyorum doyasıya. Hepsi Erkan kokuyor.

Sersem gibiyim. İntihar etmenin tek çare olduğunu düşünüyorum. Ama yapamam!

"Gideceğim yere götüremem seni" demişti. "Sakın gelme, sakın gelme, sakın arkamdan gelmeye kalkma! Çok kızarım!"

Vasiyet gibiydi sözleri. Belli ki beni yanına istemiyordu. En azından şimdilik... Yalnızca kendimi düşünmek gibi bir hakkım yoktu. Ben de çekip gidersem, çocuklarımın hali nice olurdu?

Taziyenin yedinci günü... Mezarlık ziyaretinden yeni dönmüşüz. Helvalar kavruluyor, şerbetler hazırlanıyor, işinin erbabı iki hoca dualar okuyor.

"Güller de soldu vazoda. Şimdi ben neyi koklayacağım sen niyetine?" diye mırıldanıyorum içimden.

Telefon çaldı o sıra. Konuşacak halim yok. Gönülsüzce kalktım, ahizeyi kaldırdım. Ama kalkmıyor! Çok ağır. 1,5-2 kilo sanki. Kolum ağırlaştı sanıyorum. Bir kez daha deniyorum. Ahizeyi kaldırınca soğuk bir rüzgâr esiyor. Ve Erkan'ın sesi! Ancak uzaydan gelebilecek kozmik sesler gibi.

"Sakın ağlama Efsun! Çok iyiyim ben. Çocuklara ve kendine iyi bak. Sana söz verdim, biliyorsun; yaşadığın her zorlukta buradan da sana yardım etmeyi sürdüreceğim."

Sağlığında da buna benzer bir şeyler söylemiş, "Benden sonra ne senin ailenden fayda var sana, ne de benimkilerden. Yanında gene bir tek ben olacağım" demişti.

O sözlerin etkisinde kaldığımdan mı böyle garip bir şey yaşamıştım, bilemiyorum. Az sonra o garip ses akışı durdu, elimde sıkı sıkıya tuttuğum telefon hafifledi, her şey normale döndü. Kapattım telefonu.

"Kafayı mı yiyorum acaba?" diye söylendim kendi kendime.

Erkan'ın ölümünden bu yana beni tek saniye yalnız bırakmayan can arkadaşım Nazan, merakla bakıyordu yüzüme.

"Kimmiş arayan?" diye sordu.

Ayrıntılara girmeden, "Erkan Abin" dedim yalnızca.

O da iyiden iyiye kafayı yediğimi düşünmüş olmalıydı ki, hiçbir yanıt vermeden, anlayışla gülümsedi bana.

Onsuz geçecek ilk cumartesim! Yataktayım. Kalkacak gücüm yok. Hafta sonları kahvaltıyı o hazırlardı. Kızarmış ekmekler, mis gibi sucuk kokusu... Gene benden önce kalkmış, beni bekliyor sanıyorum. Ama o yok artık!

Sevdiğinin yokluğu... Öylesine acı bir duygu ki! Kimsesizliğin, çaresizliğin ayak seslerinden başka hatırını soran yok. Çevrende onun dışında sevdiğin ve seni seven farklı birileri olsa bile. Garipsin, ıssızsın, çaresizsin... Tıpkı benim gibi!

Kırkıncı gün

Dua gibi dolanmış dilime
Seni seviyorum, seni seviyorum
Seni hâlâ çok, ama çok seviyorum
Yanımda olmasan da
Duyuyorsun, değil mi?

Erkan'ın ölümünden bu yana beni hiç yalnız bırakmadı Nazan. Meğerse Erkan, "Hep yanında ol Efsun'un" demiş.

"Onun vasiyeti" diyor. "Sen benden bıkana kadar yanındayım."

Sabah erkenden Ege, Efe, ben ve Nazan hep beraber mezarlığa gittik. Dualar okuttuk mezarının başında. Çiçekleri suladık. İlk günkü acıyı aynen yaşayarak gözyaşı döktük.

Eve dönünce, "Senin elin tutmaz bugün" dedi Nazan. "Yemeği ben pişireceğim" dedi, bir gün önce manavdan aldığı fasulyeleri ayıklamaya koyuldu.

Sonra içeri geçti bir ara. Yatak odası ile mutfak arasındaki koridorun başında dikilip yanına çağırdı beni.

"Yatak odasından ışık sızıyor Efsun" dedi.

Gidip baktım, haklıydı. Masmavi bulutlar gökyüzünden inip odaya dolmuş gibiydi. Oğlanlar ampulü mü değiştirmişti, ne?

Odanın aralık duran kapısını ardına kadar açtım. Karanlıktı içerisi. Biraz önceki ışıktan eser yoktu.

"Hayalet dolaşıyor burada!" diye panikledi Nazan.

Onu yatıştırmak için, Erkan'la ilgili anılarımı sayıp dökmeye başladım.

"Biliyor musun" dedim. "En çok Kayahan'ın *Seni Seviyorum* şarkısını söylerdi bana Erkan."

Tam o sırada, nasıl oldu bilemiyorum, kapalı olan radyo birdenbire açıldı ve Kayahan'ın o şarkısı çalmaya başladı.

Nazan, Erkan'ın beni yalnız bırakmaması yolundaki vasiyetini elinin tersiyle itip, "Kusura bakma ama hayaletlerle iç içe oturamam ben!" diye haykırarak çekip gitti.

40. günün öğleden sonrası... Annem bende.

"Bu tür özel günlerde acısı tazelenir insanın" diyerek beni avutmaya gelmiş. İnkâr edemem, Erkan'ın ölümünden beri yanımda durmaya, kendince beni yalnız bırakmamaya çalışıyor.

"Aşure yapmıştım" dedim. "Pek severdi Erkan. Dur getireyim."

"Sen otur" dedi annem. "Efkârlısındır bugün. Ben alırım."

Birden bir şangırtı! Annem elindeki tepsiyi üzerindeki kâselerle beraber fırlatıvermiş. Dehşet içinde...

"Erkan bana gülümsüyordu" diyor. "Hem de onu ilk tanıdığım, lise yıllarındaki haliyle."

Kocam sağlığında başaramadığını yapmış, annemin bile kalbini yumuşatmıştı.

"Oğlum beni seviyormuş ki göründü bana" diyerek uzun uzun dua etti annem.

Çözümlenmesi zor gariplikler...

Ağustos ortasında
Yaz sıcağında
Tiril tiril üşüyorum sensiz...

O yaz sırf Erkan'ın vasiyetini yerine getirmek için, çocuklarla beraber Kuşadası'ndaki otele gittik. Herkes onu soruyordu.

Onunla el ele, gönül gönüle yürüdüğümüz o yolları bu kez tek başıma adımladım. Oğullarım ve ben aynı yerlerde, aynı solukları alırken, onun yokluğu dayanılmaz bir acı veriyordu hepimize. Ve ben orada kaldığımız süre içinde ağladım, hep ağladım. Kulaklarımda, gerçek mi, hayal mi olduğunu bir türlü kestiremediğim onun sesiyle...

Farklı bir dili konuşuyorduk Erkan'la ikimiz. Kimselerin bilmediği, anlamadığı, yalnızca ikimize ait bir dil. Aşkla örülü, kimi zaman hüzne, kimi zaman neşeye uzanan... Tek başımayım artık, onsuzum. Ve o büyülü dili konuşamıyorum artık...

Anlatılması, açıklanması zor gariplikler, uzunca bir süre devam etti. Yaşadıklarım, hayal gücümün bana oynadığı bir oyundan ibaretti belki. Ama hiç itirazım yoktu, onunla iletişim halinde olmak, gitgide çoraklaşan dünyama ışık tutuyordu.

Gariptir, Erkan'ın sağlığında öngördüğü her şey bir bir gerçekleşiyordu...

Salondaki halıları söküp taş döşemeye kalkıştığında, “Kış kıyamette iş çıkardın kendine” demiştim.

“Yazın buraları su basacak. Halıları sökmem gerek, çürütürsün sen onları, çocuklar da beceremez...” demişti.

Yirmi yıldır su basmayan evi neden su bassındı ki? Ne desem dinlemedi beni, seramik döşedi salonu.

Ölümünün altıncı ayıydı. Yaz ayında, ağustosta evimizi su bastı. Çeşmeleri açık bırakmışız...

Dipsiz bir kuyunun içinde umarsızca çırpınıyordum. Böyle devam edemezdim. Ani bir kararla yeniden çalışmaya başladım. Yaşam mücadelemi tek başıma sürdürecektim artık. Bu zorlu süreçte kimseler yardım etmedi bana.

“Benden sonra ne senin aileden fayda var sana, ne de benimkilerden. Yanında gene bir tek ben olacağım” demişti Erkan.

Onun öngördüğü gibi, ne benim ailem, ne kocamınki... Taziye döneminin ardından boşalıvermişti evimiz; annemin ve teyzemin ara sıra uğramaları dışında. Ama bu durum iyice kamçılamıştı beni. Tek başıma bütün yükü omuzlayacak kadar güçlü hissediyordum kendimi. Erkan’ın bedenen değilse de manen yanımızda olduğunu hissetmekse, daha da güçlü kılıyordu beni.

Bu zorlu dönemde en büyük desteği vefakâr dostum Nazan’dan alıyordum. Beraberce yaşadığımız garipliklerin ardından, “Hayaletlerle iç içe oturamam ben!” diye haykırarak çekip gitmişti ama gene de beni yalnız bırakmaya gönlü razı olmamıştı. Özellikle mezarlığa gittiğim günler, mutlaka yanımda oluyordu.

O gün de mezarlık dönüşünde, “Bir yerlerde oturup

efkâr dağıtalım mı?" diye sordu. İstemedim ben, keyifsizdim. Doğruca eve döndük.

Gece bende kalacaktı Nazan. Saat 24.00 gibi yattık. Ben yatak odasında, o ise salondaki çekyatta.

Hemen uyudu Nazan. Benimse gözlerim fincan gibi açık, bütün hüzünlerim ayakta, bakışlarımı tavana dikmiş, son zamanlarda iyiden iyiye kendini naza çekmiş uyku hazretlerinin kapımı çalmasını bekliyor, bir yandan da televizyondaki, bir türlü kendimi tam olarak veremediğimden konusunu bile tam anlamıyla kavrayamadığım filme göz atıyordum.

Birden voltaj inip çıkmaya başladı. Elektrik kesilecek galiba, diye bir mum aldım yanıma, sehpanın üzerine koydum.

Işıklar kesildi önce. Onun yerine aniden olağanüstü bir aydınlık peydahlandı. Etrafımı görebiliyordum. Televizyon da garip bir şekilde karlanmaya başlamıştı.

Nazan'ı uyandırmayı düşündüm bir an. Vazgeçtim hemen. Onu da boş yere telaşlandırmanın âlemi yoktu. Daha önce, benzer bir durumda nasıl bir panik yaşadığının tanığıydım.

Gitgide ilginçleşiyordu tablo. Karşımdaki duvar önce sislendi, grileşti ardından. Sislerin içinden uzay araçlarınınkini çağrıştıran kozmik bir ışık belirdi.

Ve... Karşımda o! Gülümseyerek bana bakıyor. Sağlıklı görünüyor... Eskisinden de yakışıklı! Yanında durduğu araç büyük; haşmetli bir görünümü var. Ama küçülmeye başlıyor birden, arı şeklini alarak kalbime gömülüyor. Hemen ardından yüreğimin üzerinde masmavi ışıklar çakıyor.

Hiçbir şey düşünemiyorum bunları yaşarken. Ama bilincim yerinde. En ufak bir aksaklıkta paniğe kapılan ben, gayet sakinim. Onu deliler gibi özlemişken, uzak durabilir miyim hiç ondan?

Yüreğimdeki gümbürtü dinecek gibi değil! Tüm bedenim zangır zangır titriyor.

"Ölüm dedikleri bu olsa gerek!" diye düşünüyorum. Seviniyorum. Ben de gideceğim, ona kavuşacağım diye zil takıp oynayacağım neredeyse.

Karşımdaki manzara devamlı değişiyor. İzlemekte zorlanıyorum. Sisler arasından yıldızlar iniyor aşağıya. Sonra yukarıya doğru çekiliyorlar. Duvar, tavan, ev yavaş yavaş eski halini alıyor.

Yaşadıklarımın tek bir açıklaması vardı: Erkan, bir yıl önce bana verdiği sözü tutmuştu. Ya da ben, gerçekleşmesini yürekten istediğim bir düş, ama asla gerçekleşemeyecek bir hayal görmüştüm.

Tanığım yoktu. Bir tek ben görmüş, bir tek ben yaşamıştım bütün bunları. O ara irkilerek uyandı Nazan.

"Deprem mi oldu?" diye sordu korkuyla.

Yaşadıklarımı anlattım. Dikkatle dinledi beni. Pek inanmış görünmüyor, ama belli etmemeye çalışıyordu. Oysa daha önce, beraberce yaşamıştık benzerlerini.

Üstelemedim. Garip bir mahzunluk çökmüştü üstüme. Gözüm Erkan'ın salonun duvarına dayalı gitarlarına ilişti.

"Besteleri yarım kalmıştı" diye sızlandım. "Onları tamamlamak için dönmüş olabilir mi?"

"Olacak iş mi!" diyerek sessizliğini bozup kükredi Nazan. "Kim öte taraftan dönüp gelmiş ki, seninki gelsin! Yetmezmiş gibi, yarım kalmış bestelerini tamamlayacak ha! Aklını başına al kızım! Bu dünyada kocası ölmüş tek kadın sen değilsin..."

Onsuz ilk yılbaşı

Gülüşlerini özledim senin
Tutkuyla bakan gözlerini
Yeniden yaşamak istiyorum seni
Sanki hiç gitmemişsin gibi...

Neredeyse koskoca bir yıl geçmiş aradan. Gözyaşlarıyla örülü, kahır dolu günler, aylar...

Bu tür özel günler, mutsuzluğunu katbekat artırıyor insanın.

Radyodan geldim. Yepyeni bir yıla girmeye hazırlanan, umut dolu, gelecekten yana beklentileri olan izleyicilere, elimden geldiğince neşeli bir program sunmaya çalışmıştım. Ama artık rol yapmama, sahte mutluluk tabloları çizmeme gerek kalmamıştı.

Külçe gibi koltuğa yığıldım, kaldım. Kötüyüm, çok kötü... Çocukları arkadaşlarına gönderdim. Yatağa uzandım.

Karanlık odada birden bir ışık bombardımanı! Sigorta mı attı... Yangın mı çıktı? Şaşkınım...

Ama benzerlerini daha önce de yaşamamış mıydım ben? Oydu işte! Oydu, eminim. Erkan'dı! Yeni yılımı kutlamaya gelmişti...

Bir ses, bir nefes duyma ihtiyacındaydım. Başucumdaki radyonun düğmesini çevirdim. Baha'nın kadife misali sesinden *Kutupta Yaz Gibi*[3] şarkısı doldu kulaklarıma.

3. Söz: Aşkın Tuna, Beste: Halil Karaduman.

Bir güneşe, bir de sana bakamam
Bir ateşi, bir elini tutamam
Bir nefessiz, bir de sensiz kalamam
Çöllerde su gibi özledim seni

Susmuş dudakların, hiç sesin gelmez
Uzakta durursun gurbetin bitmez
Karanlık sulara hayalin düşmez
Çöllerde su gibi özledim seni
Kutupta yaz gibi özledim seni

Bir rüzgârı, bir de seni göremem
İstesem de kaderimden silemem
Bir Allah'tan, bir de senden geçemem
Çöllerde su gibi özledim seni
Kutupta yaz gibi özledim seni

"Ben de seni çok, ama çook özledim Erkan'ım!" derken hıçkırıklara boğuldum. "Yaz gibi, kış gibi, bahar gibi, güz gibi; çok ama çok özledim seni..."

Nerede benim can dostlarım?

Taziye dönemini geride bırakıp çocuklarımla baş başa kaldığımda, garip bir ıssızlık ve kimsesizlik sarmıştı dört bir yanımı. İlk günlerde akın akın beni avutmaya, acımı paylaşmaya gelen arkadaş, dost çevresi birdenbire ayağını kesmişti evimizden. Neredeyse bir tek kadim dostum Nazan kalmıştı yanımda. Onunla paylaştım anlam veremediğim bu durumu. Acı acı güldü.

"Kocan sağken tehlike olarak görmüyorlardı seni" dedi. "Şimdiyse genç sayılabilecek, güzel mi güzel dul bir kadınsın. Kocalarını ellerinden alacağını düşünüyor beyinsiz yaratıklar."

Böyle bir şey olabilir miydi? İnanamıyordum duyduklarıma. Grup halinde gittiğimiz geziler, upuzun masalar kurup neşe içinde yediğimiz yemekler, arkadaş ve dostluğa dair bir ağızdan edilen yeminler...

Yalan mıydı bunların hepsi? Dost dediğin, dar zamanında yanında olan değil miydi?

Yazıklar olsundu hepsine! Yüzlerini bile görmek istemiyordum artık.

"Alın da başınıza çalın kocalarınızı!" diye haykırarak dört döndüm evin içinde.

O, acımın üzerine acı katan kahır dolu günlerde tek avuntum, duygularımı satırlara dökmek olmuştu. Yazıya vurmuştum kendimi. Kimi zaman şiir, kimi zaman sızılı anekdotlar... Her ne olursa olsun sevgimi, nefretimi, hırsımı, özlemimi kâğıda dökmeliydim. İçim ferahlamalı, yüreğimde ne varsa satırlara akmalıydı.

Bir yerlerde yayımlansın ya da birileriyle paylaşılsın diye değil, samimi bir iç dökme, kendimle dertleşme kıvamında...

Son yazdığım manzum metni Nazan'a okudum. Pek beğendi...

Eşin, dostun sırdaşın
Her biri can yoldaşın
En gerekli zamanda
Geriye baktığında
Gördüğün kendi başın
Zorlukların içinde
Yapayalnız kalmışsın
Hırsından deli olup
İsyanla taştığında
Gel de yazma...

Kucağını açmışsın
Çevrendeki dostlara
Düşmemek için dikkat
Kazılan kuyulara
İnanmak istemezsin
Asla duyduklarına
Uzattığın ellerin
Boşlukta kaldığında
Gel de yazma...

Dördüncü bölüm

Üç yıl sonra

"Küle döndüysen, yeniden güle dönmeyi bekle. Ve geçmişte kaç kere küle dönüştüğünü değil, kaç kere yeniden küllerin arasından doğrulup yeni bir gül olduğunu hatırla" diyor Mevlânâ.

Onu dinledim. Eskisi gibi yeniden yediveren bir güle dönüşemesem de, yeniden doğmayı becerebildim sanırım.

Beylik laftır, ama gerçekten de, her şeye rağmen hayat devam ediyor galiba... Geleceğe dair beklentilerden uzak, kahır dolu soluklarla ayakta durmaya çabalarken günlük yaşam olağan akışı içinde sürüp gidiyor. Ana damar kesilmiş olsa da, yan damarlar ayakta tutuyor insanı. Çocuklar, arkadaşlar; yoğun bir iş temposu, çevreni saran dost yüzler...

Annem, "Artık evlen!" diye baskı yapmaya başladı. Kendisi evlilik tutkunu bir kadın ya, çevresinde bekâr birilerini görmeye tahammülü yok.

Gülüp geçiyorum. O taraklarda bezim yok benim. İşim, çocuklarım, etrafımdakiler yetiyor bana.

Yanı sıra, yaşadığım ölüm sonrası doğaüstü olaylar hâlâ sürüyor ve beni hiç yalnız bırakmıyorlar. Ne var ki gitgide seyreliyor Erkan'la buluşmalarımız. Epeydir ortalarda görünmüyor.

"Öbür tarafta, hurilerden birine âşık olup seni unutmuş olamaz mı?" diyerek benimle dalga geçiyor Nazan.

Onun da dolduruşuyla, "Neden eskisi kadar sık gelmiyorsun bana?" diye sitem ediyorum Erkan'a.

Ve o gece rüyama giriyor:

Roma İmparatorluğu zamanı... Kraliçeyim ben. Tacımda zeytin dalı var. Beyinsel bir sohbeti paylaşıyoruz Erkan'la.

Elini elimin üzerine koyuyor, sarayın balkonuna çıkarıyor beni. Kalabalık bir ahali toplanmış alanda.

"Gitmiş, başka ülkelerin kralı olmuş!" diye söyleniyorum kendi kendime. Ama hemen yatışıyor öfkem. O kralsa, ben de kraliçeyim nasılsa...

Karşıda açık hava sinemasının perdesi gibi, aydınlık bir pano beliriyor. Erkan ve ben başrol oyuncularıyız. Oynayacak filmin adı *Endless Love.* Sonsuz Aşk!

Filmin sonlarına doğru ellerimiz birbirinden ayrılıyor, çözülüveriyoruz. Perdede oluşan boşluğu *The End* yazısı dolduruyor. Son...

Bir filmin bitişi!

Beyinsel konuşmalarımız sürüyor.

"İnan ki, izin verseler seni de yanımda götürmeyi çok isterdim. Olmadı. Ama merak etme, nitelikli insanların buluştuğu farklı bir ortamda tekrar buluşacağız seninle" diyor bir seferinde.

Ardından sağ elini havaya kaldırıp yepyeni bir perde açıyor önüme. Ben varım orada ve tanımadığım bir erkek yüzü.

Perdenin ortasında *Second Film* yazıyor. İkinci Film!

"Bu filmi benim için de izle" diyor Erkan. Bir yandan da hiç tanımadığım o adamın yüzünü benim kalbime yerleştirmeye çalışıyor sanki.

Yıllar sonra o yüzün, daha sonra evleneceğim ikinci eşime ait olduğunu keşfediyorum...

Beklenmedik bir tanışma

Derin bir uykunun içinde unuttular beni
Ejderhanın karnında
Doğmayı bekleyen bir bebek gibi
Aşk orucuna girmiş yüreğim
Bütün kapılarını kapatmış
Ölümü bekliyor...

Evet, gerçekten de ölmeyi bekleyen ve özleyen yüreğim, aşk orucundaydı çoktandır. Erkan'ın ölümünden beri, oğullarım ve iş arkadaşlarım dışında hiçbir erkekle beş dakikadan fazla konuşmamıştım.

O gün de Nazan'ın ısrarı olmasa, işten çıkar çıkmaz eve koşacak, koltuğuma gömülüp kitap okuyarak noktalayacaktım gecemi.

Olmadı. Sırf arkadaşımı kırmamak için yollara revan olurken, o gecenin yaşamımda çok önemli gelişmelere gebe olacağını öngöremiyordum haliyle.

İnsanı teklifsizce sarıp saramayan, tüm dertlerini ve tasalarını bir kenara itip neşeye, mutluluğa, gülmeye, güldürmeye yüreklendiren klasik bir İzmir gecesi... Nazan'ın şirket yemeğindeyiz. Gene çok duygusal bir günüm. Ne yapsam, ne etsem bu aşırı duygusallık yakamı bırakmıyor bir türlü.

"Ne işim var burada?" diye acımasızca sorguluyorum kendimi. "Gülen, eğlenen, kahkahalarıyla ortalığı çınlatan insanların arasında ne işim var benim?"

Gülüp eğlenmek bir yana, hüngür hüngür ağlama kıvamındayım. Teklifsizce gözlerimden süzülen yaşları elimin tersiyle silerken, karşımda oturan efendi görünüşlü adam, bir mendil uzatıyor bana. Yüzüne bile bakmadan, usulca alıyorum mendili ve kırık bir sesle teşekkür ediyorum.

"Ben Ahmet!" diyerek elini uzatıyor ardından.

"Efsun!" diyorum ben de kısaca. Konuşmayı uzatmanın âlemi yok!

Ama o, "Efsun ha!" diyerek sıcacık bakışlarını üstüme dikiyor. "Daha önce hiç bu kadar güzel ve anlamlı bir isim duymamıştım" diyor.

"Çattık!" diye geçiriyorum içimden. Şimdi bu hiç tanımadığım adam, Efsun adından hareketle olmayacak iltifatlara boğacak beni ve benden de karşılık vermemi bekleyecek. Hiç gelemem bu tür askıntılıklara...

Ama dudaklarından dökülen sözler, oldukça şaşırtıcı.

"Şaşkınlığımı bağışlayın" diyor. "İlk kez duydum Efsun adını. Şiirlere ilham verecek kadar güzel bir isim. Bu arada... Naçizane, yalnızca kendi okuduğum, birileriyle paylaşmaya asla cesaret edemediğim şiirler yazıyorum ben de."

Haksızlık yaptığımı düşünüyorum ona. Gördüğüm kadarıyla hoşsohbet, zeki ve duygusal bir insan. Hatamı düzeltmek istercesine, radyo ve televizyon programları yaptığımı anlatıyorum ben de. İlgileniyor, takip edeceğini söylüyor.

Güzel ve samimi bir sohbet başlıyor aramızda. Biraz önceki aşırı duygusallığımın altında yatan nedenleri bilmeli diye düşünüyorum. Ve Erkan'ı anlatıyorum ona. Onun ardından yaşadığım azabı ve hâlâ ilk günkü kadar derinlemesine bir acı çektiğimi.

Beni içine saplandığım hüzün yumağından çekip almak ister gibi, kendi hikâyesini anlatıyor o da.

"Keşke benim de arkasından ağlayabileceğim ya da benim ardımdan gözyaşı dökecek birileri olabilseydi... Ama yok! Sanırım hiç de olmayacak. Şu an eşimden ayrılmak üzereyim. İtiraf etmeliyim ki, hatalı olan da benim."

Bir anda onun üzerinde yoğunlaşıvermişti sohbetimiz.

"Nerede hata yaptınız ki?" diye sormaktan kendimi alamadım.

"İşyerinde beraber çalıştığımız gencecik bir kıza âşık oldum!" diye itiraf etti.

"Hâlâ sürüyor mu ilişkiniz?"

"Hayır! Başkasıyla evlendi o. Ama yine itiraf etmeliyim ki, hâlâ âşığım ona."

Gecenin sonunda farklı bir ferahlık sarmıştı içimi. Hiç tanımadığım, belki bir daha hiç karşılaşmayacağımız biriyle, dertleşme kıvamında, sıcacık bir sohbeti paylaşmıştık. Ve bu sohbet oldukça iyi gelmişti bana...

O gecenin izdüşümü

Nazan'a, "O geceki sohbetten ve Efsun Hanım'dan çok etkilendim" demiş Ahmet. "Bir kadının ölmüş eşinden bu derece sadakat ve sevgiyle söz etmesi, aradan uzunca bir zaman geçtiği halde onu hâlâ unutamaması ve ilk gördüğü birine samimiyetle yüreğini açması sık rastlanacak bir durum değil."

Ben de garip bir şekilde, bu adamı çok önceden beri tanıdığım hissine kapılmıştım. Yıllardır çok yakınımdaymış, hayatımda hep varmış duygusu yaratmıştı bende Ahmet. Erhan öldüğünden beri ilk kez bu kadar rahat dertleşebileceğim karşı cinsten biriyle derinlemesine sohbet etmiştim.

"Dahası var" diye güldü Nazan. "İkinizi tekrar bir araya getirmemi istiyor Ahmet. Ne dersin?"

"Bilmem ki!" diye söylendim kararsızlıkla.

"Neyi bileceksin ki?" diye parladı Nazan. "Harika bir insan Ahmet! İyi bir mesleği var, fizik ve elektronik mühendisi. Aklımda kaldığı kadarıyla, bu vasıfları taşıyan matematik beynine sahip insanlara hayranlık duyardın sen."

Garip bir tutukluk çökmüştü üstüme. Evet desem, ilk bakışta masum ve dostane görünen bu buluşmanın ardından benzeri önerilerle karşılaşmaktan korkuyordum.

Gene de bu nazik daveti kabul etmekten kendimi alamadım. Ama bir şartım vardı: Nazan da gece boyunca yanımızda olacaktı!

Doğru mu yapıyordum, yanlış mı, bilemiyordum. Acımasızca sorguluyordum kendimi. Ne gerek vardı bu tür anlamsız maceralara? Ah Nazan, ah! İnatçılığı ve karşı konulması güç ısrarcılığıyla kanıma girmişti.

Bu geceye fazlaya anlam yüklemeye gerek yoktu bence. Sıradan bir arkadaş buluşmasına gider gibi, lacivert pantolon ceket takımımı geçirdim üzerime. Varla yok arası hafif bir makyaj, kuaför elinden çıkmasına gerek duymadığım ve birkaç fırça darbesiyle şekillendirdiğim, omuzlarıma dökülen doğal saçlar...

Evden çıkmadan, boy aynasında şöyle bir göz attım kendime. Özel bir yemeğe değil de, arkadaşlarla sabah kahvesi içmek için Alsancak'taki kafeteryalardan birine gidiyor gibiydim.

Az sonra Nazan'ın koluna yapışmış, iki ileri, bir geri giden sarsak adımlarla verilen adrese doğru yürüyordum.

Buluşma mekânı olarak Kordon'da denize karşı, ünlü ama sakin bir balık restoranını seçmişti Ahmet. Sanırım bizden epeyce önce gelmişti ve gece boyunca paylaşacağımız masaya kurulmuş, bekliyordu.

Bizi görünce yerinden fırladığı gibi kalktı, sıcacık bir gülümsemeyle, "Hoş geldiniz, hoş geldiniz!" diye yineleyerek karşıladı bizi; sandalyelerimizi çekerek oturmamıza nezaret etti.

Merakımı açığa vurmak işime gelmiyordu, ama onu kaçamak bakışlarla tepeden tırnağa incelemekten kendimi alamadım... Gri renkte spor, şık bir keten takım vardı üzerinde. Kravat takmamış, gömleğinin ilk iki düğmesini açık bırakmıştı. Çizdiği tabloyla ilk gördüğümden çok daha genç görünüyordu.

Arkadaşça, dostça bir yaklaşım içindeydi Ahmet. Bir yandan bin bir lezzetle donatılmış masa düzeniyle ilgileniyor, yanı sıra sıcacık bir sohbeti sezdirmeden, ama ustaca yönetmeyi becerebiliyordu.

Başlangıçta tüm ilgisini Nazan'la benim aramda eşitçe bölüştürürken, yemeğin sonlarına doğru birden bana döndü, gözlerini gözlerime dikti.

"Radyo programlarını izlemeye başladım" dedi. "Ve tiryakin oldum! Hem konuları işleyiş tarzın harika, hem de mutlaka başkalarından da duymuşsundur, çok etkileyici bir ses tonun var. İtiraf etmeliyim ki, bu etkileşimden fazlasıyla payımı aldım ben de. Her programın bitişinde, elinden oyuncağı alınmış çocuklara dönüyorum inan."

İşte bu! Söyleyeceğini söylemişti sonunda. Ne yapacağımı bilmez bir halde, denizin mavisine gömdüm bakışlarımı. Tek söz edecek gücüm kalmamıştı.

Nazan'ın yüzündeyse, hınzırca bir gülüş belirivermişti.

"Efsun'un efsunladığı ilk ve tek kişi değilsin Ahmet Abi" dedi. "Ama önemli olan, efsunlanacağı birilerinin, onun karşısına çıkması. Ne var ki bu taraklarda bezi yok bizim Efsunumuzun. Gene de umutluyum ben. Ona hitap edebilecek, cesur yürekli birileri de vardır mutlaka. Ne dersin?"

Ahmet, yüzünde sıcacık bir gülüşle bana döndü.

"Neden olmasın?" diye fısıldadı usulca.

İkinci filmin kahramanı

Ahmet'le yeni bir yola girmiş gibiydik. Buluşmalarımızda Nazan'ın yanımızda olmasına gerek kalmamıştı artık. İkimiz baş başa ya da grup halinde yemeklere gidiyor, görüşemediğimiz günlerde de telefonla arıyorduk birbirimizi.

Gene baş başa yemek yediğimiz bir akşam, benim için çok önemli bir itirafta bulundu Ahmet:

"Hani sana ilk karşılaştığımızda âşık olduğum bir genç kızdan söz etmiştim ya... Artık ona âşık falan değilim. Sıradan, geçici bir hevesmiş. Geldi, geçti... Bilmiş ol istedim."

Benim de ona söylemek istediğim bir şey vardı. İlk gördüğüm anda Ahmet, yıllardır hep yakınımdaymış, hayatımda hep varmış duygusu yaratmıştı ya bende; tanıyordum ya sanki onu...

Nedenini keşfetmiştim sonunda. Kafamda ardı ardına çakan şimşeklerle tüm taşlar yerine oturmuştu: Ahmet, Erkan'ın rüyamda bana gösterdiği ikinci filmin kahramanıydı! Ve onun yüzünü benimle aynı kareye taşıyan da Erkan'ın ta kendisiydi.

Bunları anlattığımda Ahmet ne derece inandırıcı buldu söylediklerimi, ne derece saçmaladığımı düşündü, bilemiyorum. Ama hiç sözümü kesmeden, dikkatle dinledi beni. Olumlu ya da olumsuz hiçbir yorum yapmadı, gülümsemekle yetindi.

Ve hiç ummadığım bir atak yaptı. Masanın üzerinden uzanıp sıkıca tuttu elimi.

"Evlen benimle!" dedi.

Aynı anda yanıtlanması mümkün olmayan bir teklifti ve yanıtını vermeden önce çözmem gereken yığınla soru işareti vardı kafamda...

Çocuklarım ve ben

Yıldırım aşkıyla başlayan sevdaların, daha çok gençlik yıllarında yaşandığına inanmışımdır hep. Belli bir yaştan sonra insanlar, daha güven verici duygulara gereksinim duyuyor. Belki de aşkın olgunlaşıp evrim geçirmesiydi bu durum. Örselenmiş duyguların farklı bir konumda, bambaşka bir çehreyle yeniden sunulması ve kişilere yeni bir şans tanınmasıydı.

Yaralarım kabuk bağlamış, ama tam anlamıyla kapanmamıştı henüz. Geçmişi düşündüğüm zaman, hâlâ amansız bir sızı kaplıyordu yüreğimi. Ama ne kadar acı olsa da, kabul etmemek için ne kadar direnmeye çabalasam da 20'li yaşlar ve Erkan'lı günler çoktan geride kalmıştı.

Ve aşk, biraz şekil değiştirmiş olsa da, en umulmadık şartlarda ve zamanda karşınıza çıkabiliyordu. Belki de evrenin bizleri mutlu etmek için oynadığı ilginç bir oyundu bu. Kadere boyun eğip gerçeklerle yüzleşmek, sunulduğu kadarını kabul etmek gerekiyordu galiba.

Ben de öyle yaptım.

Ahmet'in bana uzattığı eli tutabileceğimi hissediyordum artık!

Ancak öncesinde, yapmam gereken işler vardı. Öncelikle çocuklarımın rızasını almam gerekiyordu. Ahmet beni anamdan değil, oğullarımdan istemeliydi.

Utana sıkıla karşıma aldım ikisini. Ahmet'in teklifini onlarla paylaşacaktım. Daha önce birkaç kez karşılaşmışlardı zaten. Ama bu sefer iş başkaydı!

Gözlerimi yere dikip, "Ben evlenmeye kalksam, ne düşünürsünüz?" diye sordum.

Birbirlerine baktılar önce. Ardından bana döndü bakışları.

Ege yaşça büyük olmanın verdiği öncelikle, "Geç bile kaldın anacığım!" dedi. "Ölenle ölündüğü nerede görülmüş? Onca yıldır kendine ettiğin eziyetler yetmedi mi?"

"Bizden izin almana ne gerek var ki?" diye araya girdi Efe de.

"Sizlerin rızası olmazsa olmaz!" diye kestim.

Efe ilk şaşkınlığını üzerinden atmış gibiydi.

"Ahmet Abi mi?" diye sordu usulca.

Başımı salladım. İkisinin de yüzü ışıldayıverdi.

"Yabancımız değil o!" diye güldü Ege. "En isabetli kararı vermişsin, en isabetli kişiyi seçmişsin anacığım... Mutluluğu yeniden yaşamak senin de en doğal hakkın."

Çocuklarımın desteğini arkama almak farklı bir güç kazandırmıştı. Mutluydum. Sanki evren yeniden, "Hayata hoş geldin!" diyordu bana...

İzmir'den İstanbul'a uzanan uzun ince bir yol

Bazen kader umulmadık döngüler yaşatıyor insana. Ben de tam ikinci evlilik yolunda ilk adımlarımı atmaya hazırlanırken, hiç hesapta olmayan bir gelişme, tüm planlarımı geriye itip yepyeni bir sayfa açtı önüme.

İzmir'de yıllardır çalıştığım gazetede iyi bir konuma gelmiştim. Ancak İstanbul'daki ünlü bir gazeteden parlak bir teklif alınca kafam karıştı. Uzunca bir süre ölçtüm, tarttım. Elimin tersiyle iteceğim, sıradan bir öneri değildi bu. Ve ben birdenbire, yaşamımın yepyeni bir başlangıç döneminde buluverdim kendimi...

Öncelikle Ahmet'le tasarladığımız evliliği askıya aldık, daha doğrusu bir süreliğine erteledik. Dönüşü olmayan bir yola girmiştim. Kocaman bir geçmişi acısıyla, tatlısıyla geride bırakıp, bana neler getireceğini ve benden neler götürebileceğini kestiremediğim yepyeni bir yaşama "merhaba" diyecektim. Kariyerim yönünden gerekliydi bu atılım, kaçınılmazdı hatta.

Hiç kimse benim için düzenini bozmamalıydı. En azından bir süreliğine tek başıma yaşayacaktım İstanbul'da. Ege'yle Efe'nin okulları, Ahmet'in işi vardı.

Ama ilk gidişimde Ahmet de benimle geldi.

"Diyarı gurbetlerde tek başına bırakmam seni!" diyordu.

Güldüm. Gurbet dediğin, sevdiklerinden ve sevenlerinden uzak olmaktı bana göre. Yaşanılan şehir ve mekân, yüreklerde teklifsizce çöreklenen hasretin silik bir gölgesiydi yalnızca...

İzmir... İzmir... İzmir...

Ondan ayrılmak öylesine zordu ki! İzmir demek, sandık sepet dolusu anılar yığını demekti benim için. Bir yanıyla acılar demekti, diğer yanıyla devasa bir mutluluk.

Bu dünyalar güzeli şehri sevmek için herkesin kendince bir nedeni vardır. Ama benim için çok daha farklı anlamlar taşıyor. Derin mi derin, dipsiz bir kuyu, benim canım İzmir'im. Düşünüyorum da, biraz da o kuyunun içinde debelenip kaybolmamak için mi İstanbul'da yaşamayı seçmiştim acaba?" demekten kendimi alamıyorum.

Hâlâ ara sıra duygu pencerelerimi açıp, uzaktan uzağa, kuşbakışı seyrediyorum İzmir'imi. Ona duyduğum devasa özlemle canımın acıdığı anlarda, annemin bana bıraktığı manevi mirasla, perdelerimi sımsıkı kapatıp yoluma devam ediyorum...

Veda turları

Yalnızca İzmir'e değil, İzmir'deki yakınlarıma ve dostlarıma da veda etmem gerekiyordu. Gerçi sık sık gelecek, hasret giderecektim geride bıraktıklarımla. Ama ilk gidiş farklıydı.

Öncelikle, Ege'yle Efe'yi yanıma alıp kaynanamın kapısını çaldım. Önce Erkan'ın, ardından kayınpederimin ani bir kalp krizi geçirerek ölümünün ardından iyiden iyiye çökmüştü kaynanam. Çökmek bir yana, Alzheimer denilen illetin pençesine düşmüş, en yakınlarını bile zor tanır hale gelmişti. Yanında yardımcısı olmasa yemeyi, içmeyi bile aklına getirmeyecekti.

Bakalım bizleri; gelinini, torunlarını hatırlayabilecek miydi?

Hatırladı! Ama yanlış bir biçimde...

Gözlerini kocaman açıp, "Erkan neden gelmedi?" diye sordu. "Hayırsız! Hiç insan karısını yalnız bırakır mı?"

Erkan'ı kocasının yerine koymuştu... Sarsak adımlarla salonun karşı köşesindeki sandığa doğru yürüdü, sandığın kapağını kaldırdı. Kenarları iğne oyalı bir kundak bezini çıkarıp bana uzattı.

"Daha dün doğurdum oğlumu" diyerek boynunu büktü. "Kundaklayacaktım onu. Ama öldü... Al bu kundağı, doğuracağın çocuklarını sararsın."

Onu son görüşümdü...

Annem

Yüzünü hiç görmediğim babamdan ve ikinci kocası kaptandan sonra iki kez daha evlendi annem. Onu bu yola sevk eden, koca tutkusu değildi sadece, yalnızlık korkusuydu da. Yoksa altmışlı, yetmişli yaşlarında neden evlenirdi ki bir kadın?

Son deminde hayatına giren erkeklerse sıradan insanlar değildi. Üçüncü kocası maraton koşularında dereceler almış eski bir atletti ve ilerlemiş yaşına rağmen son derece yakışıklıydı. On-on bir yıl sürdü beraberlikleri.

Dördüncü koca ise dış ülkelere, ağırlıklı olarak da İtalya'ya sebze, meyve ihracatı yapan başarılı bir işadamıydı. Dokuz-on yıl sürdü onunla da evlilikleri.

Yaklaşık on yıldır tek başına yaşıyor. Ama hâlâ son derece güzel bir kadın. Erkeksiz yaşamaya alıştırıyor artık kendini.

Benim ikinci kez evliliğe hazırlanıyor oluşum, en çok onu mutlu etti.

"Senden umudumu kesmiştim, ama doğruyu buldun sonunda. Yalnızlık Allah'a mahsus!" diyerek, kendince yüreklendirdi beni.

İzmir Karşıyaka'da, yanında "can yoldaşım" dediği, her konuda ona yardımcı olan, memuriyetten emekli bir kadınla beraber sürdürüyordu yaşamını annem. Ve daha önce hiç olmadığı kadar iyiydi artık aramız. İstanbul'a gitmeden, bir kez daha uğrayacaktım ona.

Alsancak'tan Karşıyaka vapuruna bindim. Ve doğruca güverteye çıktım. Derin derin içime çektim denizin kokusunu. İstanbul da deniz şehriydi, ama Ege'nin hali başkaydı. Çok özleyecektim buraları, çok...

Vapurdan inip yürümeye başladım. Aman Allahım, o da nesi! Annem kaldırımın kenarında, yanında üstü başı harap, beş-altı yaşlarındaki bir kız çocuğunun elini sıkı sıkıya tutan gariban bir kadının koluna yapışmış, vapurdan inen yolculara onları göstererek bir şeyler anlatıyor. Aldırmayıp yoluna gidenler de var, pamuk eller cebe diyerek çantasından, cebinden para çıkarıp annemin avucuna sıkıştıranlar da...

Şaşkınlıktan dumura uğramıştım. Vay başıma gelenler... Resmen dileniyordu annem! Kafayı mı yemişti, ne...

Ağır ağır, annem ile bir adım gerisindeki kadın ve kızının yanına doğru yürüdüm. Beni görünce afalladı bir an. Ardından sıcacık bir gülümsemeyle aydınlanıverdi yüzü. Bense son derece öfkeliydim.

"Ne yaptığını sanıyorsun!" diye haykırdım. "Bir dilenmediğin kalmıştı, onu da becerdin sonunda..."

"Celallenme hemen!" diye güldü. "Kendi çapımda, sosyal adaleti sağlamaya çalışıyorum ben. Bu gördüğün kadıncağız var ya... Beş çocuk anası! Erzurum'dan gelmişler buraya. Tek göz bir gecekonduda kalıyorlar. Kocası şoför. İşten çıkarmışlar geçen hafta. Fatma arada bir temizliğe gitmese, aç kalacak hepsi. Ben de karınca kararınca yardım etmeye çalışıyorum onlara. Ne kötülük var bunda, a güzel kızım?"

Yatışır gibi olmuştum. Gene de kabullenemiyordum karşımdaki tabloyu.

"Belediyeler, yardım dernekleri, partilerin kadın kolları dururken, sana mı düştü bu iş?" diyerek tepkimi sürdürdüm.

"Hepsi var olsun!" dedi. "Ama ben yaptığım yardımın hedefine ulaştığını kendi gözlerimle görmek isterim. Hadi, davran bakalım, senin de çorbada tuzun olsun."

Çantamı açtım. Cüzdanımdaki kâğıt paralardan yüklüce bir kısmını Fatma Hanım'ın eline sıkıştırdım. Annemse liman binasının önündeki, suböreği ve şambali satan camekânlı seyyar arabaya doğru yürüyordu. Bir kutu suböreği, bir kutu şambali...

"Bu akşam bayram var Fatmaların evinde" diye kulağıma fısıldadı annem.

Onu bu farklı kişiliğiyle tanımak, o güzel yüzünün ardındaki kanatsız meleği görmek için, çok mu geç kalmıştım acaba?

İstanbul'un diğer yüzü

İstanbul mesleki yönden umulmadık fırsatlar açmıştı önüme. Astroloji dalında Türkiye'nin tanınan, bilinen yüzlerinden biriydim artık. Televizyon programları, söyleşiler... Yanı sıra astrolojiyle ilgili kitaplar yazıyor; hem İstanbul'da, hem İzmir'de, hem de Türkiye'nin pek çok şehrinde imza günleri yapıyordum.

Ne var ki hayat İzmir'deki kadar kolay değildi. Uçsuz bucaksız bir okyanusun ortasında tek başıma kulaç atmak zorundaydım. Son derece yorucu bir tempoda çalışıyordum. Sürekli koşturmaca, olumlu ya da olumsuz insan ilişkileri; dostluklar, göstermelik dostlukların gerisine sinmiş düşmanlıklar...

Neyse ki iki yıl içinde önce Ege'yle Efe; ardından da Ahmet İstanbul'a, yanıma geldiler.

Evlendik Ahmet'le! Kendi aramızda küçük bir kutlama yemeği... Ve yepyeni bir hayata atılan ilk adımlar. Bir zamanlar Erkan'ın bana gösterdiği ikinci film de başlamış ve Ahmet'le ben, o filmin başrol oyuncuları olmuştuk.

Şanslı sayıyordum kendimi. Ege'yle Efe hiç sorun çıkarmamışlardı. Çok seviyorlardı Ahmet'i. Onları uyumlu bir beraberliği paylaşır görmekse, mutlu kılıyordu beni.

Onlarla beraber, İstanbul'u da farklı bir bakış açısıyla değerlendirmeye başlamıştım. İtiraf etmeliyim ki, bu şehir de çok şey öğretmişti bana, öğretmeyi de sürdürüyordu.

Zaman zaman Erkan düşüyor aklıma... Beraberliğimiz süresince sevgi ve şefkatiyle öylesine sarıp sarmalamıştı ki beni, hayatın gerçekleriyle yeterince yüzleşememiştim. Beni bu gerçeklerle yüzleşmem için mi çekip gitmişti acaba, diye düşünmekten kendimi alamıyorum bazen.

Öyle ya da böyle, evrenin kanunları doğru yönde işliyordu. Hepimiz kendi hayatımızı ve o hayatın zorluklarını tek başımıza yüklenmek zorundaydık. Herkesin yaşam mücadelesi kendineydi... Çevremizdeki, bizlere yardım eli uzatmaya çalışan kişiler, hedefe ulaşmamız için yönlendirilmiş aracılardı yalnızca.

İtiraflar...

İtiraf etmeliyim ki, annemi çok daha iyi anlıyorum artık. Kendi kaderini, kendi arzuları doğrultusunda şekillendirmeyi başaran, özel bir kadındı o. Ve belki farkında değildim ama güçlülüğü, zaafları, ihtiras ve tutkularıyla örnek olmuştu bana.

Teşekkür borçluyum anneme. Beni doğurduğu için, beni güçlü kılmak adına yalnız bıraktığı, bana doğal öğretmenlik yaptığı, yüzmeyi öğretmeye çalışırken kolumdan tutup okyanusların göbeğine fırlattığı için...

Derinlemesine düşündüğümde, onda olan tüm özelliklerin bende de olduğunu görebiliyorum. Ancak, onun gölgesinde, bu özelliklerimi bir türlü ortaya çıkaramıyordum. Asla kızgın ve kırgın değilim ona. İnanıyorum ki, başka bir evrende ya da farklı bir boyutta birbirimize öğreteceğimiz çok şey olacak.

Kendimi çok iyi tanıyorum artık. Eksilerimi, artılarımı biliyorum. Ve yaşamımın başında anneme gereğinden fazla kızdığım için ondan da, kendimden de özür diliyorum.

Bazen Erkan'a, en güzel yaşlarımda beni bir başıma bırakıp gittiği için sitem ettiğim de oldu. Ama ona da kızmıyorum artık. Onun için biçilen ömür o kadardı.

Şu anda yanımda olan Ahmet'e de çok şey borçluyum. Neler öğretmedi ki bana... Hayatın her döneminde aşkın ve sevginin yeniden yaşanabileceğini gösterdi. Zorluklar karşısında kenetlenip güç birliği yapmanın önemini anlattı bana. O olmasaydı, onun desteğini arkamda hissetmeseydim, İstanbul'la tek başıma mücadele edemezdim. Yaşadığım her olumsuzluğu, her mutsuzluğu mutluluğa çevirdiği için, ona da minnet borçluyum.

Ahmet, Erkan'ın bir armağanı bana. İkisini, bir bütünün parçaları gibi birleştiriyorum yüreğimde.

Erkan gitti! Ama Ahmet, var olmaya devam edecek. Ona da, içimdeki sızıları sevince dönüştürdüğü için teşekkür ediyorum.

Geldiğim bu noktada, "Yürekten sevmekten asla vazgeçmemeli insan!" diyorum. Hayat dikensiz gül bahçesi değil! O dikenlerle beraber yaşamayı da bilmek gerek.

Teşekkürler hayat!

Tüm olumsuzluklarına, çektirdiğin tüm acılara karşın, elimden sımsıkı tuttuğun için.

Teşekkürler!

Yarattığın sızıların üzerine sağaltıcı merhemini de sürdüğün için...

Sonsöz

Babamı hiç görmedim ben! Hiç tatmadığım halde hasretini çektiğim, çaresizce içime gömdüğüm *baba sevgim* yarım kaldı.

Anneme olan sevgim, hep ama hep yarımdı zaten.

Erkan'a olan devasa aşkım, hiç ummadığım bir anda noktalandı ve ister istemez yarım kaldı.

Zorunlu olarak rafa kaldırdığım İzmir'de yaşama tutkum yarım kaldı.

Sözün özü:

Biz her şeyi yarım yaşadık!

Geride kalmış tüm yarımları birleştirip, bütüne varmanın zamanıdır artık...